Mister *X*

Peter Straub

Mister X

Roman

Aus dem Amerikanischen
von Bernhard Kleinschmidt

WILHELM HEYNE VERLAG
MÜNCHEN

Die Orginalausgabe erschien unter dem Titel
Mr. X
bei Random House, New York.

Das Emily-Dickinson-Zitat auf Seite 8 wurde entnommen aus Emily Dickinson, *Guten Morgen, Mitternacht*. Ausgewählt und übertragen von Lola Gruenthal. Berlin: Henssel 1987.

Die deutsche Fassung des Yeats-Zitats auf Seite 297 stammt aus John Keats, »Ode an eine Nachtigall«. *Werke und Briefe*. Ausgewählt und übertragen von Mirko Bonné. Stuttgart: Reclam 1995.

Umwelthinweis:
Dieses Buch wurde auf chlor- und säurefreiem Papier gedruckt.

Satz: Fotosatz Leingärtner, Nabburg
Druck und Bindung: Graph. Betrieb Pustet, Regensburg
Printed in Germany

ISBN 3-453-16003-7

Inhalt

Für meine Brüder
John und Gordon Straub

Ich selbst konnte mein Selbst nicht messen –
Meine Größe erschien mir – klein – Ich las Ihr Kapitel im *Atlantic* – und empfand Achtung vor Ihnen – Ich war sicher, Sie würden eine vertrauliche Frage nicht zurückweisen –
Ist dies – mein Herr – was Sie von mir hören wollten?
E – Dickinson

Emily Dickinson
Brief an Thomas Wentworth Higginson
25. April 1862

I

Wie ich nach Hause kam, und warum

1

Wie dumm ich doch war – ich verfiel einfach in mein altes Verhaltensmuster und tat eine Woche so, als wäre ich ein bewegliches Ziel. Dabei wußte ich irgendwie die ganze Zeit, daß ich deshalb in den Süden von Illinois trampte, weil meine Mutter im Sterben lag. Und wenn sich die Mutter verabschiedet, fährt man nach Hause.

Sie hatte bei zwei angegrauten Brüdern in East Cicero gelebt, direkt über deren Club, dem Panorama. An den Wochenendabenden sang sie zwei Sets mit dem Trio des Hauses. Sie tat, was sie schon immer getan hatte, lebte, ohne sich um die Konsequenzen zu kümmern, was dazu führte, daß diese Konsequenzen sich härter und rascher einstellten als bei anderen Menschen. Als sie ihre Vorahnungen nicht mehr ignorieren konnte, sagte meine Mutter den beiden alten Brüdern adieu und fuhr zurück an den einzigen Ort, an dem ich sie finden konnte.

Star war bei meiner Geburt gerade achtzehn gewesen, ein großzügiges, seelenvolles Mädchen, das keinen größeren Hang zu einem seßhaften Leben zeigte als eine einäugige Katze. Seit meinem fünften Lebensjahr pendelte ich daher ständig zwischen Edgerton und einer Reihe von Pflegeeltern hin und her. Meine Mutter gehörte zu jenen Menschen, die Künstler sind, ohne sich auf eine bestimmte Kunst zu beschränken. Sie widmete sich nacheinander und abwechselnd Dingen wie Malen, Schreiben und Töpfern, aber auch den Männern, die diese Fertigkeiten ihrer Meinung nach verkörperten. Um das, was sie am besten konnte, kümmerte sie sich am wenigsten; und wenn sie auf die Bühne trat und sang, vermittelte sie eine entspannte, gutgelaunte Natürlichkeit, mit der sie ihr Publikum immer wieder verzaubern konnte. Bis in ihre letzten Lebensjahre strahlte sie eine weiche, schmelzende Anmut aus, die gleichermaßen mädchenhaft und erfahren, katzenhaft und erdverbunden war.

Ich lebte bei sechs verschiedenen Ehepaaren in vier verschiedenen Städten, aber das war nicht so schlimm, wie es sich vielleicht anhört. Die besten meiner vielen Pflegeeltern, Phil und Laura Grant in Naperville, Illinois, waren ein Paar wie aus einer Familienserie und geradezu heilig in ihrer redlichen Güte.

Eines der anderen Paare hätte ihnen durchaus Konkurrenz machen können, hätte es nicht so viele Kinder aufgenommen, daß es sich dabei ganz aufarbeitete, und wieder zwei andere Paare waren ganz nett gewesen, wenn auch nach dem Motto: Solange du die Füße unter unseren Tisch steckst, haben wir das Sagen.

Bevor ich nach Naperville kam, kehrte ich ab und an in die Cherry Street zurück, wo in ihren verschiedenen alten Häusern die Dunstans lebten. Tante Nettie und Onkel Clark nahmen mich auf wie ein zusätzliches Gepäckstück, das Star mitgebracht hatte. Einen Monat, vielleicht auch sechs Wochen lang, teilte ich mit meiner Mutter ein Zimmer, hielt den Atem an und wartete auf das nächste Erdbeben. Nachdem ich zu den Grants gezogen war, änderte sich dieses Schema: Nach Naperville kam Star nur als Besuch. Wir hatten eine Vereinbarung getroffen, eine jener tiefreichenden Vereinbarungen, die keinerlei Worte erfordern.

Im Kern unserer Vereinbarung, um den sich alles andere ballte, lag dies: Meine Mutter liebte mich, und ich liebte sie. Aber ganz gleich, wie sehr Star mich auch liebte, es lag nicht in ihrem Wesen, länger als ein oder zwei Jahre an einem Ort zu bleiben. Sie war *meine* Mutter, aber eine *Mutter* konnte sie nicht sein. Das hieß, daß sie mir nicht helfen konnte, mit dem hartnäckigen Problem umzugehen, das bevor ich bei den Grants war, all meine Pflegeeltern entweder in Angst, Pein oder Wut versetzt hatte. Die Grants dagegen begleiteten mich auf eine Wanderung durch Arztpraxen und Röntgenabteilungen, wo abwechselnd mein Blut, mein Urin und mein Hirn untersucht wurden; ich kann mich schon nicht mehr an alles erinnern, was man mit mir angestellt hat.

Kurz gesagt, die Situation war folgendermaßen: Obwohl Star mich liebte, konnte sie nicht so gut für mich sorgen wie die Grants. An den Tagen, an denen Star nach Naperville kam, lagen wir uns weinend in den Armen, aber wir waren uns unserer Abmachung wohl bewußt. Normalerweise tauchte sie kurz nach Weihnachten und fast immer gleich zu Beginn der Sommerferien auf. An meinem Geburtstag aber kam sie nie, und mehr als eine Karte schickte sie mir auch nicht. Denn immer an meinen Geburtstagen brach mein Problem über mich herein, und mein Problem machte sie so elend, daß sie nicht daran denken wollte.

Ich glaube, ich habe das immer verstanden, wenn auch nicht in einem bewußten Sinne, also in einem Sinn, den ich *verwerten* konnte. Das änderte sich erst zwei Tage nach meinem fünfzehnten Geburtstag. Als ich aus der Schule kam, wartete im Flur ein Umschlag auf mich, der in der rückwärts geneigten Handschrift meiner Mutter adressiert war. Er war an meinem Geburtstag, dem 25. Juni, in Peoria aufgegeben worden. Ich nahm den Umschlag mit auf mein Zimmer, warf ihn auf meinen Schreibtisch, legte Gene Ammons' »Groove Blues« auf den Plattenteller; und sobald die Musik in die Luft zu strömen begann, riß ich den Umschlag auf und sah mir die Karte an, die meine Mutter mir geschickt hatte.

Luftballons, Papierschlangen und brennende Kerzen schwebten über einem idealisierten Einfamilienhaus, wie man es in den Vororten findet. Auf die innere Klappe hatte sie unter das gedruckte *Happy Birthday!* die einzige Botschaft geschrieben, die ich je auf einer ihrer Karten fand:

Mein wunderbarer Junge –
ich hoffe…
ich hoffe…
Alles Liebe,
Star

Ich wußte, daß ihre Wünsche nicht einem glücklichen, sondern einem ungestörten Geburtstag galten, was Glück genug gewesen wäre. Eine halbe Sekunde, nachdem diese Einsicht das Tor geöffnet hatte, überfiel mich die erste erwachsene Erkenntnis meines Lebens, und ich sah, daß meine Mutter meine Geburtstage vernachlässigte, weil sie sich die Schuld für das gab, was mich an ihnen überkam. Sie dachte, ich hätte es von ihr geerbt; sie konnte es nicht ertragen, an meine Geburtstage zu denken, weil ihr das Schuldgefühle bereitete, und das sind Gefühle, mit denen Freigeister wie Star am wenigsten umgehen können.

Gene Ammons spielte »It Might as Well Be Spring«, und die Töne stiegen aus den Lautsprechern unmittelbar in meine Körpermitte.

Im Garten kontrollierten die Grants, die Khakishorts und Polohemden trugen, den Fortschritt ihrer Kräuter und Gemüse. In dem Moment, bevor sie mich bemerkten, setzte eine Reihe blitzartiger Erkenntnisse ein, die sich über einen Monat erstrecken sollte und mit der Frage: *Was stimmt an diesem Bild nicht?* ein animalisches Bewußtsein meiner Unvereinbarkeit mit dieser hübschen bürgerlichen Umgebung zum Ausdruck brachte. Gefahr, Scham, Isolation: Ausgesetztsein. Ich und mein Schatten, da hatten wir's mal wieder! Laura wandte den Kopf, und mein Unmut verschwand, noch bevor sich ihr Gesicht zu einem warmherzigen Lächeln verbreitert hatte, zu einem Ausdruck, als wüßte sie alles, was in mir vorging.

»Na also«, sagte Phil.

Laura warf einen Blick auf die Karte und sah mir wieder in die Augen. »Star würde deinen Geburtstag nie vergessen. Darf ich die Karte sehen?«

Die beiden Grants mochten meine Mutter, allerdings auf unterschiedliche Weise. Wenn Star nach Naperville kam, setzte Phil eine altmodische Höflichkeit auf, die er wohl für vornehm hielt, während Laura und ich sie urkomisch fanden; Laura hingegen schuf Raum für ein Gespräch, indem sie mit Star eine Stunde lang einkaufen ging. Ich glaube, sie steckte ihr dabei meist auch fünfzig Dollar oder so zu.

Laura lächelte über das elegante weiße Haus und den Geburtstagsplunder auf der Vorderseite der Karte, dann hob sie den Kopf und sah mich an. Die zweite erwachsene Erkenntnis meines Lebens flog wie ein Funke zwischen uns hin und her. Star hatte diese Karte nicht grundlos ausgewählt, und Laura war das nicht verborgen geblieben. »Wäre es nicht schön, wenn wir auch Dachgauben und eine Veranda ums ganze Haus hätten? Wenn ich in so was wohnen würde, käme ich mir wirklich toll vor.«

Phil trat näher, und sie klappte die Karte auf. Ihre Augenbrauen zogen sich zusammen, als sie die Botschaft las. *»›Ich hoffe …‹«*

»Das hoffe ich auch«, sagte ich.

»Natürlich tust du das.« Sie verstand, was ich meinte.

Phil drückte mich und setzte seine geschäftsmäßige Miene auf. Er war Manager bei 3M. »Egal, was die ganzen Armleuchter sagen, es handelt sich um ein physisches Problem. Sobald wir den richtigen Arzt finden, werden wir die Sache ritzen.«

»Die ganzen Armleuchter« waren mein Kinderarzt, der Hausarzt der Grants und die Handvoll Fachärzte, denen es nicht gelungen war, meine Krankheit zu diagnostizieren. Die Spezialisten waren zu dem Schluß gekommen, daß mein Problem »nicht organischen Ursprungs« war, womit sie nichts anderes sagen wollten, als daß sich alles nur in meinem Kopf abspielte.

»Meinst du, ich hab es von ihr?« fragte ich Laura.

»Ich meine, daß du es von niemandem hast«, sagte Laura. »Aber wenn du mich fragst: Sie fühlt sich schrecklich deswegen, ganz bestimmt.«

»Star?« sagte Phil. »Star wäre meschugge, wenn sie sich die Schuld dafür geben würde.«

Laura beobachtete mich, wie um herauszufinden, wieviel ich begriff. »Mütter wollen alles auf sich nehmen, was ihren Kindern weh tun könnte, selbst Dinge, die sie überhaupt nicht ändern können. Was du durchmachst, macht mich todelend, und ich will mir gar nicht vorstellen, wie Star sich fühlt. Wenigstens kann ich dich jeden Tag sehen. Wenn ich deine richtige Mutter wäre und man mir sagen würde, ich könnte den Hunger auf der Welt für die nächsten tausend Jahre beseitigen, wenn ich an deinem Geburtstag nicht hier wäre, wäre es trotzdem schrecklich für mich, dich im Stich zu lassen. Also, es wäre auf jeden Fall schrecklich für mich, egal, ob ich deine richtige Mutter wäre oder nicht.«

»Weil du das Gefühl hättest, nicht das Richtige tun«, sagte ich.

»Star liebt dich so sehr, daß sie es manchmal nicht ertragen kann, keine Bilderbuchmutter zu sein.«

Der Gedanke daran, wie wenig Star Dunstan einer Bilderbuchmutter ähnelte, ließ mich laut auflachen.

»Auch wenn man das Richtige tut«, sagte Laura, »fühlt man sich nicht immer gut, egal, was die Leute sagen mögen. Das Richtige zu tun kann verflixt weh tun! Du kannst mir glauben, du hast eine tolle Mama.«

Fast hätte ich wieder aufgelacht, diesmal über das jungmädchenhafte »Verflixt« – so ziemlich der härteste Fluch, den Laura zustande brachte –, aber meine Augen brannten, und ein dicker Kloß saß mir im Hals. Vorhin habe ich gesagt, daß ich zwei Tage nach meinem fünfzehnten Geburtstag die Gefühle meiner Mutter auf eine Weise verstanden hätte, daß ich sie *verwerten* konnte, was folgendes heißen soll: ich lernte, Fragen über die Dinge zu stellen, die mir Angst machten; ich lernte, daß es so weh tun kann, das Richtige zu tun, daß man nicht mehr klar denken kann; und ich lernte, daß man, sobald man sich selbst gefunden hat, so ist, wie man ist, und dafür den Preis zu zahlen hat.

2
Mr. X

O ihr mächtigen Alten, lest diese Worte, welche die Hand Eures demütigen Dieners in dies umfängliche Journal geschrieben hat, und frohlocket!

Ich habe es schon immer genossen, spät nachts spazierenzugehen. In einer angenehmen Stadt wie Edgerton dämpft die gewaltige Hülle der Finsternis selbst das Geräusch der Schritte auf dem Pflaster. Ich gehe die breiten Straßen entlang, vorbei an verlassenen Kaufhäusern und Filmtheatern. Ich lasse mich durch die engen Gassen von Hatchtown treiben und blicke zu mit Läden verschlossenen Fenstern auf, die ich in Sekundenschnelle durchdringen könnte; doch tue ich das nicht: Ein Teil meines Glücks liegt darin, das Leben um mich herum abzuwägen und zu beurteilen. Und wie jeder sonst auch genieße ich es, das Haus zu verlassen und der Gefangenschaft des dumpfen Loches zu entkommen, zu der ich mich selbst verdammt habe. Auf meinen Streifzügen meide ich Straßenlaternen, obgleich ich ungeachtet der Jahreszeit einen schwarzen Mantel und einen Hut von gleicher Farbe trage – ein wandernder Schatten, unsichtbar in der Dunkelheit.

Oder: beinahe unsichtbar. Unsichtbar für alle außer für ein paar wahrhaft unglückselige Gestalten, von denen ich viele, wie ich gestehe, weniger aus der Notwendigkeit heraus töte, mich zu schützen, als aus... nun, es mag Ärger sein oder eine Laune. Es gab allerdings eine Ausnahme.

Ich nahm der Welt die spindeldürre Hure, die sich, mit hochhackigen Plateausandalen und einem waschlappengroßen Rock bekleidet, in der Chester Street aus einem Hauseingang auf mich stürzte, und die so high von dem Zeug war, mit dem die Mädels sich in jenem Jahr vergnügten, daß sie mich am Ellbogen packte, um nicht mehr zu schwanken. Ich sah ihr in die winzigen Pupillen und ließ zu, daß sie mich in den Eingang zerrte, wo ich sie aufschlitzte wie eine Dose Sardinen und ihr den Hals brach, bevor sie auch nur daran dachte zu schreien.

Mehr oder weniger dieselbe Behandlung ließ ich dem Knaben in dem schwarzen Sweatshirt und den Armeehosen zukommen, der mich sah, weil er meinte, nach jemandem wie mir zu suchen (welch Überraschung!), und der jungen Frau mit dem blauen Auge und den geschwollenen Lippen, die beim Geräusch meiner Schritte aus einem geparkten Wagen taumelte und wieder einsteigen wollte, als sie mich sah; aber es war zu spät, armes Baby. Auch das richtige Baby wollen wir nicht vergessen, das ich allein auf einem Müllcontainer fand und dem ich beim Verlassen einer ungastlichen Welt half, indem ich ihm die lieben kleinen Händchen abtrennte und die kleinen, empörten Augen ausstach.

Das Baby hatte mich nicht gesehen, wohl wahr. Ich glaube, daß es dazu eines extrem erhöhten Grades an Kummer oder Elend braucht oder eines so unersetzlichen Verlustes, daß das restliche Leben zu einer immerwährenden Wunde wird; aber das Baby fror bloß und hatte Hunger. Vor langer Zeit hatte mich ein höchst ungelegener Gefängnisaufenthalt davon abgehalten, einem anderen Neugeborenen dasselbe anzutun, und nun überwältigte mich deshalb die Wut. Ich habe nie behauptet, vollkommen zu sein.

Der widerwärtige, nach billigem Fusel stinkende Zwerg, den ich tötete, um mich zu schützen, hatte sich an den Mülltonnen im Durchgang neben dem Merchants Hotel hochgezogen und mich mit offenem Maul angegafft. Die meisten seiner Sorte sehen mich selbst dann nicht, wenn sie mir direkt ins Auge blicken, und die wenigen, die es doch tun, haben genug Verstand, um zurückzuweichen. Dieser Bursche war noch zu sehr im Nebel, um Verstand zu haben. Ein ausgefranster Strahl aus Sternenlicht fiel ihm ins Auge. »Ladida, der alte Dracula«, sagte er. Er kicherte und beugte sich schwankend über die Mülltonnen, um den schmierigen Zement zu inspizieren. »He, wo is'

Piney hin? Haste Piney gesehen, Drac?« Er bezog sich auf eine funktionalere Version seiner selbst, einen schäbigen Tagedieb, dessen Existenz mir schon lange vage bewußt gewesen war.

»Ladida«, sagte der Tropf, der sich ohne meine Unterstützung weiter selbst zerstört hätte, wenn er mich nach dem Brabbeln seines Mantras nicht plötzlich mit einer abscheulichen Mischung aus Entzücken und Verwirrung angeschielt und gesagt hätte: »He, Mann, dich hab ich aber wirklich lange nicht gesehen. Ich dachte, ich hätte gehört... ich dachte, du wärst... äh...«

Bei dem Burschen handelte es sich um Erwin »Pipey« Leake, der vor dreißig Jahren ein trinkfester junger Englischdozent an der Albertus University gewesen war. In meiner Zeit als Bohemien hatte er zu meinen Jüngern gezählt.

»Ist Star... Star Dunstan, ist sie nicht...«

Ich packte ihn am Hals und schmetterte seinen Kopf gegen die Ziegel. Er zerrte an meinem Handgelenk, aber ich krallte meine Hand in sein Gesicht und stieß den Kopf noch zweimal an die Mauer. Die Augen meines einstigen Jüngers schwebten nach oben, und der Gestank nach totem Fisch stieg aus seinem Mund. Ich ließ ihn los, und er sackte zwischen den Mülltonnen zusammen. Ich trat ihm mit dem Stiefel auf den Kopf, hörte den Schädel bersten und stampfte weiter, bis die Seite seines Kopfes weich geworden war.

Solche Idioten sollten klug genug sein, um zu wissen, wann sie das Maul halten müssen.

Ihr großen Wesen, die Ihr Euch in Äonen diesen Worten widmen werdet, niedergeschrieben von Eurem demütigen Diener, Ihr allein begreift meine Gewißheit, daß eine große Veränderung in der Luft liegt. Jene heilige Mission, die mir der Meister aus Providence anvertraut und so schelmisch verschleiert hat, nähert sich allmählich ihrem Höhepunkt auf der Bühne dieser Welt. Während ich ungesehen durch die Stadt streife, wird der Informationsfluß deutlicher und intensiver. Mit sich bringt er die Erfüllung jener Verheißung, auf die ich warte, seit ich als Junge bei den Füchsen und Eulen in Johnson's Woods in die Lehre ging.

Da liegt in einem Zimmer voller Mikrowellenherde und Laptops nichtsahnend ein professioneller Dieb und gelegentlicher Brandstifter namens Anton »Frenchy« La Chapelle, im Schlaf umschlungen von Cassandra »Cassie« Little, einer hartgesottenen kleinen Schlampe. Hallo, Frenchy, du erfreulich übler Zeitgenosse! Du weißt es zwar noch nicht, aber ich habe den Eindruck, daß dein nutzloses Leben endlich doch einem Zweck dienen wird.

Dort schlummert im Obergeschoß einer billigen Pension Otto Bremen, von Beruf Schülerlotse einer Grundschule, vor seinem Fernsehgerät. In seinem Schoß steckt eine nicht ganz leere Flasche Bourbon; der letzte Zentimeter einer Zigarette brennt unaufhaltsam auf die ersten beiden Finger seiner rechten Hand zu. Der Zusammenhang zwischen der Zigarette und Frenchys Nebenberuf verweist auf eine Möglichkeit, jedoch sind viele Dinge möglich, Otto. Aber ganz gleich, ob du bei einem Feuer sterben wirst oder nicht – ich nehme an, du wirst es –, ich wünsche mir mit der Zärtlichkeit, die der Marionettenspieler für seine ebenso gefühllosen wie fügsamen Geschöpfe empfindet, du mögest wenigstens einen winzigen Teil des Triumphs erfahren, der auf mich zustürmt.

Denn in den geheimen Winkeln meiner Stadt sehe ich schon die Vorboten des blauen Feuers. Es schwebt über Frenchy und seiner Partnerin, es läuft am Arm des Schülerlotsen entlang und sammelt sich einen erregenden Moment lang in den Regenrinnen der Cherry Street, wo die noch lebenden Dunstans ihr erbärmliches Dasein fristen. Gewaltige Kräfte sind dabei, ins Spiel zu kommen. Um unser winziges, erleuchtetes Podium, das inmitten der kosmischen Finsternis schwebt, versammeln sich die alten Götter, meine wahren Ahnen, mit dem Rauschen ledriger Flügel und dem Klappern ekelhafter Klauen, um Zeugen dessen zu werden, was ihr Urenkel vollbringen wird.

Ein höchst wundersames Ereignis hat stattgefunden. Star Dunstan ist heimgekommen, um zu sterben.

Kannst du mich hören, du ausgekotztes Stück Dreck?

Hör mir zu, du erschöpfter Sack aus Haut und Knochen:

Meine innigste Hoffnung ist, daß dein Fleisch Blasen werfen möge, daß du nach den kleinsten Atemzügen ringen und dabei spüren mögest, wie deine Organe einzeln in dir explodieren, und so weiter und so fort, daß deine Augen platzen und dergleichen mehr. Da ich nicht fähig sein werde, jene Dinge für dich zu inszenieren, mein verflossenes Herzblatt, werde ich mein Bestes tun, sie unserem Sohn angedeihen zu lassen.

3

Von Anfang an hatte ich das Gefühl, daß etwas äußerst Bedeutsames, etwas, ohne das ich nie vollständig sein konnte, einfach *fehlte*. Als ich sieben war, erzählte mir meine Mutter von einer komischen Sache, die ich mir angewöhnte, kaum daß ich gelernt hatte, mich alleine aufzusetzen: Ich drehte mich um und versuchte, hinter mich zu blicken. Bums, fiel ich um, aber sobald ich auf dem Boden gelandet war, wandte ich den Kopf, um dieselbe Stelle hinter mir zu betrachten. Laut Star meinte Tante Nettie dann: »Der Junge denkt wohl, daß der Doktor ihm bei der Geburt den Affenschwanz abgeschnitten hat.« Und Onkel Clark sekundierte: »Er scheint zu meinen, daß sich jemand an ihn ranschleicht.«

»Sie dachten, daß etwas an dir nicht in Ordnung ist«, erklärte mir Star, »was bei mir als Mutter irgendwie zu erwarten war. Ich sagte dann: ›Mein kleiner Neddie ist blitzgescheit – er schaut, ob sein Schatten ihm ins Haus gefolgt ist.‹ Da haben sie den Mund gehalten, denn genauso hast du ausgesehen: als würdest du versuchen, deinen Schatten zu finden.«

Ich kann kaum beschreiben, wie sehr diese Worte mich zugleich erleichterten und tiefer in die Ungewißheit stießen. Star hatte mir den Beweis geliefert, daß mein Gefühl eines Verlustes real war, denn es hatte schon lange, bevor ich es hätte erfinden können, zu mir gehört. Offenbar war mir schon damals, als ich noch nicht laufen konnte und als mein Denken kaum mehr registrierte als Zustände wie Hunger, Angst, Geborgenheit und Wärme, bewußt gewesen, daß etwas fehlte, was immer es auch war; und wenn ich versuchte, hinter mich zu blicken, wollte ich es finden. Wenn ich aber schon im Alter von sechs Monaten nach diesem abwesenden Element suchte, bedeutete das nicht, daß es zu irgendeinem Zeitpunkt nicht abwesend gewesen war?

Ein paar Tage später beschloß ich, Star über den Unterschied zwischen mir und anderen Kindern zu befragen. Bestimmte Fakten ließen mich zögern, wie schon mehrfach zuvor. Wenn alle anderen Kinder einen Vater hatten, mußte dann nicht auch ich einen haben? Oder konnte jemand wie Onkel Clark oder Onkel James es übernommen haben, die Papiere zu unterzeichnen oder was Männer so taten, um zu Vätern zu werden? Onkel Clark und Onkel James stellten so wenig väterliche Gefühle zur Schau, daß sie sich anzustrengen schienen, meine Existenz wenigstens zu tolerieren. Von Anfang an fühlte ich mich in ihren Häusern nur willkommen, wenn ich mein bestes Benehmen an den Tag legte. Ein Kind weiß um solche Dinge. Es weiß, wenn es sich seine Anerkennung verdienen muß. Außerdem besaß ich bereits den Sinn eines Pflegekindes für emotionale Verpflichtungen, und meine Mutter war so unberechenbar wie das Wetter.

Im Sommer meines siebten Lebensjahres hatte Star ein angenehmes und entspanntes Verhältnis zu ihrer Familie. Ihre Unrast war etwa nur halb so ausgeprägt wie sonst. Zum ersten Mal im Leben hörte ich Geschichten über ihre Kindheit und darüber, wie ich selbst als Baby gewesen war. Sie half Tante Nettie in der Küche und ließ Onkel Clark schwadronieren, ohne ihn anzufahren, er sei ein bigotter Ignorant. Sie wäre allerdings nicht Star Dunstan gewesen, hätte sie sich nicht für einen Lyrikworkshop und einen Abendkurs im Aquarellmalen eingeschrieben. Beides fand an der Albertus University statt, die Onkel Clark »Albino U.« nannte.

Drei Tage die Woche arbeitete Star im Leihhaus ihres Stiefvaters Toby Kraft, der Jahre zuvor trotz der einmütigen Mißbilligung aller Dunstans ihre Mutter geheiratet hatte. Das familiäre Mißtrauen ihm gegenüber hatte Toby Kraft noch dadurch verstärkt, daß er seine Braut in seine Wohnung über dem Leihhaus geholt hatte, statt sich der Cherry Street zu unterwerfen. Obwohl ihm alle Ablehnung entgegenbrachten, hatte er bis zu Queenies Tod an allen Familientreffen teilgenommen und tat dies auch weiterhin.

Der Tod meiner Großmutter war übrigens auch der Grund für Stars Rückkehr nach Edgerton und meine Erlösung von meinem letzten Pflegeelternpaar gewesen. Erst viel später habe ich begriffen, daß Star damals so gelassen und erleichtert war, weil ihre Mutter nicht mehr da war und sie mit immerwährender Verachtung übergoß. Bei Stars zweitem Job ging es nach ihren Worten darum, ein paarmal pro Woche an der Universität »Modell zu stehen«. Damals hatte ich keine Ahnung, daß das bedeutete, nackt für die Teilnehmer eines Zeichenkurses zu posieren.

Unser geregeltes Leben gab mir also Gelegenheit, meine Frage zu stellen. Ich wartete, bis wir allein in Tante Netties Küche waren. Star spülte ab und ich trocknete die Teller, während Tante Nettie auf der Veranda im Schaukelstuhl saß und mit Tante May schwatzte. Onkel Clark und Onkel James saßen vor dem Fernseher und widmeten sich einem Krimi. Star gab mir einen Teller, und ich fuhr mit dem Tuch über dessen glänzende Oberfläche, während sie ein Jazzkonzert beschrieb, das sie einen Monat nach meiner Empfängnis im Auditorium der Universität gehört hatte.

»Zuerst bin ich mir nicht mal sicher gewesen, ob die Band mir gefallen hat. Es war ein Quartett von der Westküste, und ich hab nie besonders auf West-Coast-Jazz gestanden. Aber dann hat sich der Saxophonspieler – wie ein Storch hat er ausgesehen – von der Rundung des Flügels weggestoßen, sein Alt in den Mund gesteckt und ›These Foolish Things‹ gespielt.« Die Erinnerung war offenbar noch immer so kraftvoll, daß ihr der Atem stockte. »Und – ach, Neddie – es war, als würde ich an einen neuen Ort kommen, von dem ich nie zuvor gehört hatte, an dem ich mich aber sofort zu Hause fühlte. Er hat die Melodie nur kurz angedeutet und sich gleich davon gelöst, um dann immer höher zu fliegen. Und alle Töne, die er gespielt hat, haben sich miteinander verbunden, alles hat sich Schritt für Schritt entfaltet, wie eine Geschichte. Neddie! Es war, als würde sich vor mir die ganze Welt öffnen. Es war wie eine Reise in den Himmel. Wenn ich so singen könnte wie dieser Mann Saxophon spielte, Neddie, ich würde die Zeit anhalten und einfach ewig weitersingen.«

Sie versuchte, mir die Bedeutung zu vermitteln, die die Musik in ihrem Leben spielte, doch damals hatte ich keine Ahnung von der Wirkung, die diese Worte auf mich haben würden. Jedenfalls wäre es mir nie in den Sinn gekommen, eines Tages den Taumel empfinden zu können, den sie mir damals beschrieben hatte. All dies lag noch in weiter Ferne, und ich dachte lediglich, sie wollte mich davon abbringen, meine Frage zu stellen.

Als sie schwieg, sagte ich: »Ich will wirklich mal was wissen.«

Sie wandte den Kopf und lächelte mir zu, noch immer von der Erinnerung an die Musik beseelt und offenbar in der Erwartung, daß ich eine Frage dazu stellen würde. Dann erlosch das Lächeln, und sie hörte auf, die Hände im Wasser zu bewegen. Sie ahnte wohl, daß meine Frage nichts mit einem Altsaxophonsolo über »These Foolish Things« zu tun hatte.

»Frag nur.« Mit gefaßtem Ernst zog sie einen Teller aus dem Schaum.

Mir war klar, daß alles, was sie mir nun erzählen würde, eine Lüge war, aber daß ich diese Lüge so lange glauben würde wie irgend möglich. »Wer ist mein Dad? Onkel Clark ist es nicht, oder?«

Sie warf einen Blick über die Schulter, schüttelte den Kopf und lächelte auf mich herab. »Nein, Schatz, das ist er bestimmt nicht. Wenn Onkel Clark dein Daddy wäre, müßte Tante Nettie ja deine Mami sein, und dann hättest du nicht viel zu lachen, was?«

»Aber wer ist es dann? Was ist mit ihm passiert?«

Sie schien sich ganz darauf zu konzentrieren, den Teller in ihren Händen zu schrubben. Heute weiß ich, daß sie bei dem Konzert, von dem sie gesprochen hatte, neben meinem Vater saß. »Dein Vater ist gleich nach unserer Hochzeit zur Armee gegangen. Weil er so klug und stark war, hat es nicht lange gedauert, bis man ihn zum Offizier ernannt hat.«

»Er ist Soldat gewesen?«

»Einer der besten Soldaten, die es je gegeben hat«, sagte sie und zementierte damit meinen Zweifel ebenso wie mein Bedürfnis, ihn zu leugnen. »Man hat ihn an Orte geschickt, wo gewöhnliche Soldaten nicht hin konnten. Er durfte mir nichts davon erzählen. Wenn man einen streng geheimen Auftrag hat, darf man nicht darüber sprechen.« Sie hielt den Teller unter den laufenden Wasserhahn und reichte ihn an mich weiter. »Bei so etwas war dein Vater auch, als er gestorben ist. Er war auf einer geheimen Mission. Ich habe nur erfahren, daß er als Held gestorben ist. Und in einem Heldengrab ist er auch beerdigt, hoch oben auf einem Hügel über dem Meer, auf der anderen Seite der Erde.«

Ich sah eine amerikanische Flagge auf einem Felsvorsprung wehen, hoch über silbern glänzendem Wasser und endlosen Wellen. Sie markierte das Grab von etwas, ohne das ich für immer unvollständig sein würde.

»Eigentlich hätte ich dir das gar nicht erzählen dürfen, aber jetzt bist du alt genug, um es für dich zu behalten. Sonst weiß niemand, was ich dir gerade gesagt habe, mit Ausnahme seiner Vorgesetzten.«

Wir spülten und trockneten das restliche Geschirr in gespanntem, aber vertraulichem Schweigen. Ich wußte, daß sie in Eile war – sie mußte sich umziehen und zu ihrem Aktkurs fahren –, doch auf dem Weg zur Küchentür hielt sie inne und wandte sich nach mir um. »Ich möchte, daß du noch etwas anderes erfährst, Neddie. Dein Vater ist nicht das einzige, worauf du stolz sein kannst. Früher war unsere Familie sehr wichtig hier in Edgerton. Das meiste davon hat man uns genommen, aber die Leute denken noch daran, und deshalb sind wir auch anders als alle anderen. Du kommst aus einer besonderen Familie.«

Ich setzte mich auf den Wohnzimmerteppich und versuchte herauszufinden, was an meinen Tanten und Onkeln so besonders war. Die TV-Kommissare hatten den wöchentlichen Mordfall gelöst, und meine Tanten waren hereingekommen, um auf dem grünen Sofa jetzt ihrer Lieblingssendung zu frönen. Von meiner niederen, seitlichen Warte aus glichen Nettie und May ägyptischen Statuen. Ihre massigen Leiber in den formlosen bedruckten Kleidern erhoben sich Seite an Seite über vier gewaltigen, unbeweglichen Beinen. In einem ärmellosen Netzhemd lag Onkel Clark in seinem Sessel; seine Hosenträger waren am Bund der braunen Wollhose befestigt, den breiten Mund verzog er zu einem höhnischen Grinsen. Mit geschlossenen Augen und über der Brust gekreuzten Armen füllte Onkel James den hohen Schaukelstuhl. Ein Mann mit lockigem blondem Haar und aristokratischem Profil sägte auf einer Violine.

»Mr. Florian Zabach hat sein Talent unmittelbar aus Gottes Hand empfangen«, sagte Tante Nettie. »Schönere Töne hab ich in meinem ganzen Leben nicht gehört.«

»Erinnerst du dich noch, wie wir nach Chicago gefahren sind, um Eddie South zu hören?« sagte Onkel Clark.

»Eddie South hat seiner Fiedel einen wunderschönen Klang entlockt«, sagte Tante May. »Ich habe mich gefragt, ob er vielleicht zu unserem Schlag gehörte. Ich finde, das trifft auf eine ganze Reihe Musiker zu.«

»Du Schwatzliese«, sagte Nettie. »Paß auf, was du sagst.«

Onkel James schnarchte und regte sich, und die drei anderen beobachteten ihn, bis sein Kinn so weit herabgesackt war, wie es sein stämmiger Hals erlaubte.

»Genau der Klang war es, weshalb man Eddie South den ›dunklen Engel der Geige‹ genannt hat«, sagte Onkel Clark. »Aber wenn Stuff Smith auf die Bühne käme, würde er euren schwindsüchtigen Schönling da problemlos in die Tasche stecken.«

»Nettie«, sagte Tante May und zeigte auf den Bildschirm, »ich glaube, Mr. Welk hat etwas zugenommen.«

Meine Augenlider sanken herab, und ich richtete mich auf, um nicht wie Onkel James mitten im Wohnzimmer einzuschlafen.

Als meine Mutter in unser Zimmer kam, erwachte ich. Ich wartete, während sie sich auszog, das Nachthemd überstreifte und sich zu ihrem Bett tastete. Ich hörte, wie sie das Laken herauszerrte und ihrem Kissen die richtige Form gab. Sie hatte den Geruch von Rauch und Bier ins Zimmer mitgebracht, gemischt mit frischer Luft und Sommerregen, und ich versuchte, diese Spuren ihres Abends zu entwirren, während sie sich entspannte und einschlief. Ihr Atem dehnte sich und wurde langsamer. Als ich hörte, wie er ihr in der Kehle steckenblieb, um sich dann als halbes Schnarchen wieder zu lösen, schlich ich durchs Zimmer und kroch neben sie unter die Decke. Star erschien mir gewaltig, wie ein riesiges weibliches Tier, umhüllt von der Atmosphäre der Abenteuer, durch die sie auf ihrem Heimweg geschritten war. Ich schmiegte mich mit dem Rücken an ihren. Sofort verdoppelte mein Körper sein Gewicht und begann, auf den Mittelpunkt der Erde zuzugleiten, wo mein heldenhafter Vater begraben lag. Star erschauerte und sprach ein einziges Wort, das ich in meinen Händen fing, während ich aus der Welt bewußten Denkens stürzte. *Rinehart.*

4

Beim flüsternden Platzen einer Naht blickte ich über meine Schulter, sah auf der sonnigen Cherry Street einen Schatten fliehen und fiel vor Überraschung auf mein Hinterteil. Mindestens einmal die Woche geschah dies in meiner Kinder- und Jugendzeit, sobald mein Kopf das Kissen berührte. Mein Schatten verlängerte sich auf dem weißen Gehsteig, bog sich seitwärts und huschte um die Ecke. Der Schrecken eines unwiederbringlichen Verlustes ließ mich auf dem warmen Pflaster erstarren. Dann rappelte ich mich auf, rannte zur Ecke und sah meinen Schatten wie eine solide Substanz vor mir über das Pflaster schweben. Als ich vorwärtsstürzte, neigte der Gehsteig sich wie eine Rutschbahn, und die vertrauten Häuser mit ihren dunklen Veranden zerflossen in der Hitze.

Edgerton war verschwunden.

Ich rannte einen ausgetretenen Pfad entlang, der zu einem schmalen Fluß mit einer gewölbten Holzbrücke führte. Der aufrechte Schatten hastete weiter. Am anderen Ende der Brücke markierte eine Reihe verkrüppelter Bäume den Saum eines Waldes. Über den Baumkronen erkannte ich den Dachgiebel und die zerborstenen Fenster eines verlassenen Hauses. Mein Schatten bewegte sich den Brückenbogen hoch, lehnte sich an das geschwungene Eisengeländer und stellte spielerisch einen Fuß vor den anderen. Er sah mich an, obwohl er sich nicht zu mir umgewandt hatte.

Wie eine optische Täuschung wich der spöttische Schatten mit jedem meiner Schritte weiter zurück. Als ich endlich auf der Brücke stand, betrachtete er mich aus fünfzig Metern Entfernung von einem Punkt aus, der sich ein gutes Stück über meinem Kopf befand.

»Du versuchst wohl, mich zu fangen«, sagte mein Schatten.

»Ich brauche dich«, sagte ich.

»Dann solltest du mitkommen.« Der Schatten vollführte sein Kunststück, Vorder- und Rückseite umzuwechseln, und glitt weiter.

Als ich den Scheitel des Brückenbogens erreicht hatte, war der Schatten schon weit auf der geneigten Ebene entfernt. Das eiserne Geländer war an dieser Stelle schmal und grazil, die Bohlen bogen sich unter meinem Gewicht.

Der Schatten klopfte aufs Geländer. »Je länger es wird, desto dünner wird es. Wie ein Sahnebonbon. Schließlich verschwindet es.«

»Kann ich zum anderen Ende kommen?«

»Vielleicht, wenn du anständig ins Rutschen kommst. Nimm Schwung.«

»Wir brauchen einander«, sagte ich. »Wir sind dasselbe Wesen.«

»Du bist ich, und ich bin du, ja«, sagte der Schatten. »Aber nur in dem Sinne, daß wir die Eigenschaften besitzen, die dem anderen fehlen. Leider sind deine Eigenschaften langweilig.«

»Langweilig?«

»Ach je, tue ich auch das Richtige? Was denken die Leute über mich? Warum mögen sie mich nicht?« Der Schatten warf die Hände in die Luft, als wollte er einen Schwarm Stechmücken vertreiben. »Mir ist es scheißegal, was die Leute über mich denken.«

»Du bist ein Schatten«, sagte ich. »Die Leute denken gar nichts über dich.«

»Warum willst du mich dann zurückbekommen?«

Darauf hatte ich keine Antwort.

»Du wirst noch sechs oder sieben Jahre lang abends nicht mal alleine ausgehen können. Wann rauchen wir unsere erste Zigarette? Wann kippen wir unseren ersten Schnaps? Und wann haben wir richtigen Sex?« Er schüttelte widerwillig den Kopf. »Ich will die *Dunkelheit*, ich will die *Nacht*. Ich will ein großes Steak vor mir und ein Glas Whisky daneben. Ich will Spielkarten in der Hand, eine Zigarre im Mund und ein bißchen erwachsenen Spaß; aber, Kleiner, mit dir zusammen wird es zu anstrengend sein, das alles zu bekommen.«

»Ohne mich kannst du es gar nicht bekommen«, sagte ich.

»Im Gegenteil. Ohne dich kann ich alles tun, was ich will. Wenn du mich fängst, muß ich zwar zurückkommen, aber ich werde nicht leicht zu fangen sein, und bei der Verfolgung wirst du in beträchtlicher Gefahr schweben.«

»In was für einer Gefahr?« fragte ich.

»In so einer zum Beispiel.« Er schwang den Arm auf den Wald zu. Imaginäres blaues Feuer sprang von Ast zu Ast. Mein Herz wurde kalt, mein Gemüt zu einem Stein.

5

Vier Jahre, bevor der eben beschriebene Traum begann, zwei, drei Nächte pro Monat meinen Schlaf zu zerrütten, hatten meine Onkel und Tanten einen schlüssigen Beweis für ihre Vermutung erhalten, Star habe kein unbeschädigtes Kind hervorbringen können. Ich hoffe, sie waren zufrieden. Ich war es nicht, denn ich hatte mich auf meinen dritten Geburtstag gefreut.

Ich weiß noch, daß Luftballons an den Wäscheleinen tanzten und daß eine lange Leiter neben dem Gartentisch am Haus lehnte, und ich erinnere mich auch daran, was ich trug. Unter den wenigen Habseligkeiten meiner Mutter, die ich noch besitze, befindet sich ein Foto von mir, auf dem ich ein gestreiftes T-Shirt und eine neue Latzhose trage, beides Geschenke von Queenie. Ich muß einfach die Wahrheit sagen: Ich war ein Engel von einem Kind. Träfe ich ein solches Kind, würde ich ihm einen Dollar in die Hand drücken, nur um dem Glücksgott zu huldigen. Zu meinen Gunsten, meine ich, nicht zu seinen. Aber wenn ich jetzt dieses Engelsgesicht betrachte, frage ich mich unausweichlich, was sich wohl hinter diesem lächelnden kleinen Jungen verbirgt.

Das heißt:

Ich frage mich, ob er schon dieses leichte, zunehmende Kitzeln verspürt, als liefe eine elektrische Strömung an seinen Armen entlang in die Brust. Ich frage mich, ob sein Mund sich trocken anfühlt, ob die Farbstreifen auf seinem Hemd und das leuchtende Rot und Gelb der Ballons schon zu glühen begonnen haben. Dieser engelgleiche Junge in seinen Geburtstagskleidern mag gespürt haben, wie sich die Schrauben um das Herz der Welt fester zogen, aber er hat keine Ahnung von dem Elend, das auf ihn zustürmt. Noch hat er das erste heimliche Züngeln des blauen Feuers nicht gesehen.

Die Onkel und Tanten, meine Großmutter und meine Mutter müssen den Großteil des Vormittags damit verbracht haben, die Szenerie vorzubereiten. Jemand hatte die Ballons aufgeblasen und sie mit Hilfe der Leiter an den Wäscheleinen befestigt. Ein mit Geburtstagskuchen und Kerzen bedrucktes Papiertuch war auf dem Gartentisch ausgebreitet, der mit Papiertellern, Plastikbechern und -besteck gedeckt war. (Nun, da ich weiß, wie sie es geschafft hatten, das ganze Zeug zu besorgen, bemitleide ich den Eigentümer des nahen Gemischtwarenladens.) Krüge mit frischer Limonade und Kirschgetränk beschwerten zusammen mit Schüsseln und Schalen das Tischtuch. Tante Nettie hatte einen Thunfischauflauf gemacht, Tante May ein Tablett mit panierten Hühnerschenkeln beigesteuert, und Queenie hatte ihren legendären Süßkartoffelpie gebacken. Onkel Clarence und Tante Joy, die sonst zurückgezogen lebten, hatten sich bereit erklärt, ihr Haus auf der anderen Straßenseite zu verlassen, ein so abweisendes und seltsam riechendes Gebäude, daß mir davor graute, es zu betreten. Clarence hatte sein Banjo mitgebracht, Joy einen Laib Olivenbrot beigetragen. Star hatte Wackelpeter mit Limonengeschmack gemacht und den Geburtstagskuchen gebacken, eine luftige Torte mit Schokoladenglasur. Ich weiß noch, wie Toby Kraft – so weiß im Gesicht, daß er mich an die Titelfigur aus *Casper – Der freundliche Geist* erinnerte – um den Tisch herumstolzierte und den Leuten auf den Rücken klopfte.

Die Gäste müssen geplaudert haben, sie müssen Geschichten erzählt und sich gegenseitig aufgezogen haben, während sie sich über das panierte Huhn hermachten. Daran kann ich mich aber ebensowenig erinnern wie an die Katastrophe selbst. Woran ich mich erinnern kann – es ist das dominierendste mentale Foto, das ich von meinem dritten Geburtstag habe –, ist ein so aus dem Rahmen fallendes Bild, daß es sich unauslöschlich in mein Hirn gegraben hat.

Es beginnt mit einem plötzlichen Bewußtsein der Wärme und Farbe des Lichts, als hätte ich nie zuvor wirklich bemerkt, wie diese reiche, vibrierende Substanz vom Himmel strömte und die Welt wie eine Flüssigkeit bedeckte. Ich sah, wie die Helligkeit sich als leuchtende Haut auf den Handrücken meiner Mutter sammelte. Dann tat sich die Erde unter mir auf, und ich stürzte hinab, weg vom Gartentisch, zu erschrocken, um Angst zu haben. Als ich zur Ruhe kam, befand ich mich in einem großen, ungepflegten Zimmer. Bücher bedeckten einen Tisch und lagen stapelweise auf dem Boden. In der Ferne zeterte eine verbitterte Stimme etwas von Rauch und Gold. Meine Augen hefteten sich auf den Kaminsims, wo neben herabhängenden Farnwedeln ein Fuchs behutsam auf den Rand einer Glasglocke zuschritt. Auf der anderen Seite des gläsernen Fuchskerkers schwangen die

Gewichte einer Messinguhr hin und her. Ich war *zurückgeschoben* worden und befand mich im Museum der Vergangenheit.

Es endete so rasch, daß ich keine Zeit zu reagieren hatte. In dem Raum zwischen den zwei Hälften einer Sekunde war ich mit enormer Geschwindigkeit zu meinem Stuhl am Gartentisch zurückgereist. Die Gegenwart hatte mich wieder. Den Bruchteil eines Herzschlags nach dem Moment, in dem ich das Sonnenlicht auf den Händen meiner Mutter hatte leuchten sehen, erzählte Onkel James Onkel Clark noch immer denselben Witz, Tante May erfreute sich noch immer lächelnd der Komplimente über ihr paniertes Huhn – ich erfinde diese Details, um die Normalität der Szene anzudeuten, aber ich erinnere mich nur an das, was ich zuvor beschrieben habe. Inzwischen mußten die Empfindungen in meinem Körper ein nahezu unerträgliches Maß erreicht haben.

»Du bist von der Gartenbank geklettert«, berichtete Star, nicht einmal, sondern oft. Sie erzählte diese Geschichte immer wieder, um besser damit umgehen zu können. »Ich habe dich gefragt, ob irgend etwas nicht in Ordnung ist, aber du hast einfach die Hände vor die Augen geschlagen und bist losgerannt. Toby Kraft hat noch versucht, dich zu packen, aber du bist an ihm vorbeigerast, schnurstracks auf die Leiter zu. Ich weiß nicht, woher ein kleines Ding wie du so eine Kraft hatte, aber – krachbumm! – fiel die Leiter auf den Tisch, direkt neben meine Mutter. Das Essen ist senkrecht in die Luft geflogen. Clarence war gerade dabei, sich Kirschsaft einzuschenken, und der Krug fiel ihm aus der Hand und landete im Kuchen.

Als du am Kopfende des Tischs vorbei warst, bist du flach auf den Boden gefallen und steif wie ein Brett geworden. Die Krämpfe waren so schlimm, daß du richtig vom Boden hochgefedert bist. Schaum ist dir aus dem Mund getreten. Ich habe gehört, wie Onkel Clark etwas über Tollwut gesagt hat, und ich hab ihm eins über die Rübe gegeben, ohne auch nur eine Sekunde stehenzubleiben. Manche von den Leuten da waren so sehr damit beschäftigt, sich abzuwischen und um Mama zu kümmern, daß sie gar nicht gesehen haben, was mit dir geschah! Ich schwöre, ich hatte soviel Angst, daß ich dachte, ich würde gleich in Ohnmacht fallen. Als ich dich dann in die Arme genommen habe, konnte ich dich nicht einmal richtig festhalten.

Dann bist du erschlafft. Ich hab dich aufgehoben und ins Bett getragen. Nach einer Weile sind Nettie und May erschienen, um dir die Hand auf die Stirn zu legen und mir von allen möglichen Leuten zu erzählen, die ihres Wissens einmal Anfälle gehabt hatten. Das hab ich ertragen, solange ich konnte, und sie dann hinausgescheucht.

Der Doktor hat gemeint, es hätte viele Ursachen haben können. Zuviel Aufregung. Wassermangel. Er hat dich hochgenommen, dich auf seinen Schoß gesetzt und gesagt: ›Neddie, deine Mami sagt, du hast dir die Augen zugehalten, bevor das alles losgegangen ist. War das, weil du etwas gesehen hast, was du nicht mochtest?‹«

Wie alt war ich, als sie das einfließen ließ? Acht?

»Also, das hat mich umgehauen, weil ich mich nämlich dasselbe gefragt hatte. Du warst zu klein, um ihm eine Antwort zu geben, und außerdem glaube ich nicht, daß du dich an irgend etwas erinnert hast. Aber, Schatz, im nächsten Jahr hast du dir die Augen wieder zugehalten, und auch an deinem fünften Geburtstag. Hast du da etwas gesehen, was dich unglücklich gemacht hat?«

Ich habe Star nie anvertraut, was während meiner »Anfälle« geschah. Lange Zeit wäre ich gar nicht in der Lage gewesen, diese Visionen zu beschreiben, und später hatte ich Angst davor, verrückt zu klingen. Es war schon schlimm genug, daß andere Leute mich auf dem Boden zappeln sahen – noch schlimmer wäre es gewesen, wenn sie gewußt hätten, was in mir vor sich ging.

Selbst jetzt, wo ich darüber schreibe, ist es wie der Versuch, ein halbzerstörtes Mosaik zu rekonstruieren. Viele Muster und Bilder scheinen in Frage zu kommen, und selbst wenn man meint, die Struktur erkannt zu haben, kann man sich noch lange nicht sicher sein, ob man sie dem Bild nicht nur aufgedrängt hat. Am Rande stehen Männer und Frauen; ein Teil von ihnen beschäftigt sich mit dem, was auf der fehlenden Fläche dargestellt ist. Manche lächeln, manche scheinen vor Verwunderung oder Schock erstarrt zu sein. Andere haben den Blick abgewandt: Haben sie sich entschieden, das rätselhafte Ereignis zu ignorieren, oder haben sie es nur noch nicht bemerkt?

6

Das Wesen der Geschichte meines dritten Geburtstags wird nie rekonstruiert werden können. Die an ihren Rändern arrangierten Menschen – meine Tanten und Onkel, meine Großmutter, Toby Kraft – starren ins Leere. Meine Mutter hält mich in den Armen, aber sie hat den Kopf abgewendet.

Der Pfad zur Erkenntnis führt abwärts, und jeder, der beschließt, ihn zu begehen, sollte eine Rüstung anlegen, ein Schwert mitnehmen und sich an die Vorstellung gewöhnen, daß, falls er überhaupt zurückkommt, alle, mit denen er dann spricht, ihn für einen Schwindler halten werden.

7

Es mag wohl so ausgesehen haben:

Durch Wände blauen Feuers folge ich einem Wesen in die gewöhnliche Welt, wo wir neben einem Haus stehen. Ein Basketballkorb hängt über dem Garagentor; ein Fahrrad lehnt am Rand der Zufahrt auf seinem Ständer. Die erleuchteten Fenster glühen in leuchtendem Türkis, die dunklen Fenster glänzen blauschwarz. An der Haustür ist eine Nummer, und ich sehe ein Straßenschild, aber da ich erst drei bin und noch nicht lesen kann, sind das Symbole ohne Bedeutung. Gleichzeitig völlig unbekannt und zutiefst vertraut, erschreckt mich das Wesen neben mir wie Tante Netties Geschichten vom Schwarzen Mann. Die Krempe seines schwarzen Huts wirft einen Schatten auf sein Gesicht. Sein Mantel reicht fast bis zum Boden.

In meinem Schrecken wende ich mich ab und sehe die dunklen Umrisse von Bergen wie Tiere in den Himmel steigen. Blaues Sternenlicht läßt die zerklüfteten Grate sichtbar werden und leuchtet auf steilen Schneefeldern. Die Luft riecht nach Weihnachtsbäumen.

Das Wesen bewegt sich vorwärts, und ein Druck, stark wie eine Flut, drängt mich, ihm zu folgen. Es wendet sich dem Hauseingang zu und betritt die Türmatte. Übermütige Flammen umzüngeln es. Mit einer Hand greift es in seinen Mantel, mit der anderen drückt es die Türglocke. Es müßte die Glocke nicht benutzen, denn es könnte durch die geschlossene Tür schweben, aber das Läuten der Glocke amüsiert es. Wie kraft einer Einsicht gerate ich dann ins Innere des Wesens und blicke voll Grauen durch seine Augen. Ich sehe eine blauweiße Hand ein Messer aus den Tiefen des schwarzen Mantels ziehen. Flammen laufen an der Klinge entlang. Die ungeöffnete Tür ist ein blaues Tuch.

Auf der anderen Seite des schimmernden Gewebes nähert sich ein korpulenter Mann in Jeans und Sweatshirt. Seine herabgezogenen Mundwinkel verraten mir, daß er verärgert ist. Er umschließt den Türknauf mit der Hand, und noch während er ihn dreht, tritt er vor, um den Eingang zu blockieren. Das spielt sich innerhalb weniger Sekunden ab. Als der Mann die Tür öffnet und sich vorschiebt, versuche ich mit aller Macht, mich dem Wesen zu entziehen. Eine Kraft schreitet ein und hält mich fest. Vor mir flackern die Augen des Mannes auf und verdunkeln sich. Ich will schreien, aber mein Mund gehört nicht mir und verweigert den Gehorsam. Wir folgen dem Mann durch die Tür, und mit uns wogt das blaue Feuer. Sekundenlang ist es wie ein Tanz – das rechte Bein des Mannes gleitet zurück, unser linkes Bein gleitet vor, und wir bewegen uns im Gleichklang. Er neigt sich zur Seite, um zu entkommen, und wir neigen uns mit ihm. Seine Zähne glänzen milchig blau.

Das Messer gleitet in den Streifen Fleisch zwischen dem unteren Rand seines Sweatshirts und dem Bund seiner Jeans. Der Mann unterbricht den Tanz, indem er wie festgewurzelt stehenbleibt. Wir lehnen uns so eng an ihn, daß unser Kinn sich an seiner Wange reibt. Er gibt ein Geräusch von sich, legt die Hände auf unsere Schultern und richtet sich auf; und dann haben wir den Tanz wieder aufgenommen. Wir treten hinter ihn und reißen das Messer hoch. Die Knie knicken ihm ein. Ein Blutstrom ergießt sich über seine Jeans, ganz schwarz im zitternden blauen Licht. Eine silberne Schlinge erscheint. Eine weitere Schlinge rutscht heraus. Ich spüre, wie sich die Spannung um mich löst, und reiße mich los.

Dann stehe ich hinter dem Wesen und kann nichts anderes tun, als mit anzusehen, was ich nicht begreifen kann.

Der Mann läßt die Hände zu den Schlingen sinken und hält sie fest, als ob er ein Opfer darbringen wollte. Langsam versucht er, sie wieder in seinen Körper zu schieben.

Das Wesen sagt: »Mr. Anscombe, wie ich annehmen darf?« Aus seinem Tonfall schließe ich, daß auch diese Frage ihn amüsiert.

An der Seite des Zimmers laufen blaue Flammen über die Wand und lassen sie durchscheinend werden. Ich sehe eine Frau im Nachthemd auf einem Bett sitzen mit einem kleinen Mädchen auf dem Schoß. Sie hält ein Buch in der Hand, hat aber aufgehört vorzulesen, um zu der Stelle an der Wand zu blicken, wo sich die Tür befinden muß.

Sie kann nicht sehen, wie der Mann versucht, auf den Beinen zu bleiben, wie er ein kleines Stück vortritt, dann ein kleines Stück zurück, wie seine Knie nachgeben, bis er ganz zu Boden sinkt, die ganze Zeit über auf die dicken Schlingen starrend, die ihm aus den Händen fallen. Das Wesen bückt sich, setzt das Messer seitlich an den Hals des Mannes und reißt es durchs Fleisch. Eine schwarze Flüssigkeit strömt über das Sweatshirt, und im Zentrum des Stroms hebt und senkt sich ein Buckel, bumm, bumm, bumm. Der Mann neigt sich über die Knie, immer weiter mit derselben verwunderlichen Langsamkeit, bis er mit der Stirn den Teppich berührt. Das Wesen tritt zurück. Unter dem Schatten seines Huts endet eine leere, dunkle Fläche mit der Andeutung eines Unterkiefers.

Ich begreife: Es ist Mr. X.

Überschwenglich wendet Mr. X sich um, damit er durch die blauen Schleier hindurch die Frau und das kleine Mädchen auf dem Bett betrachten kann.

Der sterbende Mann gibt ein pfeifendes Geräusch von sich. Die Frau tätschelt den Kopf ihrer kleinen Tochter.

Voll Entzücken bewegt das Wesen sich vorwärts, und die Schleier verwandeln sich in einen hellen Tunnel. Ohne Vorwarnung schiebt der Wind mich hinter ihm her. Ein leichter, fast gewichtsloser Widerstand wie der eines Spinnennetzes gibt sofort nach, als ich durch die unsichtbare Wand gleite. Auf allen Seiten summt der blaue Tunnel wie elektrischer Strom. Mr. X schreitet vorwärts; auch er summt mit einer eigenen Elektrizität, die aus Freude besteht. Sein nächster Schritt bringt ihn in das

Schlafzimmer, und während sein Körper die Frau und das Kind vor mir verbirgt, höre ich, wie der Frau der Atem stockt. Das Kind beginnt zu wimmern. Die beiden haben gesehen, wie ein Mann in schwarzem Hut und Mantel geradewegs durch die Schlafzimmerwand kam. Die Frau kriecht über das Bett, und ich sehe nackte Beine blauweiß aufblitzen.

Die Frau fällt von der hinteren Bettkante und prallt an die Kommode. Das kleine Mädchen hat sie an die Brust gepreßt. Die beiden haben glänzendes, dunkelbraunes, frisch gewaschenes Haar und riesengroße dunkle Augen. Ich trete zurück, und die Augen des kleinen Mädchens huschen in meine Richtung, eher als suchten sie nach mir, statt mich zu sehen. Als ich versuche, mich in den Tunnel zurückzuziehen, verstärkt sich der Druck an meinem Rücken.

Das Mädchen verbirgt das Gesicht in der Brust seiner Mutter, und diese hebt die Kleine hoch. Die Mutter ist so hübsch wie ein Filmstar. »Wer Sie auch sind, verlassen Sie sofort das Zimmer!« sagt sie.

Er verbirgt das Messer in den Falten seines Mantels und geht am unteren Ende des Betts entlang. Sie weicht an die Wand zurück und ruft: »Mike!«

»Von da kommt keine Hilfe, Mrs. Anscombe«, sagt er. »Mal ehrlich, finden Sie es nicht schrecklich langweilig hier draußen?«

»Ich heiße nicht Anscombe«, sagt sie, »und ich kenne auch niemanden, der so heißt. Sie begehen einen schrecklichen Fehler.«

Er tritt auf sie zu. »Irgend jemand hat ohnehin einen Fehler begangen.«

Sie springt aufs Bett. Die Beine zucken. Mr. X schließt eine Hand um ihre Fußgelenke. Das Nachthemd gleitet ihr über die Hüfte, während er sie zu sich heranzieht. Sie läßt das kleine Mädchen los und schreit: »Lauf, Schatz! Lauf raus und versteck dich!«

Er zerrt die Frau vom Bett und tritt ihr in den Bauch. Das kleine Mädchen starrt ihn an. Er bewegt die Hand, und die Kleine krabbelt ein winziges Stück vorwärts. »Draußen ist es zu kalt für so ein liebes kleines Kind«, sagt er. »Und zu gefährlich. Du könntest einen großen bösen Bären treffen.«

Die Frau kommt mühsam auf die Beine und steht da, die Hände an den Bauch gepreßt. Ihre Augen sind wie Wasser. »Lauf, Lisa!« zischt sie. »Lauf weg!«

Spielerisch schwingt er das Messer. Seine Zähne glitzern. »Die kleine Lisa mag keine Bären«, sagt er. »Stimmt's, Lisa?«

Die kleine Lisa schüttelt den Kopf.

»Machen Sie mit mir, was Sie wollen«, sagt die Frau, »tun Sie nur meinem Kind nicht weh. Wer Sie auch sind, sie hat nichts damit zu tun, weswegen Sie auch hier sein mögen. Bitte!«

»Ach«, sagt er in einem Tonfall, der nach echter Neugier klingt, »warum bin ich denn hier?«

Sie springt auf ihn zu, aber er macht einen Satz zur Seite und schlägt sie zu Boden. Dann bückt er sich, packt sie am Haar, zerrt sie auf die Beine und wirft sie mit dem Rücken an die Wand. »Und, hab ich da eine Antwort auf diese Frage gehört?« sagt er.

Dann geschieht das Furchtbare erneut. Eine gewaltige Hand packt mich und reißt mich aus meinem Körper. Ich bin nichts als ein Schatten, der durch seine Augen blickt. Von Panik und Grauen erfüllt, versuche ich zu entfliehen, was mir aber nicht gelingt. So hat es sich immer abgespielt. Die Klammern kannten mich, sie hielten mich in einer wissenden Umarmung. Mit seinen Augen sehe ich mehr als mit meinen – es stimmt, die Frau ist fast so hübsch wie ein Filmstar, ihr Gesicht jedoch, angegriffen durch zuviel Erfahrung, würde auf der Leinwand bitter aussehen. Ein unglückliches Wissen tritt in ihre Augen.

»Also das ist es wohl, was mit den Bookers geschehen ist,« sagt sie.

Ich sammle und biege mich, und die Fesseln fallen von mir ab. Übergangslos bin ich wieder in meinem Körper und blicke aufs Bett, wo das Kind namens Lisa auf der Decke kniet.

»Sollte ich diesen Namen kennen?« fragt Mr. X. »Übrigens, gehört zur Familie Anscombe nicht noch ein kleiner Junge?«

»Der ist weg«, sagt sie.

Er schweigt.

»Ich weiß nicht, wohin«, sagt sie. »Sie dürfen meinem Kind nichts antun.«

»Einem unschuldigen Kind würde ich nie etwas antun.« Er winkt das Mädchen zu sich. Die Kleine krabbelt über die Decke, und er nimmt sie hoch. »Ich frage mich aber oft, weshalb gerade die Leute, die es besser wissen sollten, meinen, dies sei ein gütiges Universum.« Er verankert das Kind in seinem Ellbogen, packt den Schädel und dreht. Ein hörbares Knacken, und das Kind erschlafft.

Ich will nicht weitermachen, es ist ohnehin alles falsch; ich verwechsle die Einzelheiten, weil die tatsächliche Erinnerung zu schmerzhaft wäre. Damals lautete der Name auch nicht Anscombe. Die Anscombes kamen später.

8
Mr. X

Ich brauchte eine lächerlich lange Zeit, um zu begreifen, wer und was ich war. Ihr, meine Gebieter, hattet es vergleichsweise leicht, und ich bitte Euch, das Wesen meines Ringens zu verstehen.

Bis ich an den gewaltigen Umbruch gelangte, den man als Pubertät bezeichnet, erzielte ich passable Erfolge damit, mich als gewöhnliches Kind zu präsentieren. Daß mich in der zweiten Klasse ein Schulkamerad namens Lenny Beech während eines Streits auf dem Schulhof so provozierte, daß ich seinen Blondschopf auf den Betonboden schmetterte, schrieb man seiner Bemerkung zu, ich sei ein Stück Hundekaka. Daß ich gezwungen war, die dritte Klasse zu wiederholen, wurde auf das zurückgeführt, was die Schulleitung als »Tagträumerei« und »Unfähigkeit, dem Unterricht aufmerksam zu folgen« bezeichnete. Dies bezog sich auf meine Angewohnheit, Aufgaben so zu erledigen, wie es mir gefiel. Wenn man mich also aufforderte, etwas über mein schönstes Weihnachtserlebnis zu schreiben, gab ich beispielsweise ein mit Fragezeichen gefülltes Blatt ab; als Lösung eines Blattes mit Subtraktionsaufgaben lieferte ich die Zeichnung eines Monsters, das einen Hund verschlingt. Das Wort *kreativ* kam da sehr gelegen. Nicht beschwichtigen konnte es allerdings die Eltern von Maureen Orth, einem spindeldürren Nichts mit vorstehenden Zähnen, das ich in der achten Klasse dazu überredete, sich von mir in Johnson's Woods nackt ausziehen und an eine

Birke binden zu lassen. Maureen war dankbar gewesen für meine Zuwendung, bis ich sie daran erinnerte, daß die wilden Indianer, deren Rolle ich spielte, gewöhnlich ihre Gefangenen folterten, und diese Rolle spielte sie. Die vom Anblick meines Taschenmessers ausgelösten Entsetzensschreie brachten mich schließlich dazu, sie loszubinden, worauf sie sich weigerte, meinen Versicherungen zu glauben, ich hätte nie vorgehabt, ihr wirklich weh zu tun.

Am Ende schrieb mein Vater einen Scheck über tausend Dollar aus, den Mr. Orth erhielt, und damit war die Sache dann bis auf das lästige Gemecker erledigt.

Mein Vater halbierte mein Taschengeld, um, wie er es ausdrückte, »den Anstand dieser Kreatur zu fördern«. Meine Mutter wischte sich die Tränen aus den Augen und verbot mir, je wieder in Johnson's Woods zu gehen.

Natürlich hatte ich keinerlei Absicht zu gehorchen. Zwölf Hektar groß und so dicht mit Fichten, Birken, Ahorn und Hickory bestanden, daß das Sonnenlicht das Blätterdach nur in Form schimmernder runder Flecken durchdrang, war Johnson's Woods ein heiliger Ort für mich. Denn wie eine Schale mit Kupfermünzen, in der sich ein Smaragd versteckt, verbarg er die geheimnisvolle Ruine, in die ich Maureen Orth gezerrt hätte, hätte sie Mumm gehabt.

Der Wald war der letzte Rest eines Gebiets, das ansonsten in ein Wohngebiet für Leute verwandelt worden war, die mein Vater »neureichen Abschaum« nannte; und er gehörte mir, nicht weil er im Besitz meiner Familie war, sondern weil er beim ersten Mal, als ich ihn wirklich wahrnahm, zu mir gesprochen hatte.

Ich muß zuvor schon hundertmal durch Johnson's Woods transportiert worden sein, als ich einmal durchs Rückfenster des Busses blickte, der die Sechstklässer der Edgerton Academy zum Pioneer Village brachte. Da spürte ich, wie ein Angelhaken mein Herz durchstieß, während eine Stimme draußen oder in meinem Kopf dröhnte: *Komm zu mir.* Irgendwie solche Worte. *Du brauchst mich, du bist mein, sei bei mir,* wie auch immer. Der Angelhaken versuchte, mich durchs Fenster zu ziehen, und ich drehte mich um und drückte gegen das Glas. Mein Herz klopfte, mein Gesicht brannte. Der Fahrer brüllte mir zu, mich hinzusetzen. In berechtigter Vorfreude auf eine handgreifliche

Auseinandersetzung kicherten meine Klassenkameraden, verstummten aber, weil ich gehorchte. Die erstaunte Lehrerin dankte mir für meine Fügsamkeit. Ich war nicht fügsam; ich war nur nicht kräftig genug, das Fenster aus dem Rahmen zu drücken.

Das Pioneer Village bestand aus zwei Straßen mit Blockhütten und dem Versammlungshaus, dem Gebetssaal, der Handelsniederlassung und der Schmiede. Frauen mit rüschenverzierten Hauben kochten auf großen, über dem offenen Feuer hängenden Kesseln das Essen; Männer mit Mützen aus Waschbärfell und in Jutehemden gingen mit Musketen auf Kaninchenjagd. Die Leute bauten Gemüse an und siedeten eigene Seife. Ihr Haar war steif vor Fett, niemand sah sonderlich sauber aus. Ich glaube, sie waren Jünger irgendeiner Büßersekte.

Um dem Kaiser zu geben, was ihm gebührte, stolperte ich durch den Tag und stieg als erster wieder in den Bus. Als wir auf dem Heimweg durch den Wald kamen, drehte ich mich auf meinem Sitz zur Seite und wartete auf jenes Zerren an meinem innersten Wesen und auf die donnernde Stimme, die nur ich vernehmen würde. Statt dessen spürte ich nur ein warmes, kraftvolles Pulsieren – aber das genügte.

Glücklicherweise war der nächste Tag ein Samstag. Ich stand mit der Sonne auf und trieb mich im Haus herum, bis meine Mutter erschien, um Frühstück zu machen. Mein Vater verschwand zu einem Geschäftsgang, wie immer an Samstagen. Mit frühreifer Gerissenheit erklärte ich meiner Mutter, ich wolle ein wenig radfahren. Sonst wanderte ich samstags gewöhnlich mit finsterem, gelangweiltem Zorn beseelt die Manor Street entlang, zerkratzte die Nachbarautos und hockte mich unter die Büsche, um mit meinem Luftgewehr auf vorbeikommende Hunde zu schießen. Daß ich etwas so Konventionelles wie Radfahren vorhatte, erfüllte meine Mutter mit einer Befriedigung, die nur ganz leicht mit Argwohn behaftet war. Ich versprach, nicht in Schwierigkeiten zu geraten. Weil ich keine andere Wahl hatte, versprach ich außerdem, zum Mittagessen nach Hause zu kommen. Ich merkte, wie sie überlegte, ob sie mich kurz umarmen sollte, um sich dann aber zu unserer beiderseitigen Erleichterung dagegen zu entscheiden. Dann radelte ich die Einfahrt hinab wie ein makelloses Imitat eines Kindes, das nichts besonderes im Sinn hat. Sobald ich außer Sicht war, erhob ich mich auf die Pedale und ließ den alten Drahtesel fliegen.

An der Stelle der Straße, wo ich das Ziehen gespürt und die wundersame Stimme gehört hatte, zerrte ich das Rad hinter einen Baum und richtete mich hoch auf. Ich *wußte*, daß ich am richtigen Ort war, an dem Ort, an dem ich sein *sollte*. Zitternd vor Erwartung tat ich einen Schritt vorwärts. Nichts geschah, sozusagen. Nichts geschah, außer daß sich schleichend das Bewußtsein verstärkte, im Innern jenes Raumes auf der Welt angekommen sein, der am meisten mit den geheimen Quellen all dessen verbunden war, was mein ganzes Leben zu einem wütenden Elend machte. Es war also der Raum, den ich am nötigsten brauchte und der mich aus demselben Grund am meisten erschreckte.

In diesem Augenblick erkannte ich, daß ich bereits das Wissen anstelle des Unwissens gewählt hatte, ohne Rücksicht auf die Folgen. Mein Herz beruhigte sich, und ich begann, meine Umgebung in mich aufzunehmen.

Eine Vielzahl von Baumstämmen breitete sich vor mir aus. Sie waren braun, grau, silbern, manche auch fast schwarz, und ihre Rinde variierte von tiefen Runzeln bis zu einer vollkommen glänzenden Glätte. Zitternde Lichtflecken lagen auf dem graugrünen Boden. Die Luft war ein schwebendes Silbergrau. In der Ferne ragte der hölzerne Berg eines Windbruchs auf. Über meinem Kopf verknüpften sich die dichten Kronen; auf den oberen Ästen klebten Eichhörnchenbaue wie ausgefranste Stümpfe.

Und dann sah ich urplötzlich überall Eichhörnchen. Sie sprangen von Ästen, landeten auf dünnen Zweigen, schwangen sich herab und schossen in endloser Jagd wieder nach oben. Vögel jeder Art flogen kreuz und quer durch den Dunst. Ein Fuchs materialisierte sich im Innern eines Würfels aus leerer Luft, stellte die Ohren auf und hielt inne, eine Pfote noch gehoben.

Am letzten Sonntag vor den Sommerferien – zufällig oder nicht hatte Pfarrer Reed am Morgen vergeblich versucht, Lukas 12, 49 den Stachel zu nehmen: *Ich bin gekommen, daß ich ein Feuer anzünde auf Erden; was wollte ich lieber, denn es brennete schon!* – sah ich die ersten schwachen Anzeichen des blauen Feuers und wußte, daß der Sommer eine Zeit der Wunder werden würde.

Sporadisch erschienen senkrechte Streifen blassen Grüns und vereinigten sich zwischen den weiter entfernten Bäumen. Als ich näherkam, sah ich, daß ich auf eine Lichtung zuging. Ich erreichte die letzten Bäume. Vor mir lag ein grasiges Oval, beunruhigend still. Unbehindert brannte die Sonne auf ein Polster aus gelbgrünen Gräsern.

Sobald ich den Schutz des Blätterdachs verließ, stieg die Temperatur stark an. Ich konnte kaum sehen in all der Helle. Als ich mich in der Mitte der Lichtung setzte, erreichten meine Augen gerade die Grasspitzen. Ein niedergetretener Pfad schoß auf mich zu. Ich wischte mir über die Stirn und blinzelte in die blendende Sonne. Als ich einatmete, atmete die Lichtung mit mir. Eine elektrische Strömung lief mir die Arme entlang in die Brust.

Ich verspürte Ehrfurcht und Freude. Ich wußte, daß Weiteres folgen würde. Im Innern des Ichs inmitten der Lichtung saß ein Ich, das Zeit brauchte, um sich an seine Umgebung zu gewöhnen. Wir saßen gemeinsam in unseren unterschiedlichen Reichen und paßten uns unserem neuen Zustand an. Weiteres würde folgen, seine Natur lag jedoch noch jenseits der Vorstellungskraft.

Eine Drossel wagte sich aus dem Wald, und ich verfolgte ihre anmaßende Schleife in der Luft.

In mir sprach mein neugeborenes Selbst, und ich ließ einen Gedanken zu jenem Vogel emporfliegen. Blitzschnell faltete die Drossel die Flügel und stürzte herab, leblos wie ein Stein.

Auf dem Heimweg versuchte ich dasselbe mit einer Krähe, die auf einer Telefonleitung saß und mich verspottete, aber das verfluchte Ding weigerte sich zu krepieren. Das traf auch auf eine Schwarzbunte zu, die hinter einem Zaun am Straßenrand wiederkäute, und ebensowenig Glück hatte ich bei Sarge, dem alten Polizeihund, der schlafend auf dem Rasen seines Besitzers vor sich hin zuckte. Ich hatte ein Werkzeug empfangen, jedoch ohne Gebrauchsanweisung. Da ich dachte wie ein Kind, nahm ich an, daß die einzelnen Folgen dieser Anweisung innerhalb einer angemessenen Frist nachgeliefert werden würden.

Wie wenig ich doch wußte.

9

Weil meine Abschlußnoten erstaunlich gut waren, erhielt ich Zusagen von allen vier Colleges, bei denen ich mich beworben hatte. Als Pflegekind, dessen einziger legaler Elternteil so wenig Geld verdiente, daß er nicht einmal eine Steuererklärung einreichte, bot man mir überall die Befreiung von allen Studiengebühren, kostenlose Unterkunft und diverse Jobs an, weshalb ich nicht darauf angewiesen war, daß Phil Grant das übliche Vermögen für einen College-Besuch auslegen mußte. Wäre es nötig gewesen, hätte Phil sich mit Hypotheken auf sein Haus und anderen Krediten bis zur Pensionierung verschuldet. Ihn nicht viel Geld zu kosten machte mich glücklich, wenn auch dieses Glück größtenteils aus Erleichterung bestand.

Schließlich entschied ich mich für Middlemount, zur Enttäuschung von Phil, der seit der Zusage von Princeton, seiner Alma mater, als fast sicher angenommen hatte, daß ich dort landen würde. Ich konnte mir nicht vorstellen, an einem College mit dermaßen viel Leistungsdruck zu studieren, und außerdem mißfiel mir der Gedanke, von einer Menge reicher Schnösel umgeben zu sein. Und obwohl ich es bei unseren Gesprächen am Küchentisch nie erwähnte, wußte ich, daß Princeton Phil mehr Geld aus der Tasche ziehen würde als Middlemount. Weil es um meine und nicht um Phils Entscheidung ging, stellte Laura sich bei diesen Debatten vernünftigerweise auf meine Seite, was ihn dazu brachte, die Sache zu akzeptieren. Also schrieb ich mich am Middlemount College in Middlemount, Vermont, ein, und mein Leben begann aus den Fugen zu gehen.

Mein muskelbepackter Zimmergenosse ließ sofort seine Abscheu vor allem erkennen, was ich darstellte. Im Anschluß daran lud er jede Nacht eine große Anzahl seiner Kumpel aus der Paukschule in unser Zimmer ein, die über Schwule, Nigger, Juden, Autounfälle, Segelkatastrophen, gebrochene Rücken, gebrochene Hälse, Fälle totaler Paralyse, Juden, Schwule, Spaghettifresser und Nigger schwadronierten, bis ich mich laut genug beklagte, um ein Einzelzimmer zugewiesen zu bekommen.

Sobald ich ein Einzelzimmer hatte, kam ich außerhalb der Seminare mit kaum jemandem zusammen. Trotz meiner Noten im Aufnahmetest hatte ich den Eindruck, die mathematischen und naturwissenschaftlichen Seminare fänden in einer fremden Sprache statt. Ich strengte mich bis zur völligen Erschöpfung an, um dennoch in Rückstand zu geraten. Manchmal hob ich den Kopf vom Tisch, sah, wie Professor Flagship, der Mathematikdozent, eine Reihe völlig unverständlicher Formeln an die Tafel schrieb, und fühlte mich durch ein Loch in der Erdkruste fallen. Ich verbrachte ganze Wochen mit nichts anderem, als zwischen dem Wohnheim, den Seminarräumen, meinem Job in der Mensa und der Bibliothek zu pendeln. Dann wurde es allmählich kalt.

Gleich nach Thanksgiving fiel der Winter in Vermont ein. Die Temperatur sank auf sechs Grad minus, und die Kälte griff nach meiner Haut wie eine Klaue. Als es dann zwölf Grad minus hatte, drohte der von den Bergen herabstürmende Wind mir das Gesicht abzureißen. Selbst in den überheizten Seminarräumen spürte ich, wie mir die Kälte in Mark und Bein kroch. Zwei Monate lang zog sich die Sonne hinter einen bleiernen Vorhang von der Farbe grauen Flanells zurück. Es dauerte nicht lange, bis die sternlose Nacht abrupt schon um fünf Uhr nachmittags hereinbrach. Die schlimmste Erkältung meines Lebens führte zu ständigem Niesen und Husten und zu Schmerzen im ganzen Körper. Ich schleppte mich zwar zu den Kursen, aber mein Chef in der Mensa hatte mich zu einem Gesundheitsrisiko erklärt und krankgeschrieben. Wenn ich abends den Teil des kalorienreichen Mensaessens in mich hineingezwungen hatte, den ich noch vertrug, war ich zu müde für eine weitere Eskimowanderung durch die Tundra zur Bibliothek und schlief bei dem Versuch, mir die Anfangsgründe der höheren Mathematik in den betäubten Kopf zu stopfen, regelmäßig an meinem Schreibtisch ein. Tag für Tag, Sekunde für Sekunde, wurde ich zu einem Schatten ausradiert.

Das einzige, was mich von dem Gefühl abhielt, ich sei bereits ein Schatten, war meine Gitarre und das, was geschah, wenn ich auf ihr spielte. Zu meinem zwölften Geburtstag, an dem sich die übliche Horrorshow abgespielt hatte, hatten die Grants mir eine schöne alte Gibson geschenkt, dazu Stunden bei einem verständnisvollen Lehrer, die sich über die Jahre hinweg fortsetzten. Ich hatte meine Gitarre nach Middlemount mitgenommen, und wenn die Zimmerwände mich zu erdrücken drohten, ging ich in eine Ecke des Aufenthaltsraums und spielte dort.

Meistens begleitete ich die Harmonien in meinem zähen, stockendem Stil mit Worten, doch trotzdem kamen manchmal andere Studenten herein und setzten sich dazu, um mir zuzuhören. Wenn ich feststellte, daß ich Publikum hatte, spielte ich Sachen wie die Bach-Fuge, die mein Lehrer transkribiert hatte, einen von einer Gene-Ammons-Platte abgehörten Blues oder eine Version von »Things Ain't What They Used to Be«, die ich bei Jim Hall geklaut hatte. Hörte dann noch immer jemand zu, folgten ein paar Songs, deren Griffwechsel ich noch nicht vergessen hatte. »My Romance« gehörte dazu, »Easy Living«, »Moonlight in Vermont« und auch eine Jazzmelodie mit dem Titel »Whisper Not«. Ich machte dabei Fehler und verlor den Faden, aber keiner meiner Mitbewohner merkte, daß etwas nicht stimmte, wenn ich nicht gerade innehielt und da wieder ansetzte, wo meine Finger sich in Stieleis verwandelt hatten. Die Hälfte meines Publikums hörte nie etwas anderes als die Rolling Stones, Eric Clapton und Tina Turner, und die andere Hälfte hörte nie etwas anderes als die Carpenters, die Bee Gees und Elton John. (Die Leute, die immer schwarz trugen und Bob Dylan und Leonard Cohen hörten, mieden den Aufenthaltsraum wie die Pest.) Was ich spielte, klang in den Ohren der meisten wie klassische Musik, aber sie mochten es trotzdem. Und ich spielte gern für sie, denn es erinnerte mich daran, daß ich nicht immer ein Einsiedler gewesen war. Ein weiteres erfreuliches Resultat meines Gitarrenspiels war die Wandlung meines Erscheinungsbildes. Aus dem komischen Typen namens Ned, der nie aus seinem Zimmer kam, wurde der ausgeflippte Typ namens Ned, der echt gut Gitarre spielen konnte, wenn er doch mal aus seinem Zimmer kam.

In den Weihnachtsferien fuhr ich zurück nach Naperville und benahm mich, als wäre alles in bester Ordnung, nur gewisse Probleme mit der höheren Mathematik gab ich zu. Ohne direkt zu lügen, beschrieb ich einen anstrengenden Alltag aus Arbeit und gelegentlichen Vergnügungen. Meinen Kummer schrieb ich dem Heimweh zu. Sobald ich das Wort ausgesprochen hatte, merkte ich, daß ich mehr Heimweh nach Naperville und den Grants gehabt hatte, als ich zugeben wollte. Während sich meine Erkältung legte und ich abwechselnd am Referat für Englisch schrieb, meine Notizen für die Semesterprüfungen studierte und mich wieder an meinen alten Platz im Haushalt gewöhnte, begann die Version meines Collegelebens, die ich erfunden hatte, weniger fiktiv und mehr wie die Realität auszusehen, die ich erlebt hätte, hätte ich mich nicht so verloren gefühlt.

Am Tag nach Weihnachten hörte ich einen Wagen in die Einfahrt einbiegen. Ich ging zum Wohnzimmerfenster und sah, wie Star einen hübschen alten Lincoln zur Garage steuerte und dann ausstieg. Sie trug hochhackige Pumps, einen schicken Hut und einen schwarzen Mantel, der irgendwie zu dünn für die Kälte war. Star lebte in jenem Jahr in Cleveland und finanzierte mit ihrer Arbeit in einer Litho-Anstalt den Unterricht bei einem Künstler, der Gast an der Albertus University gewesen war. Am Wochenende sang sie in einem Club namens »Inside the Outside«. »Ned, deine Mutter ist da!« rief Laura Grant aus der Küche. Phil kam aus der Nische neben dem Wohnzimmer, wo er ferngesehen hatte, knöpfte seinen Blazer zu und zog den Bauch ein. »Laß sie da draußen bloß nicht frieren, Junge«, sagte er. Star eilte den Pflasterweg entlang, und als ich die Tür öffnete, schwebte sie herein wie ein Schwan. Ihre Nervosität verbarg sie hinter einem strahlenden Lächeln. Sie schlang die Arme um mich, die Grants redeten beide auf sie ein, und ich spürte, wie sie sich zu beruhigen begann.

Der restliche Tag verlief angenehm und entspannt. Star schenkte mir einen Kaschmirpullover, ich schenkte ihr eine Box mit Wiederveröffentlichungen von Billie Holiday, und was sie von den Grants bekam, war ein hübscher Ausgleich für die paar kleinen Dinge, die sie den beiden mitgebracht hatte. Laura kochte zwei fürstliche Mahlzeiten, und ich breitete mal wieder die gereinigte Version meines Lebens in Middlemount vor ihr aus. Nach dem Abendessen ließen Phil und Laura uns allein, und Star fragte: »Hast du vielleicht vor, Musiker zu werden? Das find ich nämlich wirklich schön, daß du deinen Freunden am College ab und zu was vorspielst.«

Ich erklärte ihr, ich würde nie so gut sein, um meinen Ansprüchen genügen zu können.

»Du könntest besser werden«, sagte sie, »und du könntest damit Arbeit finden. Dann kannst du das College verlassen, falls du willst. Wenn irgend einer von den Musikern, die ich kenne, einen Collegeabschluß hat, hält er es jedenfalls geheim.«

Überrascht fragte ich sie, warum sie der Meinung sei, ich wolle das College verlassen.

»Weißt du, wie du dich anhörst, wenn du von Middlemount erzählst?« sagte sie. »Als würdest du einen Film beschreiben.«

»Es ist ein gutes College.«

»*Mir* brauchst du nicht erzählen, daß es ein gutes College ist. Ich frage mich nur, ob es auch ein gutes College für Ned Dunstan ist. Sieh dich doch an. Du hast acht, zehn Kilo abgenommen, und viel zu wenig geschlafen hast du auch. Halbwegs gesund bist du nur deshalb, weil Laura dich mit ihrem guten Essen wieder aufgepäppelt hat.«

»Ich hatte eine üble Erkältung«, sagte ich.

»Deine Erkältung war gar nicht so übel, wenn du mich fragst. Vielleicht willst du das College einfach besser aussehen lassen, als es ist.«

»Wenn ich die Prüfungen hinter mir habe, wird sich alles geben«, sagte ich. Phil und Laura kamen herein, um Kaffee und einen Schlummertrunk anzubieten, und bevor wir alle zu Bett gingen, hörten wir noch die achtzehnjährige Billie Holiday singen: »When You're Smiling« und »Ooh Ooh Ooh, What a Little Moonlight Can Do«.

Am nächsten Morgen gingen Laura und Star einkaufen, und Star kam mit einem neuen Mantel nach Hause, den sie bei Biegelman's mit sechzig Prozent Rabatt bekommen hatte, weil Mr. Biegelman meinte, der Mantel würde niemand anderem so gut stehen wie ihr. Als Laura davon erzählte, warf sie mir einen Seitenblick zu, der halb Frage, halb Anklage war. Star vermied es, mich überhaupt anzusehen. Laura beendete ihre Geschichte, und Star ging hinaus, um den Mantel aufzuhängen. Als sie das Zimmer verließ, warf sie mir einen düsteren Blick zu. Phil merkte nichts, wofür ich dankbar war. »Seid ihr beiden die ganze Zeit hiergeblieben, während wir fort waren?« fragte Laura.

»Aber sicher«, antwortete Phil. »Es war nicht einfach, die Mädels rauszuschmeißen, bevor ihr zurückgekommen seid.«

Meine Mutter schwebte ins Wohnzimmer, wobei sie eher in meine ungefähre Richtung lächelte als direkt ins Gesicht. Sie blickte auf die Couch wie eine Katze, die sich überlegt, wo sie sich niederlassen soll. Phil räusperte sich und forderte sie zum alljährlichen Weihnachts-Schachturnier auf. Sie grinste ihn mit einem Ausdruck an, den ich als Erleichterung interpretierte.

Vor Einführung dieser Tradition hätte meine Mutter bei zwei Versuchen, einen Bauern von einem Turm zu unterscheiden, höchstens einmal richtig getroffen, aber inzwischen war sie gut genug, um Phil in etwa einem von vier Spielen zu schlagen. Diesmal starrte er stirnrunzelnd aufs Brett und murmelte: »Moment mal, das kapier ich einfach nicht«, und das schon zehn Minuten nach Beginn des Spiels. (Es stellte sich heraus, daß der Künstler in Cleveland ein teuflisch guter Schachspieler war.)

Ich folgte Laura mit der Erwartung in die Küche, mich dort mit ihr über die Hilflosigkeit ihres Gatten zu amüsieren. »Entweder ist sie seit letztem Jahr wirklich viel besser geworden«, sagte ich, »oder Phil hat vergessen, wie man spielt.«

Laura ging durch die Küche, lehnte sich ans Spülbecken und ließ meine Bemerkung in der Luft zwischen uns verdorren. Der Blick, den sie mir nun zuwarf, hatte nichts mit Amüsement zu tun. »Ich dachte, ich würde dich ganz gut kennen, aber jetzt bin ich mir da nicht mehr so sicher.« Sie verschränkte die Arme vor der Brust.

»Wieso?«

»Hast du das Haus verlassen, während wir weg waren?«

Ich schüttelte den Kopf.

»Du bist also nicht in die Stadt gegangen – genauer gesagt zu Biegelman's?«

»Was soll das Ganze eigentlich? Seit ihr zurück seid, benehmt ihr beide euch ganz komisch.«

»Das ist keine Antwort.« Sie starrte mir grimmig in die Augen.

»Nein.« Ich wurde allmählich wütend. »Ich war nicht bei Biegelman's. Das ist ein Geschäft für Damenmode. Ich glaube nicht, daß ich da überhaupt je drin gewesen bin.« Ich zwang mich zur Ruhe. »Was ist überhaupt los?«

»Wahrscheinlich ist es ein Mißverständnis«, sagte Laura.

Im Nebenzimmer lachte meine Mutter und rief: »Phil, hast du noch nie was von Capablanca gehört?«

»Der ist hinüber, und ich auch«, erwiderte Phil.

»Star macht sich Sorgen um dich.« Laura sah mir noch immer prüfend ins Gesicht.

»Dafür gibt's keinen Grund.«

»Schläfst du auch genug? Oder fühlst du dich die ganze Zeit erschöpft?«

Die meiste Zeit fühlte ich mich halbtot. »Manchmal bin ich müde, aber das ist nicht so schlimm.«

»Geht's dir gut in Middlemount? Wenn es dir zuviel wird, kannst du ja ein Semester aussetzen.«

Ich wurde wieder richtig wütend. »Zuerst drängen mich alle, aufs College zu gehen, und jetzt will mich jeder rausekeln. Wäre ganz schön, wenn ihr euch mal entscheiden könntet, was ihr wollt.«

Laura sah betroffen drein. »Ned, haben wir dich gedrängt, aufs College zu gehen? Ist das dein Eindruck?«

Ich bedauerte meine Worte bereits.

»Vergiß nicht, wie gern die ganzen Colleges dich haben wollten. Es ist eine tolle Chance. Und außerdem wäre es später im Leben ein riesiger Nachteil, keinen Collegeabschluß zu haben.« Sie hob das Kinn und wandte den Blick ab. »Junge, Junge. Vielleicht haben wir dich gedrängt. Aber wir wollten nur das Beste für dich.« Sie sah mich wieder an. »Du bist der einzige Mensch, der mir sagen kann, was am besten für dich ist, und du solltest dabei wirklich ehrlich sein. Mach dir keine Sorgen wegen Phil. Er ist derselben Meinung.«

Damit meinte sie wohl, sie werde in der Lage sein, ihm eine Studienunterbrechung zu erklären, wenn es das war, was ich wollte. Bei der Vorstellung aber, wie enttäuscht Phil sein würde, fühlte ich mich wie ein Verräter. »Wahrscheinlich muß ich einen absolut perfekten Notendurchschnitt haben und dazu noch zum Studentensprecher gewählt werden, damit ihr aufhört, euch Sorgen zu machen.«

»He, Ned!« rief Phil aus dem Wohnzimmer. »Sieht ganz so aus, als wär das Zwillingspärchen Star Dunstan und Bobby Fisher nach der Geburt heimlich getrennt worden, was?«

»Na schön«, sagte Laura, »wir schauen mal, wie du dich in den Semesterferien fühlst. Und denk bis dahin bitte daran, daß Alexander Graham Bell das Telefon erfunden hat, ja?«

Beim Mittagessen erläuterte der verblüffte Phil die gerissenen

Strategien, mit denen meine Mutter ihn fertiggemacht hatte. Star aß die Hälfte von dem, was auf ihrem Teller lag, sah auf die Uhr und erhob sich. Sie habe noch eine lange Fahrt vor sich, Zeit zu gehen, herzlichen Dank, adieu.

Als ich ihre Tasche die Treppe hinuntertrug, umarmte sie Laura, eingehüllt in ihren neuen Wintermantel. Ich begleitete sie bis zum Lincoln und fragte mich, ob sie wohl einsteigen und abfahren konnte, ohne mit mir zu sprechen. Wir kamen zur Tür des Wagens, und ich sagte: »Mama.« Sie nahm mich in die Arme.

»Komm mit«, sagte sie. »Pack ein paar Sachen zusammen, und sag den lieben Leuten hier, du wirst bei mir wohnen, während du dir alles durch den Kopf gehen läßt.«

»Was?« Ich wich zurück und sah sie an. Sie meinte es offensichtlich ernst.

»Ich hab genug Platz für dich. Du kannst im ›Inside the Outside‹ kellnern, bis wir was Besseres gefunden haben.«

Den guten Phil hatte sie fertiggemacht, aber was sie jetzt mit mir tat, fühlte sich wie ein regelrechter Überfall an. »Was ist eigentlich los? Laura drängt mich, ich soll woanders studieren oder ein Semester blaumachen, du kannst mir nicht in die Augen sehen, und ihr benehmt euch beide, als wär ich zu jemand geworden, den ihr noch nicht mal gern habt… Ich bin nicht, wo ich sein sollte, ich bin zu mager, ich lüge… ganz plötzlich soll ich mit dir nach Cleveland kommen…« Ich hob die Arme und schüttelte verwirrt den Kopf. »Wenn du kannst, erklär mir das Ganze doch bitte mal.«

»Ich will dich beschützen«, sagte sie.

Ich konnte nicht anders, als ihr ins Gesicht zu lachen. »Middlemount ist wesentlich sicherer als ein Nachtclub inmitten von Cleveland.«

Ein Gedanke – eine Erklärung oder Rechtfertigung – lief wie eine Welle über ihr Gesicht. Es war deutlich zu sehen, wie sie ihn von sich stieß. »Vielleicht hatte ich nie die Chance, aufs College zu gehen. Aber weißt du was? Im ›Inside the Outside‹ zu arbeiten, ist gar nicht so übel.«

Ich hatte sie angegriffen. Schlimmer noch, ich hatte sie beleidigt. »He, Mama, ich wollte nie nach Middlemount; es hat sich einfach so ergeben.«

»Dann steig ein.«

»Das geht nicht.« Angesichts ihrer gewaltigen, schweigenden Herausforderung sagte ich: »Ich hab eine Menge Probleme, aber ich kann damit fertig werden.«

»So, so. Du kannst dir gar nicht vorstellen, wovon du alles keine Ahnung hast.«

»Zum Beispiel?« Ich dachte an den kurzen inneren Kampf, den ich soeben an ihr beobachtet hatte.

»Du und ich, Schatz, wir wissen überhaupt nichts.« Wieder umfing mich die Wärme ihres neuen Mantels, und als ich ihre Arme und Schultern zittern spürte, während sie mir einen Kuß auf die Wange gab, hätte ich mich beinahe entschlossen, in den alten Lincoln zu steigen und mitzufahren. Star tätschelte mir den Hinterkopf, hielt einen Augenblick inne und gab mir dann einen letzten Klaps. »Geh rein, bevor du dir in der Kälte noch den Tod holst.«

Die nächsten paar Tage verbrachte ich größtenteils mit Büffeln.

Während die Grants mich zum Flughafen nach Chicago brachten, plauderten sie fröhlich vor sich hin, obwohl ich merkte, daß Laura noch immer bekümmert war. Phil staunte weiterhin über die Fortschritte, die meine Mutter in den zwölf Monaten seit dem letzten Schachturnier gemacht hatte. Früher war er in der Lage gewesen, ihre Entscheidungen drei bis vier Züge weit vorherzusagen. »Ich wußte über ihre Vorgehensweise besser Bescheid als sie über meine. Deshalb konnte ich sie überraschen, wohingegen sie immer ein Risiko eingehen mußte, um mich zu überraschen, immer.«

»Wirklich?« sagte Laura.

»Ja, jedenfalls auf der Stufe, auf der wir uns bewegt haben. Aber dieses Jahr hat Star meine Strategien herausbekommen, bevor ich überhaupt selbst wußte, wie sie aussehen würden. Ich dachte, sie würde nur herummurksen, bis sie plötzlich anfing, mir die Figuren vom Brett zu nehmen. Ihr Niveau ist jetzt wesentlich besser als meines, was heißt, daß sie phänomenale Fähigkeiten entwickelt haben muß.«

»Wohingegen deine lediglich überdurchschnittlich sind«, sagte Laura von hinten.

»Warum hackst du eigentlich dauernd auf mir rum? Ned, sie hackt doch auf mir rum, oder?«

»Sieht ganz so aus«, sagte ich.

»Hast du schlechte Laune, Schatz?«

»Ich habe Angst, Ned zu verlieren.«

Phil sah sie über den Rückspiegel an. »Wir können den Kerl gar nicht loswerden. In ein paar Wochen ist er schon wieder da.«

»Hoffentlich«, sagte Laura.

Phil warf mir einen kurzen Blick zu, dann sah er wieder in den Rückspiegel. »Als ihr aus der Stadt zurückgekommen seid, hat Star einen nervösen Eindruck gemacht, so als würde sie sich über irgend etwas ärgern. War sie verärgert, Ned, als du ihr auf Wiedersehen sagtest?«

»Eher besorgt«, sagte ich. »Sie wollte mich mit nach Cleveland nehmen.«

»Ach du lieber Himmel«, sagte Laura.

»Du solltest einfach einsteigen und wegfahren?«

»Nachdem ich euch Bescheid gesagt hätte.«

»Ich wußte es«, sagte Laura; und Phil sagte: »Kaum zu glauben.« Er sah wieder in den Spiegel. »Was hast du geantwortet?«

»Ist nicht so wichtig.«

»Also, ich weiß nicht recht«, sagte Phil. »Ned, wenn ich mal eine Bemerkung über deine Mutter machen darf, und du weißt ja, daß ich sie immer sehr geschätzt habe...«

»Wer's glaubt«, fuhr Laura dazwischen.

»Komm, Laura, du schätzt sie ja auch... Also eine Bemerkung über Star: Sie ist voller Überraschungen.«

Ich wollte mich an der Sicherheitskontrolle von den Grants verabschieden, aber sie überredeten die Wachleute, sie durchzulassen, und brachten mich bis zum Flugsteig. Wir hatten noch ungefähr eine halbe Stunde. Phil schlenderte davon, um einen Souvenirladen zu inspizieren. Laura lehnte sich an einen Pfeiler und lächelte mich an. Auf ihrem Gesicht spiegelten sich widerstrebende Gefühle. Ich weiß noch, daß ich dachte, sie habe noch nie so schön ausgesehen und daß mir nie so bewußt gewesen war, wie sehr ich sie liebte. »Wenigstens bist du nicht nach Cleveland abgehauen.«

»Ganz kurz hab ich's mir überlegt«, sagte ich. »Weißt du, was sie gesagt hat?«

Sie nickte, und ihr warmer Blick kreuzte wieder den meinen. »Star und ich, wir haben zumindest *manche* Dinge gemein. Wir wollen beide, daß unser Ned heil und glücklich ist.«

Ich blickte den Korridor entlang, wo Phil einen Ständer mit Baseballmützen begutachtete. »Was sollte eigentlich das ganze Theater mit Biegelman's? Als ihr zurückgekommen seid, warst du wütend auf mich, und sie war total weggetreten.«

»Vergiß es, Ned, bitte. Ich habe mich geirrt.«

»Wolltest du mir sagen, du hast mich bei Biegelman's gesehen?«

Laura stieß die Hände in die Taschen ihres Daunenmantels und winkelte das rechte Bein an, um sich mit dem hübschen, aus den Bluejeans ragenden schwarzen Stiefel gegen den Pfeiler zu stützen. Sie kippte mit dem Hinterkopf nach hinten an die Betonfläche. Dann drehte sie den Kopf, betrachtete die durch den Gang strömenden Menschen und lächelte unwillkürlich über einen kleinen Jungen in einem Schneeanzug, der vor seinem Buggy einherstolperte.

»Das war nicht alles.«

Ein langes Stück Korridor tat sich vor dem Jungen auf, und er rannte tapsend los, bis sein Schwung ihm in die Quere kam. Er purzelte auf die Steinplatten, Arme und Beine ausgebreitet wie die Glieder eines Seesterns. Ohne im Gehen innezuhalten, bückte seine Mutter sich, hob ihn auf und steckte ihn in den Buggy.

»Irgendwann war ich es müde, hinter Star herzulaufen.« Laura sah zu, wie die Mutter des Jungen zügig den Korridor entlangschritt. »Ich mag sie sehr, Ned, aber manchmal macht sie es einem schwer, es ihr recht zu machen.« Sie wandte den Kopf, um mir wieder zuzulächeln. »Wir sind ins Biegelman's gegangen, sie hat genau den richtigen Mantel gefunden, er war herabgesetzt, und da wir den ganzen Vormittag über nichts anderes gefunden hatten, wäre alles eigentlich ganz einfach gewesen. Na schön, er war ein bißchen teuer, aber nicht übertrieben. Ich hätte ihn ihr sofort gekauft.«

Hinter einer Geschichte verbirgt sich immer eine andere, geheime Geschichte, die man nicht erfahren soll, dachte ich.

»Aber Star wollte nicht, daß ich soviel für sie ausgebe, also mußte sie Theater spielen. Der Mantel habe nicht die richtige Farbe. Ob die Verkäuferin wohl nachschauen könne, ob sie einen in einer helleren Farbe da hätten? Es war offensichtlich, daß sie nur diesen einen hatten, und die einzige Frau in Naperville, die ihn überhaupt kaufen würde, hatte ihn schon an. Mr. Biegelman ist selbst herbeigekommen, und ich bin ein Stück beiseite gegangen. Als ich zurückgeschaut habe, war deine Mutter verschwunden. Dann habe ich durchs Schaufenster gesehen, und da stand sie in dem neuen Mantel draußen auf dem Gehsteig. Sie sprach mit dir.«

»Mit mir?«

»So hat es jedenfalls ausgesehen«, sagte sie. »Star sah so unglücklich aus... so *verstört*... Ich weiß auch nicht recht. Du, das heißt der Mensch, den ich für dich gehalten habe, hat sich umgedreht und ist davongegangen. Ich bin zur Tür, aber da ist Star auch schon hereingekommen und hat mir so einen seltsamen Blick zugeworfen, also hab ich den Mund gehalten. Mr. Biegelman hat uns einen Sonderpreis gemacht, und ich hab meine Kreditkarte gezückt. Aber auf dem Heimweg hab ich nachgefragt.«

»Was hat sie über den Typen gesagt?«

Laura drückte sich von dem Pfeiler ab. »Zuerst hat sie gesagt, da sei gar niemand gewesen. Dann, ach, sie habe es schon vergessen, ein Fremder habe sie halt nach dem Weg gefragt. Und dann hat sie geweint. Sie wollte nicht, daß ich was merke, und um ehrlich zu sein, ich war wesentlich mehr daran interessiert, was du zu sagen hättest, denn Star hatte nicht vor, mir auch nur das mindeste zu erklären. Aber du warst es ja offenbar nicht, also hab ich mich geirrt. So wie's aussieht.«

»Genau«, sagte ich.

Mein Flug wurde aufgerufen, und Phil zog mich in die Arme und sagte mir, er sei stolz auf mich. Lauras Umarmung war länger und fester als die von Phil. Ich sagte ihr, daß ich sie lieb hätte, und sie sagte mir dasselbe. Dann gab ich mein Ticket ab, trat in den Eingang der Fluggastbrücke und blickte zurück. Phil lächelte, und Laura starrte mich an, als wollte sie sich mein Gesicht einprägen. Ich winkte. Synchron hoben sie wie vor Gericht vereidigte Zeugen die rechte Hand. In einem Wirrwarr aus Skijacken und Handgepäck drängten die anderen Passagiere vorwärts und schoben mich die Brücke entlang.

10

Middlemount schloß sich um mich wie eine Faust. In der Woche vor den Prüfungen versank ich immer tiefer in mein altes Muster. Unter einem metallenen Himmel pendelte ich hektisch zwischen Kursen, meinem Mensajob und der Bibliothek, wo ich oft einschlief, den brodelnden Kopf auf ein offenes Buch gelegt. Manchmal hatte ich den Eindruck, ich sei aus einer Frostnacht in die nächste geglitten, ohne daß das Tageslicht dazwischengetreten war; manchmal blickte ich auf meine Armbanduhr, sah die Zeiger auf vier Uhr stehen und konnte nicht sagen, ob ich ein paar Stunden dringend benötigten Schlafes verpaßt hatte, ein paar Kurse oder den Dienst an den Töpfen und Pfannen.

Am ersten Prüfungstag hatte ich Examen in Englisch und Französisch, am zweiten in Geschichte; dann war ein Tag Pause, bevor am nächsten Tag Chemie folgte und am letzten Mathematik. Was Montag und Dienstag betrifft, kann ich mich erinnern, daß ich in hell erleuchtete Seminarräume kam, meinen Platz einnahm, die Prüfungshefte und die Blätter mit den Aufgaben bekam und mich zu weit im Hintertreffen wähnte, um die Fragen auch nur annähernd verstehen zu können. Dann begannen die Worte zu wirken, die Dunkelheit hob sich, und bald machten sich – irgendwie mehr mittels Funkübertragung als durch Nachdenken – in meinem Geist zusammenhängende Sätze bemerkbar. Ich nahm das Diktat auf, bis die Prüfungshefte voll waren, und dann hörte ich auf.

Am Mittwoch abend schlief ich an meinem Schreibtisch ein. Ein lautes Klopfen an der Tür ließ mich hochfahren. Als ich aufmachte, sah ich zu meiner Verblüffung Simone Feigenbaum, ein Mädchen aus dem Französischseminar, vor mir stehen, wie immer ganz in Schwarz gekleidet. Simone stammte aus Scarsdale, einem noblen Vorort von New York. Sie rauchte Gitanes und gehörte zu der Gruppe, deren Idole Bob Dylan und Leonard Cohen waren. Der Gedanke, sie wolle wohl ein Lehrbuch borgen, löste sich in Luft auf, als sie hereingeschwebt kam und die Arme um mich schlang. Inmitten eines langen Kusses zog sie meinen Reißverschluß auf und griff mit ebenso durchtriebener wie komischer Kühnheit hinein.

Meine Kleider wirbelten davon, die ihren flogen über ihren Kopf. Wir taumelten in mein schmales Bett.

Sogleich glitt Simone Feigenbaum über, unter, neben meinen Körper. Erst waren ihre Brüste in meinem Gesicht, dann der Bauch, dann die Pobacken. Dann war ihr Gesicht in meinem Gesicht, und wir rackerten wie wild, bis sich mein Inneres plötzlich nach außen zu stülpen schien. Ihre Brüste streichelten mein Gesicht, ich wurde steif, ohne je erschlafft zu sein, und dann machten wir das Ganze noch einmal, nur langsamer. So ging es weiter, immer wieder, bis meine Hüften schmerzten und mein Penis eine schlappe weiße Fahne hißte. Ich war achtzehn und genaugenommen noch Jungfrau.

Gegen sechs Uhr morgens stieg Simone aus dem Bett und in ihre Kleider. Sie fragte mich, ob ich an diesem Tag eine Prüfung hätte. »Chemie«, sagte ich. Sie zog ein Fläschchen mit Pillen aus der Tasche, schüttelte eine davon in ihre Hand und ließ sie dann auf meinen Tisch fallen. »Nimm das eine Viertelstunde, bevor du reingehst. Das wirkt Wunder. Wirst staunen, was du zustande bringst.«

»Simone«, sagte ich, »warum bist du hierhergekommen?«

»Ich wollte sichergehen, daß ich wenigstens einmal mit dir gevögelt hab, bevor du rausfliegst.« Sie öffnete das Fenster meines im Erdgeschoß liegenden Zimmers und sprang in den Schneehaufen zwischen dem Wohnheim und dem Weg. Ich schloß das Fenster und schlief ein paar Stunden.

Auf dem Weg zur Prüfung schluckte ich die Pille. Wieder ein hell erleuchteter Unterrichtsraum, wieder ein bedrohlicher Arbeitstisch. Während der Verteilung der Prüfungshefte und der Fragebogen fühlte ich mich zunächst, als hätte ich nichts Stärkeres zu mir genommen als eine Tasse Kaffee. Ich schlug das Prüfungsheft auf, las die erste Frage und stellte fest, daß ich sie nicht nur perfekt verstand, sondern auch jede Einzelheit der relevanten Seiten im Lehrbuch visualisieren konnte, als lägen diese offen vor mir. Am Ende der Stunde hatte ich drei Hefte vollgeschrieben und mit einer einzigen Ausnahme auch alle Zusatzfragen beantwortet. Ich schwebte aus dem Zimmer und sog am nächsten Trinkbrunnen einen ganzen Liter Wasser in mich hinein.

Bis zur Mathematikprüfung blieben noch zweiundzwanzig Stunden. Ich ging mit meiner Gitarre in den Aufenthaltsraum und verbrachte den Nachmittag damit, besser zu spielen, als ich mir je zugetraut hätte. Das Abendessen ließ ich währenddessen ausfallen, meinen Mensajob vergaß ich. Statt dessen erinnerte ich mich an die Griffwechsel von »Skylark« und an den Text von »But Not for Me«. Ich wußte jetzt, wen meine Mutter auf dem Gehsteig vor Biegelman's getroffen hatten: mich, mein wahres Ich, das jetzt zum Vorschein gekommen war. Nach sechs oder sieben Stunden sagte ich zu den anderen: »Ich muß jetzt mein Mathebuch durcharbeiten« und kehrte in mein Zimmer zurück, von rauschendem Beifall begleitet.

Als ich das Lehrbuch aufschlug, stellte ich fest, daß ich mir bereits jede Seite eingeprägt hatte, einschließlich der Fußnoten. Ich streckte mich auf dem Bett aus und sah, daß die Risse in der Decke mathematische Symbole darstellten. »Dunstan, Telefon!« brüllte jemand. Ich schwebte zum Telefon und hörte, wie Simone Feigenbaum sich erkundigte, wie es mir gehe. Großartig, sagte ich. Ob die Pille irgendwas bewirkt habe? Ich glaube schon, sagte ich. Ob ich noch eine wolle? Nein, sagte ich, aber vielleicht könntest du ja noch mal in mein Zimmer kommen.

»Scherzkeks!« Simone lachte. »Ich bin noch immer wund. Außerdem muß ich für meine letzte Prüfung büffeln. Wenn die vorbei ist, fahre ich gleich nach Hause, aber nach den Ferien können wir uns wiedersehen.«

Ich flog in mein Zimmer zurück und streckte mich aus. Bis sieben Uhr morgens fand ich keinen Schlaf, dann strömte völlige Finsternis aus allen Wänden und begleitete mich in die Bewußtlosigkeit.

Jemand, bei dem es sich um mich gehandelt haben könnte, hatte den Weitblick besessen, meinen Wecker auf eine Stunde vor der Prüfung zu stellen. Derselbe Jemand hatte den Wecker auch auf meinen Schreibtisch gestellt, so daß ich gezwungen war aufzustehen, als er losheulte. Ich schwankte zur Dusche und ließ mich abwechselnd von warmem und kaltem Wasser besprühen. Dabei wurde mir klar, daß ich sowohl das Frühstück als auch das Mittagessen verschlafen, dabei einen zweistündigen Dienst am Mensaherd versäumt hatte und nun die Matheprüfung überstehen mußte, bevor ich meinen Hunger stillen konnte. Ich wühlte in den Schreibtischschubladen, entdeckte eine halbe Tüte Schokolinsen, einen ganzen Erdnußriegel und ein paar grünliche, salzfleckige Überreste, die am Boden einer Kartoffelchipstüte klebten. Auf dem Weg zur Prüfung stopfte ich den ganzen Müll in mich hinein. Professor Flagship schritt von Stuhl zu Stuhl und teilte dicke, mit mathematischen Formeln übersäte Papierstapel aus. »Es handelt sich hier um einen Multiple-Choice-Test«, sagte er. »Kreuzen Sie die Antworten an, die Sie für richtig halten, und benutzen Sie die Prüfungshefte für den Rechenweg.« Zu mir gewandt, fügte er hinzu: »Ich wünsche Ihnen Glück, Mr. Dunstan.«

Ich glaube, daß ich wenigstens die ersten paar Aufgaben halbwegs verstand. Der ganze Rest war auf Altisländisch und Baskisch abgefaßt. Außerdem nickte ich ständig sekundenlang ein. Gelegentlich bedeckte ich eine Seite mit Strichmännchen oder kritzelte die zusammenhanglosen Worte hin, die über die Oberfläche meines Hirns hinkten. Am Ende der Stunde warf ich die Fragebogen und die Hefte auf den allgemeinen Haufen und verließ den Campus, um in einer Studentenkneipe Bier in mich hineinzuschütten, bis die Bewußtlosigkeit wiederkehrte.

Auch mein vertrauter Alptraum stellte sich wieder einmal ein.

Den ganzen nächsten Tag lag ich im Bett und hörte das Schlagen von Autotüren und Abschiedsrufe. Weil ich mich nicht daran erinnerte, in der Kneipe gewesen zu sein, begriff ich nicht, daß ich einen katastrophalen Kater hatte. Wieso sollte ich verkatert sein? Ich trank doch fast nie Alkohol. Soweit ich überhaupt des Denkens fähig war, dachte ich, ich sei an einem spektakulären neuen Grippevirus erkrankt.

Die Erinnerung kehrte in Form traumähnlicher, fotografischer Blitze zurück. Ich sah, wie meine Hand einem Löwenleib mit Stummelflügeln, prallen Brüsten und erigiertem Penis eine Karikatur von Professor Flagships Gesichtszügen hinzufügte. Eine Sekunde lang ließ Simone Feigenbaum ihren lüsternen kleinen Körper auf mir kreisen, und ich dachte: *He, das ist tatsächlich passiert!* Ich schlug in einem Prüfungsheft eine neue Seite auf und schrieb in sauberen Blockbuchstaben: DIE ZENTRALE URSACHE ALLER PROBLEME LIEGT IN DEREN LÖSUNG. Ich erinnerte mich, wie ich meine Prüfungsunterlagen auf den Tisch des Professors geworfen und viele Stunden später beobachtet hatte, wie ein steifer Barkeeper mißbilligend mit seinem Tuch über ein handbreites Mahagonibrett gefahren war und ein schäumendes Glas daraufgestellt hatte. Kurz, ich erkannte, wo ich war und was ich getan hatte. Es war der Samstag nach den Prüfungen, und der Campus war voller Eltern, die ihre Söhne und Töchter abholten. Andere Studenten, zu denen auch ich hätte gehören sollen, nahmen den Bus zum Flughafen.

Das Universum, in dem man seine Koffer packen und in den väterlichen Wagen steigen konnte, schien unüberbrückbar weit von meinem entfernt zu sein. Ich rollte mich im Bett zusammen, bis es vor dem Fenster dunkel geworden und der letzte Wagen abgefahren war.

Traditionellerweise hängten unsere Dozenten die Prüfungsnoten in einem Schaukasten im Hof aus, noch bevor die Ergebnisse vom College verschickt wurden. Nach den Ferien wurde der Kasten dann von den Studenten belagert, die sich für die Ergebnisse ihrer Kommilitonen interessierten. Meine Englisch- und Französischnoten mußten am Montag auftauchen, die in Geschichte nicht später als Dienstag, die in Chemie am Dienstag oder Mittwoch. Bezüglich der Chemieprüfung hatte ich hochfliegende Erwartungen. Die Mathematiknote, mein eigentlicher Horror, würde wahrscheinlich nicht vor Mittwoch erscheinen.

Die Grants erwarteten meine Ankunft in Chicago für den Sonntagnachmittag. Ich sollte sie am Samstag anrufen, um den Termin zu bestätigen, mein Ticket lag schon am Flughafen für mich bereit. Als ich mich einer rationalen Unterhaltung fähig fühlte, meldete ich ein R-Gespräch nach Naperville an und erging mich in einer Reihe faustdicker Lügen über die Einladung eines Freundes, mit ihm nach Barbados zu fliegen. Die Grants hätten doch sicher nichts dagegen... Die Schwester meines Freundes habe abgesagt und ich könne ihren Platz einnehmen; die Tickets seien bereits bezahlt, und die Eltern hätten nichts dagegen, weil ich im Zimmer meines Freundes schlafen und sie deshalb nichts kosten würde...

Die Grants meinten, es sei schade, daß sie mich nicht sehen könnten, aber bald seien ja Semesterferien. Phil erkundigte sich, ob mein Freund nicht eher weiblichen Geschlechts sei. Nein, sagte ich, er heißt Clark Darkmund. Das war der Name eines engelhaften, pornographiebesessenen Kommilitonen aus Minnesota, den man in das Einzelzimmer neben mir verlegt hatte, weil er sich mit seinem früheren Zimmergenossen Steven Glucksman, einem Juden aus Great Neck, Long Island, über den Wert der in *Mein Kampf* dargelegten Weltanschauung in die Haare geraten war. Doch, sagte ich, Clark sei ein interessanter Typ. Man könne sich gut mit ihm unterhalten.

»Wie sind die Prüfungen gelaufen?« fragte Phil.

»Mal sehen.«

»Ich kenne meinen Ned«, sagte Phil bedächtig. »Du wirst über dich selbst staunen.«

Nachdem ich in einer Studentenkneipe zu Abend gegessen hatte, ging ich zurück zum Campus. Als ich in den Weg zu meinem Wohnheim einbog, hastete ein deutscher Austauschstudent namens Horst – er sah aus wie ein Model aus dem *Esquire* – aus dem Dunkel und erschien neben mir. Hätte er engelhafte Züge gehabt, wäre er Clark Darkmund nicht ganz unähnlich gewesen, aber er hatte nichts Engelhaftes an sich. Er lächelte mich an. »Da wären wir ja wieder, ganz allein an diesem öden Ort. Und da du jetzt nüchtern bist, sollten wir gleich in mein Zimmer gehen und uns gegenseitig ganz, ganz langsam die Kleider vom Leib ziehen.«

Sein Antrag steigerte meinen Trübsinn, und meine Reaktion war für mich wohl noch überraschender als für Horst. »Ich hab ein Messer in der Tasche«, sagte ich. »Und wenn du nicht sofort verschwindest, frieren deine Därme ein, bevor du überhaupt merkst, daß ich dich aufgeschlitzt hab.«

»Ned.« Er sah schwer betroffen drein. »Hatten wir nicht eine Vereinbarung?«

»Na schön«, sagte ich. »Ich zähle auf drei. Los geht's. Eins.«

Er setzte ein gewinnendes Lächeln auf. »Das Ding in deiner Hose ist zweifellos wesentlich bemerkenswerter als dein Messer.«

»Zwei.«

»Erinnerst du dich denn nicht an unsere Unterhaltung gestern abend?«

Ich steckte die Hand in die Tasche und schloß sie um das Überbleibsel einer Rolle Drops.

Mit einer bedauernden Grimasse verschwand Horst in der Dunkelheit.

Am nächsten Morgen strömte durchsichtiges Sonnenlicht von einem klaren, tiefblauen Himmel herab. Die scharfen Schatten blattloser Pappeln fielen auf den glänzenden Schnee.

Begleitet von meinem eigenen scharfen Schatten marschierte ich ins Städtchen und wanderte umher, in den Händen einen Becher Kaffee und eine Apfeltasche. Die Kirchenglocken verkündeten den Beginn oder das Ende irgendeines Gottesdienstes. Ich inspizierte die Schaufenster oder lungerte einfach herum. Erneut sprachen die Kirchenglocken. Durch das herabströmende Licht ging ich wieder aufs College zu, wandte mich an einer wichtigen Kreuzung aber versuchsweise nach links statt nach rechts und befand mich bald am Rande eines ausgedehnten Waldes. An einen Eichenstamm war ein Holzschild genagelt, auf dem in verwitterten Lettern die Worte *JONES'S WOODS* standen.

Damals begriff ich nur, daß ich mich besser fühlen würde, wenn ich den Wald betrat; also verließ ich die Straße und ging hinein.

Ich fühlte mich tatsächlich sofort besser. Auf magische Weise schien ich zu Hause zu sein oder, wenn auch nicht richtig zu Hause, so doch *am richtigen Ort*. Über den knirschenden Schnee, der so hart war, daß meine Füße kaum Spuren hinterließen, ging ich durch die Bäume, bis ich einen Ring aus Ahornstämmen erreichte. Ich setzte mich in die Mitte des Kreises, mehr in Frieden mit mir selbst, als ich je seit meiner Ankunft in Vermont gewesen war. Meine Ängste entschwanden, und ich sah, daß mein Leben einfach weitergehen würde. Wenn ich das College verlassen mußte, war das auch in Ordnung. Im »Inside the Outside« kellnern konnte ich auf jeden Fall. Ich konnte Simone Feigenbaum heiraten und ein gemachter Mann sein. Eichhörnchen in dickem Winterfell huschten an Eichenstämmen herab und schlitterten über den spiegelglatten Schnee. Irgendwann begann das Licht zu schwinden, und die Stämme traten näher zusammen. Ich erhob mich und ging davon.

Am Montag morgen marschierte ich wieder in die Stadt und kaufte eine lange Salami, eine Packung Cheddar, ein Glas Erdnußbutter, einen Laib Brot, eine Tüte Kartoffelchips und zwei kleinere Tüten Erdnußriegel, einen Liter Milch und einen Sechserpack Coca-Cola. In meinem Zimmer klemmte ich Salami- und Käsescheiben zwischen Brot, löffelte Erdnußbutter und spülte das Ganze mit Coke hinunter. Dann zog ich den Mantel an und lief in den Hof, wo ich drei meiner Resultate an der Tafel fand. In Englisch hatte ich ein B+ in der Prüfung und auch für das Semester gesamt, in Französisch zweimal B, was enttäuschend war, aber nicht ganz unerwartet kam. Die Prüfung in Geschichte, in die ich große Hoffnungen gesetzt hatte, war eine Katastrophe. Mein C senkte die Semesternote auf B-. Eine der Voraussetzungen für mein Stipendium war ein bestimmter Notendurchschnitt, und ich hatte auf ein B in Geschichte gezählt, um ein D oder gar ein mögliches Scheitern in meinen restlichen beiden Seminaren auszugleichen.

Ich trat vom Schaukasten zurück und bemerkte eine Bewegung zu meiner Linken. Horst lehnte an einem der Pfeiler über der Bibliothekstreppe und beobachtete mich. Seine Haltung, die eine schier unendliche Geduld ausdrückte, wies darauf hin, daß er schon geraume Zeit dort stand. Er zog seine behandschuhte Hand aus der Tasche seines Dufflecoats und winkte mir langsam und ironisch zu. Ich senkte den Kopf und nahm den kürzesten Weg in entgegengesetzter Richtung, den Weg zurück zum *richtigen Ort.*

Sobald ich die Lichtung betreten hatte, entschwebten die Sorgen um Prüfungen und Notendurchschnitte in die durchscheinende Luft. Einen körperlosen Zeitraum lang wurde ich zum Auge einer Kamera. Eichhörnchen wiederholten ihre komischen Wendungen. Ein Fuchs trat zwischen den Ahornstämmen hervor, erstarrte und zog sich dann wie in einem rückwärts laufenden Film zurück. Als es um mich herum langsam dunkel wurde, stand ich widerwillig auf.

Am Dienstag morgen kauerte ich hungrig bis elf Uhr im Bett, stand dann auf, um Milch direkt aus der Packung zu trinken und Käse und Brot zu kauen, stieg wieder ins Bett und gab mich eine weitere Stunde lang Atemübungen hin, bis ich es endlich unter die Dusche schaffte. Rein theoretisch wurden schon an diesem Nachmittag unsere Chemienoten ausgehängt. Die meisten Dozenten taten dies vor drei Uhr, und kurz vor diesem Zeitpunkt eilte ich in den Hof, um die Tafel zu inspizieren. Die Ergebnisse meiner Gruppe waren noch nicht ausgehängt. Ich stopfte mir Junkfood in die Taschen und ging auf dem Weg zu meinem Refugium in das Ziegelverlies mit der Poststelle meines Wohnheims, um in mein Postfach zu schauen.

Wie eine Briefbombe steckte hinter der Glastür meines Fachs ein unfrankierter, cremefarbener Umschlag, adressiert an »Mr. Ned Dunstar«. Er trug den Absender des Dekans für studentische Angelegenheiten.

Lieber Mr. Dunstar,

mit Bedauern folge ich der Notwendigkeit, Sie wegen einer problematischen Angelegenheit zu kontaktieren, auf die mich Mr. Roman Polk, Leiter des Mensapersonals am Middlemount College, in diesen Tagen hingewiesen hat. Wie Ihnen bekannt, ist Mr. Polk nicht nur für unsere Vollzeitkräfte verantwortlich, sondern auch für jene studentischen Mitarbeiter, denen im Rahmen ihres Stipendiums eine Stelle im Mensabereich zugewiesen wurde.

Mr. Polk teilte mir mit, Sie hätten sieben Ihrer letzten zehn Schichten versäumt. Darüber hinaus hätten Sie aus Krankheitsgründen neun frühere Schichten nicht wahrnehmen können. Dies ist ein Umstand, der nicht nur Mr. Polk betrifft.

Ich möchte Sie bitten, mich am 20. Januar, dem ersten Tag der kommenden Unterrichtsperiode, um 7.30 Uhr in meinem Büro aufzusuchen, um über Mr. Polks Klagen zu sprechen. Sie bleiben weiterhin ein geschätztes Mitglied unserer akademischen Gemeinschaft, und wenn die Mensa sich aus irgendeinem Grunde als ungeeigneter Arbeitsplatz erwiesen haben sollte, könnte eine andere Aufgabe für Sie gefunden werden. Vorläufig wünsche ich Ihnen viel Erfolg bei Ihren Prüfungen.

Mit freundlichen Grüßen

Clive Macanudo

Dekan für studentische Angelegenheiten

Als ich aus dem kleinen Kerker mit unseren Postfächern trat, wer stand da in der Kälte jenseits des betonierten Wegs, prangend in einem langen dunkelgrünen Lodenmantel, das dichte Haar von frischen Kammspuren durchzogen? Es fehlte nur, daß Horst einen Tirolerhut samt Vogelfeder im Band aufhatte. Er blickte auf den Brief, der aus meiner Manteltasche ragte. »Alles in Ordnung?«

»Hör bloß auf, mich zu verfolgen, du Arsch.« Ich machte Anstalten, um ihn herumzugehen.

»Bitte, vergiß doch, was neulich passiert ist.« Horst trat mir in den Weg. »Ich hab einen dummen Fehler gemacht und unsere kurze Unterhaltung am Abend vorher falsch interpretiert.«

Offenbar hatte ich am Freitag in der Studentenkneipe mit ihm gesprochen, das aber anschließend völlig vergessen. Aus meiner Sicht hatte das seine Richtigkeit. Ich hatte es geschafft, die meisten Ereignisse des Freitags schon zu vergessen, während sie stattfanden, und ich hatte keinerlei Interesse, daran erinnert zu werden, was ich zu Horst gesagt haben könnte. »Ist gut«, sagte ich, »aber wenn du nicht aufhörst, mich zu verfolgen, stech ich dich trotzdem ab.«

»Also hör mal, Ned, wirklich!« Er trat zurück und hob abwehrend die behandschuhten Hände. »Es ist nur, daß du den Eindruck machst, als ob es dir nicht gut geht. Ich frage dich als Freund: Ist etwas geschehen? Ist irgend etwas nicht in Ordnung?«

»Also schön«, sagte ich. »Dann zähle ich eben wieder auf drei. Eins.«

»Ned, bitte, du hast doch gar kein Messer. In Wahrheit bist du nicht gefährlicher als ein Kaninchen.« Lächelnd ließ er die Hände sinken. »Laß mich dich zu einer Tasse Kaffee einladen. Du könntest mir von deinen Problemen erzählen; dann werde ich dir erklären, wie du mit ihnen fertig wirst; dann werde ich dich mit meinen Problemen langweilen, und dann gehen wir ein Bier trinken und beschließen, daß unsere Probleme doch nicht so drastisch sind.«

»Und dann gehen wir auf dein Zimmer und beseitigen deine langweiligen Probleme, indem wir uns die Kleider vom Leib reißen.«

»Darauf will ich überhaupt nicht hinaus«, sagte Horst. »Ehrlich. Ich biete dir einfach meine Hilfe an.«

»Dann geh mir einfach aus dem Weg.« Ich ging direkt auf ihn zu, und er trat zur Seite.

Am Nachmittag saß ich wie erstarrt am Stamm einer riesigen Eiche und lauschte dem tiefen, fast unhörbaren Dröhnen, das durch die Schneedecke zu dringen schien, als würde dort unten eine kraftvolle Maschinerie arbeiten. Fetzen hoher musikalischer Töne erklangen entweder aus der Luft selbst oder entstanden durch die Bewegung der Luft in den Zweigen. Die musikgeschwängerte Luft füllte sich mit Körnchen aus Dunkelheit, die Körnchen verschmolzen, und die Dunkelheit löschte das Licht.

Am Mittwoch morgen sah ich meinen Gitarrenkasten neben der Tür lehnen. Der Anblick weckte in mir sofort die Idee, selbst zur Musik von Jones's Woods beizutragen. Ich sprang aus dem Bett.

Nach einem aus saurer Milch und Kartoffelchips bestehenden Frühstück schlich ich mich in den Hof, wobei ich sorgsam nach Horst Ausschau hielt. Er zeigte sich nicht. Das galt auch für meine Chemienoten, obwohl Professor Medley die Ergebnisse hatte aushängen lassen. Sämtliche Namen meiner Gruppe waren mit den entsprechenden Noten versehen, hinter »Dunstan, Ned« erschien jedoch lediglich das unbenotete »unv.«, die Abkürzung für »unvollständig«. Ich wankte zurück in mein Zimmer. Während ich Proviant in meine Manteltaschen stopfte, erinnerte ich mich an die Vorladung von oben. Erneut betrat ich die düstere Poststelle und stellte fest, daß sich wieder ein offizieller Umschlag an das Glasfenster meines Fachs drückte. Clive Macanudo, zweite Folge. Diesmal hatte er meinen Namen richtig buchstabiert.

Lieber Mr. Dunstan,

bitte entschuldigen Sie das Versehen meiner Sekretärin, das zu einer durchgängigen Falschschreibung Ihres Namens in meinem gestrigen Brief führte.

Heute morgen sprach Prof. Arnold Medley von unserem Fachbereich Chemie mit mir über Ihre Leistungen in seinem Grundseminar. Prof. Medley hat auf Ihr Abschneiden in seiner Abschlußprüfung mit dem größten Erstaunen reagiert. Da Sie die einzige perfekte Prüfung vorlegten, die Prof. Medley in seiner langen Zeit als Lehrer je zu Gesicht bekommen hat, und da Sie zudem mehrere Zusatzfragen lösten, betrug Ihre Punktzahl in der betreffenden Prüfung 127 von 100; die Note wäre A++.

Prof. Medley ist der Meinung, kein Student mit Noten, die sich sonst konstant im Bereich von C oder darunter bewegten, sei in der Lage, sein Verständnis der Materie so stark zu verbessern, daß er in der Abschlußprüfung ein A++ habe erreichen können, ohne Zuflucht zu regelwidrigen Mitteln zu nehmen. Ich äußerte mich zu Ihren Gunsten. Prof. Medley räumte zudem ein, er habe Sie zu keinem Zeitpunkt bei einer betrügerischen Handlung beobachtet. Er konnte demnach nicht nachweisen, daß Sie Ihre Note nicht ehrlich verdient hätten. Dennoch fand er das Ergebnis derart abnorm, um seinen Verdacht zu rechtfertigen.

Wir sind zu folgenden Kompromiß gelangt: Sie werden die Semesterabschlußprüfung für das Grundseminar Chemie unter den strengsten Sicherheitsvorkehrungen und zum frühestmöglichen Zeitpunkt wiederholen, der Ihnen zusagt. Ich schlage 7.45 Uhr am kommenden Freitag vor, falls Sie sich momentan auf dem Campus befinden sollten. Ist dies nicht der Fall, wäre der Termin am 20. Januar, 6.30 Uhr, unmittelbar vor unserem Gespräch über die Klagen seitens Mr. Polks. Die Wiederholung der Prüfung wird in meinem Büro stattfinden; Prof. Medley und ich werden dabei anwesend sein. Ich erlaube mir, Ihnen zu empfehlen, die verbleibenden Tage zur Vorbereitung zu nutzen.

Mit freundlichen Grüßen
Clive Macanudo
Dekan für studentische Angelegenheiten

Das vertraute Gefühl, *daheim* zu sein, beruhigte meine Nerven, sobald ich den Wald betrat. Das Rauschen in meinen Ohren wich dem Knarren der schneebedeckten Äste, dem Zwitschern der Vögel und dem Schnalzen und Klopfen der Eichhörnchen auf ihren Unternehmungen. Nach einiger Zeit begann ich das hohe Läuten der glitzernden Eiszapfen zu hören und bald danach den tiefen Baß, der unter der gefrorenen Schneedecke summte. Ich klappte den Gitarrenkasten auf, holte mein Instrument hervor und legte es ehrfürchtig in die Höhlung zwischen meiner hochgezogenen Schulter und meiner Hüfte.

Am nächsten Tag erwachte ich kurz vor Mittag ohne jede Erinnerung daran, auf den Campus zurückgekehrt zu sein. Ich taumelte aus dem Bett, nieste dröhnend und zwängte mich in meine bequemsten Kleider. Der Macht der Gewohnheit folgend, trat ich auf dem Weg aus dem Wohnheimkomplex in den Postkerker. Ein weiterer offizieller Umschlag war hinter das rechteckige Glasfenster gesteckt worden. »Der liebe Clive«, sagte ich und zog den Brief mit großer Neugier heraus.

Sehr geehrter Mr. Dunstan,

erneut wurde meine morgendliche Routine von einem Besuch eines Ihrer Dozenten unterbrochen. Ihr Verbleiben in Middlemount ist äußerst gefährdet.

Prof. Roger Flagship verlangte von mir die Durchsicht der drei Prüfungshefte, die Sie ihm nach Abschluß der Prüfung über sein Einführungsseminar höhere Mathematik übergaben. Prof. Flagship teilte mir mit, die Prüfung sei nach der Multiple-Choice-Methode durchgeführt worden; die Hefte hätten den nötigen Berechnungen gedient. Zudem teilte er mir mit, er habe vor, die nötigen Schritte zum Zwecke Ihrer Ausschließung vom Middlemount College einzuleiten. Sie seien nicht nur in der Prüfung gescheitert, indem Sie lediglich zwölf von hundert Fragen beantwortet hätten; Sie hätten auch sein Seminar wie ihn persönlich zum Gegenstand des Spottes gemacht. In diesem Zusammenhang machte Prof. Flagship mich auf mehrere obszöne Karikaturen seiner Person aufmerksam, die in den Heften enthalten waren.

Zudem behauptet Prof. Flagship, Sie seien am Abend des Prüfungstages in seinem Büro erschienen, um ihn um die Rückgabe Ihrer Hefte, die Benotung des betreffenden Seminars mit »unvollständig« und die Gelegenheit zu bitten, das Seminar zu wiederholen. Auf seine Weigerung, diesen außergewöhnlichen Forderungen nachzukommen, hätten Sie auf sein Bemühen, die von ihm noch nicht in Augenschein genommenen Prüfungshefte in Sicherheit zu bringen, damit reagiert, ihn in seinen Sessel zurückzustoßen und sodann zu flüchten. Er habe Ihr Verhalten zuerst einer hysterischen Panik zugeschrieben und beschlossen, mich nicht davon zu unterrichten. Der Inhalt der Hefte führte zu seiner Meinungsänderung.

Nach gründlicher Überlegung und unter Einbeziehung der übrigen vorliegenden Fakten bin ich zu folgendem Schluß gekommen: Ich bitte Sie, zu unserem Treffen am 20. Januar zum ursprünglich vorgesehenen Zeitpunkt, also um 7.30 Uhr, zu erscheinen. Legen Sie dabei sämtliche Dokumente vor, die mir helfen könnten, Ihren Verbleib am Middlemount College zu rechtfertigen, darunter auch eventuelle Hinweise auf eine frühere psychiatrische Behandlung.

Um die Beschaffung Ihrer Dokumente zu erleichtern, sende ich eine Kopie dieses Briefes an Ihre Pflegeeltern, Mr. und Mrs. Philip Grant in Naperville, Illinois.

Mit freundlichen Grüßen

Clive Macanudo

Dekan für studentische Angelegenheiten

Ich schneuzte mir mit Clives Schreiben die Nase und warf es in den Papierkorb. Daß er es an die Grants geschickt hatte, störte mich mehr als mein bevorstehender Hinauswurf. Aber Phil und Laura würden verstehen, daß das, was ich tat, weit wichtiger war als der Unsinn, mit dem ich in den Seminaren gefüttert wurde.

Auf meinem Weg zurück ins Zentrum des Universums dachte ich, ich hätte inmitten einer Baumreihe am westlichen Ende des Campus einen Fetzen grünes Loden und das Aufblitzen heller Haare gesehen. Der liebeskranke Verfolger verschwand, sobald ich genauer hinsah, und ich verdrängte ihn wieder aus meinen Gedanken.

Eine Stunde in schweigender Meditation machte mir die Musik in der Luft hörbar, eine weitere Stunde trug ich meinen Teil dazu bei, aber dann überkam mich das Gefühl, doch noch nicht ganz am *richtigen Ort* zu sein. Ich stand wieder auf und ging tiefer in den Wald, bis ich an eine baufällige Hütte kam. Ich drückte die knarrende Tür auf und betrachtete die vermoderten Holzwände, das einzige – zerbrochene – Fenster und, auf dem schmutzigen Boden, ein Gewirr von Federn, dazu winzige Skelette und getrockneten Tierkot. Hier, wußte ich, war er endlich, *der richtige Ort*. Auch ich war ein Instrument. Unablässig schwebte Musik durch die Hütte, geschaffen vom Wind, der durch die Ritzen zwischen den behauenen Stämmen fauchte, und vom Trappeln der Eichhörnchen im Zwischenraum unter dem Dach. Ich verbrachte eine glückselige Stunde damit, eine bescheidene Begleitung zu spielen; kurz vor Einbruch der Dunkelheit rannte ich dann in mein Zimmer, um Decken und Proviant zu holen, und eilte zurück, solange es noch hell genug war, um etwas zu sehen.

Die Hütte erschien in der Dunkelheit wie ein großer Schatten im heiligen Wald. Leise riefen mich die Melodien der Musik in ihrem Innern, und ich hastete über den Schnee und öffnete die knarrende Tür. Als ich eintrat, war es, als stürzte ich direkt durch den vermodernden Boden. Ich fiel; ich sah nichts; ich hatte keine Angst. Ein langer, schäbiger, einst hübscher Raum nahm vor mir Gestalt an. Außerhalb meines Blickfelds sprach ein Mann von Rauch und Gold und Leichen auf einem Schlachtfeld. Mein Kopf pochte, mein Magen rebellierte. Auf dem Kaminsims standen ein verwelkender Farn, ein ausgestopfter Fuchs, der in einer Glasglocke vorwärtsschritt, und eine Messinguhr mit rotierenden Gewichten, links-rechts, rechts-links, links-rechts. Hier ging es *zurück*, dies war die *Vergangenheit*, und hier war ich schon einmal gewesen. Ich fiel auf dem abgenutzten Orientteppich auf die Knie. Bevor ich mich übergab, schmolz die Welt und stellte sich darauf wieder her. Dann rieselte mein Mageninhalt auf den verfaulten Boden. *Daheim,* dachte ich.

11

Solange ich noch anständig genug aussah, um in die Stadt gehen zu können, versorgte ich mich mit Dosenfutter und einer Campingausrüstung. Ich besorgte einen Schlafsack und eine batteriebetriebene Lampe. Als ich herausfand, daß ich den offenen Kamin benutzen konnte, kaufte ich sackweise Holzkohlebriketts, ein Beil, massenhaft Kohlenanzünder, einen Rost und Packungen tiefgefrorenes Fleisch. Das Fleisch vergrub ich im Schnee und taute es über den Flammen auf, die ich den Holzkohlebrocken mit zerhacktem Reisig entlockte. In manchen Nächten kletterten Waschbären durch die Löcher im Boden und schliefen wie Hunde vor dem erlöschenden Feuer ein. Gegen Ende meiner fünfundvierzig Tage in der Hütte, als ein Auftauchen in der Stadt bestimmt zu meiner Festnahme oder einer Einweisung ins Krankenhaus geführt hätte, schlich ich mich in die Küche, die ich von meinem alten Job her kannte, und stahl alles, was ich nicht an Ort und Stelle in mich hineinstopfen konnte. Waldmusik, Naturmusik, Planetenmusik nahmen den Rest meiner Zeit in Anspruch. Meine Erkältung verwandelte sich in eine Lungenentzündung, und ich hielt das Fieber, die Schweißausbrüche und die Erschöpfung für Zeichen der Gnade.

Alle Welt hatte inzwischen Angst, der Verlust meines Stipendiums habe mich in den Selbstmord getrieben. Phil und Laura kamen nach Middlemount geflogen und nahmen an der Suche nach meinen hypothetischen Überresten teil. Wütend erklärte Clark Darkmund, er habe mich nicht nur keineswegs eingeladen, an einem Familienurlaub auf Barbados teilzunehmen, sondern die Weihnachtsferien auch in Hibbing, Minnesota, verbracht. Die Polizei durchsuchte erfolglos den Campus. Auch der Ort Middlemount wurde durchsucht, fast ebenso erfolglos. Das hübsche Erinnerungsfoto im Jahrbuch meiner High-School erinnerte einen Ladenbesitzer in der Main Street an einen vor kurzem aufgetauchten Kunden, aber er habe keine Ahnung, wohin sich dieser Kunde nach Verlassen des Ladens gewandt hatte. Nachdem sie überall in der Stadt und auf dem Campus Plakate angeheftet hatten, kehrten die Grants nach Naperville zurück.

Horst beachtete die Plakate zunächst nicht. Er meinte, ich würde ihm aus dem Weg gehen. Als ihm endlich die Ähnlichkeit zwischen dem Foto und mir ins Auge fiel, meldete er sich bei Dekan Macanudo. Wenig später führte er eine Abordnung aus städtischen Polizeibeamten und Rettungssanitätern in Jones's Woods. Sie fanden mich über meine verzogene Gitarre gebeugt; ich zupfte an den verbliebenen beiden Saiten. Ohne weitere Umstände rollten sie mich auf eine Trage.

Ich sah einen Traum-Horst aus dem hochgeklappten Kragen seines Lodenmantels zu mir herabblicken und fragte: »Warum fühle ich mich bloß von dir verfolgt, Horst?«

»Du hast mir gesagt, ich soll auf dich achtgeben«, sagte die Erscheinung.

Ich blickte mich um und sah mit einer unwillkommenen Rückkehr meiner geistigen Gesundheit die verfallenden Wände und die zerwühlten Decken auf dem Boden. Alles war ein gigantischer Irrtum gewesen. Horst war real, und ich hatte unrecht gehabt. Dies war nie jener richtige Ort gewesen, für den ich ihn gehalten hatte.

Der erste Mensch, der mich im Krankenhaus von Middlemount besuchte, war Dekan Clive Macanudo, ein schlüpfriger Diplomat, dessen Oberlippenbärtchen und aseptischer Atem nur unvollkommen verbargen, welche Angst er vor irgendwelchen Maßnahmen hatte, die ich oder meine Pflegeeltern gegen das College hätten ergreifen können. Es kam mir jedoch nie in den Sinn, Middlemount zu verklagen, und gleiches galt auch für Laura, die am zweiten Tag meines Krankenhausaufenthaltes in mein Zimmer kam. Phil hatte keine Genehmigung erhalten, seine Arbeitsstelle zu verlassen – so sagte sie jedenfalls –, und obgleich wir dadurch offener miteinander sprechen konnten, ließ das Gewicht meiner Schuld ihre leiderfüllte Anwesenheit für mich zur Qual werden. Als Laura zwei Tage später ins Hotel ging, um sich kurz aufs Ohr zu legen, verließ ich das Krankenhaus, ging zur Ortsmitte, kam am Hotel vorbei, betrat den Busbahnhof und floh.

Von da an blieb ich ständig in Bewegung. Ich hatte Jobs in Supermärkten, in Kneipen und Schuhgeschäften und Jobs, bei denen ich einen Kopfhörer aufsetzte und versuchte, fremde Menschen zum Kauf von Dingen zu überreden, die sie nicht brauchten. Ich lebte in Chapel Hill, Gainesville, Boulder, Madison, Beaverton, Sequim, Evanston und kleinen Orten, die man nicht kennt, wenn man nicht zufällig aus Wisconsin oder Ohio kommt. (Oder hat jemand schon mal was von Rice Lake gehört – oder von Azure?) Ungefähr ein Jahr verbrachte ich in Chicago, aber nach Edgerton oder Naperville kam ich nie. Als ich einmal lange genug unter derselben Adresse wohnte, um einen Eintrag im Telefonbuch zu bekommen, überraschte Star mich ein paarmal mit Telefonanrufen oder Postkarten. Drei- oder viermal im Jahr rief ich die Grants an und versuchte, sie davon zu überzeugen, daß mein Leben nicht gescheitert war. 1984 starb Phil, der sein Leben lang nie geraucht hatte, an Lungenkrebs. Ich ging zu seiner Beerdigung und verbrachte ein paar Tage in meinem alten Zimmer. Laura und ich unterhielten uns bis spät in die Nacht. Sie erschien mir schöner denn je. Manchmal lagen wir uns in den Armen und weinten um alles, für das es keine Lösung gab. Zwei Jahre später teilte sie mir mit, sie werde wieder heiraten und nach Hawaii ziehen. Ihr neuer Gatte war ein pensionierter Anwalt mit einem großen Anwesen auf Maui.

Ab und an traten fremde Menschen auf mich zu und wichen betreten oder ärgerlich zurück, wenn ich sie nicht wiedererkannte; so etwas passiert fast jedermann. In der Greyhound-Station von Omaha fuhr eine etwa dreißigjährige Frau bei meinem

Anblick zusammen, packte den Arm des Mannes neben ihr und zog diesen durch den Ausgang. Zwei Jahre später marschierte eine ältere Frau mit Pelzmantel im Flughafen von Denver auf mich zu und schlug mir so hart ins Gesicht, daß auf den entstehenden Striemen die Naht ihres Handschuhs sichtbar war. An einer Straßenecke im Zentrum von Chicago packte mich jemand am Kragen und riß mich aus der Bahn eines daherrasenden Taxis. Als ich mich umblickte, sagte ein Junge mit einer Wollmütze: »Mann, dein Bruder ist ja verschwunden wie der *Blitz.*« Na schön. Ein andermal in einem anderen Jahr erklärte mir ein Typ in einer Kneipe – ich weiß nicht einmal mehr, wo –, mein Name sei George Peters, und ich sei am Antioch College sein Tutor in Geschichte gewesen.

Manchmal kommt mir der folgende Gedanke: Alle Menschen, die ich jemals kennenlernte, hatten das Gefühl, ihnen fehle ein mysteriöser, jedoch essentieller Faktor. Sie alle suchten einen unauffindbaren Ort, der *der richtige Ort* sein würde. Seit Adams Sündenfall, denke ich dann, besteht das menschliche Leben aus solchen Schmerzen und Verletzungen.

Kurz vor meinem sechsundzwanzigsten Geburtstag bekam ich einen Job bei einer Telemarketingfirma in Durham, North Carolina, die Software für Kinder vertrieb. Ich stellte mich intelligent genug an, um auf eine Stelle versetzt zu werden, auf der ich mehr oder weniger gezwungen war, einen Programmierkurs an der örtlichen Universität zu belegen. Wenig später bekam ich bei derselben Firma einen Vollzeitjob als Programmierer.

In all meinen Wanderjahren hatte ich New York gemieden. Ich meinte immer, der Big Apple würde mich einfach aufs Pflaster schleudern und zerquetschen. Drei Jahre nach meiner Beförderung zum Programmierer verlagerte die Firma ihren Sitz nach New Brunswick, New Jersey. Zum ersten Mal im Leben hatte ich ein wenig Geld auf der Bank, und sobald ich in New Brunswick war, begann New York in der Ferne zu glitzern und zu funkeln und mich auf die große Party zu locken. Zwei oder drei Abende im Monat nahm ich den Zug nach Manhattan, um Restaurants und Jazzclubs aufzusuchen. Ich hörte Alfred Brendel in der Avery Fisher Hall Beethoven spielen und Robert Shaw in der Carnegie Hall die *Missa solemnis* dirigieren. Ich hörte B. B. King und Phil Woods und eines der letzten Konzerte von Ella Fitzgerald. Nach einer Weile begann ich, mich bei ein paar New Yorker Softwarefirmen umzusehen, und zwei Jahre nach meinem Umzug nach New Jersey bot eine von ihnen mir einen besseren Job an. Ich packte meine Sachen und ging auf die Party.

Mein Apartment lag in der East Tenth Street gegenüber der St. Mark's Church, und ich war glücklicher denn je zuvor im Leben. Wie sich herausstellte, war der richtige Ort gerade der, vor dem ich am meisten Angst gehabt hatte, und das hatte irgendwie seine Richtigkeit. An meinen Geburtstagen meldete ich mich krank und blieb im Bett. Inmitten dieses geregelten Lebens tauchte dann jenes sonderbare Gefühl in mir auf. Es ging, das wußte ich, um meine Mutter.

12

Es begann als eine Art Vorahnung. Ich war gerade ein paar Monate in New York, als ich Tante Nettie anrief, um sie zu fragen, ob sie etwas von Star gehört habe. Nein, sagte sie, und du? Ich machte mir Sorgen, erklärte ich ihr und gab ihr meine Nummer. »Das Mädel ist aus Eisen«, sagte Nettie. »Statt dir um deine Mutter Sorgen zu machen, solltest du dich zur Abwechslung mal um dich selbst kümmern.«

Ich redete mir ein, daß Nettie mich schon anrufen würde, wenn etwas Schlimmes geschah. Nettie liebte Katastrophen und würde, wenn notwendig, Alarm schlagen. Aber was war, wenn Star ihr nichts anvertraute? Als ich Nettie noch einmal anrief, berichtete sie mir, meine Mutter sei in East Cicero, wo sie sich mit zwei alten Halunken amüsiere. Ich bat sie um Stars Telefonnummer, doch die hatte Nettie verloren. Auch an die Namen der beiden alten Halunken konnte sie sich nicht mehr erinnern. Sie führten einen Nachtclub, doch dessen Namen wußte sie ebenfalls nicht mehr.

»Ist auch egal«, sagte sie, »Star wird uns schon wissen lassen, wenn sie Hilfe braucht, und wenn ihr irgend etwas zustößt, muß man ihr nicht erst sagen, daß sie so rasch wie möglich zu uns kommen soll. Sie wird es einfach wissen. Die Dunstans haben oft das Zweite Gesicht, und das trifft auch auf Star zu. Auf dich ebenso, glaube ich.«

»Ich hab das Zweite Gesicht?« sagte ich. »Das ist mir neu.«

»Du hast keine Ahnung von deiner eigenen Familie, deshalb. Zum Beispiel heißt es, daß niemand mit meinem Vater Karten spielen wollte, weil der sehen konnte, was man auf der Hand hatte.«

»Das glaubst du doch nicht wirklich«, sagte ich.

Ich hörte ein leises, wissendes Lachen. »Du würdest dich wundern, was ich alles glaube.«

Eines Nachts träumte ich, daß ich in der Cherry Street zu meiner Mutter ins Bett kroch und sie einen Namen murmeln hörte, der wie »Rinehart« klang. Ein Teil des Traumes bestand aus dem Bewußtsein, daß ich träumte und einen Augenblick aus meiner Kindheit wieder aufleben ließ. Allmählich machte ich mir wieder weniger Sorgen, aber meine unterschwellige Beklemmung trat an die Oberfläche, sobald ich allein in meiner Wohnung war, besonders wenn ich etwas tat, was mich an Star erinnerte, wie abzuspülen oder im Radio Billie Holiday zu hören. Zu Beginn der dritten Maiwoche bat ich auf Grund eines familiären Notfalls um meinen gesamten Krankenurlaub. Mein Chef meinte, ich solle mir soviel Zeit nehmen wie nötig und mich ab und zu bei ihm melden. Sobald ich zu Hause ankam, begann ich damit, Sachen in meine Reisetasche zu stopfen.

Ich hatte nicht den Eindruck, irgendein bestimmtes Ziel zu haben, und ebensowenig kam es mir in den Sinn, daß ich unter dem Druck meiner Angst mein altes Verhaltensmuster wieder aufnahm, um mich zu schützen. Dennoch wußte ich, wie anfangs schon gesagt, genau, wohin ich fuhr und weshalb. In dem Moment, als Star den Greyhound bestieg, saß ich im Führerhaus eines Lastzugs, mit dem Zeitungen nach Flagstaff transportiert wurden. Bob Mims, der Fahrer, hatte mich in ein freundschaftliches Gespräch über die Situation der amerikanischen Schwarzen verwickelt. Es war der Moment, in dem meine Abwehrmechanismen versagten und die Wahrheit über mich hereinbrechen ließen. Star war mit letzter Kraft dabei, sich nach Hause zu schleppen, und ich fuhr in dieselbe Richtung, um bei ihr zu sein, wenn sie starb. Sobald Bob Mims erfuhr, weshalb ich nach Edgerton wollte, wich er von seiner üblichen Route ab, um mich zum Motel Comfort zu bringen, das südlich von Chicago an der Autobahn lag.

Nachdem ich eine Stunde lang vergeblich am Straßenrand gestanden und den Daumen gehoben hatte, nahm ich mir im Motel ein Zimmer. Sämtliche Autoverleihfirmen hatten über Nacht geschlossen. Ich ging in die Bar und begann ein Gespräch mit einer jungen Staatsanwältin aus Louisville, Kentucky. Sie hieß Ashleigh Ashton und befand sich augenscheinlich auf ihrer zweiten Dienstreise. Als sie ihren Namen buchstabierte und mich fragte, ob er meiner Meinung nach a) angeberisch und b) zu hübsch für eine Staatsanwältin klinge, schloß ich, daß sie mindestens den dritten Drink vor sich stehen hatte. Wenn sie nicht mochte, erwiderte ich, wie die Angeklagten beim Hören ihres Namens grinsten, sollte sie doch einfach zurückgrinsen und sie hinter Gitter bringen. Das sei eine hübsche Idee, sagte sie. Ob ich noch einen hören wolle?

Hoppla, dachte ich, das ist bestimmt der dritte. »Ich muß ziemlich früh wieder losziehen«, sagte ich.

»Ich auch. Also los. Wenn ich noch länger hierbleibe, fällt einer von den Typen hier über mich her.«

An der Theke saßen zwei Schwergewichte mit graumelierten Bärten, die beide Motorradjacken trugen, ein Knabe in einem T-Shirt mit dem Aufdruck MO' BEER HERE, ein paar Typen mit Goldkettchen um den Hals und Tattoos jenseits der kurzen Ärmeln ihrer Sporthemden und ein Gespenst in einem billigen grauen Anzug, das aussah wie ein Serienmörder, der Urlaub von seinem Lebenswerk machte. Die ganze Bande beäugte die Frau wie eine Meute verhungerter Köter.

Ich begleitete sie durch endlos wirkende leere Flure. Sie warf mir einen komischen, fragenden Blick zu, als sie ihre Zimmertür aufschloß, und ich folgte ihr hinein. »Was ist überhaupt los mit dir, Ned Dunstan?« sagte sie. »Ich komme ungern darauf zu sprechen, aber deine Kleider sehen aus, als wärst du als Tramper unterwegs.«

Ich gab ihr eine komprimierte Antwort, aus der hervorging, daß ich von der Erkrankung meiner Mutter erfahren hätte, während ich zum Spaß durch die Gegend getrampt sei. »Als Teenager hab ich das oft gemacht«, sagte ich, »aber jetzt hätte ich's besser wissen müssen. Wenn ich einen Wagen hätte, könnte ich noch heute nacht nach Edgerton kommen.«

»Nach Edgerton? Da will ich auch hin!« Einen Moment lang

war Argwohn in ihren Augen abzulesen, aber dann wurde ihr offensichtlich klar, daß ich ihr Ziel nicht gewußt haben konnte, bevor sie es preisgab. »Wenn wir morgen früh noch miteinander reden, kann ich dich mitnehmen.«

»Warum sollten wir nicht mehr miteinander reden?«

»Woher soll *ich* das wissen?« Sie hob die Arme und blickte wild von Seite zu Seite. Die ausgedrückte Hilflosigkeit war nur zur Hälfte Parodie. »Hassen Kerle nicht die Vorstellung, neben jemand aufzuwachen, den sie nicht kennen? Ekeln sie sich nicht vor sich, weil sie denken, die Frau sei billig? Mir ist das ein Geheimnis. Ich hab seit einem Jahr mit niemand mehr geschlafen. Seit dreizehn Monaten, um genau zu sein.«

Ashleigh Ashton war eine kleine, athletisch aussehende Frau mit kurzem, blond glänzendem Haar und einem Gesicht, wie es die Models bestimmter Versandhauskataloge haben, in denen es um Anoraks und solche Dinge geht. Sie hatte Jahre damit verbracht, den Männern, für die sie eine »typische« Blondine darstellte, zu beweisen, daß sie fähig, smart und taff war.

»Und wieso?« fragte ich.

»Das liegt wahrscheinlich an dem erfreulichen Prozeß, von meinem Mann geschieden zu werden. Ich hab herausbekommen, daß er mit der Hälfte seiner weiblichen Klienten ins Bett steigt.« Ein ironisches Leuchten trat in ihre Augen. »Rat mal, was er in seiner Kanzlei macht.«

»Scheidungsfälle.«

Sie schlug sich an die Stirn. »Ashleigh, du bist ein wanderndes Klischee! Egal, die Fragen vorhin in der Bar hab ich dir gestellt, weil ich darüber nachdenke, ob ich wieder meinen Mädchennamen annehmen sollte. Turner. Ashleigh Turner.«

»Gute Idee«, sagte ich. Ihre Scheidung war wahrscheinlich nicht mehr als eine Woche alt. »Dann können die schlimmen Jungs nicht mehr über dich grinsen. Aber wenn du nicht vorhattest, aufgegabelt zu werden, warum bist du dann in die Bar gegangen?«

»Ich glaube, ich hab auf dich gewartet.« Sie blickte zur Seite und hob den Mundwinkel. »Sal und Jimmy haben mich zu einer Tour durch ihre liebsten Sinatra-Bars aufgefordert. Der Typ in dem Bier-T-Shirt, Ray, hat mich in sein Zimmer eingeladen, um Coke zu schnupfen. Er hat 'ne Menge Coke bei sich, und er ist auf dem Weg nach Florida. Ist das nicht verkehrt herum? Fährt man nicht nach Florida, um das Zeug zu holen und hierherzubringen? Die beiden Motorradjungs, Ernie und Choke, wollten... vergiß, was sie wollten, aber es wäre auf jeden Fall abenteuerlich gewesen.«

»Wenn Ray es bis nach Florida schaffen will, sollte er tunlichst darauf verzichten, denen was anzudrehen«, sagte ich.

Sie kicherte, dann sah sie verdrießlich drein. »Ich bin in einer blöden Stimmung.«

»Die Scheidung ist wohl noch nicht lang her?«

Diesmal bedeckte sie mit beiden Händen die Augen. »Ach ja, wie scharfsichtig du bist.« Sie ließ die Arme sinken und drehte sich einmal rundherum. »Das wußte ich, ganz ehrlich.«

Sie setzte sich auf die Bettkante und zog ihre hübschen Juristinnenschuhe aus. »Der andere Grund, weshalb ich in einer komischen Stimmung bin, ist der, daß der Fall, an dem ich sitze, womöglich schon im Eimer ist. Und wenn ich jetzt schon aus dem Nähkästchen plaudere, kann ich dir auch gleich sagen, hinter wem wir her sind. Du hast wahrscheinlich schon von ihm gehört. Es handelt sich um einen der prominentesten Bürger von Edgerton.«

»Wahrscheinlich kenne ich den nicht«, sagte ich. »Als ich von da weg bin, war ich noch ein Kind.«

»Er heißt Stewart Hatch. Hat Geld wie Heu. Seine Familie zieht in ganz Edgerton die Strippen, heißt es.«

»In diesen Kreisen haben wir sowieso nicht verkehrt.«

»Dafür solltest du dankbar sein. Allerdings kapiere ich nicht, wieso ein Typ in so einer Position sich entschließt, zum Gauner zu werden.« Gewandt befreite sie sich von ihrem Nadelstreifenkostüm.

Um Viertel vor sechs sprang ich aus dem Bett, noch bevor ich richtig wach war. Der sechste Sinn, von dem Nettie gesprochen hatte, lief auf vollen Touren. Mein einziger Gedanke war, daß das, was meiner Mutter zustoßen würde, mit aller Macht auf sie zustürmte. Es war schon auf dem Weg, und ich mußte so rasch wie möglich nach Edgerton. Benommen tastete ich nach meinen Kleidern und sah eine nackte Frau auf den zerwühlten Laken. Eines ihrer Beine hatte sie angezogen, als wollte sie davonschreiten. Ihr Name kam mir wieder in den Sinn, und ich legte ihr eine Hand auf die Schulter. »Ashleigh, wach auf; wir müssen los.«

Sie klappte ein Auge auf. »Hä?«

»Gleich ist es sechs. Es ist etwas im Gange, und ich muß schnellstens nach Edgerton.«

»Ach ja, Edgerton.« Sie öffnete das andere Auge. »Gu'n Morgen.«

»Ich werde einen Weltrekord im Duschen aufstellen, frische Kleider anziehen und auschecken. Soll ich dich dann hier abholen?«

»Du willst mich abholen?« Sie lächelte.

»Bist du noch immer bereit, mich mitzunehmen?«

Sie drehte sich auf den Rücken und dehnte die Arme. »Warte draußen auf mich. Tut mir leid, daß du schlechte Neuigkeiten hast.«

Eilig duschen und rasieren; rasch in saubere Hosen, ein blaues Hemd mit Kragenknöpfen, einen leichten blauen Blazer, Slipper. Ich würde all meine Verwandten sehen, und um Stars wie um meinetwillen wollte ich anständig aussehen.

In der Hoffnung, nicht länger als zwanzig Minuten auf sie warten zu müssen, trug ich meine Tasche und meinen Rucksack durch die Drehtür ins kühle Morgenlicht und hörte eine Frauenstimme meinen Namen rufen. Auf der anderen Seite des Parkplatzes stand Ashleigh neben dem offenen Kofferraum eines feuerroten kleinen Wagens. Sie trug ein adrettes marineblaues Kostüm, das ihre Beine zur Geltung brachte, und sie sah aus, als häte sie doppelt soviel Zeit gehabt, wie die meisten Leute brauchten, um so auszusehen wie sie.

»Alter Trödler«, sagte sie.

Sie segelte mit gemütlichen fünfundsechzig Meilen den fast leeren Highway entlang, fummelte am Radio und ließ gelegentlich einen Lastzug vorbeidröhnen. Keiner von uns beiden wußte so recht, worüber wir sprechen sollten. Auf UKW fand sie einen Universitätssender, der eine Mischung aus Hard Bop und Chicago Blues spielte, und ließ die Digitalanzeige stehen, wo sie war. »Hast du im Krankenhaus angerufen, bevor du mich aufgeweckt hast?«

Ich verneinte.

»Aber du hast doch gesagt, mit deiner Mutter sei etwas passiert. Du hast dich nicht etwa in meinen Zimmer anrufen lassen, oder? Also, es ist mir ja eigentlich egal, aber…«

Aber wenn du niemand gesagt hast, daß du in meinem Zimmer warst, wie hat man dich dann gefunden?

»Ich glaube, ich hatte eine Vorahnung.« Sie warf mir einen Seitenblick zu. »Vielleicht war es auch nur Nervosität. Keine Ahnung. Ich wollte, ich könnte dir eine bessere Erklärung geben.«

Sie sah mich wieder an. »Ich hoffe, daß es ihr bald wieder besser geht.«

»Und ich bin einfach froh, daß du da warst.«

»Na, ganz meinerseits«, sagte sie. »Ich finde, du solltest im Land herumfahren, um deprimierten Frauen neue Hoffnung zu schenken. Außerdem warst du so taktvoll, daß ich nie das Gefühl hatte, alles ist nur inszeniert gewesen.«

»Inszeniert?«

»Vielleicht nicht gerade inszeniert, aber du weißt schon – die Sache in Chicago, mit meiner alten Freundin Mandy.«

Ein Schild, das das Nahen einer Raststätte ankündigte, schwebte auf uns zu. »Wie wär's, wenn wir da halten und was essen?« sagte ich.

Beim Frühstück kam die Geschichte ans Tageslicht. In der Bar eines Chicagoer Hotels hatte Mandy, eine alte Freundin aus Ashleighs Studienzeit, mir vom Kellner einen Drink bringen lassen. Als ich herüberkam, um den beiden zu danken, lud sie mich ein, mich zu ihnen zu setzen. Das Gespräch wandte sich den unterschiedlichen Gründen zu, aus denen wir uns an jenem Abend in besagter Bar befanden, und ich hatte erwähnt, daß ich am folgenden Tag in den Süden von Illinois fahren und die Nacht in einem anderen Hotel verbringen würde. Zu Mandys Kummer hatte ich offenbar mehr Interesse an Ashleigh Ashton als an ihr gehabt. Mandy wußte, daß Ashleigh am nächsten Tag lange arbeiten und dann ebenfalls nach Süden fahren würde. Sie entführte sie in die Toilette und gab ihr ein paar praktische Ratschläge. Wenig später hatte Ashleigh beiläufig das Motel Comfort erwähnt, und ich hatte die Hoffnung geäußert, mich revanchieren und sie in der dortigen Bar ebenfalls zu einem Drink einladen zu können, falls ich dort auftauchen sollte.

»Ich hab Mandy gesagt, du würdest nie kommen, aber sie hat gesagt: Geh nur ein, zwei Stunden nach dem Einchecken in die Bar, und er wird dich finden. Ich war nicht mal sicher, ob du es wirklich warst! In Chicago hattest du einen Anzug an und nun Jeans, aber je länger ich dich angesehen hab, desto mehr warst du es doch. Und du warst so taktvoll, daß es so gewirkt hat, als ob du sowieso gekommen wärst, nicht nur, um mich zu treffen.«

»Ich wollte nicht, daß du dich noch mehr unter Druck fühlst«, sagte ich.

Offenbar hatte jemand, der mir gewaltig ähnelte – ein ehemaliger Tutor am Antioch College namens George Peters oder der Mann, für den mich die Frau im Flughafen von Denver gehalten hatte – die Bar eines Chicagoer Hotels unsicher gemacht. Keine andere rationale Erklärung schien möglich. Allerdings sträubten sich mir angesichts der unwahrscheinlichen Fügung die Nackenhaare. Wenn George Peters – oder wie er sonst heißen mochte – es geschafft hatte, ein Stelldichein mit Ashleigh zu vereinbaren, was hatte ihn dann daran gehindert zu kommen?

Auf dem Rest der Fahrt behielt Ashleigh koffeinselig ein Tempo von fünfundsechzig Meilen pro Stunde bei, während sie mir von den Untaten ihres schurkischen Millionärsgatten berichtete. Ich gab zustimmende Geräusche von mir und tat so, als würde ich zuhören.

Auf dem Schild an der ersten Ausfahrt von Edgerton stand EDGERTON ELLENDALE. »Ist es hier?« fragte sie.

»Die nächste«, sagte ich.

Beim nächsten Schild – EDGERTON CENTER – schoß sie mit dem kleinen Wagen vom Highway runter. Eine Weile fuhren wir auf einer vierspurigen Straße an welligen Feldern vorbei, dann fanden wir uns übergangslos in einem Ödland aus Fastfoodbuden, Tankstellen, Motels und Einkaufszentren wieder, wie man es an der Peripherie der meisten amerikanischen Städte findet. In dem Moment, in dem wir an einem großen Schild vorbeikamen, das uns in EDGERTON, DER STADT MIT EINEM HERZ AUS GOLD willkommen hieß, verwandelte die milde, sonnendurchflutete Luft sich in einen leuchtenden, bebenden Schleier. Dann wurde sie wieder klar, und die Fata Morgana war verschwunden.

»Ich hab genug Zeit, um dich zum Krankenhaus zu bringen, falls du da hinwillst«, sagte sie.

An einer Kreuzung schaltete die Ampel auf Rot. Wir waren

umgeben von zwei dreistöckigen Bürogebäuden aus roten Ziegeln, einem unbebauten Grundstück und einer Kneipe, die sich »The Nowhere Lounge« nannte. Unter dem Straßennamen wies ein rechteckiges grünes Schild den Weg zum St. Ann's Community Hospital. »Ich glaube, das ist es«, sagte ich.

Vier Querstraßen weiter hielt sie vor dem Krankenhausportal.

»Ashleigh...«, sagte ich.

»Bitte nicht. Du wirst keine Zeit für mich haben. Ich hoffe, daß deine Mutter sich erholt. Falls du fragen wolltest, wo ich wohne: im Merchants Hotel, wo immer das sein mag.«

Sie blieb im Wagen, während ich mein Gepäck aus dem Kofferraum holte. Ich trat ans Fenster, um ihr einen Abschiedskuß zu geben.

An der Rezeption teilte mir eine Frau mit, eine Patientin namens Star Dunstan gebe es zwar nicht, doch auf der Intensivstation befinde sich eine Valerie Dunstan. Sie überreichte mir einen grünen Besucherausweis aus Plastik und wies mich an, nach der Cafeteria rechts abzubiegen, mit dem Aufzug in den zweiten Stock zu fahren und dort den Schildern zu folgen.

Wie vor Angst betäubt, wanderte ich durch schäbige Krankenhausflure, bis eine Schwester mich zu einer zweiflügeligen Schwingtür mit der Aufschrift INTENSIVSTATION führte. Ich gehorchte dem Schild über einem Waschbecken und wusch mir die Hände, dann drückte ich eine zweite Schwingtür auf und trug mein Gepäck in einen großen, schwach beleuchteten Raum. Um einen helleren Bereich herum waren mit Vorhängen verschlossene Kabinen angeordnet. Die Schwester hinter der ovalen Theke in der Mitte musterte mich mit einem Blick, der mich an den eines Kaufhausdetektivs bei der Beobachtung eines potentiellen Ladendiebs denken ließ. Am anderen Ende des Raums standen Tante Nettie und Tante May vor einer der Kabinen. Sie waren fülliger, als ich sie in Erinnerung hatte, und beider Haarfarbe hatte sich in ein reines, ätherisches Weiß verwandelt.

Die Schwester rollte ihren Stuhl einen Zentimeter näher an die Theke und fragte: »Was kann ich für Sie tun?« Der simultane nonverbale Austausch machte deutlich, daß ich keinen weiteren Schritt tun würde, ohne ihrer Autorität Tribut zu zollen. Auf ihrer weiten grünen Uniformbluse verkündete ein Namensschild: L. ZWICK.

»Dunstan«, sagte ich. »Star Dunstan. Verzeihung, Valerie.«

Die Schwester neigte den Kopf, um ein Klemmbrett zu inspizieren. »Fünfzehn.«

Nettie wogte schon auf mich zu.

13
Mr. X

O Ihr großen Wesen, Ihr unmenschlichen Ahnen!

Wenige Tage, bevor die Gefängnismauern der achten Klasse der Akademie sich um mich schließen sollten, kam ich zu einer Schneise im Wald und zu einem zugewachsenen Feld, das an einer mir unbekannten Straße endete. Auf beiden Seiten des Feldes zog sich der Wald bis zu dieser Straße hin. Zwischen dem Ende des Feldes und dem Bogen des Waldes stand ein zu drei Vierteln verfallener Bau aus Ziegeln und Naturstein. Aus den zusammengestürzten Steinblöcken in seiner Mitte erhob sich der Monolith eines offenen Kamins in die Luft; am entfernten Ende stützten ein zweiter Kamin und eine vom Feuer verkohlte Wand die Überreste eines Schindeldachs, das den verbliebenen Teil des Hauses überragte. Jenseits davon hingen nackte Querbalken über leerem Raum. Sobald ich die Ruine wahrnahm, riß mich der Haken in meinen Innereien fast von den Beinen, und eine von innen oder außen kommenden Stimme dröhnte: *Endlich da!* Irgendwie so etwas. Vielleicht sagte sie auch: *Da bist du!* Einerlei, die mächtige Stimme teilte mir mit, daß wir nun zur Sache kamen.

Ich wußte, daß es meine Pflicht war, mein Eigentum in Augenschein zu nehmen, bevor ich hineineilte, um Anspruch darauf zu erheben. So umschritt ich also die Peripherie der Ruine und sah, wie Unkraut sich zwischen den Steinen empordrängte, wie das sengende Feuer den verstreuten Ziegeln die Färbung zu lange gerösteten Toastes verliehen hatte, wie Vertiefungen im Boden den alten Keller markierten. Ich sah, wie sich die Zerstörung im Zug der Schwerkraft an den verfaulenden Balken und in der Erosion der Dachschindeln fortsetzte. An der Vorderfront des Gebäudes entfernten sich bis zum Dach reichende Mauern aus gefugten Steinen etwa sechs Meter von der Wand mit dem Kamin. Rechteckige Aussparungen mit breiten Simsen kennzeichneten die Fenster im zweiten und ersten Stock. Darunter, ungefähr in Höhe meines Kinns, erlaubten glatte, mit Vogelkot besprenkelte Fensterbogen den Blick in den einstigen Salon. Ich legte die zitternden Hände auf einen staubigen Sims und sah hinein.

Licht strömte in einen von zwei Mauern umschlossenen, dreistöckigen Raum. Staubteilchen schwebten auf einen Zementboden hinab, der mit Gips, zerbrochenen Rohren und verkohltem Holz übersät war. Hier und da kämpfte sich Gras durch die Risse im Zement. Pfotenspuren durchzogen den dicken, mit Federn bestreuten Staub. Auf der anderen Seite stand der Wald. Ich sprang hoch, griff mit beiden Händen nach der Innenseite des Simses und zog mich hoch, bis ich die Beine auf den flachen Stein heben konnte. Dann ließ ich mich zum Boden hinab und trat zum ersten Mal in meine Erbschaft ein.

Oder besser: Meine Erbschaft trat in mich ein.

Ihr, die Ihr die Worte lest, die ich hier mit demselben Mont-Blanc-Füller, den ich früher benutzte, um meine erzieherischen Botschaften an die Welt zu verfassen, in die Seiten eines Protokollbuches oder Journals der Marke Boorum & Pease eintrage, Ihr wißt um die Bedeutung, die jene Ruine für Eure große Rasse hat. In ihren geheiligten Mauern salbten die großen Alten meine frühen Qualen und Erniedrigungen mit dem erlösenden Glanz der Vorbereitung. Ein Alter Gott sprach, und ich erfuhr alles. Seine Stimme war leise, rauh, vertrauensvoll, müde von uralter Autorität und doch kraftvoll und gebieterisch. Auch hörte ich darin eine gewisse Freude, denn mein unirdischer Vater, dessen wahre Identität ich noch immer nicht kenne, klärte mich auf über die gewaltige Aufgabe, um derentwillen ich auf diese Erde gebracht worden war. Meine Rolle wurde klar, mein Wesen erfuhr Deutung. Halb menschlich und halb göttlich, war ich der Wegbereiter, und meine Aufgabe war die Zerstörung. Nach mir die Apokalypse, die Ankunft meiner ledrigen, geflügelten, klauenbewehrten, gefräßigen Ahnen – der Alten Götter – durch einen zerrissenen Himmel, die Vernichtung der Menschheit, Eure seit langem erwartete Wiederinbesitznahme des irdischen Reiches. Ich schritt durch den Schutt, fügte den Fußspuren der

Tiere den Umriß meines Hinterteils hinzu, und erhielt Auskunft. Aufgrund meiner ureigenen Schwäche sollte ich zur rechten Zeit mit einem verräterischen Schatten gestraft werden, *den zu beseitigen mir oblag.* (In der überraschend kongenialen Umgebung der Fortress Military Academy in Owlsburg, Pennsylvania, sollte ich mehr darüber hören.) Ihr Großen, meine Väter, *wart angewiesen auf mein Bemühen.* Die mächtige Stimme sagte: *Wir sind der Rauch aus der Kanonenmündung.* Ich liebte diesen Satz, denn er sprach mir von jener unerbittlichen Verwüstung, die ich als heilige Aufgabe erhalten hatte. Wie einen Zauberspruch wiederholte ich ihn: *Wir sind der Rauch aus der Kanonenmündung.* Diese Worte stützen mich. Ich erfuhr, daß ich meine einzig wahre Freude *in der Erfüllung meiner Aufgabe* finden würde. Unbedeutendere Freuden jedoch, also genau jene, die einem jungen Kerl wie mir am meisten zusagten, würden mir nicht versagt bleiben. Inmitten des *endlosen Kummers* war eine Menge Spaß in Sicht.

Ich wäre sicherlich ungeschoren davongekommen, wenn ich Maureen Orth getötet hätte, was ich nach der Erledigung des sexuellen Teils auch vorhatte. Probleme bekam ich nur, weil sie es nach Hause schaffte. Ungefähr eine Minute, nachdem ich sie gefesselt hatte, ging ihr der Sinn für Humor flöten. Aber ich wollte sie nicht im *Wald* töten, sondern in der *Ruine.*

Ich wollte sehen, wie Maureens engstehende Augen sich weiteten, wenn ich zu einer Taube, die sich in der Nähe niedergelassen hatte, emporblickte, deren Herz zum Stillstand brachte und sie mausetot von ihrem Sitz stürzen ließ. Die Wirkung wollte ich verstärken, indem ich meine Absicht ankündigte, mich zwanzig Zentimeter über den Boden zu erheben und dort zu schweben, bis ich auf, na, zehn gezählt hatte, obgleich die Anstrengung mir den Schweiß aus jeder Pore hätte strömen lassen. Ich baute darauf, daß die junge Dame erklärte: Das ist Quatsch, so was kann niemand. Dann wollte ich den Ausdruck auf ihrer langweiligen Visage sehen, wenn ich ihr das Gegenteil bewies. Und ich freute mich darauf, meinem erbärmlichen Schätzchen mit ein paar weiteren Tricks zu imponieren, bis ich es umbrachte.

Inzwischen – schwach und impulsiv war ich, ich weiß – hatte mich eine Anzahl scheuer Jungfern in den Wald begleitet, um ihr sinnloses Leben auf dem Boden meines Klassenzimmers auszuhauchen. Ich machte mir die Mühe, die meisten Leichen zu vergraben, doch ebensogut hätte ich sie verwesen lassen können. Die Suchtrupps kamen nie in die Nähe der Ruine; und ohnehin hatte ich diese Art Exhibitionismus bereits überwunden, als man mich aus der High-School warf.

14
Mr. X

Im Grunde sind alle Internate gleich, besonders für jene, die wie Rauch aus der Kanonenmündung sind und denen es widerfährt, aus einer ländlichen Schulhölle nach der anderen geworfen zu werden. Eine richtige Militärschule, in meinem Falle die gute alte Fortress Academy in Owlsburg, Pennsylvania, an die mein Vater mich mit einem letzten Ausbruch von Abscheu geschickt hatte, taugte mir wesentlich mehr als ihre zivilen Imitate. Mein Vater hatte mir mitgeteilt, er werde mir im Falle eines Scheiterns an diesem letzten Zufluchtsort den Hahn abdrehen – keine monatlichen Überweisungen auf mein Konto mehr, keine Erbschaft, kein Treuhandvermögen, Schluß, aus –, weshalb ich gezwungen war, mich wenigstens soweit anzustrengen, daß ich die Prüfungen bestand. Der unterkühlte, faschistische Pomp meiner Uniform sagte mir durchaus zu. Weil ich in der obersten Jahrgangsstufe eintrat und damit zur »Kavallerie« gehörte, war es eine meiner Pflichten, die jüngeren Schüler zu tyrannisieren, also jene in der »Artillerie«, der »Quartiermeisterei« und besonders in der »Infanterie«. Letztere war brechend voll mit rehäugigen Vierzehnjährigen, die sich verzweifelt bemühten, ihren Oberherren zu Gefallen zu sein. Man *erwartete* von uns, diese Kinder in panisch wimmernde Klöße zu verwandeln, wobei sie diesen Vorgang ohne Widerspruch oder Klage hinnehmen mußten.

An jenem Ort verbrachte ich eines der glücklichsten Jahre meines jungen Lebens. Sobald ich begriffen hatte, wie die Sache lief, vergraulte ich meinen Zimmergenossen Squiers, der wie ich von einer renommierten High-School geflogen war. Sein Geplapper hatte schon vor dem Ende unseres ersten gemeinsamen Tages meine Geduld erschöpft. Danach konnte ich in meinem luxuriösen Einzelzimmer tun und lassen, was ich wollte. So hatte ich auch überhaupt nichts gegen die Notwendigkeit, die Ferien zu Thanksgiving und Weihnachten im Internat verbringen zu müssen, weil meine Eltern sich geweigert hatten, mich nach Hause kommen zu lassen.

Das einzige Anzeichen drohender Schwierigkeiten tauchte Anfang März auf, als Captain Todd Squadron, mein Mathematiklehrer und Abteilungskommandant, mich beiseite nahm, um mir mitzuteilen, er werde am selben Abend Punkt einundzwanzig Uhr mein Quartier aufsuchen. Ich fand diese Ankündigung besorgniserregend. Captain Squadron, ein vorschriftswütiger Barrashengst, den ich seit meiner Ankunft durch Bluff für mich zu gewinnen wußte, war in letzter Zeit kühler, ja geradezu abweisend geworden. Ich fürchtete, er könnte meine Schauspielerei durchschaut haben, und ich hoffte, daß er meinen »Fall« noch nicht mit Major Audrey Arndt besprochen hatte, einer alles sehenden Walküre, der ich bislang mit größter Sorgfalt aus dem Weg gegangen war. Etwas anderes bot jedoch noch größeren Grund zur Sorge. Nach des Captains Ankunft in meinem Zimmer entdeckte ich, daß ihm beide Angelegenheiten – die nicht so schlimme und die absolut gravierende – im Kopf herumgingen.

Ich salutierte und nahm Habachtstellung an. »Rühren!« brummte Captain Squadron und deutete auf mein Bett. Sein seltsam mißtrauisches, ahnungsvolles Gebaren war durchschossen mit der Geringschätzung, die mir seit kurzem an ihm auffiel. Nachdem ich mich aufs Bett gesetzt hatte, lehnte Squadron sich an meine Kommode und blickte lange auf mich herab. Ganz offensichtlich ging es ihm darum, mich zu verunsichern.

»Was ist eigentlich los mit Ihnen, Kadett?«

Ich fragte, was er damit meine.

»Sie sind anders als die anderen, stimmt's?«

»Ich hoffe, das als Kompliment auffassen zu können, Sir.«

»Ich werd Ihnen mal sagen, was ich meine. An den Leuten, die wir erst nach der Infanterie übernehmen, ist meistens irgendwas faul.« Er zog an seiner Uniformjacke, um sie unwillkürlich an seiner Hose auszurichten. »Solche Burschen sind schon von so vielen Schulen geflogen, daß ihre Eltern sie nur noch in Schach halten wollen. Obwohl die meisten nicht allzu helle sind, halten sie sich allesamt für klüger als unsereins. Jeder einzelne hat ein gewaltiges Problem mit jedweder Autorität.«

»Ich nicht, Sir«, sagte ich. »Ich respektiere die Autorität.«

Er warf mir einen düsteren Blick zu. »Ich schlage in aller Freundschaft vor, daß Sie das Kalbern lassen, Kadett.«

Wir waren alle Kadetten, egal, in welcher Klasse wir waren. Ich erwog die Bemerkung: »Sir, der Kadett ist nicht vertraut mit dem Begriff ›Kalbern‹, Sir«, hielt jedoch den Mund.

»Es obliegt uns, diese unterbelichteten Rebellen geradezubiegen, so gut es geht. Im allgemeinen haben wir etwa eine Chance von sechzig zu vierzig, wenn sie im zweiten Jahr zu uns kommen. Kommen sie erst in die Artillerie, steht es schlechter als fifty-fifty, daß wir es schaffen, ihnen ein wenig Verstand in den Kopf zu hämmern. In der Kavallerie ist die Sache schon verloren. Da konzentrieren wir uns nur noch darauf, ihnen beizubringen, strammzustehen und den rechten Fuß vom linken zu unterscheiden, damit sie den Drill überstehen. Abgesehen davon schleusen wir sie durch ihre Fächer, bis sie den Abschluß machen und endlich abhauen.« Er klappte an der Hüfte zusammen wie eine Marionette, zog die Schnürsenkel fest und richtete sich ruckhaft wieder auf. »Wenn es nach mir ginge, würden wir es ablehnen, Schüler überhaupt in die Kavallerie zu übernehmen. Mit achtzehn ist man zu alt, um sich an unsere Lebensweise anzupassen.«

Er wandte sich dem Spiegel über meiner Kommode zu und ruckte wieder mehrmals die Jacke zurecht. Dann hob er das Kinn und begutachtete das Ergebnis. »Die kleinen Spaßvögel kommen lachend an, und damit sie sich nicht weiter über uns mokieren, muß ich verflucht viel Zeit damit vergeuden, sie von allen Mitteln zu überzeugen, die mir zur Verfügung stehen. Und das sind nicht wenige.« Er starrte mich im Spiegel an. »Ich glaube, bei der Erledigung dieser spezifischen Aufgabe eine Erfolgsrate von hundert Prozent in Anspruch nehmen zu können. Vielleicht sind diese Hohlköpfe noch meilenweit vom Soldaten entfernt, wenn sie zum letzten Mal durch unser Tor gehen, aber das kann ich Ihnen garantieren: Sie haben was kapiert.« Er sah mir noch immer in die Augen.

»Ich habe was kapiert, sobald ich hier ankam«, sagte ich. »Sir.«

Squadron drehte sich um und lehnte sich an die Kommode, ohne einen Millimeter einzuknicken. Sein breites, derbes Gesicht wurde von einer gebrochenen Nase entstellt, die ihm das Aussehen eines Boxers verliehen hätte, wäre sie nicht lediglich so groß gewesen wie die Nase eines Schrumpfkopfs. »Eins muß ich Ihnen zugestehen: Sie haben mich getäuscht.«

»Sir?«

»Sie haben es geschafft, daß ich dachte: So wie dieser Kadett sich verhält, mußt du noch deine Meinung über die Aufnahmepolitik ändern, Captain. Nach ein paar Tagen salutiert er schon wie eine Kampfmaschine. Hält seine Uniform in Schuß, als käme er direkt von West Point. Hat innerhalb einer Woche nicht nur die Vorschriften auswendig gelernt, sondern auch *Überlieferung und Brauchtum*. Ist im Unterricht respektvoll und gut vorbereitet. Na schön, er hatte ein kleines Problem mit seinem Zimmergenossen, aber so was kommt vor. Schließlich ist Kadett Squiers ein erbarmungsloses Plappermaul, das man mit einem Taubstummen zusammenlegen müßte. Dieser neue Kadett also hat sich hier angepaßt, sobald seine Schuhsohlen das Pflaster unseres Hofs berührten. Er ist ein echter Aktivposten für seinen Jahrgang. Schau dir nur an, wie er die jungen Spunde in der Infanterie zusammenscheißt! Er ist ein gottverdammtes Naturtalent! Weißt du, was dieser junge Mann hat?« Er drückte sich von der Kommode ab, hob beide Arme und blickte zur Decke. »Er hat das Zeug zum Offizier!«

»Ich tue mein Bestes«, sagte ich.

Captain Squadron lehnte sich wieder an die Kommode und schob die Hände in die Taschen. Im Spiegel war über dem gestärkten Kragen seines braunen Hemds die saubere Rundung eines frischen Haarschnitts sichtbar. Mit den dunklen Stoppeln auf dem Kopf und der winzigen, eingedrückten Nase sah er aus wie ein Tankwart. »Sie sind ein echtes Schmuckstück, was?« Er lächelte genau so, als hätte er gerade beschlossen, jemandem ins Gesicht zu schlagen.

»Ich kann Ihnen nicht folgen, Sir«, sagte ich.

»Wie viele Freunde haben Sie hier gewonnen? Wer sind Ihre Kumpel, Ihre Kameraden?«

Ich nannte drei oder vier Hohlköpfe aus meinem Jahrgang.

»Wann sind Sie zum letzten Mal mit einem oder mehreren Ihrer Kumpel mit dem Bus in die Stadt gefahren, um ins Kino zu gehen, ein paar Hamburger einzuwerfen oder so was?«

Die Frage wies darauf hin, daß er die Antwort schon wußte. Wenn wir das Gelände verließen, mußten wir uns in Gruppen schriftlich abmelden. Ich war ein einziges Mal in den Bus nach Owlsburg gestiegen, hatte mich in den tristen Straßen umgesehen und war sofort wieder zurückgekehrt. »Ich widme meine Wochenenden meist dem Studium.«

Er lehnte sich zurück und lächelte. »Und ich neige zu der Ansicht, daß Sie weder Freunde haben noch irgendein Interesse daran, welche zu finden. Übrigens – an Thanksgiving waren Sie nicht zu Hause, oder? Und in den Weihnachtsferien auch nicht?«

»Das wissen Sie ja, Sir.« Das theatralische Benehmen des Captains begann mich zu irritieren.

»Weihnachten ist ein verflucht wichtiges Fest. Es gibt nicht viele Kadetten, die an Weihnachten nicht nach Hause fahren.«

»Ich habe es damals erklärt«, sagte ich. »Meine Eltern hatten mich eingeladen, mit ihnen nach Barbados zu fliegen, aber ich wollte in den Ferien für die Prüfungen lernen.«

Er grinste wie ein Wolf. »Sollen wir in den Flur gehen und Ihre Eltern anrufen, um ihnen ein paar Fragen zu stellen?«

Wieder kannte er schon die Wahrheit. Squadron hatte mein Märchen überprüft. »Na schön«, sagte ich und verfluchte mich, der Versuchung einer schillernden Lüge erlegen zu sein, »wenn ich gut mit meiner Familie auskäme, wäre ich dann überhaupt hier? Es ist nicht leicht, zu sagen, daß einen die eigenen Eltern so hassen, daß sie einen nicht mal zu Weihnachten einladen!«

»Und weshalb sollten sie das eigene Kind so hassen?«

»Es gab Meinungsverschiedenheiten«, sagte ich.

Er blickte an die Decke. »Ich war von Ihrem Verhalten so beeindruckt, daß ich mich gefragt habe, warum ein junger Mann wie Sie wohl aufgefordert wurde, dermaßen viele gute Internate zu verlassen. Insgesamt fünf, um ganz genau zu sein. Das hat nicht zu dem gepaßt, was ich gesehen habe. Und aus diesem Grund habe ich mich mit Ihren Unterlagen beschäftigt.« Sein blasiertes Lächeln war eine Kampfansage. »Aber verflucht, ich hab nichts als Qualm gefunden.«

»Qualm, Sir?«

»Ausflüchte. ›Schlechter Einfluß auf die Schule.‹ – ›Feindseliges Verhalten.‹ – ›Wird als bedrohlich empfunden.‹ Keiner dieser Hosenscheißer war bereit, zur Sache zu kommen. Wissen Sie, was ich daraus geschlossen habe?«

»Zu meinem Bedauern muß ich gestehen, daß ich mich wahrscheinlich wie ein Rowdy aufgeführt habe«, sagte ich.

Er tat, als hätte er mich nicht gehört. »Zwei Dinge. Hätte man Ihre Vergehen aktenkundig machen können, wären Sie nirgendwo mehr zugelassen worden außer im Knast. Aber da man Ihnen nichts nachweisen konnte, hat man den Weg des geringsten Widerstands gewählt und Sie weitergereicht.«

»Ich hätte nicht gedacht...«

Er hob die Hand wie ein Stoppschild. »Bislang sind in diesem Jahr sechs Infanteriekadetten freiwillig ausgeschieden. Normalerweise sind es höchstens zwei. Und wie steht's im Krankenrevier? Eine Epidemie von Knochenbrüchen. In einem normalen Jahr brechen sich ein oder zwei Kadetten den Arm. Jetzt kommt einmal pro Woche einer mit einem gebrochenen Finger, einem gebrochenen Handgelenk, einem gebrochenen Arm. Mit einer Gehirnerschütterung. Einer der Jungen hatte eine innere Blutung, die von einem Milzriß herrührte. Wie war der passiert? ›Ich bin umgeknickt und die Treppe runtergefallen.‹ Und dann wäre da der Fall von Artilleriekadett Fletcher. Sie kannten ihn, nicht wahr?«

»Gewissermaßen«, sagte ich, womit ich meinte, Artilleriekadett Fletcher nicht sonderlich gut gekannt zu haben. Dies war die ernste Angelegenheit, von der ich gehofft hatte, Captain Squadron werde sie nicht zur Sprache bringen. Fletcher, ein unauffälliger, streberhaft aussehender Junge mit runder Hornbrille und rosigem Gesicht, hatte durch eine letztendlich todbringende Gefälligkeit mein Leben für immer bereichert.

Am Donnerstag der Prüfungswoche vor den Weihnachtsferien hatte ich ihn an einem der langen Bibliothekstische sitzen sehen, wo er sich in ein Buch vertieft hatte. Auch die Kadetten links und rechts von ihm lasen in den vor ihnen aufgestapelten Büchern, aber erst als ich das zweite Mal hinsah, fiel mir auf, worin sich Fletcher von den anderen unterschied. Die anderen machten sich Notizen aus Bänden über militärische Geschichte, Fletcher dagegen beschäftigte sich – offenbar zu seinem Vergnügen – mit einem grell eingebundenen belletristischen Werk. Von einem mir vorerst unbegreiflichen Instinkt angetrieben, ging ich an seinem Tisch vorbei und sah, daß der Titel des Buches *Der Schrecken von*

Dunwich lautete. Der Titel und die grausige Illustration auf dem Einband ergriffen mich augenblicklich wie eine schwächere Version der Kraft, die mich damals in Johnson's Woods gelockt hatte. Ich mußte dieses Buch haben. Das Buch war *mein*. Eine Stunde lang rutschte ich unruhig auf meinem Stuhl herum, machte mir zusammenhanglose Notizen und hielt dabei immer ein Auge auf Fletcher.

Als er aufstand, raffte ich meine Sachen zusammen und eilte neben ihn. Ja, sagte er, er werde mir das Buch gern leihen, wenn er es ausgelesen habe. Er ließ mich einen Blick hineinwerfen, wobei er bemerkte, es sei »echt gruselig«. Fletcher hatte keine Ahnung, wie zutreffend diese Beschreibung war. Pulsierend bebte der kleine Traktat in meinen Händen. Es war, als umklammerte ich einen Kolibri.

Im Verlauf des folgenden Tages verließ etwa die Hälfte der Kadetten nach Abschluß ihrer Prüfungen den Campus in unablässigen Wellen elterlicher Fahrzeuge. Fletchers letzte Prüfung – Chemie – fand am Samstag zur selben Zeit statt wie meine in Militärphilosophie. Allerdings nahm Fletcher wohl an, ich hätte die Schule bereits verlassen, weshalb er am Freitag nachmittag um halb sechs auf dem Weg in den Speisesaal mein Zimmer betrat, ohne anzuklopfen. Er stellte fest, daß ich anwesend war, sozusagen.

Bis zu meiner Verschickung an die Fortress Military Academy waren meine Bemühungen, meine wahre Erziehung fortzusetzen, weitgehend erfolglos geblieben. Ich brauchte die Abgeschiedenheit, aber selbst dann, wenn es mir gelang, mir eine oder zwei garantiert ungestörte Stunden zu verschaffen, kamen meine Anstrengungen nur wenig über das bereits Erreichte hinaus. Heute sehe ich diesen trägen Stillstand hauptsächlich als Zeichen eines physischen Reifens. Vor meiner Aufnahme in die Welt des militärischen Drills hatte ein Wachstumsschub meinen Körper um fünf Zentimeter größer und zehn Kilo schwerer gemacht, doch nun, da Kadett Fletcher mit dem heiligen Buch hereinstürmte, tat ich die ersten tapsenden Schritte hin zu dem, was man »bewegungslose Bewegung« nennen könnte: Es ging darum, von einem Ort zu verschwinden, um an einem anderen wieder aufzutauchen.

Wie immer war auch hier ein Paradox im Spiel. Bevor mir dieses Kunststück zur zweiten Natur wurde, beanspruchte es Muskelkräfte, die es behinderten. Bis zu den Weihnachtsferien jenes Jahres war es mir gelungen, mich die eineinhalb Meter vom Bettrand zum Schreibtischstuhl zu befördern, allerdings mittels eines schweißtreibenden Zwischenspiels, währenddessen ich mich weder am einen noch am anderen Ort befand, sondern – unvollkommen – an beiden. Wie immer es auch momentan ausgesehen haben mag, es war der Anblick, den ich bot, als Fletcher in mein Zimmer platzte. In meinen Eingeweiden brodelte es, und irgend jemand trieb mir einen Schienenbolzen in den Kopf. Was ich inmitten des Tumultes sehen konnte, verstärkte meine Qual nur noch. Zwei uniformierte Kadetten stürmten durch zwei verschiedene Türen herein. Ein Schwarm glitzernden Lichts und meine beträchtliche physische Pein ließen den Eindringling oder die Eindringlinge nur als Silhouette sichtbar werden, während er oder sie abrupt innehielten.

Vom Bett aus sah ich einen von ihnen vor der offenen Tür erstarren. Aus der etwas klareren, näheren Perspektive des Stuhls sah ich, wie ein uniformierter Torso samt Hüften neben dem dunkelgrünen Türblatt zur Ruhe kam. Aus beiden Positionen erkannte ich den grellen Schutzumschlag des Buches in der Hand meines Besuchers, und sowohl das Ich auf dem Bett als auch das Ich auf dem Stuhl durchfuhr eine Woge des Begehrens. Unser Versuch, dem Kadetten den Befehl zu geben dazubleiben, klang wie das Zischen einer Nadel, die sich in die Rillen einer Schellackplatte senkt. Selbst wenn der Bursche sich hätte bewegen wollen, hätte er es nicht gekonnt – er klebte am Boden.

Eine endlose Sekunde später saß ich neben dem ruhiggestellten Artilleriekadetten Fletcher, während glühende Funken herabfielen und in der Luft erloschen, besonders am Ende des Betts. Ich war splitternackt und stellte trotz der rotglühenden Pein im Kopf und dem Tumult in den Eingeweiden jene störrische Erektion zur Schau, die an der Akademie als »blauer Stahl« bekannt war. Fletchers Mund stand offen, seine Augen waren glasig. Er starrte erst mich an und dann den Ort, an dem ich mich befunden hatte. Ein Geruch wie nach einem Kurzschluß hing im Raum. Ich beugte mich vor und schloß mit den Fingerspitzen die Tür.

Artilleriekadett Fletcher richtete seinen leeren Blick auf mich, aufs Bett, dann wieder auf mich. »Ähhh...« Er erinnerte sich offenbar an den Grund, weshalb er in mein Zimmer gekommen war. Mit zitternder Hand bot er das Buch dar. »Ich dachte... Ich wollte...« Kadett Fletchers Blick landete auf meiner Erektion.

Ich nahm ihm das Buch aus den Fingern. Meine Lenden expandierten zu einer Dimension, die ich aus Sicht des neidvollen Alters als bemerkenswert bezeichnen muß.

Fletcher starrte weiter auf das riesenhafte Ding. »Also... ich wollte nur... Das heißt, ich hatte keine Ahnung...« Sein Blick fuhr ruckhaft in die Höhe und kreuzte sich mit meinem. »Ähhh, als ich reinkam, hab ich nicht richtig sehen können, was los ist. Wahrscheinlich weil mir schwummrig geworden ist. Ist ziemlich heiß hier drin.« Er ließ den Blick wieder sinken. »He, das Buch kannst du behalten. Ich muß jetzt in den Speisesaal.«

»Nein, mußt du nicht«, sagte ich.

Er wich zur Tür zurück. Ich legte das Buch auf den Tisch, stand auf, packte ihn an den Oberarmen und schob ihn zur Seite.

»O Mann«, sagte er. »Also, ich werd einen Haken kriegen, wenn ich zu spät komme, aber wenn du 'ne Mary willst, mach ich dir eine.«

Ein »Haken« war ein Verweis, und »Mary« bezog sich auf eine »Fünf-Finger-Mary«, im Schulslang eine Masturbation. Er versuchte sich von dem freizukaufen, was ich sonst mit ihm vorhaben könnte. Ich hatte keine Ahnung, was ich vorhatte, abgesehen davon, dafür zu sorgen, daß er mein Zimmer nicht lebend verließ. Mein Riemen glitt an dem rauhen Stoff seiner Uniform entlang und hinterließ einen transparenten Schimmer, nicht unähnlich einer Schneckenspur.

»Spritz bloß nicht auf meine Uniform.« Er trat zur Seite, plazierte eine Hand in der Mitte des Schafts und bewegte sie nicht unzart auf und ab, als würde er eine Kuh melken. Mit dem linken Arm umklammerte ich ihn an der Hüfte, mit der rechten Hand seine Schulter.

»Was war das eigentlich mit den Funken?«

»Das erklär ich dir später«, sagte ich.

»Scheiß auf den Haken. Nachher bin ich dran.«

»Aber gern«, sagte ich. Ach, die Lügen geiler Knaben! Ach, ihr törichten jungen Dinger, die ihr ihnen Glauben schenkt!

Meine Knie versteiften sich, mein Rückgrat richtete sich auf. Dicke, elfenbeinfarbene Tropfen flogen drei Meter weit durchs Zimmer und klatschten ans Fenster. Artilleriekadett Fletcher johlte, richtete das Ding schelmisch zur Decke und pumpte weiter. Ein Band geschmolzener Eiskrem schoß hoch und traf den Gips. Mit geradezu wissenschaftlicher Neugier beobachtete Fletcher, wie Schleim über seine Fingerknöchel strömte und auf den Boden klatschte. »Wahnsinn.«

Ich ließ ihn los, er mich. Rote Flecken erschienen auf seinem Gesicht. Er fummelte an seinem Reißverschluß und faßte sich dann in die Hose.

»Danke für das Buch«, sagte ich. Zum ersten Mal seit meinen Experimenten in dem verfallenen Haus wußte ich, daß ich ein menschliches Herz erstarren lassen konnte, und sandte einen Eiszapfen in das seine. Fletcher fiel tot zu Boden, die Hand noch immer in der Hose.

Was immer ich mit seiner Leiche tun würde, mußte bis nach dem Zapfenstreich warten. Ich schob ihn unters Bett und schlüpfte in die Uniform, dann nahm ich ein Handtuch, um die Schweinerei vom Boden und vom Fenster zu wischen. Ich stellte mich auf einen Stuhl und tupfte die Decke ab. Dann machte ich es mir gemütlich, um zu lesen.

Genausogut könnte ich sagen: um eine Ekstase zu erleben, die profunder war als jede sexuelle Entladung. Um zu erkennen, daß die verborgensten Aspekte all dessen, was ich über die Welt und mich wußte, von über empfängliche Seiten laufenden Lettern entblößt wurde. Und mehr noch: um zu erfahren, daß dieser Weise, dieser Prophet (laut dem empörend oberflächlichen Klappentext in Providence, Rhode Island, wohnhaft) wesentlich tiefer in das Mysterium eingedrungen war als ich. Die Entscheidung, sein Wissen in fiktionaler Form darzubieten, hatte zu gewissen Zugeständnissen geführt, aber er bestätigte dennoch die Ursprünge meiner Mission und das Wesen meiner Ahnen. Er sprach ihre mächtigen Namen aus: Nyarlathotep, Yog-Sothoth, Shub-Niggurath, der große Cthulhu.

Der Schrecken von Dunwich wurde zu meiner Genesis, meinem Evangelium, meiner Gnosis. Voller Verwunderung und Freude las ich das Buch zweimal hintereinander, unterbrochen nur von den Zimmergenossen von Artilleriekadett Fletcher, zwei glubschäugigen zukünftigen Rotariern namens Woodlett und Bartland, die ohne anzuklopfen in mein Zimmer stürmten und zehn Sekunden später wieder hinaus, um im Hof herumzubellen

Bevor ich begann, das Buch zum dritten Mal zu verschlingen, sah ich auf und bemerkte die Dunkelheit jenseits des Fensters. Es war drei Uhr morgens. Widerstrebend schloß ich das Buch, zerrte die Leiche unter meinem Bett hervor, transportierte sie zu einem Säulengang über dem Hof des Wohnheims und ließ sie über die Brüstung fallen. Es war ein dreistöckiger Sturz auf Beton, also ausreichend, wie ich dachte. In meiner Hast versäumte ich es allerdings, Fletcher die Hand aus dem Hosenschlitz zu ziehen.

Das war also die Angelegenheit, von der ich gehofft hatte, der Captain werde sie unerwähnt lassen.

»Gewissermaßen«, wiederholte Squadron mich. »Er war also kein Freund von Ihnen.«

»Ich habe keine Freunde, das wissen Sie doch.«

»Sie haben nie zusammen herumgehangen, miteinander gequatscht, irgend so was.«

»Nicht, daß ich wüßte«, sagte ich.

»Artilleriekadett Fletcher hat uns ein Menge unwillkommener Aufmerksamkeit verschafft.«

Der augenscheinliche Selbstmord eines Fortress-Kadetten hatte landesweit Interesse geweckt, und obwohl der – vermeintliche – autoerotische Aspekt nie offiziell zugegeben wurde, hatte sich die Tatsache, daß sich Fletchers rechte Hand zum Zeitpunkt seines Todes in der »Mary«-Position befunden hatte, rasch in der Schule und im Ort verbreitet und eine Mischung aus Entsetzen, Abscheu und Zotenreißerei hervorgerufen. War er *währenddessen* in den Tod gesprungen?

Die Autopsie vertiefte das Mysterium nur noch. Fletcher war an einem massiven Herzanfall gestorben, nicht an den bei seinem Fall vom Säulengang erlittenen Knochenbrüchen. Er war nicht nur tot gewesen, bevor sein Körper auf dem Boden aufschlug, sein Tod war auch sechs bis zwölf Stunden vor dem Zeitpunkt eingetreten, an dem ihn wahrscheinlich eine oder mehrere Personen in den Hof geworfen hatten. Erneut überfielen Polizisten und Reporter die Schule. Alle, die am Freitag abend vor den Weihnachtsferien anwesend gewesen waren, darunter auch ich, wurden wiederholt verhört, um herauszufinden, wo Fletcher sich zum Zeitpunkt seines Todes befunden hatte, wo seine Leiche während der fehlenden Stunden versteckt gewesen war und wer ihn in den Hof geworfen hatte. Im nachhinein auf seiner Uniform entdeckte Spermaspuren führten zu der weithin publizierten Hypothese, der Kadett sei inmitten einer »Sexparty« zu Tode gekommen. Schuldbewußt hätten seine Partner die Leiche dann versteckt, bis sie sich ihrer auf eine Weise entledigen konnten, die man für Selbstmord halten sollte.

Die Schulleitung wetterte, sexuelles Fehlverhalten sei nach dem Ehrenkodex des Regelbuchs explizit verboten. Ihr letzter Versuch, den Skandal niederzuschlagen, war die Erklärung, ein verworfener Außenseiter habe Artilleriekadett Fletcher auf dem Weg zum Speisesaal angesprochen und ihn mit Gewalt in eine entfernte Ecke des Geländes gezerrt, wo die unmoralischen Avancen des Unholds einen Herzanfall hervorgerufen hätten. Daraufhin habe der Unhold sich in den Hinterhalt gelegt, bis er mit der Leiche so umspringen konnte, daß der Verdacht auf Unschuldige fiel. Artilleriekadett Fletcher habe statt der Entehrung den Tod vorgezogen, und die Schule werde in seinem Namen einen Ehrenpokal stiften. Bei der jährlichen Abschlußfeier solle dieser demjenigen unter den Artilleriekadetten überreicht werden, der die im Ehrenkodex niedergelegten Werte am reinsten verkörpert habe. Mir kam es durchaus nicht ungelegen, daß dieser Schwachsinn schließlich den Sieg davontrug. Die Zeitungen hatten schon lange nicht mehr über die Geschichte berichtet, und wir hatten mindestens einen Monat lang weder einen Polizisten noch einen Reporter gesehen. Das einzige signifikante Ergebnis der Untersuchungen war der Ausschluß einer notorischen, sehnlichst vermißten Kavallerieschwuchtel gewesen. Wurden die Namen anderer Kadetten erwähnt, hatte sie mit den Händen verschiedene Distanzen angezeigt, als demonstrierte sie die Länge gefangener Fische.

»Es ist recht interessant, daß Sie der letzte gewesen sein könnten, der den Kadetten gesehen hat, bevor dieser starb«, sagte Squadron.

Ich schüttelte den Kopf, um eine ungläubige Verwunderung zur Schau zur stellen.

»Der Kadett teilt seinen Zimmergenossen mit, er werde in den Speisesaal gehen, und – ach ja – auf dem Weg dahin könne er ja einen Abstecher zu Ihrem Zimmer machen, um das Buch loszuwerden, das Sie sich von ihm borgen wollten. Sonst würde er's womöglich noch vergessen; also dann bis zum Abendessen, tschüs. Er marschiert in Ihr Zimmer, stellt fest, daß Sie noch da sind, und gibt Ihnen das Buch. Stimmt's?«

»Es war sehr aufmerksam von ihm«, sagte ich. »Er wollte sichergehen, daß ich es gleich bei meiner Rückkehr aus den Ferien haben würde.« Ich glättete mit der flachen Hand die Bettdecke.

»In der Bibliothek konnten Sie das Buch nicht bekommen?«

So oft ich auch verhört worden war, niemand hatte je daran gedacht, sich nach dem Buch zu erkundigen. Die Vorstellung, es Captain Squadron zu zeigen, roch nach Gefahr. »Wir haben es nicht in der Bibliothek. Es war eine Sammlung von Geschichten.«

»Von Kurzgeschichten?«

Ich glättete eine weitere inexistente Falte.

»Was für Geschichten?«

»Ich weiß nicht, als was man sie bezeichnen würde.«

»Lassen Sie mich mal einen Blick draufwerfen.«

Ich ging zum Schreibtisch und zog die oberste Schublade auf. Die gräßliche Vorstellung, Squadrons Fingerabdrücke könnten den heiligen Text beflecken, durchflutete mein Hirn. Ich hielt das Buch in die Höhe, damit er den Umschlag sehen konnte. Er kniff die Augen zusammen. »Von dem Kerl hab ich noch nie was gehört.«

»Ich auch nicht.« Ich legte das Buch auf den Tisch. Vor Erleichterung, einer Sache entronnen zu sein, die gleichermaßen Befleckung und Gefahr bedeutet hätte, klopfte mir das Herz. Als ich Squadron wieder ansah, runzelte er die Stirn und streckte die Hand aus.

»Ich dachte, Sie wollten...«

Er winkte mit den Fingern.

Ich lieferte seiner wartenden Pranke den Schatz aus.

»Ihr Kerle meint, mit derart dämlichen Tricks könnt ihr jeden übers Ohr hauen, aber wir kennen das alles schon.« Er schlug das Buch auf und wendete die ersten Seiten um. Als er keine Bilder von nackten Frauen finden konnte, blätterte er es mit dem Daumen durch. Dann schlug er den Schutzumschlag zurück und betrachtete den vorderen Deckel. »Sie sind mir zu nervös. Irgend etwas stimmt hier nicht.« Er hielt das Buch an beiden Deckeln, drehte es um und schüttelte. Nichts fiel aus den Seiten.

Squadron warf das Buch auf die Kommode und lehnte sich wieder zurück. »Sie sind an dem besagten Abend nicht im Speisesaal gewesen.«

»Ich war nicht hungrig.«

»Kerle Ihres Alters sind immer hungrig, aber lassen wir das. Also, was ist Ihrer Ansicht nach mit Artilleriekadett Fletcher geschehen?«

»Der Kommandant hat den Nagel auf den Kopf getroffen, Sir. Irgendein Außenseiter hat ihm auf dem Weg von hier zum Speisesaal aufgelauert, und der Kadett bekam soviel Angst, daß er tot umfiel. Ich wollte, ich hätte Kadett Fletcher begleitet. Wenn wir zu zweit gewesen wären, hätte man uns nicht angegriffen.« Ich machte den Fehler, einen kurzen Blick auf den Schatz zu werfen. Squadron sah die Bewegung meiner Augen. Grinsend schob er das Buch zum Rand der Kommode.

»Kein Außenseiter hat es je – und ich betone: je – geschafft, sich ungesehen hier einzuschleichen. Es ist nahezu unmöglich, rein- oder rauszukommen, ohne einen Wachposten zu passieren. Will man in ein Wohnheim eindringen, muß man das vorher arrangieren, oder nicht? Man muß einen Kumpel dazu bringen, ein Fenster offenstehen zu lassen, muß ihn dazu überreden, an einem Notausgang zu warten, oder?«

Ein, zwei Mal im Monat gelangte ein tollkühner Kadett, der in die Stadt entwischt war, auf eben diese Weise wieder in sein Wohnheim. »Darüber weiß ich nichts.«

Squadron kreuzte die Arme vor der Brust und neigte den Kopf zur Seite, noch immer höhnisch grinsend. »Aber da wir hier unter uns sind: Wir wissen doch beide, daß die Geschichte des Kommandanten purer Blödsinn ist, oder?«

Ich tat mein Bestes, um verwirrt auszusehen. »Sir, ich verstehe nicht.«

»Ich wahrscheinlich auch nicht. Aber wollen wir mal sehen, was ich weiß.« Er löste die Arme und benutzte den Zeigefinger der linken Hand, um an den Fingern seiner Rechten die einzelnen Punkte abzuzählen, wie er es auch beim Mathematikunterricht tat. »Punkt eins. Nur zwei weitere Kadetten mit Zimmern im dritten Stock waren am fraglichen Abend noch anwesend. Diese beiden, die Kavalleriekadetten Holbrook und Joys, meldeten sich Punkt sechs Uhr im Speisesaal und kehrten vor sieben Uhr in ihr Quartier zurück, um für dieselbe Prüfung in Militärphilosophie zu lernen, an der auch Sie teilnahmen. Vorschriftsgemäß löschten sie um dreiundzwanzig Uhr dreißig das Licht.

Zweitens: Die Zimmergenossen von Artilleriekadett Fletcher, die Artilleriekadetten Woodlett und Bartland, waren Ohrenzeugen seiner Ankündigung, in Ihrem Zimmer ein Buch zu hinterlassen, das Sie sich von ihm borgen wollten. Danach wollte er zum Abendessen gehen, wo er zu ungefähr derselben Zeit eintreffen würde wie seine Freunde, und anschließend hatte er vor, sich wieder in sein Zimmer im zweiten Stock zu begeben, um sich bis zur Sperrstunde auf seine Chemieprüfung vorzubereiten.

Drittens: Als ihr Mitbewohner nicht im Speisesaal auftauchte, nahmen die Artilleriekadetten Woodlett und Bartland an, dieser habe sich entschlossen, aufs Abendessen zu verzichten, um in der Bibliothek zu lernen. Kurz vor der Sperrstunde gingen sie hinunter in den Hof, um den Kadetten bei der Rückkehr von seinem einsamen Studium zu begrüßen. Er kam aber nicht zurück; nun ja, der arme Karl war ja auch schon tot. Die Artilleriekadetten Woodlett und Bartland blieben bis dreiundzwanzig Uhr dreißig unten im Hof. Zu diesem Zeitpunkt war nur noch ein einziges Fenster an der Nordseite des dritten Stocks erleuchtet. Das war das Fenster Ihres Zimmers, Kadett.«

»Ich entschuldige mich für den Verstoß, Sir«, sagte ich.

Er richtete den Blick auf die Wand über meinem Bett. »Die beiden kamen hierher, weil sie dachten, der Kadett könnte die ganze Zeit in Ihrem Zimmer gewesen sein. Im Verlauf eines kurzen Gesprächs mit Ihnen erhielten sie die Information, er habe Ihnen das bewußte Buch gebracht und sei dann vergnügt seines Weges gegangen. In der Hoffnung, der Kadett werde vor Ende der Nacht wieder auftauchen, kehrten die beiden in ihr Quartier zurück. Leider wurden ihre Hoffnungen enttäuscht. Statt dessen kam eine Menge Probleme auf uns zu, und der Name unserer stolzen Institution wurde durch den Schmutz gezogen.«

Er fixierte mich unverhohlen. »Zu diesem Zeitpunkt – ich glaube, wir sind jetzt bei Punkt vier – kamen *Sie* mir in den Sinn. Ich nehme an, daß Sie mir schon die ganze Zeit im Sinn waren.

Immerhin hatte ich mich bereits gefragt, ob wohl Sie all die Kadetten aufs Krankenrevier befördert hätten.«

»Sir«, sagte ich, »Unfälle kommen eben vor. Hat einer der Betroffenen mich für seine Verletzung verantwortlich gemacht?«

»Richtig. Punkt fünf: Unfälle kommen vor. Nach sorgfältiger Überlegung kam ich zu dem für mich selbst überraschenden Schluß, daß Sie selbst einer dieser Unfälle sind.« Er starrte mir jetzt direkt in die Augen. »Ich glaube, Sie sind irgend etwas Neuartiges. Ich weiß nicht mal, wie ich es nennen soll. Sie haben diese Knaben so brutal eingeschüchtert, daß sie Angst haben, das Maul aufzumachen. Wissen Sie, was ich glaube? Ich glaube, unser Laden hier ist genau das, wonach Sie gesucht haben.«

»Sir, bitte verzeihen Sie, aber das kann ich nicht auf mir sitzen lassen«, sagte ich. »Ein paar Jungen stürzen und brechen sich irgendwelche Knochen, und Sie machen mich dafür verantwortlich?«

»Punkt sechs.« Captain Squadron fixierte mich noch immer. »Kommen wir wieder zu jenem Licht in Ihrem Fenster. Die Artilleriekadetten Woodlett und Bartland waren überrascht, daß es noch an war. Eine Reihe von Gründen kommen dafür in Frage. Vielleicht hatten Sie vergessen, es vor Ihrer Abreise auszuschalten. Oder Artilleriekadett Fletcher hatte vergessen, es auszuschalten. Oder – und das hofften die beiden – er hatte Ihr Licht nicht ausgeschaltet, weil er noch in Ihrem Zimmer war. Also kommen die beiden herauf, und – schau an, sieh da! – Sie sind doch noch da.«

Er schenkte mir ein seltsames, verzerrtes Lächeln, neigte den Kopf zu seiner erhobenen Faust und machte mit allem Nachdruck eine brisante Pause. Zu meinem Erstaunen spürte ich kalte Angst im Bauch, und ich haßte ihn dafür. »Haben die beiden angeklopft, bevor sie hereinkamen?«

»Wahrscheinlich«, antwortete ich. Er kam der Sache zu nahe. »Das tun doch alle. Teil drei, Abschnitt sechs im zweiten Kapitel des Regelbuchs, ›Betragen des Kadetten‹.«

Er sah aus, als würde er sich überlegen, wie man einen üblen Fleck von der Wand entfernen könnte. »Aber man klopft nicht an die Tür eines Zimmers, das man für verlassen hält. Die Kadetten, deren Erinnerung besser zu sein scheint als Ihre, behaupten, sie seien einfach hereingeplatzt.«

»Das ist möglich«, sagte ich.

Squadron behielt seine Pose einen weiteren Herzschlag lang bei. Dann ließ er die Hand sinken und lächelte mich bedächtig und frostig an. »Artilleriekadett Fletcher hat sich genauso verhalten, stimmt's?«

Erniedrigende Furcht glomm in meinen Eingeweiden auf. »Ich glaube, er hat sich an die Regeln gehalten und zuerst geklopft.«

»Und ich glaube, daß er das nicht tat.« Squadron blickte einen Moment im Zimmer umher, dann warf er mir einen forschenden Blick zu. »Wo sind wir – bei Punkt acht?«

»Bei sieben«, sagte ich. »Sir.«

»Also sieben. Punkt sieben: Nach überaus ausführlicher Erwägung bin ich zu dem Schluß gekommen, daß Artilleriekadett Fletcher hier auf etwas stieß, das er nicht sehen sollte. Er hat Sie überrascht. Ganz plötzlich wurde er zu einer Bedrohung. Junge, ich möchte wirklich wissen, in was der arme Kerl da reingeplatzt ist. Und ich frage mich, wie es Ihnen gelungen ist, ihn so sehr zu erschrecken, daß ihm das Herz stockte, aber ich vermute, das werden Sie mir nicht erzählen. Aber getan haben Sie es; und Sie wußten, was Sie taten.«

»Das ist der reine Wahnsinn«, sagte ich. Ich fühlte mich wie von einem Lastzug überrollt. »Sie wollen doch nicht tatsächlich behaupten, daß Sie glauben, ich hätte Fletcher umgebracht.«

»Ich behaupte nicht, daß Sie es vorhatten, und ich sage noch nicht mal, daß Sie es unmittelbar taten. Ansonsten, Kadett, bin ich mir dessen ganz sicher. Ich glaube, er hat Sie in eine Lage gebracht, in der Sie ihn loswerden mußten, und irgendwie haben Sie das auch geschafft. Teufel, ich *glaube* nicht etwa, daß Sie ihn umgebracht haben, ich *weiß* es. Der Knabe ist hier reinmarschiert und nie wieder hinaus.«

Ich starrte ihn mit einem Ausdruck an, der tiefes Entsetzen ausdrücken sollte. »Sir«, sagte ich, »bei meiner Ehre als Kadett: Er kam herein, gab mir das Buch und ging. Das ist alles.«

Squadron trat zur Tür und lehnte sich daran. Sein Ausdruck hatte sich von scharfkantiger Aggression in eine müde, mit Trauer durchschossene Gewißheit verwandelt. Daß dieser unkomplizierte Rammbock sich zu einer gewissen emotionalen Subtilität aufgeschwungen hatte, verstärkte meine Angst.

»Ich nehme an, Sie haben die Leiche unter Ihrem Bett versteckt, bis Sie sie ungesehen entfernen konnten.«

»Wie können Sie nur so was sagen? Weil ich hier neu bin? Weil Sie beschlossen haben, daß Sie mich nicht mögen?« Meine Wut trieb gefährlich nahe an die Oberfläche. »Ich hätte der Football-Mannschaft beitreten sollen. Dann wäre ich immer noch Ihr blonder Liebling, und Sie würden mir nicht jedesmal die Schuld geben, wenn einer Ihrer Blindgänger sich was bricht.« Bevor ich die Grenze noch weiter überschritt, gelang es mir, mich unter Kontrolle zu bringen. »Verzeihen Sie bitte, Sir, diese Bemerkung war unangebracht. Ich entschuldige mich. Aber ich wiederhole: Bei meiner Ehre als Kadett schwöre ich...«

»Halt«, sagte er. »Kein Wort mehr.«

»Aber Sir, ich...«

»Halt, hab ich gesagt.« Seine Augen wirkten, als hätten sie sich vor Abscheu verdunkelt. »Ich möchte noch eine letzte Bemerkung dazu machen, ohne daß Sie vorher die Luft verpesten.« Captain Squadron gab seiner Jacke einen Ruck, dann packte er die Klappen seiner Taschen und zerrte so heftig daran, als wollte er sie abreißen. »Ich will keinerlei Mist mehr über Ihre Ehre als Kadett hören, weil ich unseren Kodex sehr, sehr ernst nehme, so lächerlich Ihnen das auch erscheinen mag. Manche unserer Quereinsteiger brauchen eine gewisse Zeit, um herauszukriegen, daß der Kodex mehr birgt als leere Worte, aber am Ende begreifen es die meisten doch. *Sie* werden das nie tun. Sie sind ein Fall für sich. Sie sind eine Krankheit.«

Ich hörte auf, so zu tun, als wäre ich entsetzt, und saß nur noch beobachtend und lauschend auf meiner Bettkante. Das Innere meines Körpers, von der Kehle bis unterhalb der Hüfte, hatte sich in einen Eisklotz verwandelt.

»Sind wir jetzt fertig, Sir?«

»Jawohl. Dieses Gespräch ist beendet.« Er starrte mich an. »Ich werde Sie im Auge behalten, Kadett. Wenn ich Sie dabei erwische, daß Sie auch nur einen Zoll aus der Reihe tanzen, mache ich Sie nicht nur brutal zur Schnecke – auch Ihre Uniform geht flöten, bevor Sie wissen, wie Ihnen geschieht. Ist das klar?«

»Jawohl«, sagte ich, »Sir.«

»Mein sehnlichster Wunsch wäre, daß Ihre Eltern Sie in eine andere Militärschule gesteckt hätten.« Er warf mir einen vernichtenden Blick zu. »Ich werde das Buch von Artilleriekadett Fletcher mitnehmen. Ich will sehen, was an den Geschichten da so verflucht wichtig ist.«

Fast hätte mir das Herz gestockt wie damals Fletcher. »Bitte nicht, Sir. Ich habe es noch nicht gelesen.«

Er klemmte das Buch unter den Ellbogen. »Melden Sie sich in einer Woche bei mir im Büro, dann kriegen Sie es wieder. Falls Mr. und Mrs. Fletcher es nicht zurückhaben wollen. Das wäre alles.«

Ich sah ihn zur Tür meines Zimmers stolzieren.

Was als nächstes geschah, kann ich nur mit der Kombination aus Abscheu, Schrecken und Verzweiflung erklären, die mich durchschoß. Wenn ich irgendwelche Gedanken hatte, so drehten sie sich ganz allein um die Notwendigkeit, das heilige Buch wiederzuerlangen, doch käme es der Wahrheit näher zu sagen, daß ich des Denkens unfähig war. Ohne mich bewegt zu haben, stand ich neben Captain Squadron, der allmählich erste Anzeichen von Unruhe zeigte. Ich kam mir doppelt so groß vor wie sonst, obgleich dies wohl eine Illusion war, hervorgerufen von einem Zustand ähnlich dem, der Mütter befähigt, Autos anzuheben, die eine Gefahr für ihre Säuglinge darstellen.

Ich hatte keine Ahnung, was ich vorhatte. Mit Sicherheit hatte ich keine Ahnung, was ich Captain Squadron antun würde. Eigentlich ist mir noch heute unklar, wie ich es tat, da mir seither nie eine Wiederholung dieses Kunststücks gelungen ist. Wahrscheinlich hat auch keine besagter Mütter je ein zweites Mal ein Auto angehoben. Ich berührte das Buch und spürte, als hätte ich so etwas schon hundertmal getan, wie ich in Squadrons Geist strömte und wortlos die Aushändigung verlangte. Als das Buch wieder sicher in meinen Händen war, bediente ich mich derselben unwillkürlichen Kraft, um Squadron in die Zimmermitte zu zwingen. Im Innern seines Geistes war die Empfindung spürbar, von einem starken Wind zurückgeblasen zu werden.

Captain Squadron blieb des Sprechens auch unfähig, nachdem ich mich aus seinem Geist zurückgezogen hatte. Tief in mir erwachte das Dröhnen unzähliger Trommeln. In diesem Moment trat eine einschneidende Offenbarung in mich ein, die mein ganzes restliches Leben bestimmen sollte. Wenn ich sage, sie sei in mich eingetreten, so meine ich damit, daß sie wie ein silberklarer

Strom in mich eindrang und dem Aufruhr vorübergehend Form verlieh. Wieder vernahm ich die Stimme aus Johnsons's Woods.

Captain Squadron stand in der Mitte meines Zimmers, etwa zwei Schritte von mir entfernt. Wie ein Eisläufer auf einem zugefrorenen Teich glitt ich auf ihn zu. Ich glaube nicht, daß ich ihn berührte, ich erinnere mich jedoch an eine fast unpersönliche Empfindung des *Ausgießens,* die jedwede Entleerung begleitet. Meine Gelenke litten unter den knochentiefen Schmerzen, wie man sie bei Arthritis empfindet; mein Kopf fühlte sich an wie von einer Axt gespalten. Vielleicht spüren die Mamis, die ein Automobil von ihrem Baby hieven, dasselbe, was weiß ich. Was ich bestimmt weiß, ist, daß Captain Squadron aus dem Zimmer verschwunden war. Eine grünliche Lache von etwa zehn Zentimetern Durchmesser stand auf dem Boden, und ein feuchter, tödlicher Gestank hing in der Luft.

Ich bezwang meine Qualen lang genug, um die Überreste des Captains mit einem Handtuch aufzuwischen, das ich anschließend im Waschbecken auswusch. Dann fiel ich aufs Bett, um meiner Offenbarung nachzuhängen.

Folgendes hatte ich einen Sekundenbruchteil, bevor ich Captain Todd Squadron zu einem Viertelliter Galle reduzierte, erfahren: Eines Tages, eines in weiter Ferne liegenden Tages, würde im irdischen Reich ein Feind erscheinen, der ernster und gewichtiger war als Captain Squadron. Mein Feind würde wie ein Schatten-Ich oder ein verborgener Doppelgänger sein, denn bei Erreichen des Erwachsenenalters würde er die Kraft besitzen, den Anbruch der letzten Tage zu verhindern, so wie auch bestimmte Gestalten in den Erzählungen des Meisters aus Providence die Pläne meiner wahren Ahnen durchkreuzt hatten. Am verwundbarsten würde dieser Antichrist in seiner Kindheit sein, böse Mächte jedoch würden sich verschwören, um ihn vor der Vernichtung durch meine Hand zu schützen. Während mein Feind aufwuchs, würde er einen Teil meiner Gaben empfangen, wodurch die Schwierigkeit meiner Aufgabe gesteigert würde. Für diese verdammenswerte Komplikation aber gab es einen ausgezeichneten Grund. Mein Feind war ebenfalls der Rauch aus der Kanonenmündung – er würde ein Mitglied meiner Familie sein, genauer gesagt: mein Sohn.

15
Mr. X

Nur wenig muß noch berichtet werden, bevor ich die Feder für diese Nacht niederlege. Das Verschwinden Captain Squadrons aus der Akademie führte zu einem erneuten kurzen Aufflammen des öffentlichen Interesses, das sich auf einen möglichen Zusammenhang zwischen dem Tod von Artilleriekadett Fletcher und der Flucht des Captains konzentrierte. Als eine gründliche Überprüfung seiner Vergangenheit zum Vorschein brachte, daß der Captain unter dem Verdacht, in Lawton, Oklahoma, einen kleinen Jungen belästigt zu haben, aus dem regulären Militärdienst ausgeschieden war, erhärtete sich die Vermutung zur Gewißheit. Soviel ich weiß, wurde dann mehrere Jahre nach ihm gefahndet, was jedoch lediglich zur vorübergehenden Festnahme einer erstaunlichen Anzahl von Kerlen führte, die dem Gesuchten ähnelten. Bis zum Ende meiner Laufbahn als Kadett beobachtete ich die Vorgänge mit Amüsement; anschließend wurde ich für mein gutes Benehmen mit einem Sommeraufenthalt in Übersee belohnt.

Ich verbrachte die glücklichen Stunden müßig an den Fleischtöpfen von Cannes, Nizza und Monte Carlo. Es wäre meinen Eltern zwar lieber gewesen, wenn ich gleich dortgeblieben wäre, als ich aber wieder heimkam, erreichte mein Vater, wie immer ein Mann von Wort, mit einer saftigen Spende meine Zulassung zu seiner Alma mater, der Yale University. Eine Festnahme wegen eines geringfügigen Vergehens – es handelte sich um einen Einbruch – machte dem bald ein Ende, und nach der Entlassung aus dem Gefängnis begab ich mich auf die Wanderschaft. Ich fand eine geeignete Methode, um meine Familie von meinem Ableben zu überzeugen, was bei ihr zweifellos zu großer Erleichterung führte. Als Geldquelle wandte ich mich unwillkürlich dem zu, was allgemein als Gangstertum bezeichnet wird. Das Verbrechen ist eine mit Mathematik oder Militärphilosophie verwandte Form des Studiums, für die sich, wie für die genannten Fächer, nur der überlegene Intellekt eignet. Es dauerte nicht lange, bis mein Verständnis für jeden Aspekt des kriminellen Strebens, darunter die Betreuung, Ernährung und Einschüchterung eigenen

Personals, mir eine Führungsposition verschaffte. Auch der sorgsam berechnete Einsatz meiner Kräfte war dabei nicht von Schaden, besonders wenn es um Einschüchterung ging. Hinter dem Panzer aus rowdyhafter Gleichgültigkeit, den der durchschnittliche Ganove zur Schau trägt, verbirgt sich nämlich ein tiefer Aberglaube. Noch vor meinem dreißigsten Geburtstag war ich zu einem Meister des Verbrechens geworden, wobei erwähnt werden sollte, daß mir dies ohne die üblichen familiären Beziehungen gelang.

Doch dann wurde ich der ständigen Verpflichtungen müde, die mit dem Dasein eines Meisters des Verbrechens einhergehen, und begann wie gewöhnliche Sterbliche Sehnsucht nach der Heimat zu verspüren. Von mir aus kann man es als Midlife-crisis bezeichnen, in Wahrheit hatte ich mich jedoch immer ebenso als Künstler wie als Krimineller gefühlt. (Hätte ich damals nur gewußt, was ich nun weiß!) Nur eine Handvoll Schriftsteller, der Aufgabe ausnahmslos unwürdig, hatten die Herausforderung des Autors von *Der Schrecken von Dunwich* – des Meisters aus Providence – angenommen, und ich wollte beweisen, daß ich sein einziger wahrer Erbe war.

So entsagte ich in meinen mittleren Jahren dem weltlichen Erfolg und kehrte zurück nach Edgerton, um mich dort der Schriftstellerei zu widmen, während ich mich nebenbei all dem hingab, was ich von Interesse fand. Die kriminellen Elemente vor Ort hießen mich genau in dem von mir gewünschten Maße willkommen, was nichts anderes heißen soll, als daß ich hinter den Kulissen bald sämtliche Strippen zog, die ich ziehen wollte. Weniger erfolgreich war ich mit meinen Erzählungen – zwar schrieb ich sie vortrefflich, doch rief gerade dies jene Ablehnung und Unverschämtheit hervorrief, welche allen bekannt ist, die etwas anderes hervorbringen als kommerziellen Schund. Ich tat meine Schuldigkeit. Ich gab der Menschheit die Gelegenheit, die Wahrheit zu entdecken, aber die Menschheit ließ die Chance vorüberziehen. Wer auch nur ein Jota Mitgefühl im Busen hegt, wird meine Bitterkeit begreifen.

In dieser Periode bewegte ich mich in der unterhaltsamen Halbwelt von Möchtegernkünstlern und Mitläufern, die in der Umgebung jedes Colleges und jeder Universität zu finden ist. Zahlreich waren die Abende, an denen meine Bleibe zum Schauplatz lebhafter Gespräche wurde; Gespräche, die fast überwältigt wurden von der Musik des Plattenspielers, dem Duft von Wein und legalen wie illegalen Zigaretten und der sexuellen Spannung, ausgestrahlt von bärtigen Jünglingen in Rollkragenpullis und phantastischen jungen Frauen, die trugen, was gelegentlich nur Körperbemalung zu sein schien. Zahlreich waren die wohlproportionierten Mädchen, deren Leiber ich am Ende jener Abende zu augenrollenden Spasmen der Glückseligkeit ritt. Denn wenn es eine meiner essentiellen Aufgaben war, meinen Sohn zu ermorden, mußte ich den kleinen Schatz erst einmal zeugen.

Selbst wenn all meine Mutterschafe süße kleine Lämmchen hervorbrachten, war ich bereit, jedes einzelne zu schlachten; doch nahm ich an, ich würde den Antichrist sofort erkennen, wenn ich den kleinen Scheißer sah. Wenn das kleine Ding mit dem süßen Gesicht und den üblen Vorsätzen aus dem mütterlichen Schoß purzelte – aus dem von Heather, Moongirl, Sarah, Rachel, Nanette, Mei-Liu, Skunk, Avis, Subindra, Pang, Low Rider, Arquetta, Sujit, Tammy, Georgy-Porgy, Akiko, Conchita, Suki, Sammie, Big Indian oder Zelda –, würde es sozusagen von blinkenden Pfeilen und Neonschildern umgeben sein. Doch trotz meiner glanzvollen Bemühungen trug keine dieser feurigen Maiden Früchte. Von all den kunstbegeisterten, experimentierfreudigen Gänsen, die ich in diesem bezaubernden Abschnitt meines Lebens bettete, gelang es nur Star Dunstan, schwanger zu werden.

Die Stimme der Offenbarung hatte nicht gescherzt, als sie mir mitgeteilt hatte, daß mein Gegner sich mir entziehen würde. Töricht, wie ich war, dachte ich, ich hätte alles arrangiert. Als Star herausfand, daß sie schwanger war, reagierte ich auf das übliche Gejammer über »Verpflichtungen«, in das selbst ein sorgloser Typ wie Star automatisch verfiel, mit dem naheliegenden Vorschlag, sie solle bei mir einziehen. Weil ich sie nicht zur Abtreibung schickte, war Star so dankbar, daß sie fast jeder Vorschlag meinerseits glücklich gemacht hätte. Sie konnte ja nicht wissen, daß es mir bei der ganzen Sache nur darum gegangen war, sie zu schwängern. Ich wollte eine gute, gesunde Geburt. Ein paar Tage, nachdem Mami und Engelchen aus der Entbindungsstation heimgekehrt sein würden, wollte ich Engelchens Gesicht in das Kissen pressen, bis das Balg erschlaffte. Es war ein makelloser Plan, aber wie die Stimme es angekündigt hatte, sprang er mir ins Gesicht, wenn auch nicht wegen irgendeines Fehlers meinerseits.

Ich zwang mich, die ekligen Koseworte zu äußern, die eine Frau mit einem expandierenden Bauch erwartet. Ein paar Monate lang zog ich niedliche Gesichter und gab Lügen über unsere goldene Zukunft von mir. Doch dann kam eine Nacht, in der ich auf einen Streifzug ging und in ein leeres Haus zurückkehrte. Leer jedenfalls von meiner aufgeblähten Gefährtin und ihren Habseligkeiten. Sie war getürmt – hatte die Flucht ergriffen. Ich vermutete, daß die Existenz eines neuen Liebhabers dahintersteckte. Ich glaube noch immer, daß ich damit recht hatte, aber weil ich sie nicht finden konnte, obwohl ich in einem Umkreis von fünfzig Meilen unter jedem Stein nachsah, hatte ich keinen Beweis dafür. In meiner Verzweiflung suchte ich Hilfe in Johnson's Woods und erfuhr, daß die Stimme, die einst gesprochen hatte, nun auf ewig schwieg. Einen Monat später hörte ich von Piney Woods, der damals noch an seiner Dozentur an der Albertus University klebte, meine Liebste sei wieder in Edgerton aufgetaucht und habe bereits entbunden. Geschmückt mit einem billigen Ehering, verbarg sie sich momentan im Haus einer ihrer Tanten in der Cherry Street.

Na schön, dachte ich: ein paar behutsame Besuche, ausgestattet mit Blumensträußen und Pralinenschachteln, die Ankündigung, ihr völlig zu vergeben, ein vorgetäuschtes Bewundern des Kindes, und schon würde sie wieder an meine Türe klopfen, den kostbaren Burschen an die hübsche Mutterbrust gepreßt. Dann konnte ich meinen eingeborenen Sohn endlich ersticken.

Da erschienen auf einmal zwei Uniformierte auf meiner Türschwelle, um mir mitzuteilen, daß jemand bezüglich meiner Beteiligung an einer Reihe illegaler Aktivitäten »gesungen« hatte, wie man so schön sagt. Ein rasches Verfahren führte zu einer zweiten Gefängnishaft, diesmal in einer staatlichen Institution namens Greenhaven.

Mir ging ein Ruf voraus, der mir Respekt verschaffte, ferner Gehorsam, Macht und den beträchtlichsten Grad an Komfort, der in solcher Umgebung überhaupt erhältlich ist. Was immer ich begehrte – abgesehen von der Möglichkeit, die Welt von Stars Brut zu befreien –, wurde mir eilends verschafft.

Das erwähnte Manko ertrug ich mit leichterem Herzen, als wenn es mir an einer angemessenen Suite mit eigenem Bad und Telefonanschluß gefehlt hätte, an anständigen Mahlzeiten, sexuellen Begegnungen mit weiblichen Besuchern, den für meine Forschungen nötigen Büchern und Zeitschriften, darunter die für das Leben und Werk des Meisters aus Providence relevanten Texte (er erlebte damals eine gewisse Renaissance), und an aufschlußreichen Gesprächen mit amüsanten Gefährten. All dies hatte ich im Überfluß. Der kleine Liebling war vorläufig noch dabei, die Windeln mit dem Töpfchen zu vertauschen und sein Babygebrabbel mit den ersten, lispelnden Ausflügen in die englische Sprache; es würde Jahrzehnte dauern, bis er eine Bedrohung für meine Bestimmung als Herold der Apokalypse darstellen konnte. Daß man mir die Mühsal meiner Aufgabe vorhergesagt hatte, verstärkte meinen Glauben an die Weisheit meiner übermenschlichen Ahnen. Ich würde das kleine Biest töten, sobald ich herauskam, und ich freute mich auf die Jagd. In der Zwischenzeit beschäftigte sich ein Gutteil meiner Forschung mit Art und Weise der kommenden Hatz.

Gerade als ich der luxuriösen Haft müde wurde, gelang es mir bei einer Gefängnisrevolte, Greenhaven zu verlassen und mir dabei zugleich meine Anonymität zu sichern. Wie, ist nicht weiter von Bedeutung. Sagen wir, daß ein milder Einsatz meiner Kräfte es mir erlaubte, meine offizielle Identität am sichersten aller Orte zu begraben und dadurch freizukommen. Ich kehrte in meine Heimatstadt zurück, um dort abgeschieden zu leben und mich der Suche zu widmen, die bis zum heutigen Tag andauert.

Die Jahre waren lange und frustrierend. Mein Gegner erwies sich als so schlüpfrig wie angekündigt, und manchmal entkam er mir in eben dem Moment, in dem mein Zugriff sich um seinen elenden kleinen Nacken zu schließen begann. Allerdings stellte ich im Jahr meiner Flucht aus dem Gefängnis fest, daß mir ein letztes, jährlich neu verliehenes Erbe gewährt worden war. Diese Gabe erwarte ich seither jedes Jahr mit einer wilden, grausam zärtlichen Begierde, die noch heute fähig ist, meinen Schritt und meinen Herzschlag zu beschleunigen. Sie ist es, die mich in all den trüben Jahrzehnten erhalten und genährt hat. Durch die Gnade der Alten Götter erscheint mir Star Dunstans Sohn als Schatten eines Schattens, immer genau an seinem Geburtstag.

Jetzt bleibt ihm noch ein einziger Geburtstag, sein letzter. Wo immer er jetzt sein mag – ob er durch die Krankenhausflure schleicht oder sich in den alten Häusern in der Cherry Street und in den Tavernen von Hatchtown herumdrückt, ob er sich versteckt oder ahnungslos durch Edgertons Avenuen, Straßen und verborgene Gassen geht –, jener Tag naht in exakt einer Woche.

II

Wie ich vom Flußgrund erfuhr

16

Netties Joggingschuhe klatschten auf die harten roten Fliesen; eine gewebte Tasche mit Teppichmuster, groß wie ein Reisekoffer, schlug ihr gegen die Hüfte. Fast alle im Oval der Theke anwesenden Krankenschwestern und Techniker hoben den Kopf. Sie trugen lose grüne Gewänder, die wie Pyjamas aussahen, und hatten alle aschblondes Haar und nordische Augen. So kam es mir in meinem Zustand jedenfalls vor. Ich mußte an Science-fiction-Romane und Entführungen durch Außerirdische denken, nicht zuletzt, weil das Reich dieser Wesen wie eine Raumstation leuchtete.

Am anderen Ende des Raumes wandte sich Tante May gerade an das nächstbeste Mitglied des Personals und verkündete: »Das ist der Sohn meiner Nichte, Ned. Er hat manchmal Anfälle.«

Nettie umarmte mich. Durch den Stoff ihrer Tasche spürte ich die harten Konturen von Flaschen und Gläsern. »Als ich heute morgen bei dir angerufen hab, hat das Telefon endlos geläutet, weshalb ich zu May gesagt hab: ›Der Junge ist bestimmt schon auf dem Heimweg.‹ Stimmt's, May?« Ohne mich loszulassen, blickte sie über die Schulter. Die Tasche stieß mir in die Rippen.

»Der Herr ist mein Zeuge!« rief May.

»Bitte«, sagte Schwester Zwick, »ich sollte die Herrschaften nicht daran erinnern müssen, daß wir uns hier auf einer Intensivstation befinden.«

Nettie ließ die Arme sinken und trat einen Schritt zurück. »Zwick, wenn Sie uns als ›Herrschaften‹ bezeichnen, was soll das heißen?«

Einen Moment lang spürte Schwester Zwick dem Vergnügen nach, das eine Erklärung des Begriffs »Herrschaften« mit sich bringen würde. Dann drehte sie ihren Stuhl wieder zur Theke. »Ich habe Sie nur gebeten, leiser zu sprechen.«

Die Schwestern und Spezialisten hatten sich wieder ihren Schreibtischen und Privatgesprächen zugewandt. Einer der Männer auf der Station war ein Inder oder Pakistani, und eine der Frauen war schwarz, aber in meinen Augen sahen sie trotzdem alle gleich aus. »Nettie, was ist geschehen?« fragte ich. »Wie schlimm steht es?«

Ihr breites Gesicht zeigte kaum Falten, aber an dem trügerischen Ausdruck heiterer Gelassenheit, der durch Netties glatte Wangen und ihre jugendliche Stirn entstand, nagte der Kummer. »Schlimm«, sagte sie.

Tante May kam auf uns zu. Sie stützte sich auf eine glänzende Metallkrücke. »Schön, daß du wieder in Edgerton bist, Junge.« Wie früher trugen beide Schwestern lose, bedruckte Baumwollkleider. Während Nettie das ihre jedoch mit einer säulenförmigen Massigkeit ausfüllte, hing das von Tante May ihr wie ein Sack am Leib. Die Sehnen ihres Halses hoben sich von einer tiefen Höhlung ab. Als ich so nah war, daß ich sie umarmen konnte, hob sie die Krücke vom Boden, und ich mußte ihr ganzes Gewicht halten.

»Uff«, sagte sie. Ich stützte sie, bis sie die Krücke wieder in die richtige Position gebracht hatte. »Mir geht es nicht so übel, wie es aussieht, also brauchst du kein Mitleid mit mir haben.« Ihr Flüstern war wahrscheinlich im ganzen Raum zu hören. »Seit ich letztes Jahr krank war, kann ich nicht mehr so gehen wie früher. Wenn ich ein bißchen zunehmen würde, wäre alles besser, aber ich hab immer das Gefühl, ich muß mich zum Essen zwingen.«

Wir bewegten uns auf Kabine fünfzehn zu.

»Ist der Arzt bei ihr?«

»Wir haben gerade darauf gewartet, daß er rauskommt, als ich dich gesehen hab«, sagte Nettie. »Mir ist ein Riesenstein vom Herzen gefallen.«

Ich betrachtete den Vorhang vor der Kabine. »Was ist passiert?«

May beugte sich zu mir. »Es war heute morgen! Sie ist einfach umgefallen! Clark ist aufgesprungen und hat den Notarzt gerufen.«

»So jung sie sein mag, deine Mutter hatte einen Schlaganfall«, sagte Nettie.

Tante May strich mit der Rückhand über meinen Blazer. »Ich wette, das Jackett stammt aus 'nem feinen New Yorker Geschäft wie diesem Saks in der Fifth Avenue.« Sie hob den Kopf, sah mir in die Augen, und ihre Stimme wurde dünner und schärfer. »Wann bist du angekommen?«

»Gerade eben«, sagte ich. »Ich bin getrampt. Mein Gepäck hab ich noch bei mir.« Ich deutete auf den Rucksack und die Reisetasche, die neben dem Eingang auf dem Boden lagen.

Tante Nettie betrachtete mich mit nachdenklich gerunzelter Stirn. Ihr fehlte nur noch eine schwarze Robe. »Vielleicht hättest du dein Geld für die Reise aufsparen sollen, statt es auf der Fifth Avenue rumzuschmeißen. Wahrscheinlich hattest du Glück, daß du überhaupt so schnell hergekommen bist.«

Ein adretter kleiner Mann in einem weißen Kittel huschte durch den Vorhang. Das schüttere blonde Haar bedeckte einen aufgeblähten Kopf, was von einer übergroßen Brille mit schwarzem Rahmen noch unterstrichen wurde. Der Arzt warf mir einen unverbindlichen Blick zu, und meine Tanten machten sich sichtlich auf das gefaßt, was er zu sagen hatte.

»Sie sind...« – er blickte auf sein Klemmbrett – »Ned, Valerie Dunstans Sohn?«

»Ja, das bin ich«, sagte ich.

»Dr. Barnhill«, sagte er und schürzte die Lippen. Sein Kopf sah deshalb so aufgebläht aus, weil er für den Körper zu groß war und weil das schwindende blonde Haar soviel Kopfhaut freilegte. Kleine kahle Männer sind kahler als große. Er schüttelte mir kurz und kühl die Hand. »Ihre Mutter hat heute morgen einen schweren Schlaganfall erlitten. Ihr Zustand ist weiterhin kritisch. Ich wollte, ich könnte Ihnen etwas Erfreulicheres mitteilen.« Dr. Barnhill drückte sein Klemmbrett an die Brust, als müßte er fürchten, daß wir seine Geheimnisse lesen wollten. »Wissen Sie, was bei einem Schlaganfall vor sich geht?«

»Nicht so recht«, sagte ich.

»Ein Blutgerinnsel ist in ihr Hirn eingedrungen und hat die Sauerstoffzufuhr abgeschnitten. Bleibt ein bestimmter Bereich des Hirns ohne Sauerstoff, treten dort Gewebeschäden auf. Im Falle Ihrer Mutter umfaßt dieser Bereich einen Teil der linken Hemisphäre.« Er berührte die linke Seite seines Kopfes. »Bald nach der Aufnahme in die Intensivstation hat ihr Herz aufgrund des generellen Schocks eine Arrhythmie entwickelt. Ich habe sie mit den entsprechenden Medikamenten versorgt, aber wir beobachten eine allgemeine Schwächung der Herzfunktion. Ist Ihre Mutter eine starke Raucherin?«

»Sie raucht überhaupt nicht«, sagte ich.

»Star hat in vielen verrauchten Nightclubs gearbeitet«, sagte Tante May. »Sie hat eine wunderschöne Stimme.«

»Hat sie Ihres Wissens je irgendwelche Drogen genommen?«

»Sie hat 'ne Menge Gras geraucht«, sagte May. »Manche der Leute, mit denen sie zusammen war, rochen geradezu danach.«

»Passivrauchen und früherer Marihuanagenuß könnten zu der Erkrankung beigetragen haben«, sagte der Arzt. »Ihre Mutter ist« – er sah auf das Klemmbrett und stutzte nahezu unmerklich – »dreiundfünfzig. Normalerweise hätten wir damit eine gute Prognose. Wir hoffen, daß das Coumadin das Blutgerinnsel auflösen wird. Wenn Ihre Mutter die nächsten zwölf Stunden überlebt, stehen wir vor einer langen Erholungsphase mit intensiver Therapie. Erfreulicheres kann ich Ihnen nicht sagen.«

»Zwölf Stunden«, sagte ich.

Sein Gesicht wurde glatt wie eine Maske. »Alles hängt vom Zustand des betreffenden Patienten ab.«

»Wird sie mich erkennen?«

»Ja, aber viel mehr sollten Sie nicht erwarten.« Er blickte wieder auf das Klemmbrett. »Haben Sie irgendwelche Geschwister?«

»Nein«, sagte ich, und Tante Nettie warf sofort ein: »Das hab ich Ihnen doch schon gesagt. Star hatte nur den einen Jungen, den hier.«

Dr. Barnhill nickte und ging davon. May war irgendwo hinter mir verschwunden.

»Geschwister?«

»Zwick hat überall herumerzählt, was deine Mutter geplappert hat, als wir hier ankamen; und du weißt ja, wenn jemand irgendwas behauptet, wird irgend jemand anders es auch glauben.«

Ich blickte über die Schulter. Auf ihre Krücke gestützt, redete Tante May auf einen stämmigen jungen Mann mit kurzem blondem Bart und einem dicken Pferdeschwanz ein. Er wich zurück und sagte: »He, mir ist das doch völlig schnuppe.«

Ich schob den Vorhang beiseite und trat ein. Die Fremde inmitten all der blinkenden Maschinen verwandelte sich augenblicklich in eine gebrechliche, aber noch immer erkennbare Version von Star Dunstan. Ihre Wangen sahen aufgebläht und wächsern aus. Aus aufgehängten Plastiksäcken floß eine klare Flüssigkeit durch Schläuche, die unter den Bandagen an Mutters Unterarmen verschwanden. Ein glimmendes rotes Lämpchen war an ihrem rechten Zeigefinger befestigt. Ich küßte sie auf die Stirn und nahm ihre Hand.

Sie öffnete weit die Augen. *»Nnnd.«* Die rechte Seite ihres Mundes verzog sich nach unten und erstarrte wie Wachs, das erst weich und dann wieder hart wird. Sie mühte sich ab, den Kopf vom Kissen zu heben, und ihre Hand schloß sich um meine. *»Iiih... aaab... diih... iiib.«*

»Ich hab dich auch lieb«, sagte ich. Sie nickte und sank wieder in das Kissen zurück.

Leise Töne und Signale machten sich unaufhörlich mit einer diskreten Deutlichkeit bemerkbar, die fast in ein melodisches Muster verfiel. Das Licht auf der Bettdecke, das Auf und Ab auf dem EKG-Monitor, die herabhängenden Schläuche waren mir gegenwärtiger als die eigenen Gefühle. Es war, als befände auch ich mich in einer Art Koma, als wäre ich auf Autopilot gestellt.

Ich hob mechanisch die Hand von der Bettstange und berührte die Wange meiner Mutter. Sie war weich und etwas kühl. Star öffnete die Augen und lächelte mit der funktionierenden Hälfte ihres Gesichts zu mir hoch.

»Weißt du, wo du bist?«

»Aaa... ngenas.«

»Genau. Ich bleibe hier, bis es dir besser geht.«

Ihr rechtes Auge klappte zu, die linke Seite ihres Mundes öffnete und schloß sich. Sie machte einen erneuten Anlauf. *»Waa... ummm... biih... uuuh... kkmm?«*

»Ich hab gespürt, daß dir was zugestoßen ist«, sagte ich.

Eine Träne quoll ihr aus dem rechten Auge und lief die Wange entlang. *»Aaam... Nnnd.«*

»Mach dir wegen mir keine Sorgen«, sagte ich, aber da war sie schon wieder eingeschlafen.

17

Jemand, der wie ein weißhaariger irischer Politiker aussah, stellte sich mir als Dr. Muldoon vor. Als mit dem Fall betrauter Herzspezialist bezeichnete er Stars Zustand als »prekär«. Sein vertraulicher Whiskybariton ließ das Wort wie einen neuen Longdrink klingen. Kurz nach Muldoons Wahlkampfauftritt betrat der muskulöse Typ mit Pferdeschwanz, mit dem May zuvor gesprochen hatte, die Kabine, und ich folgte ihm hinein.

Er notierte die Daten einer Maschine, die gut ins Cockpit einer 747 gepaßt hätte. Als er mich sah, richtete er sich auf und füllte fast den ganzen Raum zwischen den Geräten und der Bettkante. Das Brustschild wies ihn als Vincent Hardtke aus. Er machte den Eindruck wie jemand, der in der High-School Football gespielt hat und jetzt am Wochenende eine Menge Bier wegkippt.

Ich fragte ihn, wie lange er schon am St. Ann's arbeitete.

»Sechs Jahre. Das Personal hier ist toll, falls Sie irgendwelche Zweifel haben sollten. Die schicke Meute aus Ellendale geht zwar nach Lawndale, aber wenn ich krank werden würde, dann würde auch ich mich hier behandeln lassen. Sofort. Aber klar, wenn es um meine Mutter ginge, würde ich auch wissen wollen, ob sie gut versorgt wird.«

»Sie haben doch andere Patienten in so einem Zustand gesehen. Wie ist es denen ergangen?«

»Ich hab Leute erlebt, die schlimmer dran waren und trotzdem gut durchgekommen sind. Der Zustand Ihrer Mutter ist momentan ziemlich stabil.« Hardtke trat zurück. »Übrigens – die alte Dame mit der Krücke scheint mir ein ziemliches Kaliber zu sein.« Er schob den Vorhang beiseite und grinste Tante May an, die ihn mit der Würde einer Herzogin einfach ignorierte.

Im Verlauf des Vormittags versammelten sich auch andere Besucher im Durchgang zwischen der ovalen Theke in der Mitte und den beiden Kabinenreihen. Um mir die Beine zu vertreten, umrundete ich die Station ein paarmal, wobei mir etwas einfiel, was Nettie gesagt hatte.

Schwester Zwick ignorierte mich, bis ich mich direkt vor ihr postiert hatte. »Schwester«, sagte ich und zeigte auf mein Gepäck, das an der Wand lag, »wenn Ihnen meine Sachen im Weg sind, bringe ich sie gern woanders hin. Sie müssen mir nur sagen, wo es Ihnen recht ist.«

Sie hatte das Zeug offenbar ganz vergessen. »Tja, eine Gepäckaufbewahrung sind wir hier wirklich nicht.« Sie überlegte einen Moment, ob sie mich auffordern sollte, die Sachen ins Erdgeschoß oder an einen ähnlich entfernten Ort zu schaffen. »Ihre Sachen scheinen niemandem im Weg zu sein. Lassen Sie sie vorläufig einfach da.«

»Danke.« Ich entfernte mich, trat dann aber wieder auf sie zu.

»Ja?«

»Dr. Barnhill hat mir gesagt, Sie hätten heute morgen mit meiner Mutter gesprochen.«

Sie sah gereizt aus, und eine Spur Rosa trat auf ihre Wangen. »Ihre Mutter ist eingeliefert worden, als wir gerade die Morgenbesprechung hatten.«

Ich nickte.

»Sie schien verwirrt zu sein, was für jemanden mit einem Schlaganfall auch normal ist, aber als sie meine Uniform gesehen hat, hat sie nach meinem Arm gegriffen und versucht, etwas zu sagen.«

»Konnten Sie verstehen, was es war?«

Zornesröte trat auf ihre Wangen. »Es ist nicht so, daß ich sie zum Reden gezwungen hätte, Mr. Dunstan; sie war es, die mit mir sprechen wollte. Danach bin ich hierhergekommen und hab eine Notiz gemacht. Wenn mein Bericht für Dr. Barnhill Ihren Tanten mißfallen haben sollte, dann tut es mir herzlich leid, aber ich hab nur meine Arbeit getan. Übrigens haben Schlaganfallpatienten oft eine gestörte Wahrnehmung.«

»Sie muß dankbar für Ihre Zuwendung gewesen sein«, sagte ich.

Der Großteil ihres Zorns zog sich vorläufig zurück. »Schön, mal mit jemandem zu tun zu haben, für den Höflichkeit kein Fremdwort ist.«

»Meine Mutter hat immer gesagt: Freundlich zu sein kostet dich keinen roten Heller.« Das entsprach nicht ganz der Wahrheit. Ab und zu hatte meine Mutter bemerkt: *Wie man in den Wald hineinruft, so schallt es heraus.* »Ob Sie mir wohl sagen könnten, was Sie dem Doktor mitgeteilt haben?«

Zwick starrte stirnrunzelnd auf einen Aktenstapel. »Zuerst konnte ich nichts verstehen. Dann haben wir sie ins Bett gelegt, und da hat sich mich ganz nah herangezogen und gesagt: ›*Man hat mir meine Babys gestohlen.*‹«

18

So königlich wie ein Paar Damen einer Kartenhand beim Pokern überblickten Nettie und May ihr Reich, postiert auf Stühlen, die sie dreist aus dem Schwesternbereich entwendet hatten. Irgendwie war es ihnen gelungen, Namen, Beruf und Zustand von fast jedermann auf der Intensivstation zu erfahren.

Nummer drei, ein übler Schurke namens Clyde Prentiss, der seiner Mutter das Herz gebrochen hatte, hatte nach einer Schußwunde einen Herzanfall erlitten. Nummer fünf, Mr. Temple, hatte bis zu seinem furchtbaren Arbeitsunfall ausgesehen wie ein Filmstar. Mrs. Helen Loome, die Putzfrau in Nummer neun, war wegen Dickdarmkrebs operiert worden. Einen guten Meter Darm hatte man Mr. Bargeron in Nummer acht entfernt. Mr. Bargeron, von Beruf Akkordeonspieler in einer Polkaband, trankt so viel, daß er Geister durch seine Kabine schwirren sah.

»Das ist der Alkohol, der seinen Körper verläßt«, sagte Nettie. »Die Geister heißen Jim Beam und Johnnie Walker.«

»Mr. Temple wird bis an sein Lebensende aussehen wie ein Puzzle«, sagte May.

Ihr eigentliches Thema, meine Mutter, schwebte unter der Oberfläche ihres Getratsches. Das, was sie als Stars Leichtsinn empfanden, hatte ihnen Schmerz und Enttäuschung zugefügt. Nettie und May liebten sie, konnten sich aber des Gefühls nicht erwehren, daß sie mehr mit dem betrunkenen Akkordeonspieler und Clyde Prentiss gemein hatte als mit Mr. Temple.

Offiziell waren Nettie und May seit ihrer Heirat keine Dunstans mehr, aber die autarke Welt der Cherry Street hatte beide Männer absorbiert, als wären sie hineingeboren worden. Queenies Heirat mit Toby Kraft und ihre Fahnenflucht in sein Leihhaus hatte in einer fortgeschrittenen Phase ihres Lebens stattgefunden und sie nur minimal von ihren Schwestern entfremdet.

»Ist Toby Kraft noch am Leben?« fragte ich.

»Soviel ich weiß, haben Hunde immer noch Flöhe«, fuhr Nettie mich an.

Tante May stemmte sich auf die Beine wie ein verrosteter Kran. Aus ihren Augen blitzte es. »Da ist ja Pearl Gates in ihrem zweitbesten Kleid. Pearlie ist jetzt nämlich in der Mount-Hebron-Kirche, und dort hat sie auch Helen Loome kennengelernt. Vorher war sie bei der Galilea Holiness.«

Nettie reckte den Hals. »Ach, du meinst das Kleid, das sie erbsensuppengrün gefärbt hat. In dem Ding sieht sie aus wie eine Schildkröte.«

Tante May stampfte zu einer buckligen Frau hinüber, die vor Kabine neun stand. Ich wandte mich an Nettie. »Pearlie Gates, wie die zwölf Himmelstüren?«

»Sie hieß Pearl Hooper, bevor sie einen Mr. Gates geheiratet hat. In seinem solchen Fall sollte der Mann den Namen der Frau annehmen, statt sie dem Spott auszusetzen. Wenn man weiß, wie stolz dein Onkel Clark auf unsere Familie ist, ist es ein Wunder, daß er sich nicht Clark Dunstan genannt hat, statt mich zu Mrs. Annette Rutledge zu machen.«

»Onkel Clark geht's doch hoffentlich gut, oder?«

»Er ist und bleibt ein Experte für alles auf der Welt, wie eh und je. Wieviel Uhr ist es?«

»Kurz vor halb eins.«

»Er fährt auf dem Parkplatz herum, um eine Lücke zu finden, die ihm paßt. Wenn Clark nicht Freiraum auf beiden Seiten hat, bekommt er es wieder mit der Angst zu tun, ihm könnte jemand einen Kratzer an den Wagen machen.« Sie hob den Kopf und sah mich an. »James ist letztes Jahr gestorben. Er ist vor dem Fernseher eingeschlafen und nicht wieder aufgewacht. Hab ich dir das nicht mitgeteilt?«

»Leider nicht.«

»Wahrscheinlich wußte ich nicht mehr, ob ich dich schon angerufen hatte oder nicht.«

Zum ersten Mal sah ich meine Verwandten aus der Perspektive eines Erwachsenen. Nettie hatte nicht länger als einen Herzschlag daran gedacht, mir von James' Ableben zu berichten.

»Da kommt dein Onkel Clark, pünktlich wie die Post.«

Der alte Mann in dem losen gelben Hemd, der um die Theke herum kam, hatte nur noch entfernte Ähnlichkeit mit dem Menschen, an den ich mich erinnerte. Die Ohren, bei deren Anblick mir Disneys Dumbo in den Sinn kam, standen im rechten Winkel von seinem Walnußschädel ab. Über dem wunden Rosa der herabhängenden Unterlider leuchtete das Weiß der Augen in der Elfenbeinfarbe alter Klaviertasten.

Onkel Clark trat vor seine Frau wie ein betagtes Automobil, das vor einem Denkmal zum Stehen kommt. »Wie steht es inzwischen?«

»Unverändert«, sagte Nettie.

Er hob den Kopf, um mich zu mustern. »Falls du der kleine

Ned sein solltest: Ich bin der Mann, der deiner Mutter das Leben gerettet hat.«

»Tag, Onkel Clark«, sagte ich. »Danke, daß du den Rettungswagen gerufen hast.«

Er winkte ab und ging durch den Vorhang. Ich folgte ihm hinein.

Clark trat neben das Bett. »Dein Junge ist hier. Das sollte dir helfen, alles durchzustehen.« Er inspizierte die Lichter und Monitore. »Wenn ich nicht wäre, lägst du immer noch auf dem Küchenboden.« Mit krummem Zeigefinger deutete er auf einen Bildschirm. »Das ist ihr Herz. Da sieht man, wie es schlägt.«

Ich nickte.

»Rauf, runter, rauf, und dann der große – siehst du? Das ist ein starkes Herz.«

Ich schloß die Hand um die meiner Mutter. Ihre Atmung veränderte sich, die Augenlider zitterten.

Clark sah mich mit der vertrauten Kombination aus vorläufiger Billigung und bleibendem Argwohn an. »Zeit zum Mittagessen, oder?«

Die plötzlich geöffneten Augen meiner Mutter hefteten sich auf mich.

Er tätschelte Stars Flanke. »Erhol dich gut, Schatz.« Der Vorhang schloß sich hinter ihm.

Star umklammerte meine Hand, hob den Kopf ein Stück vom Kissen hoch und sprach mit völliger Klarheit meinen Namen aus. Dann sagte sie: *»Musch… iirr… aasch… schaann.«*

Die Maschinen gaben quäkende Alarmlaute von sich. »Du mußt dich ausruhen, Mama.«

Sie katapultierte sich in eine aufrechte Lage. Sie schloß die Finger wie eine Handschelle um meinen Bizeps. Sie tat einen gewaltigen Atemzug und hauchte beim Ausatmen: »Dein Vater.«

Eine Krankenschwester schob mich beiseite und legte meiner Mutter die eine Hand auf die Brust und die andere auf die Stirn. »Valerie, Sie müssen sich wieder hinlegen. Das ist ein Befehl.« Sie zog die Laken glatt, stellte sich als June Cook, Oberschwester der Intensivstation, vor und griff nach der Hand meiner Mutter. »Wir gehen jetzt raus, Valerie, damit Sie sich ein wenig ausruhen können.«

»Man nennt sie Star«, sagte ich.

Meine Mutter fuhr sich mit der Zunge über die Lippen und sagte: *»Rob. Ert.«* Dann fielen ihr die Augen zu, und sie war sofort eingeschlafen.

Vor der Kabine wackelte Onkel Clark an der Vorhangreihe entlang. Er trug schwarzweiße Schuhe wie dereinst Cab Calloway.

»Wo will er hin?« fragte ich.

»Essenszeit«, sagte Nettie. »Das heißt, er hat schon das Gefühl, zu spät zu kommen.«

Auf dem Weg hinaus zog ich meinen Blazer aus, faltete ihn zusammen, legte ihn in die Reisetasche und zog den Reißverschluß zu.

19

In der Besuchercafeteria stellte Nettie ihre Tasche auf einen Tisch und holte in Folie verpackte Sandwiches und eine Tupperdose mit Kartoffelsalat heraus. »Unsinn, gutes Geld für Cafeteriafraß rauszuschmeißen.«

Clark schaufelte Kartoffelsalat auf seinen Teller, teilte eine mikroskopisch kleine Portion ab und hob sie zum Mund. »Wann bist du reingeschneit, Neddie, vor ein paar Tagen?«

»Heute morgen«, sagte ich.

Er legte den Kopf schief. »Ehrlich? Ich hab was von einem Pokerspiel gehört, bei dem's um eine Menge Geld ging.«

May warf mir einen anerkennenden Blick zu.

»Ich spiele nie Poker.« Ich biß in ein Roastbeefsandwich.

»Wo hast du bloß so was gehört?« fragte Nettie.

»Auf meiner Runde.«

»Aha.« Nettie sah mich augenrollend an. »Der alte Narr kommt kaum noch die Treppe hoch, aber in seine Stammkneipen schafft er es problemlos. Wenn er einen Tag mal nicht käme, würden die da bestimmt denken, er ist tot umgefallen.«

»Neddie, hast du eine Menge Geld gewonnen?« erkundigte sich Tante May.

»Ich habe überhaupt gar kein Geld gewonnen«, sagte ich.

»Wo hat das Spiel stattgefunden?«

Clark nahm einen winzigen Biß von seinem Sandwich. »Drunten in der Speedway Lounge. Meine Freunde da behandeln mich fürstlich. Wie einen König.«

»Freunde wie dieser Pennbruder Piney Woods, schätze ich.«

Clark bugsierte eine weitere Miniportion Kartoffelsalat auf seine Gabel. »Piney tut wirklich niemand was zuleide. Ned, ich hoffe doch sehr, dich in den nächsten Tagen mit Piney Woods bekanntmachen zu können. Ich halte ihn für einen Mann von Welt.« Er beförderte den Happen Kartoffelsalat in den Mund. »Übrigens war's Piney, der mir von deinem Pokergewinn erzählt hat.«

»Wieviel war's denn?« fragte May. »'ne Menge wie ein Tausender, oder ziemlich viel, wie ein Hunderter?«

»Ich hab überhaupt kein Geld gewonnen«, wiederholte ich. »Ich bin heute morgen hier angekommen und gleich ins Krankenhaus gefahren.«

»Joy hat mir erzählt...«, sagte May.

»Du hast doch gehört, was er gesagt hat«, unterbrach Clark sie. »Joy sieht wirklich nicht mehr gut.«

»Wie geht es Tante Joy und Onkel Clarence eigentlich?« fragte ich.

»Clarence und Joy kommen nicht viel raus«, sagte May.

Clark knabberte an seinem Sandwich. »So könnte man's auch formulieren. Mein Rat lautet: Stirb jung, solange es noch Spaß macht.« Er inspizierte den Inhalt meines Tellers. »Ein Junge wie der kann einem die Haare vom Kopf fressen.«

»Ich würde euch gern beim Einkaufen und Kochen helfen und so weiter.«

»Ist das jetzt dein Beruf, Ned? Du arbeitest als Koch?«

»Ich arbeite als Programmierer bei einer Softwarefirma in New York«, sagte ich. An seiner Miene war abzulesen, daß er die Begriffe »Programmierer« und »Software« nie zuvor gehört hatte. »Wir machen Dinger, die Computern sagen, was sie tun sollen.«

»Fabrikarbeit sorgt immerhin dafür, daß man nicht auf dumme Gedanken kommt.« Er biß eine winzige Ecke von seinem Sandwich ab, legte den Rest auf den Teller und kam richtig in Fahrt. »Das Problem heutzutage ist, daß die jungen Leute nichts tun, als auf der Straße rumzuhängen. Ich gebe den Eltern die Schuld. Die sind zu selbstsüchtig, um ihren Kindern die nötige Disziplin beizubringen. In unserer Familie steht es da am schlimmsten; traurig, aber wahr.«

Er hätte stundenlang so weiterreden können. »Erzähl mir von heute morgen, Onkel Clark. Ich weiß noch immer nicht genau, was eigentlich geschehen ist.«

Er lehnte sich zurück und schenkte mir sein schönstes Grinsen. »Selbst jemand wie Carl Lewis hätte noch im Sessel gehockt, als ich schon fast die ganze Notrufnummer gewählt hatte. Damit hab ich dem Mädel das Leben gerettet.«

»Gegen sechs Uhr morgens hat es an der Tür geläutet«, sagte Nettie. »Ich bin um die Zeit immer schon wach, weil ich so schlecht schlafe. *Das ist Star,* sagte ich mir, *das arme Kind braucht die liebevolle Fürsorge ihrer Blutsverwandten.* Ich hab gespürt, wie sich in meinem Bauch sofort Kummer eingenistet hat.«

»Das Blut der Dunstans.« Clark nickte mir zu.

»Als ich die Tür aufgemacht hab, Neddie, ist mir deine Mutter geradewegs in die Arme gefallen. Nie im Leben hätte ich gedacht, daß ich sie einmal in einem derart schlimmen Zustand sehen würde. Deine Mutter war immer eine ganz, ganz hübsche Frau, obwohl sie sich so gehen ließ.«

»Ein paar Pfunde mehr schaden dem Aussehen einer Frau nie«, sagte Clark.

»Es waren nicht die zugenommenen Pfunde, und es war auch nicht das Grau in ihrem Haar. Sie hatte Angst. ›Du machst dir Sorgen wegen irgendwas, das ist sonnenklar‹, hab ich zu ihr gesagt. Das arme Ding meinte, es müsse sich erst einmal hinlegen. ›Na gut, Liebes‹, hab ich gesagt, ›ruh dich jetzt auf dem Sofa aus, während ich dir dein altes Bett mache. Frühstück bekommst du, wenn du ausgeschlafen hast.‹ Sie hat mich gebeten, ihr Adreßbuch aus der Reisetasche zu holen und dich in New York anzurufen. Natürlich hatte ich deine Nummer schon längst in der Küche angeheftet.

Ich hatte zwar das Gefühl, du wärst schon unterwegs, Neddie, aber ich hätte nie gedacht, wie nah du warst! Nach dem Anruf hab ich Kaffee gekocht und bin raufgegangen, um das Bett frisch zu beziehen. Als ich wieder runtergekommen bin, lag sie nicht mehr auf dem Sofa. Also bin ich in die Küche gegangen. Keine Spur von Star. Urplötzlich ist die Haustür auf und zu gegangen.

Ich bin ins Wohnzimmer gerannt, aber da ist sie schon wieder aufs Sofa zumarschiert. Hat mir gesagt, daß ihr schwummrig geworden ist und sie deshalb ein bißchen an der frischen Luft war.«

Mit übertriebener Geste schüttelte sie den Kopf. »Ich hab ihr da schon nicht geglaubt, aber jetzt glaub ich ihr noch weniger, obwohl es mir weh tut, ihrem eigenen Sohn so was sagen zu müssen. Sie hatte draußen nach jemandem gesucht. Oder sie hatte jemanden kommen sehen.«

»Was Joy betrifft...«, sagte May.

Nettie warf ihrer Schwester einen Blick zu, um dann gleich wieder mir in die Augen zu sehen. »›Was ist los, Liebes? Du kannst es mir ruhig sagen‹, hab ich sie gefragt; und sie: ›Tante Nettie, ich hab Angst, daß was Schlimmes passieren könnte.‹ Dann hat sie mich gefragt, ob ich dich angerufen hätte. ›Dein Junge ist schon unterwegs‹, hab ich gesagt, und da hat sie die Augen geschlossen und ist eingeschlafen. Ich hab mich eine Weile neben sie gesetzt und bin dann wieder in die Küche.«

Clark, der seine Chance erkannte, beugte sich vor. »Ich bin runtergekommen und hab eine Frau auf meinem Sofa liegen sehen! Was zum Donnerwetter soll das, frage ich mich, komme vorsichtig näher und beuge mich über sie, um richtig hinschauen zu können. ›Hallo, Clark‹, hat sie gesagt, und dann war sie schon wieder hinüber.«

»May ist rübergekommen, und ich hab uns allen ein gutes Frühstück gemacht. Nach einer Weile ist Star in die Küche gekommen und hat uns freundlich angelächelt. ›Ich hab vorhin schon gedacht, ich seh dein liebes Gesicht, Onkel Clark, aber da hab ich gemeint, ich träume‹, hat sie gesagt und sich an den Tisch gesetzt, hat aber nicht den kleinsten Bissen zu sich genommen.«

»Die beiden da sind für sie eingesprungen«, sagte Clark. »Die futtern wie die Scheunendrescher.«

»Ich nicht«, sagte May, »ich bringe gerade genug runter, um am Leben zu bleiben.«

»Sie hat inzwischen besser ausgesehen, aber irgendwas war mit ihr nicht in Ordnung. Ihre Haut hatte einen grauen Schimmer, und in ihren Augen war kein bißchen Glanz. Das Schlimmste war, daß ich sehen konnte, wieviel *Angst* sie hatte.«

»Das Mädel hat nie vor irgend etwas Angst gehabt«, sagte Clark großspurig. »Sie wußte, daß sie krank ist; das war's, was du gesehen hast.«

»Sie wußte, daß sie krank ist, aber außerdem hatte sie Angst um Neddie.«

»Um mich?« sagte ich.

»Clark hat es auch gehört, aber nicht drauf geachtet, weil es doch nicht um sein Gesicht ging.«

»Was hat sie denn gesagt?« Mir kam der Gedanke, daß meine Mutter mir bereits einen Hinweis gegeben haben könnte.

»›Meinem Sohn kann etwas Furchtbares zustoßen, und das muß ich verhindern.‹ Das hat sie gesagt.«

»Ich bin ja nicht taub«, brummte Clark.

20

Ein paar Minuten später nutzte ich eine kurze, eher untypische Pause dazu, um zu fragen, ob meine Mutter sonst noch irgend etwas über die furchtbare Sache gesagt hätte, vor der sie mich schützen wollte.

»Es war nicht viel«, sagte Nettie. »Ich glaube, sie hätte es selbst nicht erklären können.«

»Sie hat gefragt, wie ich ohne James auskomme«, sagte May. »Star war nämlich zu seiner Beerdigung hier.« Ein finsterer Blick erinnerte mich daran, daß ich abwesend gewesen war. »Sie hat überhaupt nicht mehr so lebhaft und humorvoll ausgesehen wie früher. Ich weiß noch, wie sie Nettie gebeten hat, Kontakt mit ein paar von ihren alten Freundinnen aufzunehmen. Dann ist sie zum Küchentresen rübergegangen und hat so einen komischen *überraschten* Laut von sich gegeben. Und dann ist sie – plumps! – auf den Boden gefallen. Ich schwöre dir, ich hab gedacht, sie hat uns für immer verlassen. Clark war wie der Blitz am Telefon.«

»Superman ist nichts dagegen«, sagte Clark.

Ich atmete tief durch. »Das klingt jetzt vielleicht seltsam, aber hat sie irgend etwas über meinen Vater gesagt?«

May und Nettie starrten mich an; Clark klappte der Mund auf, so daß er ziemlich debil aussah.

»Ich glaube, sie will mich wissen lassen, wer er war.« Ein unwiderstehlicher Einfall schoß mir ins Hirn, und ich beugte mich vor. »Sie wollte mich hier haben, bevor es zu spät ist. Sie wollte nicht, daß ich mir bis ans Lebensende Gedanken über ihn mache.«

Clark sah verblüfft drein. »Warum, um Himmels willen, solltest du dir darüber Gedanken machen?«

»Seit deiner Geburt hat Star nie ein Wort über deinen Vater verlauten lassen«, sagte Nettie.

»Wahrscheinlich hat sie es immer wieder hinausgeschoben und hinausgeschoben, bis sie gemerkt hat, daß die Zeit knapp wurde.«

Die Tanten wechselten einen Blick, den ich nicht recht deuten konnte. »Ihr müßt das Gefühl gehabt haben, daß meine Mutter Schande über eure Familie gebracht hat. Ihr habt sie aufgenommen, und ihr habt mir ein Zuhause geschenkt. Tante Nettie, Tante May, ich bin euch dankbar für alles, was ihr getan habt. Aber ich schäme mich nicht dafür, daß Star bei meiner Geburt nicht verheiratet war.«

»Wovon redest du da eigentlich?« sagte Clark.

»Star hat nie Schande über unsere Familie gebracht«, sagte Nettie.

»Damals müßt ihr aber der Meinung gewesen sein, daß ihr etwas zu verbergen hattet…« Ich brach den Satz angesichts des völligen Unverständnisses in ihren Gesichtern einfach ab.

May machte Anstalten, ein paar Dinge geradezurücken. »Neddie, Star war verheiratet, als sie dich bekommen hat.«

»Nein, war sie nicht«, sagte ich. »Genau davon rede ich ja.«

»Natürlich war sie verheiratet«, insistierte Nettie. »Sie ist mal wieder wie üblich abgehauen, aber als sie etwa eine Woche vor der Entbindung zurückgekommen ist, war sie eine verheiratete Frau. Ihr Mann hatte sie verlassen, aber die Dokumente hab ich mit eigenen Augen gesehen.«

Alle drei betrachteten mich mit unterschiedlichen Graden der Mißbilligung, ja der Entrüstung.

»Warum hat sie mir nie davon erzählt?«

»Eine Frau muß ihren Kindern nicht erzählen, daß sie 'nen anständigen Stammbaum haben.«

Tausend seltsame Gefühle blitzten in meiner Brust auf wie winzige Feuerwerksraketen. »Wieso hat sie mir dann ihren Nachnamen gegeben und nicht seinen?«

»Du warst mehr ein Dunstan als das, was immer er gewesen ist. *Sein* Name war von keinerlei Bedeutung.«

»Habt ihr die Dokumente noch?«

»Die dürften schon lange verschwunden sein.«

Ich stimmte schweigend zu. Mit Ausnahme ihres Führerscheins behandelte meine Mutter amtliche Papiere mit einem Leichtsinn, der die Grenze zur Sorglosigkeit weit überschritten hatte.

»Also, schauen wir mal, ob ich alles richtig verstanden habe«, sagte ich. »Sie ist mit einem Mann, den ihr nicht kanntet, von zu Hause weggegangen, hat ihn geheiratet und wurde schwanger. Dann hat ihr Mann sie kurz vor meiner Geburt verlassen.«

»So ähnlich war es, ja«, sagte Nettie.

»Und wie war es genau?«

Nettie schürzte die Lippen und faltete die Hände im Schoß. Entweder versuchte sie, sich genau zu erinnern, oder sie brachte die Geschichte nur in eine akzeptable Form. »Ich weiß noch, daß sie die Sache so dargestellt hat: Ein paar Monate, nachdem sie von ihrer Schwangerschaft erfahren hatte, ist der Kerl abgehauen. Sie hätte zwar ohne weiteres wieder bei uns einziehen können, doch statt dessen ist sie woanders hingefahren... wohin, weiß ich nicht mehr, aber eine ihrer Freundinnen ist dort wohl aufs College gegangen. Jedenfalls hat sie zu der Zeit nicht bei mir gewohnt. Sie hat sich mit einer Studentenclique rumgetrieben, die weiß Gott was machte.«

Die Frauen erhoben sich. Eine Sekunde später folgte ich ihrem Beispiel. »Wollte Star nicht, daß wir ihre Freundinnen anrufen?«

Nettie rammte das Glas Pickles in ihre Tasche. »Die meisten von denen hatten keine Ahnung, wie man sich in einem anständigen Haus benimmt. Außerdem sind sie wahrscheinlich schon vor Ewigkeiten umgezogen.«

»Sie muß an jemand Bestimmten gedacht haben.«

»Wenn du deine Zeit vergeuden willst: Hier ist ihr Adreßbuch.« Sie wühlte im Inhalt ihrer Tasche und fischte ein abgenutztes, in schwarzes Leder gebundenes Büchlein heraus, das wie ein kleines Tagebuch aussah.

Clark stand schon an der Tür zur Halle und beobachtete gereizt, wie May versuchte, ihre Krücke von einem Stuhl zu lösen. Nettie wallte würdevoll davon. Ich kniete mich hin, um die

Krücke zu befreien, und legte sie dann in Mays ausgestreckte Hand.

»Tante May«, sagte ich, »was hat Joy dir heute morgen erzählt?«

»Oh. Das haben wir doch schon geklärt. Joy hat sich geirrt.«

»Inwiefern?«

»Ich hab zu ihr gesagt: ›Joy, darauf kommst du nie – Star ist bei Nettie drüben.‹ Und sie: ›Ich weiß schon, ich hab sie mit eigenen Augen vor dem Haus stehen und mit ihrem Jungen sprechen sehen. Der hat sich aber zu einem gutaussehenden jungen Mann gemausert!‹«

»Das beweist wohl endgültig, daß ich es nicht gewesen sein kann«, sagte ich.

»Nein, das tut es nicht«, sagte sie, »aber was anderes. Wenn Star dich vor dem Haus getroffen hätte, hätte sie Nettie nicht gebeten, dich anzurufen.«

21

Stars Adreßbuch war ein vielfach revidiertes Zeugnis ihrer Verwandlungen und der ihrer Bekannten über einen offenbar sehr langen Zeitraum hinweg. Ich stand neben den Telefonen im Erdgeschoß, blätterte durchs Chaos und suchte nach der Vorwahl von Edgerton. Dabei fand ich drei Namen, von denen einer einem Menschen gehörte, der bei Nettie und May in äußerster Ungnade war.

Ich wählte seine Nummer als erstes. Eine Reibeisenstimme sagte: »Leihhaus.« Als ich fragend seinen Namen nannte, sagte er: »Wen haben Sie erwartet – Harry Truman?« Der Eindruck, Nettie und May könnten den Mann ihrer verstorbenen Schwester zu recht verachten, verschwand, sobald ich ihm alles erklärt hatte. »Ned, das ist ja furchtbar. Wie geht es ihr?«

Ich sagte ihm, was ich wußte.

»Hör mal«, sagte Toby Kraft, »ich hab Leute von auswärts hier wegen eines großen Immobiliengeschäfts. Ich bin dabei zu expandieren, verstehst du? Aber ich komme, sobald ich kann. He, dich will ich natürlich auch wiedersehen, Kleiner; wir haben uns ja ewig nicht gesehen.«

Bevor er auflegen konnte, sagte ich: »Toby, Star wollte, daß wir ihre alten Freundinnen anrufen, und ich dachte, du weißt vielleicht was über zwei bestimmte Leute, die in ihrem Adreßbuch stehen.«

»Mach's kurz«, sagte er.

Ich nannte den ersten der Namen in Edgerton. »Rachel Milton?«

»Vergiß es. In der guten alten Zeit hieß sie Rachel Newborn. Hat an der Albertus studiert. Hübsche Titten. Rachel war in Ordnung, bevor sie dieses Arschloch Grennie Milton geheiratet hat und raus nach Ellendale gezogen ist.« Er legte die Hand über die Muschel und sagte etwas, das ich nicht verstand. »Kleiner, ich muß auflegen.«

»Nur noch ein Name. Suki Teeter.«

»Ja, Suki kannst du anrufen. Was Titten betrifft, war sie der Champion. Die beiden haben sich gemocht, Suki und deine Mutter. Alsdann.«

Ich ließ das Telefon der einstigen Busenkönigin sechsmal läuten und dann noch zweimal, ohne daß sich ein Anrufbeantworter eingeschaltet hätte. Ich wollte schon auflegen, als sie beim zehnten Läuten abhob. Suki Teeter hielt genauso wenig von konventionellen Begrüßungen wie Toby Kraft.

»Freundchen, wenn Sie Geld wollen, ist das leider die falsche Nummer.« Die unterschwellige Ironie in ihrer Stimme zog alles in eine kleine Komödie: die Zeit, die sie sich bis zum Abheben genommen hatte, den unbekannten Anrufer, ihre finanzielle Lage und alle, die kleinkariert genug waren, daran Anstoß zu nehmen.

Ich sagte ihr, wer ich sei.

»Ned Dunstan? Das ist ja kaum zu glauben. Wo sind Sie, hier in der Stadt? Hat Star Ihnen meine Nummer gegeben?«

»Gewissermaßen«, sagte ich. »Ich rufe aus dem St. Ann's an.«

»Star ist im Krankenhaus?«

Ich beschrieb, was am Morgen geschehen war. »Vor dem Schlaganfall hat sie noch gesagt, wir sollten ihre Freundinnen anrufen und sie informieren, falls ein Notfall eintritt. Vielleicht wollen Sie herkommen. Es könnte ihr guttun.« Ohne Vorwarnung stürmte der Kummer durch meine Abwehrmechanismen und preßte mir die Brust zusammen. »Tut mir leid«, sagte ich, »das wollte ich Ihnen nicht antun.«

»Mir macht es nichts, wenn Sie weinen«, sagte sie. »Ist sie bei Bewußtsein?«

Die Frage half mir, mich wieder zu fangen. »Ja, wenn sie nicht gerade schläft.«

»Ich komme, sobald ich mich zusammengerafft hab. Wen haben Sie noch angerufen?«

»Toby Kraft. Und ich hab da noch einen Namen: Rachel Milton.«

»Tatsächlich? Das wundert mich aber. Vielleicht sind die beiden Freundinnen geblieben, keine Ahnung. Alle anderen hat Rachel jedenfalls gründlich fallengelassen. Ned? Ich hoffe, wir können uns ein wenig unterhalten.«

Mit honigsüßer Stimme erklärte mir die Frau, die meinen Anruf am Telefon der Miltons entgegennahm, sie werde Mrs. Rachel mitteilen, daß jemand sie zu sprechen wünsche. Wer ich wohl sei? Ich nannte meinen Namen und fügte hinzu, ich sei der Sohn einer alten Freundin. Die Leitung verstummte für ein paar Minuten. Als Rachel Milton sich schließlich meldete, klang sie nervös, ungeduldig und gelangweilt.

»Bitte *verzeihen* Sie, daß Sie so lange warten mußten. Lulu ist im ganzen Haus herumgelaufen, um mich zu suchen, statt einfach die Sprechanlage zu benutzen.«

Ich war fast sicher, daß sie zwei Minuten für die Entscheidung gebraucht hatte, ob sie meinen Anruf entgegennehmen sollte oder nicht.

»Wollten Sie mir etwas mitteilen?«

Nachdem ich alles erklärt hatte, schnalzte Rachel Milton leise mit der Zunge. Mir stand geradezu plastisch vor Augen, wie sich die Räder in ihrem Kopf drehten. »Ich hoffe, Sie werden mich nicht für herzlos halten, aber heute schaffe ich es einfach nicht mehr. In etwa fünf Minuten werde ich beim Vorbereitungskomitee für unser Stadtjubiläum erwartet, aber grüßen Sie Ihre Mutter bitte von mir. Sagen Sie ihr, ich werde sie besuchen, sobald es irgend geht.« Offenbar der Wunsch, nicht unnötig brüsk zu klingen, ließ sie hinzufügen: »Danke für Ihren Anruf, und ich hoffe, daß Star sich bald wieder erholt. So, wie's mir geht, werd ich wahrscheinlich auch bald im Krankenhaus landen!«

»Ich könnte Ihnen ein Zimmer im St. Ann's reservieren«, sagte ich.

»Grenville, mein Mann, würde mich umbringen. Er ist im Lawndale Hospital im Vorstand. Sie sollten hören, wie er über die ganzen Bundesmittel wettert, die ins St. Ann's fließen. Die sollten damit in der Lage sein, die Toten wiederzuerwecken, kann ich nur sagen.«

Als Rachel Milton aufgelegt hatte, schob ich die Hände in die Hosentaschen und ging an der Glaswand des Geschenkladens entlang. Ein paar Männer und Frauen in Bademänteln saßen auf den gepolsterten Bänken an der Seite der gewaltigen grauen Halle; vor der Rezeption stand eine Handvoll Leute Schlange.

Ein kleiner blonder Junge mit fröhlichen blauen Augen beobachtete von seinem Buggy aus mein Nahen. Sein T-Shirt war mit einem rosa Dinosaurier geschmückt. Wenn ich Babys und kleine Kinder sehe, bin ich immer ganz weg von ihrem Charme. Ich kann's nicht ändern – ich liebe es, wenn sie mir in die Augen schauen und einen verwandten Geist entdecken. Ich zappelte mit den Fingern und zog ein idiotisches Gesicht, das bei früheren Gelegenheiten immer ein Volltreffer gewesen war. Der kleine Junge juchzte vor Vergnügen. Die großgewachsene, selbstbewußt aussehende Frau neben ihm blickte nach unten, zu mir hoch und dann wieder zu dem Kind, das inzwischen »Bill! Bill!« brüllte und sich aus dem Buggy zu stemmen versuchte. »Schatz«, sagte sie, »das ist nicht Bill.«

Im ersten Augenblick wirkte sie auf mich wie der Frauentyp, der in den kleinen, lokalen Fernsehsendern die Nachrichten moderiert, aber dieser Eindruck verschwand, als mir bewußt wurde, welche Intelligenz ihr frappierendes, ja frappierend schönes Äußeres ausstrahlte. Schönheit und Intelligenz bildeten eine untrennbare Einheit. Ich sah ihre lebhaften hellbraunen Augen auf mir ruhen, sah sie darüber lächeln, wie sich ihr Sohn abmühte, dem Buggy zu entkommen und sich auf mich zu stürzen, und dachte: Wenn diese Frau überhaupt mit etwas zu vergleichen ist, dann mit einem blonden, besonders wachsamen weiblichen Panther. Eine Erkenntnis blitzte in ihren Augen auf. Sie hat alles gesehen, was mir gerade durch den Kopf ging, dachte ich.

Meine Bewunderung war so offenkundig, daß ich wahrscheinlich errötet wäre, hätte sie mich nicht geradezu bewußt losgelassen, um sich ihrem Sohn zuzuwenden. Der entstehende Freiraum gab mir Gelegenheit, die Perfektion zu registrieren, mit der ihr das dunkelblonde Haar wie ein Schleier übers Gesicht fiel. Dazu kam die exquisite Schlichtheit ihrer blauen Seidenbluse und ihres weißen Leinenrocks. Zwischen den braven Bürgern von Edgerton in ihren formlosen T-Shirts und Shorts, die mit ihr an der Rezeption anstanden, sah sie unangemessen exotisch aus. Sie lächelte mich an, und wieder sah ich, daß mindestens die Hälfte ihrer glatten, schutzschildähnlichen Schönheit aus der Intelligenz bestand, die sie durchströmte.

»Das ist ein wunderschöner Junge«, sagte ich, außerstande, das Wort zu vermeiden.

Der wunderschöne Junge bemühte sich noch immer, die Füße aus den Riemen des Buggys zu ziehen, wobei er einen blauen Turnschuh mit Klettverschluß abstreifte. »Danke«, sagte sie. »Der Mann da ist sehr nett, Cobbie, aber Bill ist es nicht.«

Ich stützte mich mit den Händen auf die Knie, und der Junge drehte sich um und starrte mir ins Gesicht. Seine Augen verdunkelten sich vor Verwirrung, klarten dann aber wieder auf. Er gluckste.

»Ach, jetzt geht's ja endlich weiter«, sagte die Frau.

Ich richtete mich auf und winkte zum Abschied. Cobbie winkte aufgeregt zurück, und sie warf mir einen Blick zu, der mich bis zur Tür der Halle und weiter hinaus ins Sonnenlicht wärmte. Jenseits der niedrigen Steinmauer am anderen Ende des Parkplatzes fiel das Gelände zum Ufer des trägen, graubraunen Mississippi hin ab. Es kam mir in den Sinn, daß der Fluß an der westlichen Flanke der Stadt entlangkroch wie ein trauriges Geheimnis. Ich fragte mich, ob meine Tanten wohl alte Geschichten aus den Tagen kannten, als Edgerton noch eine richtige Hafenstadt gewesen war. Dann überlegte ich mir törichterweise, ob ich die Frau aus der Halle wohl wiedersehen würde. Was würde dann geschehen? Sie hatte ein Kind, also auch einen Mann, und das Zusammentreffen mit ihr hatte für mich nicht mehr zu bedeuten als eine angenehme Ablenkung von meiner Angst um meine Mutter. Es mußte mir genügen, daran erinnert worden zu sein, daß solche Menschen wirklich existierten.

22

Im Hinblick auf die vor mir liegenden Nächte betrat ich den Geschenkladen, um mich mit ein paar Kriminalromanen und Schokoriegeln zu versorgen. Die weißhaarige Aushilfe an der Kasse forschte auf dem Einband nach dem jeweiligen Preis und ließ einen Finger über der Tastatur kreisen.

Hinter mir sagte eine Kinderstimme: »Du – bist – nicht – Bill!« und brach in Kichern aus. Als ich mich umdrehte, sah ich in ein vertrautes Paar tanzender blauer Augen. In einer Hand hielt Cobbie einen Turnschuh, in der anderen einen neuen Teddybären.

»Tatsächlich?« Während ich seine Mutter anlächelte, kam ihre Attraktivität mir noch deutlicher wie ein Schutzschild vor, hinter dem sie unbemerkt abschätzen konnte, welche Reaktionen sie hervorrief.

»Da wären wir ja wieder«, sagte sie.

»So, wie das Krankenhaus hier konstruiert ist, trifft man früher oder später alle Leute wieder.«

»Wissen Sie, wie man zur Intensivstation kommt? Ich war noch nie hier.«

»Die ist im zweiten Stock«, sagte ich. »Folgen Sie mir.«

Die Frau hinter der Kasse zählte mein Wechselgeld ab und schob die Taschenbücher und Schokoriegel in eine Tüte. Ich trat beiseite, um die Mutter des Jungen vorzulassen. »Was kosten die Teddybären?« fragte sie.

Die Kassiererin stierte das Kind an, das voller Übermut zurückstierte. »Auf der Intensivstation dürfen die Patienten weder Geschenke noch Blumen entgegennehmen.«

»Der Bär ist für ihn.« Sie wühlte in ihrer Handtasche. »Als Belohnung, weil er sich so gut benimmt. Vielleicht will ich ihn auch bestechen, keine Ahnung. Unser sonst so zuverlässiger Babysitter hat uns heute nachmittag im Stich gelassen.«

Der Junge zeigte auf mich und sagte: »Du – bist – nicht – nicht – nicht – Bill!«

»Klar bin ich's«, sagte ich.

Der Junge preßte den Turnschuh und den Teddybären an die Brust und brüllte vor Lachen. Ach, endlich Anerkennung. Ich versuchte, mich an seinen Namen zu erinnern, der mir aber nicht mehr einfiel. Er fixierte mich und sagte: »Bill fährt auf einem *Rasenmäher!*«

»Nein, *du* fährst auf einem Rasenmäher«, sagte ich. Widerspruch ist das wichtigste Prinzip, um an den Humor eines Vierjährigen zu appellieren. Gemeinsam verließen wir den Laden und gingen auf die Aufzüge zu.

»Ihr neuer Busenfreund heißt Cobbie, und ich bin Laurie Hatch«, sagte sie. »Meine Putzfrau wurde gestern hier operiert, und da wollte ich sie kurz besuchen. Wollen Sie auch zu jemandem auf der Intensivstation?«

»Zu meiner Mutter.« Wir kamen zu den beiden geschlossenen Aufzugtüren, und ich drückte den Knopf. »Ned Dunstan. Hallo.«

»Hallo, Ned Dunstan«, sagte sie mit einem leichten Schuß Ironie. Dann sah sie mich nachdenklich, ja fast unpersönlich an. »Den Namen habe ich schon mal gehört. Wohnen Sie hier in der Stadt?«

»Nein, in New York.« Ich blickte zu den erleuchteten Zahlen über den Türen hoch.

»Ich hoffe, Ihrer Mutter geht es gut.«

Cobbie blickte zwischen uns hin und her.

»Sie hatte einen Schlaganfall«, sagte ich. Einen Moment lang betrachteten wir beide den gelb leuchtenden Knopf mit dem nach oben zeigenden Pfeil. »Bei Ihrer Putzfrau muß es sich um Mrs. Loome handeln.«

Sie warf mir ein erstauntes Lächeln zu. »Kennen Sie sie?«

»Nein, aber meine Tanten kennen sie«, sagte ich.

Inzwischen hatten sich allmählich weitere Besucher zu uns gesellt. Gemeinsam beobachteten wir, wie die Ziffer über dem linken Aufzug von der Drei auf die Zwei umsprang. Als die Eins aufblitzte, strebten alle nach links. Hinter den aufgehenden Türen wurde eine dicht gedrängte Meute sichtbar. Noch während diese herausströmte, schoben die Wartenden sich bereits vorwärts. Laurie Hatch zog sich samt Buggy aus der Menschenmenge zurück.

»Wie heißt du?« sagte Cobbie.

»Ned.« Auf der Anzeige über dem rechten Aufzug blitzte die Zwei auf und verwandelte sich dann in eine Eins.

Die Türen der vollbeladenen Kabine schlossen sich. Ein oder

zwei Sekunden später gingen die rechten Türen auf. Heraus kam ein von einem Arbeiter geschobener Karren. Der Mann starrte Laurie an, warf einen Blick auf Cobbie und grinste mich bedeutungsvoll an, während ich den beiden in die Kabine folgte. »Ziehen Sie bloß keine voreiligen Schlüsse«, sagte ich.

»Ich zieh nichts, und eilig hab ich's schon gar nicht«, konterte er. Wir mußten beide lachen.

Cobbie schwenkte den Teddybären. »Er heißt auch Ned. Ned Bär.«

»Ach, Cobbie.« Laurie kniete sich hin, um ihm den Turnschuh anzuziehen.

Cobbie beugte sich über den Riemen des Buggys und intonierte in seiner tiefsten Stimme: *»Ich zieh nix, und eilig hab ich's schon gar nich.«*

Der Aufzug kam zum Halten, und die Türen gingen auf. Laurie blickte mich verlegen an. »Ich weiß gar nicht, woher er das hat.« Sie schob den Buggy in den Korridor und wandte sich zur falschen Seite. Ich gestikulierte in Richtung der Intensivstation. »Er schnappt einfach Sachen auf und wiederholt sie unablässig.«

Ich sah zu Cobbie hinab. Er fixierte mich mit einem komischen Blick voll erwachsener Bedeutungsschwere und brummte: *»Und EILIG hab ich's schon GAAH NICH.«*

»Offenbar hat er einen Kassettenrecorder eingebaut.«

»Er hat ein tolles Gehör«, sagte ich grinsend. »Wenn er es als Komiker nicht schafft, kann er immer noch Musiker werden.«

»Das brächte seinen Vater an den Rand eines Herzinfarkts.« Sie überraschte mich mit einem Blick, der derart ressentimentgeladen war, daß er sich anfühlte wie ein Brandeisen auf der Haut. »Wir leben getrennt.«

Wir blickten beide zu Boden. Cobbie hielt sich das Ohr des Teddybären an den Mund und flüsterte, er habe es gar nicht eilig. »Er hätte sogar was dagegen, daß ich Cobbie hierher mitnehme.«

»Schätzt Ihr Mann dieses Etablissement etwa nicht besonders?«

»Stewart ist im Vorstand von Lawndale. Er meint, man muß das Krankenhaus hier nur anschauen, um sich was Übles zu holen.«

»Dann kennt er sicher Grenville Milton«, sagte ich.

Sie blieb stehen und sah mich ebenso erstaunt wie zweifelnd an. »Jetzt sagen Sie bloß nicht, daß *Sie* Grennie Milton kennen!« Sofort milderte Bedauern ihre Miene. »Natürlich gibt es keinen Grund, weshalb Sie ihn nicht kennen sollten, abgesehen davon, daß er nirgendwo hingeht als in den University Club und ins Le Madrigal.«

»Schon gut«, sagte ich. »Seine Frau ist eine frühere Freundin meiner Mutter. Vor etwa fünf Minuten hab ich sie angerufen, um ihr alles zu erzählen, und dabei hat sie erwähnt, ihr Mann sei im Vorstand von Lawndale.«

»Ihre Mutter und Rachel Milton waren befreundet? Ich werde ihr doch nicht etwa gleich in die Arme laufen?«

»Keinerlei Gefahr«, sagte ich.

»Gut. Ach, da ist ja die Intensivstation.«

Ich drückte einen der breiten Türflügel auf, um sie vorgehen zu lassen. Zwick saß auf ihrem Posten und hob kampfbereit den Blick. Ein Schild unter dem Türfenster, das ich bislang übersehen hatte, erklärte mir, warum. »O je«, sagte ich, »wir müssen umdisponieren.« Ich deutete auf das Schild: KEIN ZUTRITT FÜR KINDER.

»O nein«, sagte sie. »Verflixt. Kinder dürfen da nicht rein, Cobbie. Du mußt hier auf mich warten. Es dauert nur ein paar Minuten, ehrlich.«

Er sah zu ihr hoch, erste Anzeichen von Angst im Blick.

»Ich kann dich vor das Fenster stellen, dann kannst du mich die ganze Zeit sehen.«

»Ich bleibe bei Cobbie«, sagte ich. »Kein Problem.«

»Das kann ich Ihnen doch nicht zumuten.«

»Ich will bei Ned und Ned bleiben«, sagte Cobbie übermütig. »Bei dem Ned und bei dem Ned.«

»Zuerst sind Sie mein Reiseführer, dann müssen Sie sich meine Klagen anhören, und jetzt sind Sie auch noch mein Babysitter.«

Tante Nettie wogte heraus und blieb dann abrupt stehen, die Hand noch an der Tür. »Hab ich etwa den falschen Zeitpunkt gewählt, um zum WC zu gehen?«

»Sei nicht töricht, Tante Nettie. Das ist Mrs. Hatch. Sie will zu Mrs. Loome. Wir haben uns unten in der Halle kennengelernt, und ich hab ihr angeboten, bei ihrem Sohn zu bleiben, während sie reingeht. Laurie, das ist meine Tante, Mrs. Rutledge.« Ich konnte nicht umhin, über die Absurdität zu grinsen, mich rechtfertigen zu müssen.

»Tag, Mrs. Rutledge.« Laurie hielt ihren Sinn für das Groteske besser unter Verschluß. »Wenn Ihr Neffe nicht so nett gewesen wär, hätte ich den Weg hierher nie gefunden.«

Cobbie wählte genau diesen Moment, um zu tönen: *»Ich zieh nix, und EILIG hab ich's schon GAAH nich'!«* Er klang ein wenig wie Kingfish aus der alten Serie *Amos 'n' Andy.*

Laurie Hatch stöhnte etwas, das sich nach »Ach, Cobbie« anhörte. Nettie verlagerte ihre Entrüstung auf den Jungen, wurde aber sofort schwach. »Kindermund tut Wahrheit kund. Schatz, wie heißt du denn?«

»COBDEN CARPENTER HATCH!« brüllte Cobbie und ließ sich kichernd in den Buggy zurückfallen.

»Das ist aber mal ein sehr bedeutender Name.« Sie wandte sich blasiert an Laurie. »Bestimmt wird Mrs. Loome sich über Ihren Besuch freuen.«

Laurie lächelte, als sie das Stichwort hörte, tätschelte ihren Sohn am Kopf und verließ uns.

»Mrs. Hatch muß ein gutherziger Mensch sein.« Das war Netties Art, sich zu entschuldigen. Mit einem Lächeln für Cobbie segelte sie davon.

Durchs Fenster konnte ich sehen, wie Laurie Hatch sich der Kabine von Mrs. Loome näherte, während Tante May auf die Schwesterntheke zustapfte. Ich hockte mich neben den Buggy. Dinosaurier waren Cobbies Lieblingstiere, wie ich erfuhr und sein Held war der *Tyrannosaurus rex.* Tante Nettie erschien auch wieder und ging in die Intensivstation. Tante May inspizierte eingehend den Schwesternbereich, beugte sich über die Theke und grabschte einen Hefter von der Schreibfläche. Sie schob den Hefter in ihre Tasche.

»O mein Gott«, sagte ich. Nun war mir klar, was Vince Hardtke zuvor beobachtet haben mußte.

»O mein GOOOT!« intonierte Cobbie. »O mein GOOOT, da kommt meine Mami.«

Tante May ging an der Theke entlang und nahm von einer anderen Stelle einen Notizblock und einen Bleistift mit.

Laurie trat durch die Tür. »Na, habt ihr euch gut unterhalten, während ich weg war?«

»Wie geht es Mrs. Loome?«

»Sie erholt sich gut, ist aber noch sehr erschöpft. Ich besuche sie wieder, wenn man sie in ein normales Zimmer verlegt hat.« Mit funkelnden Augen lachte sie leise auf. »Haben Sie sich bei der Frage Ihrer Tante nicht wie ein Schuljunge gefühlt?«

Was immer ich sagen wollte, verschwand in einem plötzlichen Wirbelwind physischer Empfindungen. Der Körper einer Frau umschlang mich. Haare glitten über mein Gesicht, Zähne knabberten an meinem Hals. Der Duft von Schweiß und Parfüm drang mir in die Nase. Das Lächeln verschwand aus Lauries Gesicht. Meine herabhängenden Hände kneteten die Pobacken der Frau auf mir. Eine Brust bot meinem Mund ihre Warze dar. Meine Zunge leckte daran. Die Frau über mir hob und senkte das Becken, und ich begann, mich in ihr zu bewegen.

»Ned, ist Ihnen nicht gut?«

Ich versuchte, etwas zu sagen. »Mir ist...« Ich schlug die Hände vors Gesicht, und die mich umschlingende Frau verwandelte sich in Rauch. Ich ließ die Hände sinken.

»Entschuldigung.« Ich räusperte mich. »Alles in Ordnung.« Ich wischte mir mit meinem Taschentuch die Stirn und warf Laurie einen Blick zu, der beruhigend aussehen sollte. »Wahrscheinlich hab ich letzte Nacht nicht genug geschlafen.«

»Ich will Sie ungern allein lassen, wenn Ihnen übel ist.«

Alleingelassen zu werden war gerade das, was ich mir am sehnlichsten wünschte. »Ich bin schon wiederhergestellt«, sagte ich. »Ehrlich.« Ich ging zur Tür, die nach draußen führte, und hielt sie auf. Sichtlich noch immer leicht verwirrt, trat Laurie hinter den Buggy. Sie streckte spürbar ihre Fühler nach mir aus. Ich weiß noch, daß sie mir vorkam wie ein großer, golden leuchtender Panther.

»Ihr Gesichtsausdruck gerade eben – es war, als würden Sie die leckerste Eiskrem der Welt essen und davon mitten auf der Stirn ein Stechen spüren. Genuß und Leiden.«

»Kein Wunder, daß Sie dachten, mir sei übel«, sagte ich.

23

Na schön, ich bin gestreßt, sagte ich mir. Zu einem Zeitpunkt, da jeder Gedanke, der sich nicht mit Stars Not beschäftigte, Schuldgefühle in mir aufkommen ließ, hatte eine gutaussehende Fremde namens Laurie Hatch unwissentlich den richtigen Knopf gedrückt und einen zehnsekündigen Kollaps ausgelöst. Und nun stand mir womöglich noch ein bizarrer Absturz bevor. Kaum hatte ich Dr. Barnhills flüchtigen Lagebericht absorbiert, verschwamm er schon wieder. Jenseits von Barnhills Schädel, der einem Marsmenschen alle Ehre gemacht hätte, fiel mein Blick auf eine Frau, die soeben die Intensivstation betrat. Mit ihrer Kleidung – sie trug einen schillernden, hochgeknöpften Kasack über einer losen schwarzen Hose – hätte sie perfekt an die Ecke Tenth Street und Second Avenue gepaßt; und beim Anblick ihres liebenswert spitzbübischen, von einem rötlichbraunen Haarbusch umrahmten Mondgesichts fühlte ich mich gleich besser, noch bevor mir klar wurde, wer sie war. Suki Teeter sah aus wie eine Maharani auf Staatsbesuch. Dr. Barnhill huschte den Gang entlang, und die Maharani rauschte vorwärts wie vom Läuten vieler Glöckchen begleitet.

Nettie und May schwenkten mit der Würde von Ozeandampfern herum und bewegten sich auf den Vorhang zu.

»Sie müssen Suki Teeter sein.« Ich streckte die Hand aus.

»Aber mein Süßer, bitte!« Sie nahm mich überschwenglich in die Arme. Ihr Haar strahlte den schwachen, angenehmen Duft von Pfefferminz und Sandelholz aus. »Ich wäre schon früher hier gewesen, aber ich mußte mit Engelszungen reden, um meinen Wagen aus der Werkstatt zu bekommen!« Sie trat zurück. »Ich bin so froh, daß du mich angerufen hast. Und du bist irgendwie... unglaublich... mein Gott! Du bist ein Wunder, das bist du.«

»Sie – du bist auch ein Wunder.« Das Leuchten in Sukis gütigem Gesicht verstärkte sich. Ihre weit auseinanderstehenden, buchstäblich funkelnden Augen waren von unterschiedlicher Farbe: das rechte war durchscheinend aquamarin, das linke grün wie Jade.

»Erzähl mir alles.«

Ich war fast damit fertig, als Nettie den Vorhang beiseite fegte und mit May im Schlepptau herauswallte. »Tante Nettie«, sagte ich, »kennst du schon Stars alte Freundin Suki Teeter?«

»Durchaus. Sie hat früher gemeint, wenn ich schon keinen Aschenbecher hab, kann sie gleich die Veranda benutzen.«

»Das mit Star tut mir sehr leid, Tante Nettie«, sagte Suki und ging in die Kabine.

Ein paar Minuten später zuckte Netties Kopf vor. Dann schien sie zu versteinern. »Das ist doch nicht die Möglichkeit!«

»Was?«

Nettie strafte mich mit einem Blick, der gemeinhin als »haßerfüllt« bezeichnet wird. »Du hast Toby Kraft angerufen.«

»Ich dachte, er sollte Bescheid wissen«, sagte ich.

Was da in einem häßlichen, fürs Wetter viel zu warmen Jackett mit Karos auf uns zukam, war ein Mann mit einem grauen, pockennarbigen Gesicht, in dem eine Brille mit Flaschenbodengläsern saß, und einem Körperbau wie ein Zigarrenstummel. Das weiße Haar fiel ihm à la George Washington fast bis auf die Schultern herab. Neben dem verschwitzten, barbarisch winzigen Knoten einer ruinierten Krawatte bogen sich die Kragenspitzen eines Hemds hoch, das aussah wie schon eine ganze Woche nicht gewechselt.

»Wer kommt als nächstes?« fragte Nettie. »Mr. John Dillinger?«

»Ach, das ist ja Toby Kraft«, sagte May. »Wenn man vom Teufel spricht...«

Suki Teeter schob den Vorhang auf, und meine Tanten traten im Gleichschritt zur Seite. Der Kummer hatte Sukis angestammtes Strahlen ausgelöscht. Sie schlang die Arme um mich. »Ruf mich heute abend an, ja? Und melde dich vorher, wenn's irgend etwas Neues gibt.« Sie wischte sich die Augen, ohne sie von mir abzuwenden. Die Eigentümlichkeit der unterschiedlichen Augenfärbung suggerierte mir, daß ich zwei Menschen vor mir sah, die beide in demselben Körper wohnten.

Suki riß sich los und machte sich auf den Weg. Toby hatte die Augen, hühnereigroß hinter den dicken Brillengläsern, auf die Vorderseite von Sukis Bluse gerichtet.

»So, wie er hinstiert« sagte May, »könnte man meinen, jemand hätte ihm die Brenngläser von der Nase geklaut.«

Aus der Nähe ließ Tobys Gesicht an Hüttenkäse denken. »Ein guter Kerl, das Mädel. Treu, wie's im Märchenbuche steht. Tagchen, Kleiner. Schön, dich zu sehen. Danke für den Anruf.«

Er bot mir eine dicke weiße Pfote, die üppig mit silberweißem Fell bedeckt war. »Ist es nicht toll, den Kleinen wiederzusehen?« Die Tanten reagierten nicht darauf. Er ließ meine kribbelnde Hand los. »Ich wollte, ich könnte wenigstens mal vierundzwanzig Stunden lang wie dieser Junge aussehen. Mehr brauchte ich gar nicht – nur vierundzwanzig Stunden. Teufel, wenigstens hab ich noch alle meine Haare. Wie geht es Star?«

Ich lieferte ihm einen kurzen Bericht.

»Was 'ne lausige Sache.« Er glättete sich das Haar. »Ich sag ihr, daß ich hier bin.«

»Ich komme mit«, sagte May. Sie nahm ihn am Arm, und die beiden verschwanden hinter dem Vorhang.

»Tante Nettie«, flüsterte ich, »du mußt doch merken, daß May Sachen von den Tischen nimmt. Was geht da vor?«

Sie warf mir einen eher betrübten als zornigen Blick zu und zog mich in einen Winkel des Raumes. »Laß mich dir mal ein paar Dinge erklären, die du wissen solltest. Was deine Tante May tut, geht dich gar nichts an. Sie ist eben eine Elster. Das schadet niemandem. Was hat sie denn stibitzt?«

»Einen Hefter«, sagte ich, »ein paar Bleistifte und Papier. Aber darauf kommt es...«

»Wenn die Leute hier Bürosachen brauchen, gehen sie ins Lager und bekommen umsonst, was uns im Laden zehn Dollar kosten würde. May trägt dazu dabei, die Dinge wieder ins Lot zu bringen. Außerdem bist du ein Dunstan. Du mußt zu deinen Leuten halten.«

Dazu fiel mir wirklich nichts ein.

Netties Kraftfeld verlor den größten Teil seiner Intensität. »Jetzt will ich dich mal beruhigen. Meine Schwester ist zwar auf den Beinen nicht so schnell, aber fixe Hände hat sie immer noch. May ist die beste Elster der Welt, daran hat sich auch seit Queenies Tod nie was geändert.«

»Seit Queenies Tod?«

»Die war die Königin der Elstern. Was meinst du, woher sie ihren Spitznamen hatte? Wenn deine Großmutter einfach irgendwo einen Geschirrspüler auf einen Karren gepackt und noch 'nen Farbfernseher obendrauf gestellt hätte, dann hätte ihr der Geschäftsführer am Ausgang die Tür aufgehalten und ihr einen angenehmen Tag gewünscht.«

Während wir zu Kabine fünfzehn zurückschritten, müssen wir äußerlich ein Bild der Harmonie geboten haben. Nettie strahlte die Befriedigung eines Menschen aus, der eine schwierige Aufgabe gemeistert hat, und mir gelang es irgendwie, mich aufrecht zu halten.

Toby kam heraus und rieb sich mit den Fingern an seiner faltigen Wange. Bei ihm konnte das als Ausdruck der Melancholie gelten. »Halt mich auf dem laufenden, hörst du? Ich will alles wissen, was passiert. Deine Mama hat für mich gearbeitet, als du noch ein Knirps warst, wußtest du das überhaupt?«

»Ja, das weiß ich noch«, sagte ich. »Wie ist eigentlich das Immobiliengeschäft gelaufen?« Sein Blick verhärtete sich, und ich fügte hinzu: »Das, von dem du mir erzählt hast.«

»Ach, ja. Wir kommen vorwärts, eindeutig.« Er warf mir einen Seitenblick zu und schlenderte zur Theke. »Wohnst du bei Nettie?«

Ich nickte.

»Wenn es dir dort zu eng wird, kann ich für dich problemlos ein Zimmer in einem wirklich anständigen Haus finden. Und wenn du ein paar Kröten nötig hast, kannst du mir ja im Laden aushelfen. Weil du mich so an deine Mama erinnerst.«

»Ich werd's mir merken«, sagte ich.

Er nickte, und ich nickte zurück, als wären wir uns über ein Geschäft einig geworden. Toby legte eine Hand auf meine Schulter und zog mich in einen Pesthauch aus Rauch und Haargel hinab. »Mal unter uns, hast du May vielleicht was tun sehen, das nicht zu einer alten Dame zu passen scheint? Wenn das passiert, kann ich dir den guten Rat geben: Schau einfach woanders hin.«

»Sie hat schon alles eingesackt, was nicht niet- und nagelfest war«, sagte ich.

Toby gab mir eine spielerische Ohrfeige und gluckste.

»Nettie meint, es liegt in der Familie.«

»Queenie, die Frau war eine Virtuosin.« Er hob die pelzige Hand an den Mund und küßte die Fingerspitzen.

24

Das Abendessen bestand wie das Mittagessen aus Sandwiches mit Pickles und Kartoffelsalat. Clark bugsierte ein weißes Klümpchen auf seine Gabel und sagte: »Ich hab was über dich gehört, Junge.«

Ich wartete.

»Erinnerst du dich noch, daß ich dir von Piney Woods erzählt hab? Heute nachmittag hab ich ihn zufällig getroffen. Sechshundert Dollar, sagte er.«

»Tatsächlich?«

»Ein Kerl namens Joe Staggers ist mit drei seiner Freunde darauf aus, das Geld zurückzukriegen.« Clark warf mir wieder einen bösen Blick zu. »Die Jungs sind aus Mountry. Mit so welchen sollte man sich nicht anlegen.«

»Onkel Clark«, sagte ich, »wenn Piney Woods dir das nächste Mal über den Weg läuft, tu mir einen Gefallen. Sag ihm, ich hätte niemand namens Joe Staggers sechshundert Dollar abgenommen. Ich kenne nicht mal jemanden mit so einem Namen. Außerdem spiele ich nie Karten, und ich hab es langsam satt, davon zu hören.«

Clark versenkte seine Gabel im Kartoffelsalat. »Das hab ich ihm ja auch gesagt. Aber Piney meinte, an deiner Stelle würde er dieselbe Geschichte auftischen.«

Kurz vor dem Schichtwechsel spazierte ich zur Theke und sah, daß der Reißverschluß meiner Reisetasche halb geöffnet worden war. Offenbar hatte May bei einem ihrer Raubzüge durch die Station die Tasche geöffnet und stibitzt, was ihr Elsternauge gereizt hatte – sie wußte ja nicht, daß die Tasche mir gehörte. Ich kniete mich hin und nahm den Blazer heraus. Er war von jemandem wieder hineingestopft worden, der sich noch weniger um Falten kümmerte als ich. Ich sah meine Kleider durch, aber es schien nichts zu fehlen, auch nicht der Discman und die CDs.

»Schwester Zwick«, sagte ich, »haben Sie jemand an meine Tasche gehen oder sie aufmachen sehen?«

»Nur Sie selbst«, sagte sie.

Nach sieben Uhr abends teilte uns eine Schwester mit, Mrs. Grenville Milton habe einen Blumenstrauß geschickt. Da Blumen in der Intensivstation nicht zugelassen seien, werde er unten aufbewahrt. Ich sagte ihr, sie solle ihn der Kinderstation zukommen lassen.

Clark fiel auf einen Stuhl und schlief geräuschvoll ein.

Star hatte immer wieder klare Momente, die aber nie anhielten. Meine Tanten erklärten ihr, sie brauche Schlaf. Ich hatte das Gefühl, daß meine Mutter unbedingt mit mir sprechen wollte, weil sie meine Hand nie losließ.

Gegen neun Uhr steckte Nettie den Kopf durch den Vorhang und flüsterte: »May, Clyde Prentiss hat zwei Besucher. Die mußt du einfach sehen, sonst glaubst du's nicht.«

»Vielleicht ist es seine *Bande*«, sagte May und hastete hinaus.

Am Nachmittag waren zwei uniformierte Polizisten und ein Kriminalbeamter in Zivil vor Kabine drei erschienen, was den detektivischen Eifer meiner Tanten angestachelt hatte. Prentiss' Register an Übeltaten reichte von leichtem Diebstahl – nach Ansicht von Nettie und May ja lediglich eine Methode zur ökonomischen Umverteilung – über Bedrohung mit einer tödlichen Waffe und Verabredung zum Verkauf illegaler Substanzen bis zu wirklich großen Schurkereien wie bewaffnetem Raub und Bedrohung mit der Absicht zu töten. Dazu kam eine Anklage wegen Vergewaltigung. Daß er von den meisten dieser Beschuldigungen freigesprochen worden war, bewies in keiner Weise seine Unschuld. War er nicht gerade eben bei dem Versuch, durch das Fenster eines Warenhauses zu flüchten, von einem Nachtwächter angeschossen worden? Hatten sich seine Komplizen nicht in einem Pick-up voller Mikrowellenöfen davongemacht? Zu diesen Übertretungen kam die schlimmste aller Freveltaten: Er hatte der eigenen Mutter das Herz gebrochen. Nettie und May hätten liebend gern einen Pflock durchs Herz von Clyde Prentiss gehämmert, und da war es klar, daß sie sich die Gelegenheit, seine Komplizen zu inspizieren, nicht entgehen lassen konnten.

Star umklammerte meine Hand. »Willst du mir von meinem Vater erzählen?« fragte ich.

Ihre Augen bohrten sich in meine. Sie öffnete den Mund und stieß eine Reihe von Vokalen hervor. Sie keuchte vor Frustration.

»War sein Name Robert?«

»Nnnn!«

»Ich dachte, das wolltest du mir vorher sagen.«

Sie bot all ihre Kräfte auf. »Nicht *Rrrr. Bert.*« Ein paar Sekunden lang konzentrierte sie sich auf ihre Atmung. »Edwah. *Edward.*«

»Wie war sein Nachname?«

Sie schlürfte Luft und sah mich mit einem Blick an, der mich fast vom Boden hob. *»Rnnn. T!«*

»Rinnt?«

Star hob sich ruckhaft aus dem Kissen. *»Rein.«* Eine Maschine lärmte. *»Hrrrt.«*

Aus den entlegensten Bereichen meiner Kindheit tauchte ein Name auf. »Rinehart?«

Die Nachtschwester barst durch den Vorhang und warf mich hinaus, aber ich sah Star noch kurz nicken.

Drei Meter weiter entfernt, hatten die Tanten an der Theke Stellung bezogen wie Jagdhunde bei der Pirsch.

Clark gab ein donnerndes Schnarchen von sich, das ihn unvermittelt auf die Beine brachte. Er wankte, fing sich und trat dann zu uns. »Was gafft ihr so?«

»Die Bande von Clyde Prentiss ist da drin«, sagte Nettie. »Die Leute, die entwischt sind, als er um ein Haar vor seinen Schöpfer hätte treten müssen.«

Eine dürres kleines Wiesel mit Kinnbart und schwarzer Lederjacke huschte durch den Vorhang, gefolgt von einer stämmigen Blondine mit reichlich Wimperntusche, einem schwarzen Ledermini und einer bis zum BH offenen Jeansjacke. Clark gluckste.

Die Blondine blickte zu uns herüber und sagte: »He, Clark.«

»Siehst mächtig gut aus heute, Cassie«, sagte Clark. »Tut mir leid wegen deinem Freund.« Das Wiesel warf ihm einen kurzen Blick zu und zog die Blondine durch die Tür.

Verblüfft wandten die Tanten sich an Clark. »Woher kennst du so einen Abschaum?«

»Cassie Little ist kein Abschaum. Sie steht drunten in der Speedway Lounge hinter dem Tresen. Den Winzling, Frenchy, kenn ich nur vom Sehen. Jemand wie Cassie sollte es eigentlich schaffen, 'nen besseren Kerl als den zu finden.«

Ich ging wieder hinein, um mich von Star zu verabschieden. Die Hände hatte sie neben ihren Körper gelegt; ihr Brustkasten hob und senkte sich. Ich sagte ihr, daß ich am Morgen wiederkommen würde und daß ich sie lieb hatte, und gab ihr noch einen Kuß auf die Wange.

Als ich neben May auf dem Rücksitz des Buick saß, kündigte ich an, ich wolle mit allen noch etwas besprechen, bevor wir zu Bett gingen.

Nettie setzte sich auf das alte Sofa, ließ ihre Tasche auf den Boden plumpsen, lugte hinein und schloß sie wieder. Von seinem Sessel aus warf Clark mir einen argwöhnischen Blick zu. Mit einem tiefen Seufzer ließ May sich neben Nettie nieder. Ich warf mein Gepäck neben die Treppe, setzte mich auf den Schaukelstuhl, faltete die Hände und beugte mich vor. Der Schaukelstuhl ächzte. Vielfältige Zweifel, in Schichten angeordnet, wirbelten mir durch den Kopf und lähmten meine Zunge.

»Ich hab gesehen, wie du Joy drüben zugewinkt hast«, sagte Nettie. »Wenn du nicht bei ihr vorbeischaust, wenn du May nach Hause gebracht hast, wird sie verletzt sein. Aber jetzt erzähl mal, was du auf dem Herzen hast.«

»Ich weiß nicht recht, wie ich anfangen soll«, sagte ich. »Als ihr draußen wart, um Ausschau nach den Besuchern von Clyde Prentiss zu halten, hat Mutter meine Hand nicht einen einzigen Augenblick losgelassen. Sie wollte mir einen Namen sagen.«

Einen Herzschlag vor den anderen fixierte Nettie mich mit einem warnenden Blick.

»Ich weiß gar nicht, worüber wir eigentlich sprechen«, sagte May. »Sollten wir jetzt nicht die Sachen in Netties Tasche aufteilen, damit ich heimgehen kann?«

»Sagt euch der Name Edward Rinehart irgend etwas?«

Meine Tanten tauschten einen Blick, der fast zu kurz war, um gesehen zu werden. »Sagt dir dieser Name etwas, Nettie?« fragte May.

»Nein«, sagte Nettie.

»Star ist hier ausgezogen, um mit diesem Mann zusammenzuleben. Sie hat euch mir ihren Freunden besucht, die eure Veranda als Aschenbecher benutzt haben. Wahrscheinlich war Edward Rinehart mal dabei.«

»Es waren bloß Suki und ein paar andere überdrehte Mädels, die ständig über Al-Bär Ka-Müh gefaselt haben«, sagte Nettie, womit sie bewies, daß ihr Gedächtnis durchaus keine Lücken hatte.

»Wenn du dich noch an Albert Camus erinnerst, kannst du wohl kaum den Namen des Mannes vergessen habe, der meine Mutter von der Cherry Street weggeholt hat.«

»Du würdest dich wundern, was man in meinem Alter alles vergißt.«

»Was hast du eigentlich alles in der Tasche da?« fragte Clark.

Das Polster zwischen meinen Tanten verschwand unter einem Berg aus Kugelschreibern und Bleistiften, Notizblocks, Scheren,

Büroklammern, Tuben mit Lippenbalsam und Feuchtigkeitscreme, Feuerzeugen, Briefbeschwerern, Umschlägen, Tischkalendern, Kaffeebechern, Plastiktubenaufrollern, Glühbirnen, Probepackungen von Antihistaminika und Nasensprays, Wattebällchen, einem Stapel Gazebinden, ferner Leukoplast, Briefmarken und Toilettenpapier. Nach einer Weile wich meine Bestürzung einem fassungslosen Staunen, und ich mußte mich zwingen, nicht laut loszulachen. Es war wie im Zirkus, wenn die Clowns aus ihrem kleinen Auto schlüpfen.

Die Schwestern begannen, die Beute auf zwei gleich große Haufen zu verteilen. Ab und an kam auch etwas auf einen dritten, kleineren Haufen.

Nun mußte ich einfach lachen. »Keine Krokodillederschuhe für Onkel Clark? Und ich könnte neue Unterwäsche und Socken gebrauchen.«

»Medizinisches Personal trägt nur selten Krokodilleder«, sagte May, »und was deine Wünsche betrifft, da mußt du warten, bis ich das nächste Mal zu Lyall's komme.«

Nettie wallte in die Küche und kehrte mit zwei Einkaufstaschen zurück, eine für Mays Beute und die andere für den kleineren Haufen. »Wenn du May heimgebracht hast, kannst du das bei Joy abgeben. Ich lasse ein paar Lichter an.«

Ich half May die Stufen hinunter. Auf der anderen Straßenseite lugte Joys dunkle Gestalt durch einen Vorhangspalt. Die Lampen warfen Kreise aus dickem gelbem Licht aufs Pflaster und ließen die Bäume scharf hervortreten. Die feuchte Nachtluft umschwebte uns wie Nebel. May und ich traten vom Bordstein. »Hast du eigentlich nie Angst, erwischt zu werden?« fragte ich.

May schüttelte den Kopf. »Neddie, ich bin zu gut, um erwischt zu werden. Und jetzt schweig still. Reden bringt Unglück.«

Ich half ihr auf den gegenüberliegenden Gehsteig, wo wir ins Licht der Straßenlampe traten. Unsere Schatten verhüllten den Zement. »Schweig auch über die andere Sache, wenn du weißt, was gut für dich ist.«

»Das kapier ich nicht«, sagte ich. »Es geht um einen Mann, der vor fünfunddreißig Jahren verschwunden ist.«

»Dann muß ich eben für uns beide schweigen.« Sie sagte kein weiteres Wort, bis sie mir fürs Heimbringen dankte.

Im Nachbarhaus nahm eine gebeugte, osteoporotische Joy ihre Wundertüte entgegen und bat mich mit einer von Alter oder Unglück irgendwie durchscheinend geschliffenen Stimme so zögernd herein, daß meine Ablehnung wie eine Erleichterung für uns beide schien. Die gebrechlichste der drei noch lebenden Schwestern schien dieselbe muffige, leicht faulige Atmosphäre zu verströmen wie die im Halbdunkel liegende Öde hinter ihr. Ich versprach, sie am morgigen Nachmittag zu besuchen. Wieder in Netties Haus, trug ich mein Gepäck nach oben.

Eine Lampe brannte auf dem Tisch neben dem Sprungfederbett. Ihm gegenüber befand sich ein Waschbecken mit einem Spiegelschränkchen darüber. Durch das offene Straßenseitenfenster sah ich, wie in Joys Haus die Lichter ausgingen. Ich stellte meine Sachen aufs Linoleum, zog den Reißverschluß der Reisetasche auf und nahm meinen Blazer, den CD-Spieler und den Waschbeutel heraus. Die Kleider für den nächsten Tag kamen auf den Sitz eines Binsenstuhls, der Blazer über dessen Lehne.

Die Federn quietschten, als ich mich auf dem Bett ausstreckte. Ich zog das Laken und die dünne Decke hoch. Eine Scheibe, auf der Emma Kirkby etwas von Monteverdi sang, kam in den Spieler, der Kopfhörer über die Ohren. Bevor ich auf »Play« drückte, fiel mir auf, daß mein Blazer schief über der Stuhllehne hing. Ich stand auf, um ihn in den Schrank zu hängen. Als ich ihn anhob, hing er auf einer Seite tiefer, beschwert von irgend etwas in der rechten Tasche.

Ich griff in die Tasche und zog ein dickes Geldbündel hervor. Ich breitete die Scheine auf der Decke aus. Drei Fünfziger, eine Menge Zehner und Zwanziger, noch wesentlich mehr Fünfer und Einer – alles in allem waren es fünfhundertsechsundsiebzig Dollar. Ich zog zwei durch Bierflecken verklebte Fünfer auseinander und zählte noch einmal nach. Fünfhunderteinundachtzig Dollar. Ich starrte auf das Geld und hatte irgendwie das Gefühl, die Tür verriegeln zu müssen. Dann hatte ich den Einfall, die Scheine zu Konfetti zu zerreißen und die Toilette hinunterzuspülen. Schließlich schob ich das Geld jedoch in die Vordertasche meines Rucksacks. Ich ging zum Spiegel und betrachtete mein Gesicht, ohne irgend etwas besonders Vertrautes oder Neues zu entdecken. Ich schob den Rucksack unters Bett, knipste das Licht aus und vergrub den Kopf im Kissen.

25

Zum ersten Mal seit Jahren zog mich die Bewußtlosigkeit wieder in den vertrauten Alptraum. Trotz seines langen Ausbleibens war jedes Detail frisch geblieben wie die Bilder auf einer Filmrolle.

In den ersten Jahren hatte der Traum damit begonnen, daß der Schatten die uns verbindende Naht zerriß, und damit geendet, daß er auf den Wald deutete. Später verfolgte ich meinen Schatten durch die Bäume. Monströse Wesen stürzten sich von überhängenden Felsen, gruben mir die Klauen in die Schultern und schlossen die Kiefer um meinen Nacken. Jahre nach meiner Flucht aus Vermont war dann eine unerwartete Fähigkeit aufgetreten, die mich davor bewahrte, jedesmal aus dem Schlaf hochzuschrecken. Bis zu jenem Zeitpunkt hatten meine Angst und vor allem das Gefühl, daß ich *die Ungeheuer erkannte,* den Traum zerplatzen lassen. Die neue, unerwartete Fähigkeit bestand darin, die Ungeheuer zu besiegen. Als mein Traum-Selbst endlich so weit war, seiner Überlebensfähigkeit zu vertrauen, verschwand der Traum.

Aber Hunderte von Malen, bevor ich frei von meinem Alptraum zu sein schien, war der Schatten vor mir aufgetaucht, an einen Baumstamm gelehnt oder auf einem niedrigen Ast sitzend. Manchmal rekelte er sich mitten in der Luft, den Kopf in eine Hand gestützt.

»Du kommst immer wieder, was?« sagte er. »Hast du dich nie gefragt, wo das Ganze enden soll?«

»Ich werde dich fangen«, sagte ich.

»Ich wollte wissen: Wo wird das enden, oder wie?«

»Hier.« Noch während ich auf den Wald deutete, bezweifelte ich meine Worte schon.

»Was Besseres fällt dir nicht ein?«

»Mir ist scheißegal, wo es passiert.«

»Dingdong«, sagte der Schatten. »Wäre es dir auch scheißegal, wenn unser Abschluß in Jones's Woods stattfände, unweit des Städtchens Middlemount in Vermont?«

»Ja.« Ein Frösteln stieg mir aus der Magengrube auf.

»Dingdong. In Jones's Woods zurückzukehren wäre uns denn doch nicht allzu angenehm, stimmt's?«

»Das ist nicht Jones's Woods hier.«

»Ding. Eine halbe Lüge. Denk doch mal dran, was vor sich geht. Du *träumst*. Und du hast keine Ahnung, ob wir nicht unmittelbar inmitten des Waldes sind, in dem du fast den Löffel abgegeben hast.« Das unsichtbare Lächeln auf dem unsichtbaren Gesicht wurde breiter; eine weitere Unmöglichkeit, aber was soll's.

»Jones's Woods hat ganz anders ausgesehen.« Die aus meinem Magen aufsteigende Kälte strich über meine Lunge.

»Ding.« Er seufzte. »Hast du nicht den Eindruck, daß Träume alles in etwas anderes verwandeln und dabei wie verrückt übertreiben? Daß sie eine Tendenz zum Surrealen haben?«

»Worauf willst du hinaus?«

»Wir kommen jetzt einer Sache näher, die du früher bereits sehen konntest.«

»Ich weiß nicht, was...«

»Dingdong. Du weißt es doch.«

Ich erinnerte mich an spitze Giebel, die sich über die Baumwipfel erhoben.

»Alte Häuser im Wald mögen wir nicht allzusehr, stimmt's?«

»Du machst mir keine Angst.«

»*Ding*dong, *ding*dong! Beim letzten Mal hast du am falschen Ort gesucht. Wenn du je auf den richtigen stößt, wirst du in der Gefahr sein herauszufinden, wer du bist.«

Ich fiel in eine alte Überzeugung zurück. »Es gibt keinen richtigen Ort.«

»Der richtige Ort ist da, wo du am wenigsten hinwillst. Wenn du ankommst, ist es da, wo du am wenigsten sein willst. Und wenn du mir jetzt eine Frage beantwortest, beantworte ich dir auch eine.«

»Schieß los.«

»Dein ganzes Leben lang hast du den Verlust von etwas außerordentlich Wichtigem gespürt. Wenn du es finden würdest, könntest du dann mit den Konsequenzen leben?«

Niemand, der halbwegs bei Verstand ist, würde eine derartige Frage beantworten. Altbekannte Sprüche wie der von der Katze im Sack drängten sich mir auf. Was aber herauskam, war ein »Ja«, und schon war es zu spät, zu sagen: *Frag mich was anderes.*

»Jetzt bin ich dran«, sagte ich.

»Ich hab's mir anders überlegt«, sagte der Schatten. »Du kommst doch nicht dran, tut mir leid.« Er flog weiter.

Wie damals, als ich noch zwanzig war, folgte ich dem Schatten durch einen tiefen Wald. Der unverschämte Schatten schwebte über dem Boden; es folgten das Dingdong, der Spruch über das Surreale, die Anspielung auf Häuser in Wäldern, die Paradoxa über die wirklich richtigen Orte, die Frage, die Flucht des Schattens. Wie ein Trottel fragte ich mich: *Ist das denn wirklich alles? Kommt gar nichts mehr nach?*

Ich trat zwei, drei Schritte tiefer in den Wald hinein und erstarrte, ergriffen von einer lebhaft sinnlichen Realität.

Sonnenlicht drang durch das Blätterdach, das sich in einem leichten Windhauch wiegte und leuchtende Münzen auf den weichen Boden malte. Der scharfe Duft fauligen Holzes schwebte in der warmen Luft. Es war unmöglich, daß ich schlief, denn ich träumte nicht. Die Luft verdunkelte sich zu einem Silbergrau. Ich sah düstere Wolken über die Lücken zwischen den Baumwipfeln gleiten.

Leichter Regen trommelte auf die Blätter über mir, und ich stellte mich unter einen großen Spitzahorn. Zwanzig, dreißig Meter entfernt endete der Wald in einer Wand dicker Eichen, die die Grenze einer Wiese markierten. Ein Donnerschlag ertönte, dann ein zweiter, und die Luft füllte sich mit dem Geräusch von Flügelschlägen. In halber Entfernung zum Waldrand stand eine gewaltige Eiche. Senkrechte Wasserwände stürzten aus dem Himmel. Ich rannte los, um unter der Eiche Schutz zu suchen. Präzise wie ein Zerstäuber bedeckte mich eine Windbö mit ihrem feuchten Schleier.

Ein gezackter Blitzstrahl zerriß den Himmel und erleuchtete die Landschaft. In den wenigen Sekunden der Helle sah ich, daß ich dem Waldrand näher gekommen war, als ich vermutet hatte. Sechs Meter Wald und ein Dutzend Bäume standen zwischen mir und einem weiten Feld, das an einer Straße endete. In meinen Augenwinkeln tauchte etwas auf, das in einer Biegung des Waldes versteckt war, und verschwand wieder in der strömenden Dunkelheit. Die Straße an der anderen Seite des Feldes würde mich zurück nach Edgerton führen, aber ich machte mir Sorgen um Star, und das Gewitter würde meine Rückkehr ins Krankenhaus verzögern. Ich fragte mich, ob das, was ich gesehen hatte, ein Haus war. Ein Haus war jetzt genau das, was ich nötig hatte. Wenn die Bewohner mich einließen, könnte ich Clark anrufen und ihn bitten, mich abzuholen, bevor er Nettie und May ins Krankenhaus fuhr.

Ein weiterer Blitzstrahl erschütterte den Himmel und teilte sich in Stränge, die auf ihrem feurigen Weg zum Wald herab die Luft weiß werden ließen. Ich beugte mich vor und erkannte einen hohen Säulenvorbau und eine Steinfassade, deren Fenster mit Läden verschlossen waren. Etwa dreißig Meter hinter mir schoß ein glühender elektrischer Pfeil in den Wald. Ich hörte es mehrfach laut krachen, als brächen gigantische Knochen.

Ein weiteres Zischen, ein weiteres ohrenbetäubendes Krachen. Blitzstrahlen schossen über den Himmel. Sie lösten sich von einem zentralen Strahl, der über der Wiese linksum kehrtmachte, sich dehnte und nach dem Wald griff. Ich roch das Ozon, noch bevor der Strahl über den Wipfel der Eiche raste und in meinen alten Freund, den Ahorn, einschlug. Der Baum riß mitten entzwei und brach in Flammen aus.

Eine senkrechte Blitzsäule radierte die Dunkelheit aus. Die Säule schoß auf das Haus zu, schlug einen Haken nach rechts und begann, sich auf meinen Teil des Waldes zuzubewegen. Für einen Blitz bewegte sie sich gemächlich, fast bewußt, und die gesamte Gabel blieb an Ort und Stelle, als die Spitze der Säule herabflog und dabei Zickzackformen in die Luft meißelte. Ich sprang von der Eiche weg und rannte durch die letzten Bäume. Ein Geschoß, breit wie ein Güterzug, sauste so nah an mir vorbei, daß mein Rücken ganz warm wurde. Aller Sauerstoff wurde aus der Luft gesaugt. Ich brach ins Freie, wo eine Wasserwand mich zum Taumeln brachte, während das Geschoß an der Eiche explodierte. Ich rannte weiter, bis ich die Steinplatten unter der Säulenhalle erreichte.

Regenwasser strömte aus meinen ruinierten Kleidern heraus und bildete Lachen auf dem Stein. Ich schloß die Hand um den metallenen Türklopfer und ließ ihn niedersausen. Ich wartete; dann hob ich den Klopfer zu einem weiteren Schlag.

Das Schloß klickte, der Bolzen glitt in sein Gehäuse. Gedämpftes Licht fiel heraus.

»Verzeihung, daß ich Sie belästige«, sagte ich zu der hinter der Tür verborgenen Person. »Ich wurde vom Regen überrascht und wollte Sie fragen…«

Hinter der Gestalt, die mit einer Hand die Tür hielt, erstreckte sich eine Galerie, die mit glänzenden Porzellanvasen geschmückt war, die auf zierlichen Beistelltischen standen. Im Hintergrund warf ein Kronleuchter wie ein großes Schiff aus Licht einen hellen Schein, der den Mann vor mir in eine Silhouette verwandelte. Eine weiße Manschette mit Goldknöpfen ragte aus dem Ärmel seines grauen Anzugs. Die Fingernägel glänzten.

»... ob ich Ihr Telefon benutztten dürfte.«

Er lehnte sich ins Dunkel, um die Tür aufzuhalten, und ich trat über die Schwelle. Sobald ich eingetreten war, tauchte wieder das Gefühl der Vertrautheit auf, das mich immer aus meinen Alpträumen geschreckt hatte. Die Tür fiel krachend zu. Das Schloß schnappte hörbar ein.

Die mir irgendwie völlig vertrauten Augen meines Gastgebers leuchteten triumphierend; der irgendwie völlig vertraute Mund öffnete sich zu einem Lächeln. Der Mann machte eine ironische Verbeugung. Obgleich das frappierend wohlgestaltete Gesicht vor mir in keiner Weise meinem Aussehen ähnelte, reproduzierten die einzelnen Züge, jeweils für sich genommen, auf geheimnisvolle Weise meine eigenen. Nur in der Kombination verschwand jede Ähnlichkeit. Stirn, Augenbrauen, Augen, Nase und Mund des Mannes verbanden sich mit der Formung von Unterkiefer und Backenknochen und schufen eine außergewöhnliche physische Schönheit. Es war, als sähe ich, wie ich ausgesehen haben könnte, wenn ich den genetischen Jackpot gewonnen hätte. Doch mehr als sein Glück trennte diesen Mann von mir – Tausende Meilen an Erfahrung lagen zwischen uns. Er war weiter gegangen, hatte mehr überlebt, hatte mehr gewagt und mehr gewonnen – hatte ganz einfach und simpel mehr *genommen* und dies getan mit einem unwillkürlichen, leidenschaftlichen Zorn, der über jede Emotion hinausging, die ich je erlebt hatte.

Umgeben vom vulgären Glanz seines Reiches und mir bis ins Mark verhaßt, stand der Schatten vor mir und lachte über meine Hilflosigkeit. Ich schrie auf und erwachte zitternd.

26
Mr. X

Hört mich an, ihr sternenweiten Wesen, es ist nicht einfach. Das war es noch nie, wenn Ihr die Wahrheit wissen wollt.

Niemand, der in meinen Zustand geboren wurde, mit anderen Worten: niemand mit Ausnahme Dessen, von dem Ihr, wie mir jetzt in den Sinn kommt, womöglich nie gehört habt, kann die Qualen der Ungewißheit begreifen, die ich erlitten habe. Ihr Großen – falls Ihr überhaupt existieren solltet, bitte ich Euch hiermit um ein meinen Diensten angemessenes Maß an Anerkennung. Soll mein Leben nicht vergeblich gewesen sein, verdiene ich eine ehrenvolle Unsterblichkeit. Dieser Bericht über meine Mühen sollte in einem großen Museum der Alten Götter ausgestellt werden. Nennen wir's das Museum der Patrioten oder das Museum der Triumphe. Ich verdiente, wenn ich einen Vorschlag machen darf, ein Diorama mit der Rekonstruktion meiner hiesigen bescheidenen Bleibe. Das vor mir liegende Journal wäre dort auf einer Nachbildung meines Schreibtischs plaziert. Auch könnte ich mir ein Modell meiner eigenen Person vorstellen, animiert, falls möglich, abwechselnd gedankenvoll über die Seiten gebeugt und in nachdenklicher Pose am Waschbecken stehend. Eine Gedenktafel oder ein gerahmter Text von nicht weniger als achthundert Worten wäre ebenfalls am Platze. Ich bin durchaus bescheiden. Ruft Euch doch bitte ins Gedächtnis, wie viele Kunstwerke es auf der Welt gibt, die den Nazarener darstellen, und daß sein Bild in jedem christlichen Gotteshaus hängt.

Wißt Ihr in Eurer Andersartigkeit überhaupt von jenem anderen Burschen? Soll heißen, falls Ihr existiert, ist es da möglich, daß Ihr ihn vor mir auserwählt und dann zugesehen habt, wie alles den Bach hinunterging? Hört:

Selbst der in Pfarrer Reeds Sonntagsschulstunden hirnlos verkitschte Jesus hatte seine Momente der Frustration, des Zweifels, ja der Verzweiflung. Schließlich war auch er halb menschlich! Ich möchte wetten, daß er wesentlich öfter in einem dunklen, blinden Zorn einherstürmte, als die Evangelien preisgeben. Folgendes will ich wissen: Hat Jesus sich manchmal gefragt, ob das ganze messianische Zeug wohl eine Selbsttäuschung war? Und dies: Hatte er Träume?

Ein Wesen, das im Besitz übernatürlicher Kräfte ist und die Mission hat, die Welt zu verändern, befindet sich oftmals endlose Wochen lang in einem Zustand tiefer Niedergeschlagenheit. Öfter als jeder Sterbliche erleidet es Perioden psychischer Verschlammung, in denen seine emotionale Landschaft aussieht wie ein Flußbett bei Niedrigwasser an einem wolkenverhangenen Tag. Ein paar alte Reifen, zerbrochene Holzstücke und Bierflaschen liegen verstreut im Schlamm. Die einschlägigen Quellen stimmen darin überein, daß solche trüben Perioden für die geistige Evolution notwendig sind. Sie stellen angeblich keine Depression dar, sondern die dunkle Nacht der Seele. Wer immer diese bequeme Interpretation ersonnen hat, ich wette hundert zu eins, daß er nach einem Weg suchte, seine Zweifel in Aspekte des Glaubens zu verwandeln.

Und wenn Jesus alles mißverstanden hat, was ist denn dann mit mir? Ich *weiß*, aber wie kann ich mir sicher sein, daß ich *wirklich* weiß?

Bis weit in meine Zwanziger hinein hielt mich die der menschlichen Natur eigene Selbstsucht und Arroganz davon ab, beunruhigt zu sein von jenen Aspekten im Werk des Meisters, die sich einer konkreten Anwendung verweigerten. Weiß Gott, es gab genug, um mich bei Laune zu halten. Der Zweifel schlich sich erst ein, als ich zugeben mußte, daß eine Anzahl der Erzählungen des Meisters nicht ganz ins Schwarze traf. Manche weigerten sich überhaupt, zur Sache zu kommen.

Vielleicht haben seine Antennen gelegentlich die Botschaft verstümmelt, sagte ich mir. Vielleicht hat er auf eigene Faust weitergemacht, wenn er nicht auf der richtigen Wellenlänge war. Vielleicht war er unfähig, in seinem eigenen Werk zwischen Wahrheit und Fiktion zu unterscheiden.

Ah, vor meinem geistigen Auge erhebt sich die Möglichkeit, daß das, was ich als heiligen Text verstanden habe, nie mehr war als Schundliteratur. Nacht um Nacht voll dunkler Nacht flüstere ich mir zu: *Dein Leben ist ein lächerlicher Irrtum, und du bist weit, weit kleiner, als du meinst.*

Träume voll Elend verpesten meinen Schlaf. Ich betrete ein schäbiges Zimmer, in dem ein Mann sich an seinem Schreibtisch abplagt. Der kantige Kiefer und der mir aus einem Dutzend Fotos vertraute billige Anzug weisen ihn als den Meister aus Providence aus, und ich bewege mich weiter. Endlich stehe ich vor ihm. Ich frage: *Wer bin ich?* Er lächelt vor sich hin; seine Feder gleitet übers Papier. Er hat mich weder gesehen noch gehört – ich bin nicht da – ich existiere nicht.

Noch vor wenigen Tagen lief ich voller Vertrauen und Energie durch die nächtlichen Straßen, ganz von Freude erfüllt. Der große Plan eilte auf sein Ende zu, Stars jämmerliche Brut erwartete ein qualvoller Tod. Aber jetzt... jetzt schaffe ich es gerade mal, aus dem Bett zu steigen. *Ich glaube, ich habe mich getäuscht. Ich glaube, ich habe alles falsch verstanden.*

Wenn Ihr nicht existiert – wenn die Alten Götter mich nicht auf die Erde geschickt haben, um deren Vernichtung vorzubereiten –, was tue ich dann hier? Wer war er dann, mein wahrer Vater?

27

Schwaches, silbergraues Licht drang durchs Fenster und ließ Stuhl und Kommode wie zweidimensional erscheinen. Auch die Hände auf dem Laken vor mir wirkten zweidimensional. Vom verschwommenen Zifferblatt meiner zweidimensionalen Armbanduhr las ich mit Mühe ab, daß es ein paar Minuten nach halb sechs war.

Es war mir unmöglich, wieder einzuschlafen, weshalb ich mir die Zähne putzte, mich wusch und rasierte und mir dabei einredete, das Geld in meiner Jackentasche habe zum Alptraum gehört. Es hatte dieselbe irreale Qualität – es erschien auf dieselbe irreale Weise real –, und außerdem *wußte* ich, daß ich dieses Geld nirgends gewonnen hatte. Also hatte ich auch nur geträumt, es zu finden. Ich trocknete mir das Gesicht und schaute in den Schrank.

Der Blazer hing waagrecht da und zeigte keinerlei Anzeichen des Traumbündels. Ich sah in den Seitentaschen nach, fand aber nur Ashleigh Ashtons Visitenkarte. Männliche Eitelkeit suggerierte mir, sie habe sie mir heimlich in die Tasche gesteckt. Zur Sicherheit überprüfte ich sogar die Innentaschen.

Siehst du? sagte ich mir. *Du hast es ja gewußt.*

Als ich ein Paar Jeans aus der Reisetasche holte, fiel mein Blick auf den Rucksack unter dem Bett. Alles in mir erstarrte. Ich zog die Socken an und beäugte den Rucksack. Mein alter Gefährte war von einer ominösen, traumähnlichen Aura durchdrungen. Ich stieg in meine Boxershorts, zog mir ein Polohemd über den Kopf, fuhr mit den Beinen in die Jeans und zerrte dann das Ding aufs Bett. Die Traumerinnerung verwies auf eine der zugeschnallten Taschen. Ich löste die Schnalle, hob die Klappe und zog den Reißverschluß auf. Als ich hineingriff, berührte ich etwas, das sich wie Geld anfühlte. Mit einem dicken Bündel Scheine kam meine Hand wieder zum Vorschein.

Fünfhunderteinundachtzig Dollar. Zwei Fünfer wiesen Bierflecken auf.

Ich stopfte das Geld wieder in die Tasche, zog den Reißverschluß zu und schob den Rucksack unters Bett.

28

Ein purpurrotes Hemd hing Onkel Clark von den Schultern, um das eine Handgelenk baumelte ein Armband aus Türkis. Er sah aus wie ein auf seinen Auftritt wartender Congaspieler, aber eigentlich wartete er nur auf das Frühstück. Ich setzte den Kaffeetopf auf und durchsuchte die Küchenschränke.

»Das Müslizeug ist da hinten, die Schalen sind gleich vor dir. Ich nehme Kleieflocken und Trauben-Nuß, fifty-fifty, mit einem Löffel Honig und ein bißchen Milch. Gut möglich, daß du noch zu jung bist, um Kleieflocken zu vertragen.«

Er beobachtete aufmerksam die in seine Schale rasselnden Flocken und nickte, als sie halb voll war. »Nimm nicht zuwenig Honig, und tu gerade soviel Milch rein, daß ich noch gut umrühren kann. Und paß auf den Kaffee auf.«

Ich bedeckte alles mit Milch und stellte die Schale auf den Tisch. Er schüttete drei Löffel Zucker hinein. Ich setzte mich zu ihm und er richtete seine elfenbeinfarbenen Augen auf mich. »Nach dem ganzen Lärm zu urteilen, den du heute nacht gemacht hast, hattest du offenbar einen erstklassigen Alptraum. Manche Leute würden sagen, das ist ein Zeichen für ein schlechtes Gewissen.«

»Tut mir leid, wenn ich dich aufgeweckt hab.«

Er arbeitete sich bis zum Boden der Schale hinab, wo er dann mit dem Löffel umherfuhrwerkte, um auch noch die letzten Flocken herauszuklauben. »Worum ging es in deinem Alptraum?«

»Ich war in einem heftigen Gewitter.«

»Es heißt, starker Regen verweist auf unerwarteten Geldsegen.«

»Und wenn man fast vom Blitz erschlagen wird?«

»Das soll einen Umschwung des Schicksals andeuten. Vielleicht kommt eine Menge Geld auf dich zu. Spann dein Netz auf, aber geh Toby Kraft aus dem Weg. Die Taschen dieses Menschen ziehen Geld an wie ein Magnet.«

Mit einem unbehaglichen Gefühl traten mir die Scheine, die ich in den Rucksack gestopft hatte, vor Augen.

»Tja, Gewitterstürme«, sagte er, »davon hatten wir früher ein paar echte Brocken. Der Fluß hat sich direkt durch die Stadt gewälzt und alles mitgenommen, was nicht niet- und nagelfest war. Autos. Vieh. Ausgewachsene Männer. Im Wasser werden Leichen *blau*. Sie blähen sich mit Gas auf und treiben in der Strömung. Die Hände sehen aus wie Baseballhandschuhe. Ich hab mein ganzes Leben am Mississippi gewohnt. Die Leute halten Flüsse für 'ne hübsche Sache, aber wer gesunden Menschenverstand besitzt, traut keinem Wasser, über das man nicht rüberspringen kann.«

Ich sagte ihm, ich hätte bis gestern, als ich den Fluß vom Krankenhaus aus gesehen hatte, beinahe vergessen, daß Edgerton am Mississippi lag. Er runzelte mißbilligend die Stirn, dann reckte er den Kopf. »Du hast dich nicht mehr an den Fluß erinnert?«

»Nicht, bis ich ihn gestern nachmittag gesehen hab.«

»Das beste an einem Fluß ist, wenn er dich sein Vorhandensein vergessen läßt. Früher, vor langer Zeit, waren wir vom Fluß abhängig, und aus der Geschichte wissen wir, daß Städte wie Edgerton erst wegen ihm entstanden sind. Tja, und eine Stadt am Fluß ist irgendwie anders.«

»Wie anders?«

»Eine Flußstadt ist *ungeregelt*«, sagte Clark. »Hier sind die Spieler und Schwindler noch vor den Pfarrern da, und es kann ziemlich lange dauern, bis einer von jenen Burschen einen Vorteil darin sieht, respektabel zu werden. Es herrscht eine andere *Mentalität*, verstehst du?«

Was er da beschrieb, klang mehr nach der Levante als nach dem Süden von Illinois, aber ich nickte trotzdem.

»Manchmal gehen zwanzig Jahre ohne eine Flut vorüber. Wenn dann eine kommt, baut man hinterher wieder alles auf. Der Fluß braucht die Stadt, und die Stadt braucht den Fluß. Ein oder zwei Monate später ist sogar der Geruch verschwunden.«

»Der Geruch?«

Clark betrachtete mich mit einem ebenso ausgiebigen wie herablassenden Grinsen. »Ich habe reichlich über die Frage nachgedacht, warum ein Fluß frisch und sauber riecht, wenn er in seinem Bett fließt, nach einer Flut aber einen derartigen Gestank hinterläßt. Ich glaube, die Antwort lautet, daß eine Flut den Fluß umkehrt und das Unterste zuoberst bringt. Verläuft sich das Wasser, sieht es überall wie auf einem Flußgrund aus. Damit meine ich nicht den Schlamm oder so – Schlamm ist bloß Dreck, der zu seinem eigenen Besten etwas naß geworden ist. Ein Flußgrund ist aber etwas, das außer Sicht bleiben soll. Es ist der häßliche Teil der Natur, wo alles zerfällt und in etwas anderes verwandelt wird. Da ist viel Tod drin, und der Tod hat einen kräftigen Geruch. Der Tod ist eine lebendige Angelegenheit, wenn man darüber nachdenkt.«

»Muß schwer sein, das Ganze aufzuräumen.«

»Das Zeug *klebt*. Ich schätze, Edgerton wurde von 1870 bis zur Jahrhundertwende dreimal wiederaufgebaut. Dabei ist es jedesmal größer geworden. Damals gab's das ganze Jahr über einen Rummelplatz mit einem Zirkus und in jeder Häuserzeile zwei Saloons und zwei Spielhöllen. Das liegt an der Mentalität, von der ich vorhin gesprochen habe; du verstehst doch, was ich sagen will?«

»Absolut«, sagte ich.

»Aber es gab auch Banken und Geschäfte, und neben den aufgedonnerten hat es auch feine Damen gegeben.« Er grinste mich mit einem Ausdruck an, der wie Stolz aussah. »Zu jener Zeit sind übrigens auch deine Leute in Edgerton eingetroffen: die berühmten Brüder Dunstan, Omar und Sylvan. 1874.«

»Omar und Sylvan? Von denen höre ich zum erstenmal.«

»Die Brüder Dunstan sind auf einem Heuwagen in die Stadt gerollt und mit ein paar Koffern und zweihundert Dollar in Goldmünzen heruntergesprungen. Laß dich von dem Heuwagen nicht in die Irre führen. Die Dunstans hatten ein großstädtisches Flair. Es waren gewitzte, gutaussehende Gentlemen, die lupenreines Englisch sprachen, die besten Manieren an den Tag legten und sich nach der neuesten Mode kleideten. Nachdem sie eine vorläufige Unterkunft gefunden hatten, haben sich Omar und Sylvan in einen Spielsalon begeben und an einem einzigen Nachmittag ihren Einsatz verdreifacht.«

»Sie waren Spieler?«

»Ihren Lebensunterhalt haben sie mit Handel und Geldgeschäften verdient. Niemand hat je herausbekommen, was sie vor ihrer Ankunft in Edgerton getan haben, obwohl es viel Gerede gab. Manche haben gesagt, sie sind Kopfgeldjäger gewesen, und es ging sogar das Gerücht, einer oder beide hätten im Gefängnis gesessen.«

»Wie ging's weiter?«

»Alles, was sie in die Hand genommen haben, ist gediehen. Nach der Flut haben Omar und Sylvan sogar noch besser dagestanden. Sie haben billig die Anwesen von Leuten aufgekauft, die die Stadt verlassen hatten; und sie haben Land gekauft, weil sie davon ausgegangen sind, daß die Stadt wachsen würde. Fünfzehn, zwanzig Jahre später haben sie dann auch eine Menge wichtiger Gebäude besessen. Die Damen haben sie natürlich umschwärmt wie die Bienen den Honig.«

Clark liebte die Geschichte der Brüder Dunstan sichtlich. Der Bogen vom Heuwagen zum Reichtum regte seine Phantasie an. Inzwischen betrachtete er Omar und Sylvan wohl nahezu als Blutsverwandte, deren Leistungen zu seinen eigenen Verdiensten beitrugen.

»Kann ich mir vorstellen«, sagte ich.

»Sie sahen teuflisch gut aus, heißt es.« Ein strahlendes Grinsen drückte aus, daß Clark Rutledge sich trotz der Spuren des Alters für nicht weniger gutaussehend hielt. »Man konnte sie nicht auseinanderhalten. Es heißt, zum Spaß hätten sie den Damen ab und zu vorgespielt, die würden sich mit jemand anderem vergnügen als mit dem, den sie in Wirklichkeit vor sich hatten, wenn du verstehst, worauf ich rauswill. Auf eines kannst du wetten – sie sind in eine Menge hübscher Häuser reingelassen worden, wenn der Hausherr nicht daheim war.« Er zögerte einen Augenblick. »Howard war ihnen ziemlich ähnlich, hab ich gehört. Das gilt auch für ein paar der anderen Söhne, aber die sind entweder früh gestorben oder weggelaufen.«

»Es muß viel Animosität gegeben haben.«

Clark zögerte wieder. »Du weißt ja, wie es ist. Wenn man den Kopf zu hoch hebt, kriegt man eins aufs Dach. Omar hat eine Frau aus New Orleans namens Ethel Bridges geheiratet und ist danach etwas zur Ruhe gekommen. Aber eines Tages hat er das

Haus verlassen, in dem wir jetzt sitzen, und irgend jemand hat ihn auf dem Weg zu seiner Kutsche erschossen. Sylvan hat den Schuß gehört und ist gerade noch rechtzeitig herausgekommen, um einen Reiter die Straße hinunter galoppieren zu sehen. Der Mann ist nie vor Gericht gekommen. Meinst du nicht, man hätte herausbekommen, wer es war, wenn man nur gewollt hätte?«

Ich nickte.

»Sylvan hat die Witwe seines Bruders geheiratet und sich ein Haus draußen vor der Stadt gebaut. Er und Ethel hatten ein paar Kinder – drei, vier, genau weiß das keiner.«

»Es muß doch Dokumente geben.«

»Du vergißt, wann und wo das war. Damals wurden alle Kinder zu Hause auf die Welt gebracht, und die Dunstans hatten am wenigsten Interesse daran, Hebammen oder Ärzte hinzuzuziehen.«

»Weshalb denn das?«

Clark verlor vorübergehend sein Grinsen, doch dann siegte offenbar die angeborene Geschwätzigkeit über die Diskretion. »Vor langer Zeit hat mir ein alter Mann einmal erzählt, die Brüder hätten nie gewußt, ob ihre Kinder nicht auf irgendeine Weise deformiert aus dem Mutterleib kommen würden, von der die Medizin noch nie gehört hatte. Zum Beispiel mit einem riesenhaften Kopf und einem Körper wie eine Stecknadel. Oder als Ding mit Kiemen hinter den Ohren und ohne Arme und Beine. Oder als was noch Schlimmeres. Fast alle diese Babys sind gestorben, hat er mir erzählt, und die paar Überlebenden hätte man auf den Dachboden gesperrt.«

Er sah mich an. »Wenn du mich fragst, war das eine oder andere von Ethels Babys irgendwie daneben, und Howard, das älteste Kind in der Familie, hat mehr mit angehört, als für einen kleinen Jungen gut war. Das könnte auch erklären, warum er später so wild wurde und immer sein Geld verschleudert hat. Alles in allem hat Howard beträchtlichen Schaden angerichtet. Zu guter Letzt war er wohl nicht mehr ganz richtig im Kopf. Man könnte sagen, daß er in einer Art Traumwelt gelebt hat.«

Das ist wohl alles das Produkt einer Traumwelt, dachte ich – der Traumwelt einer kleinstädtischen Gerüchteküche. »Welcher der Brüder war mein Ururgroßvater? Wenn Howard das älteste

Kind der nächsten Generation war, muß es wohl Omar gewesen sein.«

»Soviel ich gehört hab, haben die Brüder alles miteinander geteilt. Ich glaube nicht, daß sie sicher wußten, wer von beiden Howards Vater war.«

Ich sagte etwas, weiß aber wirklich nicht mehr, was.

Clark stellte ein Grinsen von grandioser Weltläufigkeit zur Schau. »Ich würde auf Sylvan tippen. Omar war der Beständigere der beiden. Sylvan hat den Damen selbst dann noch den Hof gemacht, nachdem er mit Ethel und den Kindern in seinem Haus da draußen lebte. Als Howard erwachsen wurde, hat er sich genauso benommen, nur noch krasser. Das hat man ihm sehr angekreidet, denn damals war Edgerton nicht mehr so wie früher.«

»Man ist allmählich anständig geworden«, sagte ich.

»Es war so, daß Howard auch jemanden wie Omar gebraucht hätte, und weil er ihn nicht hatte, ist er verwahrlost. Die Hatchs und die Miltons haben seine Schwäche ausgenutzt.«

Die Treppenstufen ächzten, und Clark setzte sich auf. »Vor Nettie sollten wir das Thema lieber nicht anschneiden.«

29

Nettie sah Clark mit gesenkten Augenbrauen an; wahrscheinlich hegte sie Argwohn wegen der Veränderung des üblichen Tagesablaufs. »Erstaunlich, daß du schon auf bist.« Sie wandte sich mir zu. »Wie hast du heute nacht geschlafen?«

»Ganz gut.«

»Nach dem, was ich gehört hab, hast du wohl eher gedacht, der Teufel ist hinter dir her. Na ja, wir machen uns ja alle ziemliche Sorgen, daß es ein Wunder ist, wenn wir überhaupt noch schlafen können.« Nettie wallte zum Herd und drehte die Gasflamme unter einer gußeisernen Pfanne auf. Sie nahm einen Karton Eier und eine Packung Speck aus dem Kühlschrank, klatschte den Speck in die Pfanne und schaffte es, wie ein Chefkoch mit der rechten Hand sauber fünf Eier in eine Glasschüssel zu schlagen. »Ich hab so das Gefühl, daß es deiner Mutter etwas besser geht.«

»Hoffentlich«, sagte ich.

Nettie verquirlte die Eier, wendete den Speck in der Pfanne und nahm einen Plastikbeutel mit Okra aus dem Kühlschrank. Bald köchelte etwa ein Drittel des Inhalts in einer zweiten Pfanne. Sobald der Speck braun und knusprig geworden war, arrangierte sie die Streifen auf einer dicken Lage Küchentücher. Sie goß die Eier in die Pfanne und verquirlte sie noch einmal. Den Toast hatte sie mittlerweise dick mit Butter bestrichen, diagonal durchgeschnitten und am Rand der Teller plaziert. Sie streute Pfeffer und getrocknete Petersilie in die Pfanne, rührte die Eier ein weiteres Mal um und teilte das Okra auf die Teller auf.

»Sieht euer Frühstück immer so aus?«

»Manchmal kommen Bratkartoffeln dazu, und manchmal gibt's auch Hühnerleber, aber heute will ich den Aufwand nicht betreiben. Ist der Kaffee noch heiß?«

»Ich werd ihn aufwärmen«, sagte ich und zündete die Flamme unter dem Kaffeetopf an.

Die Türglocke läutete. »Da kommt May«, sagte Nettie. »Läßt du sie bitte rein, Junge?«

Ein UPS-Fahrer in Sommeruniform stand auf der Veranda; in den Händen hielt er eine in Packpapier eingeschlagene Schachtel. »Eine Sendung für...« – er warf einen Blick auf den Namen – »Ms. Star Dunstan?«

In der oberen linken Ecke des Pakets sah ich als Absender eine Adresse in East Cicero. Ich unterschrieb die Empfangsbestätigung und trug den Karton in die Küche. »UPS«, sagte ich. »Star muß ein paar ihrer Sachen hergeschickt haben, bevor sie losgefahren ist.«

Nettie winkte ab. »Stell das Zeug auf den Boden.« Ich lehnte das Paket an die Wandtäfelung. Mit einem Spatel teilte Nettie das Rührei und ließ es dann auf die Teller gleiten. Es läutete noch einmal.

Wieder ging ich durchs Wohnzimmer und öffnete die Tür. Tante May, angetan mit einem prachtvollen blumengeschmückten Hut, streckte mir ihre knorrige Pfote entgegen. »Hilf mir über die Türschwelle, Neddie. Ich bin spät dran, aber ich wollte Joy noch guten Morgen sagen. Gibt's heute vielleicht Hühnerleber?«

»Tante Nettie meinte, die würde zuviel Zeit brauchen.«

»Hühnerleber braucht nur ein ganz klein wenig Zeit.«

Auf dem ganzen Weg bis zur Küche hielt sich May fest an mich angeklammert. Ich stützte sie, während sie sich auf ihren Stuhl niederließ. Überschwenglich bewunderte sie den überquellenden Teller vor ihr. »Ehrlich gesagt, wäre Hühnerleber mir heute zuviel gewesen.« Sie reichte mir ihre Krücke.

Unter Clarks mildem Blick setzte ich mich zwischen May und Nettie. Die Schwestern machten sich über das Frühstück her. Das Telefon läutete. May tupfte sich mit einer Serviette den Mund ab und sagte: »Vielleicht hatte Joy wieder eine Vision.«

Kopfschüttelnd stand Nettie auf und hob den Hörer ab. »Natürlich«, sagte sie. Sie legte die Hand über die Sprechmuschel. »Es ist der Doktor mit dem großen Kopf und dem kleinen roten Mund.«

In meinem Schädel spürte ich eine Leichtheit, als hätte sich die Schwerkraft reduziert. Ich lehnte mich an den Küchentresen und sagte: »Dr. Barnhill? Ned Dunstan am Apparat.«

Dr. Barnhill teilte mir mit, meine Mutter habe vor einer halben Stunde einen zweiten Schlaganfall erlitten. Alle Versuche, sie wiederzubeleben, seien erfolglos geblieben. Er sagte noch eine Menge anderer Dinge. Es klang, als würde er alles von einem Blatt Papier ablesen.

Ich legte auf und sah, wie die drei mich anstarrten, mit einem Ausdruck, der in der Schwebe war zwischen Hoffnung und dem, was sie bereits als Wahrheit erkannten.

III

Wie man mich fast ermordete

30

Weder Nettie noch Clark sahen todunglücklich aus, als ich ihnen sagte, sie sollten mich nicht zum Abendessen erwarten. Clark hatte den ganzen Nachmittag geschmollt, weil ihn die Sache davon abhielt, seine Runde zu drehen, und Nettie hatte mir noch nicht vergeben, daß ich in krimineller Weise viel zu viel Geld für einen Sarg verschwendet hatte. Nach Mr. Spauldings Verkaufstiraden in seinem Bestattungsinstitut mit Namen »Heavenly Rest«, zog mich Nettie in eine Ecke, um mir einen Vortrag über das Thema »Vernünftiges Verhalten« zu halten. Noch in der Illusion befangen, meine Entscheidung müsse schon deshalb vernünftig sein, weil es meine war, wies ich Nettie darauf hin, daß es mein Geld war, das ich für die Bestattung meiner Mutter ausgab. Da konnte sie doch nichts dagegen haben, oder? Ich hätte es besser wissen müssen.

In regelmäßigen Abständen tauchte Mr. Spauldings diplomatische Gestalt auf und verschwand wieder; Clark hob die Schultern in seinem Congaspielerhemd und rümpfte die Nase über den samtigen Teppichboden. Als ich mich auf den Ledersessel vor Mr. Spauldings Tisch setzte und den Scheck ausschrieb, brummte Nettie protestierend. Offenbar hatte meine Wahl des drittbilligsten Sarges das Prinzip verletzt, daß es keinen Sinn machte, Geld für die Toten auszugeben, wenn man es den Lebenden zugute kommen lassen konnte. Jede Illusion, Nettie könnte es doch nicht auf mein Scheckbuch abgesehen haben, verschwand, als Clark den Buick durch die Ziegelpfeiler am Ende von Mr. Spauldings Einfahrt steuerte, Kurs auf das Friedhofsbüro an der Commercial Street nahm und sagte: »Manchmal, mein Junge, sollte man an seine Mitmenschen denken, nicht nur an sich selbst.«

Mein eineinhalbstündiger Aufenthalt bei Tante Joy und Onkel Clarence war noch schlimmer gewesen. Ich war mit der Vorstellung hinübergegangen, zwei alten Leuten etwas Gutes zu tun, hatte mir Neuigkeiten über die interessante Gestalt Howard Dunstan erhofft und sehen wollen, was geschah, wenn ich den Namen Edward Rinehart erwähnte. Clarence, den ich als fideles altes Haus im Gedächtnis hatte, würde vielleicht munter genug sein, um meinem Besuch eine heitere Note zu verleihen, dachte ich.

Unbekümmert wie ein Säugling und ebenso achtlos gegenüber dem Gestank der eigenen Exkremente, hing Clarence über den Ledergurt gebeugt, der ihn an den Rollstuhl fesselte. Spritzer getrockneter und trocknender Babynahrung schmückten sein Hemd. Joy erzählte mir, daß sie ihn allabendlich um sieben den Flur entlang zur Badewanne schob und ihn dort säuberte, obgleich sie gar nicht mehr wisse, woher sie die Kraft nahm. Clarence gehe es ganz gut. Joy wünschte, sie könne dasselbe über sich selbst sagen.

Wir saßen auf den beiden Sesseln, die das gesamte Wohnzimmermobiliar darstellten. Als Joy mich in ihr Labyrinth geführt hatte, war mein Mitleid für Clarence langsam einem undefinierbaren Ekel gewichen und der ältere, trockenere Gestank, der mir schon am Vorabend aufgefallen war, überwältigte den Geruch von Clarence vollends. Der Gestank hing überall und schien ebenso zum Haus zu gehören wie die Dielen und Deckenbalken. Alles nahm ihn auf, einschließlich Joy, die buchstäblich in seinem Meer schwamm.

Die jüngste und hinfälligste von Howard Dunstans Töchtern saß auf der Kante ihres Sessels und sprach, als hätte sie die Worte jahrzehntelang aufgespart. Es hatte keinen Sinn, sie zu unterbrechen: Joys Bitterkeit beanspruchte die gesamte Unterhaltung. Ihre durchscheinende Stimme packte die Riemen und ruderte geradewegs auf den Horizont der bekannten Welt zu. Als sie ihn erreicht hatte, ruderte sie einfach weiter. Joy sprach über sich selbst, über unsere Familie und über Howard Dunstan. Sie setzte ihre Ruder ein, und der trockene, unmenschliche Gestank ihres Vaterhauses trieb sie voran. Clarks Flußgrund hatte sich in Joys Haus ergossen und alles mit dem bedeckt, was Clark den »häßlichen Teil der Natur« nannte. Wenn das die Natur war, wollte ich nicht daran teilhaben.

Eine flackernde purpurrote Hand brachte mich an einer Kreuzung zum Stehen. Als meine Füße innehielten, drang mir das Bild von Joy ins Hirn. Sie saß auf einem schmierigen Polster und hatte den knochigen Arm in Richtung ihres Mannes ausgestreckt. Ich sah, was als nächstes geschah. Blind wandte ich mich nach links und ging weiter. Zwei Häuserblocks weiter, an der Pine Street, stand die Ampel auf Grün, so daß ich eine Straße überqueren konnte, die ich trübe als die Cordwainer Avenue erkannte.

Ich stürmte die Pine Street entlang, ohne etwas zu sehen, bis ein grauhaariger Riese in einem rotgrünen afrikanischen Hemd seine Schritte verlangsamte und mich anstarrte, während der Abstand zwischen uns abnahm. Sein schwarzes Gesicht war das eines Kriegers, und in seiner Miene verbanden sich Zorn und Kummer. Ich wartete darauf, daß er etwas sagte. Als wir auf gleicher Höhe waren, wandte der Riese mir den Kopf zu, sagte aber nichts. Die Spannung zwischen uns zerriß fast hörbar, als wir uns wieder voneinander entfernten.

Ich ging zwei, drei Schritte weiter, hielt dann inne und blickte über die Schulter. Sofort wirbelte der Mann in dem rotgrünen Hemd herum.

»Junge, du siehst beschissen aus, und du klingst wie 'ne Dampfmaschine. Sag mir bloß nicht, daß du gleich einen Herzinfarkt bekommst.«

»Meine Mutter ist heute morgen gestorben.«

»Wenn du nicht besser darauf achtest, was um dich herum vorgeht, wirst du deine Mama schneller wiedersehen, als du denkst. Paß auf dich auf, Junge.«

»Okay«, sagte ich und sah ihn davongehen.

Ich nahm mein Taschentuch, trocknete mir das Gesicht, lehnte mich an ein Parkverbotsschild und schloß die Augen. Trauer flutete fast körperhaft aus meinem Bauch empor. Ich preßte mir das Taschentuch an die Augen. Trauer ist eine Emotion von beispielloser Qualität, muß ich sagen. Trauer kümmert sich um das, was anliegt, und sagt einem, wo man steht.

Als der Ansturm nachließ, nahm ich meine Umgebung in mich auf. Neben von Maschendrahtzäunen umgebenen Parkplätzen standen Läden für Autoteile, Stanzbetriebe, Lagerhäuser und andere, weniger leicht einzuordenden Bauten. Die meisten waren einstöckig; keiner war mehr als zweistöckig. Mit ihren schmutzigen Ziegelfassaden und ihren Fenstern aus opakem Glas sahen sie wie verkleinerte Ausführungen größerer, gefälligerer Gebäude aus.

Drei Querstraßen weiter verschwanden die Maschendrahtzäune und die unbebauten Grundstücke; der Abstand zwischen den nunmehr höher werdenden Ziegelbauten verringerte sich. An jeder Ecke ragten Ampeln auf. Ich wandte mich nach links und ging an Schaufenstern vorbei, in denen Videos und Schnapsflaschen auslagen. Mein Hemd trocknete allmählich. Ein Straßenschild teilte mir mit, daß ich mich in der Cobden Avenue befand. Ich verspürte langsam Hunger.

Mit jungen Paaren und Teenagercliquen besetzte Wagen zogen vorbei. Nach zwei weiteren Ampeln endete die Cobden Avenue an einem vierspurigen Boulevard und einem kleinen, dreieckigen Park. Ich hatte die Commercial Avenue und damit die Stadtmitte erreicht. Ich ging nach rechts, weil dort mehr los zu sein schien. Vor mir traten zwei Paare unter dem ungerührten Blick eines Portiers, den Epauletten und Messingknöpfe zierten, aus einer Drehtür. Sie strahlten jene unkomplizierte, joviale Selbstsicherheit aus, die wohlhabende Bürger des Mittleren Westens so an sich haben. Ein rotgesichtiger Mann in den Fünfzigern sagte: »Weiß er denn, was los ist? Und überhaupt – hältst du das alles denn für möglich?«

Der größere, schlankere Mann, zu dem er sprach, legte ihm eine Hand auf die Schulter. In seiner goldgeränderten Brille spiegelte sich das schwindende Sonnenlicht. Sein weißer Haarkranz war so kurz geschnitten, daß nur noch die Stoppeln übrig waren. »Ich halte es für möglich, das kannst du mir glauben.« Senkrechte Falten durchzogen das Gesicht; er bleckte die gelben Zähne zu einem Raubtiergrinsen. »Und es wird nicht lange dauern, bis er's auch für möglich hält.«

Die dunkelhaarige Frau neben ihm sagte: »Schatz, wirst du ihn denn aufklären?« Sie war zwanzig Jahre jünger als der Mann, den sie »Schatz« genannt hatte, und besaß das aerobicgestählte, geliftete Aussehen einer zweiten Ehefrau, die sich bemüht, im Spiel zu bleiben. Sie warf mir einen irritierten Blick zu, der sich fast augenblicklich in etwas anderes verwandelte – in etwas, das ich nicht ganz begriff, in dem sich aber Überraschung, Bestürzung und Verlegenheit vereinten.

Mit einem sonoren *Hahaha* demonstrierte ihr Gatte, wie lächerlich er die Vorstellung fand, den ungenannten Vierten über etwas »aufklären« zu müssen. »Das brauch ich gar nicht; wie jeder weiß, ist unser Freund ja...« Er bemerkte den Gesichtsausdruck seiner Frau, sah mich an und richtete sich abrupt auf. Mit seinen knapp zwei Metern war er der zweite Riese, dem ich in kurzer Zeit begegnete. Er trug ein grasgrünes Leinenjackett und rosafarbene Hosen, die scharfe Bügelfalten aufwiesen. Eine

Unzahl greller Farben lief im Zickzack über seine Fliege. Er war Anfang siebzig und offenbar noch immer ein unverbesserlicher Despot, der sich für eine echte Kanone hielt.

»Benötigen Sie irgendwelchen Beistand?«

Ich mochte das »benötigen«. Es hatte einen gemeinen Unterton, den »brauchen« nicht hätte leisten können. Man fühlte sich sofort zurechtgestutzt. »Beistand« war ebenfalls ein hübsches Element.

»Ich suche ein gutes Restaurant. Was würden Sie empfehlen?«

Er hielt seine Verblüffung besser unter Kontrolle, als ich erwartet hatte, und wies mit großer Geste auf das Gebäude neben uns. Ein Bronzeschild neben der Drehtür verkündete: MERCHANTS HOTEL. »Le Madrigal. Der Eingang ist gleich in der Halle. Wir waren da gerade beim Dinner.« Er schien etwas an mir zu bemerken, das ihn jäh bremste. Sein Lächeln schwand. »Allerdings ist es teuer da – wirklich teuer. Versuchen Sie's doch bei Loretta's, drei Straßen weiter nördlich. Dort kriegen Sie ein gutes Steak oder Spareribs und auch sonst alles, was Sie wollen.«

»Das Madrigal hört sich ganz passend an.«

»*Lllööööh* Madrigal, nicht *Das* Madrigal. Hier in der Stadt ist es der Ort, wo sich die guten Leute treffen.«

»Ich mag es, wenn du richtig aufdrehst, G-Man«, sagte der andere Mann.

»Ein kleiner Ratschlag, Kumpel.« Der G-Man ließ seine große Hand auf meine Schulter klatschen. Einer der Seidenflügel seiner Fliege strich mir über die Schläfe. »Klar können Sie da drin ordentlich auf die Pauke hauen, wenn Sie mit Geld rumschmeißen wollen, aber spazieren Sie vorher aufs Klo und machen Sie sich salonfähig. Ein netter kleiner Kerl wie Sie will doch nicht auffallen, oder?«

Ich hob das Gesicht zu seinem ledrigen Ohr. »Auf Ihren Rat kann ich verzichten, Sie aufgeblasener Kleinstadtscheißer.«

Er fuhr zurück wie eine losgelassene Sprungfeder, packte seine Frau am Arm und zerrte sie auf die Straße. Das andere Paar sperrte das Maul auf und eilte hinter den beiden her. Mein Freund zwang sich, die Kühlerhaube einer schnittigen, dunkelgrünen Limousine zu umrunden, um seiner Frau die Tür zu öffnen, während das andere Paar hinten einstieg.

Ein oder zwei Sekunden lang gestattete sich der Portier, mich anzulächeln.

Ein ältlicher Page wies mich eine Marmortreppe nach oben. Unter den Augen eines in Schwarz gekleideten Toilettenmannes wusch ich mir Hände und Gesicht. Ich richtete den warmen Luftstrom des Händetrockners auf mein Hemd, schlang einen neuen Krawattenknoten und strich mir über die Haare. Dann bediente ich mich des Mundwassers und nahm einen Spritzer Eau de Cologne. Der Toilettenmann machte eine Bemerkung über meine verbesserte Erscheinung, worauf ich zwei Dollar auf seinem Porzellanschälchen hinterließ.

An der anderen Seite der Halle angekommen, ging ich eine kürzere, mit Teppichboden belegte Treppe hoch. Auf einem erleuchteten Podium stand ein Oberkellner und hielt Wache vor Tischen mit Kerzen und weißem Leinen. Ein Schildchen am Revers machte ihn als Vincent kenntlich. Zum Zeichen des Nachdenkens strich sich Vincent mit dem Zeigefinger über die Lippen, dann führte er mich zu einem Tisch in der Nähe der Bar. Er legte mir eine auf Pergament gedruckte Speisekarte und eine in Leder gebundene Weinkarte vor. Bedienen würde mich ein Kellner namens Julian. Ein Mädchen, das wie eine norwegische Gymnasiastin aussah, goß Eiswasser in ein Glas, und eine grämliche Malaysierin kam mit Brötchen und Grissini vorbei. Ich öffnete die Speisekarte und hörte, wie jemand meinen Namen aussprach.

Ashleigh Ashton kam durch den Raum auf mich zu. Auf der anderen Seite eines Tischs am Fenster saß Laurie Hatch, hob die Augenbrauen und warf mir einen Blick zu, der mich weich in den Knien werden ließ.

31

Ich bestellte Salat, ein abgehangenes Steak und ein Glas Cabernet bei Julian, der ein spitzbübischer Kobold war. Was den Cabernet betraf, hatte er eine hübsche kleine Spezialität, die er mich zu probieren bat. Wenn Laurie Hatch an Ashleighs Bericht darüber, wie sie mich im Auto nach Edgerton mitgenommen hatte, irgend etwas suspekt fand, behielt sie es für sich. Ashleigh hatte Laurie zum Dinner eingeladen, weil sie etwas mit ihrem Fall zu tun hatte, was allerdings, blieb ungeklärt. Julian servierte seine hübsche kleine Spezialität und wartete auf mein Urteil. Ich drückte meine Bewunderung für die Erhabenheit der kleinen Spezialität aus. Julian erkundigte sich, ob die Damen jetzt ihren Kaffee wollten, oder vielleicht erst irgend etwas anders? Den Kaffee, sagte Ashleigh, dann müsse sie nach oben, um ein paar Anrufe zu erledigen. Laurie bestellte ein Glas der kleinen Spezialität.

»Wie geht es Ihrer Mutter?« fragte sie.

»Ach Gott«, sagte Ashleigh, »ganz ehrlich, ich hab an deine Mutter gedacht, seit du aus meinem Wagen gestiegen bist. Was war es eigentlich?«

»Ein Schlaganfall«, antwortete Laurie für mich. »Was sagen die Ärzte?«

»Sie sagen, daß sie heute morgen gestorben ist. Hoffentlich haben sie recht, weil ich gerade einen Sarg und ein Grab erstanden habe.« Die beiden starrten mich schockiert an. »Tut mir leid. Ich hätte es anders ausdrücken sollen. Es war heute ein seltsamer Tag.«

»Wenigstens konntest du einen ganzen Tag mit ihr verbringen«, sagte Ashleigh. »Konnte sie dir noch etwas mitteilen?«

»Sie hat es geschafft, mir ein paar Dinge zu sagen.« Einen kurzen Moment lang war ich unfähig zu sprechen. Der malaysische Sauertopf servierte die Teller der beiden Damen ab, das norwegische Mädchen füllte unsere Wassergläser auf. Julian eilte mit Kaffee und Wein herbei.

»Werden Sie nach der Beerdigung noch in der Stadt bleiben?« fragte Laurie.

»Schon möglich. Ich möchte mich gern etwas umsehen.«

»Wie wär's, wenn ich Sie herumführe? Ich bin Ihnen ja noch etwas schuldig.«

»Klingt phantastisch«, sagte ich und mußte mich zwingen, sie nicht dauernd anzusehen. »Ashleigh, wie kommst du eigentlich mit deiner Sache vorwärts?« Ihre Gründe, nach Edgerton zu kommen, waren mir völlig entfallen.

»Wenn ich innerhalb der nächsten zwei Tage nichts erreiche, werfe ich das Handtuch. Der Kerl verbirgt sich hinter zu vielen Mauern.«

»Sie meint Stewart«, sagte Laurie und erklärte damit alles. »Ich hätte ihr gern mehr geholfen.«

Ashleigh lächelte mich trübsinnig an. »Wir haben beim Dinner hauptsächlich Geschichten über fürchterliche Ehemänner ausgetauscht.«

Sie hatte vorgehabt, die entfremdete Gattin ihres Objekts auszuhorchen, und die entfremdete Gattin war gern bereit zu sprechen. Der nächste Wortwechsel zwischen den beiden Frauen brachte eine weitere Klärung.

»Laurie, Sie werden doch keine Probleme bekommen, oder?«

Laurie zuckte die Achseln. »Mir ist egal, ob Stewart erfährt, daß wir zusammen gegessen haben, oder nicht. Grennie kann mir nicht schaden.«

»Grenville Milton?«

»Er und kein anderer«, sagte Laurie, »und seine Frau, die alte Freundin Ihrer Mutter. Samt zwei anderen Leuten, die mich für eine schreckliche Person halten. Sie sind verschwunden, kurz bevor Sie hier aufgetaucht sind.«

»Ist Grenville ein großer alter Glatzkopf mit einer Fliege und einem grünen Leinenjackett, der sich für den lieben Gott persönlich hält?«

»Sie sind unserem Grennie also begegnet«, sagte Laurie. »Hoffentlich hat er Sie nicht dumm angeredet.«

»Er meinte, ich wolle mich wohl aufspielen und den Kellnern Hundertdollarscheine in die Weste stopfen. Und dann hat er mir geraten, die Toilette aufzusuchen, um mich salonfähig zu machen.«

Laurie stöhnte. »Das hat er bestimmt genossen. Beim ihm hebt so was ungemein die Laune.«

»Das hat sich geändert, als ich ihm gesagt hab, er sei ein aufgeblasener Kleinstadtscheißer.« Laurie lachte, Ashleigh öffnete den Mund zu einem ungläubigen halben Lächeln. Julian, den ich nicht hatte kommen sehen, setzte mir mit nicht annähernd soviel Schwung wie zuvor den Salat vor und zog sich dann zurück. »Ich muß auf einer schwarzen Liste stehen«, sagte ich.

»Julian hat hohe Vorstellungen von Etikette«, sagte Laurie. »Das trifft wohl auf jedermann in Edgerton zu, außer auf mich vielleicht. Wenn ich mitbekommen hätte, wie Sie Grennie als Scheißer bezeichnet haben, hätte mich das sofort aufgemuntert. Ich hab den Eindruck, er ist gerade dabei, Rachel den Laufpaß zu geben. In letzter Zeit hat sie traurige kleine Botschaften auf meinem Anrufbeantworter hinterlassen.«

Sie sah mich entschuldigend an. »Nach meiner Hochzeit mit Stewart hat Rachel Milton mich unter ihre Fittiche genommen und mir bei den Dingen geholfen, die sie für wichtig hält, wie beispielsweise, einen guten Friseur zu finden und den richtigen Feinkostlieferanten. Sie hat sich in mir wiedererkannt.«

»Sich wiedererkannt?« sagte ich. »Ach, ich verstehe. Eine jüngere Frau, eine Außenseiterin...«

Ein wunderbar ironischer Ausdruck der Zustimmung trat auf Laurie Hatchs bezauberndes Gesicht. »Rachel war zu sehr damit beschäftigt, sich mit mir zu identifizieren, um sehen zu können, daß meine Heirat mit Stewart nichts mit Ambition zu tun hatte.«

»Ned, laß mich dein Dinner auf meine Rechnung setzen, ja?« sagte Ashleigh. »Die zahlt der Staat Kentucky. Laurie, danke für den netten Abend. Ich rufe Sie bald wieder an.«

Sie signierte die Rechnung. Julian fragte, ob ich noch ein Glas Wein wünsche. Auch Laurie Hatch bestellte ein zweites Glas. Ashleigh schob ihren Stuhl zurück.

»Ich bringe dich zum Aufzug«, sagte ich.

Die anderen Gäste sahen auf, als wir uns zwischen den Tischen durchschlängelten.

»Mir wäre es lieber gewesen, wenn Laurie ein anderes Restaurant vorgeschlagen hätte.«

»Hast du nicht bekommen, was du wolltest?«

Sie lächelte. »Ich habe Laurie angerufen, um herauszufinden, ob sie ein paar Details bestätigen könnte. Von mir aus hätten wir das Ganze am Telefon erledigen können, aber sie hat gemeint, sie habe den Abend frei. Im Grunde haben wir die ganze Zeit damit verbracht, über unsere Männer zu schimpfen.«

»Besser, als allein zu sein.«

Sie senkte mit einem raschen kleinen Nicken das Kinn und drückte auf den Aufzugknopf. »Muß schön sein, wenn eine Frau wie Laurie Hatch auf einen wartet.«

»Ich glaube nicht, daß Laurie irgendwas Besonderes mit mir vorhat.«

»Sei dir da nicht so sicher.«

»Ashleigh, wenn ich fertiggegessen habe, werde ich noch ein bißchen spazierengehen. Das ist alles.«

»Du könntest wieder hierherkommen. Ich bin in Zimmer fünfhundertvierundfünfzig.«

Ich umarmte sie. »Ich brauch ein wenig Zeit für mich allein.«

Ashleigh stupste mir mit der Stirn an die Brust, dann entzog sie sich. »Tut mir leid wegen deiner Mutter.«

Die Aufzugtüren gingen auf und ließen Mahagoni und dunkle Spiegel sichtbar werden. Bevor sie sich wieder schlossen, sah ich durch den letzten Spalt, wie Ashleigh kraftlos an die Rückwand der Kabine sank.

32

Mit einer weit ausholenden Geste wies Vincent auf die andere Seite des Raumes. Ich hatte ihn nicht eine Sekunde täuschen können, aber er mußte zugeben, daß ich einiges in der Hinterhand hatte.

Laurie Hatch sah mir mit entspannter, vergnügter Gelassenheit entgegen. Sie strahlte ein natürliches Selbstbewußtsein aus. Julian schnappte die Haube von meinem Teller, vollführte eine Kehrtwendung und ging steif davon.

»Können Sie sich erinnern, wie Julian vorher war? Wie witzig?«

Lauries flackernder Blick teilte mir mit, daß ich das Wesentliche nicht begriffen hatte. »Julian muß Grennie und Rachel mindestens einmal pro Woche bedienen. Dabei erträgt er mehr dumme Anspielungen auf seine Männlichkeit, als Sie bis ins Greisenalter hören werden.«

Es war, als hätte man mir eine neue Brille aufgesetzt. Ich sagte: »Hm. Aha«, und schnitt in mein Steak.

Ihr Lächeln veränderte sich. »Ich hätte gern mehr für Ashleigh getan. Sie ist so smart und engagiert. Ihr beide scheint phantastisch miteinander auszukommen.« *Für einen Tramper und die Person, die ihn mitgenommen hat.*

»Ashleigh ist gut zu haben. Sie wollte mehr über meine Mutter wissen.«

»Ich weiß, wie man sich fühlt, wenn man seine Mutter verliert. Wie geht es Ihrem Vater?«

»Das frage ich mich auch.« Ich grinste über ihre Verlegenheit. »Ich habe meinen Vater nie gekannt.«

»Wissen Sie, wer er ist?«

»Bis gestern, als mir meine Mutter seinen Namen genannt hat, wußte ich noch nicht mal den. Ich will jetzt mehr über ihn herausbekommen. Meine Verwandten sind nicht allzu glücklich darüber.«

»Verstehen sie es nicht? Oder haben sie Angst vor dem, was Sie herausfinden könnten?«

Die Frage bestürzte mich. »Sie benehmen sich, als wäre ich unverschämt. Sie weigern sich, über Dinge zu reden, an die sie sich eigentlich erinnern müßten.«

»Wovor könnten sie sich denn fürchten?«

»Keine Ahnung. Meine Familie ist… sagen wir: exzentrisch.«

Eine Erinnerung blitzte in mir auf. Tante Joy beugte sich vor und richtete ihren dünnen Zeigefinger auf Clarence. Sein Rollstuhl bewegte sich einen Meter vorwärts und wieder zurück. Sie kniff die Augen zusammen. Der Rollstuhl hob sich über einen Meter weit vom Boden und schwang von einer Seite zur anderen, während Clarence mit säuglingshaftem Vergnügen die Zunge aus dem Mund streckte.

Das ist alles, wozu ich noch fähig bin, weil meine Kraft schon fast hinüber ist. Wenigstens kann ich ihn so in die Badewanne heben, denn wie sollte eine alte Frau wie ich sonst einen ausgewachsenen Mann pflegen? Es hätte nicht so enden müssen, Neddie. Wir waren früher wie die Fürsten dieser Stadt.

»Tante Nettie hat mich regelrecht begeistert.« Lauries Worte holten mich vom Flußgrund zurück ins Le Madrigal.

»Wenn Sie sie wollen, schenke ich sie Ihnen. Tante May auch. Hat man Tante May in der Familie, muß man nie wieder für irgendwas bezahlen. May besorgt es einfach. Sie ist eine Art Magierin.«

»Was meinen Sie damit? Leidet sie unter Kleptomanie?«

»May ist jenseits davon. Es ist wie Zen, wie eine mystische Kleptomanie.«

Laurie schien über das Wesen einer mystischen Kleptomanie nachzusinnen. »Aber Sie wollen es trotzdem erfahren, nicht wahr? Sie haben keine Angst.«

Ein leichtes, prickelndes Angstgefühl lief mein Rückgrat empor. »Ich will so viel herausbekommen wie möglich.«

Ich hörte Joy sagen: *Sylvan ist mit seiner Familie vor die Stadt gezogen. Er hatte mit Ethel einen ganzen Schwung Kinder, aber manche dieser Kinder, hat mein Daddy gesagt, sahen überhaupt nicht wie Menschen aus. Das französische Wort dafür ist »épouvante«. Was die französische Sprache betrifft, war ich immer besser als meine Schwestern.*

»Wie war der Name Ihres Vaters?«

Seinen Namen in der Öffentlichkeit auszusprechen erschien mir wie eine Verletzung meiner Privatsphäre oder eines uralten Gesetzes. Ich sagte ihn trotzdem. »Edward Rinehart.« Dabei kam mir der andere Name in den Sinn, den meine Mutter ausgesprochen hatte: Robert. Wer war *Robert?*

»Was für ein toller Name. Kreisende Nebelschwaden. Ein Landsitz auf einem Felshang über der Küste. Ein umwerfend gutaussehender Mann in Trenchcoat und Abendanzug. Über seine Vergangenheit spricht er nie. Meine Damen und Herren, ich präsentiere Ihnen... Mr. Edward Rinehart.«

Mit einem noch unbehaglicheren Gefühl als zuvor sagte ich: »Ich glaube nicht, daß er viel Ähnlichkeit mit Maximilian de Winter hatte.«

»Wie bitte?«

»Mit dem Gatten in *Rebecca*. Landsitz, Felsküste, traurige Geheimnisse.«

»Ach, natürlich! *Rebecca* ist einer meiner Lieblingsfilme. Laurence Olivier, ja natürlich, genau.«

Ich hatte an Daphne du Mauriers Roman gedacht, nicht an die Verfilmung durch Hitchcock, aber egal.

Sie legte ihre Hand auf meine. »Ich wollte Ihnen doch sowieso die Sehenswürdigkeiten von Edgerton zeigen, also können wir ja schauen, was wir dabei ausfindig machen. Zu zweit können wir sicher mehr erreichen, als wenn Sie alleine sind.« Ihr offener Blick sah fast wie eine Bitte aus. »Sie würden dabei auch mir helfen. Ich muß mal an was anderes denken als an meine blöde Situation.« Offensichtlich ließ sie ein Moment der Selbsterkenntnis schweigen. Sie wandte den Blick kurz ab, dann sah sie mich wieder an. »Hören Sie, Ned, wenn ich aufdringlich bin oder lästig oder irgend so was... oder irgendwie verrückt...«

Und Sylvan hat meinem Daddy gesagt: Howard, traue keinem außer deinen Verwandten, und traue denen auch nicht allzusehr, denn du kannst von Glück reden, wenn sie nicht eines Nachts des Weges kommen und dir mit der Axt den Kopf einschlagen. Ich hab es immer für wahrscheinlich gehalten, daß mein Daddy Sylvan mit dem Revolver erschossen hat, den der Alte bei seinem Tod angeblich reinigen wollte.

Ich erklärte ihr, sie klinge nicht einmal andeutungsweise verrückt, verglichen mit manchen meiner Verwandten.

»Ich meinte nur, wenn ich Ihnen helfen würde, hätte ich…«

Hätte sie etwas anderes zu tun, als über Stewart Hatch nachzubrüten. »Na schön. Helfen wir einander. Aber dann könnten wir auch die förmliche Anrede lassen, hm?«

»Gern.« Sie lächelte mich an. »Ich hab morgen den ganzen Tag frei. Samstags ist Cobbie immer bei Stewart. Was heißt, daß eine bezahlte Tussi unseren Sohn im Merchants Park auf die Schaukel setzt, bis Stewart mal sein Büro verläßt, um Cobbie mit Hamburgern und Süßigkeiten vollzustopfen, bevor er ihn um acht Uhr abends bei mir zu Hause abliefert.«

Wir bemühten uns, einen Treffpunkt zu bestimmen. Der Park auf der anderen Straßenseite war ja der Ort, an dem die Tussi Cobbie auf die Schaukel setzte. Laurie schlug den Eingang der Stadtbücherei vor, vier Straßen westlich und zwei Straßen südlich des Hotels, an der Ecke Grace und Grenville.

»Grenville?«

»Die Hälfte der Straßen im Stadtzentrum sind nach den Familien von Leuten benannt, die noch immer hier herumlaufen. Zum Beispiel die Cobden Avenue: Stewarts Vater hieß Cobden Hatch, woher natürlich auch Cobbie seinen Namen hat. Wann wollen wir uns treffen? Um halb zehn? Ein Freund von mir, Hugh Coventry – er arbeitet in der Bücherei – ist am Wochenende ehrenamtlich im Rathaus tätig. Da ist zwar alles zu, aber er hat Zugang zu allen Büros, und er fängt gegen neun Uhr an.«

Ich fragte sie, was wir im Rathaus sollten.

»Der Name Edward Rinehart müßte sich in den Akten finden lassen. Außerdem willst du vielleicht die Heiratsurkunde deiner Mutter und deine Geburtsurkunde sehen. Es geht doch nichts über Daten zum Anfassen.«

»Und nichts über eine wundervolle Begleitung beim Abendessen«, sagte ich.

Die meisten Gäste des Restaurants blickten auf, als wir auf das Podium zugingen. Vincents Lächeln kaschierte nur unzureichend ein anzügliches Grinsen.

In einem Nebenraum der Halle betrat ich eine Telefonzelle und machte zwei Anrufe. Als ich herauskam, tat Laurie Hatch gerade ihr Bestes, um sich neben einer eingetopften Palme unsichtbar zu machen. Ich eilte durch die Halle und folgte ihr durch die Drehtür. Der Portier gab ihren gelben Parkschein an einen eifrigen Knaben in einer schwarzen Weste weiter, und der Knabe rannte hinab in die Garage.

»Das Abenteuer ruft.« Laurie hob die Augenbrauen zu einem komischen, listig verschwörerischen Blick.

Der Junge in der schwarzen Weste sprang aus einem dunkelblauen Mercury Mountaineer und hielt die Tür auf. Laurie zwinkerte mir zu und fuhr davon, und ich überquerte die Commercial Avenue und ging auf die Lanyard Street und Toby Krafts Leihhaus zu. Laut Toby war die Straße vor langer Zeit unter dem Namen Whore's Alley bekannt gewesen, doch heutzutage seien die besten Huren mit Geldsäcken verheiratet und lebten in Ellendale.

33

Am oberen Ende des dreieckigen Merchants Parks stieß ich auf die Ferryman's Road. Dreistöckige, mit makellosen Rasenflächen geschmückte Ziegelbauten säumten die beiden Straßen, die vom Scheitelpunkt des Dreiecks wegführten. Auf dem Treppenabsatz des ersten Gebäudes wühlte ein stämmiger Mann, der eine braune Uniform trug, in seinem Schlüsselbund. Neugierig, welche Art von Unternehmen in Edgerton an einem Freitagabend die Dienste eines Wachmanns erforderte, sah ich mich nach einem Schild um, das aber nicht existierte. Dann bemerkte ich die in den Türsturz des Eingangs gemeißelte Inschrift: THE COBDEN BUILDING. Ich lachte laut auf – dies war also der Ort, an dem Stewart Hatch mit dem väterlichen Geld das tat, was er für richtig hielt.

Der Wachmann blickte zu mir herüber. Seine Augen lagen tief in einem zerfurchten Gesicht von der Farbe und Textur mit Ahornsirup gemischten Haferbreis. Er sah zu alt für seinen Job aus.

»'ne Menge Schlüssel«, sagte ich.

»'ne Menge Türen.« Der Wachmann starrte mich unverwandt

an, nicht mit dem Argwohn, der in Manhattan unvermeidbar gewesen wäre, sondern mit einer seltsamen, erwartungsvollen Aufmerksamkeit. »Egal, wie oft ich mir vornehme, den für die Eingangstür mit Klebeband zu markieren, ich vergess' es immer wieder. Da ist das Dingens ja.« Als er den Schlüssel in die Höhe hielt, spannte sein Bauch den Stoff des Uniformhemds.

»Arbeiten Sie für Mr. Hatch?«

»Schon fünfzehn Jahre.« Sein Lächeln wurde breiter, ohne dabei wärmer zu werden. »Sind Sie neu hier?«

Ich sagte ihm, ich sei für ein paar Tage zu Besuch.

»Sie sollten mal 'ne Tour durch Hatchtown machen. Da sehen Sie das echte Edgerton.«

Die Ferryman's Road erinnerte mich an Orte, die ich gelegentlich im Süden gesehen hatte, besonders an Teile von Charleston und Savannah. Eine Zielstrebigkeit, die mit meinen Nachforschungen über das Leben von Edward Rinehart zu tun hatte, verlieh mir Auftrieb. Mit der Zeit würde Joys unversöhnliche Geschichte verblassen.

Mein Daddy hatte so viel von dem Anderen in sich, daß es ihm egal war, wie er sich verhielt. Er war die Grausamkeit in Person. Es ist nichts als ein Fluch, das ist alles. Nettie, die hat ihre eigenen Ansichten, und wenn's um den Namen Dunstan geht, kann es für sie nichts Schlimmes sein. Aber Nettie hat keine Ahnung. Was in unserem Daddy war, ist vor allem auf mich gekommen – und hat alles verdorben.

Am breiten Ende des Parks bog ich nach rechts in die Chester Street ein und kam durch ein Viertel mit Langzeitpensionen und Mietshäusern. Laute Musik drang durch offene Fenster. Mütter und Großmütter hockten auf den schmalen Veranden. Vor der Kneipe an der nächsten Ecke bewegten sich Männer und Frauen in farbenfrohen Kleidern zu Ray Charles, der aus der Jukebox tönte. Brother Ray hatte Sehnsucht nach Georgia, und die Bewohner des Viertels feierten den Beginn des Wochenendes. Ich ging um die Ecke und an einer Einfahrt vorbei, in der zwei Männer Kisten aus einem Lieferwagen luden.

In der Lanyard Street standen anstelle der hübschen alten Häuser ein Schustergeschäft, ein Elektroladen und ein kleiner Lebensmittelmarkt. Über dem leeren Gehsteig hingen die drei Messingkugeln einer Pfandleihe.

Ich lugte durch das Metallgitter vor dem Fenster, auf dem in goldenen Lettern KRAFT TRU-VALUE PAWNBROKER stand. Zwei kleine Lampen brannten im Hintergrund des Ladens. Ich drückte auf den Klingelknopf und hörte ein Geräusch, das wie eine Bohrmaschine klang. Eine Hintertür ging auf, helles Licht fiel heraus, und Toby Kraft erschien.

Er schloß das Gitter auf und öffnete dann die Tür. »Komm rein, Junge. Was 'ne lausige Sache. Man möchte meinen, es gibt keine Gerechtigkeit mehr auf der Welt. Wenn's überhaupt je eine gab.« Toby schloß die Tür und legte einen schweren Riegel vor. Dann schloß er seine Hand um meine. »Junge, deine Mutter war ein toller Mensch.«

Toby zog mich in seine Arme. »Es ist heute morgen passiert, stimmt's? Warst du dabei?«

»Wir waren noch bei Tante Nettie«, sagte ich.

Er glättete sich das Haar und wischte sich die Hände an den Hosen ab. »Wie geht's dir dabei?«

»Weiß nicht.«

»Wie steht's mit einem Schlückchen?«

»Nee, ich hab gerade... ja, warum eigentlich nicht?«

»Ich hab noch was zu tun, aber es dauert nicht mehr lange.« Als ich die Theke betrachtete, sagte er: »Deine Mama hat dem Laden echt irgendwie Glanz verliehen, als sie da hinten stand. Sag mal, wen hast du eigentlich beauftragt – Spaulding?«

Ich brauchte einen Moment, um zu verstehen, was er meinte. »Nettie findet, ich gebe zuviel Geld aus.«

An der Rückseite des Ladens winkte Toby mich in ein kleines, heißes Zimmer, das mit Neonlampen beleuchtet war. Ein mit Papieren überhäufter Blechtisch erhob sich an der Rückwand, ein niedriges Bücherregal mit grünen Aktenordnern und ein stählerner Safe standen an einer halben Trennwand, hinter der ein dunklerer Raum mit Reihen von Lagerregalen zu sehen war. Alte Kalender mit Bildern nackter, üppiger Damen pflasterten die Wände. Die Männer, die ich zuvor in der Einfahrt gesehen hatte, trugen gerade Kisten in den Raum hinter der Trennwand. »Kraft?« sagte einer von ihnen.

»Das ist nur mein Enkel.« Toby sah mich an. »Laß dich von den Mädels bloß nicht runterputzen. Die haben genug, um über die Runden zu kommen. Wann ist die Beerdigung?«

»Mittwoch vormittag.« Ich setzte mich auf einen Klappstuhl.

Toby seufzte. »Eine Sekunde.« Er ging durch die Lücke in der Trennwand und sprach mit den Männern. Dann hörte ich den Lieferwagen wegfahren.

»Ich bin froh, daß Nettie und May genug haben, um auszukommen.«

Er rieb Daumen und Mittelfinger aneinander und zwinkerte. »Ich hab dir einen Drink versprochen.« Er holte eine Literflasche Johnnie Walker Black und zwei verschmierte Gläser aus einer der unteren Schreibtischschubladen. »Tut mir leid, daß es kein Eis gibt, aber ich hab's nie geschafft, mir einen Kühlschrank reinzustellen.« Eine Packung Camel ohne Filter und ein goldenes Feuerzeug erschienen aus seiner Brusttasche. Er goß drei Fingerbreit Whisky in die Gläser. »Mir wär's lieber, wir hätten einen erfreulicheren Anlaß. Auf Star.«

Wir stießen an.

»Kommst du zurecht?«

»Einigermaßen«, sagte ich. »Heute hab ich Joy besucht.«

»Die hab ich ewig nicht gesehen.« Wir tranken. Als er mir die Flasche zuschob, schüttelte ich den Kopf. »Geht's ihr und Clarence halbwegs gut, oder wie sieht's aus?«

»Clarence hat Alzheimer«, sagte ich. »Sie hat ihn in einen Rollstuhl geschnallt und füttert ihn mit Babynahrung.«

»Ich schätze, Clarence ist kein guter Unterhalter mehr.«

»Joy hat dafür um so mehr geredet«, sagte ich.

Er lehnte sich zurück und grinste. »Du bist ein kluger Junge, dir muß ich nicht sagen, was Sache ist. Joy ist ein sehr unglücklicher Mensch.«

Ich nahm einen Schluck Whisky und überlegte mir, was ich sagen sollte. »Ich glaube nicht, daß viele von den Dunstanbabys mit Flügeln und Klauen auf die Welt gekommen sind, aber an einigen von Howards Geschwistern muß was komisch gewesen sein, weil auch Clark davon gesprochen hat.«

Toby ließ den Hinterkopf an die Sessellehne sinken und starrte auf die Neonröhren an der Decke. Eine Rauchwolke schwebte empor. »Zuerst mal...« Er griff nach der Flasche und beugte sich vor. »Verflucht, trink noch ein Schlückchen Scotch. Du läßt ja mich die ganze Arbeit machen.« Ich hielt ihm mein Glas hin, überrascht, daß es schon fast leer war. Er füllte auch seines auf, stellte die Flasche ab und betrachtete mich einen Augenblick. Jetzt wurde es interessant.

»Zuerst mal mußt du dir ein paar Gedanken über Netties Göttergatten machen. Ich sage das, weil das der Hauptberuf von Clark Rutledge ist – Netties Ehemann zu sein. Er ist sozusagen nur der Frühstücksdirektor der Firma Dunstan und Co., und Clark liebt seine Arbeit, das ist sonnenklar. Was ist das wichtigste an einem Job?«

»Das Gehalt?«

»Falsch. Arbeit verschafft einem einen Platz in der Welt. Clark ist jemand, weil er ein Dunstan ist, und die Kuh wird er melken, bis sie tot umfällt. Außerdem hat er nicht alle Tassen im Schrank. Heute erzählt er einem, warum das jüdische Volk, zu dem ich auch gehöre, am Aufstieg Hitlers schuld war, weil es das ganze Gold in Deutschland gehortet hat. Und morgen sind die Juden großartige Leute, weil sie das Volk der Bibel sind.«

Ich lächelte ihm zu.

»Okay, soweit zu Clark. Was nun Joy angeht, die hat sich immer übergangen gefühlt. Ist dir aufgefallen, daß sie die ganze Zeit nur über ihren Daddy redet?«

Ich nickte.

»Howard war ein seltsamer Kerl, aber er und Queenie sind immer miteinander ausgekommen. Joy hatte ein Problem damit. Joy war eines jener Kinder, die immer quengeln, quengeln, quengeln. Mehr, mehr, und nie ist es genug, stimmt's? Frauen sind halt so gestrickt: Sie wollen immer mehr, als was sie haben, weil was sie haben, nie genug ist. Kann's gar nicht sein, weil sie's ja haben.«

Tobys Darstellung kam mir erstaunlich zutreffend vor.

»Queenie wußte, wie man mit dem Alten umgehen mußte, Joy hingegen nur, wie man sich an ihm wund reibt. Nimm das, was sie sagt, mit allergrößter Vorsicht, und dann zieh noch mal die Hälfte ab.«

»Joy wiegt ungefähr vierzig Kilo, Clarence vielleicht hundertvierzig, und das ist alles totes Gewicht. Sie badet ihn jeden Abend.«

»Ein echtes Kunststück.«

»Joy meint, sie hat von ihrem Vater übernatürliche Kräfte geerbt, und das, was davon übrig ist, soll gerade noch ausreichen, um Clarence aus seinem Rollstuhl zu heben, ihn in die Wanne zu setzen, ihn zu waschen, abzutrocknen und wieder in den Stuhl zu hieven.«

»Ich muß gestehen, ihre Geschichten werden immer besser.«

»Sie hat seinen Rollstuhl hin- und herbewegt, indem sie einfach auf ihn gezeigt hat. Dann hat sie den Finger aufgerichtet, und der Stuhl hat abgehoben und ist mitten in der Luft herumgeschaukelt. Clarence hat das so gefallen, daß er dabei wie ein Baby gesabbert hat.«

Hinter den dicken Brillengläsern rasselten Tobys Augenlider zweimal auf und ab wie Jalousien. Ich griff nach der Flasche.

»Diese verfluchte, blöde Joy.« Er hievte sich aus seinem Sessel und ging hinter die Trennwand. Ich hörte, wie er das Schloß an der Tür zur Einfahrt kontrollierte. Er holte die Packung Camel wieder aus der Tasche, nahm eine Zigarette heraus und untersuchte sie auf Mängel. Nachdem er sie angesteckt hatte, lehnte er sich zurück und studierte mich noch ein Weilchen.

34

»Also das ist es, worüber du mit mir sprechen wolltest?«

»Das ist eines der Dinge, über die ich mit dir sprechen wollte.«

Er fuhr sich mit seiner dicken Hand übers Gesicht. »Eigentlich weiß ich gar nicht allzuviel.«

»Du weißt mehr als ich. Und alle anderen weigern sich, überhaupt was herauszulassen.«

»Star wollte nicht, daß du etwas von diesen Sachen erfährst.«

»Was für Sachen sind das?«

»Was in deiner Familie vererbt wird, angefangen mit Omar und Sylvan. Du hast doch von Omar und Sylvan gehört?«

»O ja«, sagte ich, »besonders von Joy.«

Ich hörte Joys zerbrechliche Stimme: *Meine Großväter waren die letzten Nachkommen heidnischer Götter und hätten über irdische Reiche herrschen können, aber sie hatten nur Reichtum und Vergnügen im Kopf. Um sein Haus in der New Providence Road zu bauen, hat Sylvan das Haus seiner Väter in England Stein um Stein und Ziegel um Ziegel zerlegen lassen, und dann hat er die ganzen Steine und Ziegel übers Meer verschifft und sie genauso wieder zusammensetzen lassen wie in den alten Tagen.*

Ebensogut hätte er sein Geld das Klo hinunterspülen können. Mein Daddy war genauso. C'est dommage.

»Sie hätte den Anstand haben können, den Mund zu halten.«

»Weil meine Mutter mich nicht am Familiengeheimnis teilhaben lassen wollte, was immer das ist.«

Toby nahm einen Schluck Whisky und drückte das Glas an das silbrige Fell, das aus seinem Hemd quoll. »Deine Mutter wollte dich beschützen. Ich finde, daß ihr das ganz gut gelungen ist.«

Ich starrte ihn wortlos an.

Toby hob die linke Hand und richtete die Handfläche auf, so daß der Rauch sich um die Finger kräuselte. Die Geste sollte wohl ausdrücken: Keine große Sache! »Du warst normal. Es war besser für dich, über gewisse Sachen nicht Bescheid zu wissen.«

»Ich war normal.«

»Wenn Joy als Baby nicht rechtzeitig gefüttert wurde, ist wahrscheinlich alles in der Gegend rumgeflogen und die Fenster sind zersplittert... wogegen bei dir nichts passiert ist als diese Anfälle. Was ja nicht gar so ungewöhnlich ist. He, kommt das eigentlich noch immer vor?«

Gedanken, die in eine ganz bestimmte Richtung liefen, begannen in mir Form anzunehmen.

»Ich hab immer gehofft, daß du da rauswachsen würdest.«

»Toby, du hast gerade gesagt, bei mir sei nichts passiert als diese Anfälle.«

»Eben! Zum Beispiel genau an deinem dritten Geburtstag.«

»Aber alle anderen dachten wohl, daß mit mir noch etwas *anderes* geschehen würde. Ihr habt damit gerechnet, ich könnte Dinge im Zimmer umherfliegen lassen.«

Er verzog die Miene zu einem schlaffen, trübseligen Stirnrunzeln.

»Wir sprechen über das Erbe der Dunstans. Als es mich erreicht hat, sah es also gewöhnlich genug aus, um normal auszusehen.«

»Du hättest nicht aufs College gehen sollen«, sagte Toby. »Du hörst zu gut zu.«

»Wieviel davon ist von Howard auf Queenie gekommen?«

»Meine Frau hatte 'ne Menge Dunstan intus, das kann ich zumindest sagen.« Er schlürfte an seinem Whisky und grinste vor sich hin. »Manchmal hat sie sich einen Meter übers Bett erhoben und ist da hängengeblieben. Selig schlafend. Die Bettdecke hat sie mitgenommen. Das war das Tollste, was man je gesehen hat. Und sie wußte sofort, wenn etwas vor sich ging.« Eine Erinnerung brachte ihn zum Lachen. »Im ersten Jahr nach unserer Hochzeit sind zweimal jeweils zwei Idioten in den Laden marschiert, um auf die leichte Weise Geld zu machen. Die dachten sich bestimmt: 'ne alte Dame wie die, wenn wir der 'ne Kanone zeigen, macht die gleich schlapp. Was man als klassischen Trugschluß bezeichnen könnte.« Toby gluckste. »Sobald sie reinkommen, holt Queenie die Schrotflinte unter der Theke hervor. Die kleinen Scheißer machen sich fast in die Hosen. ›Lady‹, sagen sie, ›Sie irren sich. Legen Sie die Flinte weg, bevor noch was passiert.‹ Und Queenie: ›Wenn ihr euren Arsch nicht aus der Tür bewegt, bevor ich auf drei zähle, passiert bestimmt was, aber ohne daß ihr noch was davon merkt.‹ Danach hatten wir keine Probleme mit Überfällen mehr.«

»Schön für sie«, meinte ich.

»Queenie hatte massenhaft von der Gabe. Es waren nicht nur ihre fixen Hände, weshalb man sie zur Königin der Elstern ernannt hat.«

»Aha«, sagte ich.

Toby zeigte seine verfärbten Zähne. »Sagen wir mal, du sitzt in der Küche und redest über dies und jenes, und Queenie steht neben dem Tisch. Du gehst zum Kühlschrank, um Eis zu besorgen. Wenn du dich umschaust, ist sie in der Versenkung verschwunden. Du läufst aus der Küche und brüllst: ›Queenie?‹ Da geht die Schlafzimmertür auf, und sie kommt mit einem Federwisch heraus. ›Was zum Teufel soll das?‹ fragst du. Und sie: ›Über dem Küchenfenster sind Spinnweben, und – nur damit du's weißt – unser Staubwedel ist im Schlafzimmerschrank.‹ Wenn du Lust auf einen neuen Fernseher hast und meinst, du solltest nichts dafür bezahlen müssen, ist so was ein gewaltiger Vorteil.«

»Die Mädchen haben die Gabe ihres Vaters geerbt.«

Toby füllte beide Gläser auf. »Vor allem Queenie, und dann Joy und Nettie. Aber May hat auch ihren Teil abbekommen.« Sein Blick wanderte zu der Collage aus nackten Frauen. »Als May ungefähr dreizehn war, saß sie einmal auf Howards Notsitz, als sie die Wagon Road – heute heißt sie Cordwainer Avenue – entlanggefahren sind. Wie Queenie mir erzählt hat, hat May gesehen, daß zwei Mädchen in einem anderen Wagen mit dem Finger auf sie gezeigt haben. Du weißt schon, sie haben sie ausgelacht. Ich hatte immer das Gefühl, daß da noch mehr dran war, denn Howards Familie konnte nirgendwohin, ohne Aufsehen zu erregen. Einmal hab ich May direkt darauf angesprochen, aber sie hat sich gedrückt, wie üblich. Wie auch immer, *was* sie gesehen hatte, hat sie so wütend gemacht, daß sie ein ganzes Feuerwerk gezündet hat. Hat die Straße rauf und runter Windschutzscheiben platzen lassen, von den Reifen ganz zu schweigen. Hat die Telefondrähte zerrissen. Der reine Wahnsinn.«

Joys papierene Stimme flüsterte mir ins Ohr:

Und meine Schwester May hat ein Chaos auf der Wagon Road ausgelöst, indem sie Donnerschläge zündete – und das, obwohl mein Daddy immer behauptete, sie sei kaum eine echte Dunstan, was aber eine gemeine Beleidigung meiner Schwester war und nichts mit der Wahrheit zu tun hatte.

Zum Beispiel war einmal ein Gentleman aufgetaucht, als wir noch junge Mädchen waren, und hat Zuneigung zu May gezeigt. Leider hat er sie nicht auf die richtige Weise geschätzt und wollte ihr seinen Willen aufzwingen. Hatte nur eine Vergewaltigung im Sinn. May hat sich dieses Burschen mit Hilfe dessen erledigt, was die Franzosen »force majeure« nennen. Ganz aufgewühlt ist sie nach Hause gekommen und hat mir erzählt: ›Joy, mein junger Verehrer hat versucht, mich zu mißbrauchen. Ich hatte solche Angst, daß ich in mir die Kraft gefunden hab, mich aufzulehnen und ihn zu vernichten. Nachdem ich ihn vernichtet hatte, ist mein junger Verehrer nur noch eine stinkende grüne Lache gewesen, an die ich mich am liebsten nicht mehr erinnern mag.‹

Ich weiß nicht, was da noch zu einer echten Dunstan fehlen sollte.

»Da war auch noch eine Geschichte mit einem Jungen, der versucht hatte, May zu vergewaltigen«, sagte ich.

»Die gute, alte Joy«, sagte Toby. »Läßt keinen Stein liegen, ohne ihn umzudrehen.«

Ich fragte, ob er irgend etwas über Stars Vater wisse.

»Queenie hat mal gesagt, Stars Vater soll ein Jazzschlagzeuger gewesen sein, aber seinen Namen hat sie mir nicht genannt. Von dem hätte Star auch ihre Ader für Musik. Hab irgendwie gedacht, er könnte selbst so eine Art Dunstan gewesen sein, dieser Schlagzeuger. Übrigens hab ich auch immer gedacht, daß Ethel Bridges, die Frau aus New Orleans, die Sylvan geheiratet hat, nachdem man Omar umgebracht hatte, ebenfalls so eine war.« Er grinste mich an. »Bist du nicht auch ganz gut auf der Gitarre geworden, droben in Naperville?«

Star hatte wohl vor Toby mit meinen Gitarrenkünsten angegeben.

»Ich hab's versucht«, sagte ich.

»Ein paarmal sind Kunden mit signierten Fotos von Big Bands wie denen von Duke Ellington und Benny Goodman gekommen. Ich hab mir die Schlagzeuger auf den Bildern angeschaut und gedacht: Wenn du das bist, hast du von deiner Tochter zwar nie erfahren, aber du wärst stolz auf sie gewesen.«

»Das hast du aber schön gesagt«, sagte ich, berührt von seinem Zartgefühl. »Ich schätze, die Leute haben ein falsches Bild von Pfandleihern.«

»Weißt du, was wir leisten? Wir bieten Schutz für Leute, die ihn brauchen. Jedenfalls war das so, bevor die Banken allen ihre Kreditkarten aufgedrängt haben.«

Ich spürte die Klarheit einer längst überfälligen Erkenntnis. »Mein Gott.« Ich spürte ein Prickeln auf meiner Haut. »Jetzt hab ich es kapiert. Meine Mutter hat mich zu Pflegeeltern gegeben, um mich vor meiner Familie zu schützen.«

»Na, klar«, meinte Toby, als hätte ich gesagt, es sei angenehmer, eine Menge Geld zu haben und in einer Villa zu wohnen, als in einer Mietskaserne zu hausen und sich mit Essensmarken durchzuschlagen.

»Immer wenn ich nach Hause gekommen bin, muß sie allen eingeschärft haben, darauf zu achten, was sie sagten. Ich sollte nichts über die Dunstans erfahren.«

»Sie wollte, daß du ein normales Leben führst.«

»Und ihren Tanten hat das nicht gefallen. Sie haben keinen Grund dafür gesehen.«

Toby ließ seine Unterarme auf dem überladenen Tisch ruhen. Seine Glubschaugen waren vollständig klar. »Als du ein kleines Kind warst, haben meine Frau und ihre Schwestern die ganze Zeit gehofft, du würdest zeigen, daß du etwas vom Blut der Dunstans in dir hast. Aber als du älter geworden bist und Star dazwischengetreten ist, war das wie ein Schutzwall.«

»Deshalb bin ich nach meinem zwölften Geburtstag auch nie mehr nach Edgerton gekommen. Sie hat Nettie und May nicht getraut.«

Toby schenkte den Rest Johnnie Walker Black ein, hauptsächlich in sein eigenes Glas. »Ist allmählich Zeit, für heute Schluß zu machen. Bevor du in die Falle gehst, solltest du vielleicht ein paar Aspirin schlucken.« Er lächelte mir zu. »Gab's noch was anderes, worüber du sprechen wolltest?«

»Da wäre nur noch eine Sache«, sagte ich.

»Schieß los.«

»Kurz bevor wir das Krankenhaus verlassen haben, hat Star es geschafft, ein paar Worte herauszubringen. Es ging um meinen Vater.«

Toby hob den Kopf.

»Sie hat mir gesagt, sein Name soll Edward Rinehart gewesen sein.«

Wieder senkten und hoben sich die Jalousien hinter den dicken Gläsern.

»Meine lieben Verwandten wollen mich die ganze Sache vergessen lassen. Sie wissen etwas, aber sie sagen nichts.«

»Weshalb bist du dir da so sicher?«

»Star hat mit dem Kerl zusammengelebt, bevor sie ihn geheiratet hat. Da muß Nettie doch seinen Namen kennen.«

»Sollte man meinen«, sagte er.

»Du kennst ihn auch, Toby.«

Er lächelte. »Ich hab tagaus, tagein mit Hunderten von Leuten zu tun. Die Namen kommen und gehen.«

»Das reicht mir nicht.«

Er drückte sich vom Tisch ab, ging um ihn herum und stellte sich vor das Bild einer schwarzhaarigen Frau, die ihre Brüste mit den Handflächen präsentierte wie halb aufgeblasene Wasserbälle auf einem Tablett. »Ich bin kein Leimsieder, der sein ganzes Leben hinter einer Ladentheke verbracht hat. 1946, als ich aus der Armee gekommen bin, hatte ich einen weißen Cadillac mit offenem Verdeck und siebentausend Dollar auf der Bank. Wichtige Leute haben mich in ihre Häuser eingeladen und mich wie ihresgleichen behandelt. Einmal hab ich jemanden getötet, weil er mir keine andere Wahl gelassen hatte, und ich hab sechs Monate in Greenhaven eingesessen wegen eines Deals, bei dem ich praktisch den

Kopf für jemand anders hingehalten habe. Toby Kraft ist kein Clark Rutledge.«

»Aber irgendwann bist du auf Edward Rinehart gestoßen.«

Er schielte mich durch seine dicken Gläser an. »Du hast den Namen also von Star?«

»Rischtisch.« Ich versuchte es noch einmal. »Rich-tig.« Ich sah, daß mein Glas nur noch eine Neige Whisky enthielt.

»Vielleicht erinnere ich mich an etwas.« Wir genossen eine bedeutungsvolle Pause. »Wie wär's, wenn du nach dem Begräbnis eine Woche oder so hier arbeitest? Hundert Dollar pro Tag, bar auf die Hand.«

»Was ist das – ein Kuhhandel?«

»Ein Angebot.«

»Es ist zwar ein Kuhhandel, aber einverstanden«, sagte ich.

Toby gab vor, sein Gedächtnis zu durchforschen. »Ich hab diesen Rinehart nie getroffen, aber er ist viel rumgekommen, hatte ich den Eindruck. Nach dem winzigen bißchen, das mir noch im Hirn klebt, war er an verschiedenen Orten. Ein bestimmter Typ könnte in der Lage sein, dir weiterzuhelfen.« Er marschierte hinter seinen Tisch, setzte sich und suchte im Chaos nach einem Kugelschreiber und einem Notizblock. Dann richtete er den Zeigefinger auf mich. »Ich hab dir diesen Namen nicht genannt.«

»Richtig«, sagte ich.

Er kritzelte etwas, riß das oberste Blatt des Blocks ab, faltete es zusammen und reichte es mir. »Steck das ein. Sieh es dir morgen an und entscheide dann, was du tun willst. Wenn du die alten Geschichten ruhen lassen willst, ist das auch in Ordnung.«

Das Büro schwankte wie das Deck eines Schiffes.

»Hasta la vista«, sagte Toby. Er stand auf, und ich sah wieder, wie klein er eigentlich war.

35

Es ging einigermaßen, bis ich den Lärm der Jukebox hörte. Je weiter ich marschierte, desto besser schien es zu klappen. Dann trat ich – nicht allzu schwankend – in die Stimme von Whitney Houston, die etwas über ewige Liebe heulte, und die Kombination aus Alkohol und Nachtluft schlug in mein Nervensystem ein. Während ich über den Gehsteig trieb, schaukelte ein Laternenpfahl auf mich zu, den ich mit beiden Armen packte, bevor er entkommen konnte.

Ich klammerte mich fest, bis der Gehsteig sich nicht mehr bewegte; dann durchquerte ich die Menge vor der Kneipe, assistiert von einem freundlichen Zeitgenossen, der mich am Arm packte und südwärts schwenkte. Die alten und jungen Frauen auf den Veranden betrachteten mich mit großem Ernst. Endlich erreichte ich den Merchants Park und stolperte zu einer Bank. Ich ließ mich in ihre Arme fallen und schlief ein.

Ich erwachte mit einem dröhnenden Schädel und mit Schmerzen in den Eingeweiden. Laternenlicht erleuchtete die über den Eingang des ersten Gebäudes jenseits der Straße gemeißelten Worte: THE CORDWAINER BUILDING. Als ich die Füße auf den Boden stellte, nahm der Schmerz in meinem Bauch feste Form an und schoß nach oben. Ich würgte einen Liter wäßriges rotbraunes Gemisch auf den Asphalt.

Es war fünf nach halb zwölf. Ich mußte mindestens eineinhalb Stunden auf der Bank gelegen haben. Nettie und Clark schliefen um diese Zeit noch nicht so fest, daß ich ungehört in mein Zimmer gelangen konnte, und ich war absolut nicht vorzeigbar genug, um einer Inspektion standzuhalten. Ich wollte unbedingt den Mund ausspülen und eine Menge Wasser trinken. Am anderen Ende des Parks stand ein großer Trinkbrunnen.

Das Granitbecken ging in einen hohen, achteckigen Sockel über. Ich fand an der Seite des Beckens den Messingdruckknopf und spülte mir den Mund aus, schluckte gierig Wasser, bespritzte mein Gesicht, schluckte mehr Wasser. Dann blickte ich hinab und bemerkte die Inschrift am Fuß des Sockels.

> ERRICHTET MIT DER GROSSZÜGIGEN UNTERSTÜTZUNG VON STEWART HATCH: AN DEN WASSERN VON BABYLON WERDET IHR RUHE FINDEN.« 1990

Vor mir lag eine Stunde Zeit, die ausgefüllt werden mußte. Ich richtete meine Krawatte, knöpfte das Jackett meines besten blauen Anzugs zu und verließ nicht mehr ganz so schwankend den Park, um mich auf die Suche nach dem Nachtleben von Edgerton zu begeben.

36

Zwei Straßen, die von leuchtenden Neonschildern und Markisen gesäumt waren, verliefen von der Chester Street ostwärts. Ein breiter purpurroter Pfeil blitzte auf wie ein Neonfinger. In dunklerem Rot hingen vertikale Streifen mit der Aufschrift HOTE PARIS über einer Rauchglastür. Drei- oder vierköpfige Gruppen, hauptsächlich Männer, bummelten durch die Straßen.

Zu meiner Linken lag die Low Street, zu meiner Rechten die Word Street. Ich nahm letztere, weil sie näher war, und kaum hatte ich sie betreten, fiel mir ein Bronzeschild in Form eines an den Ecken eingerollten Pergaments ins Auge. Ganz oben standen die Worte OLD TOWN. Ich trat näher, um die Inschrift zu studieren.

Altes Stadtzentrum von Edgerton, Illinois. Als Handelsplatz und Ort der Entspannung ein bedeutendes Ziel aller Reisenden auf dem Mississippi. Die Restaurierung wird durchgeführt mit der großzügigen Unterstützung von Mr. Stewart Hatch.

Die einzigen Anzeichen einer Restaurierung in der Word Street waren die Laternenpfähle, zwei pro Häuserblock, die die weißen Glaskugeln alter Gaslaternen im Stil des Art deco aufwiesen. Die Gebäude – Kneipen, Kinos, Schnapsläden, Hotels und Mietshäuser – boten einen jämmerlichen Anblick, so als warteten sie darauf, von einem Polizisten des Ortes verwiesen zu werden. Streifen aus Neonlicht fielen auf schmutzige Ziegel und auf Balken, von denen die Farbe abblätterte. Männer in abgetragenen Kleidern kamen aus den Bars. Hier und da schlenderten besser gekleidete Leute den Gehsteig entlang. Ein paar Anwohner saßen auf Gartenstühlen vor ihren Häusern und genossen die Nachtluft.

Ein Stück vor mir schlug ein Paar, das perfekt in eine Anzeige für biologisch hergestellte seifenfreie Seife gepaßt hätte, einen Bogen um einen Betrunkenen, der an der Mauer einer Kneipe lehnte. Ein vertraut aussehendes Wiesel mit Kinnbart und schwarzer Lederjacke glitt an der Szene vorbei und huschte über die Straße.

Ich sah die Lederjacke im flackernden Neon einer Gasse verschwinden und merkte, daß ich die Relikte des liederlichen Kaffs aus der Erzählung Onkel Clarks betreten hatte. Hier lebte noch das Edgerton, in das sich die Matrosen und Passagiere der Dampfer begeben hatten, um zu spielen, Bordelle aufzusuchen, die Tanzbären und zweiköpfigen Ziegen auf dem Rummelplatz zu begaffen, sich aus der Hand lesen und ausnehmen zu lassen. Die Szenerie hatte sich im Grunde nicht verändert, zumindest nicht, wenn man an einem späten Freitagabend im Edgerton meiner Ururgroßväter stand.

Ich überquerte die Straße in Richtung der Gasse, in der das Wiesel mit Lederjacke verschwunden war.

37

Kaum hatte ich die Dove Lane betreten, da merkte ich, daß es zwei Altstädte gab. Die eine bestand aus der Low und der Word Street, die andere war dahinter verborgen. Ein Labyrinth gewundener Gassen verzweigte sich zu kleineren, dunkleren Durchgängen mit briefmarkengroßen Plätzen, die an einer Mauer oder auf einer der breiteren Straßen endeten. Vor dieser verborgenen Altstadt hatte Stewart Hatchs philanthropischer Eifer haltgemacht, so daß die Lampen in Gassen wie der Dove Lane lediglich aus Glühbirnen auf Eisenpfählen bestanden, die mindestens siebzig Jahre alt waren. Jede dritte oder vierte Birne war zerbrochen, aber die Neonschilder und erleuchteten Fenster des Viertels tauchten die schmalen Gassen in buntes Licht.

An der nächsten Ecke waren entlang der Dove Lane nur dunkle Schaufenster und verlassene Häuser zu sehen. Ich bog in die Leather Lane ein, deren Helligkeit mich Striptease-Schuppen und Massagesalons erwarten ließ. Statt dessen fiel Licht aus der Glasfront eines Waschsalons, in dem ein halbes Dutzend müde aussehender Frauen auf Bänken vor den ratternden Trocknern lümmelte.

Nach der Leather kam die Fish, dann Lavender, Raspberry, Button, Treacle und Wax. Als ich die Button Lane verließ, wurde ich mir der Schritte hinter mir bewußt. Leise folgten sie den meinen durch die Treacle und die Wax, obwohl ich niemanden sah, als ich mich umblickte. Die Wax führte zu einem kleinen Platz namens Veal Yard, wo aus den Fenstern des Brazen Head Hotels

Licht auf einen trockenen Brunnen fiel. Ich kam in die Turnip Lane, ging an einer Bar namens The Nowhere Near vorbei und hörte wieder Schritte hinter mir. Als ich über die Schulter blickte, sah ich einen dunklen Schatten. Mein Herz setzte einen Schlag aus, und der Schatten verschwand in der Dunkelheit.

Ich hastete über das glatte Kopfsteinpflaster und erreichte wieder den Trubel der Word Street. Was ich auf der anderen Straßenseite sah, klärte mich darüber auf, wo ich mich nun befand.

Vor den Glastüren einer zweistöckigen Bar legte der schlüpfrige Typ, dem ich in die Gassen der Altstadt gefolgt war, ein cooles Tänzchen aufs Parkett, um einer stämmigen Blondine, die eine halb aufgeknöpfte Jeansjacke trug, etwas zu verdeutlichen. Die Kleine war Cassie Little, der Schwarm von Clark Rutledge, und das Wiesel hieß Frenchy La Chapelle. Ich hatte die beiden auf der Intensivstation gesehen. SPEEDWAY LOUNGE verkündete das grelle Rosa der Neonlettern über dem Eingang.

Eine Hand schloß sich um meinen linken Ellbogen, und eine heisere Stimme flüsterte: »Kumpel, was deinen Grips betrifft, weiß ich nich recht, aber Mumm haste jedenfalls.«

Der abgerissene alte Mann neben mir grinste über mein Erstaunen. Fettige graue Locken unter einer flachen Mütze, hohle Wangen mit glänzenden grauen Stoppeln, mehrere Schichten unsauberer Kleider, ein deutlicher, alles durchdringender Alkoholgeruch. »Piney Woods«, sagte er. »Kennste mich noch?«

38

»Ich war am Donnerstag abend zwar nicht hier«, sagte ich, »aber mein Onkel Clark hat mir von dir erzählt.«

»Falls du jetzt nicht zufällig auch woanders bist, würd ich an deiner Stelle lieber wieder in der Turnip verschwinden.« Er deutete auf die vier Männer mit harten Gesichtern, die sich vor der Speedway Lounge versammelten. Sie trugen die Hemden offen über ihren in T-Shirts steckenden Bäuchen und sahen aus wie Kleinstadtrowdys, die sich seit ihrem siebzehnten Lebensjahr nicht wesentlich verändert haben. Drei der Männer hielten Baseballschläger in der Hand. Ich ließ mich von Piney in die Gasse zurück ziehen.

»Meine alten Pokerkumpane, schätze ich.«

»Staggers und Konsorten.« Piney stellte sich so, daß sie mich nicht sehen konnten. »Draußen in Mountry gibt's ein paar echt brutale Arschlöcher.«

Ich lugte ihm über die Schulter. »Wer von denen ist Staggers?«

»Der in den Armeehosen.«

Der in den Armeehosen hatte das verdorbene, durchfurchte Gesicht eines Menschen, der sich nie von der enttäuschenden Erkenntnis erholt hat, daß er doch nicht der Herrscher der Welt ist. Er klatschte in die Hände und knurrte Befehle. Trotz seines Bierbauchs sah er aus, als würde er seinen Arbeitstag damit verbringen, Felsblöcke mit einem Preßlufthammer zu pulverisieren.

»Sieht aus, als wollten die Jungs sich wieder trennen, um sich noch einmal umzusehen.«

»Ich hab gehört, daß jemand mir gefolgt ist«, berichtete ich ihm.

»Wie schon gesagt, du hattest Glück. Wenn das auch so bleiben soll, solltest du schleunigst aus Hatchtown verschwinden.«

Ich eilte zurück auf den Veal Yard. An dessen anderer Seite wand sich – links von der Wax Lane – die Pitch Lane tiefer nach Hatchtown hinein. Ich rannte sie hinab, in der Hoffnung, sie könnte mich wieder zu Toby Krafts Leihhaus in der Lanyard Street führen.

An einer schiefen Ruine, die den Geruch von Ammoniak und verfaulten Äpfeln ausdünstete, ging die Pitch in die Treacle Lane über. Wieder hörte ich das Klacken näherkommender Schritte. Auf der anderen Seite der Ruine verschwand ich in der Fortsetzung der Pitch Lane und lief deren dunkle Windungen entlang. Die Schritte meines Verfolgers erschallten mit einem Kalkül, das erschreckender war als Hast. Die Pitch kreuzte sich mit der Midden, aber... vergiß die Midden. Bedien dich deiner Phantasie. Als ich die Lavender Lane erreichte, blickte ich nach links. Zwei zerlumpte Jungen, die exakt so aussahen, als wären sie der Aufnahme eines New Yorker Slums um 1890 entsprungen, standen in der Tür eines verlassenen Gebäudes und sahen zu mir herüber. Zu meiner Rechten drang hohes weibliches Lachen aus dem Fenster einer winzigen Kneipe namens No Regrets. Jenseits davon näherten sich schwere Schritte. Wer immer mein anderer Verfolger sein mochte, dieser hier war einer von Joe Staggers' Freunden.

Meine beiden Angreifer kamen näher, der eine von hinten, der andere von rechts aus der Lavender Lane. Einer der Jungen deutete mit dem Daumen über seine Schulter und trat zurück, und ich sprang durch die Öffnung ins lavendelgeschwängerte Dunkel.

Gebrochene Lichtstreifen fielen durch Risse in der Mauer des Gebäudes. An der Rückwand schlief ein Haufen Jungen unter einem Deckenknäuel. Ich schlich an der Wand entlang und suchte nach einer Lücke, die breit genug war, um hindurchblicken zu können. Mein Retter folgte mir.

»Wirst verfolgt, wa?«

»Danke für deine Hilfe.«

»Haste dann nich mal 'n Steinchen?«

Ich zog einen Schein aus meiner Tasche, hielt ihn vor einen lichtschimmernden, zentimeterbreiten Riß, um George Washingtons verschlossenes Gesicht sichtbar werden zu lassen, und gab ihn dem Jungen.

»Wollnse dir was überbraten?«

Ich ging in die Hocke und lugte durch den Riß.

»Kannst gern noch 'nen Dollar rüberschieben.«

Ich gab ihm einen zweiten Schein.

Im Hintergrund des Lagerhauses flüsterte jemand: *»Zum Abdecker mit ihm, Nolly.«*

Die Gasse vor mir war noch leer, aber ich hörte das Nahen schwerer Schritte. Aus weiterer Entfernung erscholl ein leichteres Tapptapptapp. Der Junge legte sich auf den Bauch und lugte durch einen anderen Riß.

»Zum Abdecker, Mann.«

Ein Bierbauch im T-Shirt und ein dicker Arm mit einem Baseballschläger wurden sichtbar. Der Mann hielt inne und sah sich um, dann betrachtete er das gegenüberliegende Gebäude und schließlich das alte Lagerhaus. Er ließ den Schläger an einen Pflasterstein klacken.

»Haste hier jemand durchkommen sehen?«

Der noch am Eingang stehende Junge sagte: »Nich nur einen.«

»'nen Auswärtigen.«

»Der is da lang gerannt«, sagte der Junge. »Hat ganz schön geschnauft.«

Der Bierbauch schwenkte herum. »Wann war das?«

»Gerade eben.«

Der Mann mit dem Schläger verschwand, und bald traten mein Retter und ich wieder aus der Tür. Ich fragte, ob sie in dem alten Gebäude lebten.

»Wir knacken hier, wenn's heiß is.«

»Manchmal hat jemand 'nen Job für uns«, sagte der kleinere Junge.

»Zum Beispiel«, erläuterte Nolly, »wenn de was Bestimmtes brauchst, können wir dir das vielleicht besorgen.«

»Könnt ihr mir hier raushelfen?«

Die beiden blickten sich an.

»Für 'nen Dollar.«

Nolly streckte seine schmutzige Hand aus, und ich gab ihm noch einen Dollar. So rasch, daß ich ihn kaum verschwinden sah, lief er die Gasse hinab, und zwar in der entgegengesetzten Richtung, die mein Verfolger genommen hatte. Ich folgte ihm durch enge Schläuche, die sich Shoelace, Musk und Pineapple nannten.

»Wo kommen wir raus?«

Das werde ich schon sehen, wenn wir da seien.

Aus der Pineapple bogen wir in die Honey Lane ein, einen zwei Meter breiten Durchgang, an dessen Ende eine Straßenlaterne brannte. In einer benachbarten Gasse erschollen schwerfällige Schritte. Nolly zögerte. Eine Sekunde später kam das klickende Geräusch von Ledersohlen auf dem Kopfsteinpflaster hinzu. Nolly schoß in die Honey Lane. Ich rannte hinter ihm her und wußte nur zu gut, daß die Männer mich genauso gut hören konnten wie ich sie. Wir kamen an einen winzigen Platz namens White Mouse Yard, und Nolly deutete auf eine düstere Öffnung. »Nimm die Silk«, sagte er. »Silk, Glass, Beer, und dann biste draußen.« Er flitzte in eine andere Gasse.

Die Schritte wurden lauter.

Ich rannte in die Silk Lane. Die schweren Schritte kamen auf mich zu, und ich hielt inne und warf einen Blick zurück. Der Schall hallte durch die enge Gasse und schien mir entgegenzukommen. Ich ging weiter und hörte die leichteren, klickenden Schritte aus einer unbestimmten Richtung. Am Ende der Gasse bog ich blindlings in einen Durchlaß ein, der hoffentlich die Glass Lane war, lief auf die Laterne an der nächsten Kreuzung zu und merkte, daß ich nur noch meine eigenen Schritte hörte. Fluchend riß ich mir die Slipper von den Füßen.

Vor mir schob sich eine breite Gestalt um die Ecke und trat in die Mitte der Gasse unter die Laterne. Die Gestalt hob einen Baseballschläger und griff an.

In diesem Moment packte mich jemand am Kragen, riß mich zur Seite und drückte mich aufs Pflaster. Als ich den Kopf hob, sah ich ihn vorpreschen – er tat ein paar Schritte und stürzte sich wie ein Tiger auf den Mann vor mir. Ich tastete nach meinen Schuhen. Der Baseballschläger kratzte über eine der Mauern, schwang blitzartig in die Höhe und dann nach unten. Ich hörte ein Geräusch, das wie das Platzen einer Wassermelone klang. Der Schläger landete mit einem schwereren, weicheren Ton auf dem Boden. Ich wich vor dem Getümmel zurück, und der Schläger schlitterte über die Pflastersteine auf mich zu.

Über mir beugte sich ein Mann aus dem hellen Rechteck eines Fensters. Im schwachen Licht lag ein massiger Leib ausgestreckt auf dem Pflaster. Eine schlanke Gestalt in blauem Anzug schlenderte zum anderen Ende der Glass Lane und blieb dort stehen. Grauen stieg in mir auf, halb Vorahnung, halb Alptraum.

Der Mann an der Kreuzung der Gassen schritt ohne Eile ins Licht und wandte sich mir zu. Offenbar ließ ihn das, was er sagen wollte, lächeln. Grauen, nun nicht mehr alptraumhaft, sondern in jeder Einzelheit aus einem meiner Träume stammend, ließ mich am Pflaster kleben. Der Gedanke an das, was er sagen würde, erfüllte mich mit Entsetzen.

»Ned, wenn einen eine Dame einlädt, sollte man nie Nein sagen.« Seine Stimme war wie meine und doch wieder nicht.

Mein abscheulicher Doppelgänger blitzte mich mit zärtlicher, spöttischer Verachtung an. Einen Sekundenbruchteil lang sah ich in seinem Gesicht ein Echo der Erkenntnis, die mich aus meinem Alptraum gerissen hatte. In dem Moment, in dem er in der düsteren Gasse verschwunden war, wußte ich, daß Star mir seinen Namen genannt hatte.

Es war wie das Gefühl, bewußtlos zu werden, war wie zu stürzen und dabei zu weinen um einen Kummer, der inmitten meines Herzens wohnte, war wie ein Stück über dem Boden zu schweben und in blutige Fetzen zu zerbersten. Robert hatte sich mir gezeigt. Hilflos, als wollte ich ihm folgen, tat ich einen Schritt vorwärts, dann drehte ich mich um und rannte davon.

39
Mr. X

Was *überkommt* mich? Welcher Dämon quält mich mit den Heimsuchungen jenes vertrauten Grenzzustandes?

Ich senke den Kopf vor Scham, weil ich meinen Meister und seine Werke in Frage stellte. Wer bin ich? Wer war mein wahrer Vater? *Die Whateleys wollten ihnen den Weg bahnen, und der Schlimmste lebt noch!*

(Während ich diese wunderhübschen Worte abschrieb, ergriff mich ein brüllendes Gelächter, von dem ich mich erst jetzt allmählich erhole. Ich wische mir die Freudentränen ab und fahre fort.)

Ich zeichne meine Erfolge hier in der Reihenfolge auf, in der sie mir gewährt wurden.

Die in meinem letzten Eintrag erkennbare Depression hielt mich von meinen nächtlichen Streifzügen ab. So fiel ich schon vor Mitternacht ins Bett und erhob mich erst beim elenden Sonnenaufgang. Ich saß vor dem unbesudelten Teil meines Eßtischs und suchte im Chaos nach einem halbverzehrten Krapfen, den ich dort vor nicht mehr als einer Woche deponiert hatte. Als ich die Hand um das steinharte Backwerk schloß, fiel ein großes Licht vom dunklen, dunklen Himmel auf mich herab, und ein unsichtbares Orchester spielte einen gewaltigen Akkord, der von den Pauken begleitet wurde. Die Ankunft dieser strahlenden, von Licht (von Dunkelheit) erfüllten Harmonie sprach nur von einem. In diesem Augenblick hatte Star Dunstan ihr Leben ausgehaucht und den Geist aufgegeben, adieu, goodbye, ata-ata, amen.

Abgesehen von dem Gefühl der Rache, das mir das Ableben der Star-Sau verschaffte, vertrieb mein sofortiges Wissen um dieses Ereignis die düsteren Wolken von meinem inneren Himmel. Hier, hier war der Beweis, daß alles nicht nur Illusion war, daß vielmehr meine Mission weiterging. Meine grimmigen Väter lächelten herab, soweit man von einem Lächeln solcher Wesen sprechen kann. Ich warf den versteinerten Krapfen in Richtung Mülltonne oder vielmehr auf den glänzenden Haufen, wo sich einst die Mülltonne befunden hatte, sprang auf, und schritt ruhelos über den noch freien Boden, bis genügend Zeit vergangen war, um die

Leiche zu entdecken. Nach etwa zehn Minuten wählte ich die Nummer von Edgertons zweitbestem Krankenhaus und wartete unruhig, bis man meinen Anruf zur Intensivstation durchgestellt hatte. Schlimmer noch: eine Schwester namens Zwick erklärte, da die Patienten auf ihrer Station keine Anrufe empfangen könnten, werde meine Nachricht dem fraglichen Patienten mitgeteilt. Ich nannte ihr den Namen des fraglichen Patienten. Die großartige Schwester Zwick zögerte nicht länger als eine halbe Sekunde, bevor sie mir in geschäftsmäßigem Tonfall mitteilte, Ms. Valerie Dunstan sei vor wenigen Momenten verstorben.

Selbst wenn man es erwartet hat, vertreibt ein solches Ereignis alle Spinnweben.

Erfrischt verbrachte ich den Tag damit, die heiligen Texte des Meisters aus Providence zu studieren. Dabei bemerkte ich Dutzende verblüffender Aspekte in Erzählungen, die ich bislang immer abgetan hatte. Um nur ein Beispiel zu geben – obgleich ich »Pickmans Modell« schon zahllose Male gelesen hatte, hatte ich bis zu diesem Tag die Bedeutung der folgenden Zeilen nicht begriffen:

Ich garantiere Ihnen, daß ich Sie durch dreißig oder vierzig Gassen und schmale Straßen führen könnte, die kein Mensch... jemals betreten hat, bis auf die Ausländer, die in der Gegend leben... Dort erstreckt sich ein Traumreich voller Wunder und Schrecken und ungewöhnlicher Erscheinungen...

Es war nicht zu bezweifeln: Was der Meister aus Providence da beschrieb, war Hatchtown!

Wieder entwerfe ich die Vision eines Walhalla-ähnlichen Museums der Alten Götter. Der Bericht meiner Abenteuer, aufgeschlagen auf eben dieser Seite eines Journals der Marke Boorum & Pease, liegt auf einer Nachbildung meines Tisches neben einer Imitation meines Mont-Blanc-Füllers (mittlere Federbreite) in einer Art Diorama, ein paar Schritte oder Windungen vom Tisch und den Schreibwerkzeugen des Meisters selbst entfernt. Eine animierte Darstellung meiner Person erhebt sich vom Tisch und schreitet zum Waschbecken, wo sie in der Pose des Sprechens innehält. Vielleicht spricht sie sogar ein paar pointierte Zeilen aus diesem Bericht. Das wäre schließlich passend...

Der mitfühlende Leser wird meine Tränen verstehen.

Der Weise hatte mir sein trübes, mandelförmiges Auge zugewandt und *gezwinkert*. Meine Tränen entsprangen einer lange zurückgehaltenen, heilenden Erlösung. Das Wort *Ekstase* wäre nicht ganz unangebracht.

So geschah es, daß ich später die Gelegenheit einer halbstündigen »Pause« oder Unterbrechung in jener bescheidenen Beschäftigung nutzte, die es mir ermöglicht, die Miete zu bezahlen und Leib und Seele zu erhalten, um mich aufzumachen und die Nachtluft zu genießen. Ich war bereit zu allem, und während die bestätigenden Sätze des Meisters in meinem inneren Ohr widerhallten, ging ich auf einen Streifzug durch die Gassen und die versteckten Höfe von Hatchtown.

40
Mr. X

Während ich durch die Gruppen auswärtiger Besucher glitt, hielt ich mich aus Gewohnheit im Schatten, obwohl die meisten dieser Idioten mich selbst dann kaum gesehen hätten, wenn ich mich unter eine Straßenlaterne gestellt und auf dem Akkordeon »Lady of Spain« gespielt hätte.

Auf meinem Weg durch die Word Street bemerkte ich vier Raufbolde mittleren Alters, die aus der Purse Lane schlichen. Drei von ihnen trugen Baseballschläger; ihre Blicke, die sie die Straße entlang und durch die offenen Türen der Kneipen warfen, ließen erkennen, daß sie Jagdhunden gleich die Spur einer Beute verfolgten. Die rauhe, hinterwäldlerische Atmosphäre von Mountry umhüllte sie wie Nebel. Mountry mit seinen Hügeln und Tälern und schlammigen Straßen, verunziert von Hütten, in deren von Unkraut überwucherten Vorgärten alte Autos, defekte Haushaltsgeräte und gelegentlich ein paar Schweine stehen, war schon damals, als ich mich noch der Kunst und dem Verbrechen widmete, ein unerschöpfliches Reservoir brutaler Dorftrottel. Inzwischen hatte es sich wohl nicht viel verändert. Ungesehen schlenderte ich auf die Schläger zu, als eine überreife Pflaume direkt in meine erstaunte Hand fiel.

Der Fall der Pflaume begann damit, daß ich Frenchy La Chapelle auf den Fußballen balancieren sah, während er ein wachsames Auge auf das Rudel hielt. Er *kannte* sie; sie machten ihn nervös. Obwohl Frenchy und die Jungs aus Mountry sich darin glichen, daß sie zu jeder Gelegenheit jedwedes Gesetz brachen, gehörten sie unterschiedlichen Arten an und waren natürliche Feinde wie Kobra und Mungo. Ihre gegensätzliche Physis steigerte die instinktive Feindseligkeit – während Frenchy zu wieselhafter Geschmeidigkeit neigte, hatten die Dorftrottel allesamt Bierbäuche und Beefsteakgesichter.

Unsichtbar wanderte ich neben den Schlägern einher. Ihr Anführer murmelte die himmlische Verwünschung: »Dunstan treibt sich hier irgendwo rum. Durchsucht die Gassen, dann treffen wir uns wieder am Speedway.«

Mein Herz, das alte Schlachtroß, schäumte in seinen Zügeln.

Ich hastete über die Straße und erschien neben Frenchy. In den vergangenen Jahren habe ich ihn mir ab und an zu Diensten gemacht, wobei ich mich immer auf mysteriöse Weise nur graduell bemerkbar machte, statt etwas so Entscheidendes zu tun, wie sichtbar zu werden. Was Frenchy angeht, bin ich im einen Augenblick nicht da, im nächsten aber doch, und dieser Vorgang erschreckt ihn mehr, als er zugeben will.

Als er meiner Gegenwart gewahr wurde, fuhr er zusammen; dann zuckte er mit seinen schmalen Schultern, als würde er Lockerungsübungen machen. Menschen wie Frenchy werden nie locker, und ihre einzige Leibesübung besteht darin, vor der Polizei davonzulaufen. »Warum merk ich bloß nie, wie du dich an mich ranschleichst?«

»Du schaust nicht in die richtige Richtung«, sagte ich.

Er lachte knatternd auf – *Ratata!* –, hüpfte auf und ab und warf einen Blick auf die andere Straßenseite.

»Kennst du die Hinterwäldler da drüben?«

Er sah mich argwöhnisch an und schob die Hände in die Taschen seiner Lederjacke. »Kann sein, daß ich sie mal im Speedway gesehen hab.«

Ich hob den Kopf, so daß mein linkes Auge unter dem Hutrand sichtbar wurde.

»Der eine heißt Joe Staggers«, sagte er. »Ich hab jetzt eigentlich was vor.«

»Nein, hast du nicht«, sagte ich. »Vorgestern war das anders; da warst du mit Clyde Prentiss in der Lanyard Street zugange. Heute hast du nichts anderes vor, als mir zuzuhören.«

Mit einer kleinen Tanzbewegung täuschte Frenchy wieder Selbstvertrauen vor. »Clyde ist ein Freund von mir, mehr nicht, okay?«

»Das alte Grueber-Lagerhaus«, sagte ich. »Mikrowellen. Wie viele hattet ihr vor Clydes Mißgeschick schon eingesackt, ein Dutzend?«

Frenchy atmete durch den Mund, während er die erleuchteten Fenster eines Mietshauses auf der gegenüberliegenden Seite bewunderte. »So um die zehn. Ich hab sie in den Fluß geschmissen.«

Er erzählte mir, was er hätte tun sollen. Sämtliche zwölf gestohlenen Mikrowellenherde waren in Wirklichkeit an einer Wand seines winzigen Apartments aufgestapelt.

»Clyde Prentiss ist eine Gefahr für deine Freiheit«, sagte ich. »Wenn er sich erholen sollte, wird er dich hinhängen, damit man ihm die Strafe mindert. Man könnte sagen, Clyde hätte seinen Freunden den Gefallen tun sollen zu sterben.«

Frenchy versuchte, unbekümmert dreinzusehen. »Der arme Kerl kann jeden Augenblick hinüber sein. 'n schwaches Herz. 'ne Chance von fifty-fifty.«

»Ich werde dieses Chancenverhältnis verbessern, Frenchy«, sagte ich. Er hörte auf zu zucken. »Von jetzt an wirst du dir wegen Prentiss keine Sorgen mehr machen müssen. Zum Dank wirst du einige Aufträge für mich erledigen. Nicht ohne Lohn; hier ist die erste Rate.« Ein Fünfzigdollarschein wanderte aus meiner Hand in die bleiche Hand Frenchys und von da in eine Tasche mit Reißverschluß.

Er wagte einen Seitenblick. »Äh, willst du damit sagen...«

»Du weißt genau, was ich sage. Hinter wem sind die Idioten da drüben her?« Ich wollte erfahren, wieviel er wußte.

»Ein Typ namens Dunstan hat sie beim Pokern abgezockt. Jetzt sind sie sauer.«

»Würdest du Dunstan wiedererkennen?«

»Ja.«

»Du wirst jetzt die Gassen durchkämmen. Wenn du Dunstan siehst, sag ihm, daß jemand ihn auf dem Veal Yard sprechen will.

Zeig ihm den Weg. Wenn du Staggers oder seine Kumpane triffst, schickst du sie in die andere Richtung.«

Er wich zurück, und ich sagte: »Schaff die Mikrowellen nach Chicago.«

Frenchy schoß los wie von der Nadel gestochen. Ich überquerte die Word Street und verschwand in der nächsten Gasse. Meine lange aufgeschobene Begegnung mit dem kleinen Dunstan würde nicht vor dem Geburtstag des Bengels stattfinden, in der Zwischenzeit oblag es mir jedoch ironischerweise, ihn vor Unheil zu beschützen. Mit der sicheren Erwartung, eine beträchtliche Menge Mountryblut zu vergießen, strich ich die Horsehair Lane entlang.

Auch wenn man sich ein halbes Dutzend Horsehair Lanes wünschen mag, eine genügt. Abwechselnd breiter und enger werdend, ist sie die Seitengasse einer Seitengasse. Sie schlängelt sich durch Hatchtown, und innerhalb ihrer Mauern kann der erfahrene Lauscher eine Menge von dem entdecken, was um ihn her vor sich geht. In ausgesprochen guter Laune wartete ich auf Nachrichten aus Mountry.

Die Bewohner von Hatchtown wankten nach Hause, torkelten in Kneipen, stritten, kopulierten. Kinder plärrten, schliefen, plärrten wieder. Ich war mir ziemlich sicher, daß ich Piney Woods vor sich hin summen hörte, während er die Leather Lane entlang auf die Word Street zuwatschelte, aber vielleicht war es auch irgendein anderes Wrack, das alt genug war, um sich an »Chattanooga Choo-Choo« zu erinnern. Ich verschwand im Veal Yard, und die Musik, nach der ich suchte, kam aus der Richtung der Pitch und der Treacle.

Die fragliche Musik war das *Klick-schlapp, Klick-schlapp* von Stiefeln mit Stahlspitzen und abgetretenen Hacken – der modischen Fußbekleidung von Mountrys Elite – auf den Pflastersteinen. Ich bog in die Wax Lane ein. Der Bauer machte mir die Verfolgung leicht, da er seinen Baseballschläger an die Ziegel schlagen ließ. Zu hören war ein scharfes, hallendes *Tock!*, grell wie ein Leuchtfeuer. Noch immer konnte ich nicht unterscheiden, ob er sich in der Pitch oder der Treacle befand, aber ein wenig mehr Tempo würde mich nur wenige Sekunden hinter meiner Beute zu dem Ort bringen, an dem die beiden Gassen in die Lavender Lane einmündeten. Ich konzentrierte mich ganz auf das *Klick-schlapp,*

Klick-schlapp und das gelegentlich aufflackernde *Tock!* und ignorierte die aus den Nachbargassen kommenden Geräusche. Da weckten zwei andere Schrittfolgen meine Aufmerksamkeit.

Für den, der hören kann, sind Schritte wie Fingerabdrücke. Gehen zwei ungefähr gleich schwere Männer mit identischen Schuhen über feuchten Boden, hinterlassen sie praktisch identische Fußabdrücke, aber das Geräusch, das sie machen, unterscheidet sich auf tausenderlei Weise. Was mich an den aus der Pitch oder der Treacle kommenden Schritten aufhorchen ließ, war ihre unglaubliche Ähnlichkeit. (Sie waren nicht identisch. Selbst eineiige Zwillinge treten nicht auf dieselbe Weise auf, das ist unmöglich.) Der eine Mann – der erste – kam angstvoll daher, mit einer Unregelmäßigkeit, die auf zuviel Alkoholgenuß hindeutete. Der Mann hinter ihm glitt mit gutgelauntem Selbstvertrauen dahin, nicht nur unbehindert, sondern so, als würde die Vorstellung von Behinderungen oder Barrieren für ihn nicht existieren – es war der Gang eines *unirdischen* Wesens.

Ich muß nun auf einen Umstand hinweisen, der über das Verständnis des sterblichen Lesers hinausgeht. In den Schritten eines unirdischen Wesens ist nicht einmal eine schwache Spur von Moral zu entdecken. Eine transzendente Skrupellosigkeit erklang im zweiten Schrittmuster, das sich der Vereinigung von Pitch und Treacle Lane näherte und ihrem Zusammentreffen mit der breiteren Lavender Lane.

Und doch! Obgleich die ersten Schritte fast keinen Klang des sozusagen Engelhaften oder Unirdischen aufwiesen, ähnelten sie auf gespenstische Weise den zweiten.

~~Es war, als~~

~~Ich hatte das Gefühl~~

~~Wenn ich vor einem~~

Ihr Mächtigen, in seiner Euphorie kann Euer Diener keine bessere Beschreibung seines durch diese unwahrscheinliche Ähnlichkeit hervorgerufenen Gefühlszustands finden, als mittels des liebsten Adjektivs des Meisters aus Providence: *unheimlich*. Ich hatte die Schritte meines Sohnes gehört. Er wußte, daß der Hinterwäldler ihn verfolgte, und besaß die Fähigkeit, ihn mit dem falschen Signal einer – wie soll man es nennen – Täuschung des Hörsinns in die Irre zu führen. Ich war zu vielem in der Lage, aber dieses Kunststück überstieg ebenso meine Fähigkeiten wie das der Zeitreise. Mit dem Bewußtsein, daß mein Gegner wendiger war als erwartet, setzte ich mich wieder in Bewegung und eilte durch die Windungen der Horsehair, kam jedoch zu spät auf der Lavender an.

Von der Ecke aus sah ich im Eingang eines verlassenen Lagerhauses einen der Gassenjungen lungern, die sich dort nachts immer versammeln. Der Schläger stolzierte davon. Nach einem Augenblick erschrockener Unentschiedenheit hielt ich es für möglich, daß mein schändlicher Sprößling doch mit Frenchy gesprochen hatte. Ich drehte mich um und stürzte die Horsehair Lane hinab zum leeren Veal Yard.

Fluchend eilte ich durch den Durchgang und hörte zu meiner Verwirrung die halluzinatorischen Schritte gemeinsam mit denen eines Kindes auf der Lavender Lane. Schließlich kam ich nahe genug, um das Kind als Nolly Wheadle zu erkennen, einen Knaben, den ich gelegentlich auf harmlose Botengänge schicke. Als mir bewußt wurde, daß unsere Reise uns auf die südliche Grenze von Hatchtown zuführte, wurde mir die Sache plötzlich klar: Obgleich mein einziger Sohn okkulte Kräfte besitzen mochte, die seinem Vater versagt geblieben waren, hatte er keine Ahnung von Topographie. Er hatte Nolly angeheuert, um ihn herauszuführen!

Die volle Erkenntnis stellte sich dann ein, als das Paar vor mir einen gepflasterten Fleck namens White Mouse Yard erreichte, wo sowohl die beiden als auch ich – vorsichtig Distanz haltend – das *Klick-schlapp, Klick-schlapp* des Schlägers in einer nahen Gasse hörten. Das nächste Geräusch, das uns erreichte, war das der unirdischen Schritte. All meine Vermutungen zerstoben zu Pulver. Nolly rief dem Fremden Anweisungen zu und floh. Mein Sohn und Gegner näherte sich, doch angesichts der Zerstörung jeder Gewißheit konnte ich nicht sagen, woher. Ich verbarg mich in der Horsehair. Der Fremde stampfte in die Silk, und ich hastete in die nächste Gasse. An der Einmündung in die Glass preßte ich mich an die Backsteine, blickte hinaus auf eine Ecke im Laternenlicht – und erfuhr die dritte und größte Offenbarung des Tages.

Ein Mann in dunklem Anzug kam dahergerannt, zog die Schuhe aus und trottete auf meine Nische zu. Bevor er so nahe war, daß das Licht seine Züge entblößen konnte, schob sich der Rowdy um die Ecke einer anderen Gasse. Der Rowdy hob seinen

Baseballschläger und griff an. Ich kroch heraus, um den Hammel ins Jenseits zu befördern, als zu meiner Verblüffung eine zweite Gestalt, der ersten in jeder Weise gleichend, die Gasse entlangjagte. Einer der beiden war mein Sohn, aber welcher?

Ich zog mich zurück. Verheißungsvolle Musik drang mir in die Ohren.

Der Neuankömmling schob sein Ebenbild beiseite und stürzte sich auf den Rowdy. Der Neuankömmling war mein Sohn, gewiß. In Sekundenschnelle hatte er den Baseballschläger erobert und ließ ihn auf den Schädel seines Widersachers niederkrachen. Hirn spritzte an die Mauern der Gasse. Jemand beugte sich aus einem Fenster. Die Waffe schlitterte klappernd über die Pflastersteine.

Ich sah meinen Sprößling auf die Laterne zugehen und nahm alles in mich auf: die unbekümmerte Schönheit seiner Züge, das Dunkel seiner glänzenden Augen, die scharfe Kante seiner Backenknochen. Daß er soeben einen brutalen Totschlag begangen hatte, brachte ihn nicht mehr aus der Fassung als – bei ähnlichen Gelegenheiten – seinen Vater. Die strahlende Monstrosität meines Gegners strafte das Grauen und das Entsetzen, das ihm bei seinen schattenhaften Auftritten angehaftet hatte, Lügen. Vermutlich hatte der kleine Scheißer sich dieses Selbstbewußtsein zu der Zeit angeeignet, in der ich, wie befohlen, die letzten der nicht mehr in Edgerton wohnenden Dunstans ausradiert hatte, jenen Bodensatz, über den ich wie eine Seuche hergefallen war.

Aber was in aller Welt hatte er vor, und wer oder was war das Ebenbild, dem er das Leben gerettet hatte? Ich drückte mich an die Wand und beobachtete die blutgetränkte Bühnenmitte.

Mein Widersacher schritt strahlend ins Licht. Mit dem Bewußtsein kunstvoller Überlegung schien er zu zögern. Der Teufel wußte genau, was er tat. Er *posierte*. Langsam und nachlässig wandte er mir den Rücken und dem Mann in der ersten Reihe das Gesicht zu. Nach einer wunderschön bemessenen Pause sprach er.

Leider äußerte er lediglich einen enttäuschenden Satz über die hypothetische männliche Verpflichtung, sexuellen Angeboten von weiblicher Seite nachzukommen. Offenbar hatte er eine Frau beglückt, die der andere Bursche abgewiesen hatte. Meine inneren Rezeptoren summten in Erwartung bedeutsamerer Informationen. Mein bemerkenswerter Sohn und Gegner verschwand in einer Seitengasse. Wie durch ein Gummiband mit ihm verbunden, taumelte der andere in den Lichtkegel der Laterne.

Die Erkenntnis, wie nahe ich dem Verständnis gekommen und dabei doch völlig in die Irre gegangen war, ließ mich fast in Lachen ausbrechen. Ich sah dasselbe Gesicht, mehr oder weniger, nein: deutlich mehr als weniger. Die beiden waren Brüder.

Star hatte zwei Knaben geboren, und während ich vergeblich den einen gesucht hatte, war es der andere Sohn, offenbar Ned genannt, dessen schattenhaftes Ich an ihrer beider Geburtstag hinter mir her geschwebt war. Stars Tod hatte beide nach Edgerton gerufen, und bis vor einem Augenblick hatte der Schwachkopf, der nun am Rande des Lichtkegels schwankte, so wenig Ahnung von der Existenz seines Bruders gehabt wie ich. *Star hatte das so gewollt. Sie hatte ihn beschützt.* Wie betäubt machte der Kerl sich auf, seinem Bruder zu folgen, dann schreckte er zurück und nahm Reißaus.

Ich aber hatte empfangen, was ich schon immer gebraucht hatte.

IV

Wie ich endlich meinen Schatten fand, und was er tat

41

»Was unters Bett zu stecken ist nicht besonders originell«, sagte Lieutenant Rowley, »aber Sie haben das Ding *ganz* druntergeschoben. Hatten Sie Angst, jemand könnte Ihren Gewinn stehlen?«

Lieutenant Rowley hob die rostfarbenen Augenbrauen in Richtung seines krausen rostfarbenen Haars. Die Falten auf seiner Stirn wurden tiefer, der Mund dehnte sich zu einer schmalen Linie. Falten wie Beilspuren erschienen auf den ledrigen Wangen. Er lächelte. Es war vier Uhr sechsundfünfzig am Morgen, und Rowley genoß seit drei Uhr dreißig eindeutig sein Leben. Zu diesem Zeitpunkt hatten er und Officer Treuhaft, ein in Blau gekleideter menschlicher Totempfahl, Nettie und Clark geweckt, waren in mein Zimmer gestürmt, hatten mich auf meine Rechte hingewiesen und mich wegen der Tötung eines Mannes namens Minor Keyes verhaftet. Rowley kam gerade richtig in Fahrt.

»Ich habe das Geld nicht gewonnen, sondern aus New York mitgebracht.«

»Nehmen Sie immer fünfhundert Dollar oder mehr mit, wenn Sie 'nen Ausflug machen?«

Zum vierten oder fünften Mal sagte ich: »Ich wußte nicht, ob ich mit meiner Kreditkarte hier an den Automaten kann. Außerdem hab ich das Geld nicht auf einmal abgehoben, es hat sich während der letzten Woche angesammelt.«

»Komisch, wie genau es der Summe entspricht, die Sie Staggers und seinen Freunden nach deren Aussage abgenommen haben. Schlimmer noch – die Leute haben Sie identifiziert.« Ein Teil der Roheit schwand aus seinem Gesicht. »Es ist schlimm, Ned, aber nicht so schlimm, wie Sie meinen.«

Ein junger Polizist riß die Tür auf, trat zu Rowley und flüsterte ihm etwas ins Ohr. Rowley setzte ihm einen Finger an die Schulter und schob ihn zurück. »Glatt? Keine Linien? Machen Sie, daß Sie rauskommen!«

Rowley war ungefähr fünfundvierzig, aber seine Haut sah aus, als hätte er sie von jemandem geborgt, der zehn Jahre älter und vor kurzem verblichen war. »Im Ernst.« Er zwang etwas Leben in sein Gesicht. »Wissen Sie was? Im Augenblick bin ich der beste Freund, den Sie haben.«

Er zog seinen Stuhl näher an den Tisch. »Vergessen Sie das Geld. Joe Staggers und seine Freunde *wissen*, daß Sie Ihnen in der Speedway Lounge Geld abgeknöpft haben, und sie *wissen*, daß Sie heute nacht in Hatchtown waren. Wenn Sie weiterhin behaupten, Sie hätten nichts mit der Sache zu tun, verbringen Sie den Rest Ihres Lebens im Gefängnis.«

»Am Abend des Kartenspiels war ich gar nicht in der Stadt«, sagte ich.

Rowley fixierte mich. »Ich bin auf Ihrer Seite, Ned. Ich weiß, wie es gelaufen ist.« Er schlug mit der Hand auf den Tisch. »Urplötzlich kam ein Kerl mit einem Baseballschläger auf Sie zu. Sekunden später war das Ganze schon vorbei. Aus meiner Sicht haben Sie sich tapfer geschlagen. Wahrscheinlich wußten Sie nicht mal, daß er tot ist, stimmt's?« Er breitete die Arme aus. »In meinen zweiundzwanzig Dienstjahren hab ich nie eine bessere Verteidigung gehört. Wenn Sie die Wahrheit sagen, stehen die Chancen gut, daß Sie völlig unbeschadet aus der Sache rauskommen. Wie wär's, wenn wir einfach Ihre Aussage aufnehmen und Sie wieder nach Hause schicken?«

»Ich habe im Speedway aber kein Geld beim Pokern gewonnen«, sagte ich. »Am Donnerstag abend hat mich ein Lastwagenfahrer namens Bob Mims in Ohio aufgelesen und am Motel Comfort abgesetzte. In der Bar habe ich eine Staatsanwältin aus Louisville kennengelernt, die mir angeboten hat, mich am nächsten Tag hierher mitzunehmen. Ihr Name ist Ashleigh Ashton; sie wohnt im Merchants Hotel. Gestern morgen hat sie mich am St. Ann's Hospital abgesetzt. Gestern abend bin ich im Le Madrigal zufällig wieder auf Mrs. Ashton und auf Mrs. Hatch gestoßen, die mich an ihren Tisch einluden, wo ich dann zu Abend gegessen habe. Danach habe ich Toby Kraft besucht und dort etwas zuviel getrunken. Auf dem Heimweg bin ich vorerst nur bis zum Merchants Park gekommen und hab mich auf eine Bank gelegt. Ins Haus meiner Tante bin ich gegen Viertel nach zwölf, halb eins zurückgekehrt.«

»Nicht etwa zwanzig Minuten später? Ein Zeuge hat für die Tatzeit null Uhr sechsundzwanzig angegeben.«

»Warum rufen Sie nicht einfach Mrs. Ashton an und fragen sie, wo ich am Donnerstag abend war?«

»Das werden wir schon tun«, sagte Rowley. »Wir werden mit Mrs. Ashton sprechen und hören, was sie über den Donnerstag zu sagen hat. Das hat zwar keine Auswirkungen auf das, was heute nacht um null Uhr sechsundzwanzig geschehen ist, aber überprüfen werden wir es trotzdem. In der Zwischenzeit sollten Sie mal über das nachdenken, was ich eben gesagt habe.«

»Ich kann keinen Mord gestehen, den ich nicht begangen habe«, sagte ich.

Rowley brachte mich in eine Zelle hinunter. Ich streckte mich auf der Liege aus und schlief zu meiner eigenen Überraschung ein.

Das metallische Klappern der Tür weckte mich wieder. Ein grauhaariger Mann mit einem rötlichen, müden Gesicht, in das sich viele Meilen eingegraben hatten, kam in die Zelle. Unter seinem weißen Hemd wölbte sich ein stattlicher Bauch, die Ärmel hatte er hochgekrempelt, die Krawatte hing lose um den offenen Kragen. Hinter ihm dräute Rowley wie eine grimmige Statue. »Aufstehen, Mr. Dunstan«, sagte der Grauhaarige, »wir entlassen Sie.«

Ich rieb mir das Gesicht.

»Captain Mullan«, stellte er sich vor. »Vorläufig wird keine Anklage gegen Sie erhoben. Sie können Ihre Sachen abholen und zu Ihrer Tante zurückkehren. Ich möchte Sie bitten, die nächsten achtundvierzig Stunden Edgerton nicht zu verlassen und uns darüber auf dem laufenden zu halten, wenn Sie den Aufenthaltsort wechseln. Bevor wir Ihnen einen Freibrief ausstellen, will ich noch mit diesem Lastwagenfahrer, Bob Mims, sprechen.«

»Die Beerdigung meiner Mutter ist am Mittwoch«, sagte ich. »Vorher reise ich nicht ab.«

Mullan schob die Hände in die Hosentaschen. »Offenbar sind Sie ein Kavalier der alten Schule, Mr. Dunstan.« Über Mullans Schulter hinweg warf Rowley mir einen düsteren Blick zu, in dem zu lesen stand, daß er nicht mehr mein bester Freund war.

»Wieso?«

»Mrs. Ashton hat uns bestätigt, daß sie Sie am Donnerstag abend im Motel Comfort kennengelernt und am nächsten Tag nach Edgerton gebracht hat. Was den Zusammenstoß mit Mr. Keyes heute um null Uhr sechsundzwanzig betrifft, hätten Sie daran schon deshalb nicht beteiligt sein können, weil Sie gegen elf Uhr ihr Zimmer betreten und es erst um exakt null Uhr fünfundzwanzig wieder verlassen hätten. Der Portier und der Mann an der Rezeption haben diese Aussage bestätigt.« Mullan lächelte mich an. Eigentlich hätte er besser hinter den Tresen eines irischen Pubs an der Third Avenue gepaßt.

Rowley erklärte mir, ich könne den Großteil meines Eigentums am Eingang abholen. »Das Geld halte ich unter Verschluß, bis wir mit Mims gesprochen haben.« Sein Gesicht sah aus wie ein Pflasterstein.

Eine Arkade aus kannelierten Säulen schmückte den Eingang der hohen Steinfassade neben dem Polizeipräsidium. Das mußte das Rathaus sein. Am Fuß der hohen Treppe standen uniformierte Polizisten rauchend und redend vor einer Handvoll schräg geparkter Streifenwagen. Auf der anderen Straßenseite stieg inmitten einer Grasfläche eine glitzernde Fontäne in die Luft.

Die Polizisten traten näher zusammen. Der eine schnippte seinen Zigarettenstummel auf den Asphalt. Am Gehsteig angelangt, sah ich, daß ich mich in der Grace Street befand. Zwei Querstraßen weiter ragte zwischen Ladenfronten und Bürohäusern eine weitere Säulenhalle hervor, offenbar die Bibliothek. Die Beamten traten auseinander, ohne die Gruppe ganz aufzulösen.

42

Clark öffnete die Tür und rief über die Schulter: »Die Jungs haben ihn nicht gar zu übel zugerichtet.«

»Sie haben mich überhaupt nicht zugerichtet«, sagte ich.

Nettie sprang vom Sofa auf, packte mich am Oberarm und starrte mir in die Augen. »Ich weiß nicht, ob ich je im Leben schon mal derart durcheinander war.«

»Es tut mir leid«, sagte ich. »Ihr braucht euch keine Sorgen mehr zu machen. Um euretwillen sollte ich allerdings woanders hinziehen.«

Nettie verwandelte sich in eine Gewitterwolke.

»Wahrscheinlich wird Joe Staggers mich hier suchen, und ich will nicht, daß ihr beide in Gefahr geratet.«

»Wenn irgendwelche Hohlköpfe hier auftauchen, wird ihnen das bald leid tun. Jetzt rufe ich erstmal May an, und dann mach ich Frühstück.«

Während Nettie und May den Inhalt ihrer Teller verschlangen, lauschten sie der redigierten Version meiner nächtlichen Abenteuer. Clark schaufelte das, was für ihn die einzige wahre Mahlzeit des Tages war, in den Mund und stimmte mit mir überein, daß ich Toby Krafts Angebot annehmen sollte. »Die Jungs aus Mountry sind dümmer als die Nacht, aber hartnäckig. Am besten packst du deine Sachen und rufst Toby an. Wenn die hierherkommen, können wir denen erzählen, du bist abgehauen, und wir wüßten nicht, wohin.«

Ich sah die Schachtel, die der Mann von UPS gebracht hatte. Nettie folgte meinem Blick. »Wird jetzt allmählich Zeit, daß du die Habseligkeiten deiner Mutter durchschaust.«

Ich stellte den Karton aufs Bett und verstaute erst meine Kleider in der Reisetasche, bevor ich ihn wieder ansah. Stars spitze Handschrift leuchtete auf dem Aufkleber, und Gram – nein, mehr als Gram, heftiger Seelenschmerz – schien durch die zugeklebten Kanten zu quellen. Als mir die Ablenkungen ausgegangen waren, zog ich die Schachtel auf den Schoß und riß sie auf.

Ich holte ein paar alte Taschenbücher und eines mit festem Einband hervor und sah die dreißig oder vierzig CDs durch, die Star nach Hause geschickt hatte: Billie und Ella, Louis und Nat und Sinatra, dazu viele Scheiben von Duke Ellington, Lester Young, Paul Desmond und anderen Musikern, die sie gemocht hatte. Sie kamen alle in meine Reisetasche. Broschen, Armbänder, ein paar goldene Halskettchen und drei Seidenschals legte ich für meine Tanten beiseite.

Am Boden der Schachtel lagen ein kleines Foto und ein Umschlag, auf den Star *Für Ned* geschrieben hatte. Als ich das Foto in die Hand nahm, sah ich zuerst nur das Bild eines kleinen Jungen in einem gestreiften Hemd; dann wurde mir klar, daß der kleine Junge ich selbst war und daß das Foto vom Morgen meines dritten Geburtstags stammte. Ein kurzer Schauder überkam mich; ich steckte das Foto in meine Brieftasche und öffnete dann den Umschlag. Er enthielt eine Karteikarte mit der Aufschrift *Illinois State Provident Bank, Grace Street*, auf die ein Schlüssel für ein Schließfach geklebt war.

Bei der Vorstellung, daß Star mir etwas hatte zukommen lassen wollen, das sie in einem Bankschließfach versteckt hatte, bekam ich eine Gänsehaut, aber ich steckte den Schlüssel dennoch in meine Brusttasche, bevor ich mich der kleinen Büchersammlung zuwandte. Die Taschenbücher – *Anna Karenina, Madame Bovary* und drei Titel von schwarzen Schriftstellern: *Der unsichtbare Mann, Und ihre Augen schauten Gott, Native Son* – stellte ich auf ein leeres Regalbrett und nahm dann das Hardcover in die Hand.

Die dunkelgrünen Einbanddeckel sahen plumper aus als bei normalen Büchern. Vorn und auf dem Buchrücken war in goldenen Lettern der Titel eingeprägt: *Aus dem Jenseits.* Ich öffnete das Buch und studierte die Titelseite.

AUS DEM JENSEITS
GESCHICHTEN AUS DEM REICH
DES UNBEKANNTEN
von
EDWARD RINEHART

Ich blickte durchs Zimmer auf den Kleiderschrank, ohne ihn richtig wahrzunehmen. Ich hörte mich sagen: »Edward Rinehart?« Als ich den Blick wieder sinken ließ, stand der Name noch immer da. Ich blätterte um und sah:

© 1957 Edward Rinehart

Auf der gegenüberliegenden Seite stand die Widmung:

Für den Meister aus Providence und meine großen Väter

Das Inhaltsverzeichnis führte um die zehn Geschichten auf. Wörter wie »verlassen«, »Gruft« und »gräßlich« stiegen zu mir empor, losgelöst von dem, was ihnen voranging oder folgte. Mein betäubter Blick erfaßte das Wort »Blaues«, und ich konzentrierte mich lange genug darauf, um erkennen zu können, daß es die Hälfte des Titels »Blaues Feuer« bildete. Ich sagte etwas wie: *O nein.* Das Buch klappte zu, und eine Zeitlang schaute ich nur den Einband an. In der Hoffnung, eine Biographie des Autors zu finden, öffnete ich es dann von hinten, aber Edward Rinehart hatte offenbar beschlossen, über seine Vergangenheit zu schweigen.

Ich stopfte das Buch in den Rucksack und ging ins Bad, um mich unter eine Kaskade heißen Wassers zu stellen.

Frisch rasiert schlüpfte ich in ein weißes Hemd, Jeans und den blauen Blazer. Als ich die Treppe hinabstieg, hörte ich, wie Clark über den Unterschied zwischen Mord und Totschlag dozierte. Ich stellte mein Gepäck neben die Haustür und breitete die Schmuckstücke und Schals auf dem Couchtisch aus. »Meine Damen«, sagte ich, »Star wollte euch bestimmt was von den Sachen hier zukommen lassen. Kommt doch mal her, um sie zu begutachten.«

Während Nettie und May lautstark die Schätze bewunderten, verschwand ich in der Küche und rief Toby Kraft an. Er schickte mich zu einer Pension in der Chester Street: »Die Wirtin ist eine alte Bekannte von mir, 'ne Dame namens Helen Janette. Ich ruf gleich bei ihr an und schau, daß du Rabatt bekommst.«

43

Das Taxi setzte mich vor einem Haus ab, das wie eine Pappschachtel mit Schirmmütze aussah. Seine ursprünglich braune Farbe war zu dem sandigen Gelb alter Baumwollhosen verblaßt. Zwei Reihen von Betonblocks, durchbrochen von den Kellerfenstern, bildeten das Fundament; ein ramponierter Weg führte zu der schlichten Haustür. Ich stieg die Stufen empor und las die Namen neben den Klingelknöpfen: JANETTE, TITE, CARPENTER & BURGESS, FELDMAN, ein Freiraum für mein Zimmer, BREMEN, REDMAN & CHALLIS und ROWLES & MCKENNA. Ich drückte den Knopf neben JANETTE, worauf hinter dem Fenster zu meiner Linken ein metallisches Summen ertönte. Im Innern ging eine Tür auf; Schritte kamen auf mich zu. Eine weißhaarige Frau in einer kurzärmeligen Safaribluse, deren stechende Augen vor Geiz und Raffgier funkelten, musterte mich scharf. Verglichen mit ihrem Gesicht sah das von Lieutenant Rowley wie eine Puderquaste aus.

»Sie sind wohl der von Toby Kraft.«

»Ganz recht«, sagte ich.

Helen Janette wich zurück und ließ mich eintreten. Was sie sah, verbesserte offenbar ihre Laune keineswegs. »Passen Sie auf. Ich gebe Ihnen ein hübsches, gemütliches Zimmer im ersten Stock.

Das Bad an Ihrem Ende des Flurs sollte eigentlich nur Ihnen und Mr. Bremen zur Verfügung stehen, aber die Mädels hinten benutzen es auch.«

Hinter mir öffnete sich eine Tür. Ich warf einen Blick über die Schulter. Ein hagerer alter Mann mit Neandertalerkiefer, Netz-T-Shirt und braunem Filzhut lehnte am Türrahmen eines verdunkelten Zimmers. Die Jalousien waren herabgezogen; über den Fernsehbildschirm im Dunkel tanzte ein Zeichentrickfilm.

»Das ist Mr. Tite«, sagte sie.

Ich drehte mich um und bot ihm die Hand. Er ignorierte sie.

»Das Zimmer kostet dreißig Dollar pro Nacht oder hundertachtzig pro Woche. Sie haben Kabelanschluß, aber den Fernseher müssen Sie selbst mitbringen. Für zehn Dollar extra pro Woche gibt's jeden zweiten Tag frische Bettwäsche, und am Donnerstag wird gesaugt. Kochen im Zimmer ist verboten, und von meiner Seite gibt's auch keine Mahlzeiten. Außerdem: keinen Lärm. Wenn Sie sich nicht benehmen können, fliegen Sie raus. Ich hab sowieso schon genug am Hals.«

Ich sagte, ich wolle gern für eine Woche im voraus zahlen, samt Reinigung, wenn sie Kreditkarten nehme. Helen Janette streckte eine Hand aus und winkte mit den Fingern. Ich zog meine Visa-Card heraus, legte sie ihr auf die Handfläche und folgte ihr in ihre Wohnung. Mr. Tite lümmelte am Türrahmen und beäugte mich unter seiner Hutkrempe hervor. Nachdem ich den Beleg unterschrieben hatte, sagte sie: »Ich werde dem Gentleman jetzt sein Zimmer zeigen, Mr. Tite.«

Tite richtete sich auf, sah mich scharf an und trat beiseite.

»Auf der anderen Seite vom Haus sind noch zwei Zimmer. Miss Carpenter und Miss Burgess teilen sich das große, Mrs. Feldman hat das andere. Miss Carpenter und Miss Burgess sind schon fünfzehn Jahre bei mir. Mit Mrs. Feldman hab ich nie das kleinste Problem gehabt.«

Wir stiegen die Treppe hoch. »Ihr Zimmer ist vorn, über dem von Mr. Tite.« Sie drehte sich halb zu mir um und senkte die Stimme. »Ihnen gegenüber wohnt Mr. Bremen. Er ist Schülerlotse, und Sie wissen ja, was das bedeutet.« Sie legte den Finger an die Lippen, dann zeigte sie mit demselben Finger nach oben. »Er säuft.«

Oben angekommen, marschierte sie zu einer weißen Tür am hinteren Ende des Flurs. Ein ältlicher Bursche, der einen gewaltigen Bauch und einen flammend weißen Schnurrbart hatte, saß vor seinem Fernseher. Er sah durch die Tür und hob eine Hand von der Größe eines Stoppschilds. An der Rückwand seines Zimmers hing ein hellgelbes Banner. »Hallihallo«, rief er. »Ist das unser neuer Hausgenosse?«

»Ich hab zu tun, Mr. Bremen.« Verärgert schob sie den Schlüssel ins Schloß.

Ich folgte Helen Janette hinein. »Bett; Schrank; Tisch; Kommode. Ihr Waschbecken. Ich wechsle die Handtücher und den Waschlappen jeden zweiten Tag. Wenn Sie das Telefon lieber auf den Tisch stellen, finden Sie dahinter einen zweiten Stecker. Den Strom bezahlen Sie. Kochplatten will ich hier nicht sehen, aber 'ne Kaffeemaschine ist erlaubt. Mrs. Frahm hat ihren Radiowecker dagelassen, den kriegen Sie also kostenlos dazu.«

Ich betrachtete die Digitalanzeige auf dem schwarzen Kasten neben dem Telefon. Es war acht Uhr einunddreißig.

»Hinten auf dieser Seite wohnen Miss Redman und Miss Challis. Es sind hübsche kleine Dinger, aber wenn Sie Charakter haben, lassen Sie sie in Frieden. Das Zimmer gegenüber gehört Mr. Rowles und Mr. McKenna. Die beiden sind Pianisten und meistens auf Reise. Haben Sie vor, länger als eine Woche hierzubleiben?«

Ich beseitigte ihre Bedenken, ich könnte eine unheilige Allianz mit Miss Redman und Miss Challis eingehen.

Sie legte den Schlüssel auf die Kommode. »Versuchen Sie, christliche Zeiten einzuhalten. Wenn nach Mitternacht noch die Tür geht, wach ich auf.«

Ich hängte meine Kleider auf, verstaute den Rest in den Kommodenschubladen und rief Suki Teeter an. Nach dreimaligem Läuten meldete sich der Anrufbeantworter. Sukis Stimme teilte mir mit, wenn ich Namen und Telefonnummer hinterließe, werde sie mich wahrscheinlich zurückrufen – vorausgesetzt, es gehe nicht um Geld. Suki lag offenbar noch im Bett. Ich wählte die Nummer des Merchants Hotels und verlangte Mrs. Ashton.

»Mein Gott, wie geht's dir denn?« sagte Ashleigh.

»Dank deiner Hilfe ziemlich gut.«

»Die Typen waren einfach *unglaublich*. Besonders dieser fiese Lieutenant Rowley. Dich finde ich allerdings auch einigermaßen unglaublich. Wieso hast du ihnen denn nicht erzählt, daß du hier warst?« Sie kicherte. »Lieutenant Rowley hat eine dreckige Phantasie. Ich hab ihm erzählt, wir hätten ein Schwätzchen wie unter alten Freunden gehalten, bis du nüchtern genug warst, um zu deiner Tante zu gehen, aber ich hab gemerkt, daß er genau wußte, was wir gemacht haben. Übrigens, weißt du was? Du warst wieder genauso wie in Chicago – irgendwie gefährlich. Nicht wie ein Besoffener, das wäre schlimm gewesen, sondern eher unberechenbar.«

Meine Eingeweide falteten sich zu einem Origami. »Manchmal staune ich über mich selbst.«

»Jedenfalls haben sie dich ja offensichtlich gehen lassen.«

»Gegen halb sechs Uhr morgens.« Ich teilte ihr mit, daß ich das Haus meiner Tante verlassen hatte, und gab ihr meine neue Telefonnummer.

»Sehe ich dich heute?«

»Ich weiß noch nicht. Jemand hilft mir dabei, was Bestimmtes herauszubekommen. Ich ruf dich an, wenn's geht.«

»Ach, ich verdien's ja auch nicht anders«, sagte Ashleigh. »Ich weiß schon, gut, okay.«

»Wovon redest du überhaupt?«

»Heißt deine Forschungsassistentin vielleicht Laurie Hatch?«

»Sie kennt jemanden im Rathaus, der mir von großer Hilfe sein kann«, sagte ich. »Es ist eine lange Geschichte, deshalb nur so viel: Ich versuche, meinen Vater zu finden, und sie hat angeboten, mir dabei zu helfen.«

»Aha.« Sie zögerte. »Ich hab's nicht so gemeint. Jedenfalls will ich dich wiedersehen. Okay?«

Als wir fertig waren, rief ich im Polizeipräsidium an und bat den diensthabenden Beamten, Captain Mullan meine neue Adresse und Telefonnummer zu übermitteln.

Ich ging in den Flur. Mr. Bremen suchte Blickkontakt. Sein Strahlen war so breit, daß seine hübschen Schnurrbartspitzen fast die Ohren berührten. Er tippte sich mit seinem dicken Zeigefinger an die Brust. Mit einer Stimme, in der die endlosen Ebenen des Westens samt ihren Lagerfeuern unterm Sternenzelt mitschwangen, sagte er: »Otto Bremen.«

Es war, als würde sich mein Leben in einen Film verwandeln, in dem ich nur noch den Text erfinden mußte. Ich zeigte auf mich und sagte: »Ned Dunstan.«

»Besuchen Sie mich doch mal, Ned«, sagte er. »Die Tür ist immer offen.«

Zwei Straßen vom Merchants Hotel entfernt bog ich in die Grace Street ein und ging nach Süden auf die Bibliothek zu. Ein Schwarm Spatzen flatterte vom Gehsteig auf und meißelte einen steilen Bogen in die klare Morgenluft. In den Schaufenstern brach sich das schräge Sonnenlicht. Ich war in der Gegenwart und doch immer noch wie in einem Film. Ein Junge mit goldenen Augen und glänzendem schulterlangem Haar starrte aus dem Fenster über einem Friseursalon. Direkt gegenüber der Bibliothek stand an der Grenville Street der wuchtige Ziegelbau der Illinois State Provident.

Ein Bankbeamter, der wie achtzehn Jahre alt aussah, stellte fest, daß ich gemeinsam mit Star Dunstan Mieter des Schließfachs war. Er führte mich in den Keller, wo ich in einem Buch signieren und die Zeit eintragen mußte. Dann kamen wir in einen engen Raum mit numerierten Fächern, und er zeigte mir das Fach, zu dem mein Schlüssel paßte. Ich öffnete die Klappe, zog einen breiten Stahlbehälter heraus, stellte ihn auf den polierten Tisch und löste den Verschluß. Im Innern stak ein in Packpapier eingeschlagenes Päckchen, nach Gewicht und Maßen offenbar ein Fotoalbum. Wäre ich nicht mit Laurie verabredet gewesen, hätte ich es sofort ausgepackt; so aber unterschrieb ich einen Beleg und trug das Päckchen hinauf und durch die Eingangstür.

Auf der anderen Seite der Grenville Street stand Laurie vor der Kolonnade. Sie trug eine dunkelgrüne Seidenbluse und rehbraune Hosen und sah so vollkommen aus, daß die sonnenbeschienene Straße und die halbrunde Säulenreihe zur Kulisse wurden. Einen Sekundenbruchteil stand die Szene vor mir still wie eine Anzeige in einem Hochglanzmagazin. Auf Lauries Gesicht trat ein strahlendes Lächeln, und schon war ich nicht mehr in einem Film.

44

»Schön, daß du früh dran bist«, sagte sie. »Stewart hat sich's wie üblich anders überlegt und alles durcheinandergebracht. Er muß Cobbie schon um drei Uhr zurückbringen. Was ist in dem Päckchen drin? Hast du die Bank ausgeraubt?«

Ich erzählte ihr von dem Schlüssel im Umschlag und dem Schließfach.

»Das ist bestimmt wie eine Matroschka. In deiner Schachtel ist ein Umschlag. In diesem Umschlag ist ein Schlüssel für eine Schachtel mit einer weiteren Schachtel drin, und in *der* Schachtel ist wieder ein Päckchen in braunem Packpapier. Vielleicht ist das dann voller Hundertdollarscheine.« Sie nahm mir das Paket weg und wog es in den Händen. »Allerdings fühlt es sich eher wie ein Fotoalbum an.«

»Wenn es sich als ein Vermögen in Hundertdollarscheinen entpuppen sollte, teile ich's mit dir.«

»Ein gutes Mittagessen reicht mir schon. Legen wir dein Vermögen in mein Auto. Es steht gleich da drüben.«

Sie schob das Päckchen unter den Rücksitz des noblen Geländewagens. »Ein hübscher Schlitten«, sagte ich. »Eigentlich solltest du damit Löwenjäger über die Steppe transportieren.«

»Mein *Vater* hat so was gemacht, ich nicht. Stewart hat gemeint, das sei der geeignete Untersatz für die moderne Mutter, deshalb hab ich ihn.« Laurie hakte sich bei mir ein. »Komm, gehen wir zu Hugh. Er wird begeistert sein.«

»Wer ist das eigentlich?«

»Na ja. Am besten erzähle ich dir seine Kurzbiographie.« Sie legte den Kopf schief. »Hugh Coventry, Sproß einer alten neuenglischen Familie, graduierte an der Yale University in Geschichte. Dann floh er aus dem Land seiner Ahnen, um seine Studien an der Northwestern University in Chicago fortzusetzen. Als er erkannte, daß viele Doktoren der Geschichte Taxi fahren, verlegte er sich auf die Bibliothekswissenschaft.«

Sie wartete auf meinen bissigen Kommentar. »Komischer Einfall«, sagte ich.

»Findest du?« Wir gingen los. »Hugh liebt Bibliotheken. Seine Magisterarbeit war die Frucht eines Sommers, in dem er sich mit den Kirchenbüchern seiner heimischen Pfarrei in Marblehead, Massachusetts, vergnügte. Er ist ein Computergenie, arbeitet gerne nachts und am Wochenende, und wird nie böse auf jemand. Seit er die Bücherei von Edgerton übernommen hat, läuft sie wie ein Schweizer Uhrwerk. Hugh Coventry ist buchstäblich ein Heiliger!«

Eines Tages war Coventry aus seiner Bücherei auf die Grove

Street spaziert, hatte sich ins Rathaus begeben und dort das Archiv aufgesucht, um ehrenamtlich seine Dienste anzubieten. Das Archiv hatte seine offiziellen Arme weit geöffnet und gesagt: Nur herein, Mr. Coventry. Schon ein Jahr später suchten sämtliche Amtsvorstände Rat bei Hugh Coventry. Im zweiten Jahr hatten Konsultationen mit den persönlichen Mitarbeitern des Bürgermeisters dazu geführt, daß dieser direkten Zugang zu den Statistiken über das Wählerverhalten, die Anzahl der Festnahmen und Verurteilungen wegen bestimmter Delikte, die Sozialhilfe und andere für seine Arbeit unerläßliche Angelegenheiten erhielt. Von da an hatte man Coventry im Rathaus freie Hand gelassen.

Vor zwei Jahren nun war man darauf gekommen, daß das nahende hundertfünfzigjährige Jubiläum der Stadtgründung einen Anlaß zum Feiern bot. Die beiden Vorsitzenden des Festkomitees, Stewart Hatch und Grenville Milton, hatten Coventry um seine Mitarbeit an einer Ausstellung über die Vergangenheit von Edgerton gebeten. Die Aufgabe sprach sein Interesse an Heimatforschung ebenso an wie sein Organisationstalent; zudem bot sie ihm wieder eine Gelegenheit, sich in seiner Wahlheimat zu integrieren. Laurie hatte ihn kennengelernt, nachdem Rachel Milton ihr einen Sitz im Komitee verschafft hatte, dem Rachel drei Nachmittage pro Woche widmete. Mit Lauries Fahnenflucht aus ihrer Ehe hatte diese Tätigkeit ein Ende gefunden.

»Ich hätte sowieso nicht bleiben können. Jedesmal hat Rachel mich behandelt, als wär ich Frankensteins Monster höchstpersönlich. Ach, warst du schon am Town Square? Er ist ganz hübsch, finde ich.«

Arm in Arm überquerten wir am Polizeipräsidium die Straße. Der kleine Park mit seiner Fontäne lag zu unserer Linken. Auf einer der Bänke schlief ein Penner, der lange, rotgoldene Haare hatte, in seinen zerfetzten Mantel gewickelt, einen Gitarrenkasten neben sich. Eine Handvoll Cops standen rauchend und redend auf dem Gehsteig. »Ich habe den Platz heute morgen gesehen«, sagte ich, »als ich die Treppe da heruntergekommen bin.«

Die Cops hörten auf zu reden und starrten uns auf eine Weise an, die nur ihr Berufsstand beherrscht.

»Du warst im Polizeipräsidium?« fragte Laurie. »Warum?«

Der Bericht über meine Verhaftung wegen Totschlags klang wie ein Schulausflug mit dem Revierbeamten. »Wie lange warst du drin?« fragte Laurie.

»Ein paar Stunden.«

Als wir uns den Polizisten bis auf wenige Meter genähert hatten, bemerkte Laurie deren versteinerte Mienen. Sie starrte drohend zurück, worauf die Cops auseinandertraten und den Blick abwandten. Nachdem wir weitere zwei Meter zurückgelegt hatten, murmelte sie: »Arschlöcher.«

»Sie mögen es nicht, wenn jemand wie du mit jemand wie mir spazierengeht.«

»Die können mich mal. Sie kennen dich doch gar nicht.« Sie schüttelte den Kopf. »Also war das Ganze eine Verwechslung?«

»Genau.«

»Wissen die anderen Kerle das, oder sind sie noch immer hinter dir her?«

Ich meinte, ich würde kein Problem haben, Staggers und seinen Freunden aus dem Weg zu gehen, berichtete von meinem Auszug bei Nettie und gab ihr meine neue Adresse.

»Dein Leben ist voller Abenteuer«, sagte sie, ließ mich los und schwebte die Treppe empor wie eine Ballerina.

Wir traten durch die Säulen. Laurie zog eine gewaltige, eisenverkleidete Glastür auf und führte mich in eine düstere Halle mit einem Marmorboden, der so groß wie eine Schlittschuhbahn war. Ein leerer Empfangstisch stand auf halbem Wege zur Mitte der Halle. Hinter den Milchglasfenstern mit der Aufschrift KREISVERWALTUNG und BAUAMT brannte kein Licht. Am anderen Ende der Halle erhoben sich zwei gewundene Marmortreppen. »Ich staune, daß die Tür nicht verschlossen war«, sagte ich.

»Am Samstag bleibt sie für den Bereitschaftsdienst offen. Die Frage ist jetzt, wo finden wir den hilfreichen Mr. Coventry? Gehen wir mal nach oben.«

Meine Schritte klickten, als hätte ich Stepschuhe an den Füßen. Jäh erinnerte ich mich mit allen Sinnen an die Flucht durch die engen Gassen von Hatchtown. Lavendelduft stieg wieder auf. Im Obergeschoß erreichten wir schließlich das Ende eines Korridors und sahen, daß ein gelber Lichtschein aus der Bürotür dort fiel.

»Volltreffer!« sagte Laurie.

Das Licht erlosch; die Tür wurde aufgestoßen. Ein großer blonder Mann, der ein weißes Hemd mit aufgekrempelten Ärmeln trug, schob sich rückwärts in den Flur, in den Armen einen Stapel Aktenordner.

»Arbeit, Arbeit, Arbeit«, sagte Laurie.

Der Mann fuhr zusammen, legte einen Arm um den sich neigenden Stapel und starrte Laurie an. Was dann mit seinem Gesicht geschah, war schon fast peinlich. Er schien vor lauter Freude abzuheben. »Was tun *Sie* denn hier?«

»Ich hab mir gedacht, Sie könnten meinem Freund hier vielleicht helfen, ein paar Informationen über seinen Vater auszugraben. Er würde gern Dinge wie die Heiratsurkunde seiner Mutter und seine eigene Geburtsurkunde sehen. Ned, das ist der legendäre Hugh Coventry. Hugh, mein Freund Ned Dunstan.«

Coventry glühte wie ein Kaminfeuer. »Lassen Sie mich, äh...« Er deponierte den Aktenstapel auf dem Boden und trat auf mich zu, um mir die Hand zu schütteln. »Hugh Coventry. Zu Ihren Diensten, Sir.«

»Hoffentlich stören wir Sie nicht«, sagte ich.

Er machte eine wegwerfende Handbewegung. »Das Zeug ist nicht so wichtig. Sie sind also ein Freund von Laurie?«

»Ich kenne Mrs. Hatch erst seit ein paar Tagen. Freundlicherweise ist sie mir behilflich.«

»Sie heißen Dunstan? Stammen Sie etwa aus Edgerton?«

»Legen Sie's mir nicht zum Nachteil aus«, sagte ich.

Coventrys Augen leuchteten auf. Voll Forscherfreude hob er die Arme. »Das ist doch nicht Ihr Ernst? Sie gehören zu einer der faszinierendsten Familien in der Stadt hier.«

Ich glaubte, das ganze Muster seines Lebens vor mir sehen zu können. Hugh Coventry war ein anständiger Kerl, der immer allein in ein paar Zimmern leben würde, in denen sich vom Boden bis zur Decke Bücher stapelten. Seine Gefühle waren großherzig, ohne persönlich zu sein.

»Zwei von Ihren Vorfahren, die Brüder Omar und Sylvan Dunstan, sind die Gründer der Edgerton Bank and Trust, heute die Illinois State Provident Bank. Sie haben das Merchants Hotel erbaut. Eine Zeitlang waren sie im Besitz des größten Teils der Innenstadt. Ich wüßte gern mehr über sie.«

»Ich auch«, sagte ich.

»Sie müssen mit Annette Rutledge verwandt sein. Mrs. Rutledge hat mir eine wunderschöne Sammlung von Familienfotos zukommen lassen. Es ist mir sehr peinlich, aber leider sind sie uns offenbar vorläufig abhanden gekommen. Ich bin sicher, wir werden sie in den nächsten Tagen wiederfinden.«

Mrs. Rutledge sei die Tante meiner Mutter, sagte ich. Sie werde sich sehr freuen, wenn ihre Bilder ausgestellt würden. Ich hingegen hoffte, er werde bereit sein, mir zu helfen.

»Natürlich.« Er warf einen Blick auf seinen Aktenstapel. »Würden Sie mir wohl, äh...«

Ich nahm die Hälfte der Ordner und folgte ihm in ein dunkles Büro. Auf einem langen Tisch standen sich zwei Computer gegenüber wie zwei Schachspieler.

»Stecken die Heiratsurkunden etwa da drin?« sagte Laurie.

»Die Geburtsurkunden auch. Ich habe *Monate* gebraucht, um das Zimmer hier halbwegs in Ordnung zu bringen, und ich bin immer noch nicht fertig.« Er schaltete die Deckenbeleuchtung ein. »Nebenan ist das Büro der Kreisverwaltung. Das wird ein Alptraum.«

»Es wird der reine Himmel sein, und das wissen Sie auch«, sagte Laurie. »Also, was ist mit Ned?«

Coventry sah mich an, als wäre ich von einer Wolke herabgefallen. Er hatte ganz vergessen, daß ich da war. »Sie interessieren sich für die Heiratsurkunde Ihrer Mutter? Gibt es da irgendeine Unklarheit?« Seine Augen flackerten. »Natürlich will ich meine Nase nicht in Dinge stecken, die mich nichts angehen, damit Sie mich richtig verstehen.«

»Unklarheit ist wohl der richtige Ausdruck«, sagte ich. »Meine Mutter heißt Valerie Dunstan. Sie hat mir ihren Mädchennamen gegeben, obwohl sie verheiratet war. Vor ihrem Tod hat sie mir noch mitgeteilt, mein Vater habe Edward Rinehart geheißen. Ich bin für alles dankbar, was Sie finden können.«

Coventry ging zu dem Computer am anderen Tischende und drückte auf einen Knopf. Er betrachtete den Monitor mit der Faszination eines kleinen Jungen, der seine elektrische Eisenbahn fahren läßt. Laurie stellte sich hinter ihn, während er die Maus bediente und Befehle eingab. »Von hier aus kann man Informationen über alle gewünschten Bereiche abrufen.«

»Kein Wunder, daß jedermann Sie liebt und schätzt.«

Errötend sah Coventry zu mir herüber. »Wissen Sie das Jahr, in dem die Heirat Ihrer Mutter stattfand?«

»1957.«

Er zog die Maus nach unten und machte einen Doppelklick. »V-A-L-E-R-I-E?« Ich nickte. Laurie trat einen Schritt näher und legte ihm eine Hand auf die Schulter. Nach einem weiteren Mausklick beugte Coventry sich vor.

Stirnrunzelnd betrachtete Laurie den Bildschirm. »Das kann nicht stimmen.«

Coventry sah mich an. »Haben Sie je von einem Mann namens Donald Messmer gehört?«

»Wieso?«

»Nach diesen Daten hat Donald Messmer am 25. November 1957 eine Valerie Dunstan geheiratet. Bei der Zeremonie amtierte Friedensrichter Peter Bontly, als Trauzeugen fungierten Lorelei Bontly und Kenneth Schermerhorn.«

»Da stimmt was nicht«, sagte Laurie. »Sein Vater hieß Edward Rinehart.«

Coventry machte allerhand Dinge mit der Maus. »Die Geburtsurkunde müßte uns weiterhelfen. Wann sind Sie geboren?«

»Am 25. Juni«, sagte ich. »1958.«

»Dann haben Sie ja bald Geburtstag.« Er strahlte mich an. »Alles Gute, falls ich Sie vorher nicht mehr sehe.«

Ich dankte ihm.

»Ihr ganzer Name?«

»Ned Dunstan.«

Coventry blinzelte. »Ist Ned nicht normalerweise die Kurzform von Edward? Und einen zweiten Vornamen haben Sie auch nicht?«

»Ich heiße schlicht und einfach Ned Dunstan.«

»Das ist eigentlich auch vernünftig«, sagte er. »Falls Sie sich dennoch benachteiligt fühlen sollten, können Sie gern einen meiner Vornamen haben. Sie haben die Wahl zwischen Jellicoe, York und St. George. Ich empfehle Jellicoe. Das klingt so hübsch nach neunzehntem Jahrhundert.«

Laurie nahm die Hand wieder von seiner Schulter. »Ihr voller Name lautet wirklich Hugh Jellicoe York St. George Coventry?«

»Es war der einzige Weg, in gutem Einvernehmen mit den Verwandten zu bleiben.«

»Bei meinem Vater war's dasselbe«, sagte sie. »Sein Name war so lang wie eine Liste, aber er nannte sich immer nur Yves D'Lency.«

Hugh Jellicoe York St. George Coventry faltete die Hände über seiner Gürtelschnalle und lächelte sie an.

»Wollten Sie nicht nach Neds Geburtsurkunde suchen?«

»Ach! Entschuldigung! Tut mir leid, Ned.«

»Ich nehme St. George«, sagte ich. »Das klingt so hübsch nach zwölftem Jahrhundert.«

Er tippte auf eine Taste und lehnte sich zurück. »Es dauert nur ein paar Sekunden.« Wir warteten. »Da ist sie ja.« Coventry setzte sich zurecht, beugte sich vor und stützte das Kinn in die Hand.

»Das versteh' ich nicht«, sagte Laurie.

»Spannen Sie mich nicht so auf die Folter«, sagte ich.

Coventry räusperte sich. »Name des Kindes: Ned Dunstan. Geburtsdatum: 25. Juni 1958. Geburtszeit: drei Uhr zwanzig. Geburtsort: St. Ann's Community Hospital. Gewicht: dreitausendfünfhundertzwanzig Gramm. Körperlänge: fünfzig Zentimeter. Name der Mutter: Valerie Dunstan. Name des Vaters: Donald Messmer. Anwesender Arzt: keiner. Anwesende Hebamme: Hazel Jansky.« Er sah mich an. »In den fünfziger Jahren wurde annähernd die Hälfte der Geburten im St. Ann's von Hebammen begleitet. Dabei taucht ständig der Name Hazel Jansky auf.«

»Wer füllt solche Urkunden aus?« fragte Laurie.

»Leute im Krankenhaus. Den Namen des Vaters dürften sie allerdings von der Mutter erfahren haben.«

Sein angeborenes Taktgefühl ließ ihn offenbar zögern, deshalb sagte ich: »Sagen Sie nur frei heraus, was Sie denken, Hugh. Ich werde nicht beleidigt sein.«

»Eine Eheschließung erfordert Ausweispapiere. Selbst ein Friedensrichter würde kein Paar trauen, ohne sich wenigstens die Führerscheine und Geburtsurkunden vorlegen zu lassen. Nun weiß ich zwar nicht, was Sie von dieser Idee halten werden, aber es ist natürlich möglich, daß eine schwangere Frau einen anderen Mann heiratet. Nach der Entbindung könnte sie ihn dann problemlos als Vater des Kindes bezeichnen. Verstehen Sie, worauf ich hinauswill?«

»Vielleicht haben Sie recht«, sagte ich.

»Ich fühle mich unwohl dabei, Ihnen so etwas zu suggerieren, aber wenn Ihre Mutter Ihnen den Namen Ihres Vaters genannt hat, und in den Akten steht etwas anderes ...«

»Es hört sich jedenfalls plausibel an«, sagte ich. »Wir müssen jetzt gehen, aber darf ich Sie wohl noch einmal aufsuchen? Ich würde dann gern noch ein paar andere Sachen nachschauen.«

»Wollen Sie morgen früh wiederkommen? Der Eingang ist dann zwar verschlossen, aber wenn Sie laut genug trommeln, werde ich Sie schon hören.«

Laurie küßte ihn auf den Scheitel. »Sie sind großartig.«

»Laurie?«

»Hugh?«

»Wie wär's, wenn wir heute abend Essen gehen? Oder ins Kino? Oder erst Essen und dann ins Kino?«

»Heute abend nicht«, sagte sie. »Aber Sie sind ein Schatz.«

45

»Das ist absurd. Dein Vater kann einfach kein Mann mit Namen Donald *Messmer* sein.«

»Hugh hatte den richtigen Einfall«, sagte ich. »Sie war schwanger, als sie heiratete. Auf amtliche Dokumente hat meine Mutter nie viel gegeben.«

»Wir müssen uns mit diesem Messmer in Verbindung setzen.« Sie drehte den Zündschlüssel und trat aufs Gaspedal. »Posy Fairbrother, Cobbies Kindermädchen, hat eine CD-ROM mit Adressen und Telefonnummern in Tausenden von Städten. Also, wo fahren wir jetzt hin?«

Ich zeigte ihr den Zettel. In Tobys anarchischer Handschrift stand darauf der Name *Max Edison* und *Veteranenhospital, Mount Vernon*. »Das ist ziemlich weit von hier, oder?«

»Schon, aber die Schnellstraße führt direkt dorthin. Wenn wir nicht zu lange bleiben, haben wir mehr als genug Zeit. Hinter Marion kommt ein nettes Restaurant, wo wir Mittagessen können.«

Wir reihten uns in den Verkehr ein und fuhren in Richtung der Schnellstraße.

»Woher hast du den Namen? Kannte Max Edison deinen Vater?«

»Der Zettel stammt von Toby Kraft. Er hat ein Leihhaus in der Lanyard Street und war mit Queenie Dunstan, meiner Großmutter, verheiratet. Gestern abend hab ich ihn noch aufgesucht.«

»Aha«, sagte Laurie.

»Er will im Hintergrund bleiben. Toby hat mir den Zettel nur unter der Bedingung gegeben, daß wir offiziell nie über die Sache gesprochen haben und daß der Name nicht von ihm stammt.«

Laurie bog in die Auffahrt nach Norden ein.

»Also, dein Vater hieß Yves D'Lency und fuhr durch die afrikanische Steppe, um Löwen zu jagen?«

»Nicht ganz. Es ist eine lange Geschichte, die du bestimmt nicht hören willst.«

»Versuch's mal«, sagte ich.

Yves D'Lency war ein unwiderstehlicher Draufgänger gewesen. Er war der Sproß einer Adelsfamilie, die ein Gut in der Gascogne und eine erlesene Kunstsammlung ihr eigen nannte. Im Alter von achtzehn Jahren war er geflohen, um im Paris der Nachkriegszeit in die Kulturszene einzutauchen. Seinen Lebensunterhalt verdiente er mit literarischem Journalismus und privatem Kunsthandel. Er lernte fliegen; er fuhr Autorennen. Ende der fünfziger Jahre zog er nach Los Angeles, wo er bereits mehrere Kunden hatte, die seinem künstlerischen Geschmack vertrauten. Er heiratete Lauries Mutter und kaufte ein Haus in Beverly Hills. Laurie kam zur Welt, und sieben Jahre lang ging alles gut. Dann starb er. Laurie besaß noch zwei Bilder aus seiner Privatsammlung.

»Wie ist er gestorben?«

Ihr Blick wurde fast grimmig. »Er ist von einem kleinen Flugplatz im San Fernando Valley gestartet, um einen Freund in Carmel zu besuchen. Er hatte eine kleine Cessna. Nördlich von Santa Barbara hat der Motor ausgesetzt. Da ging es abwärts, aus, vorbei.« Sie hob die rechte Hand vom Lenkrad und ließ sie nach unten flattern.

»Du warst erst sieben.«

»Seither muß ich beim Anblick einer Cessna immer fast kotzen.« Wieder warf sie mir einen brennenden Blick zu. Dann streckte sie die Arme und drückte sich in den Sitz.

»Erzähl mir, wie du auf Stewart Hatch getroffen bist.«

Vor fünf Jahren hatte sich in San Francisco ein leidlich attraktiver, etwa vierzigjähriger Mann auf einer Party neben Laurie D'Lency plaziert. Der Gastgeber der Veranstaltung, die sich über beide Stockwerke und den Garten eines schicken Reihenhauses ausbreitete, war Manager bei dem NBC-Ableger in San Francisco. Stewart Hatch war mit einem TV-Manager bekannt, der mehrere Stufen über dem Gastgeber rangierte; er war weder ohne Charme noch allzu alt, aber sie fand ihn nicht weiter interessant, erst recht nicht, nachdem er sich als Geschäftsmann aus einer anonymen Stadt in Illinois offenbart hatte. Nach drei Jahren im Archiv der Nachrichtenredaktion machte Laurie sich Hoffnungen auf eine freigewordene Stelle als Reporterin vor der Kamera, und sie wußte, daß sie eine berechtigte Chance hatte, ihre Konkurrenz zu schlagen – zwei andere junge Frauen, die wie charmante Wirbelstürme durchs Haus kreisten. In diesem Kontext war der Wirtschaftsboß aus Illinois nur ein Schwarzes Loch in einer weit entfernten Galaxis.

Am Ende der Party war Stewart Hatch wieder aus der Versenkung aufgetaucht und hatte ihr angeboten, sie in seiner Limousine heimzubringen. Die Freunde, mit denen sie gekommen war, waren verschwunden, und die Alternative zu Stewarts Limousine war ein Taxi. Sie nahm sein Angebot an.

Anschließend hatte Hatch sie regelrecht belagert. Er schickte Blumen und rief zwei-, dreimal täglich an: aus seiner Limousine, zwischen zwei Besprechungen, aus seiner Suite im Fairmont Hotel. Er ließ Pullover und Blusen von Neiman Marcus liefern und führte Laurie am letzten Abend seines Aufenthalts in San Francisco ins Il Postrio aus. Beim Dinner überraschte er sie mit einem Heiratsantrag.

»Mensch, wie der Kerl mich hinters Licht geführt hat.«

»Du hast ihm doch nicht im Il Postrio das Jawort gegeben«, sagte ich. »Falls es nicht das phantastischste Menü deines Lebens war. Hat Stewart etwa ein paar Flaschen exklusiven Champagner auffahren lassen?«

»Es war Roederer Cristal. Stewart hat sich befleißigt, mich darauf hinzuweisen, daß der gleich nach dem Heiligen Gral kommt.

In armen Ländern geraten die Kinder in Ekstase, wenn ihnen vergönnt ist, einen Blick auf eine einzige Flasche zu werfen. Wir tranken zwei, und das Essen war tatsächlich phantastisch. Aber ich hab ihn abgewiesen. War Stewart daraufhin entmutigt? Keineswegs – er weiß gar nicht, was dieses Wort bedeutet.«

46

Im Restaurant hinter Marion reichte ein ältlicher Kellner uns Speisekarten, die noch größer waren als die im Le Madrigal, und fragte Laurie, was wir trinken wollten. »Ein Glas von diesem leckeren Bordeaux«, sagte Laurie. Ich nahm dasselbe.

Nachdem der Kellner verschwunden war, sagte ich: »Normalerweise trinke ich zum Mittagessen keinen Alkohol. Er macht mich schläfrig.«

»Ein Glas Wein ist doch kein Alkohol«, sagte sie. »Also, dann sag mir mal, weshalb Toby Kraft wegen Max Edison so zugeknöpft war? Haben die beiden zusammen was angestellt? Sind sie etwa mit Maschinenpistolen im Geigenkasten herumgelaufen?«

»Toby hat angedeutet, er sei vor Jahren in irgend etwas verwickelt gewesen.«

»Zur Zeit seh ich rundum bloß Kriminelle.« Sie lächelte mir kurz und kläglich zu.

»Wie hat Stewart dich schließlich dazu gebracht, ihn zu heiraten?«

»Auf die altmodische Weise«, sagte sie. »Der Hund hat mich solange verfolgt, bis ich mich in ihn verliebt habe.« Sie berichtete von einer aggressiven Balz aus der Ferne, bestehend aus Telefonanrufen, und häufigen Besuchen. Hatch schickte ihr Orchideen und teure Kleider und versprach ihr ein erfülltes, interessantes Leben: Reisen nach New York und Europa, soziale Aktivitäten zu Hause.

»Ich hab gedacht, man würde mich in all die Komitees und Ausschüsse aufnehmen, von denen er gesprochen hat. Es hat nach einem tollen Leben geklungen – voll Unternehmungen und guter Taten.«

»Und das hat nicht geklappt?«

»Überhaupt nichts hat geklappt. Stewart ist allein verreist, und ich konnte in kein Komitee kommen, weil ich mich in Edgerton nicht auskannte. Außerdem wollte Stewart sofort einen Sohn. Nicht einfach ein Baby – einen Sohn. Sein Großvater Carpenter hat eine komplizierte Erbfolge festgelegt, bei der ein Treuhandvermögen auf das erstgeborene männliche Kind kommt, wie damals im Mittelalter. Irgendwann ist mir klargeworden, daß Stewart mich nur geheiratet hat, um einen Erben zu bekommen und vor seinen Freunde anzugeben, und da war bei mir der Ofen aus.«

Die Details der außergewöhnlichen Erbkonstruktion waren so kompliziert, daß ich das meiste sofort wieder vergaß. Im Gedächtnis blieb mir nur folgendes: Cobden Hatch, Stewarts Vater, hatte die Bedingungen so modifiziert, daß bei Beweisen für ein kriminelles Verhalten jede Erbschaft ausgeschlossen war. Der Grund war offenbar sein Bruder, das schwarze Schaf der Familie.

Der Kellner stellte unsere Teller auf den Tisch.

»Anders herum«, sagte Laurie, »wenn Stewart wegen Veruntreuung oder Steuerbetrug oder was Ähnlichem verurteilt wird, bekommt Cobbie das ganze Geld. Das ist allerdings nicht der einzige Grund, weshalb mein lieber Gatte mir momentan die Scheidung verweigert oder mir, falls ich sie doch durchbringe, das Sorgerecht streitig machen würde. Nach den Verfügungen seines Großvaters erhält derjenige das Vermögen, der am ersten Januar des kommenden Jahres der offizielle Erbe ist.«

»Und du hast keinerlei Zweifel an Stewarts Schuld?«

»Nein.«

»Das kapier ich nicht. Dann hätte er mit seinen Mauscheleien doch alles aufs Spiel gesetzt.«

»Du kennst Stewart nicht. All diese Sachen hat er nicht in Illinois gemacht, sondern über Briefkastenfirmen mit Bankkonten in der Karibik. Er ist *immer* noch sicher, daß man ihm nichts nachweisen kann.«

»Aber weshalb hat er überhaupt damit angefangen?«

»Er ist gierig und ungeduldig, und er will alles immer auf der Stelle. Außerdem möchte ich wetten, daß es ihm eine diebische Freude gemacht hat, seinem Großvater eins auszuwischen. Wenn er sich rächt, dann ordentlich.«

Laurie konzentrierte sich auf die andere Seite ihres Fischs und hob das gesamte Filet unversehrt von dem zierlichen weißen

Knochengerüst. »Ich wär so gern wie deine Freundin Ashleigh. In zehn Jahren hat sie bestimmt ihre eigene Kanzlei. Was meine Karriere betrifft, ist die Sache schon gegessen. Der einzige echte Sinn meines Lebens besteht darin, Cobbie aufzuziehen, und Stewart wird sein Möglichstes tun, ihn mir wegzunehmen.«

»In Wahrheit wünscht sich Ashleigh zweifellos, mehr wie du zu sein. Wenn die Männer sie sehen, wollen sie sie bloß in ihre Höhle schleppen. Wenn sie dich sehen, wollen sie dir zu Füßen liegen.«

»Stell dir mal vor, wie toll das ist.« Laurie grinste mich an. »Erzähl mir von der Cherry Street. Erzähl mir von deiner Mutter.«

Auf der Weiterfahrt weihte Laurie mich in ihren Leidensweg nach dem Tod ihres Vaters ein. Ihre Mutter heiratete einen Filmproduzenten aus Bel Air – er war ein Bekannter von D'Lency –, aber was sie sich als sicheren Hafen vorgestellt hatte, entpuppte sich als Kerker. Der krankhaft eifersüchtige Produzent ließ sie nicht ohne Begleitung einer seiner Mitarbeiterinnen aus dem Haus. Weil er seinem Personal mißtraute, warf er es immer wieder hinaus, bis nur noch eine einzige Haushälterin übrig blieb, die zu alt und zu verbittert war, um mehr zu sein als sein Wachhund. Lauries Mutter begann am hellichten Tag zu trinken. Der Produzent schickte seine Stieftochter auf eine katholische Mädchenschule, die für ihre Disziplin berüchtigt war. Als er eines Tages die Schubladen von Lauries Kommode durchwühlte, entdeckte er eine Filmdose mit Marihuana.

Er schickte sie in ein privates Erziehungsheim. Sechs Monate lang teilte sich Laurie ein Zimmer mit einer sechzehnjährigen Schauspielerin, bedrängt von Privatlehrern, Therapeuten, Psychiatern und den Dealern ihrer Mitbewohnerin. Als sie nach Hause kam, war ihre Mutter dabei, ihre Kleider in den Koffer zu stopfen. Der Produzent hatte die Scheidung eingereicht und für die beiden ein kleines Haus in Los Angeles gemietet, nicht weit vom Hancock Park entfernt.

Von nun an schlugen sich Mutter und Tochter mühsam mit den Unterhaltszahlungen des Produzenten durch. Laurie ging auf die John Burroughs High-School und kümmerte sich so gut wie möglich um ihre Mutter, die ihre Wodkavorräte hinter der Kloschüssel, unter dem Sofapolster und an ähnlich sicheren

Orten verbarg. Sie starb im Sommer nach Lauries High-School-Abschluß. Ihr Studium in Berkeley finanzierte sich Laurie mit Stipendien und Studentenjobs.

»Und damit Ende der Geschichte, denn links vor uns erscheint schon das Veteranenhospital.«

47

Die Straße führte in einem weiten Bogen auf einen Hügel zu, auf dem sich zwischen Eichen und Buchen ein Bau von der Größe eines Regierungsgebäudes erhob. Als wir näherkamen, sahen wir Männer in Hemdsärmeln oder Bademänteln an Gartentischen sitzen oder über den Rasen schlendern. Manche wurden von Schwestern oder Pflegern begleitet. Über den Parkplatz fielen die langen Schatten blaugrauer Buchen.

Im Innern schrumpfte das imposante Gebäude zu einem engen Flur, der zu einem Empfangstisch, einer Reihe von Milchglastüren und den Aufzügen führte. Alles war mit der grünen Farbe öffentlicher Gebäude gestrichen; in der Luft hing der Geruch von Desinfektionsmittel.

»Das wäre eine Szenerie für Goya gewesen«, sagte Laurie.

Am Empfangstisch lehnte ein Mensch, der eindeutig zu alt war für den mageren Kinnbart und den Pferdeschwanz. »Sie wünschen?«

Ich nannte ihm den Namen des Patienten, den wir besuchen wollten.

Er dachte nach. »E-D-I-S-O-N, wie der Erfinder der Glühbirne?«

»M-A-X«, sagte ich, »wie maximal.«

Im dritten Stock hatte ein hoch aufgeschossener Pfleger, der grüne Hosen und Kittel trug, seinen Stuhl schräg an die Wand gelehnt, die Hände hinter dem Kopf verschränkt und die Augen geschlossen. Er saß vor einem dunklen Zimmer, in dem sich eine Schar Männer vor einem Fernseher lümmelte. Als wir nähertraten, ließ er die Hände sinken und sprang auf. Er war mindestens zwei Meter groß und mager, fast ausgemergelt, wie nicht wenige sehr große Männer. In ländlichem Tonfall sagte er: »Suchen Sie jemand, Miss, oder kann ich Ihnen sonstwie helfen?«

Laurie erklärte ihm, wir wollten mit Mr. Edison sprechen.

»Mit Max? Der is da drin im Fernsehzimmer. Ich sag ihm gleich, daß er Besuch hat.«

Der Pfleger trat in die flackernde Dunkelheit. Ein paar Sekunden später erschien ein kleiner, stämmiger Mann, etwa siebzig Jahre alt, der kurzgeschorenes weißes Haar und einen gepflegten weißen Bart hatte und eine Nickelbrille trug. Gelassen betrachtete er uns aus neugierigen, lebhaften Augen, in denen ein kurzes Erstaunen aufblitzte, als er mich zum ersten Mal fixierte. Er hatte jene makellose schokoladenbraune Haut, die sich bis auf ein paar Krähenfüße und Stirnfalten kaum runzelt, bis ihr Besitzer das gesegnete Alter von neunzig erreicht. Max Edison sah aus wie ein pensionierter Arzt oder ein bekannter älterer Jazzmusiker. Er hätte auch viele andere Berufe haben können. Der grüne Riese folgte ihm.

»Mr. Edison?« sagte ich.

Er trat einen Schritt näher, wobei er uns mit unverändert wacher Neugier musterte. Dann drehte er sich auf den Fußballen um und sah zu dem Riesen hoch. »Jervis, ich geh mit meinen Besuchern nach hinten.«

Edison führte uns in ein winziges Zimmer, in dem ein Schreibtisch und von Akten überquellende Regale standen. »Sie wissen offenbar, wer ich bin, aber ich glaube nicht, daß wir schon mal das Vergnügen hatten.«

Ich stellte Laurie und mich vor, und er schüttelte uns die Hand, ohne sich anmerken zu lassen, ob ihm unsere Namen etwas sagten. Seine Jeans besaßen scharfe Falten, das Hemd war frisch gebügelt, die Stiefel glänzten. Ich fragte mich, was dazugehörte, um im Veteranenhospital einen solchen Standard aufrechtzuerhalten. »Hoffentlich kommen Sie, weil ich den großen Preis gewonnen habe.«

»Leider nicht«, sagte ich. »Ich will Ihnen ein paar Fragen über jemanden stellen, den Sie vor langer Zeit gekannt haben könnten.«

»Aus welchem Grund?«

»Sagen wir, es ist eine Familienangelegenheit.«

Sein Gesicht entspannte sich zu einem Lächeln, das aber kein echtes Lächeln zu sein schien, so als hätte ich ihm nur bestätigt, was ihm ohnehin schon durch den Kopf gegangen war.

»Sagt Ihnen der Name Dunstan irgend etwas?«

Er verschränkte die Arme vor der Brust, noch immer lächelnd, ohne zu lächeln. »Woher wissen Sie, daß ich hier bin?«

»Von jemandem, der ungenannt bleiben will«, sagte ich. »Als ich denjenigen über die Person befragte, über die ich von Ihnen etwas zu erfahren hoffte, hat er mir Ihren Namen aufgeschrieben.«

»Wir kommen der Sache immer näher«, sagte Edison. »Ja, ich kannte mal einen Mann, der mit einer Frau namens Dunstan verheiratet war.«

»Hört sich interessant an«, sagte ich.

»Wollt ihr nicht aufhören, wie die Katze um den heißen Brei herumzugehen?« mischte sich Laurie ein. »Er weiß doch offensichtlich, daß es Toby Kraft war.«

Edison und ich warfen ihr einen Seitenblick zu. Dann sahen wir uns an und brachen in Lachen aus.

»Was ist denn jetzt los?«

»Das wär's dann wohl«, sagte ich.

»Aber es war doch klar, um wen es geht.«

»Der Mann wollte ungenannt bleiben«, sagte Edison.

»Ich hab euch den Spaß verdorben. Tut mir leid. Aber ich wette, daß Mister Edison schon weiß, über wen wir mit ihm sprechen wollen, und ich hab nur eine Stunde, bevor ich wieder in die Stadt zurück muß.«

»Also«, fragte ich Edison, »wissen Sie's tatsächlich schon?«

»Wie wär's, wenn Sie's mir sagen, damit ich nicht raten muß?«

»Edward Rinehart.«

Edisons Blick wanderte zur Tür und, weniger gelassen als zuvor, wieder zurück zu mir. »Wir sollten ein wenig Luft schnappen gehen. Es ist so schön unter den Bäumen drunten, man könnte fast vergessen, wo man ist.«

»Toby Kraft. Ich hab ihn immer ›Mr. Inside‹ genannt, denn das war er auch.«

Wir saßen uns an einem der Gartentische gegenüber. Max Edison blickte auf die hohen Buchen und den breiten grünen Rasen. Er trug jetzt eine dunkle Brille. Die Beine in den tadellos gebügelten Jeans hatte er zur Seite gestreckt, ein Ellbogen ruhte auf der Tischplatte. Er sah aus, als hätte er sich nur einen Augenblick zu uns gesetzt, um gleich weiterzugehen.

»Ich bin mit einer Beinverletzung aus dem Krieg gekommen, wegen der ich keine schwere Arbeit mehr machen konnte. Statt eines richtigen Jobs hatte ich deshalb ein paar kleinere. Hab Böden gefegt und Fenster geputzt. Hab Lose verkauft und als Fahrer gearbeitet. Nach einer Weile haben ein paar Leute gemerkt, daß ich zuverlässig war.«

Edison sah mich an. »Sie wissen, was ich meine?«

»Sie haben getan, was man Ihnen aufgetragen hatte, und Sie haben den Mund gehalten.«

»Toby Kraft hat mich also gefragt, ob ich drei Tage pro Woche im Leihhaus aushelfen wollte. Ich wußte, daß bei ihm mehr unter der Hand lief als offiziell. Das soll nicht heißen, daß ich ihm irgendwas nachsagen will, aber als Toby Ihnen meinen Namen genannt hat, war ihm klar, daß ich darüber reden muß. Wenn ich über Mr. Edward Rinehart sprechen soll, hängt er mit drin.«

Ich nickte.

Edison wandte seine dunkle Brille Laurie zu. »Sie müssen nicht mehr mithören, als Sie wollen, Mrs. Hatch.«

»Jetzt müßten Sie mich schon mit der Peitsche vertreiben, Max«, sagte sie.

Er lächelte, zog die Beine an und setzte sich frontal vor uns auf. Er legte die Arme auf den Tisch und faltete die Hände. »Jede Stadt von der Größe Edgertons hat einen Mr. Inside. Er kann einem sagen, wo man hin muß, wenn man was Bestimmtes will; er kennt den Namen des Burschen, der einem dabei helfen kann; er weiß, mit wem man danach reden muß.«

»Ein nützlicher Zeitgenosse«, sagte ich.

»Mr. Inside ist wie das Postamt. Er hat Verbindungen. Entlang dieser Verbindungen bewegen sich Informationen hin und her. Wenn jemand diese Rolle spielen will, muß alles laufen wie geschmiert. Denn außerhalb seines Kreises haben ihn ständig andere Leute im Visier.«

»Die Polizei?«

Er schüttelte den Kopf. »Die Cops sind keine Gefahr. Die wollen ihn nicht in den Knast bringen, weil er für sie draußen nützlicher ist.«

»Wer sind diese anderen Leute dann?« fragte Laurie.

Edison legte die Handflächen auf den Tisch, neigte den Kopf und betrachtete die hohen Buchen. »Etwa ein Jahr, nachdem ich bei Toby angefangen hatte, kam ein Hohlkopf namens Clothard Spelvin aus dem Büro zu mir nach hinten. Man nannte ihn Clothhead, weil sein Hirn so dünn war wie ein Küchenhandtuch. Ein Schwarzer, ziemlich hellhäutig, und ansonsten ein übles Arschloch. Entschuldigen Sie, Mrs. Hatch.«

»Keine Ursache.«

»Danke. Clothhead hat also gesagt: ›Max, dein Job hier ist beendet. Jemand hat dir was Wichtiges zu sagen.‹ Ich bin ins Büro gegangen und hab Toby gefragt: ›Für wen arbeitet der Trottel eigentlich? Er will mich mitnehmen.‹ Toby: ›Ist schon in Ordnung.‹ Er hat uns durch den Lagerraum geführt und die Hintertür aufgeschoben. In der Einfahrt stand ein großer Cadillac. Dunkelblau. Genug Wachs auf dem Lack, um Schlag Mitternacht selbst bei 'ner Mondfinsternis zu glänzen. Clothhead hat mir die Schlüssel gegeben, sich neben mich gesetzt und gesagt: ›Fahr auf dem alten Highway vier nach Norden.‹ Gleich nach der Stadtgrenze hat er auf eine Kneipe gedeutet. Sie war ganz leer, bis auf einen Gorilla vorn an der Bar und einen Mann im Hinterzimmer. Dieser Mann war mein neuer Boß, Mr. Edward Rinehart. Sieben Jahre lang hab ich ihn Tag und Nacht dorthin gefahren, wo er hin wollte.«

»Aha«, sagte ich. Laurie legte die Hände in den Schoß und ließ den Blick zwischen uns hin- und herwandern, als würde sie ein Tennismatch beobachten. Nachdem ich mich von meinem Erstaunen etwas erholt hatte, äußerte ich ein nicht weniger idiotisches »Tatsächlich«.

Edison konnte sein Vergnügen über meine Reaktion nicht ganz verbergen. »Was dachten Sie, weshalb Toby Ihnen meinen Namen genannt hat?«

Unfähig, sich noch länger zurückzuhalten, platzte Laurie heraus: »Also, wie *war* er denn nun eigentlich?«

Max Edison wartete, bis ich wieder einen klaren Kopf hatte.

»Er war ein Gangster?«

»Vielleicht gibt es kein organisiertes Verbrechen. Vielleicht denken die Zeitungen sich das nur aus. Aber wenn es existiert, sieht es dann so aus, als würde man da reinkommen, wenn man kein Sizilianer ist? Oder wenigstens Italiener? Mr. Rinehart war ein Mann, der selbständig arbeitete.«

»Und was genau hat er gemacht?« fragte ich.

»Wo man einen Mr. Inside findet, wird man irgendwann erfahren, daß es auch einen Mr. Outside gibt. Mr. Outside ist wichtiger als Mr. Inside, aber nicht viele wissen von ihm. Nehmen wir einmal an, Sie sind Berufsverbrecher. Eines Abends werden Sie in ein Hotelzimmer gebeten. Der Tisch biegt sich unter allem, was das Herz begehrt: Garnelen, Roastbeef, Huhn, diverse Flaschen und viel Eis. Schummeriges Licht. Drei oder vier andere Burschen wie Sie sind auch noch da. Ganz hinten im Zimmer, wo Sie sein Gesicht nicht sehen können, sitzt Mr. Outside auf einem großen, bequemen Sessel. Offenbar kennt ihn mindestens einer der anderen Burschen.

Wenn alle einigermaßen locker sind, verkündet Mr. Outside, daß Sie von nun an nichts mehr unternehmen werden, falls er Sie nicht dazu beauftragt. Ein Drittel Ihres gesamten Profits geht direkt an ihn. Sie wollen gehen, aber da erklärt er die Vorzüge der Sache. Er kommt für alle Kosten auf. Es wird genügend Arbeit geben, um das fehlende Drittel mehrfach aufzuwiegen. Dann stellt er ein paar Dinger vor, die so hübsch und sauber sind, daß Sie die Sache nur verbocken können, wenn Sie beim Anblick der Moneten einen Herzinfarkt bekommen. Weiteres ist in der Hinterhand. Außerdem werden Sie nie mehr das Problem haben, daß Sie wo einbrechen und alles ist schon ausgeräumt. Na, was würden Sie sagen?«

»›Wo muß ich unterschreiben?‹«

»Edward Rinehart war Mr. Outside?« fragte Laurie.

Edison schob die Sonnenbrille auf die Nasenspitze und beugte sich vor. Seine überraschend hellen Augen hatten eine ungewöhnliche, mit Grün durchsetzte sandbraune Färbung. Ihr Weiß war so makellos wie das Weiß frischer Bettlaken. »Habe ich das gesagt?« Er wandte mir seinen perfiden Blick zu. »Habe ich das gesagt?«

»Sie haben uns erlaubt, unsere eigenen Schlüsse zu ziehen«, sagte ich.

Er schob die Sonnenbrille wieder hoch.

»Das alles hört sich nicht so an, als wäre Mr. Rinehart ein Mann gewesen, der ein Buch schreiben würde«, sagte ich.

Edison ließ das Kinn sinken und sah mich an. Ich dachte schon, er würde das Kunststück mit der Sonnenbrille wiederholen.

»Was für ein Buch?« fragte Laurie. »Von einem Buch hast du mir gar nicht erzählt.«

»Es war in dem Paket, das meine Mutter zu meiner Tante geschickt hat und in dem auch der Umschlag mit dem Schlüssel drin war.«

»Haben Sie das Buch gelesen?« fragte Edison.

»Noch nicht. Und Sie?«

»Mr. Rinehart hat mir eines geschenkt, aber es ist irgendwann verlorengegangen. Es stimmt, er sah nicht aus wie ein Mann, der sich hinsetzt und ein Buch schreibt. Aber Mr. Rinehart hat nie etwas *Gewöhnliches* getan. Außerdem hat er sich zu der Zeit, als sein Buch herauskam, zurückgezogen. Ab und zu mußte ich ihn noch irgendwohin fahren, aber im Grunde hatte er sich abgesetzt. Er hat mir mitgeteilt, er habe eine Mission. Seine Geschichten sollten der Menschheit zeigen, wie die Welt in Wahrheit aussieht.«

»Er hat im Wagen mit Ihnen gesprochen?« fragte Laurie.

Edison grinste. »Sieben Jahre lang hab ich Mr. Rinehart in finsterer Nacht durch die halbe Welt gefahren. Er hat auf dem Rücksitz gesessen und geredet wie ein Wasserfall. Wenn Mr. Rinehart Pfarrer geworden wäre, hätten seine Predigten zwei geschlagene Tage gedauert.«

Edisons Lachen klang, als würde er noch immer nicht glauben, was vom Rücksitz des Cadillac alles auf ihn eingeströmt war.

»Worüber hat er gesprochen?« fragte ich.

»Über die wahre Natur des Universums. Und über sein Buch. Wenn jeder Schriftsteller soviel Elend ertragen muß wie Mr. Rinehart, bin ich froh, daß ich nur Fahrer war.«

Nachdem ein bekannter New Yorker Verlag das Buch abgelehnt hatte, hatte Rinehart beschlossen, es selbst zu publizieren. Eine Chicagoer Druckerei namens Regent Press & Bindery, deren Ableger sich mit dem Binden von Bibliotheksbüchern befaßte, lieferte zweihundert Exemplare nach Edgerton, wo Rinehart sie in einem Lagerhaus in Hatchtown unterbrachte. Sechs Wochen lang lud Max Edison Bücherkisten in den Kofferraum des Cadillac und fuhr seinen Arbeitgeber zu Buchhandlungen im weiten Umkreis der Stadt. Die meisten Läden nahmen zwei oder drei Bände von *Aus dem Jenseits* in Kommission. Rechnungen verschickte Rinehart nie, und auch nach den Verkaufszahlen erkundigte er sich nicht. Er wollte kein Geld mit seinem Buch verdienen; es sollte lediglich erhältlich sein, wenn die begeisterten Rezensionen erschienen, die das Werk einfach bekommen mußte. Wenn der Beifall über ihn hereinbrach, wollte er sein Werk erneut dem New Yorker Verlag vorlegen.

Nun wurden die Rezensionsexemplare versandt. Ein dreiseitiger Brief begleitete die ersten zwanzig. Sie gingen an Zeitungen und Zeitschriften, deren Urteil nach Rineharts Meinung für einen literarischen Erfolg am wichtigsten war. Fünfzig Publikationen zweiten Ranges erhielten ein einseitiges Statement. Eine einfache Karte begleitete die Bände für die billigen Pulpmagazine.

Drei Monate vergingen ohne jegliche Reaktion der bedeutenden und weniger bedeutenden Publikationen. Selbst die Pulpmagazine, von denen Rinehart wahre Begeisterungsstürme erwartet hatte, schwiegen. Zwei weitere Monate später verschickte der erzürnte Autor Briefe an siebzig Redaktionen, um diese an ihre literarischen Verpflichtungen zu erinnern. Keine gab Antwort.

Neun Monate später stellte das Horrormagazin *Weird Tales* Rineharts Werk vor eine Ziegelmauer und schritt zur öffentlichen Exekution. Acht über vier Seiten ausgebreitete Spalten verdammten *Aus dem Jenseits* als steif, klischeehaft und mit unfreiwilliger Komik durchsetzt. Ein ätzendes Gelächter hallte durch die Rezension.

Weird Tales ließ Rinehart außer Rand und Band geraten.

»Er hatte die Besprechung immer bei sich. Wenn wir allein im Wagen saßen, hat er sie laut vorgelesen. Ich hab die verschiedenen Teile mindestens hundertmal gehört. Mr. Rinehart hatte gemeint, gerade diese Zeitschrift müßte von dem Buch einfach begeistert sein. Mehrere Wochen lang hat er versucht sich einzureden, daß man tatsächlich begeistert war und daß das Ganze sich nur so schlimm anhörte, wenn man es nicht verstand. Dann hat er das aufgegeben und mir wieder erzählt, wie dämlich der Mensch doch sei, von dem der Artikel stammte. Jeder, der irgendeine Ahnung hätte, müßte sehen, wie großartig das Buch wäre. Ich glaube nicht, daß er die Besprechung je aus dem Kopf bekommen hat. Wenig später hat er sich dann endgültig zurückgezogen.«

»Haben Sie ihn danach noch einmal getroffen?«

»Er hat nicht zu den Leuten gehört, die Kontakt halten. Außerdem hat man mich dann sowieso für eine Weile aus dem Verkehr gezogen und nach Greenhaven verfrachtet.«

Edison nahm die Sonnenbrille ab und klappte sie auf dem Tisch zusammen. »Tja, und dann hat man diesen Clothhead Spelvin, von dem ich schon erzählt hab, wegen irgendeiner total beknackten Scheißsache hopsgenommen – entschuldigen Sie, Mrs. Hatch. So was hätte vorher nie passieren können. Als ihm klar geworden ist, daß man ihn längerfristig einbuchten würde, hat er Mr. Rinehart hochgehen lassen. Dann wurde *der* verhaftet.«

»Edward Rinehart kam ins Gefängnis?« fragte Laurie.

»Für eine Zeit von mindestens zehn Jahren, ja, Ma'am. Ich war noch da, als er ankam. Mr. Rinehart hat sich wie auf einer Nobelreise nach Paris benommen. Er wußte, daß er im Knast nur ein Problem haben würde: im Knast zu sein. Wenn man Beziehungen wie Mr. Rinehart hat, ist das kaum anders als draußen, außer daß man eben drin ist. In Greenhaven konnte er mehr oder weniger alles tun, was er wollte – außer abhauen. Er hat mir einen guten Job in der Bücherei verschafft und mir fast jede Woche ein gutes italienisches Dinner schicken lassen. Sobald Mr. Rinehart bei uns war, hatte ich Zigaretten und Whisky, soviel ich wollte. Natürlich hab ich das nicht ausgenutzt.«

»Sie haben im Gefängnis Whisky und italienisches Essen bekommen?« fragte Laurie ungläubig.

»Gefängnis ist Gefängnis, Mrs. Hatch, so oder so. November 1958 wurde ich entlassen. Gut zwei Jahre später gab's dort eine gewaltige Revolte. Nachdem die Trooper den Bau gestürmt hatten, lagen zwölf Männer tot im Hof, und einer von ihnen war Mr. Rinehart. Er liegt auf dem Friedhof von Greenhaven. Kein schlechter Ort für ihn.«

»Wieso?« sagte Laurie. »Ach ja. Sie hatten Angst vor ihm.«

Edison lächelte uns müde an. »Manchmal meine ich, ich hab noch immer Angst vor ihm.«

Laurie und ich schwiegen.

Eine Spur Amüsement trat in Edisons hellbraune Augen. »Ob Sie mir glauben, was ich jetzt erzähle, oder nicht, ist mir egal. Ein paarmal, wenn ich nachts allein mit dem Wagen an den Ort gefahren bin, an den mich Mr. Rinehart hin bestellt hatte, ist plötzlich ein Feuerzeug hinter mir aufgeschnappt. Im Rückspiegel seh ich die Flamme. Und da sitzt Mr. Rinehart und steckt sich eine Zigarette an. ›Tut mir leid, Max‹, sagt er. ›Hast du mich nicht einsteigen hören?‹ Aber die Hintertür war weder auf- noch zugeklappt, und *das* hätte ich doch hören müssen!

Einmal, um drei, vier Uhr morgens, habe ich ihn nach Mountry zu einem Haus gebracht, das hinter einer Garage lag. Er war dort mit einem Mann namens Ted Bright verabredet. Wir kommen an, und er sagt: ›Duck dich und bleib unten, bis ich zurück bin.‹ Ich seh mich um, und entweder war ich blind geworden oder der Rücksitz konnte sprechen, denn Mr. Rinehart war gar nicht mehr da. Ich ducke mich unters Lenkrad, so daß man sich schon direkt vors Fenster stellen mußte, um mich zu sehen. Von vorn nähern sich Schritte – zwei Burschen, die sich langsam und vorsichtig bewegen. Der eine sagt: ›Das ist sein Wagen.‹ Der andere: ›Los geht's.‹ Ich kann nicht beschwören, daß ich als nächstes gehört hab, wie zwei Schrotflinten gespannt wurden, aber ich würde hundert Dollar darauf wetten. *Max, du solltest Mr. Rinehart Rückendeckung geben, hab ich mir gesagt.* Ich tastete schon nach dem Türgriff, als mir klar wurde, daß ich mich ducken sollte, weil er schon vorher wußte, daß Homer und Jethro anrollen würden.«

»Hatten Sie denn keinen Revolver?« fragte Laurie.

Er nickte. »Doch, wenn ich mit Mr. Rinehart unterwegs war, hab ich eine Waffe getragen. Benutzt hab ich sie nie. Hab sie noch nicht mal aus dem Halfter gezogen, obwohl ich in der bewußten Nacht nah dran war. Bei Mr. Rinehart war es immer am klügsten, das zu tun, was er sagte, aber ich konnte nicht sicher sein, ob er wußte, was da gerade vor sich ging. Ich habe also etwa eine Minute gewartet, ohne den leisesten Ton zu hören. Gerade hatte ich beschlossen, die Beifahrertür zu öffnen, mich rauszuschleichen, neben den Wagen zu ducken und für alle Fälle bereitzuhalten, da ist plötzlich ein Getöse losgegangen, als wär das Jüngste Gericht angebrochen. Mit einer Hand packe ich den Türgriff, mit der anderen meinen Revolver. Da stürzt unmittelbar vor mir Ted Bright auf die Kühlerhaube, vom Hals bis zum Bauch mit Blut bedeckt. Bright rollt herunter und fällt zu Boden. Ich schaue zum Haus hin. Die Tür steht offen, davor liegt ein Mann mit dem Gesicht im Dreck. Die nächste Leiche liegt halb drin, halb draußen, und drin auf dem Boden liegt noch eine. Das Ganze sieht aus wie in einem Schlachthaus. Direkt hinter mir räuspert sich jemand, und ich springe fast an die Decke. Mr. Rinehart sitzt auf dem Rücksitz. ›Kehren wir in die Zivilisation zurück‹, sagt er.«

»Haben Sie ihn gefragt, was passiert war?« fragte Laurie.

»Mrs. Hatch.« Edison setzte die Sonnenbrille wieder auf. »Selbst wenn er hätte reden wollen, ich hätte nicht zugehört. Als ich zu Hause war, hab ich erst mal 'ne halbe Flasche Bourbon gekippt, und zwar ohne Eis oder Wasser. Am nächsten Tag hieß es im Radio, ein Geschäftsmann namens Theodore Bright sei beim Versuch, seinen Kidnappern zu entfliehen, ums Leben gekommen. Aus meiner Sicht war die Geschichte so gut wie jede andere. Auf jeden Fall hatte Ted Bright die Sache selbst verschuldet.«

»Das war also die wahre Geschichte«, sagte ich.

»Ich war zwar dabei, aber ich hab keine Ahnung, ob es eine wahre Geschichte gab. Ich wollte Ihnen damit nur folgendes sagen: Mr. Edward Rinehart konnte 'ne perfekte Einmann-Horrorshow abziehen.«

»Sie haben recht«, sagte ich, »der Friedhof von Greenhaven ist ein guter Ort für ihn.«

»Noch mal zurück zu Clothhead Spelvin, also dem, der Mr. Rinehart verpfiffen hat. Er war in Untersuchungshaft, als Mr. Rinehart festgenommen wurde. Den hat man nur zwei Zellen weiter eingesperrt, und in derselben Nacht wurde Clothhead in Stücke geschnitten. Niemand hat irgendwen bei ihm reingehen oder rauskommen sehen.«

Edison zog erst ein Bein und dann das andere unter dem Tisch hervor. Es kostete ihn einige Mühe. »Tut mir leid, Leute, daß ich die Party beenden muß, aber ich will wieder in mein Zimmer.« Er kam schwankend auf die Beine. »Toby hat's Ihnen vielleicht nicht erzählt – ich hab Pankreaskrebs. Man gibt mir noch zwei Monate; wenn alles gutgeht, komme ich vielleicht auf sechs.«

Er tat sein Bestes, um seine Schmerzen zu verbergen, während er langsam den Parkplatz überquerte.

48

»Was für eine Gefahr?«

Jedesmal, wenn wir eine Hügelkuppe erreichten, sah ich durch die Windschutzscheibe die niedrige, diskrete Silhouette der Stadt, in der ich geboren wurde. Solche Orte waren nicht dazu gedacht,

Leute wie Edward Rinehart zu beherbergen. Familien wie die meine – falls es überhaupt andere Familien wie die Dunstans gab – gehörten auch nicht hinein.

»Du und Cobbie, ihr beiden solltet nichts mit dieser Rinehart-Geschichte zu tun haben. Es ist zu riskant. Dann bin ich lieber der Sohn von Donald Messmer.«

»Ein Toter kann doch keine Gefahr für mich und Cobbie darstellen. Und heute abend werden wir diesen Donald Messmer finden.«

»Ich dachte, Stewart würde Cobbie bei dir abliefern.«

»Ich meine danach. Kurz nach fünf kommt Posy zurück, und ich kann dich gegen sechs Uhr wieder abholen. Mein Sohn will dich wirklich gern wiedersehen. Er sagt dauernd: ›Kommt Ned uns bald besuchen?‹ Also besuch uns doch einfach, hm? Posy und ich machen dir was zum Abendessen, und du kannst mir das Buch von Edward Rinehart zeigen.«

Das klang verlockender, als in Hatchtown zu essen und dann in meine Pension zu verschwinden. Meine Befürchtung, Laurie und ihren Sohn zu gefährden, erschien mir auf einmal nicht mehr rational; Max Edison hatte mir nur Angst eingejagt.

»Ich warne dich: Cobbie wird dir seine Lieblingsmusik vorspielen, also sei darauf gefaßt.«

»Was für Musik mag er denn?«

»Darüber staune ich selbst«, sagte Laurie. »Cobbie ist richtiggehend *fixiert* auf den letzten Teil von ›Estampes‹ – das ist ein Klavierstück von Debussy –, auf ein Madrigal von Monteverdi mit dem Titel ›Confitebor tibi‹, gesungen von einer britischen Sopranistin, und auf Frank Sinatras ›Something's Gotta Give‹. Er kann eigentlich gar nicht vier Jahre alt sein. Ich glaube, er ist ein fünfunddreißigjähriger Zwerg.«

»Heißt die britische Sopranistin etwa Emma Kirkby?«

»Du kennst sie?«

Ich lachte über den unwahrscheinlichen Zufall. »Ich hab die CD mit auf die Reise genommen.«

»Dann ist die Sache ja klar. Ich hole dich um sechs Uhr ab.«

In zwanzig Metern Entfernung markierte ein Schild die Grenze von Edgerton, der Stadt mit einem Herz aus Gold. Das Schild schwebte näher, wurde größer. Der Abstand schmolz zu einem halben Meter, zu zehn Zentimetern, war nur noch in Mikrometern meßbar und dann gar nicht mehr. Das Schild flog an der Kühlerhaube vorbei und verwandelte sich in einen zweidimensionalen, vertikalen Streifen, parallel zu meinem Kopf. Die Luft flimmerte, wurde dichter und schien von der Straße emporzuschimmern wie eine Fata Morgana.

49

Helen Janette schoß aus ihrer Wohnung, noch bevor ich die Treppe erreicht hatte. Wenn der braune Umschlag in ihrer Hand für ihren Gesichtsausdruck verantwortlich war, wollte ich gar nicht wissen, was er enthielt.

Wie das entsprechende Männchen einer Schwarzwalduhr öffnete auch Mr. Tite seine Tür und trat auf die Schwelle. Der Filzhut beschattete seine Nase, der knollige Unterkiefer sah hart wie Granit aus.

»Heute morgen wollte ein Polizist zu Ihnen.« Sie kreuzte die Arme über dem Umschlag. »Und einen Umschlag mit so einem Absender wollte ich wirklich nicht auf meinem Posttisch liegen haben.«

»Hat er Ihnen seinen Namen genannt?«

Mr. Tite räusperte sich. »Es war ein Hammel namens Rowley.«

»Lieutenant Rowley wollte Ihnen das zurückgeben.« Sie streckte mir den Umschlag hin.

Bevor ich den Schlüssel ins Schloß stecken konnte, donnerte Otto Bremen meinen Namen. Er saß winkend im Sessel vor seinem Fernseher und sah wesentlich freundlicher aus als meine Wirtin und ihr Wachhund. Ich ging in sein Zimmer.

Bremen streckte mir seine große, breite Hand entgegen. »Ned Dunstan, stimmt's? Otto Bremen, falls Sie's vergessen haben.« Sein hübscher Schnurrbart sträubte sich über einem lächelnden Mund. »Setzen Sie sich doch.«

Bremens Zimmer floß über von Stühlen, Kommoden, Tischchen und anderen Möbeln, die offenbar aus seiner früheren Wohnung stammten. Ein farbiges Durcheinander aus Fotos, gerahmten Urkunden und Kinderzeichnungen bedeckte die Wände. Das gelbe Banner, das mir schon am Morgen aufgefallen war, hing oben an der rückwärtigen Wand. In leuchtendblauen Lettern waren dreimal die Worte WE LOVE YOU OTTO aufgedruckt.

»Offenbar mag man Sie, Otto.«

»Ist das nicht ein unheimlich lieber Einfall?« Er blickte über seine Schulter. »›We love you Otto, we love you Otto, we love you Otto.‹ Von der sechsten Klasse der Carl Sandburg Elementary School, 1989.« Er steckte sich eine Zigarette an. »Mrs. Rice, die Schulleiterin, hat mich bei der Abschlußfeier auf die Bühne gerufen. Die meisten Kinder kannte ich schon aus der Zeit, in der ich sie an der Hand nehmen und ihnen ›The Teddy Bears' Picnic‹ vorsingen mußte, um sie über die Straße zu kriegen. Ich war so stolz, daß mir fast die Hosenträger geplatzt sind.«

Es war jene voluminöse, rauhe Stimme aus dem Westen, die mich am Morgen begrüßt hatte. Wenn Otto Bremen mir »The Teddy Bears' Picnic« vorgesungen hätte, wäre ich ihm auch über die Straße gefolgt.

Er verschränkte die Hände über dem Bauch und atmete hörbar aus. »Das war das erste Mal, daß eine Klasse einen Schülerlotsen so geehrt hat. Neun Monate im Jahr steh ich dort an der Straße.« Bremen klopfte die Asche ab, die zum Boden hinabschwebte. »Wenn ich noch mal von vorn anfangen könnte, würde ich sofort ein Diplom machen und die erste oder zweite Klasse unterrichten, das schwör ich Ihnen. Zum Teufel, wenn ich nicht schon siebzig wäre, würde ich's jetzt noch machen. Na, wie steht's mit einem Schluck? Ich könnte allmählich einen vertragen.«

Ein paar Minuten später gelang es mir, in mein Zimmer zu entkommen.

EDGERTON POLICE DEPARTMENT war auf die Vorderseite und die versiegelte Lasche des braunen Umschlags gestempelt, den Lieutenant Rowley Helen Janette anvertraut hatte. Er enthielt eine ebenfalls verschlossene Plastiktüte mit vier weißen Streifen. Auf die zwei obersten Streifen hatte man eine Kennziffer und meinen Namen gekritzelt. Lieutenant Rowley und jemand aus dem Depot hatten auf den anderen beiden unterschrieben. Die Plastiktüte enthielt ein Bündel Geldscheine. Ich ließ das Geld herausfallen und zählte es. Nur noch vierhunderteinundachtzig Dollar. Ich mußte laut auflachen. Dann rief ich Suki Teeter an.

50

Der Bus setzte mich in College Park ab, zwei Straßen südlich vom Campus der Albertus University. Ich ging die Archer Street entlang, bis ich über der Veranda eines dreistöckigen Holzhauses das verwitterte Schild mit der Aufschrift RIVERRUN ARTS & CRAFTS erblickte.

Das Zimmer rechts neben dem Eingang enthielt Ständer mit Postern und Grußkarten, umgeben von Gemälden, Druckgraphik, Webteppichen und Regalen mit Keramik und Glasobjekten; das kleinere Zimmer links diente als Laden für Malutensilien und Rahmen. Suki stellte zwar Arbeiten von ortsansässigen Künstlern aus, verdiente ihr Geld aber hauptsächlich mit Postern und dem Rahmen von Bildern.

»Das ist der einzige Laden für anständige Pinsel und Farben im Umkreis von hundert Meilen, aber ich kann nicht soviel auf Lager haben, wie ich sollte«, sagte sie. »Alles kostet so wahnsinnig viel Geld! Das Dach müßte gerichtet werden, und ich könnte einen neuen Ölbrenner gebrauchen. Mit zwanzigtausend Dollar wäre das Ganze erledigt, aber ich kann kaum meine zwei Teilzeitkräfte bezahlen. Die bleiben nur bei mir, weil ich ihnen Essen koche und sie bemuttere.«

In ihrem Wohnzimmer hingen abstrakte und gegenständliche Gemälde neben Regalen mit Keramik und Glas. »Alle Sachen sind von Künstlern, die ich in der Galerie ausstelle, außer dem Bild links von dir.«

Ein tristes Gewirr schlammbrauner Formen mit einzelnen roten Spritzern nahm ein Viertel der Wand in Anspruch.

»Was hältst du davon?«

»Ich müßte es mir eine Weile ansehen«, sagte ich.

»Es ist katastrophal, und das weißt du auch. Rachel Milton hat mir das Bild vor vielen Jahren geschenkt, und ich hatte nie das Herz, es rauszuschmeißen. Magst du vielleicht 'ne Tasse Tee?«

Suki kam mit zwei Tassen Kräutertee wieder und setzte sich neben mich auf die nachgebenden Polster. »Eigentlich sollte ich über Rachel nicht so lästern. Immerhin hat sie Kontakt mit Star gehalten, oder umgekehrt. Vielleicht kommt sie sogar zur Beerdigung.«

Sukis leuchtende Aura glitt auf mich zu, und sie schlang mir die Arme um die Schultern. Ich beugte mich in ihren Duft aus Minze und Sandelholz. Sie küßte mich auf die Wange. Der goldene Schimmer ihres Gesichts entfernte sich wenige Zentimeter von meinem. Ihre Augen glänzten feucht, wodurch das tiefe Jadegrün und das funkelnde Türkis noch intensiver wurden. »Raus damit. Du weißt schon, einfach raus damit.«

Ich trank einen Schluck von dem Ginsengtee und sprach über den letzten Tag meiner Mutter. Als ich den Namen Rinehart erwähnte, warf Suki mir einen Blick voll unumwundener Anerkennung zu. Ohne mehr zu sagen, berichtete ich ihr von Donald Messmers Erscheinen auf der Heirats- und Geburtsurkunde.

»Ich gehe wie durch einen Nebel. Meine Tanten und Onkel benehmen sich, als müßten sie ein Atomgeheimnis hüten.« Eine Flut von Gefühlen überschwemmte mich, vor deren Not alles andere zusammenschrumpfte.

»Ich muß *raus aus dem Nebel.* Ich will wissen, wer Rinehart war und wie dieser Messmer in Erscheinung getreten ist.«

Sie tätschelte mir die Hand und ließ sie dann wieder los.

»Rinehart war mein Vater, stimmt's?«

»Du siehst ihm so ähnlich, daß es fast unheimlich ist.«

Ich mußte daran denken, wie Max Edison sich bei meiner Bemerkung, ich sei wegen einer familiären Angelegenheit gekommen, fast unmerklich entspannt hatte. Er hatte bestimmt sofort erkannt, wessen Sohn ich war. »Raus damit«, wiederholte ich wie ein Echo ihre Worte. »Bitte, einfach raus damit.«

Suki Teeter lehnte sich in ihre Polster zurück.

51

Im Herbst des Jahres 1957 frequentierte der abenteuerlustige Teil der Kunst- und Literaturstudenten an der Albertus University spät abends das Blue Onion Coffeehouse. An einem der hinteren Tische saß häufig ein Mann, dessen außergewöhnlich faszinierendes Gesicht, zugleich bleich und dunkel, von schwarzem Haar umrahmt wurde. In der einen Hand eine Gitane *papier maïs*, in der anderen einen Bleistift, beugte er sich konzentriert über ein

Typoskript. Dieser Mann war Edward Rinehart. Eine Aura ehrfürchtiger Bewunderung umgab ihn.

Bald war das Eis geschmolzen. Ja, er sei Schriftsteller; nach College Park sei er wegen der guten Buchläden und der anregenden Atmosphäre gekommen; was ihm noch fehle, sei lediglich der Zugang zur Universitätsbibliothek, die natürlich wesentlich besser sei als die städtischen Büchereien. Erwin Leake, ein junger Anglistikdozent, der als einer der ersten einen vertraulichen Brückenkopf errichtete, fand bald eine nur geringfügig dubiose Methode, um Rinehart den Zugang zur Bibliothek zu verschaffen. Danach war Rinehart oft an einem der Tische unter der Kuppel des Lesesaals bei der Arbeit zu beobachten. Er war vielleicht fünfunddreißig, vielleicht auch etwas älter; falls seine physische Attraktivität überhaupt einer Verstärkung bedurfte, so leistete dies eine gewisse Aura von Gesetzlosigkeit, die ihn umschwebte. Die Ära Rinehart hatte begonnen.

Er wurde zum intellektuellen und gesellschaftlichen Mittelpunkt eines ausgesuchten Kreises von Studenten, für den er zu jeder Tageszeit Hof hielt. Am Ende von Buxton Place, einer unauffälligen Sackgasse, die sich größtenteils im Besitz der Universität befand, hatte Rinehart zwei benachbarte Häuschen als Studio und Wohnung erworben. Die Auserwählten, die Leidenschaftlichen, die Vielversprechendsten unter der studentischen Bevölkerung versammelten sich in seiner Residenz – das geheiligte Studio war tabu. In Rineharts Haus redete ständig jemand, im allgemeinen Rinehart selbst. Unablässig schwebte musikalische Untermalung – meist Jazz – aus den Lautsprechern. Der Vorrat an Wein, Bier und anderen Getränken erneuerte sich auf wundersame Weise wie von selbst. Zudem stellte Rinehart die damals gängigen Drogen zur Verfügung: Marihuana, Amphetamine, Aufputsch- und Beruhigungsmittel. Seine Partys dauerten immer zwei, drei Tage, in denen die Jünger erschienen und verschwanden, redeten und tranken, bis sie nicht mehr reden und trinken konnten, in denen sie Lesungen beiwohnten, hauptsächlich vom Gastgeber selbst gehalten, und häufig Sex hatten, hauptsächlich mit dem Gastgeber selbst.

Suki, Star, Rachel Newborn und die anderen jungen Frauen waren Rineharts Charme verfallen. Er war ein charismatischer, unberechenbarer Mann, der ihre Sehnsüchte anfachte und sie gleichzeitig zu verkörpern schien: Im Gegensatz zu den Jungs, die sich als Schriftsteller gebärdeten, hatte Rinehart tatsächlich ein Buch publiziert. Es fiel ihnen nicht schwer, es für so blendend und gewagt zu halten, daß die Holzköpfe der Verlagswelt es einfach nicht verstehen konnten. *Natürlich* war das Buch gefährlich – Rinehart strahlte eben Gefahr aus. Er hatte in Vergangenheit und Gegenwart Geheimnisse, und es gab Tage, an denen das Haus am Buxton Place ohne Erklärung verschlossen und leer blieb. Gelegentlich sah das eine oder andere Mitglied seines Harems Rinehart in Hatchtown in einen Cadillac steigen. Eine übernervöse Kunst- und Philosophiestudentin namens Polly Heffer entdeckte einmal in der Nachttischschublade einen geladenen Revolver und kreischte so laut auf, daß Suki in eben dem Moment aus dem Wohnzimmer herbeieilte, in dem Rinehart verärgert aus dem Bad erschien. Er brachte Polly mit einem Knurren zum Schweigen, erklärte, er habe den Revolver zum Selbstschutz, und lud Suki zu einem Dreier ein.

Willigte sie ein?

»Glaubst du, ich hab ihn *abgewiesen*?«

Ab und an fanden Rineharts Jünger ihn im Gespräch mit Männern, die eindeutig nichts mit der Universität zu tun hatten. Diese Männer zogen ihn flüsternd in eine Ecke; gelegentlich legte Rinehart einen Arm um eine kräftige Schulter. Die Jüngeren, Salonfähigeren unter diesen Außenseitern tauchten auch im Strudel der langen Partys auf, und die Studenten akzeptierten sie in ihrem Kreis. Einer von ihnen war Donald Messmer, der im Hotel Paris an der Word Street wohnte und alles tat, was so anfiel.

»Don Messmer war kein Krimineller«, sagte Suki. »Im Grunde war Don ein lockerer Typ, der einfach nur so herumhing. Er hat uns immer an Dean Moriarty in Kerouacs *On the road* erinnert, war aber nicht so extrem. Außerdem war er verrückt nach deiner Mutter. Wahrscheinlich hatte er noch nie zuvor ein Buch gelesen, aber plötzlich ist er mit Romanen in der Gesäßtasche rumgelaufen, weil er Eindruck auf Star Dunstan machen wollte. Ich habe mal gehört, wie sie mit ihm über Cézanne und Kerouac und Jackson Pollock und Charlie Parker gesprochen hat – mit *Don*

Messmer! –, aber er hatte keine Chance, weil sie, wie wir alle, in Edward Rinehart verliebt war.«

»Wie ist sein Name dann auf die Heiratsurkunde gekommen?«

»Moment, Moment«, sagte Suki, »ich erzähl dir ja schon, was ich weiß.«

Am Ende des Semesters war Suki ans Wheeler College in Wheeler, Ohio, gewechselt, offiziell, um den Unterricht bei einem Lithographen fortzusetzen, der ein Jahr an der Albertus University gelehrt hatte. Sie hatte den Glauben an Edward Rinehart verloren und wollte seinem Bannkreis entfliehen. Erwin Leake, zuvor ein angesehener Dozent, war zu einem stets betrunkenen Phantom geworden; manche der Jungs, denen Rinehart eine große künstlerische Zukunft prophezeit hatte, wurden zu Drogenabhängigen, die sich nur noch für die nächste Handvoll Pillen interessierten; Sukis Freundinnen waren nur damit beschäftigt, Rineharts Launen zu befriedigen. Suki wollte weg.

Im darauffolgenden Jahr erschien Star Dunstan gegen Ende des Winters in Wheeler, schwanger, erschöpft und auf der Suche nach einem sicheren Zufluchtsort. Suki stellte die Hälfte ihres Betts zur Verfügung. Einige Tage lang sagte Star nur, sie müsse sich *verstecken*, sich *verbergen*. Suki ließ sie schlafen und zweigte in dem Lokal, in dem sie kellnerte, Essen für sie ab. Star erzählte ihr, sie habe einen Mann geheiratet, aber das sei ein Fehler gewesen. Sie zitterte schon beim Läuten des Telefons. Wenn jemand an der Tür klopfte, verschwand sie im Schlafzimmer. Nach zwei Wochen hatte Star sich soweit erholt, daß sie einen Job in dem Restaurant annehmen konnte, in dem auch Suki arbeitete. Weitere vier Wochen vergingen, und sie begann, am College Kunstkurse zu belegen. Irgendwann erzählte sie Suki, ihr Mann habe sie verlassen, nachdem ein Arzt ihr mitgeteilt habe, sie gehe womöglich mit Zwillingen schwanger. Das nächste Mal habe der Arzt ihr gesagt, es handle sich wohl doch nur um ein Kind, aber das konnte den verschwundenen Ehemann nicht mehr zurückbringen.

Ein Gynäkologe in Wheeler erklärte Star für gesund und munter und bereitete sie auf die Ankunft von Zwillingen vor, obgleich die Hinweise darauf nicht so deutlich waren, wie er es sich gewünscht hätte. Sie packte ihre Siebensachen und verschwand in Richtung Cherry Street.

Am Ende des Studienjahres fuhr Suki nach Edgerton und suchte sich eine neue Wohnung, die sie wenige Stunden vor einem gewaltigen Gewittersturm bezog. Sie rief erfolglos bei Nettie an. Vielleicht waren in der Cherry Street die Telefonleitungen ausgefallen. Schließlich erreichte sie Toby Kraft, der ihr sagte, Star sei jetzt im St. Ann's Community Hospital und stehe kurz vor der Entbindung. Er war außer sich vor Besorgnis. Der Fluß war über seine Ufer getreten; überall war der Strom ausgefallen. Suki hüllte sich in ihren Regenmantel, griff nach ihrem Schirm und verließ das Haus. Sofort drehte der Schirm sich nach außen und wurde ihr aus den Händen gerissen.

52

Das an die niedrige Mauer aus Sandsäcken schwappende Wasser stieg ihr bis über die Knöchel. Ihre Kleider unter dem Regenmantel waren klatschnaß. Suki kletterte über die Barriere und watete auf das Portal des Krankenhauses zu. Die Eingangshalle sah aus, als wäre man in Kalkutta. Im allgemeinen Chaos gelang es ihr, eine Krankenschwester so lange festzuhalten, bis diese ihr mitteilte, in der Geburtsabteilung im dritten Stock befänden sich nur zwei Schwangere, eine Mrs. Landon und eine Mrs. Dunstan. Sie riet Suki, die Treppe zu nehmen statt des Aufzugs.

Suki rannte hinauf und wurde von der Kakophonie der Geburtsabteilung empfangen. Im Kinderzimmer schrien die Babys in ihren Körben. Eine Schwester betrachtete stirnrunzelnd Sukis schlammbespritzte Stiefel und sagte, die gesuchte Freundin sei in Entbindungszimmer B unter der Aufsicht einer Hebamme namens Hazel Jansky. Suki packte sie am Arm und verlangte nähere Einzelheiten.

Mrs. Dunstan hatte seit fünf Stunden Wehen. Es gab keine Komplikationen. Das es sich um das erste Kind handelte, konnte die Sache noch mehrere Stunden weitergehen. Mrs. Jansky betreute beide Entbindungen dieses Abends. Die Schwester entwand sich Sukis Klammergriff und schickte sie ins Wartezimmer.

Suki folgte der Anordnung. Hinter dem verschwommenen Spiegelbild ihres blassen Gesichts, das über einem hellgelben Regenmantel schwebte, boten die hohen Fenster nur den Blick auf eine senkrechte schwarze Wand, durchstoßen von den Laternenpfählen des Parkplatzes. Suki drückte die Nase ans Glas, schirmte die Augen ab und sah eine zweite schwarze Wand, die sich über die Landschaft ausbreitete, durchzogen von glitzernden Wellen. Eine dunkle, längliche Form, bei der es sich hoffentlich um einen Baumstamm handelte, schaukelte im Kielwasser eines Automobils.

Einige Zeit später sah eine junge Schwester herein, um ihr mitzuteilen, Mrs. Dunstan mache zwar Fortschritte, aber wenn das Baby vernünftig sei, werde es die Notbremse ziehen und noch zwölf Stunden bleiben, wo es war. Als Suki ihr Gesicht wieder ans Fenster drückte, waren die Lampen auf dem Parkplatz erloschen, und die nicht einzuordnenden Objekte, die stromabwärts trieben, wirkten wie Spielzeug. Sie streckte sich auf dem Sofa aus und schlief ein.

Eine gedämpfte Explosion, gefolgt von schreienden weiblichen Stimmen, weckte sie auf. Das Licht ging aus, und die Schreie verwandelten sich in einen breiten Schallteppich. Suki tastete sich zur Tür und sah, wie die Lichtkegel von Taschenlampen die Dunkelheit durchschnitten. Sie machte sich auf die Suche nach Star.

Sie ertastete eine breite Lücke in der Wand. Suki arbeitete sich weiter, drückte eine Tür auf und stürzte in eine pechschwarze Kammer, in der eine unsichtbare Frau weinte und stöhnte.

»Star?«

Eine unbekannte Stimme schrie ihr Flüche zu.

Suki wich zurück. Ein Stück weiter kam sie zur Tür des zweiten Entbindungszimmers, die unvermittelt aufsprang, so daß sie zurücktaumelte. Eine Gestalt legte ihr eine Hand auf die Schulter und schob sie beiseite. Suki tastete sich vorwärts und wurde von der zurückschwingenden Tür ins Zimmer gestoßen. Sie stolperte hinein. Jemand wimmerte. Suki stieß an eine Metallstange und streckte die Hand aus. Sie berührte ein nasses nacktes Bein.

Star sog erschrocken die Luft ein, dann schlang sie die Arme um Suki. »Suki, man hat mir die Babys weggenommen.«

So abrupt, wie sie ausgefallen waren, gingen die Lichter wieder an. Star schlug die Hände vor die Augen. Dicke Pinselstriche und einzelne Spritzer aus Blut waren auf ihren Hüften verschmiert. Suki bettete Stars Kopf in ihren Arm und strich ihr übers Haar.

Die Hebamme platzte herein und legte Star einen in eine blaue Decke gewickelten, puppenähnlichen Säugling in die Arme. Star protestierte – sie habe zwei Kinder zur Welt gebracht. Beim einen habe es sich angefühlt, als würde man eine Wassermelone gebären; das andere sei dann nur so herausgeflutscht. Die Hebamme sagte ihr, was sie für das zweite Kind gehalten habe, sei die Plazenta gewesen.

Stunden später erschien ein beunruhigt aussehender Arzt, um Star zu versichern, sie habe lediglich ein einziges Kind geboren. Auf die Frage nach Mrs. Landon, Hazel Janskys anderer Patientin, sagte er, Mrs. Landons Kind sei eine Totgeburt.

Suki war bis zum folgenden Abend bei Star geblieben. Inzwischen hatte die Feuerwehr das Flutwasser aus dem Keller und dem Erdgeschoß des Krankenhauses gepumpt. Putzkolonnen bemühten sich, die klebrige, faulig riechende Schlammschicht zu beseitigen, die der Mississippi zurückgelassen hatte. Während Star ein blütenreines Mahl aus Huhn, Kartoffelpüree und Blumenkohl verzehrte, stürmten Nettie, Clark und May herein. Die Tanten bombardierten sie mit Fragen. War das Baby normal? War sie sicher, daß die Ärzte nicht etwas vor ihr verbargen?

Nettie bemächtigte sich einer glücklosen Schwester und verlangte von ihr, den kleinen Dunstan herbeizuholen. Selig in seinem Körbchen schlummernd, wurde der kleine Dunstan hereingerollt, hochgenommen, kurz gedrückt, ausgewickelt und einer raschen Untersuchung unterzogen. Dann überreichte Nettie das jammernde Kind seiner Mutter, die es wieder einpackte. Manche Abnormitäten zeigten sich nicht sofort; ob sich Star dessen im klaren sei?

Sukis Ärger kochte über: Was für verspätet sichtbare Abnormitäten hatte Nettie eigentlich im Sinn?

Nettie sah sie an und lächelte. *Ich dachte, der Junge hat vielleicht verschiedenfarbige Augen.*

Suki floh wie von Furien gejagt.

In der Folge schwieg Star über ihre Schwangerschaft und Heirat wie ein Grab. Suki hatte gesehen, wie das Kind sich zu einem Vierjährigen, einem Fünfjährigen, einem Sechsjährigen entwickelte. Vermutungen über die Vaterschaft hatten sich bei Suki eingestellt, aber sie hatte sich nie darüber geäußert. Das Gesicht des Jungen bestätigte ihr alles. Zu der Zeit, in der Star begann, ihren Sohn bei Pflegeeltern unterzubringen, war Suki eine experimentelle Heirat mit einem an der Albertus University angestellten Cembalisten eingegangen. Das Paar zog nach Popham, Ohio, wohin Sukis Gatte an ein obskures College berufen worden war.

Der Kreis um Rinehart hatte sich in zusammenhanglose Fragmente aufgelöst; seine Mitglieder waren Dozenten geworden oder simple Angestellte, sie waren in Vietnam gefallen, waren in der Psychiatrie, in Kommunen oder in Europa gelandet, sie saßen in Anwaltskanzleien oder im Gefängnis. Edward Rinehart war bei einer Gefängnisrevolte ums Leben gekommen. Rachel Newborn hatte sich auf eine Weise verändert, die einen weiteren Kontakt zu Suki Teeter ausschloß. Von Sukis alten Freundinnen ließ nur Star Dunstan sich noch sehen, aber Star kam nicht sehr oft nach Edgerton.

Suki zog mich in den golden Schimmer ihrer Umarmung und entschuldigte sich, weil sie soviel geredet hatte.

»Ich bin froh darum«, sagte ich.

Suki tätschelte mir die Wange und meinte, wir könnten nach der Beerdigung doch zusammen zu Mittag essen. »Das wäre schön«, sagte ich, und eine Frage kam mir in den Sinn. »Suki, wenn Rinehart für dich so eindeutig mein Vater war, wie steht es dann mit meinen Tanten? Haben Nettie und May ihn je kennengelernt?«

»Hm«, sagte sie. »Jedenfalls nicht, wenn ich dabei war.«

53

Otto Bremen drehte seinen Sessel in meine Richtung. In der einen Hand hielt er ein Glas Bourbon, in der anderen brannte eine Zigarette. Er grinste wie ein Halloween-Kürbis. »Kommen Sie rein und schauen Sie zu, wie die Braves abgekocht werden. Es ist ein toller Anblick.«

Ich hätte über den Flur gehen und die nächsten neunzig Minuten damit verbringen können, Otto Bremen bei der Vernichtung der Atlanta Braves zu helfen, indem wir sie zu Tode tranken, aber das Buch von Edward Rinehart war eine größere Verlockung für mich. Ich holte *Aus dem Jenseits* aus dem Rucksack und warf mich aufs Bett, um zu lesen, bis Laurie Hatch auftauchte.

Hin- und hergerissen zwischen dem Wunsch, mich sofort dem »Blauen Feuer« zuzuwenden oder es gar nicht zu lesen, wählte ich die bequeme Lösung und begann am Anfang.

In »Professor Pendants Erbe« zog ein emeritierter Professor der Orientalistik in ein Fischerdorf aus dem achtzehnten Jahrhundert, wo ein ehemaliger Kollege ihm unerwartet ein altes Haus und seine riesige, legendäre Bibliothek vererbt hat. Mit Hilfe dieses Schatzes will der Professor seine Studien des arabischen Volkstums fortsetzen. Als er eines Tages vor einem Wolkenbruch in eine Kneipe flüchtet, bekommt er dort ein Gerücht zu hören, das auf merkwürdige Weise einer Geschichte in einem der seltensten Bücher seines Wohltäters ähnelt. Wenig später entdeckt er ein aus dem zwölften Jahrhundert stammendes Manuskript mit gräßlichen Beschwörungen… Am Ende der Geschichte wird Professor Pendant von dem Alten Gott verschlungen, den das Manuskript herbeigerufen hat – zu je einem Drittel einem Kraken und einer Schlange gleichend, und zu einem Drittel unbeschreiblich, aber dennoch schauderhaft.

»Jüngste Ereignisse im ländlichen Massachusetts« beschrieb den Besuch eines jungen Gelehrten in einem düsteren Dorf, wo er zur Beute einer Rasse verkrüppelter Wesen wird. Entstanden sind diese aus der geschlechtlichen Vereinigung primitiver Hominiden und einer gefräßigen Gottheit, die von jenseits der Membran unseres Universums stammt.

»Finsternis über Ephraim's Landing« endete mit diesem Satz: *Während die Glocken von St. Arnulf erklangen, stürmte ich in die geheiligte Kammer, wo ich im flackernden Licht meiner erhobenen Kerze sah, wie die wütende Monstrosität, die einst Fulton Chambers gewesen war, mit gräßlicher Inbrunst in den Abfluß kroch!*

All dies bis hin zu dem Ausrufezeichen erinnerte mich an etwas, das ich im Alter von dreizehn oder vierzehn gelesen hatte, das ich jedoch nicht mehr einordnen konnte.

So gefaßt wie möglich begann ich mit der Lektüre von »Blaues Feuer«. Eine halbe Stunde später trug ich das Buch zum Fenster und las weiter. »Blaues Feuer« war eine Novelle über das Leben von Godfrey Demmiman, dessen Erlebnisse mir zum Teil wie alptraumhafte Versionen meiner eigenen vorkamen; und trotz aller Faszination mußte ich den Impuls bekämpfen, das Buch in Brand zu setzen und ins Waschbecken zu werfen.

Als Kind empfängt Demmiman einen Ruf aus einem »uralten Wald« am Stadtrand. Sobald er den Wald betreten hat, teilt eine unmenschliche Stimme ihm mit, er sei der Sohn eines Alten Gottes, ein neuer Jesus, der die Apokalypse heraufbeschwören werde, indem er seinen unirdischen Vätern den Zugang zur Erde verschafft. Vermittels eines geheiligten blauen Feuers erhält er übernatürliche Kräfte. Diese führt er seinen Schulkameradinnen vor, die er anschließend tötet. An eine Militärschule verbannt, verfällt er unter dem Einfluß eines geheiligten Textes dem Wahnsinn.

Im Alter von gut dreißig Jahren zieht Demmiman in die Lieblingsstadt des Autors und wird dort von einem schaurigen alten Haus angezogen. Er fühlt sich von Wesen beobachtet, die mit ihm selbst und mit dem Haus zu tun haben, bricht dort ein und entdeckt eine Gruft mit Gräbern aus dem achtzehnten Jahrhundert, die den Namen Demmiman tragen. Es ist das Haus seiner Ahnen. Nacht für Nacht kehrt er zurück und verspürt die Gegenwart eines Wesens, das nach ihm sucht, bei seinem Nahen aber flieht. Einmal trägt er eine Kerze durch den staubigen Ballsaal, blickt in einen Spiegel und erkennt eine dunkle Gestalt hinter sich. Er wirbelt herum, aber da ist die Gestalt verschwunden. Zwei Nächte später zeigt eine Verdunkelung der Atmosphäre an, daß das Wesen sich endlich zu erkennen geben wird. Das Geräusch von Schritten durch entfernte Zimmer lockt ihn in die Bibliothek im obersten Stock des Hauses.

Ein Wagen hielt vor der Pension. Ich hob den Kopf und sah den Mountaineer in eine Parklücke zurückstoßen. Ich stopfte das Buch in meine Tasche, öffnete die Tür und setzte einen Fuß auf die Schwelle. Weiter kam ich nicht. Wie ein Röntgenstrahl durchstieß ein scharfer Schmerz meinen Kopf von vorn bis hinten.

Statt Helen Janettes Flur und Otto Bremen auf seinem Sessel lag vor mir das Zimmer, das ich als Kind und während meines Zusammenbruchs in Middlemount gesehen hatte. Ein vertrocknender Farn, ein ausgestopfter Fuchs unter einer Glasglocke und eine Messinguhr standen auf dem Kaminsims. Unsichtbar murmelte ein Mann einen verschwommenen Strom von Worten. All dies hatte schon lange existiert, bevor ich auf die Erde gekommen war. Ich zuckte zurück, und die Szene löste sich auf.

Der alte Mann auf der anderen Seite des Flurs blickte zu mir herüber. »Junge, ist alles in Ordnung?«

»Mir war bloß schwindlig.« Ich lief die Treppe nach unten, wo Laurie Hatch mich erwartete.

54
Mr. X

O Ihr Großen, o meine grausamen Meister, Euer so lange schon leidender, doch treuer Diener beugt sich wieder über die Seiten seines Journals. Ich möchte ein Geständnis ablegen.

In jüngster Zeit habe ich viel an die Erzählungen in meinem Buch gedacht, besonders an eine. Es war meine längste und beste und die, die ich am meisten bedauerte. Während ich sie schrieb, hatte ich mich *gottgleich und angsterfüllt* gefühlt. Meine Feder flog über die Seiten, und zum ersten und einzigen Mal in meinem Leben schrieb ich etwas, das ich nicht kannte, bevor es geschrieben war – ich klopfte ans Tor des Tempels und *wurde eingelassen* – mein Leben wurden zu einem *dunklen Wald*, einem *Labyrinth*, einem *Geheimnis* – zum ersten Mal trat ich damals in jenen *Grenzzustand* –

Ach, hätte jene Geschichte nie ihre Hand auf meine Brust gelegt und geflüstert: Laß mich herein...

Ich brauche einen Augenblick, um mich zu sammeln.

Die Eingebung überkam mich, als ich im Sommer des letzten Jahres meines Wirkens als Meister des Verbrechens spät nachts erschöpft aus Mountry heimkehrte. Ein Narr namens Theodore Bright hatte versucht, mir meine Position in der kriminellen Hierarchie streitig zu machen. Die notwendige Vergeltung war bar jedes Vergnügens gewesen. Ich wollte weg. Meine Gedanken wandten sich den Tröstungen der Kunst zu, und mir kam der wohltuende Einfall, das Leben und Streben von Godfrey Demmiman zu skizzieren, eines halb menschlichen Wesen, dem die Freiheit eines Gottes gewährt worden war. Mein Alter ego sollte widerspiegeln, wie ich darum rang, meiner heiligen Mission nachzukommen; als ich mich jedoch zum Schreiben niederließ, kapitulierten meine Vorsätze vor dem, was in mir aufstieg.

Ich protestiere!

Alle anderen Erzählungen gelangen mir wie vorgesehen. Warum nur drang die Kunst in diese eine ein? Ich will es sagen, will es laut und deutlich niederschreiben:

Ich hasse die Kunst. Kunst hat nie jemandem in irgendeiner Weise genutzt. Sie hat nie einen Krieg gewonnen, das Essen auf den Tisch gestellt, den Boden gefegt, den Abfall weggebracht oder einem einen Zwanziger zugeschoben, wenn man abgebrannt war. Kunst tut so etwas nicht.

Der Anfang funktionierte wie erwartet. Während ich über die Kindheit und Jugend von Godfrey Demmiman schrieb, durchlebte ich meine eigene Vergangenheit von neuem. Wir hatten mystische Erlebnisse im tiefen Wald und empfingen gottgleiche Gaben. Mir gingen die Augen über, als er das heilige Buch entdeckte. Dann trat brutal die Phantasie an die Stelle meiner Absicht und zerstörte meinen Frieden. Statt Überzeugung: Zweifel, statt Klarheit: Verwirrung, statt Vorsatz: Chaos, und statt Triumph – wer weiß, jedoch gewißlich nicht Triumph.

Demmiman zieht nach Markham, in das neuenglische Dorf, das sein Meister so geliebt hatte, und meint, er werde von mißgestalteten Wesen durch krumme Straßen und Gassen zu einem seit langem verlassenen, verrufenen Haus geführt. Er verschafft sich Zugang und stellt fest, daß es der Wohnsitz seiner Ahnen war. Im Innern verfolgt ihn ein Wesen – er verfolgt das Wesen – die beiden stehen sich gegenüber – furchtbar – von dem blasphemischen Ende weigere ich mich zu sprechen. Zum Wohle der kommenden Generationen gebe ich folgendes zu Protokoll:

Hiermit widerrufe ich die abschließenden Passagen der Erzählung mit dem Titel »Blaues Feuer«, beginnend mit den Worten: *»Langsam und schleppenden Schrittes trat eine verschwommene Gestalt aus dem Schatten.«* Ihre Verbreitung belege ich mit folgenden Bedingungen: Sie werden aus dem Kanon Eurer weiterführenden Schulen und Universitäten verbannt. Wo sie vorhanden sind, bleibt der Zugang ausschließlich Historikern und anderen Gelehrten vorbehalten. Zudem ist auf der gegenüberliegenden Seite vollständig die vorstehende Erklärung abzudrucken.

Es folgt ein Bericht über die jüngsten Maßnahmen im Namen der gewaltigen Aufgabe.

Fast hätte ich mein Versprechen vergessen, Frenchy La Chapelle vor der Feigheit seines Komplizen zu beschützen; als ich mich aber wieder daran erinnerte, begab ich mich sogleich in die Intensivstation des St. Ann's Community Hospitals.

Im Zentrum eines Netzwerks aus Drähten und Röhren sog eine mir von früher her bekannte Ratte aus Hatchtown die regelmäßigen Dosen Sauerstoff ein, die ein Beatmungsgerät ihr spendete. Wie alle Ratten aus Hatchtown, einschließlich Frenchy La Chapelle, hat Clyde Prentiss in seiner Zeit als Gassenjunge nur im Flüsterton über mich zu sprechen gewagt. (Keiner von ihnen hat je meinen Namen – einen meiner Namen – erfahren; seit Jahrzehnten bezeichnen sie mich mit einem entzückend sinistren Spitznamen.) Als ich vor fünfundzwanzig Jahren eines milden Abends zufällig mitbekam, wie der vorpubertäre Clyde Prentiss seine Genossen durch eine Zurschaustellung seiner Respektlosigkeit unterhielt, barst ich in ihren Treffpunkt und packte den kleinen Burschen an den Füßen. Dann trug ich den schnatternden Knaben durch die Gassen zu einem unauffälligen Bau und hielt ihn kopfunter über die Grube der Abdeckerei.

In unserer Zeit, in der die öffentliche Meinung jede Art von Widerwärtigkeit als unannehmbar abtut, ist diese immerwährende Quelle der Alpträume Hatchtowns nicht nur in Vergessenheit geraten; man hat sogar ihr Vorhandensein geleugnet. Zufällig oder nicht, ist der Standort der Abdeckerei aus den Urkunden verschwunden, was nicht wenig dazu beitrug, sie zu einem Mythos zu machen.

Ich hielt den sich windenden Knaben über die Grube, bis eine duftende Entleerung seine Latzhose befleckte. Da ich erreicht hatte, was ich wollte, senkte ich ihn zu Boden. Von jenem Tag an brachten mir der Knabe und seine Kumpane nichts als Gehorsam entgegen. Nun lag die erwachsene Hülle jenes Kindes im Koma vor mir.

Ich zog mein Messer, um die Akkordeonfalten des Beatmungsschlauchs zu durchschneiden. Die dürre Brust hob und entleerte sich. Ich riß das Laken zurück, stieß die Klinge in Prentiss' Nabel und zog sie bis zur Kehle, die ich mit einem einzigen seitlichen

Schnitt offenlegte. Die Prentiss hütenden Maschinen trillerten; er bäumte sich mit lebhafter Bestürzung auf und fiel wieder herab. Ich wischte die Klinge am Saum der Decke ab und glitt ungesehen an der Schwester vorbei, die vor der Kabine erschienen war.

Wieder versetzte ich Frenchy La Chapelle in Gottesfurcht, indem ich ihm vorgaukelte, geradewegs aus dem Abfall aufzutauchen, der an einer Ecke der Word Street lag. »Guten Morgen, Frenchy«, sagte ich. Er erhob sich ein paar Zentimeter übers Pflaster. »Zeit für deinen Marschbefehl.«

Frenchy gab ein Stöhnen von sich, genau wie ich es erwartet hatte. »Ich hab ja versucht, Dunstan zu finden, aber wenn er hier nie auftaucht, ist das nicht mein Fehler.«

»Ich will wissen, wo er wohnt.«

»Wie soll ich denn das bloß rauskriegen?« jammerte Frenchy.

»Halt nach ihm Ausschau. Wenn du ihn siehst, folg ihm nach Hause. Dann kommst du an die Ecke hier zurück und wartest auf mich.«

»Ich soll auf dich warten?«

»Tu so, als wäre hier ein Bahnhof. Ich bin der Zug.«

Seine Mundwinkel verzogen sich zu einem Frenchy-Lächeln nach unten. »'ne Menge Typen versuchen, Dunstan zu finden.« Er riskierte einen kurzen Blick unter meine Hutkrempe. »Die Bullen haben ihn einkassiert, nachdem jemand dem Freund von Joe Staggers den Schädel eingeschlagen hat, aber sie haben ihn wieder an die frische Luft gesetzt. Staggers und seine Kumpel sind darüber nicht sehr glücklich.«

»Dann solltest du ihn finden, bevor die es tun«, sagte ich.

Er wiegte sich hin und her, wie um sich Mut zu machen. »Hast du nicht was von 'nem Gefallen gesagt?«

»Du kannst ja im Krankenhaus anrufen.«

Frenchy hörte auf zu zucken. Die Venen an seinen Schläfen pochten.

»Rein in die Gasse da. Ich will dir erklären, was du am Montag abend tun wirst.«

Er hielt den Atem an, als ich ihm folgte und die Öffnung der Horsehair Lane blockierte. Frenchy war einer der Knaben, die gesehen hatten, wie der kleine Clyde Bekanntschaft mit der Abdeckerei machte.

55

Laurie, die nur mit halbem Ohr zugehört hatte, während ich ihr von Rineharts Buch und meinem Gespräch mit Suki Teeter berichtete, wurde lebendig, als wir uns der Autobahn näherten. »Du hast alles an einem einzigen Tag gelöst! Gestern wußtest du überhaupt nichts, und jetzt weißt du mehr, als dir lieb ist. Du bist am Ziel! Das müssen wir feiern.«

Ich fragte, ob Cobbie gut nach Hause gekommen sei.

»Ja.« Ihr Tonfall war trocken und ironisch. »Stewart hat ihn heimgebracht und uns dann mehrere Stunden lang mit seiner Gesellschaft beglückt. Deshalb bin ich auch zu spät gekommen.« Sie schwenkte in die Auffahrt nach Westen ein. »Er hat sich kübelweise an meinem Scotch vergriffen und ständig das gleiche erzählt.« Laurie warf einen Blick über die linke Schulter und trat aufs Gaspedal. Noch bevor wir auf die Schnellstraße schossen, zeigte der Tacho auf sechzig Meilen, und als wir die Überholspur in Besitz nahmen, kletterte die Nadel an der Siebzig vorbei. »Hauptsächlich ging es um dich.«

»Um mich?« platzte ich heraus.

Grenville Milton hatte im Le Madrigal angerufen, um sich über einen Mann meines Aussehens zu beschweren, der ihn vor dem Restaurant beleidigt und es dann betreten hatte – auf Miltons Empfehlung hin! Vincent, der Oberkellner, hatte mich erkannt und Milton mitgeteilt, ich habe mich zu Mrs. Hatch und Mrs. Ashton gesetzt. Milton hatte Stewart Bericht erstattet, der durch seinen Privatdetektiv allerdings schon Bescheid wußte.

»Heute morgen hat mich ein Typ beschattet und uns ins Rathaus gehen sehen«, sagte Laurie. »Danach ist er uns bis zum Veteranenhospital gefolgt. Als ich heimkam, ist er um die Ecke geschlichen, um ein bißchen mit Stewart zu plaudern. Der hat Cobbie natürlich sofort in seinen Wagen gesetzt und ist wie der Henker zu mir gerast.«

Ich warf einen Blick durch das große Rückfenster des Wagens. »Wenn Stewart der Meinung sein sollte, daß ich für Ashleigh arbeite, wird er durchdrehen, weil er nicht darauf kommt, was wir im Veteranenhospital wollten.«

»Stewart dreht sowieso schon dauernd durch, besonders, wenn von dir die Rede ist.« Ihre Augen blitzten mich an. »Mit einem Dunstan herumzuziehen, ist nicht viel besser, als sich Charles Manson an die Brust zu werfen. Nachdem sie die Hängenden Gärten von Babylon zerstört und die Pest nach Europa gebracht hatte, ist deine Familie *wirklich* fies geworden. Sie hat sich in Edgerton niedergelassen, wo sie dann Voodoo praktiziert und sich dem Falschspiel hingegeben hat. Verglichen mit diesen Leuten waren die Kennedys geradezu ein Hort der Tugend!«

Strahlend vor Spott sah Laurie mir in die Augen. »Das hat er tatsächlich gesagt. *Verglichen mit diesen Leuten waren die Kennedys geradezu ein Hort der Tugend.* Es war sehr eindrucksvoll.«

»Wir waren tatsächlich immer etwas eigen«, sagte ich.

Die Schindeln auf dem Dach der großen Villa in der Blueberry Lane waren aus gummiertem Kunststoff; der Architekt hatte erfolglos versucht, ein Landhaus im Tudorstil mit einem georgianischen Stadthaus zu kombinieren. Als Stewart Hatch das Haus gesehen hatte, mußte es Liebe auf den ersten Blick gewesen sein.

»Wer hat dieses Haus gebaut?« fragte ich Laurie.

Sie zog eine Grimasse. »Es ist eins von Grennie Miltons Meisterwerken. Um sich darin heimisch zu fühlen, muß man ein grünes Jackett und rosa Hosen tragen.«

Wir betraten einen riesigen Raum mit einzelnen Möbelinseln, die ein paar Zentimeter über dem hellen Teppichboden zu schweben schienen. Schritte klapperten eine Treppe herab. Cobbie sauste um die Ecke, rannte auf uns zu und schlang die Arme um die Beine seiner Mutter. Eine dunkelhaarige junge Frau in Bluejeans und einem losen Wollpullover folgte ihm.

»Ned, das ist Posy Fairbrother, mein guter Engel.«

Posy schüttelte mir fest die Hand und schenkte mir ein Lächeln, das einen Toten zum Leben hätte erwecken können. »Der berühmte Ned Dunstan.« Aus ihrem hinter die Ohren gekämmten Haarschopf fielen ihr einzelne Strähnen ins Gesicht. Sie war vierundzwanzig, fünfundzwanzig und die Sorte Frau, die Lippenstift nur unter Zwang auflegt. »Cobbie hat schon den ganzen Nachmittag von Ihnen gesprochen.« Sie sah Laurie an. »Sein Essen ist in einer halben Stunde fertig, okay?«

Cobbie ließ seine Mutter los und versuchte, mich mit sich fortzuziehen.

Posy beobachtete, wie Cobbie Tauziehen mit meiner Hand spielte, und lächelte mich an. »Der Preis der Anbetung.« Sie kniete sich vor ihn. »Laß Ned noch ein wenig mit deiner Mutter sprechen, bevor du ihm deine Musik vorspielst.«

»Wir können ja beide zuhören.« Laurie beugte sich zu ihrem Sohn. »Cobbie, Ned mag dasselbe Stück von Monteverdi.«

Cobbie trat in den Raum, den Posy Fairbrother freigemacht hatte. »Ehrlich?« In seinen Augen stand keine Spur von Humor.

»›Confitebor tibi‹«, sagte ich. »Emma Kirkby. Eins meiner Lieblingsstücke.«

Ihm fiel die Klappe herunter. Es war, als hätte ich behauptet, links neben mir wohne der Weihnachtsmann und rechts der Osterhase. Er wirbelte herum und raste auf eine der schwimmenden Inseln zu.

Laurie und ich setzten uns auf das beigefarbene Sofa, während Cobbie eine CD in die gewaltige Stereoanlage schob, die unter einem großen, seelenvollen Selbstporträt von Frida Kahlo stand. Es zog mich sofort in seinen Bann. Dann blickte ich mich nach dem anderen Gemälde um, das Laurie von ihrem Vater geerbt hatte, und sah über dem offenen Kamin zu unserer Linken ein etwas kleineres Bild von Tamara de Lempicka: eine blonde Frau am Lenkrad eines Sportwagens.

»Erstaunliche Bilder«, sagte ich zu Laurie.

Cobbie platzte vor Ungeduld. »Entschuldigung«, sagte sie. »Jetzt kann es losgehen.« Er drückte auf »Play«.

Emma Kirkbys leuchtende Stimme schwebte aus unsichtbaren Lautsprechern und verwandelte das fließende, ebenmäßige Metrum in silberne Anmut. Cobbie saß im Schneidersitz auf dem Teppich. Er hob den Kopf und sog die Musik ein, während er ein Auge auf mich hielt. Sein ganzer Körper wurde reglos. Das Metrum wurde langsamer, dann drängte es beim »Sanctum et terribile nomen eius« vorwärts, und Cobbie machte sich bereit. Es kam das »Gloria patri«, an dem Emma Kirkby sich zu einer Reihe leidenschaftlicher, aus dem Takt fallender Improvisationen aufschwingt, die mich immer an ein inspiriertes Jazzsolo erinnern. Cobbie heftete den Blick auf mich. Als das Stück zu Ende war, sagte er: »Du magst es wirklich.«

»Du aber auch«, sagte ich.

Cobbie erhob sich vom Teppichboden. »Jetzt kommt das mit dem Klavier.«

»Ich mache mich ein bißchen in der Küche nützlich«, sagte Laurie und verschwand um die Ecke. Cobbie legte eine andere CD ein und drückte die Tasten, bis er zu »Jardins sous la pluie« kam, dem letzten Teil von Debussys *Estampes*, gespielt von Zoltán Kocsis.

Er schloß die Augen und legte den Kopf schief. Es war eine unbewußte Imitation fast jedes Musikers, den ich je gesehen habe – selbst ich verhalte mich so, wenn ich genau zuhöre. Ich sah, wie die Harmonien sein Nervensystem zum Erschauern brachten. »Jardins sous la pluie« endet mit einem dramatischen kleinen Schnörkel und einem hohen, kraftvollen E. Als es erklungen war, öffnete Cobbie die Augen und sagte: »Das gibt es auch auf unserem Klavier.« Er deutete durchs Zimmer auf einen kleinen weißen Flügel, der hinten schräg an der Wand stand, raste über den Teppich, hob die Klappe und spielte das hohe E. Ich weiß nicht mehr, wonach mir am meisten der Sinn stand, nach freudigem Glucksen oder nach Applaus, aber ich glaube, ich gab beides von mir.

»Hörst du?« Er schlug die Taste noch einmal kraftvoll an und hob dann den Finger, um die Note abzuschneiden.

»Erinnerst du dich an die dicke Note davor?«

Er drehte sich wieder um und spielte das hohe H. »Es sind fünf Tasten rauf und runter, das ist *lustig*.«

Das H war fünf Halbtöne vom E entfernt, so daß letzteres nach all den harmonischen Akkorden einen geradezu komischen Schluß bildete. Es war kein Wunder, daß Cobbie perfekt Stimmen imitieren konnte. Er besaß ein absolutes Gehör oder jedenfalls das, was wir so nennen – die Fähigkeit, die genauen Beziehungen zwischen Tönen zu hören.

»Woher weißt du, wo die Noten sind?«

Er kam zu mir, legte die Unterarme auf meine Knie und starrte mir in die Augen, als würde er sich fragen, ob ich wirklich so dumm war oder bloß so tat. »Weil«, sagte er, »die eine sehr, sehr, sehr *rot* ist. Und die Dicke ist sehr, sehr, sehr *blau*.«

»Natürlich«, sagte ich.

»*Sehr, sehr* blau. Wollen wir jetzt den lustigen Song von Frank Sinatra hören?«

»Ich warte drauf«, sagte ich.

Er raste zurück zur Stereoanlage, legte die CD des Albums *Come Dance with Me* ein und ließ einen trockenen Trommelwirbel und Billy Mays Trompetensatz ertönen. Dann ließ er sich zu Boden sinken, kreuzte die Beine und lauschte Sinatras perfektem Einsatz in »Something's Gotta Give« mit derselben Konzentration, die er Monteverdi und Debussy gewidmet hatte. Am Beginn der Überleitung zwinkerte er mir zu; als Sinatra nach dem Instrumentalsolo den Rhythmus dehnte, lächelte er. Weil ich teilweise durch Cobbies Ohren hörte, strahlte die Musik eine lockere, selbstbewußte Kraft aus. Doch aus irgendeinem Grund sträubte sich in mir irgend etwas – Sinatras »Something's Gotta Give« war das letzte, was ich hören wollte. Der Titel endete mit einer bombastischen Phrase und einem triumphierenden *Come, let's tear it up*, das Cobbie laut auflachen ließ.

Er sah mir in die Augen. »Noch mal?«

»Aber klar«, sagte ich.

Der jazzige Appell des Drummers; die drängenden Rufe der Trompeten und Posaunen; die glatte Einleitung der Saxophone; und im exakten Zentrum des ersten Beats im ersten Takt des ersten Motivs setzte eine schlanke Baritonstimme zum Kavalierstart an. Angst glitt mein Rückgrat empor; meine Arme überzogen sich mit Gänsehaut.

Als der Song zu Ende war, erschien Posy Fairbrother auf der Schwelle. »Wie wär's, wenn wir eine Portion wilde, affenstarke Monsterspaghetti verputzen?«

Cobbie stürzte auf sie zu. An der Tür zur Küche sah er sich nach mir um. »Ned! Wir kriegen affenstarke Monsterspaghetti!«

»Wir beide essen Spaghetti, Frankie Boy«, erklärte ihm Posy. »Danach kannst du Ned gute Nacht sagen, und dann ißt er mit deiner Mutter.«

Laurie umrundete die beiden, ein Weinglas in jeder Hand. »Geh schon mal mit Posy in die Küche. Ich komme gleich.«

Cobbie nahm Posy bei der Hand und verschwand um die Ecke. Eine absurd lange Zeit verstrich, in der Laurie und ich aufeinander zugingen. Als wir uns gegenüberstanden, beugte sie sich vor und küßte mich. Der Kuß dauerte länger, als ich erwartet hatte.

»Also, was meinst du?«

»Er ist einfach unglaublich. Ich finde, er sollte die Grundschule überspringen und schnurstracks aufs Konservatorium.«

Laurie legte die Stirn auf meine Schulter. »Und was soll ich jetzt tun?«

»Wahrscheinlich solltest du ihm einen guten Klavierlehrer besorgen. In fünf Jahren suchst du dann einen tollen Lehrer und stellst einen Anwalt an, der auf ihn aufpaßt wie ein Schießhund.«

Sie richtete sich auf und starrte mich an, fast genauso, wie Cobbie es getan hatte, als er mir die rote und blaue Farbe der Noten E und H erklärt hatte.

»Am meisten beeindruckt mich an ihm, daß er so ein liebes Kind ist«, sagte ich. »Ich glaube, er wird ebensoviel Schutz brauchen wie Förderung. Davon abgesehen, kannst du dich einfach zurückhalten und die Sache genießen. Aber, zum Teufel, das sind alles nur Vermutungen; eigentlich hab ich keine Ahnung.«

Laurie lehnte sich wieder an mich und legte einen Arm um meinen Rücken. Dann löste sie sich und hielt mir einen Zettel hin. »Posy hat in Mountry die Nummer von einem Donald Messmer gefunden. Willst du mal sehen, was er zu sagen hat, während ich mich ein bißchen um Cobbie kümmere?«

Ich nahm den Zettel entgegen.

Hinter dem Kamin ging es in eine Art Fernsehhöhle, wo eine Reihe von Strahlern halbleere Regale beschien. Spielzeugautos und Kinderbücher lagen verstreut auf dem Teppich. Ich setzte mich aufs Sofa und griff nach dem Telefon. Zuerst rief ich allerdings Nettie an.

»Das Gesindel aus Mountry ist heute morgen hier aufgetaucht«, berichtete sie. »Ich hab diesen Nieten erklärt, sie bräuchten mehr als ein großes Maul und einen Baseballschläger, um mich einzuschüchtern. Da sind sie mit eingekniffenem Schwanz abgezogen. Sag mal, hast du eigentlich eine Knarre?«

Ich mußte lachen. »Nein, ich hab keine Waffe.«

»Besorg dir eine. Wenn du diesem Pack ein Schießeisen unter die Nase hältst, bekommt es sofort kalte Füße.«

Rineharts Buch bohrte sich mir in die Seite, und ich zog es aus der Tasche, bevor ich die andere Nummer wählte.

Posys CD-ROM hatte den richtigen Donald Messmer lokalisiert, aber ich brauchte ein paar Minuten, um ihn zum Reden zu bringen.

»Also, Sie haben meinen Namen auf der Heiratsurkunde gesehen und sind neugierig geworden, was? Das kann ich Ihnen nicht verdenken.«

Ich dankte ihm und redete ihn mit Mr. Messmer an.

»Star hat Ihnen doch hoffentlich gesagt, daß ich nicht Ihr Vater bin?«

Wir sprachen weiter. »Das mit Ihrer Mutter tut mir wirklich leid«, sagte Messmer. »Wenn ich das so sagen darf: Ich war damals einfach verrückt nach ihr. Für Star Dunstan hätte ich alles getan.«

Das war auch der Grund, weshalb er sie geheiratet hatte. Zwei Monate, nachdem sie schwanger geworden und bei Rinehart eingezogen war, hatte Stars Verliebtheit sich in Angst verwandelt. Als sie Messmer anvertraute, Rinehart habe offenbar vor, ihr, dem Kind oder ihnen beiden etwas anzutun, half er ihr, aus dem Haus am Buxton Place zu entkommen. Sie ließen sich von einem Friedensrichter trauen und flohen durch Ohio nach Kentucky, wo Messmer Verwandte hatte. Weil diese sich feindselig gegen Star verhielten, zog das Paar weiter nach Cleveland. Die beiden fanden Jobs in irgendwelchen Restaurants und lebten einigermaßen glücklich zusammen. Einen Monat später ging Star zu einer Vorsorgeuntersuchung, und danach ging alles in die Brüche.

»Ich war noch ein dummer Junge«, sagte er. »Wenn etwas mehr als fünf Minuten in der Zukunft lag, konnte ich nichts damit anfangen. Die Vorstellung, ein Kind zu haben, war fast zuviel für mich, deshalb versuchte ich einfach, das irgendwie zu verdrängen. Es wird schon klappen, dachte ich. Als sie vom Arzt zurückkam und sagte, es wären Zwillinge, hab ich das so empfunden wie: Tut mir leid, Don, aber die nächsten zwanzig Jahre verbringst du in der Sklaverei.«

»Außerdem waren die Zwillinge nicht von Ihnen«, sagte ich.

»Schön, daß Sie das verstehen können. Eine Woche hat mich beim Rasieren eine Leiche aus dem Spiegel angestarrt. Ich hab mein Zeug gepackt und bin abgehauen. Klar hätte ich ein besserer Mensch sein sollen, aber was ich getan hab, habe ich nun mal getan. Können Sie das irgendwie nachvollziehen?«

»Sie haben Ihr einen großen Gefallen getan, als Sie sie von Rinehart wegbrachten.«

»Ist nett, daß Sie das sagen. Übrigens wären wir sowieso nicht zusammengeblieben.«

In Mountry angekommen, hatte Messmer als Barkeeper gearbeitet, bis er genug Geld gespart hatte, um eine eigene Kneipe zu eröffnen. Die führte er heute immer noch. Seine Frau war vor drei Jahren gestorben; er hatte zwei Töchter und sechs Enkel. Wenn er an den jungen Mann zurückdachte, der mit Star Dunstan aus Edgerton geflohen war, sah er einen Menschen, den er kaum wiedererkannte.

»Kennen Sie einen Mann namens Joe Staggers?«

»Jeder in Mountry kennt Joe Staggers. Die meisten sind darüber nicht sehr glücklich. Wieso, sind Sie ihm irgendwo über den Weg gelaufen?«

»Es handelt sich zwar um ein Mißverständnis, aber Staggers meint, er hätte eine Rechnung mit mir offen.«

»Der Kerl ist überhaupt ein Mißverständnis.« In seinem Tonfall schwang die Frage mit, wie weit er gehen sollte. »Was diese Rechnung betrifft, geht es da um jemand namens Minor Keyes?«

»Sieht ganz so aus«, sagte ich.

»Wenn Sie vorhaben, noch eine Zeitlang zu bleiben, sollten Sie vielleicht schauen, ob Sie von jemand eine Waffe borgen können. Staggers ist nämlich ein Arschloch, wie es im Buche steht.«

In einem Erker neben der Küchentür saß Cobbie am Tisch und war dabei, den Rest seiner Spaghetti zu verputzen. »Wie war's?« fragte Laurie.

»Er ist ein netter Kerl. Warst du schon mal in Mountry?«

Sie schüttelte den Kopf. »Wieso?«

»Versprich mir, dort auch nie hinzufahren.«

»Somewhere, somehow, someone's *gotta* be kissed«, sang Cobbie.

Posy sprang auf. »Höchste Zeit zum Schlafengehen.« Sie wischte Cobbie die Tomatensoße aus dem Gesicht. »Okay. Rauf geht's.«

»Muß ich?«

Sie stemmte die Hände in die Hüften. »Glaubst du, ich mach Späße?«

»Muß ich wirklich?«

Sie sah mich an. »Cobbie meint, Sie könnten ihm vielleicht eine Liste von CDs aufstellen, die er mag.«

»Ich werd versuchen, mich auf die Top Hundert zu beschränken.«

»Vielleicht können wir Ned überreden, dir gute Nacht zu sagen, wenn du im Bett liegst.«

Cobbie sah mich mit unverhohlener Vorfreude an. Ich hätte wetten mögen, daß Stewart ihn nie ins Bett brachte oder ihm eine Gutenachtgeschichte vorlas.

»Ich les dir sogar ein Buch vor«, sagte ich, »aber es muß kurz sein.«

»Goodnight Moon«, sagte er. Ich spürte einen unerklärlichen Widerstand in mir.

»Goodnight Moon?« sagte Posy.

»Bist du denn dafür nicht schon zu groß?« sagte Laurie.

Er schüttelte den Kopf. *»Goodnight Moon.«*

»Klar«, sagte ich. »Damit kann man am besten einschlafen.« Dasselbe Gefühl, dessentwegen ich mich gegen »Something's Gotta Give« gesträubt hatte, sagte *nein nein nein* zu Cobbies Wahl. Ich spürte geradezu, daß der Widerstand von derselben Stelle herrührte, wo immer die sich befand.

»Du bist ein Glückskind«, sagte Posy

Laurie lächelte mich an und sagte zu Cobbie: »Aber nur einmal.«

Er gab ihr einen Kuß und sauste aus der Küche. Posy folgte ihm.

Laurie leerte ihr Glas, ohne den Blick von mir abzuwenden. »Du hast doch nicht etwa drei oder vier Kinder, mit denen du jeden Nachmittag spielst und denen du abends immer was vorliest.«

»Es sind sechs«, sagte ich, »und dann noch die Zwillinge in Boulder.«

Ich bekam einen trockenen Mund. Ich hatte vorgehabt, *San Diego* zu sagen, aber *Boulder* war mir herausgerutscht, als hätte jemand mir die Zunge verhext. Zum dritten Mal breitete eine machtvolle und irrationale Beklemmung ihre Flügel aus. Boulder?

Laurie stand auf, um die Flasche zu holen. »Also, Stewart hat Cobbie jedenfalls abends noch nie was vorgelesen, nicht ein einziges Mal. Was ist mit deinem Glas passiert?«

»Ich hab's im anderen Zimmer gelassen«, sagte ich. »Moment, ich hol's schon.« Als ich zurückkam, setzte ich mich neben sie und legte *Aus dem Jenseits* auf den Tisch.

Laurie blätterte darin herum. Irgend etwas brachte sie zum Kichern, und ich sagte: »Was ist?«

Sie grinste. »›*Mr. Waterstone*‹, *krächzte der alte Bibliothekar aus der muffigen Finsternis seines düsteren Baus,* ›*wie Sie an diesen alten Text gekommen sind, interessiert mich nicht im geringsten.*‹ Ich finde, in Büchern sollten die Leute nicht *krächzen* oder irgend so was. Sie sollten einfach etwas sagen.«

»Vielleicht ist Edward Rinehart nicht der richtige Autor für dich.«

Sie klappte das Buch wieder zu. »Erzähl mir von Donald Messmer.«

Ich faßte Messmers Geschichte zusammen, ohne zu erwähnen, was er über Joe Staggers gesagt hatte. »Komisch. Ich hätte gedacht, daß ich noch etwas anderes erfahren würde. Jetzt bin ich fast enttäuscht, daß das alles ist.«

Posy Fairbrother erschien in der Küchentür und näherte sich uns bis zur zentralen Insel. »Ihr Bewunderer wartet auf Sie. Er hat sich *Goodnight Moon* schon so lange nicht mehr angesehen, daß ich eine Ewigkeit gebraucht habe, um das Buch zu finden, aber dafür hat er versprochen, nach einem Durchgang einzuschlafen. Laurie, was kann ich tun, während Ned so lieb ist, Cobbie vorzulesen?«

»Helfen Sie mir bei der Sauce hollandaise für die Artischocken. Wenn Sie dann auch noch den Salat machen, schaffe ich den Rest allein.«

»Soll ich nachher aufräumen?«

»Mal sehen.« Mit einer einzigen Bewegung schob Laurie ihren Stuhl zurück und stand auf. Das leuchtende Schild ihres Gesichts drehte sich auf mich zu. »Also, bist du bereit, mal wieder lieb zu sein?«

56

Breite ockerfarbene Wandflächen trennten die Türen aus imitiertem Rosenholz, deren Spalier an einem vom Boden bis zur Decke reichenden Fenster mit bogenförmigem Oberlicht endete. Die zweite Tür rechts stand halb offen.

Das Buch lag auf dem Stuhl neben Cobbies Bett und strahlte

Wellen aus, die einen Geigerzähler zum Ticken gebracht hätten. Gähnend knuddelte Cobbie den Teddybären. Eine schwarze Plüschkatze und ein weißer Plüschhase standen am Fuß seines Bettes Wache; auf dem Kopfteil erhob sich ein dreißig Zentimeter langer *Tyrannosaurus rex*.

Margaret Wise Browns Hymne an die Schlafenszeit sah beinahe giftig aus. Um mich abzulenken, fragte ich Cobbie, wie es meinem Namensvetter gehe. Ned der Bär und der *Tyrannosaurus rex* waren Busenfreunde geworden. War Cobbie bereit zum Vorlesen? Ja, und wie. In der Hoffnung, genauso bereit zu sein wie er, schlug ich das Buch auf, drehte mich zur Seite und hielt es so, daß er die Bilder sehen konnte.

Kaum hatte ich begonnen zu lesen, verschwand meine Phobie ebenso wie jedes Gefühl von Gefahr. Cobbies Augenlider sanken herab, als ich fünf Seiten vom Ende entfernt war. Ich schloß das Buch und wünschte allen miteinander, ganz im Geist von *Goodnight Moon*, flüsternd eine gute Nacht. Als ich das Buch ans Kopfende des Bettes legte, stellte die Phobie sich sofort wieder ein. Ich knipste die Lampe aus und registrierte etwas, das ebenso mysteriös war wie die Phobie selbst: Ich fürchtete mich vor dem Einband, nicht vor dem Buch.

In meinem Innenohr schmetterte Frank Sinatra ein Fragment von »Something's Gotta Give«: *Fight... fight... fight it with... aaaall of your might...*

Auf der Treppe traf ich auf Posy Fairbrother, die gerade heraufkam. Sie war in Eile; heute abend mußte sie noch mindestens vier Stunden an ihrer Examensarbeit feilen. Eingestimmt auf diese Aufgabe, war Posys Gesicht noch schöner geworden und sah fast übermütig aus, als sie mir einen wunderschönen Abend wünschte.

57

Laurie Hatch und ich wurden von einem Gesprächsstrom getragen, der sich in Bereiche unendlich auszudehnen schien, die durch ein gemeinsames Verstehen immer vertrauter wurden. So einen Abend hatte ich seit mindestens zehn Jahren nicht mehr erlebt, und bei keiner der seelenvollen Unterhaltungen meiner

Zwanzigerjahre war das Gefühl eines so echten Kontakts entstanden.

Ist man erst bei der Überzeugung angelangt, die eigene Erfahrung werde von der des Gegenübers *gespiegelt*, so daß alles Gesagte verstanden wird, bestärkt sich dieser Zustand bald von selbst. Natürlich wagte ich nicht, so offen zu sein, wie es aussah. Das traf auch auf Laurie zu. Von meinen »Anfällen«, von Mr. X, von den seltsamen Eigenschaften der Dunstans und dem schattenhaften Doppelgänger, der mir das Leben gerettet hatte, erzählte ich nichts. Es kam mir nie in den Sinn, ganz ehrlich gegenüber Laurie Hatch zu sein. Sie wäre beunruhigt, ja bestürzt gewesen, und ich wollte außerdem nicht, daß sie mich für verrückt hielt.

Wenn Gespräche wie das unsere nicht immer ein gewisses Maß an Unaufrichtigkeit enthielten, wären sie nicht so tiefgründig.

Wir schafften es, eineinhalb Flaschen Wein zu leeren, während der Tisch noch mit Tellern und Schüsseln bedeckt war. »Wie wär's, wenn wir ein bißchen aufräumen?« schlug ich schließlich vor.

»Laß nur.« Laurie lehnte sich zurück und fuhr mit der Hand durchs Haar. »Posy kümmert sich schon darum.«

»Die hat heute nacht noch allerhand zu tun. Machen wir's doch einfach.« Ich trug Geschirr zum Spülbecken und schabte Artischockenblätter in den Mülleimer.

Laurie half mir, den Geschirrspüler zu beladen, und füllte Pulver ein. »Ich komme mir vor wie ein Heinzelmännchen. Was hatten wir eigentlich vor, weißt du das noch?«

»Wolltest du nicht das Ende der langen Erzählung aus dem Rinehart-Buch hören?«

»Als letztes Lebewohl an Mr. Rinehart.« Sie goß den restlichen Wein in die Gläser und führte mich zum Sofa.

Laurie rollte sich neben mir zusammen, legte den Kopf auf ihren ausgestreckten Arm und sagte: »Ist das die Geschichte, bei der du warst, als ich dich abgeholt hab?«

»Ich war fast fertig.«

Sie nahm einen Schluck Wein. »Professor Arbuthnot hat ein ebenso altes wie seltenes Buch entdeckt. Die drei in einer Opiumhöhle ermordeten Greise hatten auf der linken Pobacke einen uralten arabischen Fluch eintätowiert. Auf dem Weg zu einem

Gespräch mit einem finsteren Zwerg erblickt unser Held ein Kind mit gelben Augen und einer gespaltenen Zunge.«

»Bei diesem Text ist alles ein bißchen anders«, sagte ich. »Die ganze erste Hälfte klingt fast autobiographisch.« Ich komprimierte Godfrey Demmimans Kindheit und Jugend in ein paar Sätze und beschrieb kurz seine Abenteuer im Dorfe Markham, seine Besessenheit von dem Haus seiner Ahnen, seine Flucht vor dem Wesen, das er zugleich verfolgt, und schließlich die Nacht, in der er sich zur Bibliothek im obersten Stock gerufen fühlt.

»Lies weiter, flehte sie«, sagte Laurie.

Voll der Überzeugung, daß dies die Nacht war, in der er der so lange seinem Blick verborgenen Gestalt begegnen sollte, betrat Demmiman die alte Bibliothek und zog behutsam die Tür hinter sich zu. Sogleich wurde er gewahr, daß seine Überzeugung keine bloße Phantasterei war. Die Gegenwart des Anderen grub sich in seine Nervenendungen ein, und während er sie wahrnahm, nahm er auch den Zustand wahr, in dem er seinen Gegner entdecken würde.

Nach einer Vorbereitung, die nicht weniger angstvoll und unsicher gewesen war als seine eigene, erwartete der Andere seine Ankunft mit ebensolchem Schrecken wie er selbst, was Demmiman jedoch nur das Blut in den Adern gefrieren ließ. Dennoch brachte Godfrey es zuwege, vorwärtszuschreiten und das Auge durch die modrige Leere schweifen zu lassen.

»Wer bist du, unheilige Gestalt?« brachte er heraus.

Nichts als ein unentschlossenes, zögerliches Schweigen. »Tritt hervor. Bei allem, was ich bin, ich muß dich sehen.«

Der Druck des ihn umgebenden Schweigens ließ ihn beinahe zur Tür fliehen. Im letzten Moment seiner Standhaftigkeit erklangen Schritte in einer entfernten Ecke der Bibliothek.

»Wenn dieser Kerl jetzt rauskommt und bloß wieder irgendein Monster ist, taugt das Ganze wieder nichts«, sagte Laurie.

»Wir werden sehen«, sagte ich.

Langsam und schleppenden Schrittes trat eine undeutliche Gestalt aus dem Schatten. Demmiman konnte kaum mehr atmen. Ob es ihm Erlösung oder Niederlage bringen mochte, er mußte sich nun endlich stellen. Die Intensität seiner Neugier ließ vor ihm die vage Gestalt eines Mannes entstehen, der Jahrzehnte älter war als er und von Erfahrungen geformt, die weit über die seinen hinausgingen. Demmiman wußte, selbst seine Einbildungskraft würde vor ihnen versagen.

Der dunkle Anzug, den das Wesen trug, war der eines Geschäftsmannes aus der Provinz, den der Erfolg zum Tyrannen gemacht hat. Kaum hatte Demmiman einen krausen weißen Bart erkannt, als er, nachdem er einen Schritt vorwärts getan hatte, sah, was das Gesicht unkenntlich machte. Es waren zwei Hände, die es verbargen, erhoben in einer – wie Demmiman spürte – Geste der Scham.

Er stellte sich breitbeinig auf den staubigen Boden.

Die Gestalt hob den Kopf und spreizte die Finger. Offenbar spürte sie Demmimans Stimmungsumschwung. Und dann, als habe sie sich urplötzlich entschieden, ließ sie die Hände sinken und zeigte ihr Gesicht mit einer Aggression, die weit über Demmimans Fähigkeiten hinausging. Grauen ließ ihn erstarren. Tausend Sünden, tausend Exzesse hatten sich in dieses Gesicht eingegraben. Es war das Dokument eines geheimen Lebens, gräßlich und unentrinnbar, und doch, so grob und entflammt die Züge des Anderen sein mochten, sie waren auf gräßliche und unentrinnbare Weise auch die von Demmiman.

»Was hast du denn?«

»Wieso?«

»Es hat geklungen, als hätte dir etwas den Hals zugeschnürt. Trink einen Schluck Wein, das hilft.«

Sollten all seine Bemühungen nur das Ziel gehabt haben, ihn mit dieser monströsen Version seiner selbst zu konfrontieren? Zu einem Teil lag Demmimans Erniedrigung in der Erkenntnis, daß die Stärke des abscheulichen Wesens die seine weit übertraf. Der Andere trat auf ihn zu, lodernd von dem Anspruch, den er auf ihn erhob, und Godfrey Demmiman war nicht imstande, dieser Forderung standzuhalten. Er wandte sich um und lief um sein Leben.

Er glaubte, Lachen hinter sich zu hören, aber dieses Lachen war nur ein Echo seiner Schande; er meinte, daß schleppende Schritte ihn die Treppe hinab verfolgten, aber er hörte nur das Klopfen seines Herzens. Aus halb geöffneten Türen und versteckten Winkeln schienen geschmeidige, mißgestaltete Kreaturen hervorzuschielen und auf seine endgültige Kapitulation zu warten.

Er würde sich jedoch nicht geschlagen geben. Er war zu einer großen Aufgabe bestimmt, und die Begegnung in dem öden Zimmer war nur der Schlüssel, der das Schloß auftat. Mein Schicksal, dachte Demmiman, hat eine Größe, die ich gerade erst zu begreifen beginne.

Demmiman gelangte zur Tür der Galerie, stieß sie auf und kramte in seiner Tasche nach dem Zündholzheftchen, dessen er sich bedient hatte, um die Kerzen in der Gruft anzuzünden. Die helle Flamme zitterte, als er sich vor den ersten langen Vorhang kniete. Eine kleine, zuckende Flamme wurde lebendig und fraß sich langsam nach oben. Demmiman ging weiter und riß ein weiteres Zündholz an. Als auch der zweite Vorhang brannte, eilte er zu den modernden Portieren auf der anderen Seite der Galerie. Dann stand er im tanzenden, unregelmäßigen Licht und begutachtete sein Werk.

Ableger der Flammensäulen griffen auf Dielen und Decke über. Ihre Vorläufer hatten die morsche Täfelung erfaßt, so daß rote Feuerstreifen über die Wand krochen. Die Wände öffneten sich den Flammen, als hießen sie sie willkommen; auch der Boden fing an unzähligen Stellen Feuer. Demmiman wich in die raucherfüllte Diele zurück, öffnete die Tür und trat in die Nacht.

Auf beiden Seiten der engen Straße standen verlassene Häuser, deren schmutzige Mauern und leere Fenster keinerlei Notiz von dem roten Schein nahmen, der das Nachbarhaus erleuchtete. Alarm würde erst viel später ausgelöst werden, wenn die Flammen sich in den dunklen Himmel erhoben. Demmiman verschwand im Schutz eines Eingangs.

Die Fenster im Erdgeschoß zerbarsten und gaben Rauchwolken frei, so dunkel, daß sie das Lodern im Innern verbargen. Mit einem großen Rauschen ergriff das Feuer den ersten Stock. Flammen schossen heraus und verschwanden in einer gewaltigen Rauchsäule.

Der zweite Stock folgte, dann der dritte. Demmiman bildete sich ein, die schrillen Schreie der unter dem Dach des Hauses gefangenen Kreaturen zu hören, und der Gedanke an ihre Panik weckte eine wilde Freude in seiner Brust.

Der dunkle Vorhang, der über die Front des Hauses trieb, verbarg die obersten Fenster vor seinem Blick. Demmiman eilte übers Pflaster, um sich im Eingang eines anderen Gebäudes zu verbergen, von wo aus er das letzte Stadium des Brandes beobachten konnte. Kaum hatte er den Kopf gehoben und die Fenster des vierten Stocks erblickt, da leuchteten dahinter auch schon die ersten Anzeichen des Feuers, erst gelb, dann rot.

Eine Silhouette trat in den Rahmen des Fenster, das ihm am nächsten war, und blickte mit übernatürlicher Ruhe heraus. Der ganze Bau gab ein Stöhnen von sich, das seinen nahen Zusammenbruch ankündigte. Die Gestalt im Fenster richtete ihre unsichtbaren Augen auf Demmiman. In der Ferne ertönte eine Sirene, dann eine zweite. Kreischend näherten sie sich dem Feuer. Die in der schwarzen Silhouette verborgenen Augen starrten ihn unverwandt an.

Der Fensterrahmen um die dunkle Gestalt fing Feuer und erleuchtete das zerstörte Gesicht, das dem seinen so ähnlich und doch so unähnlich war. Erneut erhob der Andere seinen unerbittlichen Anspruch. Sein Haar ging in Flammen auf. Hinter ihm wurde das rote Feuer dunkler und nahm die tiefblaue Färbung an, die Demmiman einst im Herzen jenes uralten Waldes gesehen hatte. Er trat aus dem Eingang aufs Straßenpflaster. Mit der Wucht eines gewaltigen Paradoxons wurde ihm gewahr, daß in der Forderung des Anderen ein unvorhergesehenes Schicksal lag, dem Demmimans nun plötzlich exaltiertes Gemüt seine volle Zustimmung gab.

Er rannte los und stürzte in das brennende Haus. Einen Augenblick später gaben die noch verbliebenen Balken nach, und mit einem kapitulierenden Seufzer faltete das große Gebäude sich zusammen und stürzte bebend hinab zu Godfrey Demmimans ekstatischer Erlösung.

»Er mußte die Welt von sich befreien? Samt dem Haus seiner Ahnen und den kleinen, gruseligen Dingern?«

»Der arme, alte Godfrey.«

»Was uns betrifft, ist uns vielleicht ein glücklicheres Ende beschieden. Wie wär's damit? Aha. Das dürfte eine eindeutige Bekundung deines Interesse sein. Was wußte Edward Rinehart schon von ekstatischer Erlösung?«

58

Der Anblick ihres schönen, gebräunten Gesichts so nah an meinem machte mich selig. Manche der Frauen, mit denen ich zusammengewesen war, waren wohl leidenschaftlicher gewesen als Laurie, aber keine von ihnen hatte sich so anmutig auf die Fähigkeit jedes einzelnen Augenblicks einstellen können, die Flügel auszubreiten und in den nächsten hineinzugleiten. Zudem besaß sie eine Begabung, die manche als schmutzige Phantasie, andere als Erfindungsreichtum bezeichnet hätten. Je mehr wir unsere Körper erforschten und ihre Möglichkeiten genossen, desto stärker wurden wir vereint, bis wir schließlich buchstäblich ineinanderströmten und zu einem einzigen, zutiefst verbundenen Wesen wurden. Als wir uns lösten, um Seite an Seite zu liegen, hatte ich das Gefühl, als wären zarte Fäden meines Selbst noch immer dabei, sich wieder in mich zurückzuziehen.

»Ob du wohl eine Ahnung davon hast, wie gut ich mich mit dir fühle?« sagte Laurie.

»Ich glaube, ich werd dir einen Schrein errichten müssen«, sagte ich.

Ein paar Stunden später erwachte ich mit dem vertrauten Gefühl, weiterziehen zu müssen, bevor etwas Unerfreuliches über mich hereinbrach. Außerdem verliebte ich mich viel zu rasch in Laurie Hatch. Ich hatte kein Recht, mich überhaupt in sie zu verlieben. In ein paar Tagen fuhr ich nach New York zurück und würde sie dann wahrscheinlich nie wiedersehen. Was ich für Laurie darstellte, war hauptsächlich Gefahr, und davor mußte ich sie beschützen. Behutsam nahm ich ihren Arm von meiner Schulter und glitt aus dem Bett.

Während ich nach meinen Socken tastete, stieß ich an eine Lampe. Das Geräusch weckte sie auf. Benommen fragte sie, was ich tue. Ich sagte ihr, ich müsse zurück in meine Pension.

»Wieviel Uhr ist es?«

Ich warf einen Blick auf die grünen Ziffern der Digitaluhr. »Viertel nach eins.«

Sie knipste eine Nachttischlampe an, setzte sich auf und rieb sich das Gesicht. »Ich würde dich ja hinfahren, aber ich bin so müde, daß ich wahrscheinlich einen Unfall bauen würde.«

»Ich rufe ein Taxi«, sagte ich.

»Unsinn. Nimm Stewarts Auto – seinen Zweitwagen, den hat er hier in der Garage gelassen. Wie der wieder zurückkommt, besprechen wir später. Weil du nämlich auf jeden Fall wieder hierherkommst, Ned, da gibt es keinen Zweifel.«

Ich ging zum Bett und küßte sie. Das Laken lag zerknittert über ihren Hüften; ihr Körper lag dunkel und golden im schwachen Licht.

»Ruf mich morgen an.« Sie löschte das Licht, sobald ich fertig angezogen war.

Stewart Hatchs »Zweitwagen« war ein weißer, zweisitziger Mercedes 500 SL, was mich verblüfft hätte, wäre ich dazu noch in der Lage gewesen. Ich ließ den Motor an, studierte die Armaturen, legte den Rückwärtsgang ein und wäre fast durch das Garagentor gefahren. Ich brauchte einen Moment, um die Scheinwerfer ab- und wieder aufzublenden; dann ließ ich den Wagen im Leerlauf stehen und holte das Päckchen meiner Mutter vom Rücksitz von Lauries Wagen.

Stilvoll fuhr ich ins Zentrum von Edgerton zurück. Der Radiosender der Albertus University spielte Jazz, ich summte mit. Bei der Pension angekommen, verzichtete ich auf einen Parkplatz vor der Tür und stellte den Wagen um die Ecke in der Harry Street ab.

59

Als ich die Treppe hinaufstieg, hörte ich das unverkennbare Geräusch einer Party, die am hinteren Ende meiner Etage stattfand. Eine Schar junger Leute stand im Flur. Der Großteil der Mädchen stellte glänzende Beine zur Schau, die jungen Männer hatten kurzes, struppiges Haar und trugen Polohemden; alle hielten Plastikbecher, rauchten Zigaretten und plauderten. Ein schwarzhaariges Mädchen, dessen Pony bis zu den Augenbrauen reichte, wedelte mit ihrer Zigarette.

»He, neuer Nachbar! Kommst du auch zu unserer Party?«

»Danke, heute abend nicht«, sagte ich. »Hab schon genug gefeiert.«

Ich winkte ihr zu und warf einen Blick durch die offene Tür auf der anderen Seite des Flurs. Die meisten Lampen in Ottos Zimmer waren ausgeschaltet; der Fernseher warf einen flackernden Schein auf die im Sessel liegende Gestalt. Aus Ottos Schoß ragte der Hals einer Flasche Jack Daniel's, im Glas neben dem Sessel war gerade noch eine Neige dunkelbrauner Flüssigkeit. Ich überlegte, ob ich seinen Fernseher ausschalten und ihm ins Bett helfen sollte. Als ich auf ihn zutrat, roch ich brennenden Kleiderstoff.

Ein Rauchfaden stieg neben Ottos schlaffer Hand auf. Von der Spitze einer halbgerauchten Zigarette aus wanderte ein Funkenkreis über die Armlehne des Sessels. Flämmchen züngelten empor.

Ich rannte ins Zimmer und hieb mit bloßen Händen auf die Flammen ein. Otto fuhr mit dem Kopf hoch. Zwei blutunterlaufene Augen starrten mich ohne ein Zeichen des Erkennens an.

»Otto«, sagte ich, »Sie...«

»Raus hier, aber dalli!« brüllte er. »Verfluchter Gauner!«

Ich sah eine große Faust über seine Brust wandern. Die Faust traf mich an der Schulter, und ich stürzte zu Boden. Eine Flamme von der Form und Farbe eines Herbstblatts erhob sich aus dem Ärmel seines Pullovers.

»Verdammter Einbrecher!«

Otto brachte die linke Hand mitten in die Flammen auf der Lehne und schoß brüllend aus dem Sessel. Die Whiskyflasche polterte auf den Boden. Er taumelte vorwärts und sah, daß sein Pullover brannte.

»Zum Waschbecken, Otto!« brüllte ich und riß ein Sweatshirt von seinem Bett, während er eine Reihe rustikaler Flüche hervorstieß, die dem Westernkomiker Gabby Hayes alle Ehre gemacht hätten.

Eine Meute junger Leute drängte sich auf der Schwelle. Sie traten ihre Zigaretten auf dem Boden aus und nippten an ihren Plastikbechern. Otto und ich gaben mehr her als ein Fernsehthriller.

Ich breitete das Sweatshirt über die Sessellehne und klopfte darauf herum.

Das schwarzhaarige Mädchen mit dem Pony trat einen Schritt vor. »Mr. Bremen, das ist kein Einbrecher, das ist der Typ, der in Mrs. Frahms Zimmer eingezogen ist.«

»Ich weiß, Kleine.«

Sie lächelte mich an. »He, ich bin Roxy Redman, und das sind Charlie und Zip. Und das ist Moonbeam Challis, mit der ich zusammenwohne.«

Eine hübsche Blondine in einem Top, das die Träger ihres BHs sehen ließ, wedelte mit den Fingern. »Eigentlich heiße ich Audrey, aber alle sagen Moonbeam zu mir.«

»Kein Wunder«, sagte ich. »Ich heiße Ned, aber alle sagen Ned zu mir.«

Moonbeam kicherte, und Charlie oder Zip warf mir einen Blick zu, der dazu gedacht war, mich in die Hosen pinkeln zu lassen.

Otto trat zu mir, ein Glas Wasser in der Hand. Schritte kamen polternd die Treppe herauf. »Nehmen Sie das Ding mal weg«, sagte Otto. Ich zog das Sweatshirt weg, und er leerte sein Glas auf das rußige Schlamassel.

Hinter der Menge verkündete unsichtbar Helen Janette, die Party sei beendet. Mr. Tites Filzhut kam in Sicht. »Sie haben gehört, was die Dame sagte. Abmarsch.«

»Tut mir leid, Junge«, sagte Otto. »Das war keine Meisterleistung.« Er hob die Flasche auf und warf sie in den Mülleimer. »Schöne Bescherung.«

Roxy, Moonbeam und ihre Freunde entfernten sich mit unterdrücktem Lachen. Ein Blick auf Mr. Tite erklärte ihre Heiterkeit. Unter dem Filzhut trug Tite das Netz-T-Shirt, das ich schon morgens gesehen hatte, und gestreifte Boxershorts mit gelben Flecken um den Schlitz.

Helen Janette, die einen engen rosa Bademantel über das Nachthemd geworfen hatte, marschierte herein und begab sich schnurstracks auf den Gefechtsstand. »Ich verlange eine Erklärung.«

Otto tat sein Bestes. Er sei beim Rauchen eingeschlafen, ich hätte ihn gerade noch rechtzeitig aufgeschreckt, die ganze Aufregung tue ihm leid. Etwas Derartiges sei noch nie vorgefallen, und es werde in Zukunft auch nie wieder geschehen.

Mrs. Janette verstärkte ihre autoritäre Pose. »Ich bin *schockiert.*« Mr. Tite bezog hinter ihr Stellung. »Dieses Zimmer *stinkt* nach Alkohol. Sie sind mit einer Zigarette in der Hand einfach weggesackt und haben fast das Haus in Brand gesetzt. Wir können so etwas unmöglich dulden, Mr. Bremen.«

»Genau«, sagte der Wachhund.

»Es war ein einmaliges Versehen. In Zukunft werd ich besser aufpassen.« Otto richtete sich auf. Ich fand, er ähnelte John Wayne. »Haben Sie mir noch etwas zu sagen?«

»Machen Sie das Fenster auf, damit sich der Gestank verzieht. Dies ist ein anständiges Haus.«

»Mein Fenster ist schon offen. Und wenn Sie ein anständiges Haus führen wollen, erlaube ich mir einen freundschaftlichen Rat: Setzen Sie Frank Tite vor die Tür.«

Tite wollte sich schon auf ihn stürzen, aber Mrs. Janette hob warnend die Hand. Sie starrte mich finster an. »Mr. Dunstan, auch von Ihrer Seite will ich keinerlei Probleme mehr.«

»Ich hab Ihnen einen Gefallen getan«, sagte ich.

Sie stampfte hinaus.

Bremen sah mich an und zuckte die Achseln. Wir hörten die beiden nach unten marschieren und ihre jeweiligen Türen zuschlagen. »Was ist das eigentlich für ein Bursche?« fragte ich.

»Frank Tite ist ein Penner, den man bei der Polizei gefeuert hat; so einer ist das.« Otto zog seinen Pullover aus und warf ihn in Richtung des Mülleimers. »Irgendwo hab ich noch eine Flasche Whisky. Wie wär's mit einem Schlückchen vor dem Schlafengehen?«

Ich verschwand mit dem Versprechen, ihn bald einmal zu besuchen. Das Buch von Rinehart und das Päckchen aus dem Schließfach hatte ich in die Ecke neben dem Fenster geworfen. Ich trug das Päckchen zum Tisch und schälte mehrere Lagen braunen Packpapiers ab, bis ein großes, altmodisches Sammelalbum mit einem gepolsterten, dunkelgrünen Einband zum Vorschein kam. Auf dem vorderen Deckel klebte eine Karte mit der Handschrift meiner Mutter: *Für Ned.*

60

Ich blätterte durch die Seiten von Lauries Matroschka, dem letzten, geheimen Geschenk meiner Mutter, und staunte immer mehr. Mehr als die Hälfte der dicken Blätter waren beiderseits mit Zeitungsausschnitten über Verbrechen beklebt. Ein paar davon stammten aus dem *Edgerton Echo*, die meisten Artikel jedoch aus auswärtigen Blättern. Fast alle berichteten über ungelöste Morde, die ausnahmslos in keinerlei Beziehung zu Star oder mir zu stehen schienen. Verstört begann ich, das Album gründlicher zu untersuchen, und da sprang mir schon in den ersten Artikeln ein Name ins Auge, den ich sowohl von Hugh Coventry wie von Suki Teeter gehört hatte.

Die Überschrift des ersten Ausschnitts lautete: GEKIDNAPPTE BABYS: HEBAMME LEGT GESTÄNDNIS AB. Hazel Jansky, eine Hebamme aus Edgerton, war in Verdacht geraten, nachdem einem Verwaltungsbeamten im St. Ann's Community Hospital aufgefallen war, daß sie in den vorangegangenen zehn Jahren bei neun Totgeburten assistiert hatte. Jansky hatte immer plausible Gründe für die Vorfälle angeben können, aber das Krankenhaus hatte die Schwestern gebeten, ihre Arbeit zu überwachen. Zwei Wochen später erfuhr eine der Schwestern, daß eine von Janskys Patientinnen kurz zuvor ein totes Kind geboren hatte. Ein Hausmeister berichtete, er habe die Hebamme soeben die Personaltreppe hinabeilen sehen. Alarmiert fuhr die Schwester mit dem Aufzug ins Untergeschoß, wo sie Hazel Jansky auf eine Hintertür zutrotten sah. Sie holte sie außerhalb der Tür ein und sah gerade noch einen Wagen, der dort gewartet haben mußte, davonrasen. Die Schwester führte Jansky ins Büro des Verwalters, wo man tatsächlich den unter dem Mantel der Hebamme verborgenen Säugling entdeckte – gebadet, gewickelt und unzweifelhaft lebendig. Im Polizeipräsidium gestand Jansky die Mitwirkung an vier Transaktionen, bei denen neugeborene Kinder an Paare verkauft worden waren, die den normalen Adoptionsvorgang nicht durchlaufen konnten oder wollten. Sie leugnete, einen oder gar mehrere Komplizen zu haben.

Der Artikel stammte vom 3. März 1965. Vier Monate vor meinem siebten Geburtstag hatte meine Mutter also morgens die Zeitung aufgeschlagen und – nach ihrer Meinung – den Beweis entdeckt, daß sie nicht ein Kind zur Welt gebracht hatte, sondern Zwillinge.

Einen Tag später verkündete das *Echo*: KIDNAPPER-HEBAMME VERTEIDIGT IHR HANDELN. Helen Jansky hatte die vier auf den Schwarzmarkt gebrachten Babys namentlich genannt und behauptet, in deren Interesse gehandelt zu haben, indem sie sie vor deren untauglichen Müttern rettete. Auch die Namen der Käufer hatte Jansky genannt, die Bemühungen, die neuen Eltern aufzuspüren, waren jedoch erfolglos geblieben – »was«, berichtete das *Echo*, »zu Spekulationen geführt hat, die Transaktionen seien unter falschem Namen durchgeführt worden.«

Der Prozeß begann im Mai und dauerte drei Wochen. Eine der vier Mütter, deren Kinder entführt und verkauft worden waren, war bei einer Kneipenschlägerei ums Leben gekommen; die zweite hatte betrunken einen Autounfall verursacht, der noch zwei weitere Leben gefordert hatte; eine war spurlos verschwunden; als die vierte hörte, ihr Sohn sei doch noch am Leben, beschwerte sie sich darüber, daß die Angeklagte das ganze Geld behalten hatte, statt es fifty-fifty zu teilen.

Die Jury erklärte Jansky für schuldig und empfahl eine gnädige Strafe. Eine Woche später fällte der Richter sein Urteil. Obgleich die Unrechtmäßigkeit der Handlungen nicht übersehen werden solle, dürfe man ebensowenig vergessen, daß die Angeklagte Kinder ausgewählt habe, die angesichts des Verhaltens ihrer Mütter in Gefahr gewesen seien. Zudem wollte der Richter Janskys Verdienste für die Gemeinde in Betracht ziehen. Er nahm die Empfehlung der Jury daher an und verurteilte die Angeklagte zu drei Jahren in der Strafanstalt von Greenhaven, bei guter Führung reduzierbar auf achtzehn Monate.

Hazel Jansky hatte vier Kinder gestohlen und ihren Müttern gesagt, sie seien tot. Weil Richter und Jury der Meinung gewesen waren, sie habe im Interesse der gestohlenen Kinder gehandelt, verbrachte sie nur achtzehn Monate im Gefängnis. Die Fotos von Hazel Jansky stellten keine Person dar, der man ohne weiteres soziale Motive unterstellt hätte. Von den Seiten des *Echo* starrte mich eine kompakte blonde Frau Mitte dreißig finster an, in den Augen den Jähzorn eines Menschen, der gelernt hat, daß unerbittlicher Griesgram ihm wesentlich mehr Nutzen bringt als Heiterkeit, und der diese Lektion immer beherzigen wird.

Nach meinem Dafürhalten hatte das Gericht ihre Verachtung für die Opfer geteilt. Hätte Hazel Janskys die Babys von Müttern der Mittelschicht verkauft, hätte sie noch immer im Gefängnis gesessen. Außerdem fragte ich mich, ob die erschlagene und die betrunken in den Tod geraste Mutter ein anderes Schicksal erlitten hätten, hätte man ihnen nicht erzählt, ihre Babys seien Totgeburten gewesen.

Der nächste Artikel stammte aus dem *Milwaukee Journal* und trug den Titel DOPPELMORD IN VILLA. Mit ihm begann die Reihe der ungelösten Morde. Anfänglich war man der Meinung gewesen, Mr. und Mrs. William McClure seien einem Feuer zum

Opfer gefallen, das ihr Haus in der Salisbury Road im Nobelvorort Elm Grove verwüstet hatte, doch bei der Obduktion stellte sich heraus, daß sie infolge mehrerer Messerstiche gestorben waren. Auch Lisa McClure, ihre dreijährige Tochter, war nicht, wie ursprünglich angenommen, erstickt, sondern hatte eine tödliche Halsverletzung erlitten. Erst seit sechs Monaten in Elm Grove wohnhaft, hatte das Paar kaum Kontakt mit seinen Nachbarn gehabt. Einer von diesen berichtete dem Reporter, Mr. McClure sei angeblich aus geschäftlichen Gründen aus St. Louis nach Milwaukee gezogen. Unauffindbar blieb der achtjährige Robert McClure, Mr. McClures Neffe, den man kurz davor für die dritte Grundschulklasse angemeldet hatte. Zwar konnte die Polizei nicht ausschließen, daß der Junge von den Tätern entführt worden war, doch hoffte man, er habe unbemerkt entkommen können. Alle Bemühungen, die Eltern des Jungen zu kontaktieren, waren erfolglos geblieben, aber Thorston Lund, Polizeichef von Elm Grove, war zuversichtlich, man werde bald von ihnen hören.

Es folgte ein Bericht mit der Überschrift GEHEIMNIS UM VILLENMORD.

> Die Ermittlungen im Fall des brutalen Mordanschlags von Elm Grove, bei dem am vergangenen Mittwoch drei Menschen ums Leben kamen, nahmen am heutigen Vormittag eine überraschende Wendung. Zwei der Opfer, William und Sally McClure, lebten offenbar unter falschem Namen. Aus Polizeikreisen war zu erfahren, das Paar habe in mindestens zwei Fällen fiktive Adressen angegeben.
>
> Als die McClures das Anwesen in der Salisbury Road erwarben und als sie den achtjährigen Robert McClure, Mr. McClures vermißten Neffen, an der Grundschule von Elm Grove anmeldeten, nannten sie als früheren Wohnsitz eine nicht existente Adresse: 1650 Miraflores, San Juan, Puerto Rico. Auf Robert McClures Anmeldeformular war als bisherige Schule die St. Louis Country Day School angegeben, wo von dem Jungen nichts bekannt ist.
>
> Ein hochrangiger Beamter der Polizei von Elm Grove teilte uns mit, die McClures hätten ihr Haus in der Salisbury Road über die Statler Real Estate Agency erworben und in bar

bezahlt. Thomas Statler, Chef des Maklerbüros, gab zu verstehen, Barverkäufe seien zwar ungewöhnlich, in Elm Grove jedoch nicht gänzlich unbekannt.

Ein Nachbar beschrieb Mr. McClure als »relativ dunkelhäutig«, doch habe er keinerlei puertoricanischen Akzent gehabt. Sally McClure soll mit einem New Yorker Akzent gesprochen haben. »Mr. McClure«, so der Nachbar, »war anders als die Leute aus der Gegend. Er versuchte, höflich zu sein, aber als freundlichen Menschen hätte man ihn trotzdem nicht bezeichnet.«

In seiner heutigen Pressemitteilung spekulierte Torsten Lund, Polizeichef von Elm Grove, die Morde könnten mit der Vergangenheit von Mr. McClure in Verbindung stehen.

Robert McClure, der angebliche Neffe des Paares, bleibt weiterhin vermißt.

Auf der nächsten Albumseite informierte das *Journal*: ERMORDETES EHEPAAR KRIMINELL VORBELASTET.

Bei einer Pressekonferenz teilte die Polizei von Milwaukee und Elm Grove mit, das FBI habe die am vergangenen Mittwoch in ihrer exklusiven Villa in der Salisbury Road ermordeten William und Sally McClure als Sylvan Booker und dessen Frau Marilyn Felt identifiziert. Für beide existierte ein Haftbefehl. Ihre zweijährige Tochter Lisa Booker wurde als drittes Opfer identifiziert.

Agent Charles Twomey vom FBI-Büro Milwaukee erklärte, gegen Booker und Felt sei im Gebiet von Philadelphia, Pennsylvania, intensiv ermittelt worden. »Die Festnahme des Paares stand kurz bevor«, so Agent Twomey. »Wir vermuten, daß die beiden einen Tip erhielten. Sie versuchten zu entkommen, wurden aber von den falschen Leuten aufgespürt.«

Für die Anwesenheit des achtjährigen »Robert McClure« im Haus des Paares hatte Agent Twomey keine Erklärung: »Allerdings betrachten wir den Jungen weiterhin als wertvolle Informationsquelle.«

In der nächsten Story berichtete die *Minneapolis Star-Tribune* von einem Doppelmord in einer Wohnung in der Hennepin Avenue. Die Opfer, pensionierte Eheleute namens Philip und Leonida Dunbar, hatten nach Auskunft ihrer Nachbarn »zurückgezogen« gelebt. Die Polizei war zuversichtlich, die Täter bald fassen zu können.

MYSTERIÖSER VORFALL IN POLIZEIREVIER lautete die Überschrift eines Artikels aus Ottumwa, Iowa. Einem Polizeibeamten namens Boyd Burns war ein etwa elf-, zwölfjähriger Junge aufgefallen, der auf dem städtischen Rummelplatz herumlungerte. Burns hatte den Verdacht, es könnte sich um einen Ausreißer handeln. Als er den Jungen ansprach, weigerte sich dieser, Namen und Wohnsitz zu nennen. »Er benahm sich nicht wie ein normaler Ausreißer«, sagte Burns. »Im Gegenteil, er verhielt sich eher arrogant. Ich nahm ihn mit aufs Revier, setzte ihn hin und erklärte ihm, seine Eltern würden sich wegen ihm zu Tode ängstigen.«

Als man ihn aufforderte, die Taschen zu leeren, stellte sich heraus, daß der Junge mehr als vierhundert Dollar bei sich trug. Burns nahm ihm die Fingerabdrücke ab, mußte jedoch feststellen, daß die Fingerspitzen keinerlei Furchen und Linien aufwiesen. Bezüglich dieser Anomalie befragt, erwiderte der Junge, er habe keinen Bedarf an Fingerabdrücken.

»Es war, als wollte er sich über mich lustig machen«, sagte Burns. »Ich bat ihn, mir wenigstens seinen Vornamen zu sagen, und er sagte, ich solle ihn ›Ottumwa Red‹ nennen. Das brachte mich zum Lachen, wie ich zugeben muß. Ich fragte, ob er etwas essen wolle, und er sagte, gegen einen Hamburger habe er nichts einzuwenden. Also hab ich ihn in der Wachstube abgeliefert und den sechs Leuten da gesagt, sie sollten ein Auge auf ihn werfen, bis ich wiederkomme.« Burns ging zum Burger Whopper an der nächsten Ecke. »Ich wollte gerade reingehen, als ich ein gewaltiges Brausen hörten. Als ich mich umdrehte, sah ich, wie im ganzen Revier ein paar Sekunden lang das Licht ausging.« Er rannte zurück.

Der diensthabende Beamte und seine Kollegen lagen stöhnend auf dem Boden. In den Zellen stöhnten die Gefangenen. »Meine Freunde in der Wachstube waren fort, verschwunden – es sah dort aus wie nach einem Wirbelsturm. Und der Junge war auch fort.«

Nach seiner Meinung zu dem Vorfall befragt, sagte Burns, er glaube, der Junge sei ein Alien gewesen. »Wie von einer anderen Milchstraße. Denn eines haben alle Menschen auf der Erde: Fingerabdrücke. Ich kann bloß sagen, ich bin froh, daß der Bursche nicht mehr in Ottumwa ist.«

In Lansing, Michigan, war ein Gebäude in sich zusammengefallen und hatte dreizehn Menschen unter sich begraben. Drei weitere Paare waren in ihren Häusern abgeschlachtet worden. Auf der nächsten Seite klebte ein Artikel über den Mord an zwei jungen Frauen, die in Vermont eine Wandertour gemacht hatten. Ich knipste das Licht aus und fiel ins Bett, ohne mich auszuziehen.

61

Traumseile und Traumgewichte fesselten mich ans Bett. Im Geist von Mr. X gefangen, sah ich, wie eine Tür in Dunst zerfloß; ich sah eine Messerklinge, sah einen dunkelhäutigen Mann stirnrunzelnd von einem Stuhl aufstehen. Als er die Tür öffnete, schwebte Mr. X herein und sagte: »Mr. Booker, Sie haben etwas, das mir gehört.«

War dieses Etwas ich? Nein, das Etwas war fort; es war bereits entkommen.

Booker sank auf die Knie, und Mr. X glitt hinter ihn und schlitzte ihm die Kehle auf.

Nein, dachte ich, *das war Anscombe…*

Nein, es war Frank Sinatra, der sang: *»Fight… fight… fight it with… aaaaall of your might…«*

Was mich fortwirbelte, war nicht der Anblick von Mr. X, der einen Mann namens Sylvan Booker abschlachtete. Es war das, was geschah, wenn Frank Sinatra sang und die Luft nach Kiefernnadeln roch. Der Name an der Haustür lautete…

Eine schwarze Plüschkatze und ein weißer Hase lagen auf dem Boden. In dem Spiegel vor mir schwebte eine mißgebildete Gestalt, die sich vor boshaftem Lachen schüttelte. Voller Grauen zerriß ich meine Fesseln, warf die Gewichte ab und erwachte. Ich stand neben dem Bett, die Hände gegen die Augen gepreßt.

62

Die Matroschka verschaffte mir das Detail, das alles erklärte, was ich zu verstehen bereit war. Fast alle Artikel waren jeweils ein oder zwei Tage nach dem 25. Juni erschienen. Ich hatte die ermordeten Paare mit Mr. X aufgesucht, hatte *gesehen,* wie sie ermordet wurden. Star hatte diese Vorfälle gesammelt, weil sie fürchtete... daß Robert dahintersteckte? Oder Rinehart? Sie dachte, Robert habe in Ottumwa, Iowa, ein halbes Dutzend Polizisten ausgelöscht und in Vermont zwei junge Frauen ermordet. Aus den Zeitungen hatte sie erfahren, daß ihr zweiter Sohn in der Welt umherstreifte und von einer Tragödie zur anderen wanderte wie ein zorniger Geist.

Robert hatte Ashleigh Ashton ins Motel Comfort geschickt, weil er wußte, daß ich dort sein würde. Am nächsten Tag hatte er mich vor einem Leben im Gefängnis gerettet, indem er mit ihr ins Bett ging.

Ich fühlte mich, als wäre auch ich eine Art Matroschka, in der sich Geheimnis um Geheimnis verbarg, bis schließlich ein undurchdringliches Geheimnis kam. Robert; Edward Rinehart. Es war zuviel, es entglitt mir. Gleichzeitig konnte ich mir auch nicht erlauben, Laurie Hatch in Gefahr zu bringen. Ich beschloß, hinauszugehen und auf den Straßen umherzuwandern, bis die Erschöpfung mich wieder ins Bett treiben würde.

Als ich aus der Tür trat, erschien ein weißer Streifen von Helen Janettes Gesicht hinter einer Vorhangfalte. Ich schloß die Tür mit einem lauten, befriedigenden Knall. Ich brauchte einen Drink, vielleicht auch drei.

Der hektische Lärm wurde lauter, je weiter ich die Chester Street hinabging. Keiner der Raufbolde von Hatchtown hatte schon ins Bett gefunden. *Ich wollte nicht Roberts Spielzeug sein.* Ich verabscheute die Vorstellung, daß er mich manipuliert, gelenkt und mein Leben geformt hatte. Und weshalb? Ich hielt inne, erschüttert von der naheliegendsten Frage, die man sich vorstellen kann.

Die Antwort kam, als ich mich an den Satz erinnerte: *»Mr. Booker, Sie haben etwas, das mir gehört.«*

Einmal im Jahr hatte Mr. X sich auf die Suche nach Robert, meinem Schatten, begeben. Eine Verbindung, von der ich nichts wußte, hatte mich – den Schatten des Schattens – an dieser Suche teilhaben lassen. Star und Robert hatten sich mindestens zweimal getroffen, vor Biegelman's und vor Netties Haus; bestimmt hatte es weitere Treffen gegeben. Offenbar hatte sie Mr. X irgendwie in Schach gehalten. Nun würde am Tag nach ihrem Begräbnis unser Geburtstag sein, und Robert war nicht in der Lage, die jährliche

Attacke allein zu überstehen. Er hatte mir das Leben gerettet, weil er mich brauchte.

Ich brauchte ihn nicht. Robert konnte sich zum Teufel scheren. Es war mir egal, wenn Mr. X ihn auslöschte.

Kochend vor Zorn tat ich einen Schritt vorwärts und erkannte, daß das, was ich mein ganzes Leben vermißt hatte, jenes Wesen war, das ich soeben der Vernichtung anheimgegeben hatte. Ein überwältigendes Gefühl, das ich nur als *Sehnsucht* bezeichnen kann, ließ mich auf die Knie sinken. Jede Zelle meines Körpers rief nach Vereinigung mit ihrem zweiten, abgespaltenen Selbst. Wie früher, doch schmerzhafter, da ich nun erwachsen war, fühlte ich mich wie eine amputierte Hälfte, die aus Verlangen nach dem, was sie ganz machen konnte, blutete. *Das ist doch Wahnsinn,* sagte ich mir, *so hast du dich zuletzt als Dreijähriger gefühlt.*

Der gewaltige Schmerz der Sehnsucht verschwand wieder unter seinem vernarbten Panzer; vor mir lag die Chester Street im Licht der Straßenlampen friedlich und leer in der Nachtluft. Es war ein früher Sonntagmorgen in Edgerton, kurz nach halb drei. Wenn Robert mich brauchte, um Mr. X zu bezwingen, würde ich ihm helfen oder auch nicht, je nachdem, wie ich mich im fraglichen Moment fühlte. Aber ich war hier, weil er hier war: Robert hatte mich auf den Pfad gebracht, der von Ashleigh Ashton zu Laurie Hatch führte.

Ich machte mir noch immer Sorgen um Laurie, als ich den Merchants Park erreichte und beschloß, zum Lobpreis ihres Gatten einen Schluck Wasser aus dem Brunnen zu trinken. Da fielen mir endlich die blinkenden Lichter der Streifenwagen und des Rettungswagens vor dem Cobden Building auf. Die Stimmen, die ich gehört hatte, kamen aus der Menge am oberen Ende des Parks und von den kleineren Gruppen, die verstreut unter den Bäumen standen.

63

Ein kleiner Mann, dem ein Lockenkranz unter der Mütze hervorlugte, saß dort auf einer der Bänke und winkte mir mit einer braunen Papiertüte zu.

Ich setzte mich zu ihm. »Hallo, Piney. Was ist da los?«

»Keine Ahnung. Sieht aus, als wäre im Cobden Building was am Dampfen.«

Zwei weitere Streifenwagen rasten mit heulenden Sirenen in die Ferryman's Road. Auf dem Treppenabsatz sprachen die Sanitäter mit einem grauhaarigen Mann, dessen müdes Gesicht im zuckenden Licht rosa und rot aufleuchtete. Sein Bauch ragte wie ein Felsvorsprung über den Hosenbund seines Anzugs. »Captain Mullan«, sagte ich.

»Dein Herzensbruder. Hier, nimm 'nen Schluck.«

Der Inhalt der Flasche schmeckte wie Zigarrenrauch.

»Ist bloß ein simpler heimischer Burgunder, aber ich dachte, seine Ambition, was Besseres sein zu wollen, könnte dich amüsieren.« Kichernd hob Piney die Flasche. »Ein Spruch meines alten Freundes Erwin Pipey Leake. Pipey war früher Professor an der Uni und hatte das tollste Zeug drauf.« Er erstarrte vor Rührung. *»Folg einem Schatten, er wird vor dir fliehn; doch folgt er dir, willst du dich ihm entziehn.* Weißt du, von wem das stammt?«

Ich schüttelte den Kopf.

»Von Ben Jonson. *Umdunkelt lausch ich; ich hab manches Mal / mich halbwegs in den leichten Tod verguckt, / Gab ihm erträumte Namen ohne Zahl, / damit die Luft mein ruhiges Atmen schluckt…* John Keats.«

Ich spürte ein Prickeln auf meiner Kopfhaut.

»Die Leute haben Pipey für 'nen Penner gehalten. Keiner hat sich darum geschert, als der Schwarze Tod kam und ihn mitgenommen hat.« Piney wischte sich die Augen und stand mühsam auf.

Er watschelte dahin, und ich folgte ihm durch die Menge am schmalen Ende des Parks. Ein Mann in einer schwarzen Lederjacke sah mich an und wandte sich sofort wieder ab. Der Lärm hatte Frenchy La Chapelle aus seinem Loch gelockt.

Auf der anderen Seite der Ferryman's Road flogen Streifen farbigen Lichts über die Fassade des Cobden Buildings. Captain Mullan stand vor der halboffenen Tür und unterhielt sich mit einem Mann, der einen blauen Anzug trug und aussah, als hoffte er, jetzt endlich aufzuwachen und dabei zu Hause in seinem Bett zu liegen.

»Wer ist der Bursche neben Mullan?«

Ein stämmiger Kerl mit zurückgekämmtem schwarzem Haar sagte, es sei Hatchs Sicherheitsbeauftragter, Frank Holland.

»Das ist mein Kumpel Bruce McMicken«, sagte Piney.

»Ich bin nicht dein Kumpel«, sagte Bruce.

»Hat jemand da drüben eingebrochen?«

Bruce McMicken sah mich von der Seite her an. Sein kantiges Gesicht war das eines Barkeepers oder Schutzmanns. »Einer der Bullen hat mir erzählt, der Typ hätte alles total verwüstet. Die Computer sind erledigt. Den Wachmann hat er auch zerlegt; deshalb der Krankenwagen.«

»Ist der Wachmann ein älterer Typ? Ich hab ihn vor ein paar Tagen reingehen sehen.«

»Ja... Earl.«

»Ich hab nichts übrig für Earl Sawyer«, sagte Piney. »Hochnäsig.«

»Earl ist bloß unfreundlich«, sagte Bruce. »Wenigstens pennt er nicht auf der Straße wie du.«

Piney gab ein kühles Glucksen von sich, als hätte er ein Kompliment erhalten.

»Da kommt der Boß.«

Ein untersetzter Mann, der ein blaues Hemd mit Kragenknöpfen trug, dazu beige Shorts und Slipper ohne Socken, stürmte durch die Tür und übernahm das Kommando. Er hatte das breite, geschäftsmäßige Gesicht und den schrägen Haarschnitt eines wenig vertrauenswürdigen Senators.

»Stewart Hatch?«

»Einer von denen, die Hatchtown gebaut haben«, sagte Piney.

Die Sanitäter kamen mit ihrer Trage durch die Tür, und die drei Männer auf der Treppe gingen hinab auf den Rasen. Unter dem einen Ende der Decke ragte Earl Sawyers übel zugerichtetes Gesicht hervor. Er hatte die Augen geschlossen, über die Wange lief wie ein Banner ein Streifen Blut. Lieutenant Rowley folgte den Sanitätern die Stufen hinab und trat zu Captain Mullan auf das schmale Rasenstück. Stewart Hatch stieg mit den Sanitätern in den Rettungswagen.

Bruce, Piney und ich traten auf den Gehsteig. Die Sanitäter luden den bewußtlosen Wachmann auf eine andere Trage. Frank Holland trottete zu den Hintertüren der Ambulanz.

»Der scheißt sich in die Hosen«, sagte Bruce. »Da drin haben sie die beste Alarmanlage, die man kriegen kann. Die sollte eigentlich schon heulen, wenn 'ne Fliege auf 'nem Lampenschirm landet.«

Holland drehte sich um, dann sprangen Hatch und einer der Sanitäter aus dem Rettungswagen. Der Sanitäter schloß die Türen und kletterte auf den Fahrersitz.

»Übrigens«, flüsterte Piney, »das warst doch nicht etwa du, oder?«

»Ich?« Ich dachte, er meinte Earl Sawyer und das Cobden Building. »Ich bin doch gerade erst gekommen.«

»Die Sache Freitag nacht.«

»Nein«, sagte ich, »das war ich nicht.«

Piney tätschelte mir den Arm. Der Rettungswagen bog in die Commercial Avenue ein. Stewart Hatch stieß Frank Holland drohend mit dem Zeigefinger vor die Brust.

»Adios, amigos«, sagte Bruce McMicken und verschwand in der kleiner werdenden Menge.

Ich sah, wie Lieutenant Rowley meine Anwesenheit bemerkte. Er beugte sich zu Mullan. Nicht sonderlich beglückt, sah Mullan zu mir herüber. Ich nickte.

Stewart Hatch ließ einen verächtlichen Blick über die Schaulustigen schweifen. »Gehen Sie nach Hause«, rief er. »Die Vorstellung ist vorbei.« Er hielt inne, als er mich erblickte.

Innehalten ist vielleicht nicht ganz treffend. Als Stewart Hatchs Blick sich mit meinem kreuzte, weiteten sich die Augen wie unter dem Schock eines Wiedererkennens, dann nahmen sie sofort einen haßerfüllten Ausdruck an.

Er hat uns beschatten lassen, dachte ich. *Er hat Bilder von Laurie und mir gesehen.*

»Der hat dich auf dem Kieker«, sagte Piney.

Hatchs dicke, sonnengebräunte Beine trugen ihn zu Rowley und Mullan. Er sah aus, als wollte ein Teil von ihm weiter vorwärtsstürmen. Hatch rammte die Fäuste in die Taschen seiner Shorts und brachte den Mund an Rowleys Ohr.

Rowley blickte mit ausdruckslosem Gesicht und ausdruckslosen Augen zu mir herüber. Hatch stürmte ins Haus, eilig gefolgt von seinem Sicherheitsbeauftragten. Piney war ohne einen Laut verschwunden.

Rowley sah so glücklich aus, wie jemand wie Rowley nur sein kann. Er mußte nicht mehr so tun, als wäre er mein bester

Freund. Piney war fort, und die wenigen Menschen neben mir machten sich auch davon, als Rowley auf meine Straßenseite kam, sich vor mir aufpflanzte und recycelten Zigarettenrauch ausstieß.

»Schön, Sie wiederzusehen, Lieutenant«, sagte ich.

Rowley blickte von einer Seite zur anderen. Dann schwenkte er sein Leichengesicht wieder zu mir, und die Falten der Wangen füllten sich mit Schatten. »Sie sind noch dümmer, als ich dachte. Was ist los mit Ihnen, Dunstan?«

»Ich konnte nicht schlafen«, sagte ich. »Da bin ich ein bißchen spazierengegangen und hab dann den Auflauf hier gesehen.«

Er tat einen Schritt vorwärts und drängte mich zurück. »Der Busbahnhof ist in der Grace Street, drei Ecken vom Town Square. Das wäre die eine Möglichkeit. Oder Sie bleiben; dann werden wir Sie morgen früh besuchen.«

»Hat Hatch Ihnen aufgetragen, mir das zu sagen, Lieutenant?«

Rowley schlug mir hart in den Magen. Nach Luft ringend, taumelte ich zurück. Der nächste Schlag erwischte mich an der Schläfe und ließ mich auf den Rasen stürzen. Keuchend rollte ich mich weg. Rowley sprang hoch und kickte mir in die Rippen. Dann hockte er sich hin und tätschelte unsanft meinen Kopf. »Jetzt hab ich Sie doch tatsächlich nicht gut verstanden. Können Sie mir auf die Sprünge helfen?«

Es gelang mir, einen Atemzug zu tun. »Allmählich kapier ich, worauf Sie hinauswollen.«

Die Cops auf der anderen Straßenseite hatten uns den Rücken zugewandt.

Rowley stand auf und trat einen Schritt zurück.

»Moment mal«, sagte ich.

Er stützte die Hände auf die Knie und beugte sich zu mir. Sein Gesicht war eine einzige schwarze, ausdruckslose Fläche.

Ich sog noch einmal Luft ein. »Als ich Ihr Päckchen geöffnet hab, hab ich gedacht, wir hätten eine Abmachung.«

»Eine Abmachung.«

»Ich hab gedacht, hundert Dollar würden ausreichen, um nicht in die Rippen getreten zu werden.«

Rowley richtete sich abrupt auf und ging davon.

Als ich den Schlüssel in die Haustür steckte, spürte ich ein Kitzeln im Nacken. Ich warf einen Blick über die Schulter und dachte, Rowley sei aufgetaucht, um mich auf den Rücksitz eines Streifenwagens zu zitieren. Statt dessen sah ich nur Frenchy La Chapelle die Chester Street herauftanzen. Frenchy blickte zur Hausnummer und dann auf mich. Er schob die Hände in die Taschen seiner Lederjacke, schlenderte zum Rinnstein und spähte die Straße entlang, als erwartete er einen Wagen. Nach einem weiteren Blick in meine Richtung verfiel er wieder in seinen üblichen Tanzschritt und verschwand um eine Ecke in den Gassen von Hatchtown.

64

Am Sonntag morgen klopfte es Punkt zehn an meiner Tür. Ich versuchte gerade, Laurie Hatch zu überreden, Posy Fairbrother in die Stadt zu fahren, um den Mercedes zu holen. »Ich hab Besuch«, sagte ich.

»Wirf das Mädel raus und komm sofort zu mir. Ich mach dir einen phantastischen Brunch.«

Wieder klopfte es, in dreifacher Ausführung. »Ich glaube, es ist ein Cop, der mich nicht besonders mag.«

»Leg den Hörer hin und laß ihn rein, damit ich hören kann, was passiert. Und dann sag ihm, daß du gerade mit mir sprichst.«

Hinter der Tür erscholl die Stimme von Helen Janette. »Mr. Dunstan, wenn Sie nicht aufmachen, verschaffe ich mir selbst Zutritt.«

Hinter meiner Wirtin drängten sich Captain Mullan, Lieutenant Rowley, Officer Treuhaft – der menschliche Totempfahl, der mit Rowley zu Netties Haus gekommen war – und Stewart Hatch. Rowley und Hatch standen so nahe beieinander, als wollten sie gleich Händchen halten. Stewart trug weiße Hosen und einen zweireihigen blauen Blazer über einem Polohemd mit aufgestelltem Kragen. Ihm fehlte nur noch eine Kapitänsmütze.

»Jetzt reicht's endgültig, Mr. Dunstan«, sagte Helen Janette und stürmte davon.

»Dürfen wir eintreten?« sagte Captain Mullan.

»Bitte sehr. Ich telefoniere gerade.«

Die vier Männer drängten sich an mir vorbei. Hatch wanderte umher und beäugte höhnisch meine Umgebung, die drei anderen sahen zu, wie ich mich aufs Bett setzte und den Telefonhörer ergriff.

»Ich muß auflegen. Captain Mullan, Lieutenant Rowley, Officer Treuhaft und ein Herr, bei dem es sich um Mr. Stewart Hatch zu handeln scheint, sind soeben eingetroffen.«

»Stewart ist da?«

Hatch drehte sich um, als er seinen Namen hörte. »Mit wem sprechen Sie?«

»Mit meinem Anwalt«, sagte ich.

Hatch sah Mullan an. »Das ist ein Schuldbekenntnis.«

»Es ist der große Roy Cohn, dereinst Berater von Joe McCarthy und Donald Trump«, sagte ich. »Ein wenig tot, ein wenig schimmlig, aber noch immer so giftig wie eh und je.«

Mullan grinste; Hatch drehte sich um und öffnete meinen Kleiderschrank. »Lassen Sie das, Mr. Hatch«, sagte Mullan.

»Soll ich mit ihm reden?« fragte Laurie mich.

»Das ist wahrscheinlich keine gute Idee«, sagte ich und legte auf.

»Ich möchte, daß dieser Mann wegen Autodiebstahls festgenommen wird«, sagte Hatch. »Behalten Sie ihn diesmal solange in der Zelle, während wir an den anderen Anklagepunkten arbeiten.«

»Setzen Sie sich bitte, Mr. Hatch.« Mullan warf Rowley einen angewiderten Blick zu. »Sie sind hier als Vertreter Ihrer eigenen Interessen, nicht als Polizeibeamter.«

»Mr. Hatch ist hier das Opfer, Captain«, sagte Rowley.

Mullan starrte Hatch an, bis der sich in den Sessel am Fenster fallen ließ. »Mr. Dunstan«, sagte Mullan, »würden Sie uns erlauben, Ihr Zimmer zu durchsuchen?«

»Selbstverständlich«, sagte ich, »Aber wenn es nur um Mr. Hatchs Mercedes geht, vergeuden Sie Ihre Zeit. Der ist nicht hier.«

Treuhaft öffnete meinen Rucksack und leerte den Inhalt aufs Bett. Rowley zog die Kommodenschubladen auf und wühlte in Socken und Unterwäsche.

»Mr. Dunstan«, sagte Mullan, »haben Sie heute nacht in Ellendale zwischen null und zwei Uhr einen Mercedes 500 SL aus der

Garage des Hauses 4825 Blueberry Lane entfernt und in die Harry Street gebracht, gleich um die Ecke dieses Gebäudes?«

»Natürlich hat er das getan«, sagte Hatch.

»Natürlich hab ich das getan«, sagte ich. »Und zwar auf Aufforderung von Mrs. Hatch.«

»Fragen Sie ihn, was er da überhaupt zu suchen hatte.«

Mullan blickte wieder zu mir.

»Mrs. Hatch hatte mich zum Abendessen eingeladen,« sagte ich. »Ich habe keinen Wagen, also hat sie mich hier abgeholt. Während und nach dem Essen tranken wir mehrere Gläser Wein. Am Ende des Abends hat sie mich gefragt, ob es mir etwas ausmachen würde, selbst zurückzufahren, und zwar in einem Wagen, den ihr Gatte in der Garage gelassen hatte.«

Ich sah Hatch an. »Es ist ein wunderschönes Auto, Mr. Hatch.« Seine Augen wurden leer. An Mullan gerichtet sagte ich: »Heute morgen habe ich Mrs. Hatch vorgeschlagen, daß sie gemeinsam mit Posy, dem Kindermädchen, hierherkommt, damit Posy dann den Mercedes wieder nach Ellendale fahren kann.«

»Posy«, sagte Hatch. Es klang wie der Name eines giftigen Insekts.

»Dieser Bursche kriegt seine Alibis immer von Frauen, ist Ihnen das schon aufgefallen?« Rowley trat zum Bett und griff nach dem Album meiner Mutter. »Warum haben Sie den Wagen versteckt?«

»Ich hab ihn nicht versteckt. Ich hab ihn um die Ecke abgestellt, weil ich nicht wollte, daß meine Wirtin mich aus einem Mercedes steigen sieht.«

Rowley warf das Album auf den Tisch. »Haben Sie die Schlüssel?«

Ich nahm sie aus meiner Tasche und streckte sie Mullan hin, der Stewart Hatch ansah. »Sollen wir Ihre Frau anrufen? Ehrlich gesagt, scheint mir das aber wenig Sinn zu haben.«

»Na schön«, sagte Hatch, »hören wir auf, unsere Zeit zu vergeuden, und kommen wir zur Sache.« Er stand auf, trat zu mir und streckte seine linke Hand aus. Ich hielt ihm die Autoschlüssel hin. Hatch kam näher, als ich erwartet hatte, und packte mich am Handgelenk. Er griff mit der rechten Hand nach den Schlüsseln, rammte sie sich in eine Tasche und beugte sich dann vor, um meine Fingerspitzen zu inspizieren.

»Lassen Sie ihn los«, sagte Mullan. »Sofort.«

Hatch ließ mein Handgelenk fahren und wischte sich an seiner weißen Hose die Hände ab.

»Mr. Dunstan wurden bereits die Fingerabdrücke abgenommen«, sagte Captain Mullan. »Und wenn ich noch einen einzigen Übergriff von Ihrer Seite mitbekomme, Mr. Hatch, lasse ich Sie von Officer Treuhaft hinausbegleiten.«

Ich erinnerte mich an das, was ein Polizist namens Boyd Burns dem Reporter über »Ottumwa Red« erzählt hatte, und daran, wie Rowley zu einem jungen Cop gesagt hatte: *»Glatt? Keine Linien?«*

Das Wissen um die Identität des Mannes, der in das Cobden Building eingedrungen war und einen alten Wachmann verprügelt hatte, verursachte mir Übelkeit. Stewart Hatch richtete den Zeigefinger auf mich. »Dieser Mann steckt mit meiner Frau unter einer Decke, das ist offensichtlich. Wer hat ihn in die Stadt gebracht? Mit wem ist er gesehen worden, verflucht noch mal?«

»Sie müssen sich in einer verzweifelten Lage befinden«, sagte ich.

»Wieviel bezahlt man Ihnen?« fragte er mich. »Oder sind Sie noch an was anderem als an Geld interessiert?«

»Aufhören, alle beide«, sagte Mullan. Er sah mich an. »Haben Sie irgendein Interesse an Mr. Hatchs juristischen Angelegenheiten?«

»In keinster Weise.«

»Ihr Verhältnis zu Staatsanwältin Ashton und Mrs. Hatch ist ausschließlich privater Natur und aus zufälligen Begegnungen entstanden?«

»Ganz recht«, sagte ich.

»Aus unserer Sicht ist das nicht ganz einfach zu akzeptieren, das werden Sie sicher verstehen. Wenn Sie keinerlei Animosität gegen Mr. Hatch hegen, warum haben Sie sich dann am Freitag abend soviel Mühe gegeben, seinen Freund und Geschäftspartner Mr. Milton zu beleidigen?«

»Zuerst hat Mr. Milton mich beleidigt. Fragen Sie den Portier.«

»Und Sie hatten nichts mit dem heutigen Einbruch im Cobden Building zu tun?«

»Ich sag Ihnen mal, was *mich* in diesem Zusammenhang interessiert. Ich frage mich, warum Mr. Hatch Lieutenant Rowley aufgetragen hat, mich aus der Stadt zu schicken und mich zu verprügeln, wenn ich mich weigern sollte.«

Die Stimme Hatchs war leise und bedächtig. »Ich gebe Rowley keine Anordnungen, weil Rowley keine Anordnungen von mir *entgegennimmt*.«

»Der Lieutenant ist ein harter Brocken, was Anordnungen betrifft.« Mullan klang mehr denn je wie ein irischer Barkeeper. »Hatten Sie eine Auseinandersetzung mit Mr. Dunstan, Lieutenant?«

Rowleys ausdrucksloser Blick kreuzte sich mit meinem. »Ich habe ihm noch mal klargemacht, daß er in der Stadt bleiben soll.«

»Müssen wir uns eigentlich noch mehr von diesem Mist anhören?« sagte Hatch.

Mullan hatte Rowley forschend betrachtet, und dieser hatte so getan, als würde er es nicht bemerken. »Mr. Dunstan, sind Sie bereit, uns ins St. Ann's Hospital zu begleiten? Mr. Sawyer, der bei dem Einbruch verletzte Wachmann, liegt dort auf der Intensivstation. Wenn Sie sich weigern, werden Sie aufs Revier gebracht, durchlaufen die ganze Prozedur noch einmal, und werden dann zum Krankenhaus begleitet. Wenn Sie jetzt gleich mitkommen, kann Mr. Sawyer Sie entweder identifizieren oder von jeglichem Verdacht befreien.«

»Ich komme mit«, sagte ich in der Hoffnung, daß der Wachmann Robert nicht deutlich gesehen hatte. »Aber Sie sollten wissen, daß Mr. Sawyer und ich uns kurz unterhalten haben, als er am Freitag abend das Gebäude betrat.«

Rowley und Hatch schienen explodieren zu wollen. Diesen Eindruck machten sie auch, während ich weiter ausholte, wie ich mit Earl Sawyer gesprochen hatte. Ich hatte in ihren Augen offenbar das Cobden Building ausspioniert und dabei vorgesorgt, daß jede Identifikation jetzt fragwürdig wurde.

»Sehen wir mal, was das Opfer zu sagen hat.« Mullan öffnete die Tür.

»*Ich* bin hier das Opfer«, sagte Hatch. Er marschierte hinaus wie ein General an der Spitze seiner Truppen.

65

Treuhaft öffnete die Hintertür des Streifenwagens, und Mullan wies mich hinein. Stewart Hatch trat zu ihm. »Sie sollten Ihren Mercedes von hier wegbringen, Mr. Hatch«, riet ihm Mullan. Brummend ging Hatch davon. Mullan setzte sich neben mich auf den Rücksitz, Rowley vorn neben Treuhaft. Er drehte sich um und grinste mich an. »Was sollten Sie eigentlich finden? Hat Ihre Freundin, die Staatsanwältin, Ihnen eine Liste von Dateien gegeben?«

»Ich war es nicht, Lieutenant«, sagte ich.

»Sie sind doch ein Computerfreak, oder?«

»Ich weiß, wie man Programme schreibt. Was nötig wäre, um Stewart Hatch zu überführen, ist mir völlig unbekannt. Außerdem dürfte er kaum so dumm sein, das auf einer Festplatte zu lassen.«

»Ich hatte gehofft, daß endlich Ruhe einkehrt«, sagte Mullan. »Wie wär's wenn wir uns alle da mal mächtig anstrengen, hm?«

Rowley rief den Aufzug, und einige Paare versammelten sich in dem vertrauten Flur. Ich hatte das Gefühl, in die Vergangenheit zu reisen – alles, selbst die Besucher in ihren Shorts und T-Shirts, sah absolut identisch aus. Die Leute neben uns schienen Stewart Hatch zu erkennen. Er war es gewohnt, erkannt zu werden wie ein Filmstar. Im Kielwasser seiner aristokratischen Gestalt segelten wir durch die Schwingtür. Schwester Zwick riß die Augen auf, als sie Hatch sah, und blinzelte bei meinem Anblick, doch statt uns zum Händewaschen zu schicken, schoß sie um ihren Tisch und führte uns ohne Umschweifen in den hinteren Teil der Station.

Gelbe Absperrbänder riegelten die Kabine ab, in der neulich noch der verachtete Clyde Prentiss gelegen hatte. Unter dem Vorhang waren Pfützen getrockneten Bluts auf dem Boden zu sehen. Ich fragte, was geschehen sei.

»Es war furchtbar«, sagte Schwester Zwick. »Mr. Dunstan, das mit Ihrer Mutter tut mir so leid.«

June Cook schritt auf uns zu. »Sie wollen zu Mr. Sawyer, nehme ich an. Darf ich fragen, warum?«

»Er soll einen Blick auf Mr. Dunstan werfen«, sagte Mullan.

Die Oberschwester nickte ihm zweifelnd zu. »Mr. Sawyers Zustand ist stabil, aber als Folge einer Gehirnerschütterung sieht er noch immer doppelt. Ich würde Ihnen dringend raten, noch vierundzwanzig Stunden zu warten.«

»Mein Arzt meint, Mr. Sawyer ist gesund genug, um jemanden zu identifizieren«, sagte Hatch. »Sie wissen sicherlich, wer ich bin. Und ich bin mir sicher, daß Ihnen bekannt ist, welche Qualifikationen Dr. Dearborn hat.«

June Cook war so beherzt, wie ich sie im Gedächtnis hatte. »Ich glaube, jedermann auf der Station hier kennt Sie, Mr. Hatch. Und ich habe den größten Respekt vor Dr. Dearborn, aber seine Diagnose ist lediglich auf der Basis eines Telefongesprächs entstanden...«

»... bei dem er zu dem Schluß gekommen ist, daß Sawyer gesund genug ist, um eine Identifikation vorzunehmen.«

June Cooks Blick wanderte kurz zu mir, dann wieder zurück zu Hatch. »Sie können zehn Minuten bei meinem Patienten verbringen. Aber wenn er in seinem jetzigen Zustand jemanden identifiziert, werde ich vor Gericht diesen Umstand zu Protokoll geben müssen.«

Hatch lächelte.

Ich fragte sie, was mit Clyde Prentiss geschehen sei.

»Mr. Prentiss hat tödliche Stichwunden erlitten«, sagte sie. »Niemand hat das geringste davon mitbekommen. Mr. Hatchs Freunde bei der Polizei scheinen ebenso perplex zu sein wie wir.«

»Man stelle sich so etwas in einem gut geführten Krankenhaus vor«, sagte Hatch.

June Cook ging durch den Vorhang. Treuhaft gehorchte einem schweigenden Befehl Mullans und blieb draußen, als sie zurückkam und uns mit einer Geste hineinwies.

Der alte Mann im Bett betrachtete unsere Invasion mit böse glitzernden Augen, die umrahmt waren von einem Netz aus Blutergüssen. Über seiner Nase war eine kegelförmiges Objekt befestigt; sein Mund beschrieb ein umgekehrtes U. Er blickte hin und her, als Mullan und ich auf die eine Seite des Betts traten, Hatch und Rowley auf die andere. Ich fragte mich, wie viele Personen er wohl sah.

»Nett, daß Sie vorbeischauen, Mr. Hatch.«

Hatch versuchte, ihm die Hand zu tätscheln.

Sawyer zog seine Hand weg. »Vor ein paar Stunden hab ich mit Ihrem Arzt gesprochen. Er meint, ich soll mich nach Lawndale verlegen lassen, aber wenn ich irgendwo hingehe, dann nur nach Hause. Wissen Sie eigentlich, wieviel ein Bett auf der Intensivstation kostet?«

»Earl, um die Kosten kümmere ich mich schon«, sagte Hatch. »Machen Sie sich darüber keine Sorgen. Wir werden uns was ausdenken.«

»Ich hab weder Kranken- noch Rentenversicherung«, sagte Sawyer. »Wenn Sie meinen, wir sollten uns was ausdenken, tun wir's doch jetzt gleich, vor Zeugen. Woher soll ich wissen, daß ich Sie überhaupt je wiedersehe?«

»Earl, es ist jetzt nicht der richtige Zeitpunkt, um über Geschäfte zu sprechen.« Hatch grinste die beiden Polizisten an. »Wir möchten Sie bitten, sich den Mann im blauen Hemd anzuschauen, der da auf der anderen Seite Ihres Betts steht, und uns zu sagen, ob Sie ihn erkennen.«

»Sie haben von ›Geschäften‹ gesprochen«, sagte Sawyer. »Ganz recht, schließlich bin ich ja bei der Arbeit verwundet worden. Sie sind also bereit, die Behandlungskosten zu übernehmen. Eine Krankenversicherung wäre mir lieber gewesen, aber ich will mich nicht beklagen. Ich bin Ihnen sogar dankbar.«

»Das freut mich«, sagte Hatch. »Können wir jetzt zur Sache kommen, Earl?«

»Wir sind schon bei der Sache. Ich hab fünfzehn Jahre für Sie gearbeitet, und plötzlich kommt irgendein Kerl und schlägt mich krankenhausreif. Ich bin jetzt fünfundsechzig. Wissen Sie, was angebracht wäre? Fünfundsiebzig Prozent meines Lohns als Rente auf Lebenszeit.«

»Earl, wir können jetzt wirklich nicht...«

»Es gäb noch eine andere Möglichkeit. Eine einmalige Abfindung von fünfundzwanzigtausend Dollar. Das wär für Sie wahrscheinlich sogar vorteilhafter.«

Hatch starrte an die dunkle Decke. »Tja, Earl, ich hatte eigentlich nicht erwartet, hier verhandeln zu müssen.« Er seufzte. Mullan und Rowley beobachteten ihn scharf. »Wenn Sie meinen, daß eine solche Abfindung in Ihrem Interesse ist, bin ich damit einverstanden. Es ist das mindeste, was ich für Ihre treuen Dienste tun kann.«

Sawyer nickte ihm zu. »Ich freue mich, daß wir uns einig sind, Mr. Hatch. Sie zahlen meine Behandlungskosten, und der Scheck über fünfundzwanzigtausend Dollar wird am – welcher Tag ist heute? Sonntag? –, am Mittwoch morgen bei Ihrer Sekretärin für mich bereitliegen.«

Hatch hob geschlagen die Arme. »Earl, jemand wie Sie könnte ich in meinem Team gebrauchen. Na schön, am Mittwoch morgen.«

»Ich war in Ihrem Team, Mr. Hatch. Dafür bezahlen Sie ja. Also, wen soll ich identifizieren? Den da?«

Kopfschüttelnd trat Hatch einen Schritt zurück.

»Sie hatten bereits Gelegenheit, ihn anzusehen,« sagte Mullan, »aber bitte schauen Sie noch mal genau hin und sagen Sie uns, ob er dem Mann ähnelt, der Sie im Cobden Building überfallen hat.«

Earl Sawyer kniff die Augen zusammen. »Kommen Sie näher.«

In ihrem Nest aus Blutergüssen leuchteten die Augen des alten Mannes vor Bosheit. »Bücken Sie sich.«

Ich beugte mich zu ihm.

»Hab ich nicht schon vor ein paar Tagen mit Ihnen gesprochen? Als ich abends reinging?«

»Am Freitag abend«, sagte ich.

»Sie haben doch gehört, wie Mr. Hatch meinem Vorschlag zugestimmt hat, oder?«

»Ich hab's gehört.«

»Das ist der Falsche«, sagte Earl. »Sie wissen ja, daß ich den Kerl kaum richtig gesehen hab. Aber der da ist's nicht.«

»Sehen Sie doppelt?« fragte Rowley

»Dann seh ich zweimal den Falschen. Sie seh ich auch doppelt, aber ich weiß trotzdem, daß Sie ein Bastard namens Rowley sind.«

»Das hier ist eine Farce«, sagte Hatch. »Earl kann nicht richtig sehen. Er hat uns hergelockt, um über seine Abfindung zu reden.«

»Er kann gut genug sehen, um die Verdachtsmomente gegen Mr. Dunstan aus der Welt zu schaffen«, sagte Mullan.

»Holen Sie die Schwester rein, bitte«, sagte Sawyer. »Mr. Hatch, ich möchte eine schriftliche Bestätigung von Ihnen.«

Vor der Kabine grinste June Cook mich triumphierend an und sagte: »Ich hab die Bitte des Patienten schon vernommen.« Sie beugte sich über die Theke nach einem Blatt Papier und zog einen Kugelschreiber aus der Tasche ihres grünen Kittels.

Während Hatch fünfundzwanzigtausend Dollar in den Wind schrieb, schlenderten wir zu viert durch die Intensivstation. Wieder sah ich den blutbefleckten Boden an der versiegelten Kabine von Clyde Prentiss. Er erinnerte mich an etwas, das ich in den vergangenen Tagen gehört hatte, aber ich wußte nicht genau, an was. Auch Mullan warf einen Blick auf die Blutflecken, und ich fragte ihn, wann seine Männer mit der Arbeit fertig sein würden.

»Da drin?« sagte er. »Rowley, wir sind hier doch schon fertig, oder?«

»Ich schick jemand vorbei«, brummte Rowley.

»Clothhead Spelvin«, sagte ich. »Jetzt weiß ich, an was mich das erinnert.«

Captain Mullan wandte langsam den Kopf und betrachtete mich mit kaum verhohlener Verwunderung.

»Was soll denn das heißen?« fragte Rowley.

»Lang, lang ist's her«, sagte Mullan, noch immer staunend. »Sehr interessant. Wollen Sie dem vielleicht noch etwas hinzufügen?«

»Wurde Spelvin nicht in einer Zelle erstochen? Und ist sein Mörder nicht an den Wachen und den anderen Gefangenen vorbeigekommen, ohne gesehen zu werden?«

»Ein ziemlich guter Trick, nicht wahr?« sagte Mullan.

»Komisch, immer wenn das Gesetz des Dschungels regiert, hat hinterher niemand was gesehen. Die Sache wurde als Selbstmord bezeichnet, stimmt's?«

»So steht es in den Akten.« Mullan sah mich noch immer unverwandt an.

Stewart Hatch schob den Vorhang beiseite und stampfte heraus. Er hatte eine vor Zorn verbissene Miene aufgelegt. Niemand sprach, während wir auf den Aufzug warteten, und das arktische Schweigen blieb weiter ungebrochen, als wir, Ellbogen an Ellbogen mit Fremden, zum Erdgeschoß hinabschwebten.

Statt sich durch die Leute vor ihm zu drängen, ließ Hatch sie aussteigen und bedeutete mir mit einem Nicken vorauszugehen. Ich dachte zuerst, er wollte zurück in die Intensivstation, um die von ihm unterzeichnete Vereinbarung zu zerreißen; nachdem der Aufzug sich jedoch geleert hatte, trat auch er in den Flur. Einen Moment lang preßte er die Hände gegen das Gesicht, als wollte er seine Wut verbergen oder wenigstens versuchen, sie zu bezähmen.

Hatch ließ die Hände sinken und atmete tief durch. »Das hätte ich dem alten Bastard gar nicht zugetraut.« Ein Grinsen trat ihm ins Gesicht; er gluckste. Das Glucksen steigerte sich zu offenem Lachen. Ich war so baff, als hätte er gerade angefangen, Hundertdollarscheine zu verteilen. Wir lachten alle mit. Der Baß von Treuhaft dröhnte wie Kanonenschläge; Rowley gab ein tonloses Geräusch von sich, das wie die ersten Versuche eines Kindes auf der Violine klang.

»Der gute alte Earl«, sagte Hatch zwischen einzelnen Lachsalven. »Er hat mich reinlegt. Hat mich einfach überfahren.« Er warf den Kopf zurück und röhrte vor Lachen.

Ich muß gestehen, daß mich das entwaffnete. Trotz all der Dinge, die ich über Stewart Hatch wußte oder zu wissen meinte, mußte ich ihn in diesem Moment einfach sympathisch finden. Seine Fähigkeit, über sich selbst zu lachen, versetzte ihn in eine andere Kategorie als die der überheblichen Widerlinge wie Grenville Milton.

Glucksend wischte er sich mit dem Handrücken die Augen. »Na schön. Wieder mal was dazugelernt. Ich kann Mr. Dunstan nach Hause bringen. Sie beide haben sicher was zu tun, und für mich ist es kein Umweg.«

Als wir die Drehtür hinter uns hatten, warf Mullan mir einen fragenden Blick zu, und ich sagte: »Klar, warum nicht?«

Stewart öffnete die Beifahrertür seines Mercedes und wies mich mit großer Geste hinein.

66

Wir verließen das Krankenhausgelände wie zwei alte Freunde. Hatch lächelte; in seinen Augen stand ein behagliches, humorvolles Leuchten. Mit offenem Verdeck schwebte der Wagen die Straße mit der gewichtigen Leichtigkeit entlang, an die ich mich noch gut erinnerte. »Die kleine Süße hier hat Ihnen Spaß gemacht, stimmt's?« sagte Hatch. »Manchmal vergesse ich, wie gern ich sie fahre.«

»Wenn Sie zur Ferryman's Road wollen, kann ich dort aussteigen. Sie brauchen mich nicht zu meiner Pension bringen.«

»Wie wär's, wenn wir eine kleine Runde drehen? Dann können wir uns ein bißchen besser kennenlernen. Finden Sie nicht auch, daß wir uns mal unterhalten sollten?«

»Wenn Sie meinen.« Ich machte mich auf das Schlimmste gefaßt.

»Absolut.« Wieder lächelte er mich an, und in seinen Augen funkelte es. »Ich möchte Ihnen gern was zeigen. In zwanzig Minuten können wir dort sein.«

»Um was geht's?«

»Ich will Ihnen die Überraschung nicht verderben. Haben Sie soviel Zeit?«

»Wenn Sie mich nicht irgendwo in der Wildnis abladen und mir ein Schießeisen unter die Nase halten, ja.«

»Na, hören Sie mal. Das wär doch wirklich nicht die richtige Methode, um Freundschaft zu schließen.«

Fünf grüne Ampeln und eine fast leere Straße waren vor uns aufgetaucht. Hatch zwinkerte mir zu. »Achtung.« Er berührte das Gaspedal, und der Wagen konzentrierte sich einen Sekundenbruchteil auf sich selbst, bevor er losschoß. Noch bevor wir über die erste Kreuzung rasten, stieg die Tachonadel an sechzig Meilen vorbei. Bis zur zweiten Kreuzung stieg sie weiter. Der Fahrtwind verschob Hatchs Frisur um ein paar Millimeter nach hinten. Mit achtzig Meilen sausten wir über die vierte Kreuzung, dann stieg Hatch gerade rechtzeitig auf die Bremse, um an der fünften rechts in die Commercial Avenue einzuschwenken. Sein Haar richtete sich tadellos wieder auf. »Man kann die Kleine bis auf Hundertzehn bringen, bevor man das Gefühl hat, zu schnell zu fahren.«

»Wo wir jetzt schon zusammen sind, Stewart«, sagte ich. »Darf ich Ihnen ein paar Fragen stellen?«

»Nur zu.«

»Ganz unter uns: Ist Rowley Ihr Verbindungsmann im Polizeipräsidium?«

»Lieutenant Rowley arbeitet für die Stadt Edgerton. Er ist ein engagierter Beamter. Sein Gerechtigkeitssinn mag gelegentlich überhandnehmen, aber das ist eine typische Berufskrankheit.«

»Also haben Sie ihm nicht gesagt, er soll mich aus der Stadt schicken.«

»Natürlich nicht.«

»Und es ist Ihnen klar, daß ich nichts mit dem Einbruch in Ihr Bürohaus zu tun hatte.«

»Darüber bin ich sogar erleichtert. Jetzt muß ich mir nämlich nicht überlegen, wie Sie das geschafft haben. Wir haben die raffinierteste Alarmanlage, die man sich vorstellen kann. Keiner, der sich nicht genau auskennt, könnte an den Sensoren und Lichtschranken vorbeikommen. Deshalb muß es auch ein Mitarbeiter der Sicherheitsfirma gewesen sein, aber den kriegen wir schon. Womit allerdings der Computerschaden nicht behoben wäre.« Hatch warf mir einen forschenden Blick zu. »Sind Sie nicht Experte auf diesem Gebiet?«

»So würde ich's nicht nennen«, sagte ich.

»Hätten Sie nicht Lust, zehntausend Dollar pro Woche zu verdienen? Es sieht momentan so aus, als würde ungefähr die Hälfte der Dateien auf unseren Festplatten fehlen, und die müssen unbedingt wiederhergestellt werden. Sie brauchen nur zu unterschreiben, daß Sie der Schweigepflicht unterliegen. Vielleicht brauchen Sie nicht mal eine ganze Woche. Aber auch wenn Sie's schon in ein oder zwei Tagen schaffen, bekommen Sie das ganze Geld. Klingt das nicht interessant?«

»Es klingt phantastisch«, sagte ich, »aber die Antwort lautet nein.«

»Darf ich fragen, warum?«

»Nehmen Sie's mir nicht übel, aber ich möchte lieber nicht für eine Firma namens Hatch arbeiten.«

»Schade. Es war ohnehin riskant, aber trotzdem: schade.«

Wir durchquerten den südlichen Teil des Geschäftsviertels, wandten uns nach Westen und kamen in einen Stadtteil, in dem ich noch nie gewesen war. Gewellte Straßenzüge mit windschiefen Holzhäusern führten zu einem verwahrlosten Baseballplatz mit einer verrottenden Tribüne. Hinter der nächsten Kuppe trotteten ein paar Frauen über die staubigen Pfade einer Wohnwagensiedlung. Unter einer schlaff herabhängenden Südstaatenflagge stand ein halbnacktes Kind und zielte mit seinem Luftgewehr auf uns.

»Der Wagen hat Ihnen Spaß gemacht, stimmt doch, oder?« sagte Hatch.

»Er liegt gut in der Hand.«

»Und wie steht's mit meiner Frau?« Er grinste. Nun war das Funkeln in seinen Augen zwar immer noch humorvoll, aber überhaupt nicht mehr behaglich. »Würden Sie sagen, die liegt auch gut in der Hand? Beschleunigt angenehm? Ist gut gebaut?«

»Vergessen Sie's, Stewart«, sagte ich. »Ihre Ehe geht mich absolut nichts an.«

»Sie würden aber doch zugeben, daß meine Frau extrem gut aussieht, oder? Daß man sie sogar als bildschön bezeichnen könnte? Als das, was man gemeinhin eine attraktive Nummer nennt?«

»Attraktiv ist sie, ja«, sagte ich. »Aber wenn Sie sie von jemand mit einer Kamera beschatten lassen, tun Sie mir leid.«

»Seien Sie nachsichtig mit mir«, sagte er. »Sie haben sich bestimmt gefragt, weshalb eine solche Frau mich heiraten wollte. Schließlich bin ich zwar reich, aber nicht superreich; ich bin zwölf Jahre älter als sie, und ich lebe in einer namenlosen Stadt im Mittleren Westen. Stimmt's?«

»So etwas in der Richtung hab ich schon gedacht.«

»Kein Wunder. Und hätten Sie es nicht getan, hätte sie Ihnen schon auf die Sprünge geholfen. Aber, unter uns, sie ist nicht allzu toll im Bett, oder? Was die Leistung betrifft, bereitet dieser Wagen wesentlich mehr Befriedigung. Meine Frau ist zu selbstsüchtig, um gut im Bett zu sein.«

»Hören Sie auf. Sie blamieren sich.«

»Sie sollten wissen, mit wem Sie es zu tun haben. Laurie ist in keiner Weise das, wofür Sie sie halten. Aus ihrer Sicht sind Sie bloß ein willkommenes Mittel, um mir noch mehr Probleme zu machen. Sie ist ein gefühlloses Aas.«

»Wenn sie so schrecklich ist, lassen Sie sich doch scheiden.«

»Jesus, mir doch scheißegal, was sie darstellt.« Er lachte mich an. »Wir sind schließlich nicht bei den Pfadfindern. Sie soll bloß tun, was ich sage.«

»Und Sie sollten mit Lendenschurz und Keule rumlaufen.«

»Du lieber Himmel«, sagte er. »Ein Feminist. Hat meine liebe Gattin Ihnen irgend etwas über das Treuhandvermögen erzählt?«

»Über welches Treuhandvermögen?«

»Stellen wir erstmal fest, was sie über sich selbst gesagt hat. Hat sie Ihnen von ihrer Jugend oder ihrer Familie erzählt?«

»Ein wenig«, sagte ich.

»Eine wunderhübsche Geschichte, nicht? Ich liebe sie von Herzen.«

Ein öder brauner Abhang erstreckte sich rechts der Straße. Links standen in der Ferne kleine, einstöckige Häuser auf mittelgroßen Grundstücken. Jedes zweite sah unbewohnt aus. Stewart fuhr an den Straßenrand und stellte den Motor ab. Er zog ein Knie an und wandte mir den Oberkörper zu.

»Ich nehme an, Sie haben von Yves D'Lency vernommen, dem Poeten und Kunsthändler, der seiner adligen Familie entfloh, um sich mit Künstlervolk zu vergnügen, bevor er nach Amerika kam. Am Ende ist der arme Kerl bei Santa Barbara mit seinem Flugzeug abgestürzt, stimmt's?«

»Worauf wollen Sie hinaus?«

»In Wirklichkeit hieß Lauries Vater Evan Delancy und stammte aus Trenton, New Jersey. Er hat als Maurer gearbeitet und einen gewaltigen Durst auf Alkohol gehabt. Als er in Trenton keine Arbeit mehr finden konnte, hat er die Familie ins Auto geladen und ist mit ihr nach Los Angeles gefahren, wo er sich mit Überfällen über Wasser gehalten hat. Eines Tages hat ihn ein zäher alter Knochen in einem Schnapsladen über den Haufen geschossen. Bye-bye, Dad. Mama hat für die Dienste diverser Freunde die Beine breitgemacht, bis sie einen Kameramann bei Warner Brothers heiratete. Das ist der Bursche, den meine Frau als Filmproduzenten bezeichnet.«

»Und das soll ich alles glauben?« sagte ich.

»Das bleibt Ihnen überlassen. Jedenfalls hat es mich, das alles herauszubekommen, mehr gekostet als meine Abfindung für Earl Sawyer. Also, Mama heiratet den Kameramann. Was stellt sich heraus? Auch der ist immer besoffen. Als das Studio ihn feuert, kompensiert er seinen Frust, indem er Frau und Stieftochter verprügelt. Laurie fliegt von der High-School und nimmt so viele Drogen, daß sie schließlich in der Nervenklinik landet. Als sie soweit hergestellt ist, daß sie weiß, wie die Dinge laufen, lernt sie einen netten alten Doktor namens Deering kennen. Deering hält sie für ein armes, fehlgeleitetes Waisenkind, das etwas Besseres verdient. Er und seine Frau nehmen sie auf. Sie kaufen ihr schöne Kleider und schicken sie auf eine Privatschule, wo sie Tischmanieren und Grammatik lernt. Als sie mit der Schule fertig ist, verschwindet sie nach San Francisco. Es dauert nicht lange, da zieht sie bei Teddy Wainwright ein. Sagt Ihnen der Name noch was?«

Ich wußte, daß Teddy in den fünfziger Jahren in allerhand romantischen Komödien den besten Freund des Hauptdarstellers gespielt hatte. Später war er selbst Star in zwei Fernsehserien gewesen.

Nicht bekannt war mir hingegen, daß er in den frühen Siebzigern in Hollywood zwar keine Rollen mehr bekommen hatte, aber durch Immobiliengeschäfte reich geworden war. Er stattete sich mit Perlenketten und Nehrujacken aus und zog nach San Francisco, um seine zweite Jugend zu genießen. Laurie Delancy war bei ihm eingezogen, als er einundsiebzig und sie einundzwanzig war. Trotz wiederholter Untreue und anderer Turbulenzen ihrerseits – darunter ihre Weigerung, ihn zu heiraten – blieben die beiden bis zu seinem Tod vier Jahre später zusammen. Wainwright hatte sein Testament so umgeschrieben, daß sie zwei Gemälde aus seiner umfangreichen Kunstsammlung erhielt, eines von Frida Kahlo und eines von Tamara de Lempicka, dazu zweihundertfünfzigtausend Dollar und das Wohnrecht in seiner Wohnung. Letzteres galt bis zu ihrer Heirat, dann fiel die Wohnung an sein einziges Kind, eine Tochter. Die Tochter hatte den Großteil seines Vermögens geerbt, darunter den Rest seiner Sammlung, die damals auf fünf Millionen Dollar geschätzt wurde.

»Dann hat sich herausgestellt, daß der alte Teddy in den zwanziger Jahren zwei Picassos, einen Cézanne und einen Miró gekauft und die Bilder irgendwann in den Fünfzigern im Tresor versteckt hatte. Damit war seine Sammlung siebzig, achtzig Millionen wert. Sie können Gift drauf nehmen, daß Laurie sich noch immer die Haare rauft, weil sie den Alten nicht geheiratet hat. Sie hat einen Job beim Fernsehen an Land gezogen, wo sie in die Lokalredaktion wollte, aber leider – keinerlei Routine. Keine Erfahrung im Journalismus, kein Collegeabschluß, nichts. Sie war Produktionsassistentin – das Mädchen für alles. Ein Jahr später, als ich sie kennenlernte, war sie in der PR-Abteilung. Laurie tat so, als hätte sie sich in mich verliebt. Die Show hätte klappen können, wenn sie nicht so schlecht gewesen wäre.«

»Wie bald nach der Hochzeit haben Sie den Privatdetektiv angeheuert?«

»Ich hab einen Detektiv angestellt, sobald ich Interesse an ihr hatte. Erzählt hab ich ihr das Ganze aber erst bei unserer Hochzeitsreise. Ein Bungalow in einer tollen Anlage in der Karibik. Champagner auf der Veranda. Mondlicht auf dem Wasser. ›Hör mal gut zu‹, hab ich gesagt, ›du wirst es kaum glauben.‹ Sie hat echte Tränen geweint. Eine erstaunliche Frau.«

»Und sie hat Ihnen einen Sohn und Erben geschenkt.«

Hatch lächelte. »Cobbie wird sich zu einem ansehnlichen jungen Mann entwickeln, sobald ich ihm den Musikscheiß ausgetrieben und ihn für Sport interessiert habe.«

»Und Ihr Sohn ist der Grund, weshalb Sie sich nicht von Laurie scheiden lassen können.«

Sein Lächeln schrumpfte. »Sieht aus, als hätte sie Ihnen doch was von den finanziellen Konstruktionen in meiner Familie erzählt. Wie hat sie's dargestellt?«

Ich gab wieder, an was ich mich erinnern konnte.

»Nicht schlecht, soweit«, sagte Hatch. »Mit fünfunddreißig wird Cobbie über eine Menge Geld verfügen. Ich will dafür sorgen, daß er weiß, wie man mit so was umgeht.« Ein Schimmer der Belustigung trat ihm in die Augen. »Wissen Sie, weshalb mein Vater die Bedingung mit den kriminellen Aktivitäten hineingeschrieben hat?«

»Laurie sagte etwas über einen Bruder.«

»Damit hatte es überhaupt nichts zu tun.« Wieder leuchteten seine Augen amüsiert auf. Er versuchte, mich mit seinem Charme für sich zu gewinnen, und das tat er sehr geschickt. »Wann sind Sie geboren?«

»1958.«

»Dann waren Sie noch zu jung für die wilden Sechziger. Ich war 1968 gerade achtzehn.« Er lachte. »In meinem letzten Jahr an der Edgerton Academy hatte ich eine Mähne bis zur Schulter. Zu Hause hab ich die Tür zugesperrt und die Stereoanlage aufgedreht, bis ich nicht mehr hören konnte, wie mein Alter über mich herzog. Die Stones, die Doors, Iron Butterfly. Cream. Paul Butterfield. Ich hab auch Rhythmusgitarre in einer Band gespielt, Delta Mud. Sie können sich vorstellen, wie furchtbar wir waren.«

»Weißer Halbstarken-Blues«, sagte ich.

»Weißer *Paukschulen*-Blues, Marke Mittlerer Westen.« Er schlug mir machohaft auf den Oberarm. »Gott, waren wir durchgedreht. Schon auf dem Schulweg haben wir uns einen reingezogen. Von Donnerstagabend bis Montagmorgen waren wir ständig vollgedröhnt. Übrigens hatten wir einen waschechten Musiker in unserer Band. Der Bursche wußte wirklich was vom Blues. Ein erstaunlicher Gitarrist, absolut erstaunlich. Wir sind vor den Jungs von der Uni aufgetreten, denen eigentlich alles egal war, wenn bloß der Rhythmus stimmte, und... es war, als würden sie den lieben Gott Gitarre spielen hören. Wahrscheinlich haben Sie von ihm gehört. Goat Gridwell?«

Goat Gridwells kernige Blues-Jams hatten sich in den Siebzigern und später millionenfach verkauft. Immer wenn mir jemand eine Platte von Goat Gridwell vorspielte, fiel mir auf, wieviel besser er war als die meisten Gitarristen seiner Sparte. Als ich einmal sein goldblondes Haar und seine grünen Augen auf dem Titel des *Rolling Stone* sah, hatte ich den Eindruck, noch nie ein Gesicht gesehen zu haben, das gleichermaßen so engelhaft und so verwildert aussah.

»In unserem letzten Schuljahr flog er von der Academy und verschwand nach San Francisco. Ich hab Laurie mal gefragt, ob sie jemals ein Konzert von ihm gehört hätte, aber sie hatte keine Ahnung. Für sie hört alle Musik sich gleich an. Egal, Goat wurde zu reich und zu berühmt. Die alte Geschichte. Ist einfach durchgeknallt, der arme Kerl. Jetzt ist er wieder in Edgerton, hat keinen Cent mehr. Ab und zu schiebe ich ihm ein paar Scheine rüber, aber er sieht einfach durch mich durch.«

Wenn ich Goat Gridwell wäre, würde ich dich auch ignorieren, dachte ich.

»Eines Abends nach dem Essen hab ich mal vergessen, meine Tür abzuschließen. Aus den Lautsprechern dröhnte ›Jumping Jack Flash‹, und ich hab auf dem Boden gehockt und einen Joint geraucht. Zack, kam mein Vater rein. Cobden ist total ausgerastet. Er hat mich weiter die Schule besuchen lassen, aber ich mußte zum Friseur, und er hat mir klargemacht, daß ich bei Problemen mit der Justiz keinen Penny aus dem Treuhandvermögen kriegen würde.«

»Machen Sie sich Sorgen wegen der Ermittlungen in Kentucky?«

»Das ist bloß heiße Luft. Wird bald erledigt sein. Aber *folgendes* dürfte Sie interessieren: Gestern nachmittag hat meine Frau den Anwalt angerufen, der das Treuhandvermögen verwaltet. Er heißt Parker Gillespie und ist der Sohn von Charles Gillespie, der die Sache eingefädelt hat. Er ist jetzt dreiundsiebzig und loyal wie ein Bluthund. Laurie hatte nie das geringste Interesse an ihm, und jetzt will sie plötzlich was von ihm. Raten Sie mal, was sie Gillespie gefragt hat.«

»Keine Ahnung«, sagte ich.

»Sie macht sie Sorgen wegen der Klausel, die mein Vater der Satzung hinzugefügt hat. Wenn ich wegen dieser Vergehen verurteilt werde, die ich natürlich nicht begangen habe, werde ich dann wirklich enterbt? Leider, sagt Gillespie, wäre das der Fall, Mrs. Hatch. Dann fragt sie: Was bedeutet das für meinen Sohn? Nun, da kein weiterer männlicher Erbe vorhanden ist, würde das Kind die gesamte Summe erhalten. Wer würde sich um das Vermögen kümmern, fragt sie. Das ist die Aufgabe des Verwalters, meint Gillespie. Laurie fragt: Wenn das Schlimmste passiert, würden Sie das Geld dann weiter verwalten, Mr. Gillespie? Gillespie erklärt, er werde ihr gern alle Unterstützung zuteil werden lassen, die sie wünscht. Wird Ihnen die Sache allmählich klar? Sie will an das Geld.«

»Sie will es für Cobbie bewahren.«

Hatchs höhnisches Grinsen stand dem von Onkel Clark in nichts nach. »Cobbie würde das Ganze erst mit fünfunddreißig erben. Bis dahin hätte der Verwalter die Verfügungsgewalt über das Geld. Laurie würde sich selbst zur Verwalterin ernennen und sich unter den Nagel reißen, was sie will. Darum geht es ihr.«

»Danke für die Erläuterung«, sagte ich. »Bringen Sie mich jetzt bitte in die Stadt zurück.«

»Ich wollte Ihnen doch was zeigen, schon vergessen? Sie werden staunen. Der Geist der Vergangenheit wird sich erheben und zu Ihnen sprechen.« In seinem Lächeln spiegelte sich falsche Kumpanei. »Ich würde es mir nie verzeihen, wenn ich's Ihnen nicht gezeigt hätte.« Er ließ den Motor an und legte den Gang ein.

67

Vor sechzig Jahren war das verwilderte Feld noch eine gepflegte Wiese gewesen und die öde Ruine am Waldrand ein großes Steinhaus mit Dachgauben und einem Säulenvorbau. Ich versuchte, meine Unruhe zu beherrschen, denn ich hatte das Gefühl, wenn ich den Wald beträte, der etwa zehn Schritt rechts neben dem verfallenen Haus begann, würde ich eine vom Blitz gespaltene Eiche finden.

»Hat irgendwer Ihnen je was von dem alten Haus der Dunstans erzählt?«

»Nachdem man seinen Bruder erschossen hatte, hat Sylvan die Steine aus England herschaffen lassen und das Haus hier wieder aufgebaut.«

Hatch hob die Augenbrauen. »Aus *England*? Es war Providence, Rhode Island. Deshalb heißt diese Straße auch New Providence Road. Ich weiß offenbar mehr über Ihre Familie als Sie.«

»Das ist auch nicht weiter schwierig«, sagte ich, wohl bewußt, daß es über die Dunstans Dinge zu berichten gab, die Stewart Hatch nie wissen oder ahnen würde.

»Ist Ihnen bekannt, wer ursprünglich das Haus hier gebaut hat?«

»Vielleicht Frank Lloyd Wright?« sagte ich. In meinen Ohren dröhnte es, mir war flau im Magen.

»Ein Mann namens Omar Dunstan. Mitte des achtzehnten Jahrhunderts war er mit einer Schar westindischer Diener und einer Menge Geld in Providence aufgetaucht. Dunstan hat sich als Importeur und Schiffseigner bezeichnet, aber keines seiner Schiffe hat je in Providence angelegt. Er wiederum ist häufig nach South Carolina, Virginia und New Orleans gereist. Was meinen Sie wohl, was er importiert hat?«

»Wie wird das Wetter übermorgen?«

»Menschen. Seine Männer haben Sklaven in Westafrika und der Karibik gekauft oder eingefangen und sie in den Kolonien verhökert, aus denen später die Südstaaten wurden. Dunstan war nicht verheiratet, hat aber drei oder vier Kinder gezeugt, die fast nie das Haus verlassen haben. Die Nachbarn haben immer seltsame Geräusche gehört und merkwürdige Lichter in den Fenstern gesehen. Es gab Gerüchte über Hexerei und schwarze Magie. Schließlich hat eine Schar braver Bürger das Haus gestürmt, um die Familie aus der Stadt zu vertreiben. Sie kamen zu spät. Das Haus war leer.«

Ich mußte mich setzten und tat dies auf der Kühlerhaube des Mercedes.

»Jahrzehntelang hat das Haus leergestanden. Sein Ruf war so übel, daß die Stadt niemanden finden konnte, der bereit war, es abzureißen. Die Leute haben es das ›gemiedene Haus‹ genannt. Schließlich hat man einen Zaun darum errichtet und es die nächsten hundert Jahre verfallen lassen.«

Das gemiedene Haus? Der Name rührte an eine Erinnerung, die zu weit weg war, um zurückgeholt zu werden. Die aus der Ruine strömenden Signale ließen Stewart Hatchs Stimme schwanken wie einen schwachen Radiosender.

»Im Bürgerkrieg sind zwei Brüder namens Dunstan aus dem Militärgefängnis entkommen, wo sie wegen Leichenfledderei eingesessen hatten. 1874 sind Omar und Sylvan Dunstan in Edgerton aufgekreuzt und im Brazen Head eingezogen. Bald hatten sie genug Geld, um sich als Geschäftsleute zu betätigen, Omar als Pfandleiher und Sylvan als Geldverleiher. Bedenken Sie, daß das zur Zeit des Wiederaufbaus nach dem Krieg war. Zehn Jahre später hatten sie die Bank übernommen und wohnten draußen in der Cherry Street. Wenn ihre Schuldner durch eine Flut bankrott gingen, haben die beiden die entsprechende Hypothek für verfallen erklärt, und Sylvan hat dann das Anwesen für ein Butterbrot gekauft. Ich hab es immer etwas seltsam gefunden, daß man Omar umgebracht hat, denn wirklich verhaßt war nur Sylvan. Wollen Sie die Vermutung meines Vaters hören?«

»Ich kann es kaum erwarten.«

»Niemand außer Sylvan hat den angeblichen Revolverhelden gesehen, der seinen Bruder erschossen hat und dann davongeritten ist. Mein Vater meinte, Sylvan habe sich das ausgedacht, weil er Omar selbst erschossen hatte. Zu diesem Zeitpunkt war Omar dabei, sich in einen ehrbaren Bürger zu verwandeln. Er hat die Hälfte der Grundstücke an der Commercial Avenue besessen; er hat das Merchants Hotel hochgezogen. Meinem Vater zufolge hat sich Sylvan einen Dreck um Ehrbarkeit geschert, und er hat es satt gehabt, lediglich Mitinhaber von Omars Frau zu sein.«

»Von dieser Vereinbarung hab ich schon gehört«, sagte ich.

»Sylvan hat die Steine aus Rhode Island kommen lassen und auswärts eine Kolonne portugiesischer Handwerker angeheuert, die er hier in Hütten unterbrachte. Er hat behauptet, er wolle das Haus in seinen ursprünglichen Zustand wiederherstellen, und die

Leute vor Ort wüßten nicht genug Bescheid. In der Stadt meinte man allerdings, er habe niemanden wissen lassen wollen, wie sein Haus aussah.«

»Es gab Gerüchte«, sagte ich.

»Eisenketten an Betten im Dachboden. Heimliche Verstecke. Absonderliches Zeug. Sie wissen ja, wie es in kleinen Städten zugeht. Sylvan hätte ja Leute hereinlassen und ihnen alles zeigen können, aber statt dessen hat er sich eingeigelt und sich jedermann vom Leib gehalten. Wenn er in die Stadt gekommen ist, hat er einen Revolver getragen. Seine Kinder sind wie Tiere aufgewachsen. Manche sind durchgebrannt, aber keiner weiß wohin. Ein paar sind beim Schwimmen im Fluß ums Leben gekommen oder bei Schlägereien in der Kneipe. Howard, Ihr Großvater, ist auf dem Anwesen geblieben, obwohl er seinen Alten gehaßt hat. Angeblich hat Sylvan sich beim Reinigen einer Waffe versehentlich erschossen, aber manche meinen, Ihr Großvater habe es ihm abgenommen. Hört sich nach ausgleichender Gerechtigkeit an.« Die Stimme Hatchs kam aus weiter Entfernung.

»Wer über ausgleichende Gerechtigkeit redet, hat keine Ahnung von Gerechtigkeit.«

»Nett. Das muß ich mir merken. Wie auch immer, Howard hat seinen Vater hinter dem Haus beerdigt. Dann hat er Omars Sarg vom städtischen Friedhof holen und neben Sylvan versenken lassen. Und dann hat er genau dasselbe getan wie Sylvan und jede Frau gevögelt, die ihm in die Finger kam. Entweder ist seine Frau ihm weggelaufen, oder die hat er auch auf dem Gewissen. Er hat die Bank ruiniert und sein Geld mit beiden Händen aus dem Fenster geschmissen. Wissen Sie, was man sich über ihn erzählt hat, als ich noch klein war?«

»Daß er gleichzeitig an zwei Orten sein konnte«, sagte ich, »und durch Türen gehen, ohne sie zu öffnen. Daß er Gedanken lesen und die Zukunft vorhersagen konnte, über dem Boden schweben und in der Luft hängen.«

Hatch warf mir einen ebenso überraschten wie mißvergnügten Blick zu – er mochte es offenbar gar nicht, daß ich selbst etwas über Howard Dunstan wußte. »Gut, daß seine Töchter in die Cherry Street zurückgezogen sind, denn eines Nachts ist sein Haus in Flammen aufgegangen.«

»Wie hat sich das abgespielt?«

»Jetzt kommt was wirklich Interessantes«, sagte Hatch. In dem Getöse, das von dort kam, wohin ich am wenigsten wollte, konnte ich ihn kaum verstehen. »Mein Vater hat mir erzählt, in der Nacht des Brandes habe sein Vater, Carpenter Hatch, mit Sylvester Milton, Grennies Vater, in seiner Bibliothek gesessen. Dabei war auch ein kleiner Bursche namens Pee Wee La Chapelle anwesend, der den beiden als Handlanger gedient hat. Mein Vater sieht die drei das Haus verlassen, und spät nachts hört er sie wieder zurückkommen. Was meinen Sie, haben *die* das Haus niedergebrannt?«

»Stewart«, sagte ich, »es ist mir ganz egal, wer's war.«

»Später tauchten dann Knochen auf, weder menschlich noch von irgendeinem bekannten Tier. Das war 1935, also praktisch im finsteren Mittelalter. Wer weiß, was das für Knochen waren. Jedenfalls haben Howards Töchter die Versicherungssumme bekommen, und damit war die Sache erledigt.«

Ich spürte kaum, wie er mir die Hand auf die Schulter legte.

»Egal, was meine Frau sagt, Stewart Hatch ist kein schlechter Kerl.« Er tätschelte mir die Wange. »Aus reiner Güte hab ich Ihnen ein paar Fakten mitgeteilt.«

»Wahnsinnig nett von Ihnen«, sagte ich.

»Sie haben mein Angebot abgelehnt. Schön. Dann ist es jetzt an der Zeit, daß Sie dahin zurückgehen, wo Sie hingehören.«

»Ich kann einfach nicht glauben, daß Sie mal mit Goat Gridwell in einer Band gespielt haben«, sagte ich.

Er lachte. Sein Gebiß war ein Wunder der Zahnmedizin, in seinen Augen stand ein joviales Leuchten, der Blazer umschloß seinen Nacken wie ein Klebeband.

»Stewart, Sie können unheimlich charmant sein, aber Sie gehören ins Gefängnis. Es wäre tragisch, wenn Sie das Sorgerecht für Ihren Sohn bekämen.«

Er riß die Hände aus den Taschen. »Wenn Sie ein Taxi für die Rückfahrt in die Stadt brauchen, da hinten ist ein Telefon.«

Ich wandte ihm den Rücken zu, überquerte den staubigen Seitenstreifen und trat wie ein Schlafwandler in den Wildwuchs, der das Feld bedeckte. Ein Motor sprang an; unter den quietschenden Reifen spritzte Splitt hervor wie Schrot aus einer Flinte.

68

Finsternis und Alptraum brausten aus dem verfallenen Haus und den Bäumen dahinter heran. Mein Traumschatten hatte mir gesagt: *Dein ganzes Leben lang hast du den Verlust von etwas außerordentlich Wichtigem gespürt. Wenn du es fändest, könntest du mit den Konsequenzen leben?* Ich hatte mit *Ja* geantwortet, und trotz meiner Angst und Übelkeit, trotz meines sehnlichen Wunsches, *nicht zu wissen*, war meine Antwort jetzt dieselbe.

Etwas wurde mir vage bewußt und verblaßte sofort wieder. Fast wäre ich umgekehrt. Was mich da berührt hatte, war das, was ich nicht wissen wollte.

Die beiden verbliebenen Steinmauern stützten den Rest des Daches. Zwei rußgeschwärzte Kamine ragten empor. Die rechte Hälfte des Hauses war in eine niedrige Kuhle gestürzt. Über einem Rankengeflecht gähnte der alte Eingang. Ich ging zu einer leeren Fensterhöhle und blickte hinein. Ein schmutziger Zementboden verschwand allmählich unter dem grünen Teppich, der sich von hinten heranwälzte.

Ich ging hinter das Haus. Es war wie der Blick auf die Fotografie einer zerbombten Stadt: rußgeschwärzte Mauern und leerer Raum. Ich trat zurück und spürte unter den Füßen eine Steinfläche. Als ich mich bückte und das Gras beiseite schob, sah ich einen grauen Marmorblock mit der Inschrift OMAR DUNSTAN †1887. Das Herz schlug mir bis zum Hals. Das Gegenstück lag einen Meter entfernt. SYLVAN DUNSTAN †1900.

»Und was ist mit dir, Howard?« sagte ich.

Ungefähr zwei Meter von Sylvans Grabstein lag er: HOWARD DUNSTAN, UNSER GELIEBTER VATER. 1882–1935. »Mehr, als du verdient hast«, sagte ich und bemerkte einen Fleck, an dem die Gräser sich über den Boden neigten. Vor dem ersten Baum des Waldes lag ein flacher Granitblock auf dem graubraunen Kompost. Ich las die verwitterten, aber noch erkennbaren Worte:

ENGEL, NICHT VON DIESER ERDE.

Insgesamt lagen acht weitere Grabsteine im Gras versteckt. Manche der Namen waren verwittert, und keiner klang wie ein Name, den Eltern üblicherweise ihren Kindern geben. Ich erinnere mich noch an Fishy, Scrreamer, Gossamer, Splithead, Brightbess und Tonk. *Hunde und Katzen*, dachte ich, schauderte zurück wie vor einer furchtbaren Erkenntnis, und verfing mich mit dem Fuß im Rankengewirr. Ich drehte mich um, um nicht zu fallen, und sah, wie ein grüner Teppich sich in ein düsteres, von zwei Mauern begrenztes Zimmer hineinwälzte. Mein Fuß löste sich aus der Falle, und ich ging vorwärts über das weiche Polster des Teppichs.

Taubenfedern wirbelten in der gleißenden Luft. Ein Schmerz aus der Erinnerung durchbohrte meine Stirn, und ich fiel durch einen leeren Schacht wie ein Stein.

69

Ich bin nicht in meiner Zeit, dachte ich. Und dann: *Ah, hier bin ich wieder.*

Auf allen Seiten konsolidierte sich die Szenerie. Ein verwelkter Farn und ein ausgestopfter Fuchs unter einer Glasglocke flankierten auf einem Kaminsims eine Messinguhr. Tabakrauch verpestete die Luft. Auf der anderen Seite des Zimmers stand ein weißhaariger Mann in einer dunkelblauen, einst eleganten Smokingjacke aus Samt am Fenster. In einer Hand hielt er eine Zigarre, in der anderen ein halb gefülltes Glas mit einer bernsteinfarbenen Flüssigkeit. Die Welt war dunkel. Ich spürte, daß ich den Namen des Mannes kannte. Die Zeiger der Messinguhr zeigten auf elf Uhr vierzig.

Der Mann am Fenster hatte mich erwartet; er würde sprechen. Das zeigte sich an der Mattigkeit seiner Körperhaltung und am theatralischen, ja melodramatischen Elend seines krummen Rückens. An die Stelle meiner Übelkeit und Qual trat ärgerliche Ungeduld: Da war ich nun, was wollte er von mir? Der Mann am Fenster hob das Glas, nahm einen Schluck. Die Schultern sackten herab. Endlich sprach er.

Da bist du wieder, doch mir ist egal, was mit dir geschieht. »Die Dinge zerfallen, das Zentrum hält nicht mehr.« Weißt du, von wem das stammt?

»Von William Butler Yeats«, sagte ich. »Howard, du bist ein Arschloch.«

Die goldne Schale ist zerbrochen, unsichtbar trägt sie einen Sprung. Ich hör Kanonendonner überall…

»Was willst du mir sagen?«

Sobald dein Vater geschaffen war, beschloß ich, mich damit zu amüsieren, ihn in den Wahnsinn zu treiben. Er sollte das Werkzeug unserer Vernichtung sein. Doch da du immer wieder den Weg zu mir gefunden hast, wirst am Ende womöglich du es sein, der ihn vernichtet. Wie das Spiel endet, bedeutet mir nichts mehr.

Ich nannte ihn einen bösen, gehässigen alten Mann – das war wenigstens das, was ich begriff. Er kicherte.

Wir sind aus dem Sprung in der goldenen Schale geströmt. Die Leiche auf dem Schlachtfeld hat man uns gestohlen. Wir sind der Rauch aus der Kanonenmündung. Ich habe meinen Sohn in den Wahnsinn getrieben, um unser Ende zu beschleunigen. Der Glaube, den sie an uns hatten, ist geschwunden. Alles wiederholt sich unablässig, und mit jedem Mal hat es weniger Bedeutung.

»Du sagst etwas, aber es macht keinen Sinn. Wessen Glaube? Warum bin ich hier?«

Zur Zeit meines Urgroßvaters war der Gott Pan ein Komponist von bemerkenswerter Könnerschaft. Zur Zeit meines Großvaters war er ein Pianist, der die Damen im Publikum in unbegreifliche Ekstase versetzt. Zu meiner Zeit ist er ein trunkener Poet, der nur noch über den Abstieg zur Hölle und ähnliche Erniedrigungen schreibt. In deiner Zeit wird er geistlos der Sucht nach Alkohol und Rauschgift verfallen sein. Wenn du ihn siehst, so sage dir: Dies ist, was noch von Pan geblieben ist. Dann wirst du begreifen, weshalb wir von der Erde verschwinden sollten.

»Pan hat nie existiert«, sagte ich. »Nicht in der realen Welt.«

Was du die reale Welt nennst, hat ebensowenig existiert. Es war der Glaube, der sie immer von neuem erschaffen hat. Der Glaube aber unterliegt der Veränderung. Die Menschen brauchen Geschichten, um ihrem zufälligen Leben Sinn zu verleihen, und ihre Geschichten haben uns daran gehindert, uns davonzumachen. Ich bin es satt. Immer erzählen sie nur ein winziges Fragment derselben gewaltigen Geschichte, doch verstehen werden sie sie nie.

Vor dem Fenster schwankten Fackeln auf uns zu. Über mir hörte ich das Rascheln von Flügeln und Klauen.

Du hättest mit dem Anderen herkommen sollen. Vielleicht seid ihr doch beide da, wenn auch anderswo. Wir werden sehen, du und ich. Mein Spielzeug, mein Spiel geht zu Ende. Fehler über Fehler. Welch elendes Leben wurde uns geschenkt.

Mir wurde dunkel vor Augen. Meine Glieder schrien vor Schmerz, jemand schlug mir mit einem Hammer auf den Kopf. Als mein Blick sich wieder klärte, lag ich auf den Knien und erbrach mich in das hohe Gras hinter der Ruine.

70

Helen Janette hatte vor ihrer Tür Aufstellung bezogen. »Ich hoffe, Sie sind vorbereitet auf das, was ich Ihnen mitzuteilen habe, Mr. Dunstan.«

Die Tür hinter mir ging auf. Mr. Tite hatte sich zu uns gesellt.

»Heute morgen haben zwei Kriminalbeamte und ein uniformierter Polizist an meine Tür geklopft.«

»Und Stewart Hatch«, sagte ich. »Haben Sie sich nicht geehrt gefühlt?«

»Stewart Hatch kann sich von mir aus am nächsten Baum aufhängen.« Sie kreuzte die Arme vor der Brust. »Sie haben eine halbe Stunde, um Ihre Sachen zu packen. Keine Rückerstattung Ihrer Miete.«

Ich stampfte nach oben. Dröhnendes Schnarchen drang durch Ottos Tür. Als ich wieder hinunterkam, standen die zwei auf beiden Seiten des Eingangs wie Schweizergardisten. »Ich wüßte zu gern, warum Sie soviel Angst vor der Polizei haben.«

Helen Janette streckte die Hand aus. »Mein Schlüssel.«

Die bittere Befriedigung, die ich in ihrem Gesicht sah, als ich ihr den Schlüssel reichte, gab mir die Antwort. »Verzeihung, Mrs. Janette...«

»Wir haben uns nichts mehr zu sagen.«

»War Ihr Name früher vielleicht Hazel Jansky?«

Ich hörte, wie Mr. Tite Luft durch die Zähne zog.

»Sie waren im Gefängnis«, sagte ich. »Deshalb mögen Sie die Cops nicht.«

»Raus hier.« Mr. Tite stieß mir seinen Zeigefinger ans Schlüsselbein. Der Finger fühlte sich an wie ein Bleirohr.

Ich trat aus seiner Reichweite, ohne den Blick von ihr zu wenden.

»Mein Name ist Helen Janette.«

»Sie waren die Hebamme bei meiner Geburt – am 25. Juni 1958. Das Krankenhaus wurde vom Blitz getroffen, und der Strom fiel aus.«

Ein grimmiges Vergnügen trat auf ihr Gesicht. »Mr. Tite, begleiten Sie den Herrn hinaus.«

Tite packte mich mit beiden Händen an den Schultern. Sein fauliger Atem hüllte mich ein. Ich drehte mich zur Seite und brachte ihn mit einem Schwung meiner Reisetasche aus dem Gleichgewicht. Er taumelte einen halben Schritt zurück und ballte die rechte Faust.

Ich hob die Hände. »Ich geh ja schon. Es ist vorbei.«

Die beiden sahen zu, wie ich die Tasche durch die Tür schleifte.

Ich bog in die Word Street ein und fand den Weg zum Veal Yard und zum Brazen Head Hotel. Ein Portier mit dunkelroten Tränensäcken teilte mir mit, für fünfundsechzig Dollar könne ich im ersten Stock ein Zimmer mit Bad bekommen und für fünfzig eines im dritten Stock mit Etagendusche. Ich nahm das Zimmer in der ersten Etage. Er deutete auf die Treppe. »Der Aufzug ist ein bißchen langsam«, sagte er. »Manchmal bleibt er auch stecken.«

Zimmer 215 im Brazen Head, unmittelbar gegenüber der Treppe, war zweimal so groß wie mein Quartier bei Helen Janette. Das Bett ragte in den Raum, vor einem staubigen Fenster mit Blick auf den Veal Yard standen ein Tisch und zwei Holzstühle. Ein Schild am Spiegel gab den Gästen den Rat, sich des Mineralwassers in der Minibar zu bedienen, statt Leitungswasser zu trinken. Das Mineralwasser war gratis.

Eine Zeitlang trank ich also Quellwasser Marke Poland Spring und versuchte, mir einen Reim auf das zu machen, was ich erlebt hatte. War ich tatsächlich ins Jahr 1935 gereist, um Howard Dunstan aufzusuchen?

So verrückt konnte ich doch nicht sein. Allerdings hatte ich auch nicht den Eindruck, eine Halluzination gehabt zu haben. Die Dunstans waren keine durchschnittliche amerikanische Familie, obgleich wir uns bezüglich unserer Funktionsstörungen mit den besten Familien des Landes messen konnten. Vielleicht war ich ein Spätling, der seine Fähigkeit zur Zeitreise von jenem Sklavenhändler geerbt hatte, der im achtzehnten Jahrhundert nach Rhode Island gezogen war. Vielleicht hatte ich aber auch wieder nur einen Nervenzusammenbruch und würde die nächsten Wochen in einer gepolsterten Zelle verbringen. Aber das Ganze fühlte sich nicht wie ein Nervenzusammenbruch an. Wenn ich bei Sinnen war, war ich wirklich ins Jahr 1935 gereist und hatte meinen Urgroßvater getroffen.

Der alte Gott Pan lebte weiter in Gestalt eines der menschlichen Wracks von Edgerton? Und wir stellten Geschichten dar, deren Zeit vorüber war? Ich verdrängte dieses Zeug und dachte statt dessen über Helen Janette alias Hazel Jansky nach. Es handelte sich fast sicher um dieselbe Person, aber es war zweifelhaft, daß ich sie dazu bringen konnte, die Entführung des kleinen Robert zu gestehen, falls sie ihn überhaupt entführt hatte. Als ich über den scheinbaren Zufall nachgrübelte, der mich zu Hazel Janskys Pension geführt hatte, fiel mir ein, daß Toby Kraft mich dort hingeschickt hatte. Es gab eine Beziehung zwischen Toby und Helen/Hazel. Von welcher Art war sie? Tobys Vorliebe für Frauen mit hübschen Gesichtern und Melonenbrüsten eliminierte die naheliegende Antwort. Wieder stand ich vor einer Mauer.

Ich nahm einen Schluck Quellwasser und fragte mich, weshalb man im Brazen Head dem Leitungswasser von Hatchtown mißtraute. Dann schraubte ich die Flasche wieder zu und machte mich auf den Weg zum Rathaus.

71

In der riesigen Eingangshalle brannte kein Licht, und ich hämmerte mit dem Gefühl komischer Hoffnungslosigkeit an die monumentale Tür. Wenn Coventry droben in einem geschlossenen Büro saß, konnte er mich unmöglich hören. Erneut pochte ich an die Tür, fühlte mich noch törichter und entfernte mich durch die Säulenreihe. Ich hatte gerade den Treppenabsatz erreicht, als die Tür knarrend aufging und Coventry rief: »Ned, so warten Sie doch!«

Lächelnd hielt er die Tür auf und winkte mich herein. »Ich mußte erst die ganzen Treppen runterlaufen!« Mit den aufgekrempelten Ärmeln, der Fliege und den beigen Baumwollhosen sah er aus wie ein gealterter Schuljunge. »Schön, daß Sie kommen!« Coventry blickte an mir vorbei und dann nach links und rechts.

»Sie ist nicht hier«, sagte ich. »Ich freue mich auch, Sie wiederzusehen.« Ich ging hinein und wartete, bis er die Tür verschlossen hatte. »Wie haben Sie mich bloß gehört?«

»Ich hab Sie irgendwie erwartet. Wie laufen die Nachforschungen?«

»Ich mache Fortschritte«, sagte ich. »Haben Sie Zeit, ein paar Besitzurkunden auszugraben?«

»Aber klar.« Fast entschuldigend lächelte er mir wieder zu. »Schade, daß Laurie nicht mitkommen konnte. Sie heitert einen wirklich auf, finden Sie nicht?«

»Sie mögen sie«, sagte ich.

»Wenn ich Laurie sehe, fühle ich mich auf ganzer Linie besser. Sie hat so eine Gabe.«

»Ich finde, Laurie hat eine Menge Gaben«, sagte ich.

»Komisch, daß Sie das sagen. Ich habe dasselbe Gefühl. Wirklich seltsam, muß ich sagen.« Er neigte den Kopf und lächelte die Decke an, die entfernt und fast unsichtbar in der Dunkelheit lag. »Daß Sie das auch spüren, meine ich. Sie sind ein empfindsamer Mensch.« Coventrys Kinn klappte herunter. »Tut mir leid. Klang das herablassend?«

»Vielleicht ein wenig«, sagte ich.

»Meine Güte. Ich meinte, Sie müssen sensibler sein als die meisten Menschen. Sie wissen doch, was ich sagen will, oder? Natürlich wissen Sie's.« Er preßte die Fingerspitzen an die Stirn. »Ergibt das irgendeinen Sinn?«

»Indirekt.«

Coventry lachte laut auf und zog den Kopf ein. Er war ein lieber, netter Kerl. »Wenn ein Mann Laurie ansieht, sieht er meist nur... nun, das Offensichtliche. Sie und ich, wir sehen jemand mit einem herausragenden Verstand, einem wunderbaren Gemüt und einem großen Spektrum an Fähigkeiten, dessen sie sich eben erst bewußt wird.«

»Sie weiß Ihre Freundschaft bestimmt zu schätzen«, sagte ich.

Er warf mir einen kurzen Blick zu. »Sie beide sind enge Freunde, mit allem Drum und Dran?«

»Ich bin gern mit ihr zusammen«, sagte ich. »Aber ich werde nicht allzulange in Edgerton bleiben.«

Coventry ging beschwingt die Treppe hoch. Ich hatte ihn offensichtlich aufgemuntert. Als er den Absatz erreichte, wandte er sich um und legte die Hand auf eine Marmorsäule. Seine Augen leuchteten. »Hat sie Ihnen von ihrer Familie erzählt?«

»Sie hat viel über ihren Vater gesprochen.«

Coventry bezähmte sich irgendwann, damit ich Schritt halten konnte. Er hätte am liebsten drei Stufen auf einmal genommen. »Er hatte sie gewaltig beeinflußt, wirklich *gewaltig.*«

Im ersten Stock schaltete er die Neonlichter über einer Theke ein, hinter der zwei überladene Tische und Reihen von Aktenschränken standen. »Ich muß gestehen, daß ich die Fotos von Mrs. Rutledge noch immer nicht aufgestöbert habe, aber ich verspreche Ihnen, sie werden gefunden.« Er trat hinter die Theke. »Für welche Grundstücke interessieren Sie sich?«

»Das erste ist ein Anwesen am Waldrand an der New Providence Road.«

Coventry verschwand zwischen den Aktenschränken und kam mit einem dicken Ordner zurück.

1883 hatte Sylvan Dunstan von einem gewissen Joseph Johnson ein viertausend Hektar großes Grundstück gekauft, zu dem auch Johnson's Woods gehörte. Howard Dunstan hatte das Anwesen geerbt, und 1936 hatte Carpenter Hatch es dessen Töchtern für eine erstaunliche Summe abgekauft. Offenbar hatten meine Tanten das Geld in irgend etwas investiert und lebten seither von dem, was das abwarf.

»Sonst noch etwas?«

»Haben Sie mal den Ausdruck ›das gemiedene Haus‹ gehört? Jemand hat ihn heute vor mir erwähnt, und ich bekomme nicht heraus, weshalb er mir so vertraut vorkommt.«

»Ist das nicht eine Erzählung von H. P. Lovecraft? Als Junge hab ich viel Lovecraft gelesen. Das Vorbild für sein ›gemiedenes Haus‹ war, glaube ich, ein Gebäude in Providence, wo er fast sein ganzes Leben verbracht hat.«

Lovecraft war der Autor, an den die Erzählungen von Edward Rinehart mich erinnert hatten.

»Wollten Sie nicht noch was über andere Grundstücke wissen?«

»Doch«, sagte ich. »Das eine liegt an einer kleinen Straße in College Park. Jetzt hab ich tatsächlich den Namen vergessen, verdammt.«

»Er wird Ihnen gleich wieder einfallen. Ein faszinierendes Viertel, dieses College Park. Wissen Sie, daß sich dort der alte Rummelplatz der Brüder Hatch befand?«

»Der Rummel hat den Hatchs gehört?«

Hugh Coventrys Lächeln bekam einen deutlich verschwörerischen Schimmer. »Darauf wären Sie nie gekommen, was? Wenn es nach Mr. Hatch ginge, dürften Sie es auch nicht wissen. Er hat uns klipp und klar angewiesen, die früheren Geschäfte seiner Familie herunterzuspielen, aber der Rummel war jahrelang eine Goldgrube. Er hat den Hatchs die Mittel verschafft, um das Gebiet aufzukaufen, das später den Namen Hatchtown erhalten hat.«

»Was ist mit dem Rummel passiert?« fragte ich. »Wurde das Gelände an die Universität verkauft?«

»Es war ein unglaublicher Glückstreffer. Die Hatchs haben sich langsam nach oben gearbeitet, und um die Jahrhundertwende hatten sie mit dem Viertel nur noch insofern zu tun, als sie die Grundstücke verpachteten. Es war ziemlich schäbig. Stripteaseschuppen und Monstrositätenkabinetts, dazu illegale Schnapsläden und Prostituierte. Die Häuser für die Arbeiter auf dem Rummelplatz wurden aufs Geratewohl hochgezogen. Es hat dort auch ein paar zwielichtige Ärzte gegeben. Ein gewisser Dr. Hightower hat seinen Patienten Drogen verkauft und der andere, Dr. Drears, war offenbar ein typischer Engelmacher. Die Hälfte seiner Patientinnen sind entweder einer Infektion erlegen, oder er hat sie gleich umgebracht.«

»Und diesen Teil seiner Familiengeschichte will Hatch unter den Teppich kehren?«

»Das kann man ihm ja auch nicht verübeln«, sagte Hatch. »Schließlich waren seine Vorfahren ja nur die Eigentümer des Geländes. Mitte der zwanziger Jahre hat es nur noch aus unbebauten Grundstücken und verlassenen Häusern bestanden. Da sind die Leute von der Universität gekommen und haben den ganzen Krempel gekauft. Bald darauf sind die Studentenzahlen gestiegen, Kaufleute haben sich niedergelassen, und das ganze Viertel hat einen Aufschwung erlebt. Also, um welche Straße geht es?«

»Um den Buxton Place«, sagte ich, und irgendwie kam mir dabei Edward Rineharts alte Adresse aus dem Mund, als wäre sie mir von Anfang an im Gedächtnis gewesen.

Coventry verschwand wieder zwischen den Aktenschränken und kehrte darauf mit einem gebundenen Dossier zurück, das ungefähr einen halben Meter hoch und einen Meter breit war. »Das ist eine echte Kuriosität.« Er ließ das Dossier auf die Theke plumpsen, drehte es so, daß wir beide hineinsehen konnten, und schlug es auf. Eine von Hand gezeichnete Karte von vier oder fünf Straßen samt Grundstücksgrenzen nahm die gesamte rechte Seite in Anspruch. Links waren die Verkäufe der Gebäude und Grundstücke verzeichnet; Ziffern verwiesen auf die Karte. »Was für ein prachtvolles Artefakt«, sagte Coventry. »Ich hasse es, solche Dinger durch Einträge in eine Datenbank ersetzen zu müssen.«

Ich fragte, wie er in dem prachtvollen Artefakt den Buxton Place finden wolle.

»Wenn wir Glück haben, gibt es ein Inhaltsverzeichnis.« Er schlug die letzten Seiten auf. »Ach, diese Leute waren wirklich großartig. Also, Buxton Place...« Er fuhr mit dem Finger an einer handgeschriebenen Spalte entlang und blätterte dann wieder zurück. »Da haben wir's ja.« Coventry kniff die Augen zusammen und tippte mit dem Finger auf eine winzige Straße. »Es ist eine Sackgasse. Was gab es da? Hauptsächlich alte Ställe und zwei Häuser, wahrscheinlich für die Pferdeknechte und Stallburschen. Sehen wir uns mal die Besitzer der Parzellen 60448 und 60449 an.«

Wir suchten in der Nummernliste auf der gegenüberliegenden Seite.

»Da, 60448«, sagte Coventry. »Ursprünglich im Besitz des Rummelplatzes der Brüder Hatch, jedenfalls im Jahre 1882. Und was haben wir da?« Er lachte. »1902 wurde das Haus an einen Dr. Prosper Hightower verkauft.«

Ich sah ihn an.

»Hightower. Der Drogendoktor, wissen Sie nicht mehr? Und dann? 1922: erworben von der Gemeinde Edgerton. 1950: verkauft an Charles Dexter Ward. Und wie steht es mit dem Nachbarhaus? Parzelle 60449. Rummelplatz der Brüder Hatch. Im Jahre 1903 erworben von Dr. Coleman Drears. Unglaublich! Da haben wir unseren Engelmacher. Die beiden waren Nachbarn! Ich glaube, ich weiß auch, warum – der Buxton Place war eher ein finsteres Seitengäßchen als eine Straße. Es hat keine Nachbarn gegeben, die die Patienten kommen und gehen sehen konnten. Und was ist geschehen, als Drears verschwunden ist? 1924: erworben von der Gemeinde, 1950 verkauft an Wilbur Whately.« Er hob ruckhaft den Kopf. »Haben wir nicht gerade über H. P. Lovecraft gesprochen?«

Ich nickte.

Coventry kicherte und schüttelte ungläubig den Kopf.

»Was ist?«

»Lovecraft hat eine Novelle mit dem Titel ›Der Fall Charles Dexter Ward‹ geschrieben, und Wilbur Whately ist eine Gestalt in ›Der Schrecken von Dunwich‹, einer seiner kürzeren Erzählungen. Das macht mich wirklich glücklich. Den Tag muß ich mir im Kalender anstreichen. Noch nie bin ich im Rathaus auf eine literarische Anspielung gestoßen.«

»Würde es Ihnen was ausmachen, noch etwas nachzuschauen?«

»Wenn das so weitergeht? Natürlich nicht.«

Ich nannte ihm die Adresse der Pension in der Chester Street. In weniger als einer Minute stand Coventry wieder an der Theke und hielt eine braune Aktenmappe in Händen. »Wie weit zurück wollen Sie gehen?«

»Wer ist der jetzige Besitzer?«

Coventry nahm das letzte Blatt aus der Mappe und schob es mir zu. Im August 1967 war Helen Janettes Haus von einer Firma in der Lanyard Street erworben worden. »Von der T. K. Holding Company. Sagt Ihnen das etwas?«

»Es sagt mir etwas, das ich schon hätte wissen müssen«, sagte ich.

Einen Monat, bevor Hazel Jansky aus dem Gefängnis kam, hatte Toby die Pension gekauft. Aus heutiger Sicht waren die siebenundzwanzigtausend Dollar nicht viel Geld, aber auch nach sechsundzwanzig Jahren betrachtet noch ein beachtliches Geschenk.

Die hohe Tür fiel hinter mir ins Schloß. Ich ging die breite Treppe hinab und blickte über die Grace Street auf den kleinen Park. Eine alte Frau fütterte einen Schwarm gieriger Tauben mit Brotkrumen. Der goldblonde Stadtstreicher, den ich schon einmal gesehen hatte, wiegte sich über seiner Gitarre vor und zurück. Jenseits des Springbrunnens lehnte eine elegante männliche Gestalt am Stamm eines Ahorns. Ihr Arm fiel in einer geraden Linie zwischen dem Baum und der Schräge des Körpers hinab und endete am rechteckigen Umriß einer Aktentasche.

Mir stockte der Atem. Der Mann im Park war Robert. Obgleich der Schatten des Ahorns das Gesicht verbarg, wußte ich, daß er mir zulächelte. Robert drückte sich vom Baumstamm ab und trat ins Sonnenlicht. Die Tasche schwang leicht an seiner Seite.

72

Ich trottete die letzten Treppenstufen hinab, überquerte den Gehsteig und trat auf die Straße, ohne auf den Verkehr zu achten. Autohupen plärrten, Bremsen quietschten. Ich gelangte unversehrt auf den Mittelstreifen und rannte durch den nach Süden strebenden Verkehr; dann sprang ich auf den Gehsteig und lief den langen Pfad zum Springbrunnen entlang. Um Brotkrumen streitende Tauben flogen vor meinen Schritten auf. Der goldblonde Tramp auf der anderen Seite des Weges beugte sich über seine Gitarre. Am Ende des Parks spazierte ein älteres Paar, dahinter erhaschte ich einen Blick auf Roberts Kopf und Schultern. Er stand am Straßenrand in einer Menschenschar, die an einer Ampel auf Grün wartete.

Als die Gruppe sich vorwärts bewegte, blieb Robert ein paar Schritte hinter den anderen. Sein Blazer und seine Jeans waren identisch mit dem, was ich trug. Der Tramp spielte eine Tonfolge, bei der mir der Titel des Songs einfiel: »Keys to the Highway«, einer von Goat Gridwells Hits. Er zog die Saiten und dehnte die Phrasen, und als ich nur noch ein paar Meter von ihm entfernt war, ließ ich Robert aus den Augen und blickte hinab. Aus einem verwitterten, von Armut geprägten Gesicht sahen mich hellgrüne Augen an. Ich spürte, wie mich ein Kraftfeld umfing, in dem ich nur noch taumelnd vorwärtskam. Spielerisches Wissen trat in die grünen Augen.

Goat Gridwell hielt den Blick auf mich gerichtet, bis ich an ihm vorbeigetrottet war. Wahrscheinlich sah er mir auch hinterher, als ich mein Tempo wieder steigerte und aus dem Park rannte.

Robert hatte schon die Mitte des nächsten Häuserblocks erreicht, als ich den Springbrunnen umrundete und in den Weg zum östlichen Ende des Parks einbog. Er ging mit leichten, ausholenden Schritten. Ich kam zum Ende des Wegs, sah ihn an der Ecke nach rechts gehen und stürzte weiter. Robert hatte mich zwar bewußt aufgefordert, ihm zu folgen, aber ich hatte kein Vertrauen in seine Geduld.

Zwei Häuserblocks weiter rannte ich also rechts um die Ecke. Der Schoß eines blauen Blazers und ein Teil einer hellbraunen Aktentasche verschwanden hinter dem Gebäude an der nächsten Ecke.

Offenbar bewegte Robert sich auf die Commercial Avenue zu. Ich konnte ihm den Weg abschneiden, wenn ich gleich nach rechts lief, aber vielleicht wollte er mich ja unterwegs zu einem anderen Ort führen. Ich atmete ein paarmal tief durch, rannte den Häuserblock entlang, jagte über die nächste Kreuzung und bog atemlos in die Grenville Street ein. Der Blazer und die elegante Tasche entschwanden in die Commercial Avenue.

»Der Teufel soll dich holen«, sagte ich und lief weiter. Hinter dem Glasfenster einer Pizzeria erkannte ich Helen Janette. Über den Tisch gebeugt, drohte sie Toby Kraft mit dem erhobenen Zeigefinger. Ich beschleunigte und erreichte endlich die Commercial Avenue.

Dreißig Schritte entfernt von mir stand Robert unweit des Eingangs zum Merchants Hotel, eine Hand in die Hüfte gestützt. In der anderen pendelte die Aktentasche. Er sah mir in die Augen, und dann war er fort. Ich ging den Gehsteig entlang. Als ich die Stelle erreichte, wo er gestanden hatte, trat ein Greis mit kalkweißem Gesicht aus der Drehtür des Hotels, begleitet von dem Portier, der Zeuge meiner Begegnung mit Grenville Milton gewesen war. Der Portier half dem Alten auf den Rücksitz eines wartenden Wagens, dann nickte er mir zu und wies mit großer Geste auf den Eingang. Gehorsam folgte ich seiner Aufforderung und betrat das Foyer. Eine gutaussehende Empfangsdame stand hinter der Rezeption und lächelte mir zu. Ich lächelte zurück. Dank Robert war ich offenbar ein vertrauter Besucher. Am Ende der

Treppe, die rechts vom Foyer nach oben führte, bewachte Vincents unbesetztes Podium das dunkle Reich des Le Madrigal. Ich wandte mich der Marmortreppe auf der anderen Seite zu. Vom Treppenabsatz blickte Robert auf mich herab und verschwand wieder.

Ich erklomm die Marmortreppe und ging in die Männertoilette. Robert lehnte an einem der Waschbecken, beide Hände am Griff der Ledertasche. Der Spiegel hinter ihm reflektierte nur die Reihe der Urinale und die gekachelte Wand.

Robert grinste. »Na, da wären wir ja endlich beisammen.«

V

Wie ich lernte, Zeit zu schlucken

73

Fast jedes Mal, wenn ich von da an mit Robert zusammen war, änderte ich anschließend meine Meinung über die Ähnlichkeiten zwischen uns. In diesem Augenblick jedoch verblüffte mich das Ausmaß der Unterschiede. Es war mir völlig unverständlich, wie jemand uns verwechseln konnte: Bei aller äußeren Übereinstimmung tilgte die in seine Gesichtszüge eingegrabene Skrupellosigkeit jede Ähnlichkeit. Daß er im Spiegel nicht zu sehen war, erschien mir völlig angemessen. Dann wanderte mein Blick nochmals zum Spiegel, und ich sah darin die Reflexion seines Hinterkopfs. Es war, als habe er auf meine Kosten an Substanz gewonnen. Als ich ihm wieder ins Gesicht sah, war es mit meinem in allen Einzelheiten identisch.

»Was zum Teufel bist du?« sagte ich.

»Du weißt, was ich bin.« Robert streckte mir die Aktentasche entgegen. »Geh rauf in Zimmer fünfhundertvierundfünfzig und gib das Ashleigh. Sie wird so dankbar sein, daß sie dir die Kleider vom Leib reißt.«

»Was ist da drin?« Sobald ich die Frage gestellt hatte, glaubte ich es schon zu wissen.

»Stell dich nicht so an.« Er drückte mir die Tasche in die Hand. »Paß auf: Heute morgen hat jemand, der seinen Namen nicht nennen wollte, dich im Brazen Head angerufen und gesagt, er habe gehört, du hättest am Freitag abend mit Ashleigh und Laurie Hatch diniert. Also habe er angenommen, du würdest bereit sein, zu den Ermittlungen gegen Stewart Hatch beizutragen. Mit diesen Dokumenten hat Ashleigh alles, was sie braucht, um erfolgreich Anklage zu erheben. Hatch hat keine Ahnung, daß sie weg sind.«

»Also du bist bei ihm eingebrochen.« Er zuckte die Achseln. »Hatch muß doch nachgeschaut haben, ob dieses Zeug noch da ist. Wieso sollte er da nicht wissen, daß es fehlt?«

»Weil es nach dem Einbruch noch nicht gefehlt hat. Heute nacht war ich noch einmal im Cobden Building. Wenn Stewart das nächste Mal nachschaut, wird alles wieder an Ort und Stelle sein. Sag Ashleigh, sie soll Kopien machen und dir die Originale zurückgeben.«

»Wie soll dieser anonyme Bursche die Sachen in die Finger bekommen haben?«

»Er war der Einbrecher, was sonst? Der Kerl hegt einen alten Groll gegen Hatch. Bei der Verwüstung der Büroräume ist er zufällig auf diese Papiere gestoßen. Er hat dich zu einer Parkbank auf dem Town Square dirigiert, du bist hingegangen, hast die Tasche vorgefunden, und jetzt bringst du sie ihr. Ende der Geschichte.« Robert verließ das Waschbecken und ging zur Tür. »Gut, daß man dich aus deiner Pension rausgeworfen hat.«

Er trat zurück und glitt durch die Tür. Ich meine das im wörtlichsten Sinne des Wortes. Robert öffnete die Tür der Toilette nicht, er *glitt hindurch*. Er lächelte mir zu, während sein Körper mit dem weißen Holz verschmolz und wie die Grinsekatze in *Alice im Wunderland* aus dem Blickfeld verschwand.

74

Ich schloß mich in eine Kabine ein und löste die Schnalle der Aktentasche. Sie war gefüllt mit dicken braunen Aktenordnern: Kontoauszüge einer Bank auf den Virgin Islands, Gründungsurkunden von Firmen mit Namen wie Glittermax Inc., Eagle Properties und Delta Mud Holdings, Besitzurkunden von Gebäuden in Louisville und Cincinnati, Briefe von Anwaltskanzleien. Ich blätterte in dem von Hatch und Grenville Milton unterzeichneten Assoziationsvertrag. In den Seitentaschen steckten zwei Stapel Computerdisketten.

Ashleigh umarmte mich und gab mir einen geräuschvollen Kuß. »Der unberechenbare Ned Dunstan. Was ist denn in der wunderschönen Tasche da?«

Ich legte die Tasche auf den Tisch und setzte mich ihr gegenüber. »Sag du's mir.«

Ashleigh biß sich auf die Unterlippe. »Das ist eine interessante Antwort.« Ein paar Sekunden vergingen. »Wie wär's mit einem Lunch?«

»Das ist eine interessante Frage«, sagte ich.

»Ich laß vom Zimmerservice ein paar Sandwiches bringen. Wie steht es mit dem Pinot grigio, der dir so gut geschmeckt hat?«

»Der gute alte Pinot grigio«, sagte ich.

Sie rief den Zimmerservice an, setzte sich, öffnete die Ledertasche und lugte hinein. Dann sah sie mich an. Ich zuckte die Achseln. Ashleigh nahm einen der Ordner heraus und blätterte in den Papieren. Ihr konzentriertes Stirnrunzeln verwandelte sich in blankes Staunen. Sie untersuchte eine zweite Akte. »Wo in aller Welt hast du das Zeug denn her?«

Ich erzählte ihr das Märchen von dem Mann, der eine Tasche auf dem Town Square hinterlassen hatte. »Du sollst Kopien davon machen. Ich glaube, er will die Originale zurückbringen.«

»Hast du ihn gesehen?«

»Nein. Aber wenn dieser Bursche ins Cobden Building einbrechen kann, dann muß er ein raffinierter Kunde sein.«

»Der Bursche ist nicht einfach eingebrochen.« Ashleigh blätterte in einer dritten Akte. »Er hat Stewarts streng geheimen Schatz gefunden. Kannst du dir vorstellen, wie gut das versteckt gewesen sein muß?«

»Kannst du's gebrauchen?«

»Ob ich's gebrauchen kann? Das ist ein absoluter Glückstreffer. Stewart hat in anderen Staaten Briefkastenfirmen gegründet, eine Reihe von Nachtclubs übernommen und jeden Penny abgeschöpft. Dann hat er das Geld bei Banken auf den Virgin Islands deponiert und es über Kredite für seine Briefkastenfirmen gewaschen.« Sie griff in die Tasche und holte die Disketten heraus. »Wahrscheinlich sind alle Transaktionen auf diesen Dingern hier. Jeder Verbrecher hat einen Kardinalfehler, und Stewart ist eben vom Kontrollwahn besessen. Weißt du, was das hier alles bedeutet?«

»Sag's mir.«

»Daß ich den Prozeß unmöglich verlieren kann. Es wäre schön, wenn ich dieses Zeug vor Gericht verwenden könnte, obwohl das wahrscheinlich gar nicht nötig sein wird. Sobald wir Stewarts Vertragspartner die Pistole auf die Brust setzen, hängen sie in der Luft, und das gilt auch für seinen Freund Milton.« Ihr Blick veränderte sich. »Hat Laurie Hatch dir diese Dokumente zugespielt?«

»Nein, hat sie nicht.«

Ashleigh ließ sich in ihren Sessel zurücksinken. »Ich war schon drauf und dran, mit leeren Händen heimzukommen. Mein Chef hätte sich gönnerhaft und verständnisvoll gezeigt. Meine Kollegen hätten ihre Schadenfreude über meine miserable Leistung getarnt, und ich hätte zwei Jahre lang nur blödsinnige Fälle bekommen. Jetzt wird mein Chef mir einen Orden an die Brust heften, und die anderen Unterstaatsanwälte werden so tun müssen, als wären sie begeistert.«

»Wirst du erklären können…«

»… wie ich an dieses Material gekommen bin? Da kommt unser alter Freund, der anonyme Informant, zum Zuge.«

Ashleigh sprach über ihren Fall, bis der Kellner vom Zimmerservice auftauchte. Nachdem er die Weinflasche entkorkt hatte und wieder verschwunden war, biß sie in ihr Sandwich wie ein Möbelpacker. »Mein Gott, so wie alles gelaufen ist, sieht es fast aus wie geplant.«

»Ich weiß, was du damit meinst«, sagte ich.

»Außerdem muß ich sagen, Ned – wenn du in derselben Stimmung bist wie am Freitag abend, bist du für Frauen eine wahre Gottesgabe.«

Ich sackte in meinem Sessel zusammen, und sie errötete. »Gehen wir runter ins Business Center, um das Zeug hier zu kopieren.«

75

Als Ashleigh und ich wieder in ihr Zimmer kamen, sahen wir uns an und zogen uns wortlos aus. Später erzählte Ashleigh mir von ihrer Kindheit in Lexington, Kentucky, und von ihrer Ehe mit Michael Ashton, der auf der Hochzeitsreise eine Bardame des Hotels verführt hatte. Ich erzählte ihr manches über Star, Phil und Laura Grant, und darüber, was ich seit meiner Zeit in Naperville getan hatte.

»Warum hast du das College verlassen?«

»Ich kam mit den Mathe- und Chemieseminaren nicht zurecht.«

»Was es nicht schwerer, Programmieren zu lernen als die Grundlagen der Algebra, oder was immer es war?«

»Tja,« sagte ich, »wenn man darüber nachdenkt…«

»Gefällt dir dein Job?«

»Es ist der beste, den ich je hatte«, sagte ich. »Jedesmal, wenn ich mein Gehalt bekomme, staune ich.«

»Ist Geld wichtig für dich?«

»Nein«, sagte ich. »Deshalb staune ich ja.«

»Hast du enge Freunde?«

»Mittelenge«, sagte ich. »Außerdem halbenge, halbflüchtige und ganz flüchtige, abgesehen von unehrlicher Kumpanei. Wir Kerle mögen es so.«

»Wie steht's mit Freundinnen?«

»Immer mal wieder.«

»Und was ist mit Laurie Hatch?«

»Was soll mit ihr sein?«

»Du fühlst dich unheimlich von ihr angezogen. Und umgekehrt.«

»Da ist ein Fünkchen Wahrheit dran«, sagte ich.

»Was wirst du unternehmen?«

»Was meinst denn du?«

Ashleigh packte mich am Arm und rüttelte an mir wie an einem jungen Baum. »Das fragst du mich? Wenn ich Laurie vor mir im Zeugenstand hätte, käme ich mir vor wie beim Verhör der Sphinx persönlich. Aber angesichts deiner Gefühle für sie solltest du's vielleicht mit ihr versuchen. Mensch, ich kann kaum glauben, was ich da sage.«

»Du magst sie nicht«, sagte ich. »Oder du vertraust ihr nicht.«

Sie zog die Mundwinkel nach oben. »Hast du schon mit ihr geschlafen?«

Ich fragte mich, ob ich die Aussage verweigern konnte. Anlügen wollte ich Ashleigh nicht, und sie hätte jeden meiner Versuche, der Frage auszuweichen, durchschaut. Nachdem ich zu diesem Schluß gekommen war, lag die Antwort sozusagen auf der Hand. »Ja«, sagte ich.

»Das wußte ich!«

»Warum hast du dann gefragt?«

»Ich wußte, daß es passieren würde, nur nicht, wie *schnell.* Weshalb, glaubst du, hat sie dich rangelassen? Laurie Hatch ist keine Frau, die auf ein sexuelles Abenteuer aus ist, sie ist... Ach, vergessen wir Laurie Hatch. Ich will mich eine Weile auf Ned Dunstan konzentrieren.«

76

Als ich gegen halb zwei Uhr morgens aufwachte, war es schon zu spät, um Toby Kraft zu besuchen oder mir die Häuser am Buxton Place anzusehen. Ich tastete mich an dem Servierwagen vorbei, den der Kellner hinterlassen hatte, und ging unter die Dusche. Nachdem ich mich angezogen hatte, setzte ich mich neben Ashleigh und streichelte ihr den Rücken, bis sie aufwachte.

»Wer war dieser maskierte Mann vorhin?« sagte sie. »Ruf mich morgen früh an, okay?«

Ich ließ die Aktentasche in ihrem Zimmer. Sie war dort sicherer als im Brazen Head, und die Beweise für Stewart Hatchs Kavaliersdelikte mußten dann irgendwo untergebracht werden, bis Robert sie sich wieder holte. Das ideale Versteck kam mir erst in den Sinn, als ich zusah, wie die Anzeige über der Aufzugtür sich aufs Erdgeschoß zubewegte.

Ein einsamer Wagen fuhr am Merchants Park vorüber. Ich trat auf die leere Straße und sah ein rotes Leuchten über den Häusern der Ferryman's Road. Als ich mich der Mitte des Parks näherte, bemerkte ich den unverkennbaren Geruch von Rauch.

In der Chester Street sah ich nach Norden. Silberne Wasserfontänen nahmen eine rote Färbung an, während sie glitzernd auf ein brennendes Gebäude fielen. Eine kleine Menschenschar stand hinter einer Reihe Feuerwehrautos. Als mir klar wurde, daß das Feuer im Häuserblock von Helen Janettes Pension tobte, rannte ich darauf zu.

Aus allen Fenstern der Pension schossen die Flammen. Eine Säule dunkelgrauen Rauchs quoll aus dem Dach. Helen Janette zog ihren rosa Bademantel über der Brust zusammen; hinter ihr ragte Mr. Tites Kopf samt Filzhut hervor wie eine Statue von den Osterinseln. Unter dem Aufschlag seiner Pyjamahose glühten seine nackten Füße in wütendem Weiß.

Miss Redman und Miss Challis hingen an den Armen eines darüber sichtlich erfreuten jungen Feuerwehrmannes. Roxy und Moonbeam trugen glänzende Seidenhöschen, die sich nicht allzusehr von ihrer Partykleidung unterschieden. Sie waren barfuß wie Frank Tite, sahen aber wesentlich vergnügter aus. Zwischen den Feuerwehrautos und den Streifenwagen gingen Polizisten und Feuerwehrleute hin und her. Ein Haufen von Schaulustigen, größtenteils im Bademantel, stand in der Straßenmitte.

Eine Flammenzunge schoß empor und färbte den Rauch blutrot. Mit kaum hörbarem Krachen fiel das Dach in sich zusammen. Ich hatte noch nie ein richtiges Feuer gesehen, hatte nie gehört, wie es die Zerstörung mit einer rauschenden, unmenschlichen Stimme feiert. Helen Janette kreischte: »Da ist er! Der hat mein Haus in Brand gesteckt!«

Frank Tite stapfte zuckend auf mich zu. Roxy und Moonbeam tanzten vorwärts. Zwei Männer in Bademänteln erschienen links und rechts neben mir. Der eine drehte mir den Arm auf den Rücken.

»Wenn Sie mich nicht sofort loslassen, mach ich Hackfleisch aus Ihnen!« sagte ich.

Helen Janette kreischte wieder: »Der war es!«

Der Mann, der meinen Arm hielt, hatte ungefähr zwanzig Kilo Übergewicht. Aknenarben bedeckten sein Gesicht, aus seinen Poren strömte der Schweiß.

»Tut mir leid«, sagte ich, »ich hab vor Wut was Blödes gesagt. Wie stehen Sie zu Helen Janette?«

Er ließ meinen Arm los. »Mrs. Janette würde lieber den Rotz vom Gehsteig lecken, als mich zu grüßen.«

Mr. Tite trottete heran. »Packt ihn wieder.«

»Pack du ihn doch. Ich hab keinen Grund, deiner Freundin oder dir irgendwas zu glauben.«

Gefolgt von einem bärenstarken Mann, auf dessen Gummimantel in gelben Lettern das Wort CAPTAIN prangte, erschien Helen Janette neben Mr. Tite. »Das ist er. Ich will, daß er festgenommen wird.«

Die Männer neben mir wichen zurück.

»Sir, was haben Sie dazu zu sagen?«

»Ich bin gerade vom Merchants Hotel zu meiner Unterkunft zurückgegangen«, sagte ich. »Als ich das Feuer gesehen hab, bin ich sofort hierhergerannt. Ich hatte gehofft, es würde nicht ausgerechnet Mrs. Janettes Haus sein.«

»Er lügt«, sagte Helen Janette.

»Glauben Sie wirklich, ich hab Ihr Haus niedergebrannt, bloß weil Sie mich rausgeschmissen haben?«

»Nein!« brüllte sie. »Sie wissen schon, warum.«

»Helen«, sagte ich, »ist Otto rechtzeitig herausgekommen?«

Sie schloß den Mund.

Der Brandmeister bat mich um meinen Namen und sagte dann: »Er ist nicht mit den anderen Mietern herausgekommen, wir konnten ihn nicht mehr retten.« Er sah mir in die Augen. »War das Opfer ein Freund von Ihnen?«

»Otto war ein netter Mensch«, sagte ich. »Manchmal ist er beim Rauchen eingeschlafen.«

»Warum stehen Sie hier einfach *rum?*« brüllte Helen Janette.

Ein Streifenwagen kam mit blitzendem Rotlicht um die Ecke gerast. »Jetzt hören Sie mal zu«, sagte der Brandmeister. »Ich werde Mr. Dunstan bitten, sich in den Polizeiwagen zu setzen und die Sache mit den Beamten zu besprechen. Auch Mrs. Janette wird ihr Anliegen vorbringen können, aber auf ordentliche Art und Weise. Sie, Sir, gehen zurück auf den Gehsteig, wo Sie hingehören.«

Helen Janette nickte Tite zu. Er stelzte davon, und sie zog kampfbereit den Bademantel enger.

Treuhaft und Captain Mullan stiegen aus dem Wagen. »Ich möchte, daß Sie diesen Mann wegen Brandstiftung und Mord festnehmen«, sagte Helen Janette.

Mullan folgte der Richtung ihres ausgestreckten Zeigefingers. »Doch nicht etwa Sie.«

»Kaum zu glauben, nicht wahr?« sagte ich.

»Mr. Dunstan, Sie verbreiten Frohsinn, wo Sie auch hinkommen.«

»Ich war bis ungefähr halb zwei im Merchants Hotel. Der Portier hat mich weggehen sehen, aber Sie könnten meine Behauptung auch durch ein Gespräch mit Unterstaatsanwältin Ashton überprüfen.«

»Ach, wie ich diese schönen alten Lieder liebe.« Mullan wandte sich wieder an Helen Janette. »Sie beschuldigen diesen Mann, den Brand gelegt zu haben?«

Sie zerrte ihren Mantel so eng wie eine Wursthaut um sich. »Vielleicht erinnern Sie sich noch daran, was für Probleme ich bekommen hab, als ich noch Hazel Jansky hieß. Man hat mich bestraft, weil ich ein paar hilflosen Babys was Gutes tun wollte.«

Mullan blieb ganz ruhig. »Ich erinnere mich an diesen Namen.«

»Mr. Dunstan hat von Toby Kraft eine dreckige Lüge gehört. Ich sag dreckige Lüge, weil es eine ist, und das weiß Toby Kraft auch.« Sie zitterte. »So, wie man mich behandelt hat, hätte man mich für kriminell halten können, wo ich doch nur jemand war, der kleinen Babys zu guten Eltern verholfen hat.«

Mullan warf mir einen matten Blick zu. »Können Sie mir vielleicht weiterhelfen?«

»Meine Mutter ist der Meinung gewesen, eines ihrer Kinder sei von Hazel Jansky entführt worden. Aber selbst wenn ich derselben Meinung wäre, hätte ich nie einen Brand gelegt.«

Mullan schloß die Augen, öffnete die Hintertür des Wagens und winkte mich hinein. Er stieg mit Treuhaft vorn ein. »Zum Merchants Hotel«, sagte er. »Dunstan, weshalb sparen Sie sich nicht den Weg und ziehen gleich dort ein?«

»Ich mag das Brazen Head.«

»Sie sollten ein paar Dinge über den Nachtportier da wissen«, sagte Mullan. Treuhaft gluckste boshaft.

Nachdem wir vor dem Hotel gehalten hatten, beauftragte Mullan seinen Kollegen, sich beim Portier zu erkundigen, ob ein Mann meines Aussehens irgendwann nach ein Uhr das Gebäude verlassen habe. Wenn ja, sollte der Portier den Zeitpunkt schätzen. »Es würde mich anwidern, Staatsanwältin Ashton wecken zu müssen, um mich nach dem Kommen und Gehen von Mr. Dunstan zu erkundigen. Aber wenn der Portier ihn nicht gesehen hat, werden wir's doch tun müssen.«

Mullan legte den Hinterkopf auf die Rücklehne. »Sie haben den Brand doch nicht gelegt, oder?«

»Er hat begonnen, noch bevor ich Ashleighs Zimmer verlassen habe«, sagte ich. »Der Mann, der mir gegenüber gewohnt hat, ist manchmal rauchend im Sessel eingeschlafen. Gestern abend hat er auf diese Weise fast das Haus niedergebrannt.«

»Das Feuer war kein Unglücksfall«, sagte Mullan. »Der erste Anrufer hat gemeldet, hinten am Haus sei ein Kellerfenster eingeschlagen worden. Jemand ist reingekrochen und hat einen Kübel Brennstoff verteilt. Dann ist er wieder rausgekrochen und hat das Ganze angesteckt. Natürlich müssen wir auf den Bericht der Spurensicherung warten, aber genau das wird dabei rauskommen.«

»Joe Staggers?«

»Den werden wir uns vornehmen. Allerdings hat es Staggers auf Sie höchstpersönlich abgesehen. Haben Sie irgendwelche anderen Gestalten in der Nähe des Hauses herumhängen sehen?«

»Tja«, sagte ich, »nach dem Einbruch im Cobden Building hat es ganz so ausgesehen, als würde Frenchy La Chapelle mich bis zur Pension verfolgen.«

Treuhaft setzte sich auf den Fahrersitz. Der ganze Wagen sackte nach unten. »Der Mann an der Rezeption sagt, Mr. Dunstan hat das Hotel gegen ein Uhr fünfundvierzig verlassen.«

Mullan nickte. »Wie kommt es, daß ein flüchtiger Besucher unserer Stadt schon Bekanntschaft mit Frenchy La Chapelle gemacht hat?«

Treuhaft wandte ihm verdutzt den Kopf zu.

»Mein Onkel Clark hat ihn mir gezeigt, als Frenchy mit Cassie Little im Krankenhaus war, um Clyde Prentiss zu besuchen. Ich sage nur, daß er mich beobachtet hat, als ich auf der Chester Street zur Pension gegangen bin.«

»Frenchy ist Ihnen vom Merchants Park bis nach Hause gefolgt?«

»Es sah so aus«, sagte ich.

»Können Sie sich irgendeinen Grund denken, weshalb einer unserer Lieblingsstrolche sich für Sie interessieren sollte, Mr. Dunstan?«

»Absolut nicht.«

Mullans Gesicht dehnte sich zu einem Gähnen. »Officer Treuhaft, Mr. Dunstan und ich werden jetzt aussteigen, um uns ein wenig privat zu unterhalten.«

Er ging am Hoteleingang vorbei und deutete mit einer Kopfbewegung auf die polierte Fassade. Ich lehnte mich an die Mauer. Qualmgeruch trieb auf uns zu. Mullan seufzte und knöpfte sich das Jackett zu. Er schob die Hände in die Hosentaschen und betrachtete seine Schuhe. Dann seufzte er noch einmal.

»Sie haben etwas auf dem Herzen«, sagte ich.

Mullan drehte sich halb um und blickte über die Commercial Avenue. Eine dicke Rauchsäule verdunkelte die Luft über der Chester Street. »Ich war sehr nett zu Ihnen, Mr. Dunstan. Ständig tauchen Sie an irgendwelchen Tatorten auf, Sie werden einer Sache nach der anderen beschuldigt, und trotzdem hab ich Sie nicht durch die Mühle drehen lassen.«

»Ich weiß«, sagte ich, »und ich bin Ihnen dankbar dafür.«

»Stehen Sie mit Unterstaatsanwältin Ashton in irgendeiner beruflichen Verbindung?«

»Nein.«

»Sind Sie Beamter irgendeiner Bundesbehörde?«

»Auch nicht.«

»Haben Sie eine berufliche Beziehung zu irgendeiner Polizeibehörde?«

»Natürlich nicht«, sagte ich.

»Arbeiten Sie als Privatdetektiv?«

»Ich schreibe Softwareprogramme für eine Firma namens Vision, Inc. Ich bin weder von der CIA noch vom FBI, vom Finanzministerium oder von irgendeiner anderen Behörde, die sich für Stewart Hatch interessieren könnte.«

»Also haben Sie wohl auch nichts dagegen, wenn ich Sie nach einer Wanze abklopfe.«

Ich verneinte. Er klopfte mich an Brust und Rücken ab, dann kniete er nieder, um mit den Händen an meinen Beinen entlangzustreichen. »Machen Sie Ihre Jacke auf.« Ich hielt die Jacke auf, und Mullan betastete mich unter den Armen und unter dem Kragen.

»Na schön«, sagte er, »vielleicht sind Sie tatsächlich ein ganz normaler Bürger, der auf dem Weg nach Edgerton zufällig eine Staatsanwältin aus Kentucky getroffen hatte. Und vielleicht hat sich zufällig eine Freundschaft mit Hatchs Frau ergeben. Ich schätze, das wäre fast möglich. Aber ganz gleich, wer zum Teufel Sie sind, will ich Ihnen ein paar Sachen sagen, und ich will, daß Sie mir gut zuhören. Ich mag Lieutenant Rowley nicht. Beamte wie Rowley bringen uns alle in schlechten Ruf. Was hat er getan – Sie geschlagen?«

»Er hat mich überrumpelt und mir eine in den Magen gehauen«, sagte ich. »Dann hat er mich zu Boden geschlagen und auf mich eingetreten. Er wollte, daß ich mit dem Bus die Stadt verlasse, aber ich war damit nicht einverstanden. Außerdem hat er hundert Dollar von dem Geld gestohlen, das ich im Präsidium abgegeben hatte.«

»Sie haben keine Beschwerde eingereicht.«

»Ich hatte nicht den Eindruck, daß eine Beschwerde viel bringen würde.«

»Sie hätten mit mir sprechen können, Mr. Dunstan. Aber gut. Heute morgen haben Sie angedeutet, Lieutenant Rowley könnte mit Stewart Hatch im Bunde sein. Höchstwahrscheinlich ist das auch der Fall. Als ich noch auf Streife gegangen bin, haben der Chef der Kripo und der Polizeichef in Häusern gewohnt, für die Cobden Hatch bezahlt hatte. Ich hab mir ein eigenes Haus gekauft, Mr. Dunstan. Das einzige Geld, das ich bekomme, stammt von der Gemeinde Edgerton, aber ich lebe hier, und wenn Sie was anderes sind, als Sie behaupten, lasse ich Sie auf Händen und Knien eine Meile durch den Dreck robben, bevor Sie sich zu einem anderen Auftrag schleichen.«

»Am Mittwoch wird meine Mutter beerdigt«, sagte ich. »Am Tag danach hab ich Geburtstag. Am Freitag fahre ich nach New York zurück, und Sie sehen mich nie wieder.«

Mullan wandte sich ab und ging zum Streifenwagen zurück.

77

Die verbliebenen Feuerwehrleute richteten ihre Schläuche auf den schwelenden Haufen zwischen den Betonblöcken. Ein Eckpfosten ragte in den Rauch wie ein verbranntes Streichholz. Irgendwo dort unten warteten die Überreste von Otto Bremen auf ihre Bergung. Ein Fotograf ließ einen herzlosen Lichtblitz aufflammen, der die Reste einer geborstenen Mauer, einen Bilderrahmen, eine verbogene Metallampe sichtbar machte. Vor einem der Feuerwehrautos standen Seite an Seite Helen Janette und Mr. Tite und sahen betäubt zu, wie Flammen aus dem Schutt emporzüngelten.

Bei meinem Anblick erbebte Helen Janette und wich zurück. Mr. Tite trat zwischen uns. »Was sollen wir jetzt tun? Wissen Sie darauf 'ne Antwort?«

»Jemand wird Ihnen eine Unterkunft verschaffen«, sagte ich. »Sie sind nicht die ersten, denen das Haus abbrennt.«

Wütend trat Helen Janette neben ihn. »Sie sollten im Gefängnis sitzen, Sie Irrer! Mir das Haus über dem Kopf anzuzünden…«

»Ihr Haus hat jemand anders angezündet, Mrs. Janette.« Sie murmelte etwas, das ich nicht verstand. »Können Sie mir wenigstens sagen, was los war?«

»Wenn Sie es unbedingt wissen wollen! Ich bin aufgewacht und hab Rauch gerochen. Als ich aus meinem Zimmer gekommen bin, hat schon der ganze Boden gebrannt. Auch auf der Treppe waren Flammen. Man konnte kaum was sehen vor lauter Qualm. Ich hab an Mr. Tites Tür gehämmert, und dann sind wir den Flur runtergelaufen, um Miss Carpenter, Miss Burgess und Mrs. Feldman den Weg zur Hintertür zu zeigen. Fast wär ich nicht mehr rausgekommen, weil Mrs. Feldman mich zurückgehalten hat, um ihren Pelzmantel zu suchen. Das ist das letzte Mal, daß ich der Frau einen Gefallen getan hab. Die Mädels oben sind aus ihrem Fenster geklettert, und dann sind wir alle nach vorn gelaufen und haben versucht, Mr. Bremen zu wecken. Einer der Nachbarn muß die Feuerwehr gerufen haben, denn zwei Minuten später war sie schon da. Inzwischen hat das ganze Haus gebrannt.«

»Das Feuer hat im Keller angefangen«, sagte ich.

»Sie wissen, wo es angefangen hat«, sagte sie. »Was ich jetzt wissen will: Wo soll ich hin? Mein ganzes Bargeld ist in dem Schutthaufen da, samt meinen Kreditkarten und meinem Scheckbuch.«

»Vor kurzem bin ich unvermutet an ein bißchen Geld gekommen«, sagte ich. »Es sind vierhundertachtzig Dollar. Die teile ich mit Ihnen. Dann können Sie und Mr. Tite sich ein Zimmer für die Nacht nehmen und am Morgen ein paar Kleider kaufen.«

»Sie scherzen wohl.«

Ich zog mein Portemonnaie heraus und zählte zweihundertvierzig Dollar ab.

»Wir nehmen kein Blutgeld«, sagte Mr. Tite.

»Da redest du nur für dich, Frank.« Sie streckte die Hand aus, und ich legte die Scheine hinein. »Ich bin nicht zu stolz, ein Almosen anzunehmen.«

»Ich freue mich, daß ich Ihnen helfen kann«, sagte ich, »und im übrigen wäre ich Ihnen dankbar für alles, was Sie mir über die Nacht meiner Geburt erzählen könnten.«

Sie überlegte einen Moment. »Wenn Sie dreihundert draus machen. Kleider kosten Geld.«

Ich zählte drei zusätzliche Zwanziger ab. »Sie sollten in jener Nacht ein Baby zur Welt bringen. Aber der Gewittersturm hat ein unglaubliches Chaos verursacht, und das Baby ist gestorben.«

»Das Baby war eine Totgeburt.«

»Ich weiß. Und dann hat meine Mutter unerwartet Zwillinge geboren. Der zweite soll so leicht herausgekommen sein, als wär er nur die Plazenta gewesen.«

»Er ist *mit* der Plazenta rausgekommen. Es war so dunkel, daß ich nicht wußte, was los war, bis ich ihn mit den Händen auffing. Ich werde dir ein gutes Heim besorgen, habe ich noch zu mir gesagt.«

»Mit Hilfe von Toby Kraft, der Ihnen die Pension verschafft hat, als Sie aus dem Gefängnis kamen.«

»Worüber redet ihr eigentlich?« sagte Mr. Tite. »Es gab doch gar kein zweites Baby in der Gewitternacht.«

»Du hast doch keine Ahnung«, sagte sie. »Ich hab's dir nie erzählt, aber jetzt kann ich sagen, was ich will. Ich habe meine Strafe abgesessen.« Sie sah mich wieder an, die Augen dunkel vor Zorn. »Wir hatten ein *System.* Unser System hat unschuldige Babys vor ihren schrecklichen Eltern gerettet. Das hat selbst der Richter zugegeben.«

»Es war zum Guten der Kinder«, sagte Mr. Tite. Fast hätte ich laut aufgelacht.

»Sie haben das zweite Baby also inmitten des Gewitters aus dem Entbindungszimmer getragen. Wo haben Sie es hingebracht?«

»Dahin, wo ich Sie auch hingebracht hab: über den Flur ins Säuglingszimmer.«

»Sonst ist nichts passiert«, sagte Mr. Tite.

Helen Janette wirbelte zu ihm herum. »In welchem Knast hast eigentlich du gesessen, Frank? Ich hab's vergessen.« Sie wandte sich wieder an mich. »Ich hab ihn im Dunkeln gesäubert, genau wie Sie. Im Säuglingszimmer war ein Korb mit dem Namen Dunstan, den hab ich mit meiner Taschenlampe gefunden. Ich hab Sie rausgenommen und ihn reingelegt. Dann hab ich Sie zu Ihrer Mutter zurückgebracht. Es waren doch Zwillinge, hat sie gesagt, wo ist der andere? Ich hab ihr gesagt, es sei nur die Plazenta gewesen, und dann ging das Licht wieder an. Ich habe dem Arzt Bericht erstattet und ihm auch erzählt, was Ihre Mutter gesagt hatte, damit er sich später nicht wundern würde. Dann bin ich wieder ins Säuglingszimmer. Hab fast einen Herzinfarkt bekommen. Der Korb mit dem Namen Dunstan war leer. Ich hab noch gedacht, ich hätte das Baby versehentlich in den falschen Korb gelegt, aber die Körbe daneben waren auch leer.«

»Also hat jemand anders das Kind genommen?« fragte Mr. Tite.

»Es ist schließlich nicht aufgestanden und hat sich allein davongemacht. Ich glaube, es war diese Mrs. Landon, die Frau, die die Totgeburt gehabt hatte. Wahrscheinlich ist sie ins Säuglingszimmer geschlichen, hat das Baby geschnappt und in ihrem Bett versteckt. Darauf bin ich aber erst am nächsten Tag gekommen. In ihrer Akte stand als Adresse das Hotel Paris, aber da ist sie ausgezogen, sobald sie aus dem Krankenhaus gekommen war.«

»Sie haben versucht, sie zu finden«, sagte ich.

»Mir lag die Gesundheit des Babys am Herzen.«

Ihr hatte die Gesundheit ihres Geldbeutels am Herzen gelegen. Ich dachte: *Vielleicht ist Robert tatsächlich aus dem Korb gestiegen und hat sich allein davongemacht.*

»Wenn Sie aus Rache mein Haus angezündet haben, dann war das ganz umsonst.«

Sie zog am Ärmel von Mr. Tites Bademantel und führte ihn zu einem Polizisten, der am Lenkrad seines Streifenwagens saß. Nach ein paar Worten ließ er die beiden einsteigen, schaltete die Scheinwerfer an und fuhr an mir vorbei. Helen Janette starrte geradeaus. Ich blickte den Rücklichtern hinterher, bis sie in der Word Street verschwanden.

Bald nachdem ich die erste Gasse betreten hatte, verspürte ich dasselbe Prickeln wie an dem Abend, als Frenchy La Chapelle einen unschuldigen Fußgänger gespielt hatte. Ich blickte über die Schulter, sah aber nur eine leere Gasse und verschlossene Fensterläden. Als ich in die Leather Lane einbog, begann ich schneller zu gehen. Entweder hatte einer von Captain Mullans Lieblingsstrolchen Interesse an mir gefunden, oder die jüngsten Ereignisse hatten mich allzu nervös gemacht. Letzteres klang realistischer.

Allerdings war Frenchy mir tatsächlich zur Pension gefolgt. Vielleicht hatte er das Feuer gelegt und inzwischen gemerkt, daß er den Falschen umgebracht hatte. An der Kreuzung Fish und Mutton blieb ich neben einer durchgebrannten Straßenlaterne stehen und blickte zurück in einen dunklen, engen Schacht, in dem sich ein Dutzend Männer verbergen konnten. Ein paar Autos jagten über die Word Street. In einer nahen Gasse hustete jemand Auswurf aus. Obwohl ich keine weiteren Geräusche hörte, sträubten sich mir noch immer die Haare im Nacken.

Die Fish Lane kreuzte die Raspberry und die Button, dann kam für fünfzehn Meter die Wax Lane, die zum Veal Yard führte. In einer anderen Nacht wäre dieser Weg nichts als ein kurzer, nicht uninteressanter Spaziergang gewesen; nun, da der Schatten von Frenchy La Chapelle mich belauerte, kam er mir vor wie eine Ewigkeit. Ich beschleunigte meine Schritte und gelangte in den nächsten Abschnitt der engen Gasse.

Hinter mir erklang ein fast unhörbares Geräusch, offenbar Schritte. Wäre ich bei Tageslicht die Commercial Avenue entlanggegangen, ich hätte es wohl nicht gehört. Zwischen den Mauern der Fish Lane ließ mich der schwache Laut herumfahren. Ich sah nur leere Häuser und die matte Spiegelung des Sternenlichts auf den Pflastersteinen. Auch Joe Staggers war immer noch hinter mir her, kam mir in den Sinn.

Ich rannte den restlichen Weg bis zur Raspberry Lane, schoß über die Kreuzung und raste auf den schwebenden grauen Dunst zu, der den Schnittpunkt von Fish und Button anzeigte. Obwohl ich hinter mir keine Schritte hören konnte, *spürte* ich das Nahen eines Verfolgers. Ich schoß über die Button Lane und hörte wieder leise Schritte. Das Herz schlug mir bis zum Hals. Ich rannte die Gasse entlang, und kurz bevor ich in die Wax Lane einbog, warf ich noch einen Blick zurück.

Ich weiß nicht, was ich sah. Das Bild verschwand zu rasch, um überhaupt mit Gewißheit dagewesen zu sein. Ich glaubte, gesehen zu haben, wie die Schöße eines dunklen Mantels in einem unsichtbaren Gang verschwanden. Jäh kam mir in den Sinn, mein alter Feind, den ich Mr. X genannt hatte, habe sich da davongemacht. Das Blut gefror mir in den Adern. Als ich mich wieder bewegen konnte, rannte ich die fünfzehn Meter Wax Lane hinab, trampelte auf den Veal Yard und barst durch die Tür des Brazen Head. Ein kahlköpfiger Nachtportier, über dessen rechtem Ohr ein Beil eintätowiert war, blickte von seinem Taschenbuch auf.

Ich versuchte, einen Menschen mit normalem Geisteszustand zu imitieren, während ich durch die Halle ging. Der Nachtportier sah mir nach, bis ich zur Treppe kam. Ich erreichte den ersten Stock, zog meinen Schlüssel hervor und öffnete die Tür von Zimmer zweihundertfünfzehn. Eine Lampe, die ich nicht angeschaltet hatte, warf einen gelben Schein auf das Ende des Betts und den abgenutzten grünen Teppichboden. Am runden Tisch saß mit bequem gekreuzten Beinen Robert. Er schloß den Buchdeckel von *Aus dem Jenseits* und lächelte mich an.

78

»Der Alte war ein ziemlich mieser Schriftsteller, was? Hast du nicht auch das Gefühl, daß er das ganze Zeug *geglaubt* hat?«

»Ich hoffe, daß nicht du den Brand gelegt hast.«

»Warum sollte ich?« sagte Robert. »Irgendwelche Todesfälle?«

»Einer. Ein alter Mann namens Otto Bremen.«

»Wahrscheinlich wird ihn niemand besonders vermissen.«

»Bei diesem Feuer sollte ich ums Leben kommen, und das weißt du auch.«

Robert legte ein Bein mit dem Fußgelenk aufs andere Knie, stützte das Kinn in die Hand und blickte mich mit einem Ausdruck totaler Unschuld an.

»Du wußtest, daß das Haus abbrennen würde. Schließlich hast du gesagt, es sei gut, daß ich ausgezogen bin.«

»War es doch auch, oder?«

»Hättest du mir nicht sagen können, was passieren würde? Du hast einen Menschen sterben lassen.«

»Ich wollte, meine Vorahnungen wären hundertprozentig klar, aber das ist nicht der Fall. Ich wußte nur, daß es besser für dich war, da wegzukommen, und das war's auch schon.«

Ich setzte mich an die andere Seite des Tischs. Wie um mich zu reizen, rückte Robert seinen Stuhl zurecht und nahm wieder die Pose mit dem Kinn in der Hand und dem Ellbogen auf dem Tisch ein. »Du hast mich zu Ashleigh geschickt.«

»Die Süße muß von den Dokumenten begeistert gewesen sein.«

»Durchaus«, sagte ich. »Solltest du sie wieder zurücklegen wollen, wirst du sie im Safe in Toby Krafts Büro finden.«

»Du möchtest nicht, daß ich unsere kleine Freundin noch mal besuche?« Robert grinste. »Hatch wird sein Versteck vorerst nicht überprüfen. Er fühlt sich zu sicher, um sich Sorgen zu machen.«

»Warum ist es dir eigentlich nicht scheißegal, ob Stewart Hatch ins Gefängnis kommt oder nicht?«

»Lieber Bruder«, sagte er, »verdächtigst du mich etwa der Manipulation?«

Weil rechts und links vertauscht waren, erschien mir das Gesicht vor mir ebenso fremd wie vertraut, und in der Fremdheit lag eine Wundheit, die, wie ich dachte, andere Menschen immer an mir gesehen hatten.

»Ich verdächtige dich der Manipulation, ja«, sagte ich. »Und das nehme ich dir übel. Enorm.«

Robert nahm die Hand vom Kinn und stellte die Beine nebeneinander. Die Umständlichkeit seiner Bewegungen drückte die Sorge aus, ich könnte das Wesentliche vielleicht nicht begriffen haben. Er legte die Unterarme auf den Tisch, faltete die Hände und warf mir einen überaus ironischen Blick zu, als wollte er sagen, wir beide hätten solche Spielchen doch nicht nötig.

»Willst du wirklich bestreiten, daß du dich von Laurie Hatch *enorm* angezogen fühlst? Hast du noch nicht davon geträumt, sie zu heiraten?«

»Du kotzt mich an.«

»Selbst jemand wie ich würde gelegentlich gern Zugang zu einem Vermögen haben.«

»Laurie bekommt gar kein Geld, wenn ihr Mann ins Gefängnis wandert. Du hättest deine Hausaufgaben machen sollen.«

Robert richtete sich auf und nahm die Arme vom Tisch. »Laß uns mal überdenken, was passiert, wenn Stewart verurteilt wird. Rund zwanzig Millionen Dollar fallen in die Hände des kleinen Cobden Carpenter Hatch. Seine Mutter hat die Verfügung über die gesamte Summe. Ich weiß, das läuft deiner puritanischen Natur zuwider, aber wenn du deinen Wünschen nachgibst und Laurie heiratest, wirst du von da an ein außergewöhnliches Leben führen.«

»Leider tue ich das jetzt schon«, sagte ich.

»Reizt dich die totale Freiheit nicht?«

»Wegen Geld zu heiraten, hört sich für mich nicht nach Freiheit an. Schon eher nach dem Gegenteil.«

»Dann vergiß doch das Geld und heirate aus Liebe. Du magst doch sogar ihren Sohn. Du liebst ihn richtiggehend. Das Ganze ist einfach ideal.«

»Wie kommst du ins Spiel?«

»Du müßtest einer Bedingung zustimmen.«

»Und die wäre?«

Robert lehnte sich zurück und breitete die Arme aus. »Alles mit mir zu teilen. Alle paar Monate verläßt du aus irgendeinem Grund das Haus, und ich komme an deiner Stelle zurück. Acht, zwölf Stunden später tun wir dasselbe umgekehrt. Niemand würde je etwas merken, am wenigsten Laurie und Cobbie.«

»Nein, danke«, sagte ich.

»Denk mal darüber nach. Deine Frau hätte keine Ahnung, daß sie mit zwei Männern schläft statt mit einem. Ohnehin wird, wie in allen Ehen, irgendwann die Zeit kommen, in der es dir nur recht ist, heimlich von zu Hause verschwinden zu können. Außerdem würden wir eine Familientradition fortführen. Unsere Ururgroßväter haben es immer so gehalten.«

»Bis zu dem Zeitpunkt, als Sylvan seinen Bruder Omar umbrachte«, sagte ich.

»Unsinn. Davon hab ich nie gehört.«

»Es wäre also in der Familientradition, daß du mich umbringst und dir damit alles allein unter den Nagel reißt.«

»Aber das *will* ich doch gar nicht!« sagte Robert. »Ned, mach dir doch klar, wer ich bin. Ich bin kein häuslicher Typ. Die Vorstellung, mit einer einzigen Frau zusammenzuleben, an einen festen Tagesablauf gebunden zu sein... schließlich bin ich gar kein richtiger Mensch. Ich bin ein reiner *Dunstan*. Ursprünglich war es nicht so vorgesehen – wir hätten eine Person sein sollen, aber wir wurden im Mutterbauch getrennt oder in der Nacht, in der wir geboren wurden; ich weiß es nicht. Aber es ist geschehen, und ich könnte dir nie irgendwelchen Schaden zufügen; ich *kann* es einfach nicht. Ich brauche dich. Außerdem finde ich die Vorstellung eines stinknormalen menschlichen Lebens zum Kotzen. Wie könnte ich den Wunsch haben, mich mit Laurie Hatch häuslich niederzulassen?«

»Bisher hast du mich auch nicht gebraucht«, sagte ich, obwohl Roberts Erklärung mich berührt hatte.

»Weshalb hab ich dann wohl in Naperville Kontakt zu Star gesucht und ihr gesagt, du sollst das College verlassen? Und als du darauf bestanden hast zurückzugehen, warum hab ich dann dafür gesorgt, daß dort jemand auf dich aufpaßt? Und warum habe ich vor Netties Haus mit Star gesprochen und ihr gesagt, du seist in Gefahr?«

»Vielleicht brauchst du mich tatsächlich«, sagte ich. »Ich brauche dich auch, Robert. Aber ich hab nicht vor, Laurie Hatch zu heiraten, damit du dir Armani-Anzüge und eine goldene Rolex kaufen kannst. Überhaupt – selbst wenn sie einwilligen würde, hätte ich noch immer keine Ahnung, was für ein Mensch sie in Wirklichkeit ist.«

»Du wirst dich doch nicht von einem aufgeblasenen Kleinstadt-Macho wie Stewart Hatch aufhetzen lassen? Lauries Familie kann dir doch scheißegal sein. Schau dir unsere an! So wie es ist, hast du mit Laurie nur mehr gemein, als du dachtest.«

Das war mir auch schon in den Sinn gekommen.

Robert beugte sich zu mir. »Ned, du hast dich doch schon halb in Laurie Hatch verliebt. Es ist dein Karma.«

»Wenn ich mir schon über Laurie im unklaren bin, weiß ich erst recht nicht, was ich von dir halten soll.«

»Dann kannst du dir ja vorstellen, wie ich zu dir stehe. Und doch sind wir auf irgendeine Weise dieselbe Person. Außerdem könntest du vielleicht in Betracht ziehen, daß mein Leben wesentlich schwieriger war als deines.«

»Was weißt du eigentlich über meine Schwierigkeiten?«

»Die Frage ist berechtigt, aber immerhin bist du mehr oder weniger menschlich, ich dagegen fast gar nicht. Meinst du, das war leicht für mich?«

»Keine Ahnung«, sagte ich.

»Aber bist du nicht doch dankbar für das, was du in den letzten beiden Tagen erfahren hast? Und dafür, daß wir dadurch zusammengekommen sind?«

Ich wollte sagen: *Nein, das Ganze kotzt mich an,* aber die Wahrheit drängte heraus: »Ja.«

Robert lächelte. »Im richtigen Moment sagst du immer: ›Ja.‹«

Die unerwartete Anspielung auf meinen immer wiederkehrenden Traum ließ mich aufhorchen. »Offenbar hast auch du einen Besuch in der New Providence Road abgestattet.«

Es sah so aus, als hätte ich ihn überrumpelt. »Wie bitte?«

»Ich spreche von Howard Dunstans altem Haus, das Sylvan aus Providence hierhergeschafft hat.«

»Das Haus bringt Unglück. Es ist wie schwarze Magie – es frißt einen einfach auf.«

»Und doch wolltest du mich da immer hinschicken«, sagte ich.

Robert sammelte sich, bevor er mich mit einer Miene ansah, die offenbar vollkommen ehrlich war. »Du sprichst von den Träumen, die du hattest. Das waren *Träume*. Nicht ich war für sie verantwortlich, sondern du. Darum geht es ja bei Träumen – du sagst darin etwas zu dir selbst.«

»Woher weißt du, wie meine Träume ausgesehen haben?«

»Ursprünglich hätten wir ja ein und dieselbe Person sein sollen«, sagte er. »Da kann es nicht überraschen, wenn wir ab und zu dieselben Träume haben.«

Ich fragte mich, was geschehen wäre, wenn Robert und ich tatsächlich im selben Körper zur Welt gekommen wären. Wir hätten wohl einen verwirrenden Ansturm von Gefühlen verspürt, eine Art Ohnmacht, die gleichermaßen aus Anziehung und Abscheu bestand. Ich hörte Howard Dunstan sagen: *Wir sind aus dem Sprung in der goldenen Schale geströmt. Wir sind der Rauch aus der Kanonenmündung.* Wir stammten aus dem Riß der Schale, aus den Taschen gefallener Soldaten – konnte das nicht die Freude erklären, die mich durchflutete und die stärker war als die sie begleitende Furcht?

»Was du auch sein magst, du bist mein Bruder«, sagte ich. »Es ist sogar noch mehr. Du bist mein halbes Ich.«

»Dagegen hab ich immer angekämpft«. Robert erschauerte auf seinem Stuhl. »Wie sehr, das kannst du nicht einmal ahnen.« Er wandte den Kopf kurz ab, bevor er mich dann mit einer Fülle von Gefühlen ansah, die meinem Zustand gleichkam. »Ich habe dich verachtet. Du kannst dir meinen Groll nicht vorstellen. Ich habe unsere Mutter kaum gekannt. Du hast mit ihr zusammengelebt, wenigstens ab und zu, und wenn das unmöglich war, hat sie dich besucht. Sie hat dir Geburtstagskarten geschickt. Ich hatte nichts dergleichen. Robert steckte irgendwo im Schatten. Star mußte ihren kleinen Ned beschützen. Und wir beide haben uns nur ein einziges Mal getroffen.«

Eine Erkenntnis durchfuhr mich mit der Wucht eines Güterzugs.

»Ja?« sagte Robert.

»Es war an unserem neunten Geburtstag. Da ist irgendwas passiert. Am Tag vorher bin ich krank geworden.«

»Tatsächlich?« sagte Robert.

»Ich bin nicht rechtzeitig hingekommen. Wo immer es war.«

»Dadurch bin ich fast umgekommen«, sagte Robert.

»Ich hatte Fieber und mußte im Bett bleiben. Star ist in unser Zimmer gekommen. Ich hab gedacht, diesmal würde nichts geschehen, weil mein Anfall mich normalerweise schon am Nachmittag überkam. Sie hat neben meinem Bett gestanden... Wo warst du? Wo bin ich hingekommen?«

»In jenem Jahr waren die Anscombes dran«, sagte Robert. »Jedenfalls haben sie sich so genannt. Sie hatten mich aufgenommen, weil ihr eigenes Kind gestorben war.«

»O mein Gott«, sagte ich. »Du warst in Boulder.«

»Bis zu jenem Mal konnte ich immer rechtzeitig spüren, wie er meine Witterung aufnahm – rechtzeitig genug, um zu fliehen. In jenem Jahr hast du dir den falschen Tag zum Krankwerden ausgesucht, und ich hab überhaupt nichts gespürt.«

In meinem Kopf sang Frank Sinatra das Wort *Fight* exakt auf einem Beat und hielt dann einen langen, ausgedehnten Moment inne, bevor er wieder einsetzte mit:

fight,
fight it with aaall of your might...

und während des Abwärtsschwungs der Phrase kam alles, was ich bewußt vergessen hatte, zurückgeflutet.

»Ich war in dir«, sagte ich.

79

Um zehn Uhr abends an ihrem gemeinsamen Geburtstag des Jahres 1967 meinten Ned Dunstan und der unter dem Namen »Bobby Anscombe« lebende Junge, ihre alljährliche Heimsuchung würde ihnen diesmal erspart bleiben. Ned litt seit dem Vortag an einem heftigen Fieber; sein Zustand hatte zwischen ausgedörrter Erschöpfung und filmreifen Delirien geschwankt. Vor Sonnenuntergang hatte das Fieber seinen Höhepunkt überschritten, und nun war er schweißgebadet, durstig und soweit bei Vernunft, daß er dachte, er habe seinen alljährlichen Anfall abgewehrt. »Bobby Anscombe« wiederum hatte keines der Signale empfangen, die sich üblicherweise zwei, drei Tage vor seinem Geburtstag manifestierten – ein Gefühl von Elektrizität in der Luft, ein gelegentliches Kribbeln, das an den Armen entlanglief, das plötzliche Auftauchen wirrer, am Rande des Blickfelds schwebender hellblauer Punkte. Die Signale sagten ihm sonst, daß es wieder Zeit war, sich der formlosen Leere auszuliefern, in der er den Großteil seiner grausamen Kindheit verbracht hatte, bis er wieder in die Welt der Menschen und die Obhut eines Paares entlassen werden würde, das ihn aufnahm, weil es ihn als verwandt erkannte. »Bobby« kniete auf dem Dachboden und überlegte, wieviel Geld er unbemerkt aus dem Lederkoffer entnehmen konnte, den er hinter einer rohen Mauer entdeckt hatte. Ein weiteres Geldversteck befand sich in der Küche, aber darauf hielt »Michael Anscombe« ein wachsames Auge. Ned Dunstan lag auf Stars Bett, das verschwitzte Laken neben sich. Seine Mutter strich ihm über die Stirn.

In seinem Zimmer in der Cherry Street spürte Ned, wie sich ein großer Druck auf seinen Körper legte, als hätte die Luft ihr Gewicht verdoppelt. Ein Summen, das er nur zu gut kannte, trat ihm in die Brust und wanderte entlang der Nervenbahnen. Als seine Mutter sich über ihn beugte, loderte das dunkle Grün ihrer Bluse und das Schwarz im Zentrum ihrer Augen.

Etwas war unten im Haus geschehen, aber Robert konnte nicht sagen, was. Ein unvorhergesehenes Geräusch, eine Veränderung des Luftzugs, das Öffnen einer Tür, Schritte auf der Treppe zum Dachboden? Wenn »Mike Anscombe« in sein Zimmer schauen sollte, würde Robert sich eine Entschuldigung für seinen Ungehorsam ausdenken müssen. Ungehorsam duldete »Mike Anscombe« nicht. Robert flitzte auf die Tür zu, und blaue Flammen schossen durch die Spalten zwischen den Dielenbrettern.

Neds Körper versteifte sich, zuckte hoch und fiel gewaltsam wieder auf die Matratze. Vor seinem Absturz sah Ned noch Stars leiderfülltes Gesicht auf sich zugleiten.

Durch Wände blauen Feuers eilte er hinter Mr. X einen asphaltierten Weg entlang, der zu einer Villa mit einem auffälligen Anbau an der linken Seite führte. Ein Fahrrad lehnte auf seinem Ständer; der flache Mond stand grell über einer Bergkette, so unwirklich wie eine Kulisse. Die kühle Nachtluft war von Tannenduft erfüllt.

Theatralisch drückte Mr. X die Glocke. Als die Tür aufging, stieß er ein Messer in den Bauch des Mannes vor ihm und drängte ihn zurück. Der unsichtbare Druck, der Ned den Asphaltweg entlanggezwungen hatte, schob ihn nun ins Haus. Aus den Lautsprechern zu beiden Seiten des offenen Kamins drang die Stimme Frank Sinatras. Gedehnt sang sie von einem unbeweglichen Objekt und einer alten, unwiderstehlichen Kraft.

Robert stand lauschend an der Tür des Dachbodens.

»Mr. Anscombe, nicht wahr?« sagte Mr. X.

Der Mann starrte mit offenem Mund auf die purpurroten Gedärme, die aus seinem Körper glitten. Ned spürte eine unerwartete atmosphärische Veränderung, die eine seltsame Erinnerung auftauchen ließ: In einer Glasglocke hob ein ausgestopfter Fuchs die Pfote. Er nutzte das Vergnügen, das Mr. X bei seinem Amt empfand, um zurückzuweichen, bis er an die Tür prallte. Schleier blauen Feuers trieben über die Wände, und Frank Sinatra bestand darauf, daß jemand geküßt werden mußte.

Glückselig schlitzte Mr. X den Hals von »Michael Anscombe« auf.

Ned sah nach links. Wie ein Schnappschuß erschien hinter der Wand das Bild einer fülligen Frau mit wirrem blondem Haar, die im Bett lag und *Goodnight Moon* las. Diese Vision wurde von einer traurigen Einzelheit begleitet: Die Frau auf dem Bett hatte einst ein totes Kind geboren, das auf furchtbare, erschreckende Weise *abnorm* gewesen war.

Ned stürzte in einen kurzen Flur, der an einer geschlossenen Tür endete. Vor ihm führten nackte Treppenstufen zu einer zweiten, schmaleren Tür.

Robert preßte die Hände ans Holz und konzentrierte sich auf das, was unter ihm geschah. Durchsichtige blaue Flammen züngelten neben seinen Füßen empor und liefen in hellen, gierigen

Linien über den Boden. An den undeutlichen Geräuschen unten erkannte Robert, daß »Michael Anscombe« von einem freudestrahlenden Wesen aufgeschlitzt worden war, das sich endlich in Reichweite seiner Beute befand. Roberts Leben hing von seiner Fähigkeit ab, dem jährlichen Eindringen dieses räuberischen Wesens in seine seltsame, vorübergehende Existenz auszuweichen.

Schritte glitten vom unteren Ende der Treppe auf ihn zu. Sie waren von einer unirdischen Weichheit, leichter als die eines Kindes und völlig unerklärlich.

Auf halber Höhe der Treppe erstarrte Ned. Mit der Leichtigkeit einer Traumgestalt trat ein mit ihm identischer Junge durch die geschlossene Tür.

Mit erleichtertem Staunen blickte Robert auf die stieläugige Gestalt seines überprivilegierten, behüteten Bruders hinab und begriff, daß vor ihm das Mittel zu seiner Rettung stand. Er legte einen Finger an die Lippen und deutete nach unten. Sein Bruder zog sich zurück, und Robert schwebte geräuschlos ins Erdgeschoß.

Ned trat von der Treppe weg. Sein seltsamer Doppelgänger deutete aufs Ende des Flurs. Ned ging zur Tür und versuchte, sie zu öffnen. Seine Hand schmolz durch den Türknauf und schloß sich zur Faust.

Er blickte über die Schulter. Hinter der Gestalt seines wütenden Doppelgängers sah er durch eine durchsichtige Wand, wie Mr. X sich von der zusammengeklappt daliegenden Leiche von »Michael Anscombe« entfernte und in ein Zimmer eindrang, in dem sich Pappschachteln türmten. Die Frau mit dem wirren Haar schleppte sich vorwärts. Sie preßte *Goodnight Moon* an ihre Brust wie einen Talisman.

Robert sah die Finger seines Doppelgängers durch den Knauf seiner Schlafzimmertür gleiten und erkannte, daß diese Gestalt nicht *wirklich* war. Der wirkliche Ned Dunstan lag träumend in Edgerton; nach Boulder gelangt war nur eine trügerische Replik. Zum ersten Mal in seinem merkwürdigen Leben war Robert in der Lage, seinen Groll lange genug zu unterdrücken, um etwas Entscheidendes erfassen zu können: Der Liebling seiner Mutter war zwar nicht physisch anwesend, aber in einer anderen Form zu ihm gesandt worden. Dieses Phantasiegebilde, dieses Duplikat aber war genau das, was er brauchte, um aus dem Haus zu gelangen.

Robert wirbelte herum und beobachtete genau das, was sein Bruder einen Moment vorher gesehen hatte.

Robert lief los, und nach kurzem Zögern folgte ihm Ned, der dachte, sein Doppelgänger werde ins Wohnzimmer sausen und durch die Haustür schmelzen. Statt dessen erreichte Robert das Ende des Flurs und verschwand. Verblüfft bewegte sich Ned ein paar Schritte weiter und sah, wie die Frau sich noch immer durch ihr Schlafzimmer schleppte. Mr. X stürzte sich in den Anbau des Hauses. Die Leiche von »Michael Anscombe« lag vornübergebeugt in einer sich ausbreitenden Blutlache. Frank Sinatra tat seine Absicht kund, die Lippen zu küssen, die er verehrte. Ned blickte durchs Wohnzimmer. Er sah, wie Robert ihn von der anderen Seite der halben Trennwand zur Küche wütend anstarrte. Er rannte aus dem Flur hinaus.

Robert konnte es nicht fassen. Sein Bruder – die Replik seines Bruders – gaffte wie ein Tourist, der am Grand Canyon stand. Er meinte schon, ihm den Toaster an den Kopf werfen zu müssen, um ihn auf sich aufmerksam zu machen, doch da blickte Ned endlich in die Küche. *Komm schon,* drängte Robert, und sein Bruder setzte sich in Bewegung. Robert ging zum Spülbecken, hockte sich nieder, schob Flaschen mit Putzmitteln beiseite und öffnete ein Geheimfach, das ein früherer Hausbesitzer eingebaut hatte, um den Schmuck seiner Frau zu verstecken. Seine Hand schloß sich um ein Metallkästchen.

Ned konnte kaum glauben, was er da sah. Mit dem Rücken zur Lücke in der Trennwand kniete sein Doppelgänger vor der Spüle und stöberte in den Putzmitteln. Im nächsten Moment würden entweder die Frau oder Mr. X – oder beide – ins Wohnzimmer treten.

»Laß doch den Blödsinn«, flüsterte er.

»Pst«, flüsterte der Doppelgänger zurück.

Ned trat in die Nische für die Waschmaschine neben der Hintertür und sah, wie Robert sich aus dem Fach unter der Spüle zurückzog und ein flaches Metallkästchen in Händen hielt. Er klappte den Deckel auf und nahm zwei Bündel Geldscheine heraus. Als er erneut ins Kästchen griff, versteifte sich sein Körper. Sein Kopf zuckte zur Seite.

Sie würden beide sterben. Das war es. Die Gier des Doppelgängers hatte sie umgebracht.

Robert sah »Alice Anscombe« ins Wohnzimmer taumeln und den Kopf zur Küche drehen. Ihre Augen wurden leer vor Schreck. »Ach du grüne Neune«, sagte sie.

Träumerisch wandte sich »Alice« nun in den Hausflur, lächelte und sagte: »Wer zum Teufel sind denn Sie – Bob Hope?«

Robert und Ned spürten, wie sich die Atmosphäre verdichtete und auf mysteriöse Weise aufzuhellen schien. Das einzige andere Lebewesen im Haus hatte »Alice Anscombes« Worte vernommen.

Eine Stimme in Neds Kopf sagte: *Mich kann man nicht umbringen, ich bin ja gar nicht hier, aber ihn*. Er trat aus der Nische. In diesem Augenblick begriff er endlich, daß sein seltsamer Doppelgänger genau das war, was er sein ganzes Leben lang vermißt hatte. Was da vor ihm hockte, war sein Bruder.

Robert sprang auf und schob die Geldbündel in die Hosentaschen. »Alice« watete in den See aus Blut, hielt gedankenverloren inne und blickte hinab. Robert meinte zu sehen, wie sich ihre Mundwinkel hoben, als sie die Leiche ihres Mannes betrachtete, doch dann schwand das Lächeln, wenn es überhaupt eines gewesen war. Das Buch fiel ihr aus den Händen, Blut spritzte auf ihre Füße. »Alice« wandte den Kopf dem leeren Hausflur zu.

Frank Sinatra sang:

Fight...
fight...
fight it with aaall of your might...

und Ned spürte, wie er sich auflöste, so abrupt wie ein Regentropfen auf einem heißen Gehsteig. Er streckte die Hände aus und sah durch deren verschwommenes, leicht gefärbtes Gewebe die Kacheln des Küchenbodens.

Die Irre im Wohnzimmer brüllte: »Warum tun Sie mir das an? Begreifen Sie nicht, daß ich schon in der Hölle bin?«

Eine trockene Männerstimme sagte: »Ganz ruhig, Mrs. Anscombe. Sie kommen sofort an die Reihe.«

Robert und Ned starrten in ihre identischen Gesichter. Es war, als glitten sie ohne irgendeine bewußte Bewegung aufeinander zu. Zitternd empfing Ned die Erkenntnis, daß das Überleben seines Bruders und damit in gewissem Sinne auch sein eigenes von einem außerordentlichen Akt der Hingabe abhing.

Sie hörten die Frau brüllen: *Verflucht, ich bin wirklich in der Hölle, nur ist der Scheißkerl nicht ROT, sondern BLAU!*

Während er auf Robert zuglitt, empfand Ned eine neue Form des Schreckens – das Bewußtsein, daß er sich auf der Schwelle zu einer Veränderung befand, die er weder steuern noch vorhersehen konnte. Der Schrecken verwandelte sich in Wonne, nachdem er spürte, wie ein Teil seines Wesens bereits sehnsüchtig die Arme ausstreckte.

Auch der rationale, nach Selbstschutz strebende Teil Roberts begrüßte das herannahende Mysterium, denn Robert erkannte darin eine Chance zum Überleben. Der chaotische, irrationale Teil Roberts hingegen wehrte sich mit einem Schrecken, der größer war als der von Ned. Er empfand Verzweiflung und Abscheu über den zerstörerischen Handel, in den man ihn gelockt hatte.

Unwiderstehlich schwebten Robert und Ned aufeinander zu, trafen zusammen und verschmolzen miteinander, jeder mit seinen eigenen Ängsten, Zweifeln und Ressentiments, und einen Augenblick lang verstrickten sich ihre Gemüter und rebellierten. War der eine entsetzt über das Ausmaß an Zorn und Gewalt im anderen, so wurde dieser abgestoßen von der schier unerträglichen Enge und Kleinheit seines Gefängnisses und brannte auf *Meuterei*, auf *Zerstörung*...

Kaum war diese Ambivalenz aufgetreten, löste sie sich auch schon in Entschlossenheit und Harmonie auf, in eine Ganzheit, die von der Wahrnehmung einer noch größeren, geräumigeren Ganzheit durchdrungen war. Sie kam dem Besitz einer Art Herrlichkeit gleich und blieb den beiden nur versagt, weil Ned in Wirklichkeit *abwesend* war. Eine so tiefe persönliche Hingabe begleitete die Ahnung dieser Möglichkeit, daß beide sich sofort zurückzogen und dennoch als ein Geist und ein Körper durch die Küchenwand schwebten. Der Teil, den Ned darstellte, spürte dabei, wie sein unlösbar mit ihm verbundenes zweites Selbst eine Glückseligkeit und Befriedigung empfand, die seinen Gefühlen gleichkam.

Gemeinsam entflohen sie in die von Tannenduft erfüllte Nacht. Die Hälfte, die Robert war, ergriff die Führung und trieb sie beide an. Ned hatte erst das Gefühl, auf einem bleiernen Fahrrad einen Hügel hinaufzufahren, und dann, unter Wasser gegen eine starke Strömung anzuschwimmen. Die Muskeln schmerzten, die Lunge rang nach Sauerstoff. Verschwommen flog die Landschaft vorbei. Ohne jeden Übergang kamen sie auf einem öden Grundstück zur Ruhe, umgeben vom zitternden Kraut Wilder Möhren. Robert streifte ihn ab wie ein schmutziges Hemd. Millionen von Sternen glänzten vom Nachthimmel herab. *Es ist zuviel,* dachte Ned, *viel zuviel.*

»Wo sind wir?«

»Ich bin irgendwo in Wisconsin«, sagte Robert. »Du bist in Edgerton bei Mama.«

Ned zog die Knie an die Brust, weil ein Stachel sich in seinen Schädel bohrte.

80

»Und ich war in dir«, sagte Robert, »jedenfalls lange genug, um uns beide aus Boulder herauszubekommen.«

»Ich kann es nicht fassen, daß ich das alles vergessen hatte«, sagte ich. »Ich hab dir das Leben gerettet.«

»Dir hab ich das Leben mehr als einmal gerettet«, sagte Robert. »Wie wär's, wenn du dich bis zu unserem Geburtstag selbst ein bißchen darum kümmerst, am Leben zu bleiben? Ich kann dich nicht rund um die Uhr beschützen.«

»Wir müssen noch über so vieles sprechen«, sagte ich, aber er war fort.

81
Mr. X

O Ihr Schwebenden, Ihr, die Ihr als gieriger Rauch aus der Kanone quellt, Euer Sohn fragt sich, ob Ihr in Eurem triumphalen Jahrtausend noch immer Probleme mit dem habt, was man einst »Dienstboten« nannte. Benötigt Ihr in Eurem erhabenen Reich noch die Dienste niederer, zweifellos versklavter Wesen, die gewiß aus den eroberten Gebieten stammen? Wenn dem so ist, so wißt Ihr, wovon ich spreche. Ein Sklave ist nichts anderes als ein Dienstbote, abgesehen davon, daß er noch eine größere Verantwortung darstellt. Der Schutzheilige der Dienstboten ist Judas. Schon meine irdischen Eltern haben unter den Raubzügen untreuer Dienstmädchen und Haushälterinnen gelitten, und auch ich hatte meine Judasse. Der erste war ein gewisser Clothhead Spelvin, dessen Verrat ich mit einem kurzen Besuch in seiner Gefängniszelle ahndete. Und nun hat Frenchy La Chapelle, diese zappelnde Ansammlung von Straßendreck, versagt.

Heute morgen griff ich mir am Zeitungsstand gratis ein Exemplar des *Edgerton Echo* und überflog auf dem Weg durch die Chester Street die Titelseite. Die Redaktion hatte gerade genug Zeit gehabt, eine Spalte über den vernichtenden Brand einer »bescheidenen Pension« einzufügen. Ein einzelner Todesfall wurde für möglich gehalten. Morgen würde das Schundblatt mit Fotos und allen Einzelheiten dienen können.

In der Maske eines gewöhnlichen Sterblichen schlenderte ich zum Schauplatz des erfreulichen Ereignisses. Mein bei Tage sichtbares Selbst besitzt die Würde eines pensionierten Staatsmannes oder Diplomaten, vielleicht mit einem Anflug der Autorität eines Generals. Auf verwitterte Weise bin ich noch immer gutaussehend, wenn ich so sagen darf. (Um diese Details meiner weltlichen Existenz zu vervollkommnen, bediene ich mich eines falschen Namens. Er enthält eine spaßige Anspielung, die gewiß niemand wahrnehmen wird. Überdies habe ich mich vor kurzem von einem bedeutenden Posten zurückgezogen.)

Etwas machte mir Sorgen, während ich mich dem Schauplatz näherte. Ich hätte vom Tod meines Sohnes *wissen* müssen, wie ich von dem seiner Mutter *gewußt* hatte. Doch handelte es sich hier um das schwächliche Balg, dessen Anteil an meinem Erbe zu unbedeutend gewesen sein mochte, um eine telepathische Übertragung zu ermöglichen.

Die »bescheidene Pension« war nur noch ein Schutthaufen. Hinter einem Geflecht roter Bänder mit der Aufschrift KEIN ZUTRITT LEBENSGEFAHR KEIN ZUTRITT LEBENSGEFAHR streiften Ermittlungsbeamte in orangefarbenen Raumanzügen durch das Schlamassel. Ein Haufen aus Idioten und Gespenstern hatte sich auf der anderen Straßenseite versammelt.

Ich gesellte mich dazu, um aufzuschnappen, was sie sagten. Viele hielten Helen Janette, die Wirtin, für eine übellaunige alte Vettel. Ich wurde fast wahnsinnig vor Ungeduld: *Was war mit dem Todesfall?*

Schließlich bemächtigte ich mich eines schnaufenden Wracks. *Ist einer der Mieter zu Tode gekommen?*

»Was is?«

Ob jemand umgekommen ist.

»Ach so. Ja, Otto. Ist 'ne verfluchte Schande. Haben Sie ihn gekannt?«

Flüchtig.

Das Wrack nickte. »Es nimmt einen mehr mit, als man zugeben will.«

Oh, es nimmt mich durchaus mit.

Ich hastete zurück in meine Klause und stürzte mich auf die Nachrichten. Eine noch nicht identifizierte Leiche sei vom Schauplatz entfernt worden. Eine Stunde später gab es Hinweise auf deren Identität, die aber unbestätigt blieben. Dann hatte man die Identität festgestellt, aber noch nicht bekanntgegeben. Erst um zwölf Uhr mittags teilte man den Namen des Opfers mit: Es war Otto Bremen, der siebzigjährige Schülerlotse einer Grundschule.

Am Abend nutzten die Nachrichtensprecher ihre verstärkten Stimmen, um zu verkünden, die Ermittlungsbeamten und Brandspezialisten der Polizei und Feuerwehr von Edgerton seien zu dem Schluß gekommen, daß das Feuer verdächtigen Ursprungs gewesen sei.

Ihr versteht meine Klagen über das Dienstbotenproblem.

Um die Wahrheit zu sagen, sind Gestalten wie Frenchy nicht so leicht zu finden. Ich habe beschlossen, der falschen Schlange eine zweite Chance zu geben. Frenchy ist nicht so dumm, sich seines Verbrechens zu brüsten. (Außer gegenüber Cassie Little.)

Das Leben von Frenchy soll verschont werden, falls er den Schaden wiedergutmachen und ein paar alte Bekannte dahingehend überprüfen kann, ob sie sich unklug verhalten haben. Star hätte den Namen »Edward Rinehart« nie preisgegeben; sie konnte zu gut schweigen. Gewiß hat sie dem Schwächling auch nie erzählt, daß er einen Bruder besitzt. Verflucht soll er sein, genauso wie sein Bruder. *Ich dachte, es sei nur einer da...*

Jahre später *hatte* ich den Knaben beinahe – die Atmosphäre war elektrisiert – meine Erregung groß – ich spürte seine Gegenwart – der bebende Schatten entglitt mir jedoch – die einzigartige Gelegenheit wurde gestört und vergiftet – und jetzt begreife ich.

Ich glaube, die beiden haben sich *verbunden, sich vereint.* Der gefährliche Sohn war in greifbarer Nähe, die *Lösung* nahe. Mein ewiges Scheitern hatte eine einzige Ursache: *Unwissenheit.* Ich dachte, es sei nur einer – nicht zwei –, ich hielt den Schatten für das Bild meiner Beute statt ihn als hilflosen Schatten seines Bruders zu erkennen.

Ich protestiere! Ihr habt alles falsch verstanden!

Doch keine Klagen mehr. Zu Lebzeiten hatte die Kuh offenbar einen schützenden Einfluß. Mein Verstehen stärkt mich, ebenso wie die gesegnete Erkenntnis, daß der Erfolg in reifen Jahren, die mancher auch das Alter nennen mag, süßer ist als in der Jugend.

82
Mr. X

Sechs Stunden später. Ich brauche Schlaf. Mein kurzer Schlummer eben war von unangenehmen Träumen geplagt, und dann warf ich mich unruhig eine weitere Stunde im Bett umher. Nun denn.

Die Morgenausgabe des *Edgerton Echo* informiert alle Welt, das Feuer in der Chester Street sei ein Akt der Brandstiftung gewesen. Auf dem unteren Teil der Titelseite ist die aufgequollene Visage des Schülerlotsen Otto Bremen abgebildet, begleitet von zwei elegischen Spalten. UND! – mich überkommt ein Schwindel – zum Andenken an ihr schnurrbärtiges Walroß hat die Carl Sandburg Elementary School eine Belohnung von zehntausend Dollar ausgesetzt: für Hinweise, die zur Festnahme und Verurteilung des Brandstifters führen.

Ich bin am Rande eines Herzschlags. Wenn man mich eingeäschert fände, würde irgend jemand zehntausend Dollar für den Namen des Verantwortlichen lockermachen? Doch schlimmer noch: Für eine Handvoll Münzen würde Cassie Little ihrer Mutter den Hals aufschlitzen, von zehntausend Dollar ganz zu schweigen.

Noch bevor die Sonne weitere zwei Meter über den Himmel wandert, wird Frenchy seinen Marschbefehl erhalten.

83

Bevor Ashleigh am nächsten Morgen abflog, besuchte ich sie im Merchants Hotel, um die Aktentasche abzuholen und beim Frühstück von dem Feuer und meiner Begegnung mit Captain Mullan zu berichten.

»Laurie hat vorhin angerufen. Ich hab ihr gesagt, ich hätte ein paar nützliche Informationen beschaffen können. Wie, hab ich nicht gesagt, und sie hat auch nicht danach gefragt.«

»Gut.«

Ashleigh stieß den Löffel in ihr Müsli. »Mullan hat dich nach einer Wanze abgeklopft? Sieht aus, als hätte man ihn auf dem Kieker. Oder er hat Angst davor. Wahrscheinlich macht er sich Sorgen, was herauskommen könnte, wenn Anklage gegen Hatch erhoben wird. In zwei, drei Tagen werden diese Typen schwitzen wie die Affen.«

»Mullan nicht«, sagte ich.

»Du kennst dich hier nicht besser aus als ich, vergiß das nicht. Aber du bist ein interessanter Mensch, Ned.«

»Wenn du wüßtest...«

»Ned?« Sie legte den Löffel beiseite. »Warum lachst du?«

Toby Kraft kam hinter seiner Theke hervor und drückte mich an sich. »Als ich's heute morgen in den Nachrichten gehört hab, wollte ich zuerst meinen Ohren nicht trauen! Alles in Ordnung? Was ist passiert?«

Ich erklärte ihm, ich sei in den Brazen Head gezogen, nachdem seine Freundin mich hinausgeworfen hatte. »Du hast sie wohl schon gekannt, als sie noch Hazel Jansky hieß.«

»Wir haben vor Urzeiten ein paar Geschäfte miteinander abgewickelt. Dann hat die Dame Probleme bekommen, und ich hab ihr da rausgeholfen. Ich tue meinen Freunden gern einen Gefallen.« Toby schien sich nicht einmal andeutungsweise unbehaglich zu fühlen. »Was hat sie getan – dir ihre Lebensgeschichte erzählt?«

»Teilweise. Ich hoffe, du hattest das Haus versichert.«

»Darauf kannst du wetten. Wissen deine Tanten, daß dir nichts zugestoßen ist?«

»Denen hab ich gar nicht gesagt, wo ich war, aber anrufen sollte ich sie vielleicht trotzdem«, sagte ich.

Toby warf einen Blick auf die Aktentasche, und ich fragte ihn, ob er sie eine Zeitlang in seinen Safe legen könne. Er liebkoste das weiche Leder. »Wenn man so was anfaßt, fühlt man sich gleich wie Rockefeller.«

Er schob die Tasche auf den Stapel aus Aktenordnern und losen Papieren, die sich in seinem Safe türmten, und richtete sich ächzend wieder auf. »Helen hat mir die Hölle heiß gemacht, weil sie meint, ich hätte dir ihren alten Namen gesagt. Aber den hast du von mir doch gar nicht erfahren.«

»Ich hab ein paar alte Artikel aus dem *Echo* aufgetrieben«, sagte ich. »Toby, war das der Grund, weshalb du nach Greenhaven mußtest?«

»Setz dich.«

Dieselben Papierstapel wie am Freitag abend überfluteten seinen Tisch; dieselben Frauen in denselben traurigen, plumpen Posen bedeckten die Wände. Toby faltete die Hände über dem Bauch. »Willst du die Wahrheit über die Sache damals wissen? Manche Leute haben Probleme mit dem Adoptionsverfahren. Andere Leute wollen die Babys nicht, die Gott ihnen geschenkt hat. Ich kann nicht behaupten, es sei legal gewesen, was ich getan hab, aber ich sage doch: Es war moralisch richtig.«

»Eine seltsame Moral, Babys zu verkaufen«, sagte ich.

»Nehmen die Adoptionsagenturen nicht etwa auch Gebühren?«

»Doch, aber sie entführen keine Babys und sagen deren Müttern, die Babys seien gestorben.«

»Ein Kind verdient ein gutes Heim.« Toby breitete die Arme aus. »Ich bin eben jemand, der sich um seine Mitmenschen kümmert. Ich hab mich um deine Großmutter gekümmert und um deine Mutter, und ich werd mich auch um dich kümmern. An dem Tag, an dem man mich gewaltsam von der Bühne zerrt – ich hoffe, daß ich dann gerade mit 'ner hübschen Dame im Bettchen liege –, wirst du von Mr. C. Clayton Creech, dem größten Anwalt aller Zeiten hören. Dann wird es deine Pflicht sein, dich wieder nach Edgerton zu bewegen. Und zwar stante pede.« Mit aufgerissenen Augen schien er sich vergewissern zu wollen, daß ich begriffen hatte. »Kapiert?«

»Kapiert«, sagte ich.

»Ich sollte dir seine Adresse geben.« Toby zog eine Visitenkarte aus seinem Portemonnaie.

C. Clayton Creech
Rechtsanwalt
7 Paddlewheel Road
Edgerton, Illinois

In der linken unteren Ecke war eine Telefonnummer abgedruckt, rechts stand: *Jederzeit zu Ihren Diensten.*

»Wenn du hier irgendwelche Probleme kriegst, mußt du sofort diesen Burschen anrufen. Versprochen?«

»Schließlich ist er der größte Anwalt aller Zeiten.«

»Du wirst schon sehen.«

»An deinem Todestag wird er sofort dein Testament verlesen? Was soll die Eile?«

»Wenn man die Sachen einfach laufen läßt, kann man ganz schön in die Scheiße kommen. Kennst du das Grundprinzip?«

Ich schüttelte den Kopf.

»Frechheit siegt«, sagte er. Ich lachte laut auf. »Hör mal, warum trittst du den Job bei mir nicht jetzt gleich an? Sonst hast du doch nichts zu tun, und ich kann dir das Ganze in einer Viertelstunde erklären. Geöffnet ist von acht Uhr morgens bis halb sechs Uhr abends. 'ne kleine Mittagspause ist natürlich auch drin. Alles klar?«

»Frechheit siegt«, sagte ich. »Na schön, okay, aber es geht nur für ein paar Tage. Und laß mich erst mal Nettie anrufen.«

»Aber gern«, sagte Toby.

Nettie vergeudete keine Zeit für eine Begrüßung. »Ich dachte, wir würden dich mal sehen, und jetzt rufst du wieder nur an.«

»Woher wußtest du, daß ich es bin?«

»Das hab ich am Klingeln gehört. Komm gegen sechs zum Abendessen. Und wenn du immer noch kein Schießeisen hast, solltest du dir am besten eins beim alten Toby Kraft besorgen. Es darf nicht registriert sein. Wenn du es mal benutzen mußt, wischt du es hinterher einfach ab, wirfst es weg und verschwindest. Dann bist du sauberer als das Gesundheitsamt. May wird auch hiersein, also komm rechtzeitig.«

Toby lehnte sich zurück und faltete die Hände hinter dem Kopf. »Hat dir das alte Schlachtroß einen guten Rat gegeben?«

»Du weißt ja, wie sie ist«, sagte ich. »Wie wär's, wenn du mir jetzt erst mal beibringst, wie ein Leihhaus funktioniert?«

»Du wirst das toll machen. Es liegt dir im Blut.« Er drückte sich von seinem Schreibtisch ab.

Toby erklärte, wie die Belege ausgefüllt und die Waren untergebracht wurden. Kameras kamen auf ein Regal, Uhren auf ein anderes, Musikinstrumente in eine Vitrine. Alles wurde nach der Reihenfolge der Nummern auf den Belegabschnitten angeordnet. Besteck wickelte er ein und legte es in Schubladen, Weingläser und Porzellan kamen in Schränke, Gemälde lehnten an der Wand, Teppiche und Möbel wurden an einer Seite des Lagerraums untergebracht. Für den Wert der deponierten Dinge wurden wöchentlich drei Prozent Zinsen berechnet. Ich fragte ihn, wieviel Geld er für die jeweiligen Pfänder auszahlte.

»Normalerweise weißt du die Summe, wenn du dir die Kunden genau ansiehst. Es steht ihnen in den Augen geschrieben. Du wirst schon sehen. Wenn du weißt, wieviel sie sich erhoffen, bietest du ihnen die Hälfte, dann ziehen sie zufrieden ab. Sollte irgendwas verdächtig sein, wie zum Beispiel ein Kerl mit einem Einkaufswagen voller Monitore, greifst du einfach zum Telefon und sagst ihm, du rufst die Polypen. Sonst geht der Scheiß ins Auge.«

»Was ist mit Waffen?«

»Papierkram noch und nöcher. Die Feuerwaffen sind in einem verschlossenen Schrank hinter den Regalen. Wenn jemand eine Waffe will, gehst du zum Schrank, ziehst eine Schublade heraus und legst ihm die Dinger vor. Die Preise hängen dran. Hat er gewählt, muß er eins von den Formularen in der Schublade hier unterschreiben. Wir schicken eine Kopie an die Polizei, und nach fünf Tagen kann er das Ding abholen. Jagdgewehre und Schrotflinten sind kein Problem, die kann man sofort rausgeben. Schnellfeuergewehre und Derartiges gibt's bei mir nicht, schließlich bin ich kein Waffenarsenal.«

»Nettie meint, ich soll eine nicht registrierte Waffe tragen«, sagte ich.

»Sollst du jetzt plötzlich Überfälle machen?«

Nachdem ich ihm von Joe Staggers und seinen Freunden erzählt hatte, sah er mich lange und aufmerksam an. »Für Notfälle hab ich tatsächlich ein paar Kanonen hier. Zeig das Ding keinem, wenn es nicht nötig ist, und sag nie, wo du es her hast.«

Toby verschwand nach hinten und kam mit einer kleinen schwarzen Pistole und einem Halfter zurück, das wie ein Handschuh aussah. »Das ist eine Beretta Automatik, Kaliber fünfundzwanzig. Ich tu dir einen Ladestreifen rein. Um eine Patrone in die Kammer zu schieben, ziehst du diesen Schieber hier zurück. Das ist die Sicherung – siehst du den roten Punkt? Er bedeutet, daß das Ding gesichert ist und du den Abzug nicht durchziehen kannst. Wenn du den Hebel mit dem Daumen runterschiebst, bist du bereit zum Feuern.« Er steckte die Pistole ins Halfter. »Klemm dir das Ding am Hintern an den Gürtel, dann sieht es keiner. Bevor du abfährst, gibst du es aber zurück.«

»Es wird wahrscheinlich nicht nötig sein, aber was ist, wenn ich die Pistole benutzen muß?«

»Wirf sie in den Fluß. Eine Waffe ohne Papiere benutzt man nur einmal.« Er sah zu, wie ich das Halfter an meinem Gürtel befestigte, und forderte mich auf, mich umzudrehen. »Und jetzt vergißt du das Ding. Greif bloß nicht dauernd nach hinten, um daran rumzufummeln.«

Wir gingen wieder ins Büro. »Dein Job ist es, draußen hinter der Theke zu bleiben. Wenn ich weg bin oder auch hier hinten im Büro, bringst du die Belege alle paar Stunden rein und verzeichnest die Vorgänge in dem Kassenbuch auf meinem Tisch. Du wirst schon sehen, wie – schreib die Nummer rein, den Namen des Kunden, ein paar Worte über das Pfand und die Summe. Was die Summe betrifft, halbierst du sie. Dann nimmst du das andere Kassenbuch aus meiner Schublade unten links und schreibst alles noch mal rein, bloß mit der richtigen Summe. Am Ende des Tages kommt dieses Buch dann in den Safe.«

Ich lachte.

»Wenn du dich über Wasser halten willst, mußt du dir einen Vorteil verschaffen. Ist dir dieses Verfahren neu?«

»Toby«, sagte ich, »ich bin ein Dunstan.«

Er streckte mir seine pelzige Pranke entgegen, und mit einer plötzlichen Erkenntnis überließ ich ihm meine Hand, die er ausgiebig malträtierte. Toby Krafts Loyalität gegenüber meinen Tanten galt auch für mich und würde immer über die kleinen Grausamkeiten triumphieren, die sie ihm an den Hals wünschten. Denn Nettie und May stellten seine letzte Verbindung zu seiner toten Frau dar, an deren außergewöhnlichen Eigenschaften er sich über alle Maßen ergötzt hatte.

84

Den Rest des Tages verbrachte ich im Dämmerlicht des Leihhauses. Nacheinander erschienen zwei Männer, die aussahen, als hätten sie noch nie im Leben etwas verpfändet, und begaben sich schnurstracks ins Büro. Auf dem Weg zum Mittagessen stellte mich Toby dem zweiten dieser Besucher – »Mr. Profitt« – vor. Der strich mit seiner gepflegten Hand über meine und sagte in einem Wort: »Nettdichmalzusehenjungemachihmkeineschandeja?«

»Wie käme ich dazu?« sagte ich.

Toby kam allein zurück und überreichte mir eine braune Papiertüte mit einem Thunfischsandwich, einer Packung Kartoffelchips und einer Coca-Cola. Er entschuldigte sich, weil ich keine Mittagspause gehabt hatte, und lobte mich für meine tolle Leistung. Zu meinem Erstaunen hatte sich seine Ankündigung, ich werde wissen, wieviel ich für ein Pfand bieten mußte, bestätigt: Durch ein Blinzeln, ein Stocken, eine beiläufige Geste verriet jeder der Kunden den erhofften Betrag. Nannte ich die Hälfte der Summe, nahmen alle sofort an.

Um fünf Uhr nachmittags klopfte Toby mir auf den Rücken und erklärte, ich könne mich für die Tanten »fein machen«. Er gab mir einen Schlüsselbund. »Komm morgen eine halbe Stunde früher, ja? Wir werden den Lagerraum umräumen. Wenn du jetzt weggehst, schließ vorn ab und dreh das Schild auf GESCHLOSSEN. Heute kann ich keine Kunden mehr brauchen.«

Nachdem ich die Gitter verschlossen hatte, ging ich zu einer Autovermietung in der Commercial Avenue, kreuzte sämtliche Versicherungsleistungen an, die angeboten wurden, und mietete einen Ford Taurus, der im satten Grün spanischer Oliven lackiert war.

85

Nach dem Straßenplan in Hugh Coventrys altem Journal befand sich der Eingang zum Buxton Place, wo Edward Rinehart unter den Namen von Gestalten H. P. Lovecrafts zwei Häuschen erworben hatte, kurz vor dem Ende der Fairground Road, nicht weit vom Campus entfernt. Ich lenkte den Wagen in eine Parklücke vor einem Café. Zwei Straßen weiter endete die Fairground Road an einer breiten Grünfläche, durchschnitten von Wegen, die zu roten Backsteinbauten im neogeorgianischen Stil führten. Ich blickte zurück und sah die Bushaltestelle, an der ich ausgestiegen war, um Suki Teeter zu besuchen. Der Buxton Place lag in der Gegenrichtung auf der anderen Seite der Fairground Road. Ich ging am vergoldeten Fensterrahmen einer irischen Bar namens Brennan's vorbei, dann trat ich zwischen die parkenden Autos und lief über die Straße.

Entlang des Gehsteigs erstreckten sich bis zur nächsten Kreuzung Ladenfronten. Der Buxton Place mußte sich im letzten Block vor der Universität befinden. Ich ging an einer lückenlosen Reihe von Comicläden, Bekleidungsgeschäften, Studentenlokalen und Süßwarenläden vorbei. Meine Erinnerung hatte mich getäuscht – die Sackgasse mußte weiter südlich in die Fairground Road einmünden, vielleicht in dem Häuserblock nach der Ecke, wo Suki Teeter ihre Galerie hatte.

Ich ging an denselben Ladenfronten vorbei, die ich schon beim Hinweg gesehen hatte. Als auf der anderen Straßenseite die irische Kneipe auftauchte, sah ich durchs Fenster, wie ein Barkeeper mit Schürze eine Fernbedienung auf einen für mich nicht sichtbaren Fernseher richtete. Ich blickte nach rechts und sah zwischen einem kanadischen Pancake-Lokal und einem persischen Restaurant das Kopfsteinpflaster einer Gasse, die nicht breiter war als mein Mietwagen. Wenn sie einen Namen trug, hatte die Stadt Edgerton keinen Grund gesehen, deshalb auch ein Schild aufzustellen. Ich trat auf die Pflastersteine und lugte ins Dämmerlicht. Hinter der Rückfront der Häuser zu beiden Seiten der Einfahrt verbreiterte sich die Gasse. Ich erkannte die Torflügel alter Ställe und, am hinteren Ende, zwei kleine Häuser.

Dicke Vorhängeschlösser hingen an den Toren der Ställe. Die schablonierte Aufschrift unter den staubigen Fenstern besagte, daß die Albertus University hier Lagerräume unterhielt. Hinten standen Seite an Seite die Häuschen von Edward Rinehart, getrennt durch eine gemeinsame Mauer. Jedes besaß je zwei Fenster oben und unten und ein Oberlicht über der halbrunden Tür. Schmale Kamine ragten durch die steilen Ziegeldächer; die Dachrinnen trugen eiserne Verzierungen. Die Häuser sahen verzerrt und verkleinert aus, als habe man ihre ursprüngliche Größe gewaltsam reduziert. In den Fenstern spiegelten sich meine hohlen Hände und das dunkle, undeutliche Oval meines Gesichts. Ich hastete zurück ins Sonnenlicht.

Da ich nur noch acht Minuten für eine Fahrt von einer Viertelstunde hatte, riß ich das Steuer herum, wendete verkehrswidrig und raste auf der Fairground Road nach Süden. Eine Ampel sprang auf Gelb, ich stieg aufs Gaspedal und schoß über die

Kreuzung, kurz bevor es Rot wurde. Robert, der schlagartig neben mir auf dem Beifahrersitz erschienen war, applaudierte. »Tempo! Elan!«

Fast wäre ich auf einen parkenden Wagen geprallt.

»Hab ich dich erschreckt? Verzeih mir bitte. Ich nehme an, daß unsere Dokumente sich jetzt im Safe von Toby Kraft befinden.«

»Geh zum Teufel. Ja, sie sind in Tobys Safe.«

»Haben wir abends schon was vor?«

»Ich fahre zum Abendessen zu Nettie und May.«

»Ist dir eigentlich klar, daß ich noch nie die Freude hatte, in Gegenwart unserer Großtanten eine Mahlzeit zu mir zu nehmen?«

»Es würde dir gar nicht gefallen«, sagte ich. »Die Unterhaltung neigt zu Wiederholungen.«

»Überlaß mir doch die lästige Pflicht. Ich nehme einfach deinen Platz ein.«

»Nein.«

»Hattest du vielleicht vor, nach dem langweiligen Essen nach Ellendale rauszufahren?«

»Laß die Finger von Laurie Hatch«, sagte ich.

»Wenn du darauf bestehst... vorläufig jedenfalls.«

»Robert«, sagte ich, aber ich sprach zu einem leeren Sitz.

86

Von ihrem Posten hinter dem Fenster aus deutete Tante Joy erst auf Netties Haus und dann auf sich. Das hieß wohl, ich sollte nach dem Essen zu ihr kommen. Ich nickte. Wir hatten über viel zu sprechen.

Die Tanten saßen auf dem Sofa und begrüßten mich strahlend, als ich ins Wohnzimmer kam. Clark bedachte mich mit dem nachsichtigen Grinsen eines Mannes, der soeben die Speedway Lounge verlassen hat. Er war mit perlgrauen Hosen ausstaffiert, einem lilafarbenen Jackett und einer breiten Krawatte mit gelben Punkten auf rotem Grund. »Du hast jetzt wohl 'nen fahrbaren Untersatz.«

»Es ist bloß ein Mietwagen«, sagte ich. Ich gab meinen Tanten einen Kuß, worauf May mir eine braune Papiertüte überreichte.

»Ich hoffe, es ist die richtige Größe.«

In der Tüte befanden sich zwei Dreierpackungen mit Calvin-Klein-Slips, Größe fünf, und sechs Paar schwarze Wollsocken, Größe zehn bis zwölf. Als die Tanten die Beute aus der Intensivstation aufgeteilt hatten, hatte ich May im Scherz gebeten, mir Unterwäsche und Socken zu besorgen, und sie hatte mich offenbar beim Wort genommen. »Die Größe stimmt genau«, sagte ich. »Eigentlich kann ich das ja nicht gutheißen, aber danke, Tante May. Ich kann die Sachen gebrauchen.«

»Ist der Blazer deine einzige Jacke, Neddie? Ich kann dir bei Lyall's eine neue besorgen. In der Herrenabteilung haben sie ein paar wirklich schöne Sachen.«

»Nein, nein«, sagte ich rasch, »Jacketts hab ich wirklich genug.«

»Auch eins in dieser Farbe?« fragte Clark fast streitlustig.

»Nein, aber ich finde es sehr hübsch.«

»Wie würdest du die Farbe denn nennen?«

»Lila?«

»Schlimm, wenn ein junger Mann sich so dumm anstellt.«

»Dunkelviolett?«

»Die richtige Bezeichnung für diesen Farbton ist Aubergine. Jetzt mußt du nicht mehr unwissend durch die Gegend laufen.«

»Gut«, sagte ich. »Ich bin nämlich schon den Großteil meines Lebens unwissend durch die Gegend gelaufen.«

»Ich glaube, wir sollten jetzt in die Küche gehen«, sagte Nettie. »Ißt du noch immer gern Brathuhn, Ned?«

»Aber klar.«

Auf dem Tisch standen Schüsseln mit Kartoffelpüree und grünen Bohnen, dazu ein Krug Eistee. Nettie entfernte die Alufolie von einer Platte mit gebratenen Hühnerteilen. May humpelte herbei, um das Huhn auf unsere Teller zu verteilen. Onkel Clark ließ sich auf einen Stuhl nieder, und ich goß ihm ein Glas Eistee ein. »Wie geht es deiner Freundin Cassie?«

Er sog nur soviel Flüssigkeit ein, daß er damit gerade mal ein Streichholz hätte auslöschen können. »Das Mädel ist heute nicht zur Arbeit erschienen. Bruce McMicken war nicht gerade guter Laune.«

May setzte sich auf den Stuhl mir gegenüber, während Nettie Soße und Brötchen servierte. Ich goß Eistee in die drei anderen

Gläser. Nettie dankte mir förmlich. Schweigend nahmen wir uns Kartoffelpüree und Bohnen.

»Das ist ein wundervolles Abendessen, Tante Nettie«, sagte ich.

»Als Kind warst du ganz wild auf Brathuhn.«

»Das macht auch niemand besser als du«, sagte ich.

Wieder trat Schweigen ein. Meine Bemerkung, ich sei in Unwissenheit aufgewachsen, hatte den anderen anscheinend die Laune verdorben.

Nettie, für die selbst ein demonstratives Schweigen eine unerträgliche Herausforderung darstellte, sagte schließlich: »Was hast du eigentlich die ganze Zeit gemacht? Bist du mit deinem neuen Wagen in der Stadt herumgefahren?«

»Oder hast du Karten gespielt?« sagte May. »Das Pack aus Mountry hält noch immer nach dir Ausschau. Einer davon ist tot. Da hat die Welt aber nicht viel verloren.«

Nettie warf mir einen ihrer vielsagenden Blicke zu. »Offenbar hat die Polizei dir keine großen Schwierigkeiten gemacht.« Sie machte eine Pause. »Falls du nicht was verschweigst.«

»Sie haben mich gleich wieder gehen lassen«, sagte ich. »So komisch es klingt, es ist jemand in der Stadt, der mir sehr ähnlich sieht.«

»Behauptest du.« Clark bugsierte eine winzige Portion Kartoffelbrei in seine Soße.

»Ich behaupte es nicht nur«, sagte ich. »Als ich gestern aus dem Rathaus gekommen bin, hat er am anderen Ende des Parks gestanden. Ich hab versucht, ihm zu folgen, aber er ist verschwunden.«

Clark starrte mich mißbilligend an. »Am Sonntag ist das Rathaus doch geschlossen. Was hattest du dort überhaupt zu schaffen?«

»Ein Freund von Laurie Hatch arbeitet am Wochenende ehrenamtlich im Rathaus. Er hat mir ein wenig weitergeholfen.«

»Mrs. Hatch stellt dich ihren Freunden vor?« fragte Nettie.

Ich erzählte, wie ich Laurie zufällig im Le Madrigal wiedergesehen hatte. »Ich wollte mehr über Edward Rinehart erfahren, und da hat sie mich ihrem Freund Hugh Coventry vorgestellt, eben dem, der im Rathaus aushilft.«

»Hugh Coventry?« wiederholte Nettie. »Das ist doch der

Mensch, der unsere Bilder verloren hat. Wenn du mit Mrs. Hatch so gut befreundet bist, kann sie uns vielleicht auch helfen, die Sachen zurückzubekommen.«

»Es gibt keinen Grund, Mrs. Hatch mit unseren Angelegenheiten zu belästigen.«

»Da hast du sie doch ohnehin schon reingezogen«, sagte Nettie.

»In meine Angelegenheiten, ja«, sagte ich. »Vielleicht tröstet es dich, daß ich im Rathaus allerhand über Rinehart erfahren habe. Er hat damals zwei kleine Häuser in College Park gekauft. Außerdem war er ein Verbrecher. Angeblich ist er im Gefängnis gestorben.«

»Dann hör jetzt auf, im Dreck zu wühlen«, sagte Nettie.

Im Dreck zu wühlen. Ich sah mich auf dem Grasteppich hinter Howard Dunstans verfallenem Haus knien, dachte daran, wie ich durch eine Falltür gestürzt war und wie ein theatralisches Phantom gesagt hatte: *Sobald dein Vater geschaffen war, beschloß ich, mich damit zu amüsieren, ihn in den Wahnsinn zu treiben... Womöglich wirst am Ende du es sein, der ihn vernichtet. Wie das Spiel endet, bedeutet mir nichts mehr.*

Auf einmal nahm mir eine gewaltige Erkenntnis den Atem.

Alle drei blickten mich an, als hätten sie beobachtet, wie diese Erkenntnis entstanden war; was sie gesehen hatten, war jedoch nur mein Gesichtsausdruck im Augenblick des Begreifens. Howard hatte mir gesagt, was ich am dringendsten wissen mußte. Mir Dinge zu sagen, die ich wissen mußte, trug zu seinem Amüsement bei.

»Aber Edward Rinehart ist gar nicht in Greenhaven gestorben«, sagte ich. »Er lebt in Edgerton. Nach allem, was ich höre, könnte er fast ein Dunstan sein.«

Nettie sank das Kinn auf die Brust; May fand es nötig, den Herd zu betrachten. Clark sezierte eine grüne Bohne.

»Nie im Leben«, sagte Nettie schließlich.

»Man hat mir viel über unsere Familie verschwiegen.«

Nettie sah mich wütend an. »Du wirst doch nicht jedes Geschwätz glauben.«

»Wenn ich denken sollte, die Dunstans wären eine normale Familie, hättet ihr mich von Tante Joy fernhalten sollen«, sagte ich.

»Joy lebt in ihrer eigenen Welt«, sagte Nettie. »Vergiß das Ganze einfach.«

»Ich soll vergessen, wie sie nur mit dem Finger auf Onkel Clarence gezeigt und ihn damit durch die Luft befördert hat?«

»Joy war nie ein zufriedener Mensch wie du und ich, Nettie«, sagte May. »Sie hat Daddy die Schuld an ihren Problemen gegeben.«

»Wir sprechen hier nicht über ihre Probleme«, knurrte Nettie, »sondern darüber, was sie *getan* hat.«

»Wir sprechen über die Dunstans«, sagte ich. »Tante Nettie, du bist doch nicht ganz anders als deine Schwester Joy, oder?«

Sie warf mir einen weiteren Donner-und-Blitz-Blick zu. »Ich bin eine *Dunstan*, wenn du das meinen solltest. Möchtest du gern einen Beweis dafür sehen?«

Bevor ich antworten konnte, steckte Nettie die Hände unter ihre Achselhöhlen und starrte stirnrunzelnd auf den Tisch. Der Krug mit Eistee erhob sich und schwebte über die Tischplatte, um mein Glas aufzufüllen. Dann flog er zu May, aber die sagte: »Nein, danke, ich brauch nichts mehr.« Der Krug landete mit einem Klirren der Eiswürfel, die darin waren.

Nettie drehte den Kopf. Bestürzung trat auf Clarks Gesicht. »Nein! Das mag ich…«

Er erhob sich einen Meter über seinen Stuhl und schwebte auf den Herd zu wie auf einem fliegenden Teppich. »Laß mich runter, Nettie!«

Sie drehte ihn um und brachte ihn auf seinen Stuhl zurück. Clark legte die Hände an die Brust und atmete ein paarmal geräuschvoll ein und aus. »Du weißt doch, daß ich das nicht mag.«

»Du hast mich geheiratet«, sagte Nettie.

»*Ich* mag es«, zwitscherte May. »Ich hab's immer schon gemocht.«

Nettie wischte sich die Stirn und starrte ihre Schwester an. Kichernd schoß May aus ihrem Stuhl, umkreiste den Tisch und kam wieder zur Ruhe.

Nettie sah mich zornig an. »Hast du auch Bedarf?«

Was aus meinem Mund kam, war ein: »Ja.«

Sie zog die Augenbrauen zusammen, wobei sie weniger mich anblickte als meine Position im Zimmer. Ein Schweißtropfen rollte von ihrem Haaransatz herab. Das Prickeln, das immer meine »Anfälle« angekündigt hatte, machte sich in meiner Brust breit. Ich spürte, wie mein Ich gepackt und mit festem Griff gehalten wurde, genau wie bei meinen Begegnungen mit Mr. X. Mit demselben Gefühl der Kraftlosigkeit gegenüber einem unwiderstehlichen Druck hob ich mich von meinem Stuhl. Ein starker Windstoß schob mich ins Wohnzimmer. Der Wind drehte, schleuderte mich zurück in die Küche und ließ mich knapp vor dem drohenden Aufprall auf die Wand einen Looping drehen. Ein Freudenschrei entrang sich meiner Kehle. Ich segelte zum Tisch und sah Nettie ins Leere blicken. Die Brauen waren zusammengezogen, das Gesicht schweißnaß. Ich schwebte über meinen Stuhl, kippte wie ein Helikopter erst nach rechts, dann nach links, und landete schließlich sicher auf dem Boden.

»Du magst es anscheinend mehr als ich«, sagte Clark.

»Ned ist ein *Dunstan.*« Nettie trocknete sich mit einer Serviette das Gesicht. »Du wirst allmählich alt und baust ab.«

»Nettie«, sagte ich, »ich bin gestern zu eurem alten Haus hinausgefahren. Dort ist etwas mit mir geschehen. Ich kann es nicht erklären, aber ich kann dir erzählen, was es war. Mir ist erst schwindlig geworden, und bald darauf war ich in einem Zimmer. Auf dem Kaminsims hat ein ausgestopfter Fuchs neben einer Messinguhr gestanden.«

Da ich den Blick auf Nettie gerichtet hatte, sah ich nur undeutlich, wie May sich vorbeugte und die Hände vor der Brust faltete. Nettie legte sich die Serviette an die Schläfe.

»Euer Vater war in diesem Zimmer«, sagte ich. »Er hat eine samtene Smokingjacke getragen und eine Zigarre in der Hand gehalten.«

»Wie hat unser Vater ausgesehen?« fragte May.

»Müde. Aber auch so, als würde er Theater spielen.«

»An der Beschreibung erkenne ich ihn nicht«, sagte May. »Mein Vater war unglaublich vital.«

»Ich erkenne ihn«, sagte Nettie. »Joy würde es auch tun.«

»Er hat mit mir gesprochen«, sagte ich.

»Joy hat auch immer gesagt, Daddy habe draußen in unserem alten Haus mit ihr gesprochen.« May sah mich warm an. »Es scheint, daß dein Dunstan-Erbe sich jetzt im späten Leben kraftvoll meldet, um die verlorene Zeit wiedergutzumachen.«

»Was hat er gesagt, als er mit dir gesprochen hat?« wollte Nettie wissen.

»Daß er meinen Vater geschaffen habe. Ich glaube, sein Sohn hat sich dann Edward Rinehart genannt, als er nach Edgerton zurückgekehrt ist. Vorher war er irgendwo anders gewesen. Ich frage mich nur: Wer war seine Mutter?«

»Du suchst nach einer Frau, die mit Howard ins Bett gestiegen ist?« sagte Clark. »Da gibt es keinen Mangel an Kandidatinnen.«

»Unsere Mutter hat immer gesagt: Manche von diesen feinen Damen sind gar nicht so, wie sie sich darstellen«, sagte May. »Und Daddy hat das kommentiert: Keine ist so.«

»Feine Damen«, sagte ich.

»Solche Leute schicken ihre Söhne aufs Internat«, sagte Nettie, »damit sie dort die richtigen Verbindungen knüpfen. Und du weißt ja, May, als Kinder sind wir nur selten in die Stadt gekommen. Unsere Lehrer sind immer zu uns ins Haus gekommen.«

»Es hat eben viele Dinge gegeben, die unser Daddy uns nicht zumuten wollte.«

»Vor dem, was dich damals dazu gebracht hat, auf der Wagon Road sämtliche Windschutzscheiben und Stromleitungen zu demolieren, hat er dich aber nicht beschützt«, sagte ich.

Mays Körper versteifte sich. »Ich hab mich aufgeregt. Sonst ist nichts passiert. Unser Vater war sehr wütend, aber ich konnte nichts dagegen tun, ich *tat* es einfach.«

»Du hast gesehen, wie zwei Mädchen sich über dich lustig gemacht haben?«

»Vor allem weiß ich noch, wie Daddy mich mit seiner starken, lauten Stimme angebrüllt hat. Ich hab geweint, bis wir wieder zu Hause waren.«

»Sprechen wir doch zur Abwechslung mal über was Angenehmes«, sagte Nettie. »Am Tag nach dem Begräbnis unserer Nichte hat unser Großneffe Geburtstag. Was hältst du von einer Party, Ned? Ich könnte einen Süßkartoffelpie machen.«

»Das ist sehr lieb von dir«, sagte ich, »aber du weißt ja, was an meinen Geburtstagen passiert. Ich will euch nicht den Spaß verderben.«

»Du meinst deine Anfälle?« sagte May. »Die kennen wir schon.«

»Wir setzen die Party einfach früher an«, sagte Nettie. »Wenn du spürst, daß es dich überkommt, gehst du ins alte Zimmer deiner Mutter, bis es vorbei ist. Du weißt inzwischen doch, wie du damit umgehen mußt, oder?«

»Ich glaube, schon«, sagte ich. »Klar, feiern wir alles, was zu feiern ist.«

Ich begleitete May die Stufen hinab. »Ist das dein Auto, Neddie? Hat es viel Geld gekostet?«

»Es ist ein Mietwagen«, sagte ich.

»Ein kleines Ding wie das wäre nicht schwer zu besorgen.« Ein plötzlicher Einfall ließ sie stehenbleiben. Mit strahlendem Lächeln sah sie mich an. »Hättest du gern einen neuen Wagen zum Geburtstag?«

»Nein danke, Tante May. In New York findet man nicht so leicht einen Parkplatz.«

»Ein Parkplatz ist allerdings etwas, das man nicht stibitzen kann«, sagte sie. »Ich werde dir was anderes besorgen. Aber wenn ich den Wagen da sehe...« Sie schüttelte den Kopf. »Du hast doch von der Wagon Road gesprochen? An jenem Tag war Daddy so dermaßen wütend auf mich. Aber ich weiß auch, warum. Er war wütend, weil ich wütend war. Auf *ihn*.«

Joy hob eine Hand, die nur als Silhouette zu sehen war, ich winkte zurück. May sah nur noch die Wagon Road. »Und diese Mädchen – weißt du, ich erinnere mich an sie! Sie *lachten* über uns. Ich wäre am liebsten gestorben. Also hab ich den Kopf weggedreht und so getan, als wäre ich zu stolz, um etwas zu bemerken, und...« Sie schüttelte den Kopf. »Am Ende hab ich etwas getan, von dem ich gar nicht wußte, daß ich es *konnte!* Ich hatte soviel Dunstan-Blut in mir wie meine Schwestern, egal, was die dachten. So einen Tumult hast du noch nie erlebt! Überall berstendes Glas, fallende Leitungen, und die armen Pferde – die waren alle so erschrocken. Und das war *ich* gewesen! Das hat mir mehr Angst gemacht als Daddys Gebrüll.«

Wir erreichten die andere Straßenseite und gingen auf ihr Haus zu. »Die Mädchen haben dich ausgelacht, und du hast dich weggedreht. Dann bist du wütend geworden. Aber das war nicht wegen der Mädchen, nicht wahr? Du hast noch etwas anderes gesehen!«

»Auch ein kleines Mädchen hat Augen im Kopf, mehr kann ich nicht sagen.« Sie klammerte sich stärker an meinen Arm, und wir stiegen die Stufen zu ihrer Veranda empor.

»Was war es? Was hast du gesehen?«

May ließ meinen Arm los und schloß die Tür auf. »Ach, Neddie, du hast ja überhaupt keine Ahnung.«

87

Gebeugt mühte Joy sich einen lichtlosen Tunnel entlang und durch den Eingang einer Höhle. Während das Wohnzimmer um mich herum Gestalt annahm, verstärkte sich der Gestank. Clarence war offenbar anderswohin teleportiert worden.

»Ich muß mit dir sprechen! Möchtest du ein Glas Sherry?«

»Ja, bitte. Wo ist Clarence?«

»Er schläft im Kleiderschrank.« Joy trat einen Schritt zurück und betrachtete mich mit glänzenden Augen. »Du hast Daddy gesehen, stimmt's? Das hatte er mir schon angekündigt. Bestimmt sind meine Schwestern so neidisch, daß sie sich die Haare ausrupfen könnten. *Die* konnten ihn nie sehen. Nettie und May meinen, sie wüßten alles, aber dem ist nicht so, längst nicht.« Vor Schadenfreude fast tanzend, legte sie die Fingerspitzen an den Mund. Dann deutete sie auf einen Stuhl. »Bin gleich wieder zurück.«

Ein leises Rascheln und Klopfen drang aus einem anderen Bereich des Hauses herüber. Clarence ist aufgewacht, dachte ich, und hat was gegen den Kleiderschrank. Joy kam mit zwei fingerhutgroßen Gläschen zurück. Ich nahm eines und sagte: »Vielleicht will Clarence rausgelassen werden.«

»Der schläft tief und fest. Das Geräusch da oben ist der Wind im Speicher.« Sie setzte sich auf den anderen Stuhl und kippte sich den Inhalt des Fingerhuts in den Mund. Ich tat dasselbe. Der Sherry, der kein Sherry war, brannte in der Kehle wie Kerosin.

»Selbstgemacht«, sagte Joy, »nach einem Rezept von meinem bösen, irren Daddy. Es ist nur noch ein kleines bißchen übrig, aber du solltest was davon probieren.«

»Der Nektar der Dunstans«, sagte ich. »Du hast ihn also auch gesehen, hm?«

»Was haben meine Schwestern denn erzählt? Daß ich alles bloß erfunden hätte? Das hab ich aber nicht. Mein Daddy, Howard Dunstan, stand direkt vor mir, genau wie er vor dir gestanden hat. War er nicht *lustig?* War er nicht unheimlich *eindrucksvoll* und *unglücklich?*«

»Er schien nicht der Ansicht zu sein, irgendeinen Grund zum Weiterleben zu haben«, sagte ich.

»Nach Daddys Meinung sind wir schon seit langer Zeit erledigt. Er ist mir erschienen, weil ich eine echte Dunstan bin, genau wie er, aber er hat sich nicht wohlgefühlt. Er wollte, daß wir alle verschwinden.«

»Und er hat dir gesagt, ich würde ihn auch sehen?«

»Weil du ein echter Dunstan bist, wie ich. Er mochte dich aber nicht. Daddy mochte niemanden, besonders keine Dunstans. Er mochte noch nicht mal seine Töchter, weil sie ihn an die Sinnlosigkeit seines Daseins erinnerten. Zu diesem Schluß bin ich gekommen.«

»Tante Joy«, sagte ich, »wie konnten du und ich mit deinem Vater sprechen? Er sah nicht wie ein Geist aus. Ich hatte das Gefühl, wirklich bei ihm zu sein.«

»Mein Daddy könnte gar kein Geist sein«, sagte Joy amüsiert. »So jemand könnte nie zu einem gewöhnlichen *fantôme* werden. Die Zeit ist daran schuld.«

»Die Zeit?«

»Sie umgibt uns von allen Seiten. Du kannst sie benutzen, wenn du die Fähigkeit dazu hast. Ich weiß gar nicht, wieso du da so einfältig bist. Mein Daddy hat gemeint, du würdest ihn ständig belästigen. Das hat er *gesagt.*«

»Das verstehe ich nicht«, sagte ich. »Was meinst du damit, daß ich die Zeit benutzen könnte?«

»Du hast meinen Daddy doch gesehen, oder? Du warst in seinem Arbeitszimmer, und er war lebendig – er muß ja lebendig gewesen sein, weil er mit dir sprechen konnte.«

Ich begriff, was sie meinte. »Ah.«

»Du bist in seine Zeit gereist, das ist alles«, sagte Joy. *»C'est simple.«*

Ich starrte sie einen Moment lang an und versuchte, die Erinnerung an mein Erlebnis mit meinem unwillkürlichen Bedürfnis zu vereinbaren, das zu leugnen, was Joy für simpel hielt.

»Ich hatte ein Gefühl, als…«

»Als was?« Ihre Stimme klang ungeduldig.

»Als würde ich fallen.«

»Ja, natürlich. *C'est normal.* Ich weiß gar nicht, weshalb ich dir das *erklären* muß. Wenn du *rückwärts* gehst, fühlt sich das an, als würdest du *fallen*. Wie sollte es sich sonst anfühlen? Hoffentlich weißt du, was für ein Glück du hast. Es gibt kaum jemanden, der das kann. Manche schaffen es einmal und dann nie wieder. Queenie konnte es nicht, Nettie kann es nicht, und *May* hat es bestimmt nie gekonnt. Aber Daddy hat es beherrscht, und dann ich, als ich noch die Kraft dazu hatte. Und jetzt kannst du es. Weißt du, was Daddy immer gesagt hat?«

Ich schüttelte den Kopf.

»Er hat gesagt: Ich *schlucke* Zeit. Er mochte es nicht, aber er tat es trotzdem, weil hinter einer solchen Fähigkeit ein Grund steckt, und wenn du diese Fähigkeit besitzt, mußt du den Grund herausbekommen. Er hat erzählt, einmal habe er Omar und Sylvan Dunstan gesehen, wie sie auf einem Schlachtfeld tote Soldaten ausplünderten, und er dachte, das sei vielleicht der Grund für seine Fähigkeit.«

»Aus welchem Grund hattest du sie?«

»Vielleicht, damit Howard Dunstan mich unglücklich machen konnte. Vielleicht, damit ich jetzt mit dir sprechen kann. Ich hoffe, der Grund bei dir ist besser als meiner.«

»Howard hat deine Mutter unglücklich gemacht«, sagte ich.

»Ja.« Joy nickte. »In sehr vieler Hinsicht.«

»Er hatte andere Frauen.«

»Und ob! Rauf und runter, hin und her, und: Da ist der Wagen, ich muß los, wart nicht auf mich.«

»Hatte er Kinder mit einer seiner anderen Frauen?«

Sie sah mich aufmerksam an. »Möchtest du eine lustige Geschichte hören?«

Ich nickte.

»Eines Tages war ich mit meiner Französischstunde fertig – ich hab allein Unterricht bekommen, weil ich in Französisch so begabt war –, und Queenie und Nettie, die weniger begabt waren, sind zu ihrem Unterricht hereingekommen. May hat krank im Bett gelegen. Sie wollte nichts *essen*, weißt du; meine Schwester May hat überhaupt während ihrer ganzen Kindheit kaum etwas gegessen. Ich war also allein und hatte nichts zu tun. Nun, da hab all meinen Mut gefaßt und bin ins Arbeitszimmer meines Vaters geschlichen. Das war ein Zimmer, das ich liebte, aber nicht *sans permission* betreten sollte. Kannst du erraten, was mich dort ganz besonders fasziniert hat?«

»Der Fuchs«, sagte ich.

Joy klatschte in die Hände. »Ich war verrückt nach diesem Fuchs! Ich dachte, ich müßte ihn bloß lange genug ansehen, dann würde der alte Reineke vergessen, daß ich da war, und den Schritt beenden, zu dem er gerade angesetzt hatte. *Une fois seulement* wollte ich sehen, wie er sich bewegte. Ich hab mich also vor dem Kamin hingekniet, und da hat das Telefon geläutet. Oh! Ich bin fast in Ohnmacht gefallen. Draußen ist Daddy auf die Tür des Arbeitszimmers zugegangen, bumm, bumm, bumm. Ich bin hinter die Lehne seiner Couch gerannt. Er ist hereinmarschiert, bumm, bumm. Hat die Tür zugeschlagen. Ich hab gesehen, wie seine Füße auf den Schreibtisch zugingen. Er hat den Hörer abgehoben und eine ganze Weile gar nichts gesagt. Dann kam es: ›Ellie. Bitte beruhige dich.‹ Ich *wußte,* daß er mit einer anderen Frau sprach. Er sagte: ›Alles wird gut werden. Er wird denken, daß es seines ist.‹ Nachdem er aufgelegt hatte, hat er gesagt: ›Kanonenrauch im Überschuß.‹ Dann ist er wieder hinausgegangen, ganz ohne aufzustampfen.«

»Du hast nie erfahren, wer Ellie war?«

»Wir haben nie irgendwelche Ellies kennengelernt«, sagte Joy. »Wir sind überhaupt nie mit jemandem zusammengekommen.«

Sie spähte in den dunklen Flur. »Ich sollte mich um meine Pflichten kümmern.« Joy brachte mich mit mehr Elan hinaus, als ich ihr zugetraut hätte.

88

Ein Metallstab bohrte sich in mein Kreuz, als ich in den Wagen stieg. Ich nahm das Halfter ab und legte Tobys Pistole auf den Beifahrersitz. Es war gegen halb zehn an einem Montagabend im Juni. Die gelben Kreise, die die Lampen auf den Gehsteig warfen, sahen aus wie Schlaglichter; die Cherry Street war unfaßbar schön geworden und die Welt ganz still. Jetzt mußte ich nur noch zum Brazen Head kommen und mich endlich einmal ausschlafen. Dieses Vorhaben klang geradezu wie ein sündhafter Luxus. Ich beschloß, die Straßen zu nehmen, die ich nach meinem ersten Besuch bei Joy entlanggegangen war, um den Eindruck jenes Abends auszulöschen, an dem ich die Welt durch einen Schleier aus Kummer und Zorn gesehen hatte.

Am Ende des Häuserblocks bog ich nach links ab. Ein Scheinwerferpaar raste mir entgegen. Als grauer Schatten flog das Führerhaus eines Pick-ups vorbei. Ich blickte in den Rückspiegel und sah den Wagen in die Cherry Street einbiegen.

An der nächsten Ecke fuhr ich rechts und sah die Ampel an der Kreuzung Pine Street und Cordwainer Avenue, drei Blocks weiter, auf Grün stehen. Es war mir egal, ob ich sie erreichte, bevor sie umsprang, oder nicht; ich genoß die Fahrt. Holzhäuser wie das von Nettie zogen an meinen Fenstern vorbei. Als ich über die nächste Querstraße schaukelte, stand die Ampel immer noch auf Grün, und ich trat aufs Gaspedal. Ein grellweißes Licht blitzte im Rückspiegel auf. Ich hob den Kopf und sah den grauen Pick-up mit aufgeblendeten Scheinwerfern hinter mir herrasen. Er war noch einen halben Block entfernt.

Das Herz schlug mir bis zum Hals. Die Jungs aus Mountry waren wieder in der Cherry Street gewesen. Ich drückte das Gaspedal durch. Die Scheinwerfer des Pick-ups wurden rasch größer, während mein kleiner Wagen noch immer gemütlich weiterrollte. Mit einem Schlag, bei dem sich das Chassis schüttelte wie ein nasser Hund, schaltete die Automatik zurück. Der Wagen machte einen Sprung vorwärts.

Die Ampel sprang auf Gelb, als ich noch zehn Meter von der Kreuzung entfernt war. Sie stand noch immer auf Gelb, während ich hupend über die Cordwainer Avenue raste. Im Rückspiegel näherten sich die Scheinwerfer des Pick-ups.

Auf der anderen Seite des Mittelstreifens bremsten zwei Wagen ab, kurz bevor ich an ihnen vorbeiflog. Im Spiegel sah ich, wie der Pick-up über die rote Ampel raste. Er prallte gegen einen der entgegenkommenden Wagen und ließ diesen über die Straße schleudern. Das Licht in meinem Spiegel schwankte, stabilisierte sich jedoch gleich wieder.

Vor mir lagen die Maschendrahtzäune und die einstöckigen Ziegelbauten der Pine Street. Ich blickte in den Spiegel und sah den Pick-up aus der Kreuzung rasen.

Um besser sehen zu können, beugte ich mich vor. Unter einer Straßenlaterne stand eine athletische Gestalt. Der schwarze Krieger in der rotgrünen Bluse, dem ich am Tag des Todes meiner Mutter begegnet war, wandte den Kopf, um mich vorbeirasen zu sehen.

Das grelle Leuchten füllte den ganzen Rückspiegel aus. Ich trat die Bremse durch. Das Heck des Taurus brach nach rechts aus, und ich schlug das Lenkrad in dieselbe Richtung ein. Alles um mich herum drehte sich; die Pistole rutschte vom Beifahrersitz. Als der Wagen zum Stehen kam, sah ich direkt in die Scheinwerfer des Pick-ups. Ich nahm den Fuß von der Bremse und trat aufs Gaspedal. Der Wagen machte einen Satz vorwärts, erbebte und blieb stehen. Ich roch verbranntes Gummi. Die Lichter am Armaturenbrett erloschen.

Die Türen des Pick-ups gingen auf. Rauhes Gelächter scholl heraus. Joe Staggers sprang aus dem Führerhaus. Von der anderen Seite des Wagens trottete ein massiger Mann auf mich zu. Er trug einen Baseballschläger. Staggers zog seinen Gürtel hoch. »Sieht ganz so aus, als würde Mr. Dunstans Wagen ihn im Stich lassen. Was 'ne Schande.«

Sein Freund lachte, *hehehe.*

Ich drehte den Zündschlüssel, aber der Taurus stotterte nur. Joe Staggers schlug auf die Kühlerhaube. »He, willst du denn kein Schwätzchen mit uns halten?«

Hehehe.

Ich tastete auf dem Boden umher, spürte aber nur die Fußmatte.

Das Gesicht von Joe Staggers erschien im Fenster wie ein Halloween-Kürbis. »Jetzt kommste aber raus zum Spielen, was?« Er packte den Türgriff.

Ich mußte mit zwei Männern kämpfen. Egal, wie gut ich mich wehrte, sie würden mich umbringen. In wenigen Minuten erwartete mich ein elender, qualvoller Tod. Plötzlich sprach Tante Joys Stimme mit absoluter Klarheit zu mir. *Er sagte: Ich* schlucke *Zeit.*

Du kannst die Zeit benutzen, wenn du die Fähigkeit dazu hast.

Mein Magen verkrampfte sich. Ich schloß die Augen und stürzte in die Dunkelheit.

Als ich die Augen wieder aufschlug, wußte ich, daß ich soeben Zeit geschluckt hatte. Ich saß noch immer in meinem Wagen, aber Staggers war verschwunden. Die Scheinwerfer seines Pickups waren fort. Nichts um mich herum erinnerte an die Pine Street, so wie ich sie verlassen hatte. Mit Teerpappe gedeckte Hütten standen in einem schlammigen Feld, das an einem Holzzaun mit der Warnung ZUTRITT VERBOTEN endete. Ein gutes Stück weit von der Straße entfernt brannte vor einer baufälligen Hütte in einer Mülltonne ein Feuer; im Schein der Flammen sah ich eine Schar Männer in Kleidern, die wie getrockneter Lehm aussahen. Die Szene wirkte wie ein Foto aus den dreißiger Jahren. Mein Hirn wurde klar genug, um erkennen zu können, daß dies die dreißiger Jahre waren. Ich war durch fast sechzig Jahre gestürzt.

Die Männer bewegten sich auf mich zu, zuerst vorsichtig, dann mit einer Art mürrischer Dreistigkeit. Argwohn und Feindseligkeit umgaben sie wie Dunst.

Ich drehte den Schlüssel. Die Zündung jaulte nur kurz auf.

Einer der Männer rief: »Willst uns wohl ausspionieren, Lackaffe? Was fährste da überhaupt?«

Unsicher und eingeschüchtert versammelten sie sich am Straßenrand. Der Mann, der gerufen hatte, zog ein Messer aus der Tasche und tat einen Schritt vorwärts. Die anderen schlurften hinter ihm her.

Ich versuchte, mich daran zu erinnern, was ich vor einem Moment getan hatte. Die Schritte kamen langsam auf mich zu. Ich dachte an Joe Staggers und daran, wie ich über einen Grasteppich in die Ruine an der New Providence Road gegangen war. Zum ersten Mal begriff ich die Methode, deren ich mich schon zweimal bedient hatte. Ich wollte, ich könnte sie beschreiben, aber das wäre wie der Versuch, eine Farbe zu erklären. Wieder bohrte sich mir der Bolzen durch die Stirn. Ich schluckte Zeit, obgleich es sich so anfühlte, als würde ich geschluckt.

Scheinwerferlicht strömte durch die Dunkelheit, und jemand schrie auf. Ich spürte meinen Mageninhalt in der Kehle.

Staggers stand neben seinem Wagen. Er wandte mir den Rücken zu; mit seinem brutalen Gesicht blickte er über die Schulter zu mir. Zwei Schritte von mir entfernt stand Hehehe und starrte mich voll abgrundtiefem Schrecken an.

»Steig ein, Shorty«, befahl Staggers. Hehehe ließ den Baseballschläger fallen und stolperte um die Kühlerhaube des Pick-ups herum.

Ich drehte den Zündschlüssel. Die Lichter am Armaturenbrett leuchteten auf, und der Motor sprang an.

89

Betäubt erledigte ich die üblichen Zeremonien vor dem Schlafengehen und stieg ins Bett. Was da mit mir geschah, würde ich nie begreifen. Alle vertrauten Erklärungsmuster hatten sich in Luft aufgelöst. Ich würde nie wieder Computerprogramme schreiben können, weil ich nicht mehr die Person war, die das zuvor getan hatte. Ich vergrub mich in einen Kriminalroman, bis ich das Licht aus machte.

Um sechs Uhr morgens wachte ich schweißgebadet auf und zwang mich zum Aufstehen. Ich duschte, zog ein blaues Polohemd und meine letzten frischen Jeans an und griff nach der Beretta. Halb sieben Uhr früh war eigentlich eine lächerliche Zeit, um eine Pistole zu tragen. Ich legte sie wieder weg. Joe Staggers hatte eine Niederlage erlitten. Trotzdem würde er mir wieder im Nacken sitzen, aber bestimmt nicht bei Tageslicht. Ich verstaute die Waffe hinter der Minibar und ging in einen Diner, um Rührei und Kaffee zu frühstücken.

Auf dem Weg zum Leihhaus kaufte ich am Kiosk ein Exemplar des *Echo*. Der Bürgermeister von Edgerton hatte bei einer Versammlung örtlicher Journalisten seinen guten Freund Stewart Hatch vorgestellt. Der gute Freund des Bürgermeisters wiederum hatte den Bau eines Kultur- und Tagungszentrums am Ufer des Mississippi angekündigt. Der Bauplatz befinde sich direkt nördlich vom St. Ann's Community Hospital und werde nicht mehr als die Hälfte des riesigen Besucherparkplatzes in Anspruch nehmen.

Eine kleinere Schlagzeile auf der unteren Hälfte der Titelseite verkündete: MORD IN DER ALTSTADT. Cassandra Little (32), Barfrau in der Speedway Lounge, war in ihrem Apartment in der Low

Street einem brutalen Mord zum Opfer gefallen. Nachdem sie nicht zur Arbeit erschienen war, hatte sich Bruce McMicken, der Pächter des Lokals, zu ihrer Wohnung begeben und die Leiche entdeckt. Aus einer ungenannten Quelle im Polizeipräsidium verlautete, Ms. Little habe womöglich einen Einbrecher überrascht.

In der Chester Street sah ich, daß die verkohlten Balken mitsamt den anderen Trümmern im Keller der Pension versunken waren. Die Mauern an beiden Seiten sahen aus wie angebrannter Toast.

Ich bog in die Lanyard Street ein. Toby lag wahrscheinlich noch im Bett. Ich schloß auf und verbrachte etwa zwanzig Minuten damit, die Regale aufzuräumen und den Boden zu kehren. Dann ordnete ich die Papiere auf der Ladentheke und entdeckte dabei unter einem Briefbeschwerer zwei Belege. Als ich mit ihnen aufs Büro zuging, sah ich Licht durch den Türspalt scheinen.

»Ich hab mich schon gewundert, wo du bleibst«, sagte ich und trat ein. Toby Kraft saß hinter seinem Schreibtisch und sah mich mißmutig an. »Hattest du nicht…« Mein Frage verdampfte.

Vom Hals abwärts bedeckte ein Blutfilm seine Brust. Einzelne weiße Haare schwebten über dem Scheitel, als würde Toby eine Perücke tragen. Die Augen waren bunte Steine, das käsige Gesicht sah mürrisch aus. Einen Moment lang dachte ich, Toby werde aufspringen und über meine Bestürzung lachen. Ich tat einen Schritt vorwärts und sah die klaffende Wunde im Hals. Abrupt erfüllte Blutgeruch die Luft.

Robert?

Ich wollte weggehen, immer weiter weg, bis ich irgendwohin kam, wo nur die Kellner und Straßenverkäufer Englisch sprachen. Dann ging ich aber in den Laden zurück und rief die Polizei.

Nachdem ich aufgelegt hatte, fiel mir der Rechtsanwalt mit dem merkwürdigen Namen ein. Ich fischte seine Karte aus meiner Brieftasche.

»Ermordet? Wie?« sagte C. Clayton Creech.

»Jemand hat ihm den Hals aufgeschlitzt.«

»Ist der Safe verschlossen?«

»Ja.«

»Haben Sie die Polizei gerufen?«

»Ja.«

»Machen Sie jetzt sofort zwei Dinge. Nehmen Sie das Kassenbuch aus der Schublade unten links und verstecken Sie es im Lagerraum. Wenn Sie fertig damit sind, sage ich Ihnen das zweite.«

Seine trockene, ausdruckslose Stimme hatte keinerlei Klang. Ich hatte den Eindruck, C. Clayton Creech erfuhr nicht zum ersten Mal von der Ermordung eines Klienten. Ich versuchte, nicht auf Tobys Leiche zu schielen, während ich das Buch aus der Schublade nahm, und nachdem ich es im Lagerraum zwischen zwei Kisten geschoben hatte, ging ich zum Telefon zurück.

»Wir schließen eine Vereinbarung, Mr. Dunstan. Für den Betrag von einem Dollar beauftragen Sie mich, Sie juristisch zu vertreten. Ich bin in zehn Minuten bei Ihnen.«

»Ich brauche keinen Anwalt«, sagte ich.

»Doch. Den Wünschen von Mr. Kraft gemäß, möchte ich heute nachmittag um zwei Uhr mit Ihnen und den anderen lebenden Verwandten seiner verstorbenen Frau zusammenkommen. Warum ich darüber nicht in Anwesenheit der Polizei sprechen will, werden Sie dann schon sehen. Halten Sie den Mund, bis ich da bin.«

Ich legte den Hörer auf und wartete auf Lieutenant Rowley.

90

Ein Streifenwagen und ein dunkelblauer Pkw kamen heulend die Lanyard Street herangerast und hielten vor dem Laden. Zwei Männer in Uniform verließen den Streifenwagen und sahen zu, wie Rowley aus dem Pkw stieg. Er preschte zur Tür, sah mich kommen und schlug mit der Faust ans Glas. Rowley hämmerte weiter, bis ich aufmachte.

»Was, in drei Teufels Namen, machen Sie hier, Dunstan?«

»Ich hab im Laden ausgeholfen. Heute ist mein zweiter Tag.«

»Haben Sie die Leiche entdeckt?«

»Das wissen Sie doch. Ich hab beim Anruf im Präsidium meinen Namen genannt.«

Rowley zeigte auf einen der Beamten. »Nelson, vernehmen Sie Mr. Dunstan vorläufig, und schaffen Sie ihn dann aufs Präsidium. Wo ist die Leiche?«

»Da hinten«, sagte ich.

Rowley stürmte ins Büro. Dort saß Toby und schien mich anzusehen. Ich spürte den verrückten Impuls hineinzugehen, um ihm die Haare zu glätten. Zwei weitere Polizeiwagen bremsten vor dem Laden. Aus dem zweiten stieg Captain Mullan mit einem Kriminalbeamten, den ich noch nie gesehen hatte.

Mullan warf mir einen eisigen Blick zu, bevor er aufs Büro zuging. Der andere Beamte in Zivil folgte ihm bis zur Tür. Ich hörte Mullan sagen: »Wissen Sie, allmählich wird dieser Scheißdreck mir zuviel.«

Noch zwei Streifenwagen und außerdem ein Krankenwagen kamen kreischend vor dem Haus zum Stehen. Urplötzlich war der Laden voller Polizisten. Officer Nelson schlug in seinem Notizbuch eine neue Seite auf.

Mullan kam wieder aus dem Büro, dicht gefolgt von Rowley. Als dieser den zweiten Kriminalbeamten sah, klappte ihm der Kiefer zu.

»Ich dachte, das hier sei mein Job«, sagte sein Kollege.

»Was tut Oster hier?« fragte Rowley.

Mullans Miene war unverblümt hinterhältig. »Sind Sie nicht an dem Mord an Cassie Little dran?«

»Das wissen Sie doch.«

»Dann fahren Sie zurück ins Präsidium, Lieutenant. Detective Oster bekommt diesen Fall hier.«

Sämtliche Polizisten im Laden starrten auf Rowley. »Gut«, sagte der. Eine leichte Röte trat auf seine Wangen. »Aber Dunstan ist doch schon…«

»Schon was, Lieutenant?«

Alle Köpfe im Raum wandten sich dem hageren, bleichen Mann im grauen Anzug zu, der neben mir erschienen war wie aus einer Zauberwolke. Er hatte dünnes, farbloses Haar, ein schmales Gesicht mit tiefen Falten, eine Brille mit Drahtgestell und einen Mund wie ein Briefschlitz. Ich erkannte die ausdruckslose, trockene Stimme sofort wieder. »Bitte, Lieutenant, sprechen Sie weiter.«

»Das hat uns gerade noch gefehlt«, sagte Rowley. »C. Clayton Creech.«

Creech schien gegen Rowleys Verachtung unempfänglich zu sein. Wahrscheinlich war er gegen fast alles unempfindlich. Weit über Entsetzen oder Überraschung erhaben, befand sich Creech in einem Zustand neutraler Bereitschaft für alles, was auf ihn zukommen mochte. Man konnte ihm nichts mehr präsentieren, was er nicht schon so oft gesehen hatte, daß es nur noch ein ironisches Kopfnicken hervorrief. Er war so weit jenseits normaler menschlicher Reaktionen, als würde er von einem anderen Planeten stammen. Unter den gegebenen Umständen verschaffte seine Gegenwart mir wesentlich mehr Erleichterung, als ich für möglich gehalten hätte.

»Ist das Ihr Anwalt?« fragte Mullan.

»Ganz recht.«

Rowley gab ein angeekeltes Geräusch von sich und drängte sich durch die Menge uniformierter Polizisten. Officer Nelson warf einen unsicheren Blick auf Oster und sagte: »Ich wollte ihn gerade verhören.«

»Tun Sie's«, sagte Oster.

Mit einem Tonfall, als erkundigte er sich nach dem Ergebnis eines völlig bedeutungslosen Zweitligaspiels, fragte Creech: »Werden Sie meinen Mandanten aufs Präsidium bringen?«

»Wir werden Ihren Mandanten bitten, uns bei unseren Ermittlungen zu unterstützen.« Verdrossen wandte Mullan sich an mich. »Wären Sie bereit, auf dem Polizeipräsidium eine Aussage zu Protokoll zu geben?«

Ohne einen Muskel zu bewegen, riet Creech zur Zustimmung.

»Natürlich«, sagte ich.

»Ich werde während der Vernehmung anwesend sein«, sagte Creech. »Falls mein Mandant dies wünscht.«

»Ich wünsche es«, sagte ich.

Ein müde aussehender Mann mit gelblicher Haut kam herein und erklärte Toby für tot. Die Sanitäter trugen etwas hinaus, das wie ein riesiger, unter einem Laken verborgener Brotlaib aussah.

»Die Stadtverwaltung wird nichts dagegen haben, wenn ich Ihnen mitteile, daß wir herausbekommen haben, wer den Brand vorgestern nacht gelegt hat«, sagte Mullan.

Der reglos dastehende Creech stellte eine gewisse Neugier zur Schau.

»Die Carl Sandburg Elementary School hat eine Belohnung von zehntausend Dollar für zu einer Festnahme führende Hinweise ausgesetzt.«

»Nette Geste«, sagte Creech.

Mullan lächelte. »Gestern am späten Nachmittag haben sich Ihr alter Freund Frenchy La Chapelle und ein Gauner namens Postman Blunt zu einer Flasche Bourbon und einem Pfeifchen Crack zusammengesetzt.«

»Postman?« sagte ich.

»Richtig«, sagte Mullan. »Vor sechs Jahren ist dieses Genie ins Postamt spaziert, um einen Koffer voll Gras abzuholen, den er in Humboldt County, Kalifornien, aufgegeben hatte. Als Absender hatte er seinen eigenen Namen samt Adresse angegeben. Zu seinem Glück war er einer von Mr. Creechs Mandanten und kam straflos davon.«

»Aufgrund eines bedauernswerten Versehens seitens der an seiner Festnahme beteiligten Beamten«, sagte Creech.

»Als die beiden high waren, hat Frenchy angefangen, mit dem Geld zu prahlen, das er für die Brandstiftung in der Chester Street bekommen hatte. Postman ist zu dem Schluß gekommen, daß seine Bürgerpflicht schwerer wog als seine Loyalität gegenüber einem Freund. Wir haben uns Frenchy geschnappt, ihn der Tat beschuldigt und ihn in eine Zelle gesteckt. Kurz vor vier Uhr morgens ist Mr. La Chapelle dann etwas Seltsames zugestoßen.«

Meine Kopfhaut prickelte.

»Frenchy hatte nichts Schärferes bei sich als seine Fingernägel, aber er hat es trotzdem irgendwie geschafft, sich die Kehle aufzuschlitzen. Hat ganz ähnlich ausgesehen wie Toby da hinten.«

»Oh«, sagte ich.

»Sie haben neulich den Namen Clothhead Spelvin erwähnt«, sagte Mullan. »Wären Sie wohl in der Lage, uns weiterzuhelfen?«

C. Clayton Creechs unbeteiligter Blick auf die Ladentheke empfahl Schweigen.

»Leider nicht«, sagte ich.

Mullan wippte auf den Fersen. »Nelson, bringen Sie Mr. Dunstan aufs Präsidium. Mr. Creech können Sie gern auch mitnehmen.«

»Vielen Dank, Captain, aber ich werde die Gelegenheit nutzen, um ein wenig frische Luft zu schnappen.« Creech befragte mich mittels eines zur Decke gerichteten Blicks. Ich blickte über seine

Schulter in Richtung des Lagerraums mit dem versteckten Kassenbuch.

Zwanzig Minuten später trottete C. Clayton Creech ins Vernehmungszimmer und teilte mir auf die übliche mysteriöse Weise mit, daß alles in Ordnung sei. Unerschütterlich öffnete Nelson sein Notizbuch und begann, Fragen zu stellen. Creech ließ sich auf dem Stuhl links neben mir nieder und blieb dort während der folgenden drei Stunden sitzen. Ab und an äußerte er eine sanfte Rüge an die Person, die mich gerade in die Zange nahm. Er schien an dem, was hier vor sich ging, nicht mehr beteiligt zu sein als eine Eidechse, die sich auf einem warmen Stein ausgestreckt hat. Kurz vor halb eins entließ mich die Polizei von Edgerton mit der Auflage, verfügbar zu bleiben.

Creech und ich gingen an dem wachhabenden Sergeant vorbei, der Creech bewußt ignorierte. »Alles läuft bestens«, sagte Creech. Als wir die Treppe erreicht hatten, die hinab zur Grace Street und zum Town Square führte, sagte Creech: »Also, um zwei in meinem Büro?«

»Ich komme«, sagte ich, und weg war Creech.

91

In dem mit Jagdstichen ausgestatteten Vorzimmer saß hinter einem sarggroßen Schreibtisch eine Frau mit dem Gesicht eines Großinquisitors und sah mich an. »Wir sind Mr. Dunstan?«

»Das sind wir«, sagte ich.

Sie griff nach einem Stenoblock und einem Stift und öffnete die Tür zu Creechs Büro.

Auf Holzstühlen mit hohen, schmalen Lehnen saßen Clark, Nettie und May und drehten den Kopf, als ich eintrat. Mit Trauerflor geschmückte Hüte saßen auf dem weißen Haar meiner Tanten. Vor einer Bücherwand mit juristischen Wälzern stand eine abgewetzte Ledercouch; im Muster des verblichenen Orientteppichs schienen hier und da braune Fäden durch. Die hohen, auf den hellen Park hinter Creechs Rücken hinausgehenden Fenster ließen ein schwaches Licht herein, das im Innern sofort erstarb. Im trüben Dunkel erschien der Anwalt als gesichtsloser Schattenriß.

Aus einem Ordner, der vor ihm auf dem Schreibtisch lag, nahm Creech ein Blatt Papier und richtete es vor sich aus. Dann legte er einen Füllfederhalter darauf. »Bevor Sie sich setzen, Mr. Dunstan, unterzeichnen Sie bitte diese Vereinbarung. Sie dient zur Bestätigung dessen, was wir heute morgen besprochen haben. Vergessen Sie bitte nicht den Dollar, der mir dadurch zukommt.« Zu den anderen sagte er: »Mr. Dunstan unterzeichnet lediglich eine Vollmacht, durch die ich zu seinem Anwalt werde. Das ist notwendig, weil er derjenige ist, der die Leiche des Verstorbenen entdeckt hat. Für das, worum es heute nachmittag geht, ist es vollkommen ohne Belang.«

Ich unterschrieb die knappe Vereinbarung und legte einen auseinandergefalteten Dollarschein darauf. Der Dollar verschwand, bevor Creech das Blatt in eine Schublade legte, ohne daß ich gesehen hätte, wie er ihn berührte. Ich ging an den Stühlen vorbei und setzte mich auf die eine Seite der Ledercouch. Die Sekretärin plazierte sich auf der anderen Seite. »Miss Wick wird während dieser Besprechung Protokoll führen«, sagte Creech.

Sie öffnete den Notizblock und hielt die Spitze des Kugelschreibers über eine leere Seite.

»Mr. Dunstan, ich habe Ihren Großtanten und Ihrem Großonkel mitgeteilt, was heute in der Lanyard Street geschehen ist. Mein herzliches Beileid. Ich kannte Mr. Kraft nur in meiner Funktion als dessen Rechtsbeistand, doch habe ich diese Funktion viele Jahre ausgeübt, und die Persönlichkeit von Mr. Kraft hat mich immer sehr beeindruckt.«

»Schurken sind immer eindrucksvoll«, sagte Nettie. »Aber ich will nicht bestreiten, daß Toby auch seine guten Seiten hatte. Er hat immerhin unsere Nichte auf dem Totenbett besucht.«

»Mein Klient hat große Zuneigung zu seiner Stieftochter empfunden«, sagte Creech. »Da Mr. Dunstan nun unter uns weilt, können wir uns dem Grund unseres Zusammenseins zuwenden. Es war der Wunsch meines Klienten, den Inhalt seines letzten Willens bald nach seinem Tod bekanntzugeben, wenn möglich innerhalb von vierundzwanzig Stunden. Ich stelle fest, daß wir uns gemäß dieses Wunsches hier versammelt haben.«

»Zu Protokoll genommen«, sagte Miss Wick.

»Ferner stelle ich fest, daß die Parteien, deren Anwesenheit mein Klient bei seiner Testamentseröffnung wünschte, tatsächlich hier versammelt sind, mit Ausnahme von Mrs. Joy Dunstan Crothers, abwesend auf eigenen Wunsch, und von Mr. Clarence Aaron Crothers, abwesend aus gesundheitlichen Gründen.«

»Zu Protokoll genommen«, sagte Miss Wick.

Creech blickte von dem Ordner vor ihm auf. »Mein Klient hat zudem verfügt, seine sterblichen Überreste rasch bestatten zu lassen. Natürlich hatte Mr. Kraft nicht vorausgesehen, daß er das Opfer eines Mordes werden würde. Angesichts der gerichtsmedizinischen wie auch der polizeilichen Untersuchung wird es vielleicht nicht möglich sein, die Wünsche von Mr. Kraft strikt zu befolgen. Ich stelle daher fest, daß die besagten Überreste im Geiste seiner Wünsche innerhalb von vierundzwanzig Stunden nach ihrer Freigabe bestattet werden sollen. Damit beauftragt ist das Spaulding Heavenly Rest Funeral Home.«

»Zu Protokoll genommen.«

Es sah fast so aus, als würde Mr. Creech seinem Publikum zulächeln. Das trübe Licht und die Eigenart seiner Gesichtszüge ließen das freilich nicht genau erkennen. »Ich habe den Auftrag, die Anwesenden von mehreren Dingen zu unterrichten. Mein Klient hat bereits alle für die Bestattung seiner sterblichen Überreste nötigen Vorkehrungen getroffen. Gesorgt ist damit für den Kauf eines Sarges, eines Grabsteins mit Inschrift und eines Grabes neben dem seiner verstorbenen Frau. Auf eine Gedenk- oder Trauerfeier in religiösem Rahmen, sei dieser protestantisch, katholisch, jüdisch oder anderswie, soll verzichtet werden. Auch die Bestattung selbst soll ohne Anwesenheit eines Geistlichen erfolgen. Hingegen sollen alle Personen daran teilnehmen dürfen, die dies wünschen. Sämtlichen Trauergästen wird gestattet sein, sich dabei spontan zu äußern. Ich stelle fest, daß diese Verfügungen den Anwesenden vorgetragen wurden.«

»Zu Protokoll genommen«, sagte Miss Wick.

»Hab ich da was von einer Inschrift gehört?« fragte Clark.

»Lassen Sie mich den genauen Wortlaut suchen.« Creech blätterte ein paar Seiten um. »Die Inschrift auf dem Grabstein meines Klienten soll folgendermaßen lauten. Erste Zeile: TOBIAS KRAFT, in Blockbuchstaben; zweite Zeile: Geburts- und Todesdatum; dritte Zeile: VERTRAU DEM UNERWARTETEN, in kleineren Blockbuchstaben, gefolgt vom kursiven Namen der Autorin, Emily Dickinson.«

»Vertrau dem Unerwarteten?« sagte Clark. »Was zum Teufel soll das denn heißen?«

»Ich nehme an, mein Klient fand diesen Standpunkt hilfreich.« Creech blätterte zurück und sah wieder auf. »Wir kommen nun zur Eröffnung von Mr. Krafts Testament. Darf ich annehmen, daß die hier versammelten Parteien willens sind, auf einen Verlesung der einführenden Abschnitte zu verzichten und direkt zu Teil C, dem Vermächtnis, zu kommen?«

Nettie beugte sich zu May, um ihr etwas zuzuflüstern, und Creech sagte: »Ich versichere Ihnen, daß dadurch keinerlei Fakten übergangen werden, die für Sie von Interesse sein könnten. Zudem erhalten Sie alle am Ende dieser Zusammenkunft Kopien des gesamten Dokuments.«

»Lassen Sie den Hokuspokus weg«, sagte Nettie.

»Ich stelle fest, daß die Verlesung des Testaments mit Zustimmung der Anwesenden bei Teil C, dem Vermächtnis, beginnen wird.«

Miss Wick tat ihr Echo kund.

Mit seiner klang- und emotionslosen Stimme begann Creech zu lesen. »Ich, Tobias Kraft, verfüge somit, daß mein gesamtes Vermögen im Falle meines Todes wie folgt verteilt werden soll: 1) Ein Betrag von fünftausend Dollar wird anonym dem Roten Kreuz übergeben. 2) Ein Betrag von fünftausend Dollar wird anonym dem Holocaust Memorial Museum der Vereinigten Staaten übergeben. 3) Alle zur Zeit meines Ablebens in meinem Besitz befindlichen Kleidungsstücke kommen karitativen Zwecken zu. 4) Den Rest meines Vermögens, einschließlich sämtlicher Mittel in Bankkonten, Anlagekonten, Aktien und Renten, Investmentfonds und Immobilien, entweder in meinem persönlichen Besitz oder in dem der Firma T. K. Holding Corporation, vermache ich hiermit Valerie Dunstan, bekannt unter dem Namen Star Dunstan. Sollte Valerie Dunstan vor mir versterben, geht das Vermächtnis auf ihren Sohn Ned Dunstan über.«

Creech blickte auf. »Ich stelle fest, daß Mr. Tobias Krafts Vermächtnis den Anwesenden verlesen wurde.«

Nettie übertönte Miss Wicks Erwiderung. »Entweder haben Sie was ausgelassen, oder ich hab Sie nicht richtig verstanden!«

»Lassen Sie mich die Fakten kurz zusammenfassen, damit keine Mißverständnisse entstehen. Nach dem letzten Willen meines Klienten gehen zehntausend Dollar als Spende an gemeinnützige Organisationen. Seine Kleidung wird karitativen Zwecken zugeführt. Der Großteil seines Vermögens ist das Erbe des jungen Mannes, der auf der Couch hinter Ihnen sitzt.«

Drei Köpfe mit Gesichtsausdrücken in unterschiedlichen Stadien des Entsetzens fuhren herum und gafften mich an.

Clark blickte wieder zu Creech hinüber. »Um was für ein Erbe geht es hier eigentlich?«

»Einen Augenblick bitte...« Creech nahm einen zweiten Papierstapel aus dem Ordner, überflog die erste Seite, legte sie weg und warf einen Blick auf die zweite. »An flüssigen Mitteln enthält die Erbmasse 225 420 Dollar, dazu kommt die seit den letzten Auszügen entstandene Rendite. Im Besitz von Mr. Kraft befand sich ferner das Gebäude, in dem er wohnte und sein Geschäft führte, dazu eine Pension in der Chester Street und zwei Geschäftsbauten im Zentrum von Edgerton. Der Wert dieser Immobilien beläuft sich auf etwa 800 000 Dollar, einschließlich der Versicherungssumme für das kürzlich durch Brandstiftung zerstörte Gebäude.«

Nettie und May saßen wie angewurzelt auf ihren Stühlen.

»Darüber hinaus«, sagte Creech und blätterte um, »hatte mein Klient zwei Lebensversicherungen abgeschlossen. In beiden Fällen war ursprünglich seine Frau begünstigt. Nach ihrem Tod nannte er an ihrer Stelle Valerie Dunstan beziehungsweise, im Falle ihres Ablebens, deren Sohn Ned Dunstan. Bei beiden Policen wird ein Betrag von 300 000 Dollar fällig, macht insgesamt 600 000 Dollar. Ich habe bereits mit dem Versicherungsagenten von Mr. Kraft gesprochen; wir werden die Formalitäten gemeinsam erledigen. Mit Glück und wenn die Behörden mitspielen, dürften die Schecks der Versicherungen innerhalb von drei bis vier Wochen hier eintreffen.«

Vielleicht lächelte er wieder, aber ich war mir da nicht so sicher. »Mr. Dunstan, bald werden Sie ein ziemlich wohlhabender junger Mann sein. Wenn Sie noch keinen guten Steuerberater haben, sollten Sie sich jetzt einen suchen.«

»Ich hab meinen Namen noch gar nicht gehört«, sagte May.

»Wirst du auch nicht«, sagte Nettie. »Wieviel verdienen Sie an dieser Sache, Creech?«

»Ich werde über diese Bemerkung hinwegsehen, Mrs. Rutledge.« Creech legte die Papiere zurecht und schloß den Ordner. »Unter Streß neigt man manchmal zu unbesonnenen Äußerungen.«

»Wenn Sie das unbesonnen nennen, warten Sie erst mal ab«, sagte Nettie. »Wieviel war es?«

»Nun, lassen Sie mich nachdenken«, sagte Creech. »Für die Abfassung von Mr. Krafts Testament habe ich meinen üblichen Stundensatz berechnet. Einschließlich der verschiedenen Änderungen im Lauf der Zeit betrugen die Gebühren wohl etwa fünftausend Dollar. Bis auf die Vereinbarung, die Mr. Dunstan und ich vor Ihren Augen geschlossen haben, hatten wir bislang keinerlei Beziehungen zueinander. Vorläufig habe ich von ihm einen Dollar erhalten; für meine Leistungen werde ich eine Rechnung stellen. All dies hat mit der Testamentseröffnung nichts zu tun. Nicht nur hat Mr. Dunstan mich in keiner Weise dazu angehalten, das Testament von Mr. Kraft zu fälschen; es scheint mir auch überdeutlich, daß er keinerlei Kenntnis von seinem Inhalt hatte. Ich würde sogar sagen, er ist schlichtweg fassungslos.«

Nettie wirbelte auf ihrem Stuhl herum, Gewitterwolken im Blick. »Ich will die Wahrheit wissen. Wußtest du, was passieren würde, als du hier reinkamst?«

»Ich hatte keine Ahnung«, sagte ich. Miss Wicks Stift flog über den Block. »Ich bin fassungslos, ganz recht. Toby hat mir gesagt, er will sich um mich kümmern, aber ich hab gedacht, er meinte damit einen Job im Leihhaus.«

»Jetzt wird mir alles klar«, sagte Nettie. »Jetzt weiß ich, wieso du dem alten Schurken gesagt hast, er soll ins Krankenhaus kommen. Bestimmt hast du ihn öfter mal besucht.«

Creechs Reptilienstimme kam wie ein Guß kaltes Wasser. »Mr. Krafts Testament wurde zuletzt zwei Wochen nach dem Tod seiner Frau geändert. Das war am 17. April 1965. Zu diesem Zeitpunkt war Mr. Dunstan meines Wissens knapp sieben Jahre alt. Zudem scheint es mir klar zu sein, daß Mr. Kraft vorhatte, sein Vermögen der Mutter von Mr. Dunstan zukommen zu lassen. Ihr Sohn ist unvermutet zum Erben geworden.«

»Nettie«, sagte May, »wollte der alte Schwindler tatsächlich alles *Star* vererben?«

»Aber sicher«, sagte Nettie. »Und weil sie von uns gegangen ist, fällt das ganze Zeug an ihren Jungen.«

May verrenkte sich den Hals, um mich anzusehen. »Neddie, du wirst doch nicht alles für dich behalten, oder? Du hast es im Leben vielleicht nicht zu viel gebracht, aber ein gutes Herz hast du trotzdem.«

Ohne sich dazu herabzulassen, mir den Kopf zuzudrehen, sagte Clark: »Für einen Fabrikarbeiter bekommst du eine Riesenmenge Geld, Junge. Ich hoffe, du bleibst auf dem Boden.«

»Mr. Dunstan«, sagte Creech, »haben Sie irgendeine Absicht, das Leihhaus meines Klienten zu übernehmen?«

»Nein.«

»Dann könnten wir dafür sorgen, daß das Geschäft aufgelöst und das Gebäude veräußert wird. Wenn Sie dies wünschen, können wir auch die anderen Liegenschaften zum Verkauf anbieten. Das Testament meines Klienten muß zwar erst gerichtlich bestätigt werden, was meist mindestens ein Jahr in Anspruch nimmt, aber es wäre ratsam, sich jetzt schon um diese Dinge zu kümmern.«

»Ja, vielen Dank«, sagte ich, »sorgen Sie für den Verkauf von Tobys Immobilien.« Ich sah Miss Wicks Stift über das Notizbuch tanzen.

»Schnelle Autos«, sagte Clark. »Ein großes Haus. Champagner und hübsche Mädchen. Du kennst ja das alte Märchen von Hans im Glück. Wenn du mich dein Geld verwalten läßt, hättest du eine Chance, auch später noch ein paar Cent in der Tasche zu haben.«

»Onkel Clark«, sagte ich, »ich muß erst mal nachdenken, was ich jetzt tue. Es wäre schön, wenn ihr alle einen Moment den Mund halten würdet.«

»Ich muß etwas sagen, was mir auf dem Herzen liegt«, sagte Nettie, nicht zu mir, sondern zu der Luft vor ihr, genau wie Clark. »Ich muß eine kleine, winzige Bemerkung machen, sonst wird es zu einer großen Bürde werden und mich bis an den Rest meines Lebens belasten. Mr. Toby Kraft hat unsere geliebte Schwester geheiratet. Obwohl er uns Queenie weggenommen hat, haben wir ihn immer willkommen geheißen. Auch nachdem unsere Schwester von uns gegangen war, ist Mr. Toby Kraft im Kreise unserer Familie geblieben. Man könnte ihn sogar als

Landplage bezeichnen. Toby Kraft hatte die Angewohnheit, ungeladen aufzutauchen und zum Abendessen zu bleiben; und um des Andenkens meiner lieben Schwester willen habe ich mehr Mahlzeiten für diesen Menschen gekocht, als ich je vorhatte. Dasselbe gilt für meine Schwester May. Würde man all das zusammenrechnen, kämen Tausende Dollar heraus. All das ist aus reiner Nächstenliebe geschehen. Der alte Gauner hat doch in keiner Weise je erkennen lassen, daß er ein Vermögen gehortet hatte, oder, May?«

»Nein«, sagte May.

»Er hat immer so ausgesehen, als hätte er kaum einen Dollar auf der hohen Kante. Hat die scheußlichsten Kleider getragen, die man sich vorstellen kann. Er war ein Trinker, wie wir alle wissen, und ein Schurke obendrein. Und dennoch haben wir ihm unsere Liebe geschenkt, weil wir nicht anders konnten. So sind wir eben.«

C. Clayton Creech betrachtete sie mit unverhohlener Bewunderung.

»Neddie«, sagte May, »überleg doch mal, was deine Mutter tun würde.«

»Das überlege ich mir schon die ganze Zeit«, sagte ich. »Mr. Creech, ich möchte Sie bitten, eine Vereinbarung auszuarbeiten, nach der Mr. Krafts Nachlaß in vier gleiche Teile geteilt wird. Einen für Tante Nettie, einen für Tante May, einen weiteren für meine Tante Joy, und den letzten für mich.«

»Wollen Sie nicht erst eine Nacht darüber schlafen?« fragte er.

»Nein«, sagte ich.

»Sollen die Lebensversicherungen in das zu teilende Vermögen eingehen?«

»Ja«, sagte ich. »Wieviel wird jeder Anteil betragen?«

Creech nahm ein Notizbuch aus einer Schublade und eine Lucky Strike aus der Packung auf seinem Tisch. »Haben Sie den neuesten Entwicklungen folgen können, Miss Wick?«

Miss Wick versicherte ihm, die Entwicklungen würden zu Protokoll genommen.

Creech beugte sich über sein Notizbuch und stieß eine gewaltige Rauchwolke aus. »An Bargeld haben wir 525 000 Dollar. Addieren wir den geschätzten Wert der Immobilien und die Versicherungssummen dazu, kommen wir auf 1 925 000 Dollar. Ein

Viertel von Mr. Dunstans Erbe wären demnach etwa 481 000 Dollar.«

»Fertigen Sie die nötigen Papiere aus«, sagte ich. »Es war meine Mutter, der Toby sein Geld hinterlassen hat, und ich weiß, sie hätte es mit ihren Tanten geteilt.«

»Ihre Entscheidung ist endgültig?« sagte Creech.

»Sie haben's doch gehört, Creech«, sagte Clark. »Machen Sie schon.«

May sah mich an. »Weißt du, Joy braucht eigentlich gar nicht soviel Geld. Und, Neddie, 481 000 Dollar sind eine unglaubliche Summe für einen jungen Burschen, der sein ganzes Leben noch vor sich hat.«

Ich lächelte sie an. »Du hast recht. Mr. Creech, aus meinem Anteil an der Versicherungssumme gehen 20 000 Dollar an eine Dame namens Suki Teeter.«

»Könnten Sie den Namen bitte buchstabieren?« sagte Miss Wick.

Ich tat es. »Sie betreibt die Riverrun Gallery in der Archer Street, drüben in College Park.«

»Gut, das genügt mir«, sagte Creech. »Soll ich Ms. Teeter von ihrem Glück in Kenntnis setzen?«

»Bitte.« Ich fühlte mich wie Rockefeller.

Nettie sah mich wütend an. »Du schenkst dieser Suki Geld?«

»Das hätte Star auch getan«, sagte ich. »Ich hab Suki Teeter neulich getroffen, und sie hat das Geld bitter nötig. Wenn ihr meint, ich sollte so etwas nicht tun, kann ich auch alles für mich behalten. Das wären dann ...?« Ich warf einen Blick zu C. Clayton Creech hinüber.

»1 925 000 Dollar.« Er trug die Summe vor, als ginge es um eine Eintrittskarte fürs Kino und einen mittelgroßen Becher Popcorn.

»Suki war eine gute Freundin von Star«, sagte Nettie. »Deine Mutter wäre stolz auf dich. Ich wußte ja, du hast ein gutes Herz.«

Creech schlug vor, meine Geschenke mit der Bedingung zu verknüpfen, daß alle Mittel nach dem Tod der Empfänger an mich zurückflossen, und Nettie sagte: »Ich hab sowieso nicht vor, irgendwas dem Roten Kreuz oder einem Museum über Nazis zu hinterlassen. Schreiben Sie alles auf und kümmern Sie sich schleunigst um die gerichtlichen Sachen. Ich will einen Gasherd mit zwei Backöfen und einer Bratplatte, so einen, wie man ihn im

Restaurant hat, und den will ich bekommen, bevor man mich unter die Erde bringt.« Als alle sich erhoben, bat Creech mich, um halb sechs wiederzukommen, um die Dokumente zu unterzeichnen.

Unten öffnete ich die Tür des Hauses und trat in grelles Sonnenlicht und schimmerndes Grün.

Mit einem leichten Anflug von Großspurigkeit watschelte Clark die Stufen hinab. Hinter ihm traten Nettie und May auf die gleißende Paddlewheel Road. Ich folgte ihnen. Kurz vor der Ecke zur Commercial Avenue glänzte der Buick an einer Parkuhr. Ein Gefühl der Unwirklichkeit ließ mich nicht los. Ich hatte gerade eineinhalb Millionen Dollar verschenkt.

Clark inspizierte die Ärmel seines Jacketts. »Sieht aus, als würde ich Gefahr laufen, nicht mehr ganz mit der Mode zu gehen. Wieviel sollen wir von Toby kriegen?«

»Vierhundertachtzigtausend«, sagte Nettie.

»Bei Tageslicht betrachtet ist das gar nicht viel. Jemand mit dieser Summe auf der Bank würde man kaum als reich bezeichnen, also fang bloß nicht an, uns zu der Kategorie zu zählen.«

»Ich will einen großen Gasherd mit Bratplatte«, sagte Nettie. »Und den bekomme ich auch, egal, in welcher Kategorie wir sind.«

»Wißt ihr, was ich möchte?« sagte May. »Eine komplette TV-Anlage mit Satellitenschüssel statt meinem miesen kleinen Fernseher, mit dem ich bloß drei Programme empfangen kann.«

»Wir können beide eine kriegen«, sagte Nettie. »Aber es täte mir in der Seele weh, für so was Überflüssiges Geld auszugeben.«

»Wir müssen für unsere TV-Anlagen ja nichts *ausgeben*«, sagte May. »Ich hätte bloß gern eine, das ist alles.«

»Neue Kleider«, sagte Clark. »Sobald wir unseren ersten Scheck bekommen, marschiere ich zu Lyall's und komme *stilvoll* wieder raus. Und dann spaziere ich rüber ins Speedway und spendiere Cassie einen doppelten Johnnie Walker Black zu Ehren des alten Toby, Gott sei seiner Seele gnädig.«

»Clark«, sagte ich, »ich muß dir etwas sagen.«

»Toby Kraft wird jetzt leichter Frieden finden«, sagte May. »Ich hab ja immer gesagt, er ist trotz aller Fehler ein sehr treuer Mensch.«

»Clark, heute morgen...«, sagte ich.

Nettie unterbrach mich. »Da er unseren Kummer nicht vergrößern wollte, sollten wir seine Wünsche respektieren und ihn so würdevoll bestatten lassen, wie er es gewünscht hat. Bei Stars Begräbnis hält Reverend Swing die Predigt, Neddie. Er ist berühmt für seine Grabreden.«

»Er wird mir sicher sehr gefallen«, sagte ich. »Aber ich muß dir sagen, Clark…«

»Du willst doch nicht gegen den letzten Wunsch eines Sterbenden verstoßen«, protestierte Clark.

»*Clark*«, sagte ich zu laut, »du wirst Cassie Little keine Drinks mehr spendieren.«

»Und weshalb, darf ich bitten?« sagte er irritiert.

»Sie ist tot.«

»Da irrst du dich. Sie war gestern ein bißchen erkältet, aber sonst geht's dem Mädel blendend.«

»Es tut mir leid, Onkel Clark.« Es war zu spät, alles zurückzunehmen und es richtig zu machen. Er wurde schon aschfahl im Gesicht. »Man hat Cassie heute nacht in ihrer Wohnung umgebracht. Auch ihr Freund Frenchy ist ermordet worden, in einer Zelle im Polizeipräsidium.«

»Die beiden haben zur Gang von Clyde Prentiss gehört«, sagte May. »Man hat sie umgebracht, um ihnen das Maul zu stopfen, das ist es.«

Clarks Augen sahen glasig aus.

»Bruce McMicken hat ihre Leiche gefunden. Es stand heute morgen in der Zeitung.«

Clark schloß den Mund, öffnete ihn, schloß ihn wieder. »Das war herzlos, Junge. Herzlos. Du hättest mir's ein wenig sachter beibringen können.«

»Ich hab's versucht«, sagte ich, »aber ständig hat mich jemand unterbrochen.«

»Du solltest mehr Achtung vor der Trauer eines Menschen haben.« Den Blick aufs Pflaster geheftet, schnitt er eine wilde Grimasse. »Frenchy hat sie umgebracht, um sie von anderen Männern fernzuhalten, und dann hat er sich aus Reue selbst getötet. Hoffentlich bekomme ich meine neuen Sachen rechtzeitig für ihre Trauerfeier.«

»Ich zerfließe bald in der Hitze hier«, sagte Nettie. »Fahren wir nach Hause.«

»Also, dann bis morgen früh um zehn am Friedhof«, sagte ich.

»So schnell wird man sie doch nicht unter die Erde bringen!« jammerte Clark.

»Morgen ist Stars Beerdigung, nicht die von deiner Freundin. Mach den Wagen auf, damit die Hitze rausgeht.« Nettie fischte einen Zettel aus ihrer Handtasche. »Du hast heute morgen zwei Anrufe bekommen, Ned, einen von Mrs. Rachel Milton und einen von deiner Freundin Mrs. Hatch. Wir haben uns gut unterhalten. Ich hab die Telefonnummern aufgeschrieben.« Sie streckte mir den Zettel hin.

92

Ich hatte das Gefühl, nicht mehr ganz in der Realität verankert zu sein oder in dem, was ich für die Realität gehalten hatte. Im Merchants Park leuchtete das Gras in glänzendem Grün. Scharfes, weißgoldenes Licht zersplitterte auf den Autodächern. Abwechselnd schwebte ich übers Pflaster und schwamm gegen eine starke Strömung. Immer wieder tauchten Toby Krafts blutüberströmter Leib und sein mürrisches Gesicht vor mir auf.

Glitzernde Dunkelheit lockte aus den Mündungen der Gassen entlang der Word Street. Mit gesenktem Kopf stürmte Bruce McMicken über den Gehsteig und riß die Tür des Speedway auf. Hinter ihm tanzte der Geist von Frenchy La Chapelle. Über einem schmalen Fenster buchstabierten blaue Neonlettern die Worte PEEP INN, und als ich tatsächlich einen Blick hineinwarf, sah ich, wie ein Mann den nackten Arm einer jungen Frau streichelte, deren Kopf sein Gesicht verbarg. Als sie das Kinn hob, wurde ihr schlanker Hals sichtbar. Der Mann beugte sich vor, um etwas zu sagen, was sie zum Lachen brachte. Mein Herz flatterte und wurde kalt.

Robert führte eine Zigarette an die Lippen. Er zog den Mund zusammen, als er inhalierte, und heißer, beißender Rauch drang in meine Lunge. Ich wandte mich vom Fenster ab und stolperte hustend weiter. Als ich die Hand hob, um mir über die Stirn zu wischen, stellte ich fest, daß ich durch sie hindurch die Häuser an der Word Street sehen konnte, als wäre sie ein verschmiertes, handförmiges Stück Glas.

Mit gespreizten Fingern hielt ich die andere Hand daneben. Undeutlich war durch beide Hände hindurch das Pflaster zu sehen. Ich hastete zu einem Schaufenster, um festzustellen, ob mein ganzer Körper am Verschwinden war. Im Fenster spiegelte sich ein vollkommen sichtbares Gesicht. Normale, undurchsichtige Hände ragten aus den Ärmeln. Meine Atmung setzte wieder ein. Als ich noch einmal ins Fenster blickte, sah ich das Spiegelbild des schwarzen Hünen, der mich in der Pine Street angesprochen hatte. Er stand einen Schritt hinter mir und betrachtete mich tadelnd.

»Was ist denn jetzt wieder mit Ihnen los?« fragte er.

Ich lachte. »Ich weiß kaum, wie ich anfangen soll.«

»Versuchen Sie's einfach.«

»Heute morgen habe ich eine blutüberströmte Leiche entdeckt. Heute nachmittag hab ich dann herausgefunden, daß der Tote mir zwei Millionen Dollar hinterlassen hat. Drei Viertel des Geldes hab ich verschenkt. Und vor ein paar Sekunden hab ich angefangen zu verschwinden.«

Der Hüne warf den Kopf zurück und brach in dröhnendes Gelächter aus. Wie damals bei Stewart Hatch konnte ich einfach nicht anders – ich lachte mit, bis mir die Augen tränten.

»Na«, sagte der Hüne, der noch immer ein unterirdisches Rumpeln von sich gab, »solange Sie über Ihre eigene Dummheit lachen können, sind Sie wenigstens noch richtig im Kopf. Aber Sie sind schon ein Fall für sich, Ned Dunstan, muß ich sagen.«

»Woher kennen Sie meinen Namen?«

»Es kann eine Menge Gründe dafür geben, daß jemand anfängt zu verschwinden. So was passiert andauernd, aus guten und schlechten Gründen. Aber eine Wagenladung Geld zu bekommen, ist einer der schlechtesten, die ich je gehört hab.« Grinsend schüttelte er den Kopf.

»Woher kennen Sie meinen Namen?« fragte ich noch einmal.

»Ned.« Der Gesichtsausdruck, mit dem er auf mich herabblickte, war nur insofern kritisch, als er ausdrückte, was mir nicht von allein aufgefallen war. »Was meinst du wohl, woher ich deinen Namen kenne?«

Ich trat einen Schritt zurück, um ihn in ganzer Länge zu betrachten. Er war gut zwei Meter groß und wog bestimmt über einhundertzwanzig Kilo, hatte ein scharf geschnittenes Gesicht, glänzende Augen und Zähne, die so weiß waren wie in einer Zahnpastareklame. Eine gewebte afrikanische Mütze bedeckte den Schädel vom Haaransatz bis zu der Spur Grau über den Ohren. Er trug schwarze Seidenhosen mit scharfer Bügelfalte und schwarze, spiegelblanke Slipper, mindestens Größe achtundvierzig. Die afrikanische Bluse, dunkler und feiner als die, die ich am Freitag in der Pine Street an ihm gesehen hatte, kombinierte tiefe Grün- und Blautöne mit breiten purpurroten Streifen. Die Haut des Hünen glänzte wie poliertes Mahagoni. Er sah aus wie die Krönung eines uralten afrikanischen Königsgeschlechts. Sein blendendes Grinsen wurde breiter.

Nein, dachte ich, *er sieht nicht wie ein König aus, sondern wie ein...*

Eine Welle aus geballtem Licht und Wärme strömte aus der Mitte seines Wesens, und meine Gedanken erstarben angesichts der Erkenntnis, daß dieser Mann, wer immer er auch sein mochte, auf geheimnisvolle Weise von meiner eigenen Art war. Er war zwar kein Dunstan, aber *verwandt* mit den Dunstans. Ein Gefühl des Schutzes und der Sicherheit begleitete die strömende Wärme. Ich spürte den Wunsch, ihm fest die Hand zu drücken und ihn um Hilfe zu bitten.

»Wie heißt du?« hörte ich mich sagen.

»Walter«, sagte der Hüne. »Obacht! Walter, nicht Wally. Wenn ich etwas nicht leiden kann, dann ist es, wenn man mich Wally nennt.«

»Hast du einen Familiennamen, Walter?«

»Bernstein. Wenn ich nicht so groß wäre, müßte ich deshalb wohl ab und zu was einstecken, aber so hör ich nie jemand über mich lachen.«

»War dein Vater...?«

»Mein Vater war ein klein wenig heller als ich. Allerdings weiß ich nicht recht, warum du so wahnsinnig neugierig bist.«

»Ich bin aber neugierig«, sagte ich. »Ich bin total verwirrt. Jedesmal, wenn ich meine, endlich etwas verstanden zu haben, muß ich wieder von vorn anfangen.« Ich schwieg, weil ich vor Walter Bernstein nicht jammern wollte.

»Du lernst eben immer noch laufen«, sagte er. »Außerdem bist du ein gottverdammter Dunstan. Die Dunstans konzentrieren sich nie aufs Wesentliche; sie laufen durch die Welt, machen Probleme, verschwinden und lassen ihr Schlamassel einfach zurück. Das passiert immer wieder von neuem, verstehst du? Du jedoch kannst es anders machen, wenn du dir den Rücken freihältst und dein Bestes tust.«

»Und wie?«

»Du hast mehr in dir, als dir klar ist. Das mußt du im Kopf behalten, nicht, wie *verwirrt* du bist. Warum solltest du nicht verwirrt sein? Hast du gemeint, das Leben müßte einfach sein?«

»Was kümmert dich das Ganze? Warum tauchst du immer wieder auf?«

»Vielleicht hab ich es satt zuzusehen, wie die Dunstans immer wieder Scheiße bauen. Ihr seid nämlich nicht die einzigen, die übriggeblieben sind. Hast du dich schon mal mit Wagner beschäftigt? Oder was über altnordische und isländische Mythologie gelesen? Über die Kelten? Die klassische Antike ist nicht alles. Wenn ich Goat Gridwell sehe, wir mir übel. Da geht es wirklich ums Verschwinden. Zum Kotzen.«

»Aber was kann ich…«

»Kümmere dich um das, was anliegt; das ist deine Aufgabe.« Walter Bernstein ging an mir vorbei und schritt weiter. Dann – wie bei unserer ersten Begegnung – blieb er stehen und blickte zurück. »Du hast 'ne Chance, wenn du dein *Hirn* einsetzt.« Er sah mich prüfend an und marschierte im grellen Sonnenlicht die Word Street hinab. Keiner sah ihn außer mir.

93

Kaum hatte ihr Hausmädchen mich gebeten zu warten, hob Rachel Milton auch schon ab. »Ned, ich bin so erleichtert, daß Sie mich zurückrufen. Suki hat mir vom Tod Ihrer Mutter erzählt. Wie geht es Ihnen?«

»Sieht aus, als wäre ich ein bißchen durcheinander«, sagte ich.

»Ich könnte mich ohrfeigen, weil ich nicht alles andere einfach beiseite geschoben habe, um sofort ins Krankenhaus zu fahren. Haben Sie die Blumen bekommen?«

»Ja, danke. Sehr aufmerksam.« Ich streckte mich auf meinem Bett aus und sah zu, wie zwei fette Fliegen zwischen Zimmerdecke und Fenster kreisten. Jedes zweite Mal oder so flog eine von ihnen ans Glas, fiel unter den Tisch und kam kurz darauf wieder zum Vorschein.

»Ich hab gehört, Sie haben sich mit Laurie Hatch angefreundet.«

»Ein wenig.«

»Wir waren gut befreundet, bis ein törichtes Mißverständnis uns auseinandergebracht hat. Wenn Sie das nächste Mal mit Laurie sprechen, sagen Sie ihr bitte, daß ich unsere Freundschaft wieder kitten will?«

»Gern«, sagte ich.

Rachel Milton erkundigte sich nach der Beisetzung, und ich teilte ihr Zeit und Ort mit.

»Ich muß Star Lebewohl sagen, und Sie will ich unbedingt kennenlernen, Ned. Ich weiß noch, wie Sie geboren wurden!« Sie machte eine bedeutsame Pause. »Und ich habe Ihren Vater gekannt. Wir waren alle so eifersüchtig, weil er sich für Ihre Mutter entschieden hatte.« Noch eine bedeutsame Pause. »Suki hat mir gesagt, Sie wollten mehr über Edward Rinehart wissen.«

»Ich möchte alles hören, was Sie mir sagen können«, sagte ich.

»Nach der Bestattung gehen wir irgendwo zusammen essen.«

Eine Fliege schlug gegen das Fenster. Es hörte sich an, als wäre ein Tennisball gegen eine Betonmauer geprallt. Die Fliege fiel zu Boden. Ich fragte mich, was so alles in Rachel Miltons Kopf herumsummte, beschloß aber, die Spekulationen darüber bis nach dem Begräbnis zurückzustellen. Und dann erlag ich der Versuchung, mich bei Laurie Hatch zu melden.

»Wo bist du?« Ihr Stimme klang wie Musik. »Ich war so... ich weiß gar nicht, was; jedenfalls wußte ich nicht, wo du steckst, und da hab ich deine Tante angerufen. Hat sie es dir ausgerichtet?«

»Nach einer ganzen Weile, ja«, sagte ich. »Ich bin im Brazen Head.«

»Im Brazen Head? Wo ist das?«

Ich gab ihr meine Telefonnummer. »Es ist soviel passiert; ich weiß gar nicht, womit ich anfangen soll.«

»Fang mit dem Feuer an.«

Ich berichtete ihr von dem Brand und von Toby Kraft. »Woanders in diesem Dschungel hatten mich die Schläger, die mich mit jemand anderem verwechseln, schon in der Zange, aber ich konnte entkommen. Verglichen mit Edgerton ist Manhattan zahm wie eine Südseeinsel.«

»Dann komm doch auf meine Südseeinsel.«

»Ich muß jetzt in ein Anwaltsbüro und ein paar Papiere unterschreiben. Danach sollte ich mich einfach hier aufs Ohr legen.«

Sie schwieg kurz. »Offenbar hattest du ein langes Gespräch mit Stewart.«

»Nichts, was er gesagt hat, hat mich in irgendeiner Weise beeinflußt, Laurie.«

»Hat Ashleigh sich bei dir gemeldet? Da ist was ganz Erstaunliches passiert.«

»Von Ashleigh habe ich schon länger nichts gehört«, sagte ich. »Gute Nachrichten?«

»Ich weiß nicht, wie, aber sie hat genau das gefunden, was sie brauchte. Hattest du vielleicht irgendwas damit zu tun?«

»Wie sollte ich?«

»Ashleigh wollte mir nicht sagen, woher sie die Dokumente hat, deshalb hab ich mich gefragt, ob... Vergiß es. Das beste daran ist, daß Stewart sich noch immer in Sicherheit wiegt. Er ist entsetzlich selbstzufrieden, besonders weil er sich sicher ist, daß du nie wieder mit mir sprechen wirst.«

Ich sagte, ich hätte die Motive Stewarts durchaus begriffen.

»Aber ich hab dir all die blöden Geschichten erzählt, die ich mir vor fünfzehn Jahren ausgedacht hab, weil in Wahrheit alles so scheußlich war. Ich war entsetzt über mich selbst.« Es klang, als klirrten Eiswürfel in einem Glas. »Es muß ihm einen Heidenspaß gemacht haben, von Teddy Wainwright zu erzählen.«

»Ich hab gar nicht richtig hingehört. Ach, jetzt hätte ich es fast vergessen. Rachel Milton hat auch versucht, mich zu erreichen, und als ich sie zurückgerufen habe, hat sie mich gebeten, dir zu sagen, daß sie wieder deine Freundin sein will. Jedenfalls will sie gern mit dir sprechen.«

»Wenn wir schon über erstaunliche Geschichten sprechen...« Lauries Stimme hatte wieder ihren üblichen, amüsierten Tonfall angenommen. »Grennie hat eine fünfunddreißigjährige Freundin aus Hongkong, die ein Finanzgenie ist. Er hat sie kennengelernt, als sie in sein Büro kam, um irgendeine gemeinnützige Stiftung auf die Beine zu stellen. Seit Monaten trifft er sich heimlich mit ihr. Sie heißt Ming-Hwa Sullivan und ist ausgesprochen hübsch. Beim Studium in Harvard hat sie einen Typen aus Edgerton kennengelernt, Bill Sullivan. Die beiden haben geheiratet und sind hier hergezogen, weil er einen Job bei der First Illinois bekommen hatte. Dann hat sie sich selbst ins Geschäftsleben geworfen, und zwar äußerst erfolgreich. Die Ehe ist dabei in die Brüche gegangen. Jetzt will Grennie sie heiraten.«

»Und Rachel will sich an deiner Schulter ausweinen«, sagte ich.

Ihr Tonfall veränderte sich wieder. »Ich hab dir eine dumme Lüge erzählt, und Stewart hat dich negativ beeinflußt. Ich muß dir erklären, wie es wirklich war.«

»Die wahre Geschichte«, sagte ich.

»Soll ich dich abholen?«

Ich sagte ihr, ich hätte einen Wagen gemietet.

»Dann steig sofort ein und komm zu mir.«

»Gegen sechs Uhr bin ich da«, sagte ich.

94

Laurie und ich trugen unsere Gläser und die halbleere Flasche ins Wohnzimmer und setzten uns aufs Sofa neben den offenen Kamin und das große Bild von Tamara de Lempicka. Laurie stellte die Flasche auf den Teppich, lehnte sich zurück und umschloß mit beiden Händen ihr Glas. »Ich bin so verlegen, daß ich kaum sprechen kann.«

»Mußt du auch nicht«, sagte ich.

»Diese wahnsinnige Lüge steht wie ein Berg zwischen uns. Was für eine blöde Angewohnheit! Ich hab immer gedacht, niemand würde mich akzeptieren, wenn man meine wahre Geschichte wüßte. Schließlich konnte ich mich selbst kaum akzeptieren. Es war so *schmachvoll.*« Tränen stiegen in ihre Augen. »Wir waren so *arm*. Meinen Vater hat man erschossen, als er einen *Schnapsladen* überfiel. Will man mit so jemand abends ausgehen?«

»Es ist keine Schande, einen schweren Start zu haben«, sagte ich.

Laurie fixierte mich mit einem brennenden Blick. »Ich bin mit der Vorstellung aufgewachsen, daß die Welt... Okay. Es hat nirgendwo auch nur eine Spur von Sicherheit gegeben. Wir wußten nicht, ob was zum Abendessen da sein würde, und man hat uns aus einer Wohnung nach der anderen rausgeworfen, weil meine Mutter die Miete nicht bezahlen konnte. Jedesmal, wenn wir umgezogen sind, bin ich in eine neue Schule gekommen, weshalb ich auch nie irgendwelche Freundinnen hatte. Nicht, daß ich sonst Freundinnen gehabt hätte. Meine Kleider waren aus Second-Hand-Läden, aber nicht aus den coolen, sondern aus den miesen. Alle haben sich über mich lustig gemacht. Jeden Tag habe ich gedacht, es würde sich endlich ein großes Loch vor mir auftun, in das ich reinfallen würde, immer tiefer und tiefer. Ich hab gedacht, wir würden irgendwann auf der Straße landen – oder daß man mich in irgendein Gefängnis bringen und daß meine Mutter *sterben* würde.«

Sie wischte sich die Augen. »Jedenfalls, als sie Morry Burger, diesen Kameramann bei Warner Brothers, geheiratet hat, war das wie eine Rettung vor dem Ertrinken. Er hatte einen Job und ein Haus in Studio City. Eine Zeitlang war alles in Ordnung. Aber der gute, alte Morry hat täglich eine Flasche Gin getrunken, und dann hat er damit angefangen, meine Mutter zu verprügeln, wenn er von der Arbeit heimkam. Ich hab mich in meinem Zimmer versteckt und gehört, wie er sie schlug, wie sie weinte, wie er sie anbrüllte, mit dem Heulen aufzuhören, und es war, als... das Loch hat sich geöffnet, und ich bin reingefallen. Da hab ich dann überhaupt nichts mehr gespürt, ich war wie ein Zombie. Was auch angebracht war, wie sich bald herausstellen sollte. Jetzt kommen wir nämlich zum ersten Höhepunkt.«

Laurie sank wieder zurück und hielt sich das Glas vors Gesicht. »Als ich elf war, hat Morry damit begonnen, nachts zu mir ins Bett zu steigen. Meine Mutter hat immer wie ein Stein geschlafen. Sie hätte mich umgebracht, wenn sie's erfahren hätte. Na ja, vielleicht wußte sie's, hat's aber nie zugegeben.

Dann haben sie Morry bei Warner rausgeschmissen. Er hat es immer wieder geschafft, Arbeit zu finden, aber nie für länger als ein paar Wochen. Ich bin etwa ein dutzendmal ausgerissen, aber die Cops haben mich immer wieder zurückgebracht. Wir haben das Haus in Studio City verloren, was für Morry übrigens wirklich deprimierend war. Sechs Monate lang sind wir aus einer Absteige in die andere gezogen, meistens in der Nähe vom Hancock Park. Dann ist meine Mutter eines Abends einkaufen gegangen, und jemand hat sie hinten in einem Drugstore umgebracht. Den Täter hat man nie gefaßt.

Inzwischen hatte ich schon 'ne Menge Gras geraucht. Nachdem meine Mutter tot war, habe ich ein Mädchen namens Esther Gold kennengelernt. Ihre Eltern waren reich, aber sie war ausgestiegen und hat mich mit Amphetaminen und Mandies versorgt. Wir waren viel zusammen. Eines Abends hat Morry sich meine Tasche gegrabscht und ein paar Pillen gefunden. Da ist ihm die glorreiche Idee gekommen, ich sei sowieso schon so verdorben, daß er mit mir genausogut ein bißchen Geld verdienen könnte, indem er mich an seine Freunde verkauft. Das hat er dann auch getan, ein-, zweimal im Monat. Mit Morrys Freunden und mit Morry selbst ins Bett steigen zu müssen war zwar scheußlich, ekelhaft und widerwärtig, aber Esther Gold hat inzwischen auf Percodan und Dilaudid gestanden, und wenn einer von Morrys Kumpeln aufgetaucht ist, hab ich mich einfach vollgedröhnt.«

Sie wischte sich die Tränen von den Wangen und lächelte die andere Seite des Zimmers an. »Die Kindheit, wie sie war, haben wir nun hinter uns. Damit kommen wir zum nächsten echten Höhepunkt, meiner Jugend. Esther ist nach Fairfax gekommen, und ich auf die L. A. High, weshalb ich sie nie wiedergesehen hab. Aber die L. A. High war voller User; man konnte alles kriegen, was man wollte. Eines Tages hab ich im Englischunterricht zur Lehrerin gesagt: ›Ich bin die Himmelskönigin, und Sie sind ein Pickel am Arsch Gottes.‹ Wörtlich. Sie hat mich rausgeschmissen. Ich wollte eigentlich nach Hause gehen, aber das war kein Zuhause, sondern bloß die Absteige, wo ich mit Morry wohnte. Da bin ich einfach stehengeblieben, wo ich war, so um die vier Stunden lang. Als ein Cop neben mir gehalten und mich nach meinem Namen gefragt hat, hab ich ihm gesagt, ich sei die Himmelskönigin.«

Laurie mußte kichern, und wieder traten ihr Tränen in die Augen. Ich wischte sie mit den Fingerspitzen weg.

»Danke. Ich bin in der Klinik gelandet. Immerhin hab ich den Cops von Morry erzählt, und der ist daraufhin in den Knast gekommen, gelobt sei das Jugendamt von L. A. Über die Klinik ist nicht viel zu sagen, außer daß ich dort allmählich etwas vernünftiger geworden bin. Und ich hab einen wirklich lieben Menschen kennengelernt, Dr. Deering, einen Psychiater, um die sechzig Jahre alt. Er hat mir gesagt, ich könnte einen Platz in einer betreuten Wohngemeinschaft bekommen, aber wenn ich wollte, würden er und seine Frau mich auch bei sich aufnehmen. Dr. Deering war der einzige Mann auf der Welt, zu dem ich Vertrauen hatte – wenn auch nur ein ganz klein wenig. Aber ich habe gesagt, ich würde es versuchen. Danach ist alles anders geworden. Ich hab nämlich verstanden, was lief, ja? Ich hab mir gesagt: *Das sind liebe Leute, und die sind wahrscheinlich deine letzte Chance, ein anständiges Leben zu führen. Mach dir das bloß nicht kaputt.*«

Laurie trank einen Schluck Wein; Ärger trat in ihr Gesicht. »Für Stewart Hatch bedeutet das natürlich, daß ich eine Art Parasit gewesen bin. Aber ich hab die Deerings wirklich gemocht. Ich war ein Mensch, den ich mir heute kaum mehr vorstellen kann, und die beiden haben sich um mich gekümmert. Sie haben Privatlehrer angestellt. Sie haben schweigend beim Abendessen gesessen, wenn ich sie anschrien habe. Sie haben mit mir *gesprochen*. Nachdem ich gelernt hatte, mich wie ein normaler Mensch zu benehmen, haben sie mich in eine Privatschule gesteckt und mir bei den Hausaufgaben geholfen. Nach der High-School aufs College zu kommen schien nahezu unmöglich, deshalb haben sie mir einen Job als Empfangsdame bei einer großen Arztpraxis in San Francisco verschafft. David und Patsy Deering. Gott schütze sie.«

Wir stießen an.

»Stewart hat dir erzählt, ich sei weggelaufen? Das hat er doch, oder?«

Ich sagte, ich könne mich nicht mehr erinnern.

»Dr. Deering hat mich im Wagen nach San Francisco gebracht und mir geholfen, dort eine Wohnung zu finden. Ein Jahr lang hab ich die beiden mindestens einmal pro Woche angerufen, aber dann hat Gott wohl beschlossen, mich wieder ins Loch fallen zu lassen. David und Patsy sind bei der Heimfahrt von einer Party bei einem Autounfall ums Leben gekommen. Er war furchtbar. Als ich von der Beerdigung nach Hause gekommen bin, war ich so deprimiert, daß ich es einen Monat kaum aus dem Bett geschafft hab. Mein Job ist dadurch natürlich flöten gegangen.

Ich bin mir wie ausgekotzt vorgekommen, aber dann hab ich zufällig einen Job in einer Kunstgalerie aufgetrieben, und bei einer Vernissage dort hab ich dann eines Abends Teddy Wainwright kennengelernt.

Stewart hat zweifelsohne angedeutet, ich hätte Teddy ausgenützt. Es bringt nichts, ins Detail zu gehen, aber später hab ich erkannt, daß ich mich einfach in einen älteren Mann verlieben *mußte*. Etwas anderes war gar nicht möglich. Teddy war wie ein Vater für mich, aber was soll's? Er hat mich geliebt. Mein Gott, ja, Teddy hat mich wirklich geliebt. Ich glaube... Teddy hat mir wieder auf die Beine geholfen, ganz einfach, weil er so ein toller Kerl war. Ich wünschte, er wäre noch am Leben, dann könnte ich euch miteinander bekanntmachen. Ihr hättet euch gut verstanden.«

»Damals, als du Stewart kennengelernt hast, hat er dich da an Teddy Wainwright erinnert?«

Laurie schob sich näher und lehnte sich an meine Schulter. »Das war aber dumm, hm? Wenn ich darüber nachdenke, paßt mir das gar nicht. Du bist einfach zu scharfsichtig.«

»So sehr mißfällt es dir aber auch wieder nicht.«

Sie legte die Hand auf meinen Oberschenkel. »Der Bursche war aus einer Stadt im Niemandsland. Hat ziemlich spießig ausgesehen, aber irgendwie hab ich das geradezu charmant gefunden. Ich hab überhaupt nicht gemerkt, wie krank er ist. Denn das ist er – er mag es, Menschen zu verletzen.« Laurie legte mir den Arm um die Brust und preßte ihr Gesicht an meines. Ihr Körper fühlte sich so heiß an wie der eines fiebernden Kindes.

95

Irgendwann nach Mitternacht drehte ich mich um und sah eine Gestalt neben dem Bett. *Stewart,* dachte ich und fuhr in die Höhe. Stewart Hatch bewegte sich auf mich zu, als er sich jedoch zu mir beugte, kam Roberts grinsendes Gesicht zum Vorschein.

»Willst du den Platz tauschen?« flüsterte er.

»Verschwinde. Nein, bleib. Ich muß mit dir sprechen.«

»Was is?«murmelte Laurie.

»Ich gehe runter, um ein Glas Milch zu trinken«, sagte ich, und sie schlief wieder ein.

Ich schlüpfte in Hemd und Hosen. Die Pistole, die ich unter meinen Hosen versteckt hatte, verschwand in einer der Taschen des Blazers. Robert grinste mich unablässig an. Meine Beschränkungen amüsierten ihn.

Wir schlichen an den Zimmern von Posy und Cobbie vorüber und die Treppe hinab. Ich knipste das Licht über der massiven Arbeitsplatte an und ging mit einem Glas zur Hausbar, wo ich eine halbleere Literflasche Johnnie Walker Black entdeckte.

Robert machte es sich in einem der Sessel in der Fernsehhöhle gemütlich. »Hat unsere liebe Laurie etwa die Angewohnheit, ihre Flaschen zu verstecken? Du trinkst auch mehr als gewöhnlich.«

»Vielleicht ein bißchen. Es war eine furchtbare Woche.« Ich hob mein Glas. »Egal – auf Toby Kraft. Wahrscheinlich war er ein Gauner, aber er hat für Star getan, was er nur konnte. Und auch für mich, um das nicht zu vergessen.«

»Sieht ganz so aus«, sagte Robert.

Ein wenig streitlustig setzte ich mich ihm gegenüber. »Das ist ja hochinteressant. Ich wüßte gern, was du mit dieser Bemerkung meinst, aber zuerst solltest du mal den Mund halten und mir zuhören. Gestern abend, als du in meinem Zimmer auf mich gewartet hast, hast du dir Rineharts Buch angesehen. Du hast so was Ähnliches gesagt wie: ›Der Alte war ein ziemlich mieser Schriftsteller, was?‹ Woher wußtest du, daß Rinehart unser Vater war? Ich hab's dir jedenfalls nicht gesagt.«

»Darf ich jetzt sprechen? Wie hab ich wohl von Rinehart erfahren? Auf dieselbe Weise wie du, nehme ich mal an. Von Star. Schließlich bist du nicht ihr einziger Sohn.«

»Du lügst.«

»Vergiß nicht, daß du mit Nettie und May damals im Krankenhaus eine Zeitlang zum Essen in der Cafeteria warst.«

»Du warst im Krankenhaus?«

»Was meinst du wohl, wie der Pokergewinn in deiner Tasche gelandet ist? Vielleicht hätte ich das nicht tun sollen, aber ich konnte einfach nicht widerstehen. Dann bin ich in die Kabine gegangen, um Star Lebewohl zu sagen, und dabei hat sie mir von Rinehart erzählt. Offenbar wollte sie dir dasselbe sagen. Jedenfalls wußte ich, daß ich von da an auf dich zählen konnte. Trotz all deiner Mängel bist du nämlich ein zuverlässiger Bursche.«

Ich konnte ihn nur anstarren. »Du wußtest, daß du auf mich zählen konntest.«

»... den nächsten Schritt zu tun. Jetzt halte ich wieder den Mund, damit du mich weiter ins Bild setzen kannst.«

»Oh, das werd auch tun«, sagte ich. »Edward Rinehart war Howard Dunstans Sohn, höchstwahrscheinlich aus einer illegitimen Beziehung. Seit wir geboren sind, sucht er nach uns.« Ich gab wieder, was Howard Dunstan zu mir gesagt hatte, indem ich vorgab, es von Joy gehört zu haben. Dann erzählte ich, wie ich Max Edison mit Laurie im Veteranenhospital besucht hatte. »Edison hatte noch immer Angst vor Rinehart, und Toby auch. Toby wollte nicht, daß sein eigener Name ins Spiel kommt. Ich werd es Laurie nie erzählen, aber ich glaube, wir sind für seinen Tod verantwortlich. Sie hat seinen Namen erwähnt.«

Robert nahm alles in sich auf. »Du weißt doch gar nicht, ob Rinehart Toby Kraft umgebracht hat, und deshalb solltest du dich auch nicht schuldig fühlen. Du hast gedacht, Rinehart sei tot. Außerdem hatte Toby einen gefährlichen Beruf, und damit meine ich nicht das Leihhaus. Beschränke dich darauf, dankbar für das Geld zu sein, das er dir hinterlassen hat.«

»Woher weißt du denn das schon wieder?«

»Ich war doch an seinem Safe. Als ich Hatchs Papiere herausgeholt hab, bin ich auf Tobys Testament und seine Versicherungspolicen gestoßen. Zusammen mit den Immobilien müssen etwa zwei Millionen zusammenkommen. Denk dir's als deine Mitgift.«

»Zu schade, daß ich das meiste verschenkt habe«, sagte ich.

Robert sah mich mit echter Bestürzung an. Dann kniff er die Augen zusammen, und hob die Mundwinkel zu einem Lächeln. »Das ist ein Scherz, oder?«

Ich berichtete ihm von meinem Auftrag an Creech, das Geld zu teilen.

»Was ist bloß in dich gefahren, etwas derart Lächerliches zu tun?«

Ich erklärte ihm alles und sagte: »Schließlich hätte Star das Geld erben sollen, nicht ich.«

»Kaum zu glauben. Hat der Anwalt wenigstens vorgeschlagen, daß das Geld an dich zurückfällt, wenn die Mädels ins Gras beißen?«

»C. Clayton Creech kennt alle Tricks.«

»Allerdings könnte das noch zwanzig Jahre dauern.«

»Die Tanten geben sowieso kein Geld aus«, sagte ich. »Sie leben von einseitigem Tauschhandel.«

»Sobald sie ein paar hunderttausend Dollar in die Finger bekommen, werden sie womöglich zu Musterbürgern. Ich seh schon, wie Clark den größten Wagen kauft, den er bekommen kann. Joy wird Clarence in ein Pflegeheim stecken. Am Ende werden auch die anderen drei im Altersheim landen.«

»Gut so«, sagte ich. »Wenn sie ins Altersheim müssen, werden sie in der Lage sein, sich ein anständiges zu leisten. Dafür ist das Geld ja da.«

»Es hätte dir gehören sollen. Uns.«

»Hoffentlich hast du nicht vor, sie deshalb umzubringen«, sagte ich. Was ich als Scherz gedacht hatte, trug mir einen lodernden Blick der Empörung ein. Kopfschüttelnd wandte Robert sich ab.

»Robert, du hast Toby doch nicht umgebracht, oder?«

Er seufzte und schüttelte erneut den Kopf. »Ich sollte es einfach aufgeben, dir was klarzumachen.«

»Sag mir, daß du ihn nicht ermordet hast, nur weil du wußtest, daß ich sein Geld erben würde.«

»Wenn ich's gewesen wäre, wärst du aus dem Schneider, was? Dann hättest du keinen Grund mehr, in Schuldgefühlen zu schwelgen oder Laurie dafür verantwortlich zu machen.«

Ich dachte über den Zeitpunkt von Tobys Tod nach, und die Welt schien stillzustehen.

»Aber um deine Frage zu beantworten: Nein. Ich habe Toby Kraft nicht ermordet. Tut mir leid, du wirst mit deinen Schuldgefühlen leben müssen.«

»Als ich ihn gefunden hab, hat er an seinem Schreibtisch gesessen. Das bedeutet, daß er umgebracht wurde, bevor er in seine Wohnung raufgehen konnte. Er war also schon tot, als du hinkamst.«

»Es war kein hübscher Anblick. Wobei Toby nie eine Schönheit war. Wenn du bloß nicht drei Viertel seines Erbes weggegeben hättest.«

»Ein Schatten braucht kein Geld«, sagte ich.

»Woher willst du das wissen? Ich hab es satt, immer von der

Hand in den Mund zu leben. Ich wünsche mir mehr Stabilität, mehr Kontinuität. Du bist meine Rentenversicherung. Meine Pensionskasse.«

»Du könntest doch in jede Bank der Welt marschieren und mit einem Vermögen wieder rauskommen. Weshalb interessiert es dich da, mich mit Ashleigh Ashton und Laurie Hatch zu verkuppeln?«

»Ich hab Star versprochen, auf dich aufzupassen. Sie hat dich doch nicht vor *mir* gewarnt, oder? Sobald wir unseren Geburtstag hinter uns haben, können wir weitermachen – getrennt und zusammen, zusammen und getrennt –, bis an unser Lebensende.«

Was Robert da sagte, war einfach unvorstellbar. »Heute nachmittag bin ich an einer Kneipe namens Peep Inn vorbeigekommen und hab dich da mit einem Mädchen sprechen sehen. Da ist etwas mit mir geschehen. Ich hab begonnen zu verschwinden.«

»Ich verschwinde andauernd. Wie weit ist es gegangen?«

»Ich konnte durch meine Hände hindurchsehen.«

»Auf bestimmte Aspekte des Lebens als Dunstan hat dich eben nie jemand vorbereitet. Es bedeutet wahrscheinlich, daß du etwas stärker wirst.«

»Hatte es etwas damit zu tun, daß ich dich gesehen hab?«

»Jetzt siehst du mich doch auch. Genauer gesagt, ich kann dich auch sehen.«

»An dem Tag, an dem ich nach Edgerton gekommen bin, hast du mit einer Frau im Bett gelegen, und ich hab alles gespürt, was du getan hast. Es war, wie eine Frau zu lieben, die gar nicht da war.«

Roberts Augenbrauen hoben sich. »Tatsächlich?« Er schien nicht unglücklich über diese Mitteilung zu sein.

»Du wußtest nicht, daß ich das spüre.«

»Nein.« Er lächelte. »Das ist ein interessantes Phänomen.« Das Weiß seiner Augen schien noch weißer zu sein; seine Zähne leuchteten, als würden sie spitz zulaufen. Als er mein Unbehagen zu bemerken schien, stand er auf. »Bei der Beerdigung wirst du mich zwar nicht sehen, aber ich werde da sein. Morgen abend sprechen wir über unseren Geburtstag. Versuch in der Zwischenzeit bitte, am Leben zu bleiben.«

»Unterschätz mich nicht, Robert«, sagte ich.

»Wie könnte ich nur.« Er schenkte mir ein ironisches Lächeln und verschwand durch die Tür wie ein Phantom.

Ich betrachtete die Hintertür. Sie bestand aus einem großen Holzpaneel, das durch eine horizontale Leiste in zwei gleich große Teile unterteilt wurde. Ich stand auf, ging um den Tisch herum und richtete meinen Zeigefinger aufs Zentrum des oberen Teils. Mein Finger berührte festes Holz. Ich rief mir ins Gedächtnis, daß ich ein Dunstan war, und versuchte, meinen Finger durchs Türblatt zu zwingen. Aber meine Fingerspitze wurde lediglich platt und bog sich nach oben.

96

Ich saß an Lauries Tisch, starrte auf mein Glas und dachte an meinen Bruder, meinen Schatten, dessen Abwesenheit den Ablauf meines ganzen Lebens geprägt hatte. Er hatte gewußt, was mir in Middlemount zustoßen würde und mich vom Tod durch Verhungern oder Erfrieren gerettet – es war Robert gewesen, der mit Horst geflirtet hatte, während ich mich bewußtlos soff. Er hatte meine Begegnung mit Ashleigh eingefädelt, weil er wußte, sie würde zu jenem Dinner mit Laurie Hatch im Le Madrigal führen. Doch daß ich drei Viertel des Erbes von Toby Kraft weggeben würde, hatte er nicht gewußt, und es hatte ihn überrascht, von meinem Besuch in der New Providence Road zu hören. Robert wollte mich meinen lassen, er wüßte alles über mich, aber mein halbes Verschwinden in der Word Street und meine neue Fähigkeit, Zeit zu schlucken, waren ihm unbekannt gewesen.

Robert schien also blind gegenüber den Momenten zu sein, in denen ich im Einklang mit meinem Dunstan-Erbe handelte, besonders mit dem Teil, den ich unmittelbar von Star empfangen hatte. Fast alles, was ich seit meiner Ankunft in Edgerton erfahren hatte, widersetzte sich seinem unsichtbaren Anspruch auf mein Wesen. Die mir am wenigsten vertrauten Teile meines Selbst befanden sich außerhalb seiner Reichweite.

Nun hatte Robert mit Vergnügen vernommen, daß ich an seinen sexuellen Abenteuern teilgenommen und in der Word Street gesehen hatte, wie meine Hände verschwanden. Vielleicht wollte er mich ganz verschwinden lassen. Fünfunddreißig Jahre lang hatte Robert am Rand der menschlichen Existenz gelebt wie ein hungriger Wolf – was konnte naheliegender sein, als daß er mehr verlangte? War ich tatsächlich der Meinung, er habe vor, Laurie Hatch zu heiraten, Stewarts Familienerbe in die Finger zu bekommen und dann Laurie und Cobbie zu beseitigen? Ein letzter Schluck Whisky ließ diese weithergeholte Vorstellung fast völlig unwahrscheinlich werden. Es blieb allerdings soviel davon zurück, daß ich die Nacht nicht mehr in Lauries Bett verbringen konnte.

97

Meine restlichen Kleider zog ich im Dunkeln an. Mit schläfriger Stimme sagte Laurie: »Immer gehst du irgendwohin.«

»Ich muß mich auf die Beerdigung vorbereiten.«

Sie hob den Kopf, um einen Kuß zu fordern.

»Ich ruf dich morgen an.«

»Das hat der Kerl von letzter Nacht auch gesagt.«

An dunklen Häusern vorbei fuhr ich zum Highway. Riesige Lastzüge tauchten wie gelbäugige Ungeheuer hinter mir auf, schwenkten nach links, sausten vorbei und wurden zu roten Punkten, die am Rand der Unendlichkeit schwebten. Eine Handvoll Personenwagen geisterte durch die Straßen von Edgerton. Ich fand einen Parkplatz vor der Speedway Lounge, überquerte die Straße und betrat die Turnip Lane.

In meiner Eile wäre ich fast über eine Gestalt gestolpert, die wie ein Haufen alter Kleider aussah. Ich beugte mich zu ihr hinab. Wenn es Piney Woods war, wollte ich ihm das Geld für ein Bett im Hotel Paris geben. Von einem Fremden mit verfilztem Haar und Schorf auf den Wangen stieg der Geruch aus einer Mischung von ungewaschener Haut und Alkohol auf. Seine Augenlider zuckten, als spürte er, daß ich ihn anblickte. Irgendwo in der Nähe schnarchte ein anderer Mann, was sich so anhörte wie eine an- und ausgehende Kettensäge.

In der Leather Lane taumelte ein Mann aus einem Eingang und stürzte mit dem Gesicht voraus auf die Pflastersteine. Aus einem Kellerraum drang die Stimme einer Frau: *Es ist immer dasselbe, immer dasselbe. Es ist immer genau dieselbe Scheiße, und die hab ich satt.* Irgendwo rauschte eine Toilettenspülung. Im schwachen Schein einer eisernen Straßenlaterne bog ich in die Fish Lane ein.

Ich war ungefähr zehn Meter zwischen den eng zusammengedrängten Häusern gegangen, als jemand zwei Töne pfiff, der zweite einen Halbton tiefer als der erste. Es war ein Signal, so alt wie die Kindheit. Ich drehte mich um und sah eine leere Gasse. Ich wandte mich wieder nach vorn. Ein paar Schritte vor mir stürmte Joe Staggers aus der Fish in die Lavender Lane. Er lachte, richtete sich auf und stellte sich breitbeinig hin.

»Also. Also, jetzt aber. Zeit für 'ne kleine Party.« Mit geübtem Schwung zog Staggers ein Messer aus der Gesäßtasche und machte eine rasche Bewegung aus dem Handgelenk. Mit einem lauten metallischen Klacken schnappte die Klinge ein.

Ich blickte über die Schulter. Hehehe – Shorty – stand unter der Laterne am anderen Ende der Gasse.

»Bist du bereit, Dunstan? Ja, kleiner Kumpel?« sagte Staggers. »Und mach bloß keinen schrägen Scheiß heut abend.« Er tat einen Schritt vorwärts.

Ich riß die Pistole aus dem Halfter, drückte die Sicherung herunter und zielte auf Staggers. »Stehenbleiben.« Mit einem Blick auf Shorty, der sich nicht bewegt hatte, ließ ich die erste Kugel in die Kammer gleiten. »Laß das Messer fallen.«

»He, Junge. Willst du etwa auf mich schießen?«

»Wenn's sein muß.« Ich schwenkte die Pistole herum und richtete sie auf Shorty. »Verschwinde, und zwar auf der Stelle.«

»Der schießt nie im Leben«, sagte Staggers. »Da kannst du Gift drauf nehmen.«

»Immerhin hat er Minor den Kopf eingeschlagen«, sagte Shorty.

»Der Kerl hier hat noch nie 'ne Kanone abgefeuert. Aber er hat uns um unser Geld beschissen, falls du's vergessen hast.«

»Deshalb laß ich mich doch nicht umbringen.«

Ich richtete den Lauf wieder auf Staggers. Er hatte sich einen guten Meter auf mich zubewegt.

»Vergiß das Geld, und sei jetzt endlich mal ein Mann«, sagte Staggers. »Wenn er jemand erschießt, bin ich das.«

Ich warf einen Blick auf Shorty, ohne den Lauf von Staggers abzuwenden. Als ich wieder zurückblickte, hatte Staggers sich hingehockt. Er ließ die Arme hängen und grinste mich an. »Shorty«, sagte ich, »hau ab, solange du noch kannst.«

»Das feine Bürschchen trifft doch nichts. Komm schon«, sagte Staggers.

Ich hörte Shorty einen zögernden Schritt vorwärts tun, fuhr herum und zielte auf seine Brust. Dann bewegte ich den Lauf ein paar Zentimeter nach links und drückte ab. Eine rote Flamme schoß aus dem Lauf, der Rückstoß ließ die Pistole hochzucken. Die Kugel prallte an eine Ziegelmauer, flog quer über die Gasse und schlug in ein mit Brettern verrammeltes Fenster. Shorty trappte davon. Ich ließ eine neue Patrone in die Kammer gleiten und hörte die verbrauchte Hülse auf dem Pflaster landen.

Noch immer in der Hocke, war Joe Staggers jetzt bis auf vier Schritte an mich herangekommen. Er hielt das Messer mit der Spitze nach oben in der halb geöffneten Hand. »Den hast du absichtlich verfehlt, du Wichser.«

»Dich werd ich nicht verfehlen«, sagte ich.

»Wie wär's, wenn ich das Messer fallen lasse und du die Knarre. Dann können wir weiterreden.«

»Wie wär's, wenn du von hier verschwindest, bevor ich dir 'ne Kugel in den Kopf jage«, sagte ich.

Ein krebsähnlicher Schritt brachte ihn näher.

Ich richtete die Pistole auf seine Stirn. »Weg mit dem Messer.«

»Schon gut, schon gut.«

Staggers ließ die Hand mit dem Messer sinken, blickte zu mir auf und sprang vorwärts wie ein Frosch. Ich zielte auf die große, karierte Gestalt, die übers Pflaster schoß. Ein roter Lichtblitz, eine Explosion, das Geräusch einer auf Stein aufprallenden Kugel. Staggers rammte in meine Beine, und ich stürzte rücklings zu Boden.

Jetzt, dachte ich, *mach schon!*

Mein Magen krampfte sich zusammen. Schmerz schoß mir in den Kopf. Das Gewebe der Welt zerschmolz zu einer nachgiebigen Weichheit, und ich fiel durch etwa sechzig Jahre. Joe Staggers hing an meinen Beinen.

Das vertraute Gefühl der Unstimmigkeit, der Verrückung überkam mich. In einem Gestank aus Pferdemist, Bier und Abwasser hob und senkte die Fish Lane sich wie eine Wippe. Als mein Blick sich klärte, lag ich auf dem Rücken, ein paar Meter vom Eingang einer Kneipe entfernt. Am Nachthimmel standen doppelt soviel Sterne wie gewohnt. Ich hob den Kopf und sah, wie Joe Staggers sich mühsam auf Hände und Knie erhob. Noch bevor die Tür der Kneipe aufging und eine grimmige Schar Männer in abgetragenen Jacken und Schirmmützen heraustrat, wußte ich, was ich ihm antun würde. Ein ebenso erstauntes wie unheilvolles Glucksen erhob sich in der Schar. Einer der Männer kam auf uns zu, zwei, drei andere folgten ihm. Staggers sank auf die Fersen zurück und hob sein Messer.

Es wäre ihm nie in den Sinn gekommen, daß sein sauberes Hemd, seine robusten gelben Timberland-Boots und sein frischer Haarschnitt ihn den Männern vor uns unsympathisch machten. Er sah nicht reich aus, aber er sah reicher aus als sie. Daß er sein Messer schwang, machte die Lage nur noch schlimmer. Als er abrupt den Kopf drehte, um mich anzublicken, hätte ich ihn wegen des Schmerzes und der Verwirrung, die in seinen Augen standen, fast bemitleidet. »Verflucht, wo sind wir?« Die meisten der in der Tür der Kneipe stehenden Männer zogen ebenfalls ihre Messer.

Einer der Männer trat vor. Die zerrissenen Taschen seiner Jacke hingen herab wie Kaninchenohren. Eine rauhe Stimme sagte: *Der gehört dir, Bumpy.*

Ich warf die Pistole weg und hörte sie über die Pflastersteine schlittern. Bumpy tat einen weiteren Schritt vorwärts, und ich tat, was ich tun mußte.

Dunkelheit breitete sich auf beiden Seiten aus. Mein Kopf pochte, Schweiß rann mir am Gesicht entlang. Verlassene Häuser und verrammelte Fenster blickten schweigend auf mich herab. Ich rappelte mich auf und nahm Pulvergeruch wahr. An der Kreuzung der zwei Gassen standen unter einer Straßenlaterne zwei Betrunkene und starrten mich glubschäugig an. In der Word Street heulte eine Sirene. »Da ist er lang«, rief ich und zeigt aufs andere Ende der Fish Lane. Schwankend drehten die beiden Säufer sich um, und ich rannte in die Finsternis.

98

Mr. Spauldings Leichenwagen war das erste Fahrzeug der kleinen Kolonne, die sich auf den Friedhof von Little Ridge zubewegte. Mit eingeschalteten Scheinwerfern folgten Clarks glänzender Buick und dann ich. Wir fuhren durchs Tor und über knirschenden Kies zu einem schmalen Weg, der sich an ordentlich aufgereihten Grabsteinen entlangzog. Neben einer kleinen Erhöhung kam der Leichenwagen zum Stehen, Clark und ich hielten hinter ihm. Alle stiegen aus ihren Fahrzeugen. Es war ein schöner, sonniger Morgen mit nicht zu hoher Luftfeuchtigkeit. In ihren dunklen Kattunkleidern mit Spitzenkragen sahen Nettie und May wie zwei Pfarrersfrauen aus. Clark trug einen auberginefarbenen Anzug, ein weißes Hemd mit breitem Kragen, eine schwarze Krawatte und einen schokoladenbraunen, breitkrempigen Filzhut. Er sah eleganter aus denn je. Ein Teppich aus hellgrünem Kunstrasen lag über dem Erdhügel, den der auf dem Asphaltweg geparkte gelbe Bulldozer bald wieder in den Boden schieben würde. An der anderen Seite des offenen Grabes stand eine Art Gabelstapler. Zwei Friedhofsangestellte hockten im Schatten des Bulldozers.

Clark korrigierte den Winkel seines Filzhuts. »Tag und Nacht hab ich an deine Mutter gedacht, Junge. Ich bin froh, daß ich noch am Leben bin, um ihr das letzte Geleit zu geben.«

»Onkel Clark«, sagte ich, »was täten wir nur ohne dich.«

Mr. Spaulding und drei Helfer in schwarzen Anzügen rollten den Sarg aus dem Leichenwagen und trugen ihn auf die Erhebung. Im Sonnenlicht hatte er die seltsam glänzende Farbe gelber Bronze. Die weichen Konturen und abgerundeten Kanten ließen ihn wie ein Objekt aussehen, das in den Weltraum geschossen werden sollte.

»Die Messinggriffe halten ewig«, sagte Clark.

Ich half May, die etwas über die Hitze vor sich hinbrummte, den kleinen Hügel hinauf. Spauldings Helfer senkten den Sarg auf ein Gestell über dem rechteckigen Loch im Boden. Ein stämmiger Mann mit schwarzem Talar und goldgeränderter Brille löste eine der Hände, die er über der in Leder gebundenen Bibel vor seinem Bauch gefaltet hatte, und stellte sich als Reverend Gerald Swing vor.

»Werden noch weitere Trauergäste erwartet?« fragte er.

»Da kommt schon jemand«, sagte ich. Ein verbeulter alter Volvo-Kombi kam hinter meinem Wagen zum Stehen. Reverend Swing schritt zur Kopfseite des offenen Grabes und versank in kontemplative Trance.

»Ich hab Joy von dem Geld erzählt, das Toby uns hinterlassen hat« sagte May. »Sie meint wohl, Clarence sollte in ein Pflegeheim.«

»Ich werde versuchen, vor meiner Abreise einen Platz für ihn zu finden, aber wenn ich es nicht mehr schaffe, müßt ihr, du und Tante Nettie, es tun.«

»Junge«, sagte May, »wann werden wir unsere Schecks bekommen?«

»In etwa drei Wochen«, sagte ich.

»Mein Anzug sieht ziemlich flott aus, wenn ich mir die Bemerkung erlauben darf«, sagte Clark. Seine Stimme zitterte. »Deine Mutter hat mich immer für einen gutaussehenden Mann gehalten.« Ich lugte unter seine Hutkrempe und sah, wie ihm Tränen aus den Augen rollten.

Mit schwingenden Armen kam Suki Teeter den Hügel herauf. Sie trug einen losen schwarzen Hosenanzug, eine Sonnenbrille und einen schwarzen Hut, der so groß wie ein Sombrero war.

»Das ist das Mädel, das ins Krankenhaus gekommen ist«, sagte May.

»Ned hat ihr ein Vermögen geschenkt, was ich nie kapieren werde«, sagte May.

»Es war wesentlich weniger als das, was ich dir und May geschenkt habe«, sagte ich.

»Neddie«, fragte May, »was um alles in der Welt hast du *uns* geschenkt?«

Suki hielt mich von einer Erwiderung ab, indem sie die Arme um mich schlang und den goldenen Schimmer ihres Gesichts nah an das meine brachte. »Ich danke, danke, *danke* dir. Ich bin überwältigt!«

Ich gab ihr einen Kuß auf die Wange. »Schön, daß ich dir helfen konnte.«

»Setzen wir uns nachher doch ein wenig zusammen«, sagte Suki.

Clark hob die Hutkrempe um einen Zentimeter und senkte sie dann wieder. »Schön, daß Sie Star auf ihrem letzten Gang begleiten, Miss. Mein Kompliment zu Ihrem Anzug. Er ist äußerst attraktiv.«

»Das gilt auch für den Ihren, mein Herr.«

Clark stellte ein königliches Grinsen zur Schau und krönte seinen Triumph, indem er aus der Brusttasche eine übergroße Sonnenbrille mit schwarzem Gestell zog, die ich noch am selben Morgen auf Mr. Spauldings Schreibtisch gesehen zu haben glaubte. Mit derselben Geste, mit der der mittlerweile verstorbene Joseph Staggers sein Messer geöffnet hatte, klappte er die Bügel auf und setzte die Brille auf die Nase. Nun sah er ein bißchen wie ein bejahrter Tonton Macoute aus.

In einem engen schwarzen Kostüm, das ihre Beine gut zur Geltung brachte, stieg Rachel Milton aus einem weißen BMW. Ihre Sonnenbrille übertraf selbst die von Clark, beziehungsweise – wie ich vermutete – die von Mr. Spaulding. Rachel bestieg anmutig den Hügel und umarmte mich. »Lieber Ned, es tut mir so leid. Wir setzen uns später doch noch zusammen?«

Ich stellte sie den Tanten und Clark vor, der mit dem geschliffenen Charme eines Ladykillers an seinen Hut griff.

Nettie sah mich grimmig an. »Ich hab keine Ahnung, wie wir deinen Onkel Clarence in ein anständiges Altersheim bekommen können. Wir sind zwei alte Damen, die bald selbst eines brauchen.«

Rachel verstand den Wink und trat beiseite. Während ich Nettie beruhigte, beobachtete ich Rachel Miltons unsichere Annäherung an Suki. Nach einem Augenblick des Argwohns eilte Suki auf sie zu, und die beiden Frauen fielen sich in die Arme.

Reverend Swing, der am Kopfende des Grabes lauerte, warf mir einen fragenden Blick zu. Ich nickte. Der Reverend hustete kräftig in die Faust und schlug die Bibel auf, als wollte er sich mit einem Blick auf Gottes Wort geistig kräftigen. Dann schlug er sie wieder zu.

»Wir haben uns heute hier versammelt, um des Hinscheidens von Valerie Dunstan zu gedenken, ihrer geliebten Familie und ihren Freunden nur unter dem Namen ›Star‹ bekannt, und um ihre Seele der Obhut des Herrn zu empfehlen.« Es war, als hätte er einen Schalter umgelegt und einen Baßbariton aufgerufen, der voller, tönender und lauter war als seine normale Stimme.

Ich blickte entlang des Hügels auf einen Ahornhain und dann hinter uns, sah Robert aber nicht.

Obgleich Reverend Swing nicht die Ehre gehabt habe, persönlich Bekanntschaft mit Valerie Dunstan zu schließen, hätten die wenigen Minuten mit den trauernden Hinterbliebenen ihm doch gezeigt, daß Star Dunstan – um diesen liebevollen Kosenamen zu benutzen – eine liebende Mutter gewesen sei, ihrer eigenen Mutter eine liebende Tochter und eine ihren Tanten und Onkeln treu ergebene Nichte. Reverend Swing wußte, daß Star Dunstan Tausende nahrhafter Sandwiches für die Pausenbrotdose ihres Sohnes Ned bereitet hatte – mit Erdnußbutter und Marmelade, mit Thunfisch und mit Eiersalat. Reverend Swing wußte, wie viele Nächte sie am Bett des kleinen Ned verbracht hatte, während dieser fiebernd seine Kinderkrankheiten durchlitt. Auch habe sie viele Stunden damit verbracht, Neds Schuluniform zu waschen und zu bügeln. Star habe ihren Sohn bei dessen Kampf mit Multiplikation und Division unterstützt; für seine kleinen Aufsätze in Geschichte habe sie mit ihm vergangene Zeiten erforscht; ja, Reverend Swing konnte nicht umhin, sich zu fragen, ob die beiden sich vielleicht gar mit den Wundern Jerusalems und des Heiligen Landes befaßt hatten, dem er selbst einen Besuch hatte abstatten dürfen, in Begleitung von Mrs. Violetta Puce Swing, seiner Gattin und treuen Gefährtin.

Nettie und May nickten wie Roboter, und mir gelang es, nicht laut aufzulachen. Ich fragte mich, ob Star je eine Pausenbrotdose gesehen hatte. In ihrem ganzen Leben hatte sie nie ein Sandwich mit Erdnußbutter und Marmelade geschmiert, und die einzigen Kleider, die sie je gebügelt hatte, waren jene, die sie auf der Bühne trug. Erneut blickte ich am Hügel entlang und sah jetzt Robert an einem der Ahornbäume lehnen. Sein blauer Anzug war identisch mit dem meinen. Wie ein Blitzschlag durchfuhr mich die Erinnerung an unsere Begegnung im Haus der Anscombes und an unser Verschmelzen. Tränen brannten mir in den Augen.

»Star Dunstan«, sagte Reverend Swing salbungsvoll, »Mutter dieses jungen Mannes und Nichte der bewundernswerten Damen, die hier vor mir stehen, hat Tag für Tag Trost und Inspiration in den Seiten eines Buches gesucht, das einen besonderen Platz in ihrem guten, einfachen Herzen hatte.«

Trotz der Absurdität des Porträts, das Swing von Star entwarf, aber irgendwie auch gerade wegen dieser Absurdität, verwandelten die durch Roberts Erscheinen geweckten Emotionen sich in Gram um meine Mutter und zerrissen eine dicke, massive Mauer, die sich inmitten meiner Brust vom Brustbein bis zum Rückgrat erstreckte. Ich begann zu schluchzen. Alle Anwesenden einschließlich des Reverends starrten mich an, doch statt verlegen zu sein, spürte ich, wie mich wieder der tiefe, gegenseitige Strom des menschlichen Lebens durchfloß. Mehr denn je fühlte ich mich als Sohn meiner Mutter.

Als ich wieder zum Ahornhain blickte, war Robert fort.

Reverend Swing übergab Valerie »Star« Dunstan der Erde, aus der sie gekommen war, und forderte uns auf, uns am Aufstieg ihrer Seele zu erfreuen. Der erste Teil des Satzes gefiel mir. Er gefiel mir sehr. Laßt uns Star Dunstan der Erde übergeben, wenn dies der Ort ist, von dem sie kam. Jedenfalls geht sie nun dorthin, also können wir sie ihr auch übergeben, geschmückt mit ihrem besten schwarzen Kleid und ihren guten Perlenohrringen, falls die Tanten sie nicht stibitzt haben, weil Perlen den Lebenden mehr nützen als den Toten. Hoffen wir, daß die Erde sie mit gewohnter freundlicher Sorge behandeln möge; vertrauen wir darauf, daß alles, was nicht in Mr. Spauldings glänzender Raumkapsel begraben wird, den Frieden findet, den es verdient, in dem von Reverend Swing gepriesenen Paradies oder auch in Bereichen, von denen der Reverend nichts weiß.

Swings Baßbariton ließ ein wunderschönes Gebet erschallen. Einer von Mr. Spauldings Helfern zog die dekorativen Kunstrasenmatten vom Grab, ein anderer trat zum Gabelstapler und drückte einen Knopf. Stars Sarg versank in der Grube und kam fast lautlos zur Ruhe.

»Gerry Swing erzählt den Leuten, was sie hören wollen«, sagte Clark.

Er und die Tanten begaben sich ein Stück weit vom Hügel herunter. Die Atmosphäre hatte sich entspannt, als hätte sie sich ausgedehnt, um den Rest der Umgebung mit einzuschließen. Die zusammengeballte Gruppe der Trauergäste löste sich wieder in Individuen auf. Der Bulldozer räusperte sich. Ich wollte gerade zu Suki Teeter und Rachel Milton gehen, als eine große Gestalt mit goldgeränderter Brille und schwarzem Talar neben mir erschien.

Mit seiner volltönenden Predigerstimme sagte Reverend Swing: »Ich habe das Gefühl, Ihre liebe Mutter so gut gekannt zu haben, als wäre sie ein Mitglied meiner Gemeinde gewesen.«

»Ich danke Ihnen, Reverend.« Ich gab ihm einen Fünfzigdollarschein, der schnell unter seinem Talar verschwand.

»Es hat Sie bewegt, als ich das Wesen Ihrer Mutter lebendig werden ließ.«

»Reverend, meine Mutter wäre bei der Sache mit den Sandwiches laut herausgeplatzt, aber es war trotzdem wirklich schön.«

Swing ließ nicht ab. »Ich weiß, daß Ihre Mutter eine gute Christin war.«

»Sie hat Billie Holiday und Ella Fitzgerald verehrt, und sie hat in Nachtclubs gesungen«, sagte ich. »Zählt das? Auf ihre Weise war sie eine tolle Mutter.«

Swing schlug mir auf den Rücken und lachte. Mit seiner echten Stimme sagte er: »Wissen Sie, was das Problem bei solchen Auftritten ist? Man kriegt nie genug Informationen. Hätte Will Spaulding mir gesagt, daß Ihre Mutter Sängerin war, hätte ich fünf Minuten über Billie und Ella abgesondert, daß den Leuten das Herz übergegangen wäre. Es wäre eine denkwürdige Beerdigung geworden.«

»Wahrscheinlich war sie so genauso denkwürdig«, sagte ich.

Mit segnenden Gesten schritt er die Schräge hinab. Sofort trat Nettie mir in den Weg, May an ihrer Seite. »Der Reverend hat eine wunderbare Stimme«, sagte Nettie, »aber Tag und Nacht möchte ich die nicht hören. Außerdem hatte er nicht die leiseste Ahnung von Star. Immerhin war er sehr höflich gegenüber May und mir.«

»Wahrscheinlich hat der Reverend Violetta Puce nur deshalb ins Heilige Land mitgenommen, weil er gehofft hat, sie dort loszuwerden«, sagte May. »Kommst du mit uns nach Hause, Neddie?«

»Ich schaue später vorbei«, sagte ich.

Clark schlenderte herbei. »Du gehst wohl mit den Damen aus«, sagte er. »Der Reverend hat uns sehr ehrenvoll behandelt, aber Star hätte bestimmt gewollt, daß er auch ihre Zuneigung zu mir erwähnt. Ich war ihr Augapfel; ja, das war ich.«

99

Die beiden Damen standen neben dem BMW. Suki strahlte mich an, und Rachel sagte: »Star und ich, wir sind immer in unserer alten Stammkneipe – im Brennan's – zusammengekommen. Da wäre Grennie Milton mit Sicherheit nicht aufgetaucht. Ich weiß, es ist ein bißchen früh fürs Mittagessen, aber ich hab heute erst einen Becher Joghurt gegessen, und das schon um halb acht.«

»Ich hab noch gar nicht gefrühstückt«, sagte ich.

»Und ich bin gerade erst aufgestanden«, sagte Suki. »Das Brennan's ist gleich um die Ecke von mir, aber ich bin schon seit einer Ewigkeit nicht mehr dringewesen. Es wird wie eine Zeitreise sein.«

»Das Foto hängt übrigens immer noch da«, sagte Rachel.

»Ned, du hast keine Ahnung, was dich erwartet. Weißt du, wie man hinkommt? Egal, du kannst uns ja einfach hinterherfahren.«

»Ich weiß schon, wo das Brennan's ist«, sagte ich, »aber ich fahre euch trotzdem hinterher.«

Suki schwebte zu ihrem Wagen. »Hat eine von Stars Tanten Probleme damit, jemand in einem Altersheim unterzubringen?« sagte Rachel.

»Es geht um den Mann von Tante Joy, Clarence Crothers«, sagte ich. »Er hat Alzheimer im fortgeschrittenen Stadium.«

»Grenville hat mir einen Sitz im Kuratorium von Mount Baldwin verschafft, dem besten Altenpflegeheim im Süden von Illinois. Ich könnte gleich heute nachmittag bei Liz Fanteen, der Heimleiterin, anrufen und die ganze Sache in fünf Minuten klären. Ist Clarence denn bereit, ins Heim zu gehen?«

»Bereit wie eine überreife Pflaume, könnte man sagen.«

»Ich werde mich gleich nach dem Lunch darum kümmern. Versprochen.«

100

Rachel parkte direkt vor der irischen Bar in der Fairground Road, Suki und ich fanden Plätze um die Ecke. Als ich aus meinem Wagen stieg, stand Suki schon auf dem Gehsteig und sah mich ein wenig schüchtern an. »Ich hab dir noch gar nicht genug für deine Großzügigkeit gedankt. Es ist unglaublich, Ned. Du kennst mich doch gar nicht.«

»Das Geld war eigentlich für Star. Sie hätte sich genauso verhalten.«

Suki hakte sich bei mir ein. »Nur deshalb kann ich das Geld überhaupt mit gutem Gewissen annehmen – obwohl ich es mir eigentlich gar nicht leisten kann, es abzulehnen. Ich möchte nur, daß du weißt, wie dankbar ich bin.«

Wir traten nacheinander in einen langen, dunklen Raum. Auf der einen Seite befand sich ein Tresen aus poliertem Mahagoni, auf der anderen waren holzgetäfelte Sitznischen, hinter denen ein Speisesaal zu sehen war. Ein kräftiger Mann mit grauen Schläfen stand hinter dem Tresen und begrüßte uns mit einem Lächeln.

»Mrs. Milton«, sagte er. »Sie hab ich ja schon lange nicht mehr gesehen.« Sein Blick kreuzte sich mit dem meinen, strich kurz über Suki und wanderte zurück zu Rachel. »Möchten Sie und Ihre Freunde einen Tisch im Hinterzimmer?« Wieder sah er Suki an, dann gingen ihm die Augen auf. Er strahlte. »Schau, schau, da kommt auch Suki Teeter wieder mal zu Brennan's – blendend wie immer.«

»Bob Brennan, Sie sind das Ebenbild Ihres Vaters«, sagte Suki.

»Ihr wart ein toller Haufen. Kommt Star Dunstan heute etwa auch?«

Mit Lichtgeschwindigkeit schoß eine Nadel durch mein Herz.

»Wir kommen gerade von ihrer Beerdigung. Das ist ihr Sohn Ned«, sagte Rachel.

»Nein«, sagte Brennan entsetzt, »das ist ja furchtbar. Tut mir unendlich leid, Ned.« Er beugte sich über den Tresen und drückte mir fest die Hand. »Mein Dad hat sich immer gefreut, wenn Ihre Mutter bei uns war, und ich auch. Setzt euch doch hinten rein, dann könnt ihr in Ruhe essen.«

Er brachte uns zu einem Tisch und verteilte die Speisekarten. »Der erste Drink geht auf Kosten des Hauses.«

»Für mich einen Manhattan, bitte. Und – danke, Bob.«

»Für mich auch«, sagte Suki.

»Hat *sie* das hier immer getrunken?« fragte ich.

»Einen Manhattan mit wenig Wermut und viel Whisky«,

sagte Brennan. Ich bestellte auch einen, und er ging zurück zur Bar.

Suki betrachtete die Wände. »Das ist ja unheimlich. Bob sieht genau wie sein Vater aus.«

»Wir müssen Ned das Foto zeigen«, sagte Rachel.

»Wenn du das aushalten kannst, kann ich es auch«, sagte Suki. »Komm, Ned. Zeit für etwas Geschichtsunterricht.« Sie führte mich zur Rückwand.

»Du meine Güte, schau uns nur mal *an*«, sagte Rachel.

Knapp über Augenhöhe hing ein Bild mit mehr als zehn jungen Frauen und zwei jungen Männern, die allesamt in Sommerkleidung am Tresen standen. Ungezwungenes Lebensglück leuchtete auf ihren Gesichtern. Strahlend schön stand Star lächelnd zwischen der überaus attraktiven jungen Suki Teeter und der ebenso attraktiven jungen Rachel Newborn.

»Wow«, sagte ich. Das Wort entsprach weitgehend meiner Reaktion. »Das war eure Clique?«

»Größtenteils.« Rachel zeigte auf die Mädchen auf dem Foto. »Sarah Birch, Nanette Bridge, Tammy Wackford, Avis Albright, Zelda Davis. Das da ist Mei-Liu Chang, daneben Sammie Schwartz. Und das ist das Mädchen, das immer Benzedrin geschnüffelt und in Reimen geredet hat.«

»Georgy-Porgy«, sagte Suki. »Gerade ist ihr zweiter Roman erschienen. Sie hat zwei Kinder, keinen Mann und ist der zufriedenste Mensch, den man sich vorstellen kann. Ich hasse sie wie die Pest.«

Ich fragte, was aus den anderen geworden sei. Zelda Davis hatte ein Harvard-Stipendium bekommen und arbeitete jetzt im Außenministerium. Sammie Schwartz war mit einem Hell's Angel durchgebrannt und nun Grundschullehrerin in Arizona. Nanette Bridge war Teilhaberin einer Anwaltskanzlei an der Wall Street. Moongirl Thompson war buchstäblich verschwunden, nachdem sie ihrem Freund gesagt hatte, sie wolle einen Strandspaziergang machen.

Brennan brachte die Drinks und nahm unsere Bestellung auf: Salat für Rachel, Hamburger mit Fritten für Suki und mich.

»Erinnerst du dich noch an Sujit? Und an Big Indian?«

»Wie könnte ich die vergessen?« sagte Suki. »Kaum war Sujit wieder daheim in Bombay, gab es einen gewaltigen politischen

Skandal. Zwei, drei Minister mußten zurücktreten. Und Big Indian dreht Avantgardefilme. Ihr richtiger Name ist Bertha Snowbird.«

»Von der hab ich sogar ein paar Filme gesehen«, sagte ich. »Die ist wirklich gut. Könnt ihr sie mir zeigen?«

Wir gingen wieder zur Wand, wo Suki auf eine grimmige junge Frau mit schwarzem Haar und Mittelscheitel zeigte. Sie hatte athletische Schultern und die Augen einer Löwin. Ein etwa fünfundzwanzigjähriger Mann mit filmreifen Backenknochen und kurzem blondem Haar hatte ihr den Arm um den Hals gelegt.

»Wer ist denn der da?« fragte ich.

»Don Messmer«, sagte Suki.

Messmer lächelte mit der Befangenheit eines Menschen in die Kamera, der weiß, daß er zwar keinen Boden unter den Füßen hat, es sich aber gutgehen läßt. Auf der anderen Seite der Gruppe lehnte sich ein schwarzhaariger Mann, dem eine Zigarette im Mund hing, an Sammie Schwartz. »Und wer ist der andere Typ?«

»Der hat an der Uni englische Literatur unterrichtet«, sagte Rachel. Sie hob ihr halbleeres Glas an den Mund und trank es aus. »Sein Name war Erwin Leake.«

Ich sah Piney Woods auf einer Bank im Merchants Park sitzen. *Folg einem Schatten, er wird vor dir fliehn; doch folgt er dir, willst du dich ihm entziehn.*

»Warum ist Edward Rinehart nicht mit auf dem Bild?«

»Edward mochte es gar nicht, fotografiert zu werden«, sagte Rachel. »Suki, erinnerst du dich noch an das eine Mal, als...«

Suki hatte noch ein Stück Hamburger im Mund. »Klar.« Sie hob einen Finger und schluckte. »An das andere Mal auch.«

»Warum waren wir bloß so *bescheuert?* Einmal hat jemand ihn geknipst, dem hat er die Kamera zertrümmert. Als Sujit ihn ein Vierteljahr später auf der Straße aufgenommen hat, hat er ihr die Kamera abgenommen und den Film herausgerissen. Hätten wir da nicht argwöhnisch werden müssen?«

»Wir hielten Argwohn für zu bürgerlich«, sagte Suki. »Wie geht's dir eigentlich, Rachel?«

Rachel Milton leerte ihren zweiten Manhattan. »Nicht so besonders. Es ist einfach hundsgemein, daß Star sterben mußte. Außerdem hat mein Mann beschlossen, daß er was Neues in seinem Leben braucht, genauer gesagt einen fünfunddreißigjährigen

Eisschrank, der ein As im Immobiliengeschäft ist. Er hat es sich in den Kopf gesetzt, diesen Eisschrank zu heiraten.«

»Wie alt ist er überhaupt?« fragte Suki.

»Zweiundsiebzig, aber das ist ihm egal. Er ist verliebt. Hätte Grennie sich nicht verliebt, würde er sich einfach nur selbstsüchtig verhalten, aber so ist natürlich alles in schönster Ordnung. Warst du je verheiratet?«

»Offiziell einmal«, sagte Suki. »Inoffiziell zweieinhalbmal. Rachel, du hast wohl tatsächlich vergessen, daß ich die Frau von Roger Lathrop war!«

»Das war doch der Cembalist, der beim Spielen immer mit dem Hintern gewackelt hat. Er ist mir sofort wieder eingefallen, wo du's gesagt hast. Ich brauch noch was zu trinken, aber keinen Manhattan mehr. Ein Glas Weißwein.«

»Ich nehme noch einen Manhattan.«

Ich winkte Bob Brennan herbei.

Suki sah mich an. »Ich hab dir doch schon von Roger erzählt. Wir sind ans Popham College gegangen, und sechs Jahre später hat ihn die University of Michigan in Ann Arbor für ein Jahr als Gastdozent eingeladen. Wir waren beide froh, mal aus Popham wegzukommen, das kannst du mir glauben. Und dann...«

»Schicksalhafte Worte«, sagte Rachel.

»*Und dann* hat Roger mir auf einmal gesagt, ich solle es nicht persönlich nehmen, aber ich würde ihn an seinem künstlerischen Fortschritt hindern.«

»Wie hieß das Luder?« fragte Rachel. »Bestimmt war es eine seiner Studentinnen.«

»Seine Lieblingsstudentin, Sonia Skeffington. Die ist an meiner Stelle nach Michigan gefahren, und ich bin hierher zurückgekommen. Über meine inoffiziellen Ehemänner will ich lieber nicht reden. Der eine war wirklich toll, ist aber irgendwann beim täglichen Jogging tot umgefallen, und die anderen beiden haben sich als menschliche Windbeutel entpuppt.«

Zwanzig Minuten später sagte Suki: »Als ich Star im Krankenhaus gesehen hab, hat es mir fast das Herz gebrochen.«

»Mir auch«, sagte Rachel.

»Du warst doch gar nicht im Krankenhaus, Rachel.«

»Ach! Stimmt ja. An dem Tag ging's mir miserabel. Ich war zu allen garstig.« Sie strengte sich an, mich klar zu sehen. »Zu dir war ich auch garstig, stimmt's?«

»Es ging«, sagte ich.

»Grennie hatte mich gerade daran erinnert, daß meine Dienste nicht mehr gebraucht werden. Suki, ich hab eine tolle Idee. Wir sollten uns beide mit Ned verheiraten.«

»Das wäre abenteuerlich«, sagte ich.

»Vielleicht sieht er zu sehr wie Edward aus«, sagte Suki. »Allerdings ist er viel netter.«

»Edward war überhaupt nicht nett. Das haben wir ja an ihm gemocht.«

»Edward hat sich um niemanden auch nur einen Dreck geschert. Nicht einmal um Star. Aber weißt du, wer anders war? Don Messmer.«

»Den kannst du vergessen«, sagte Rachel. »Weißt du, weshalb es manchen Männern überhaupt nicht guttut, derart toll auszusehen? Weil sie sich dann einfach treiben lassen. Don Messmer war auch so einer.«

»Was der jetzt wohl macht?« sagte Suki.

»Er hat eine Kneipe in Mountry«, sagte ich.

Die beiden brachen in Lachen aus.

»Rachel, das heißt ja...« Suki prustete erneut heraus. »Das heißt, er ist selbst sein bester Kunde.«

»Wir sollten wohl allmählich los«, sagte ich.

»Du mußt uns verzeihen«, sagte Rachel. »Suki und ich, wir haben uns eine Ewigkeit nicht gesehen. Wir sind in einer komischen Stimmung.«

»Du hast recht«, sagte Suki. »Heiraten wir Ned.«

»Bevor wir das tun, würde ich euch ganz gern nach Hause bringen«, sagte ich.

»Gleich«, sagte Rachel. »Zwei Fragen noch. Die erste lautet... willst du deinen Onkel immer noch in Mount Baldwin unterbringen?«

»Ja.«

»Ich kümmere mich darum. Schreib mir seinen Namen auf, sonst vergesse ich ihn.« Sie wühlte in ihrer Handtasche und fischte ein Notizbuch und einen Kugelschreiber heraus. Ich notierte den Namen von Clarence, dann: *Stars Onkel, Platz in Mount Baldwin* und Netties Telefonnummer.

Rachel schielte auf die Seite und ließ Notizbuch und Stift wieder in ihrer Handtasche verschwinden. »Frage Nummer zwei. Nein, das ist gar keine Frage. Wollte ich dir nicht was sagen?«

»Laß dir Zeit«, sagte ich.

»Ich muß nach Hause«, sagte Suki. »Ned, fährst du mich?«

»Ich fahre euch beide nach Hause«, sagte ich.

»Wenn ich beschließe, dir tatsächlich etwas zu erzählen«, sagte Rachel, »dann bleibt das unter uns. Verstanden?«

»Verstanden.«

Rachel setzte die Sonnenbrille auf. Ich hatte das Gefühl, sie wollte sich damit maskieren. »Mein Mann will mich wegen eines fünfunddreißigjährigen Vampirs aus Hongkong an die frische Luft setzen, das hab ich doch klar und deutlich gesagt?«

»Wegen eines *weiblichen* Vampirs aus Hongkong«, sagte Suki. »Eine Frage an unser Studiopublikum: Was saugt sie aus Grennie raus?«

»Grennie meint, er kann sich alles leisten. Genau wie sein bester Freund. Wer das ist, weißt du doch, oder? Sag nicht den ganzen Namen, nur die Anfangsbuchstaben.«

»S. H.«

»Gut. Suki, rat mal, was sein bester Freund immer getan hat, wenn er mir während einer Party in die Küche gefolgt ist?«

»Er hat dir an die Titten gegrabscht und sich mit der anderen Hand am Schwanz gerieben«, sagte Suki. »Das war aber 'ne leichte Frage.«

»Was für ein Schwein. Grenville und sein Freund machen zusammen Geschäfte, stimmt's?«

»Offenbar«, sagte ich.

»Und urplötzlich wirft man seinem besten Freund allerhand üble Dinge vor.«

»Richtig.«

»Und der Freund des besten Freundes kommt *unzweifelhaft* in die Bredouille, wenn Stewart in die Bredouille kommt. Wir verzichten hier auf Namen, ja?«

»Bisher hab ich schon zwei gehört«, sagte Suki.

»Mit dir spreche ich nicht. Also, jetzt nehmen wir mal an, daß seine Frau zu der Meinung gelangt ist, die beiden verdienen, was ihnen bevorsteht. Nehmen wir ferner an, sie hat es geschafft, sich finanziell abzusichern, als sie ihrem Mann noch so wichtig war, daß er sie zum Geburtstag auf den *Operationstisch* gelegt hat.«

»Bravo!« sagte Suki.

»Jetzt kommen wir zu Mr. Edward Rinehart.«

»Wie bitte?« sagte Suki. »Ach so, mit mir sprichst du ja nicht.«

»Meinst du, das war sein richtiger Name?«

»Nein«, sagte ich.

»Was?« sagte Suki.

»Ich bin eine der stellvertretenden Vorsitzenden im Festkomitee zum Stadtjubiläum. Laurie war die andere, bevor Stewart sie rausgeschmissen hat. Und jetzt hör zu. Du mußt die Bilder sehen.«

»Was für Bilder?« fragte ich.

»Die Fotos.«

»Da sind ein paar Fotografien aus dem Besitz meiner Familie verlorengegangen«, sagte ich, doch dann kam ich darauf, was sie meinte. »Fotos von Edward Rinehart. Du hast sie in der Bibliothek gesehen und ihn erkannt.«

»Das hab ich nicht gesagt. Oder, Suki?«

»Ich muß jetzt nach Hause«, sagte Suki. »Ehrlich.«

Ich fragte Rachel, ob ihre Haushaltshilfe gerade bei der Arbeit sei.

»Lulu arbeitet heute bei uns, ja. Falls man das Arbeit nennen kann.«

»Dann bringe ich dich in deinem Wagen nach Hause, und Lulu kann mit mir wieder in die Stadt fahren, um Suki abzuliefern.«

»Du meinst bestimmt, ich werde die Sache mit deinem Onkel einfach vergessen«, sagte Rachel. »Aber ich hab's dir versprochen.«

Ich half Suki beim Aufstehen. Auf dem Weg hinaus nahm ich ein Streichholzbriefchen vom Tresen. Ich hatte vor, mich am Nachmittag noch einmal bei Bob Brennan zu melden.

101

Rachels Hausgehilfin Lulu White half mir, Suki aus dem BMW in die Riverrun Gallery zu befördern, wo eine ihrer jungen Mitarbeiterinnen versprach, sie ins Bett zu bringen. Ich fuhr mit meinem eigenen Wagen in die Grace Street.

Die Frau an der Ausleihe dirigierte mich zu einer Tür an der Rückwand des Lesesaals. In einem grauen Büroflur entdeckte ich die Inschrift STELLVERTRETENDER BIBLIOTHEKSLEITER auf einer grauen Bürotür. Ich klopfte, und Hugh Coventry bat mich herein.

Mit Büchern und Aktenordnern vollgestopfte Metallregale verdeckten die Wände des winzigen Büros. Coventry saß mit dem Rücken zum Fenster an seinem Schreibtisch, von den hoch aufgestapelten Ordnern und Papieren halb verborgen. Mit zugekniffenen Augen drückte er einen Telefonhörer ans Ohr. »Ich weiß, ich weiß. Das verstehe ich.« Er öffnete die Augen, um festzustellen, wer hereingekommen war. Seine hübsche neuenglische Gesichtsfarbe nahm einen rosa Schimmer an. Hugh winkte mir zu und deutete auf einen Stuhl. Dann ließ er die erhobene Hand in der Luft kreisen, wie um auszudrücken, daß er einem unerwartet aufgetauchten Problem völlig hilflos gegenüberstand.

»Ich wünschte selbst, ich könnte es erklären.« Er kniff wieder die Augen zu. »Bei allem Respekt, das Problem liegt *nicht* darin, wie ich die Dinge organisiert habe. Schließlich war ich es, der diese Bibliothek in einen... Doch, Sir, es geht um die Bibliothek. Das ganze Material befindet sich jetzt hier.«

Ich setzte mich und versuchte, so zu tun, als hörte ich nicht zu.

»Mr. Hatch, ich hab gerade Besuch... Doch, ich bin verantwortlich für das Verhalten meiner Mitarbeiter... Tja, es gab tatsächlich noch so einen Fall... Ich nehme an, einer der ehrenamtlichen Helfer hat ein paar Mappen falsch eingeordnet.«

Coventry reckte den Hals und legte seine freie Hand über die Augen. »Ja. Mrs. Hatch war gestern morgen hier... Nein, nur ein paar Minuten... Ja, wenn das nötig ist... In Ordnung.«

Er legte den Hörer auf, senkte den Kopf und preßte die Handflächen an die Schläfen. »Das ist einfach irrsinnig.« Er stöhnte. Dann hob er den Kopf, stand auf und streckte mir über den Tisch hinweg die Hand entgegen. »Tag, Ned. Schön, daß Sie mal reinschauen. Die Dunstans geben sich hier in letzter Zeit die Klinke in die Hand.«

»Sie haben also meine Tanten kennengelernt«, sagte ich.

»Bezaubernde Damen. Sie waren zusammen mit Laurie hier, aber ich habe es nicht für nötig gefunden, das gegenüber Mr. Hatch auch zu erwähnen. Mrs. Rutledge und Mrs. Huggins waren begeistert von unserem System, aber sie wären noch begeisterter gewesen, wenn ich ihre Fotos ausfindig gemacht hätte. Momentan verlegen wir ein Familienerbstück nach dem anderen.«

»Erzählen Sie mir doch mal, wie Sie die Bilder auswählen«, sagte ich.

Mit den technischen Details fühlte er sich sichtlich wohler. »Ihre Tanten haben genau das eingeschickt, was das Komitee haben wollte. Ein paar Atelieraufnahmen jeder Generation, dazu Schnappschüsse und ein großartiges Bild des Merchants Hotels im Bau. Alles, was ich nicht verwenden wollte, habe ich zurückgeschickt, und der Rest ist für die Endauswahl in einen beschrifteten Karteikasten gekommen. Damals hat man uns mit solchen Sachen überschwemmt, und ich wollte dafür sorgen, daß alles seine Ordnung hat. Wir haben da noch im Rathaus gearbeitet.«

»Wer macht die Endauswahl?«

»Damals waren es die stellvertretenden Vorsitzenden des Komitees, Laurie und Mrs. Milton. Zweimal pro Woche habe ich meine Auswahl an deren Büro geschickt. Mit den von mir ausgesuchten Dunstan-Fotos waren sie einverstanden, weshalb die Bilder von Mrs. Rutledge wieder in den Karteikasten gekommen sind. Ende September hatten wir dann keinen Platz mehr, und ich hab alles aus dem Rathaus hierher in den Keller bringen lassen. Als ich mir die Dunstan-Sachen noch mal anschauen wollte, hab ich zwar den Kasten gefunden, aber keine Bilder. Und jetzt, wie Sie wohl mitbekommen haben, ist dasselbe mit den Hatch-Bildern passiert.«

»Wie lange fehlen die schon?«

»Keine Ahnung! Mr. Hatch hat seine Fotos im Februar hergeschickt. Gestern vormittag hat er angerufen und gesagt, er wolle ein paar Dinge daran ändern, wie seine Familie in der Ausstellung präsentiert wird. Ich hab mir also eine Notiz gemacht, ihm die Sachen zurückzuschicken. Heute mittag hat er wieder angerufen und um seine Fotos gebeten. *Sofort.* Ich bin in den Keller, und… Sie wissen ja, was passiert ist. Er war wütend. Oder lassen Sie es mich so ausdrücken: Stewart Hatch hat keinerlei Probleme mit bestimmten Emotionen.«

»Ausgerechnet diese Bilder«, sagte ich.

»Genau. Natürlich kann das Zeug gar nicht verschwunden sein. Einer von den ehrenamtlichen Helfern muß es beim Umzug in den falschen Kasten gelegt haben. Ich werde es finden, genauso wie das Material Ihrer Tante, aber es wird eine Heidenarbeit.« Er gab einen fast unhörbaren Seufzer von sich. Dann löschte seine angeborene Höflichkeit die Runzeln von seiner Stirn. Er richtete sich auf. »Wie wär's, wenn ich Ihnen mal unseren Verein zeige?«

Er führte mich eine Metalltreppe hinab in einen Raum, der offenbar einst eine Cafeteria gewesen war. Spuren auf dem Betonboden markierten den alten Standort von Theken und Vitrinen. Die früheren Eßtische waren in der Mitte des Raumes zu einem riesigen U zusammengestellt. Zwei weißhaarige Frauen, von denen eine ein Greenpeace-T-Shirt trug, die andere einen hellblauen Jogginganzug, und ein etwa sechzehnjähriger Knabe mit rosafarbenem Haar, einem Ring in der Nase und schwarzem Lidstrich sortierten Stapel brauner Umschläge.

»Hallo, Leute«, sagte Coventry. »Ich möchte euch Ned vorstellen, einen Freund von Mrs. Hatch. Ned, das sind Leona Burton, Marjorie Rattazzi und Spike Lundgren. Ich muß euch mitteilen, daß Mr. Hatch gar nicht zufrieden mit uns ist.«

»Es wird 'ne Weile dauern«, sagte Spike. Er blickte mich empört an und wies mit dem spindeldürren Arm auf drei Regalwände voller Karteikästen. »Sehen Sie das ganze Zeug da?«

»Ich weiß, es wird nicht einfach sein, Spike«, sagte Coventry. »Ned, ich möchte Ihnen zeigen, wo die Sachen hätten sein müssen.«

Von einem Regal an der nahen Wand holte Coventry eine schwarze Pappkiste. Auf die weiße Karte im Metallrahmen waren die Buchstaben *D-E* getippt. Darunter stand: *Dunstan (Mrs. Annette Rutledge), Dorman (Mr. Donald Dorman, Mrs. George Dorman), Eames (Miss Alices Eames, Miss Violet Eames.)*

Er stellte den Kasten auf den Tisch und nahm den Deckel ab. Handgeschriebene Briefe und Computerausdrucke füllten die halbe Schachtel. »Das ist der erste Brief von Mrs. Rutledge an uns, das meine Antwort. Dann kommt eine Liste der Fotografien, die wir behalten haben, und ein weiteres Blatt, auf dem die Position der Bilder auf der chronologischen Übersicht verzeichnet ist.«

Coventry deutete auf eine Tafel, die in einzelne Abschnitte unterteilt war. Über manchen stand eine Jahreszahl, sonst waren es Schlagwörter wie »Flußschiffahrt«, »Wachstum der Stadt« und

»Zunehmender Wohlstand«. Die meisten Abschnitte waren zu drei Vierteln mit aufgelisteten Namen und Nummern gefüllt. »Die Dunstan-Bilder sollten eigentlich unter diesen Blättern liegen. Leider ist das nicht der Fall, und drum müssen wir sie halt suchen.«

Er stellte die Schachtel wieder aufs Regal. »Die Hatch-Fotos waren da drüben.« Wir gingen am Regal entlang, dann zog Coventry eine Kiste mit der Aufschrift *H – Familie Hatch (Mr. Stewart Hatch)* heraus. »Das ist noch schwerer zu verstehen als das Verschwinden der Dunstan-Bilder. Wir hatten zwei verschiedene Mappen hier drin. In der einen waren Fotos und Annoncen, die mit dem Rummelplatz und anderen frühen Unternehmungen der Familie Hatch zu tun hatten. Der zweite Ordner hat private Fotos und Atelieraufnahmen enthalten, ferner einige Klassenporträts aus der Edgerton Academy. Die waren nicht mit Gold aufzuwiegen.«

»Und danach sucht er, stimmt's?« fragte Spike.

Leona Burton und Marjorie Rattazzi starrten ihn an. Spike warf die Arme in die Luft und beugte sich zu ihnen. »Meine Damen, Sie waren ja gar nicht da, als das Zeug eingetroffen ist. Wir waren nur zu dritt: der liebe Hughie, ich und Florence Flutter.«

»Fluther«, sagte Marjorie Rattazzi, die Frau im Jogginganzug. *»Fluuh-ther.«*

»Wenn Florence *Fluuh-ther* wissen wollte, ob das R vor dem S kommt, mußte sie das ganze Alphabet runterbeten. Ich mußte ihre Arbeit mindestens sechsmal am Tag nachkontrollieren. Wenn irgendwas durcheinander gekommen ist, braucht man nicht Sherlock Holmes zu heißen, um zu wissen, warum. Noch etwas über Florence. Sie hat immer den Atem angehalten, wenn ich ins Zimmer kam, aber in Wirklichkeit war *sie* es, die roch.«

Coventry sah mich mit einer halb entschuldigenden, halb ärgerlichen Miene an. »Mrs. Fluther hat jahrelang hier ehrenamtlich in der Bibliothek gearbeitet, und wir alle haben ihre Hilfe geschätzt.«

»Okay«, sagte Spike, »aber er will das Hatch-Zeug, oder? Sie und Marjorie, Sie haben die Sachen von den Dunstans durchgeschaut, aber ich...« Spike warf seinen rosa gefärbten Schopf herum und musterte mich ausgiebig. Eine tiefe Röte stieg ihm ins Gesicht.

»Sie meinen, ich bin an den Hatch-Fotos interessiert?«

»Hughie, mein Lieber, haben Sie nicht was anderes für mich zu tun? Meine Augen sind etwas überanstrengt.«

Coventry trug ihm auf, nach oben zu gehen und Bücher einzuordnen, woraufhin Spike sofort aus dem Raum flitzte.

»Der Junge ist nicht halb so schrecklich, wie ich anfangs dachte«, sagte Marjorie Rattazzi, »aber ich glaube, ich verstehe bloß die Hälfte von dem, was er dauernd von sich gibt.« Sie lächelte mich an. »Ich war hier, als Mr. Coventry mit Mrs. Hatch und Ihren Tanten da war. Solche Frauen sind unheimlich stark, nicht wahr?«

»Unheimlich ist der richtige Ausdruck«, sagte ich.

102

Seite an Seite saßen die Tanten auf dem Sofa und sogen die aus dem Fernseher dröhnende Seifenoper in sich ein. Sie hatten die Hände über dem Bauch gefaltet und reckten in grimmiger Konzentration die weißhaarigen Köpfe. Clark döste im Schaukelstuhl. »Gut, daß ich kein Einbrecher bin«, sagte ich.

»Ach, guten Abend, Fremder«, sagte Nettie.

Clark leckte sich die Lippen und öffnete ein gelbes Auge, um mich zu betrachten. »Hast du vielleicht 'nen Sechserpack dabei?«

»Tut mir leid«, sagte ich.

»Wir haben sowieso noch ein paar Flaschen Bier im Kühlschrank. Ich könnte eine vertragen. Du kannst dich auch bedienen, wenn du magst.«

»Auf dem Tisch steht noch Thunfischauflauf«, sagte Nettie. »Nimm dir doch einen Teller davon.«

»Ich möchte mit euch beiden sprechen.«

»Ach, wir wissen schon alles!« sagte May.

Ich nahm zwei Flaschen aus dem Kühlschrank, drehte die Verschlüsse ab und ging ins Wohnzimmer zurück. Clark nahm sein Bier so entgegen, wie man bei Hofe einen Stuhl in Empfang nimmt – ohne hinzusehen. »Was wißt ihr denn schon?« fragte ich die Tanten.

»Kurz bevor du reingekommen bist, haben wir uns schon um

den ganzen Kram gekümmert«, sagte Nettie. »Meine Schwestern und ich, wir wissen, daß wir das Richtige tun.«

Clark setzte die Bierflasche ab. »Vielleicht sollte ich es wie Clarence tun und mich dort auch zur Ruhe setzen. Solche Tragödien machen einen nachdenklich.«

Ich sah Nettie an. »Ihr habt schon was vom Altersheim gehört?«

»Ich habe mit einer Mrs. Elizabeth Fanteen gesprochen«, sagte sie. »Mrs. Fanteen ist die Heimleiterin in Mount Baldwin. Sie wollte eigentlich dich sprechen, aber da du nicht da warst, war Mrs. Fanteen froh, sich mit mir unterhalten zu können. Es wird dich vielleicht überraschen, aber Mrs. Milton war so freundlich, dort anzurufen und einen Platz für Clarence zu besorgen. Mrs. Fanteen hat uns mitgeteilt, er sei jederzeit willkommen.«

»Großartig«, sagte ich.

»Als Mrs. Fanteen sich nach der finanziellen Situation von Clarence erkundigt hat, habe ich ihr versichert, meine Schwester und ihr Gatte seien gänzlich mittellos.«

»Ich sollte am besten mal mit Creech sprechen«, sagte ich.

»Den habe ich nach dem Gespräch mit Mrs. Fanteen gleich angerufen«, sagte Nettie. »Sein Benehmen mag etwas seltsam sein, aber Mr. Creech ist ein Mann, der sein Metier beherrscht. Wenn du rechtzeitig aus dem Bett kommst, sollst du morgen früh um neun Uhr in seinem Büro ein paar Papiere unterzeichnen.«

»Du wirst dann noch Zeit genug haben, um dem alten Toby das letzte Geleit zu geben«, sagte Clark.

Ich sah Nettie an.

»Mr. Creech hat mir mitgeteilt, daß Toby morgen um zehn beerdigt wird. Wir möchten dich bitten, unsere Familie zu vertreten.«

»Mach ich«, sagte ich.

»Ich möchte auch was von dem Thunfischauflauf«, sagte Nettie. »Um dir Gesellschaft zu leisten.«

»Ich könnte auch ein paar Bissen vertragen«, sagte May.

»Ich bin dabei«, sagte Clark. »Essen vertreibt die Sorgen.«

Ich brachte Teller und Gabeln herein und sah den dreien beim Essen zu. »Hattet ihr mir eigentlich erzählt, daß ihr euch bei Laurie Hatch gemeldet habt?«

»Ich glaube schon«, sagte Nettie. »Eine wirklich nette junge

Frau. Ich empfinde tiefes Mitgefühl für sie, wo ihr Mann doch unter so schwerem Verdacht steht.«

»Du hast gesagt, sie könnte uns vielleicht helfen. Daß ihr zusammen in der Bibliothek wart, hast du mir aber nicht erzählt.«

Nettie warf mir einen tadelnden Blick zu. »Mrs. Hatch hat meiner Schwester und mir nur bei dem Versuch geholfen, die von Mr. Coverly verschlampten Bilder wiederzubekommen. Der Mann ist blind wie ein Maulwurf.«

»Coverdale«, sagte May. »You Coverdale. Er kann nicht aus der Gegend sein. Die Leute hier nennen ihre Kinder nicht einfach *You.*«

»Hugh«, sagte ich. »Hugh Coventry.«

»Ein ungemein nervöser Mensch«, sagte May. »Es ist ein Jammer, wenn ein Mann zu Nervosität neigt.«

»Meiner Meinung nach war es Mrs. Hatch, die ihn nervös gemacht hat«, sagte Nettie.

Eine leise, fast spielerische Ahnung stieg in mir auf, und ich sagte, ohne viel nachzudenken: »Hat Mrs. Hatch vielleicht irgendwelche anderen Fotos erwähnt?«

»Daran kann ich mich nicht erinnern«, sagte Nettie. »Übrigens, wir hatten vor, morgen um elf deinen Geburtstag zu feiern, falls es in deinen engen Terminplan paßt.«

»Du wechselst das Thema.«

»Mrs. Hatch hat uns gebeten, Neddie zu grüßen. Hab ich dir das nicht gesagt, Neddie? Deine Freundin läßt dich grüßen.«

Ich sah May lächelnd an. »Du willst doch nicht sagen, daß du mit leeren Händen aus der Bibliothek gekommen bist?«

»Meine Güte, nein. Nur ein Dummkopf würde sich eine solche Gelegenheit entgehen lassen. Wir haben eine Menge nützlicher Dinge dort gefunden. Eine ganze Schachtel Gummibänder, *zwei* Schachteln mit schönen großen Büroklammern, ›Jumbo‹ nennt man die, und einen Datumsstempel, auf dem man die Ziffern verstellen kann. Jetzt können wir unsere Bücher stempeln!«

»May«, sagte ich, »ihr habt doch gar keine Bücher.«

Sie lächelte mich an wie eine Katze.

»Oje«, sagte ich. »Hättet ihr was dagegen, wenn ich Rachel Milton anrufe?«

»Wenn du es für nötig hältst«, sagte Nettie.

Als Rachel ans Telefon kam, sagte ich: »Ich kann kaum glauben, daß alles so schnell gegangen ist. Herzlichen Dank.«

»Gleich als ich nach Hause gekommen bin, hab ich mich nur kurz aufs Ohr gelegt und anschließend zwei Tassen Kaffee getrunken. Liz Fanteen meinte, sie werde sich um die Details kümmern und alles regeln. Liz ist ein echter Profi. Übrigens, vor einer Stunde ist Grennie hereingeplatzt und hat getobt wie ein Stier. Er hat sich in seinem Arbeitszimmer eingesperrt und massenhaft Anrufe getätigt. Dann ist er wieder rausgerannt und hat gebrüllt, er müsse zu Stewart. Ausnahmsweise hat er mich da wohl nicht angeschwindelt. Sagst du mir bitte, wenn du was von Laurie hörst, ja? Ich würde mich leichter tun, ihr meine Unterstützung anzubieten, wenn ich wüßte, daß Stewart ins Gefängnis kommt.«

Ein paar Minuten später ging ich auf die andere Straßenseite. Joy blieb in ihrer Tür stehen, während ich ihr von der Sache mit dem Altersheim berichtete. Zu meiner Erleichterung freute sie sich über die Nachricht. Ja, und ob ich es denn schon wüßte? Noch etwas Wunderbares sei geschehen – Toby Kraft sei tot umgefallen und habe allen ein Vermögen hinterlassen!

103

Es war kurz nach drei Uhr, als ich an den Schaufenstern in der Fairground Road vorbeiging und dann in den Buxton Place einbog. Jäh erstarb das Sonnenlicht. Unter ihren gotischen Dächern sahen die kleinen Häuser aus wie boshafte Zwerge. Ich fühlte mich wie in einer Tretmühle und dachte einen Augenblick daran, zu meinem Zimmer zu gehen, um dort einen kleinen Mittagsschlaf zu halten.

Die Fenster des Hauses mit der Nummer eins zeigten mir nichts als mein eigenes Spiegelbild. Dasselbe galt fürs Nachbarhaus. Ich vergeudete nur meine Zeit. Die Antworten, nach denen ich suchte, befanden sich in der Gegenwart, nicht in der Vergangenheit, und der Mittagsschlaf war mein bester Einfall, seit ich Reverend Swing über den Musikgeschmack meiner Mutter aufgeklärt hatte. Mir kam etwas in den Sinn, was Star mir vor langer Zeit einmal erzählt hatte: Es ging um ein Altsaxophonsolo auf

»These Foolish Things«, das sie kurz vor meiner Geburt gehört hatte. Mit schmerzhafter Klarheit wurde Star vor mir lebendig. Ich drehte mich um und tat einen Schritt auf den gleißenden Lichtfleck am Ende der Gasse zu, als ein Mann, der eine schwarze Kangol-Mütze und ein kurzärmeliges blaues Hemd trug, um die Ecke bog und in die Dunkelheit trat. Leicht hinkend schritt er übers Pflaster, wobei er an einem dicken Schlüsselbund herumfingerte. Seine dunkle Haut hatte die Leichenblässe eines Körpers, der schon zu lange kein Sonnenlicht mehr gesehen hat.

»Mr. Sawyer«, sagte ich. »Wie geht es Ihnen?«

Erschrocken blickte Earl Sawyer von seinen Schlüsseln auf.

»Ich bin Ned Dunstan. Wir haben uns auf der Intensivstation kennengelernt.«

»Ach, ja.« Langsam tat er einen Schritt vorwärts, dann noch einen.

»Wie fühlen Sie sich?«

Sawyer fand den Schlüssel, den er offenbar gesucht hatte. »Gut. Ich bin noch am selben Abend aus dem Krankenhaus gekommen. Nach ein paar Stunden hatte ich nur noch Kopfschmerzen. Sogar die Blutergüsse sind verschwunden. Mit Blutergüssen hab ich noch nie Probleme gehabt. Was bringt Sie hierher?«

»Meine Mutter hat den Mann gekannt, dem diese Häuser gehört haben.«

Sawyer legte den Kopf schief und wartete.

»Sie ist vor fünf Tagen gestorben. Ich hatte gehofft, womöglich mit ihm sprechen zu können.«

Es sah aus, als veränderte sich die Form seiner Augen. »Die beiden waren befreundet?«

»Vor langer Zeit«, sagte ich.

»Wie hieß er denn, der Freund Ihrer Mutter?«

»Edward Rinehart.«

»Dann haben Sie die falsche Adresse, tut mir leid. Ich komme schon seit zehn, fünfzehn Jahren zweimal pro Woche hierher und hab nie von ihm gehört.«

»Die Adresse stimmt aber«, sagte ich. »Mr. Sawyer, wer hat Sie angestellt? Der Eigentümer?«

»Schon möglich.«

»Heißt er vielleicht Wilbur Whateley? Oder Charles Dexter Ward?«

Aus Sawyers Gesicht verschwand jeder Ausdruck; vorübergehend zogen sich auch die Augen zurück. Ein zaghaftes Lächeln umspielte den Mund. Er betrachtete die Stalltore auf beiden Seiten. »Da haben Sie mich kalt erwischt, mein Freund.«

»Hab ich gemerkt«, sagte ich.

Er gluckste. »Ich hab erst gedacht, der Kerl hier vor mir hat 'ne ganz falsche Adresse, und da kommen Sie mir mit Charles Dexter Ward.«

»Kennen Sie Mr. Ward?«

»Gesehen habe ich ihn nie.« Sawyer trat neben mich und blickte aufs Ende der Gasse, als wollte er dafür sorgen, daß uns niemand belauschte. »Ich hab auf eine Anzeige im *Echo* geantwortet. Dreißig Dollar pro Woche, um nach den Häusern hier zu schauen, am Mittwoch und am Samstag. Inzwischen sind es fünfzig pro Woche. Ich glaube, ich mach weiter. Na ja, Sie wissen schon. Fünfzig Dollar pro Woche, 'ne kurze Busfahrt, und dann rein und raus.«

Mit einem Kopfnicken schien er ausdrücken zu wollen, daß das besser war als Stehlen und doppelt so einfach.

»Wie stehen Sie in Kontakt mit Mr. Ward?«

»Er ruft jeden Samstag an, Punkt sechs Uhr abends. ›Irgendwelche besonderen Vorkommnisse?‹ fragt er dann immer. ›Keine besonderen Vorkommnisse, Sir‹, sage ich. Am Montagnachmittag überreicht mir dann ein kleiner Bursche aus der Lavender Lane einen Umschlag mit fünf Zehndollarscheinen. Nolly Wheadle.« Sawyer gluckste, offenbar bei dem Gedanken an den Jungen, der mich in der Nacht, in der Robert sich mir zum erstenmal gezeigt hatte, aus Hatchtown herausgeführt hatte. »Einmal, es ist schon Jahre her, hatte ich eine üble Erkältung und mußte einen Mittwoch passen. Am Samstag hat Mr. Ward angerufen, und ich: ›Keine besonderen Vorkommnisse, wie üblich. Mr. Ward‹ – na, sagen wir mal, da hab ich gelernt, Mr. Ward nicht anzulügen. Im nächsten Umschlag waren nur zehn Dollar.«

»Wie hat er das rausgekriegt?«

»Keine Ahnung. Allerdings kommt er zwei-, dreimal im Monat hierher. In Nummer eins sind dann Gläser in der Spüle, in Nummer zwei ist immer irgendein Stapel Bücher auf dem Tisch.«

»Mr. Sawyer«, sagte ich, »ich weiß, daß ich Sie um einen riesigen Gefallen bitte, aber würden Sie mich vielleicht mal reinschauen lassen?«

Er schürzte die Lippen und klimperte mit den Schlüsseln. »Ihre Mutter war eine Freundin von Mr. Ward?«

»Ja«, sagte ich.

»Wie hieß sie?«

Ich sagte es ihm. Er spielte mit den Schlüsseln und rang mit sich. »Aber rühren Sie Mr. Wards Sachen nicht an.«

Sawyer schloß die Tür von Nummer eins auf, und wir traten in einen muffigen, düsteren Raum, in dem schemenhafte Formen auftauchten. Mein Begleiter verschwand nach links, und ich hörte das Klicken eines Lichtschalters. Eine Deckenlampe warf trübes Licht auf das Mobiliar von Edward Rineharts Wohnzimmer. Leere Bücherregale bedeckten die Wand zu meiner Rechten. Ein Fisher-Verstärker, ein großes Wollensak-Tonband und ein A.-R.-Plattenspieler – Komponenten einer Stereoanlage, bei deren Anblick man 1957 vor Ehrfurcht erstarrt wäre – standen auf einem Regal neben dem offenen Kamin. Ein spanisches Stierkampfposter und eine Reproduktion von Picassos *Drei Musikanten* hingen über den Geräten. Auf der anderen Seite des Kamins stand ein Regal mit Langspielplatten, daneben befand sich eine schmale Tür. Ein Sofa und drei Sessel, mit schlaff aussehenden Tüchern drapiert, waren die schemenhaften Formen, die ich von der Tür aus gesehen hatte.

»Die Tür da führt zu Nummer zwei«, erklärte Sawyer.

Hier hatte Rinehart also seine Partys und seine inoffiziellen Seminare veranstaltet. Er hatte sich vor dem Kamin in Positur gestellt und Passagen aus seinem Werk vorgelesen. Er hatte sich aufs Sofa gesetzt und Provokationen vor sich hin gemurmelt. Studenten der Albertus University, der arme, verdammte Erwin »Pipey« Leake und Leute wie Donald Messmer waren zum Buxton Place geströmt und hatten ihre unterschiedlichen Leidenschaften mitgebracht.

Earl Sawyer ging zum anderen Ende des Zimmers und weiter in die Küche, wo Müll über den Rand einer metallenen Waschwanne quoll. Wir gingen nach oben und blickten in ein Zimmer mit einem kahlen Doppelbett, einer Eichenkommode und einem Tisch. »Interessiert Sie das?« fragte Sawyer.

»Das interessiert mich alles«, sagte ich. Auf diesem Bett war ich wahrscheinlich gezeugt worden. Robert schien sich neben mir zu materialisieren – ich spürte seine fordernde Gegenwart – und zu verschwinden, ohne mehr gewesen zu sein als eine Illusion.

»Was ist?«

»Ich dachte, ich hätte etwas gehört.«

»Die Häuser machen ihre eigenen Geräusche«, sagte Sawyer.

Unten zog er die Tür neben dem Plattenregal auf. Das Zimmer dahinter gähnte uns an wie der Eingang einer verlassenen Mine. »Moment mal. Ich mache Licht.«

Sawyer trat in die Dunkelheit und wurde zu einem trüben Schatten. Ich hörte ein dumpfes Geräusch, das Scharren von Holz auf Holz und dann wieder ein dumpfes Geräusch. Es klang wie das Öffnen und Schließen einer Schublade. »Immer stoße ich an den verfluchten Tisch.«

Er knipste eine Lampe an, die auf einem Beistelltisch stand. Eine Wand voller Buchrücken wurde sichtbar. Sawyer ging zu einem größeren Tisch in der Zimmermitte und knipste dort eine Lampe an, die von Stapeln vergilbter Zeitungen und leeren Essensbehältern umgeben war. Hohe Bücherregale nahmen auf allen Seiten Gestalt an. »Kommen Sie rein.«

Rinehart hatte das Häuschen in eine Bibliothek verwandelt. Die Regale reichten bis zum Dach und bis ganz nach hinten. Eine eiserne Leiter wand sich zu einem Steg mit Geländer empor. Das Zimmer enthielt Tausende von Büchern. Ich warf einen Blick auf die Buchrücken: H. P. Lovecraft, H. P. Lovecraft, H. P. Lovecraft. Ich ging zur Leiter und stieg ein paar Sprossen hoch. Mehrere Exemplare jeder Ausgabe von sämtlichen Lovecraft-Werken füllten die Regale, gefolgt von Übersetzungen in jede nur mögliche Fremdsprache. Erstausgaben, Broschüren, Taschenbücher, Sammlungen, Bibliotheksausgaben. Manche der Bücher sahen fast neu aus, andere wiederum, als stammten sie aus billigen Antiquariaten. Rinehart hatte Zeit und Geld aufgewendet, um seltene Ausgaben zu erwerben, aber auch offenbar fast jeden Lovecraft-Band gekauft, den er zu Gesicht bekommen hatte, egal, ob er dieselbe Ausgabe schon besaß oder nicht. »Mir scheint, ich weiß schon, wer sein Lieblingsautor ist«, sagte ich.

»Mr. Ward hält H. P. Lovecraft für den größten Schriftsteller aller Zeiten.« Sawyer betrachtete die Regale mit stummem, geborgtem Stolz. »Vor Jahren hab ich mal ein paar Geschichten gelesen, wenn ich mit meiner Arbeit fertig war. Mr. Lovecraft hat viel hineingelegt, wenn auch wahrscheinlich nicht alles, was er wußte. Ich hatte viel Zeit, über dieses Thema nachzudenken.«

Das war die Quelle seines Stolzes – seine Vermutungen über Lovecraft.

»Sie wissen hoffentlich, was eine Parabel ist.«

»Ich war in der Sonntagsschule«, sagte ich.

Sein Lächeln schwand angesichts der Bedeutung dessen, was er zu sagen hatte. »Eine Parabel ist eine Geschichte mit einer verborgenen Botschaft. Man sieht sie vielleicht nicht, aber sie ist da.«

»In manchen Parabeln scheinen viele Botschaften zu stecken«, sagte ich. »Je mehr man über sie nachdenkt, desto weniger weiß man, was sie vermitteln sollen.«

»Nein, dann hat man sie ganz falsch gelesen, denn dann würden sie überhaupt nichts taugen. Eine Parabel hat nur eine einzige Botschaft, aber man muß richtig danach suchen. Das gilt auch für die Geschichten von Mr. Lovecraft. Die können einem eine Menge sagen, wenn man stark genug ist, um die Wahrheit zu ertragen.«

Dieselbe Art Begeisterung hatte ich in den Gesichtern von Leuten gesehen, die finsteren Verschwörungstheorien anhingen – über Zusammenhänge zwischen der Ermordung der Kennedys, dem FBI, der Mafia, der Rüstungsindustrie und Satansjüngern. Immer umhüllte der Gestank des Wahnsinns diese Menschen.

»Schauen Sie mal.« Sawyer deutete auf ein mit Exemplaren von *Aus dem Jenseits* gefülltes Regal. »Einer von Mr. Wards Freunden hat dieses Buch geschrieben. Mr. Ward hat mal gesagt, es sollte eigentlich berühmt sein, und damit hat er recht. Es ist ein großartiges Buch, vielleicht mein liebstes.«

Unsere Blicke kreuzten sich. »Haben Sie vorher angedeutet, bei Mr. Ward und Edward Rinehart könnte es sich um dieselbe Person handeln? Und Rinehart wäre dann das, was man ein Pseudonym nennt?«

Er wollte demonstrieren, daß er das Wort beherrschte.

»Ja, und der Name Charles Ward auch.«

Sawyers ungesundes Gesicht nahm einen verdrossenen Ausdruck an.

Ich ging an den Buchrücken entlang und sah am Ende eines Regals einen Band stecken, der wie die Erstausgabe von *Der Schrecken von Dunwich* aussah. Ich zog ihn heraus und sah auf dem Vorsatzblatt die mit Bleistift geschriebene Angabe *W. Wilson Fletcher, Fortress Military Academy, Owlsburg, Pennsylvania, 1941.*

Earl Sawyer erschien neben mir wie ein zorniger Flaschengeist und riß mir das Buch aus den Händen. »Tut mir leid, das hätte ich Ihnen sagen sollen.« Vorsichtig stellte er das Buch wieder an seinen Platz zurück. »Mr. Ward hat mir verboten, dieses Buch anzurühren. Es ist heilig, könnte man sagen.«

Ich wollte mich entschuldigen, aber Sawyer schnitt mir das Wort ab. »Sie müssen jetzt gehen. Ich hab einen Fehler gemacht.«

104

Ein Kribbeln überkam meine Hände, als ich durch den Südrand von College Park fuhr. Es war, als würden Nadeln in mich eindringen, die aber zu klein waren, um erkennbar zu sein. Ich blickte nach unten und sah das Lenkrad zwischen zwei handförmigen Schatten vibrieren.

Vom Rücksitz her erklang eine Stimme. »Wie machst du das bloß?«

»*Du* machst es!« brüllte ich.

»Werd bloß nicht paranoid«, sagte Robert. »Es ist vorbei. Schau hin.«

Meine vollkommen sichtbaren Hände umschlossen das Lenkrad.

»Ich könnte es dir erklären, aber du würdest es nicht verstehen.« Er tätschelte mir die Schulter. »Was wolltest du in College Park? Und was gibt's Neues an der Joe-Staggers-Front?«

»Das weißt du nicht?«

»Ich kann mich nicht über *alles* auf dem laufenden halten.« Robert kreuzte die Arme auf der Lehne des Beifahrersitzes. »Sag schon.«

»Joe Staggers kannst du vergessen«, sagte ich und erzählte dann, wie ich mit Earl Sawyer in den Häusern am Buxton Place gewesen war.

»Da fällt mir was ein. Aber jetzt fahr uns erst mal nach Ellendale. Ich glaube, Stewart Hatch versteckt etwas, was wir haben wollen.«

Meine Verwunderung über die Grenzen von Roberts Fähigkeiten verblaßte angesichts der Vorstellung, daß Hatch seine Familienfotos womöglich selbst entwendet hatte.

»Er ist jetzt nicht zu Hause«, sagte Robert. »Stewart hat heute unangenehme Neuigkeiten erfahren. Er und Grenville Milton konferieren gerade mit ihrem Anwalt.«

»Ich werde doch nicht in sein Haus einbrechen.«

»Das mußt du auch nicht. Ich gehe rein und mache dir die Tür auf.«

»Du brauchst mich doch gar nicht, um Hatchs Haus zu plündern«, sagte ich.

»Wer weiß? Außerdem erfährst du vielleicht was Neues über Laurie. Und jetzt erzähl mir mal, wieso ich Joe Staggers vergessen soll.«

Ich sagte ihm, er würde es doch nicht verstehen.

105

Posy Fairbrother beugte sich in den Mountaineer, um Cobbie an seinen Sitz zu schnallen. Eins ihrer Beine stand fest auf dem Boden, das Knie des anderen ragte in die offene Hintertür. Sie sah aus wie eine klassizistische Figur auf einem Fries.

Robert seufzte. »Zu schade, daß Posy zu züchtig ist, um mit dem Liebhaber ihrer Brötchengeberin anzubandeln. Bieg da hinten nach links ab.«

Stewarts verwinkeltes modernes Haus stand auf einem riesigen, baumlosen Grundstück am Ende der ersten Straße, die von der Blueberry Lane abzweigte. Ich fuhr daran vorbei und parkte um die Ecke in der Loganberry Street.

Robert und ich liefen über die heiße, grüne Leere des Rasens und erklommen die zu einer grauen Holzveranda führenden Stufen. »Momentchen«, sagte Robert. Er glitt durch die Hintertür. Es folgte eine Pause, die länger war, als ich erwartet hatte, dann machte er mir auf. »Stewart hat keine Alarmanlage installieren lassen. Wahrscheinlich gibt es nichts zu klauen.«

Ich sah mich in der Küche um. »Außer man kommt mit dem Gabelstapler.« Ein Gasherd stand gegenüber einer dreieinhalb Meter langen Marmortheke, die an einem Kühlschrank mit Doppeltür und einem verglasten Weinregal vorbeiführte. Auf dem Bord neben dem Weinregal standen ein halbes Dutzend Flaschen teurer Scotch und ein paar Flaschen Wodka, Marke Belvedere. Letztere warteten zweifellos darauf, ihren Platz im Gefrierfach einzunehmen.

Ein Raumteiler trennte das Eßzimmer von dem, was Leute wie Stewart Hatch einen »Salon« nennen. Die vereinzelt in dem riesigen Raum stehenden Möbel stammten offenbar von dem skandinavischen Möbelhaus im Einkaufszentrum von Edgerton.

Oben im Schlafzimmer erhob sich ein monumentales Fernsehgerät am Fußende eines ungemachten Doppelbetts. Polohemden und Baumwollhosen lagen verstreut auf einem Sofa. Robert öffnete die Türen des Kleiderschranks. Ich untersuchte ein Rollpult und entdeckte Schachteln mit eingelösten Schecks, Broschüren von Ferienanlagen in der Karibik und zwei Videofilme mit den Titeln *Sklavin in Leder* und *Liebe in Ketten*.

Ein Buch mit dem Titel *Die geheime Taktik der alten Heerführer Chinas* lag auf dem Nachttisch; in der obersten Schublade fand ich eine Schachtel mit Patronen und eine 9-mm-Pistole. Die nächste Schublade enthielt ein Sammelsurium aus Handschellen, Lederbändern und -riemen, Seilenden, Armbändern mit Metallstacheln und ein paar Dinge, deren Zweck ich weder kannte noch erforschen wollte.

Ich lugte unters Bett, sah nur den Teppichboden und gesellte mich zu Robert in den begehbaren Kleiderschrank, der ungefähr so groß war wie Stars altes Zimmer in Netties Haus. Etwa fünfzig Anzüge und Jacketts, mindestens hundert Krawatten und Dutzende Gürtel und Hosenträger hingen unter langen offenen Regalen mit Pullovern und Hemden, die nach Farbe und Schattierung sortiert waren. Robert griff nach einem Stapel Schachteln mit dem Aufdruck »Brooks Brothers«, wählte eine aus und hob den Deckel ab. Darin lag ein gestreiftes Button-down-Hemd, noch in seiner Plastikhülle. Ich mußte an den *großen Gatsby* denken.

»Schauen wir mal ins Büro unten«, sagte ich.

Dort angekommen, wühlte Robert sich durch einen Aktenschrank. Der Wandschrank war leer bis auf einen ungeöffneten Karton Wodka. Knapp über Augenhöhe stand ein Karton fast unmerklich schief auf dem schmalen Brett. Ich schob ihn zurück, entdeckte einen großen braunen Umschlag und zog ihn heraus. »Das Licht am Ende des Tunnels.«

Robert trat neben mich. »Ich will gar nicht wissen, was du damit sagen willst. Mach auf.«

Ich nahm eine Mappe voller Fotos aus dem braunen Umschlag und tat schweigend Abbitte bei Laurie und meinen Tanten, noch bevor mir richtig klar wurde, daß ich sie verdächtigt hatte, die Hatch-Bilder stibitzt zu haben.

»Hipp, hipp, hurra!« sagte Robert.

Bei den beiden Männern auf dem Doppelporträt, das zuoberst auf dem Stapel lag, konnte es sich nur um Omar und Sylvan Dunstan handeln. Mein Herz und mein Magen verkrampften sich, während ich zum Schreibtisch ging und die restlichen Bilder ausleerte. Gekleidet in einen dunklen, gerade geschnittenen Anzug, ein Hemd mit Eckenkragen und eine hochgeschlossene Weste, starrte der etwa zwanzigjährige Howard Dunstan mich an. Wie seine Töchter unablässig wiederholten, war Howard ein gutaussehender Mann gewesen. Er sah intelligent, charmant, verwegen und eigensinnig aus und, wie mir schien, halb verrückt: schon hatten Grausamkeit und Verzweiflung begonnen, an den Zügen eines Gesichts zu zerren, das dem Roberts und dem meinen beunruhigend ähnlich sah.

Stewart hatte in Coventrys Lager nicht seine, sondern unsere Mappe gestohlen.

Ein Wagen bog in die Einfahrt ein, gefolgt von einem zweiten. Zwei Türen schlugen zu. Ich blickte Robert an, der mit den Achseln zuckte.

»Du Arschloch«, sagte ich.

»Jeder macht mal einen Fehler. Immer mit der Ruhe.«

Hektisch sammelte ich die Fotos ein und schob die Mappe wieder in den Umschlag. Durch das Fenster hinter Robert sah ich Stewart Hatch aus der Garage kommen. Neben ihm ragte Grenville Milton auf. Dann verschwanden die beiden aus dem Fensterrahmen. Ihre Schritte hallten auf dem Betonboden.

»Was machen wir jetzt?« Ich hörte die Küchentür aufgehen.

Robert legte den Finger an die Lippen und zog behutsam die Tür zu. »Hier kommen sie bestimmt nicht rein. Wenn der Alte weg ist, geht Hatch nach oben.«

Aus der Küche schallte dröhnend Grennie Miltons Stimme.

»Wenn sie doch reinkommen sollten, laß mich nur machen«, sagte Robert.

Die Kühlschranktür ging auf. Eis fiel klirrend in Gläser.

Ich wollte das Schiebefenster öffnen, aber das Fliegengitter war im Weg. »Wart doch«, flüsterte Robert.

Wie ein über den Radarschirm wandernder Lichtpunkt zeigte Miltons bedrückte Stimme den Weg der beiden durchs Eßzimmer in die Mitte des Hauses an, wo seine Worte verständlich wurden. »Aber irgendwas müssen diese Leute haben, Stewart. Sie wollen unsere Unterlagen bis zurück ins Jahr 1983. Findest du das nicht verdächtig?«

»Ach, komm«, sagte Hatch.

Die Schritte bewegten sich in den vorderen Teil des Salons. Die beiden Männer ließen sich in Sessel fallen.

»Mein Anwalt in Kentucky schlägt vor, mein Verfahren von deinem abtrennen zu lassen.«

»Diese Leute wissen nicht das geringste, weil sie nichts wissen können. So einfach ist das.«

»Ich hab keinerlei Interesse daran, im Gefängnis zu landen. Ganz und gar nicht. Hörst du mir überhaupt zu, Stewart?«

»Du meine Güte«, sagte Hatch. »Ich hör mir dein hysterisches Geplapper schon den ganzen Nachmittag an.«

»Dann paß mal auf. Wenn du auf die Schnauze fällst, dann ganz allein.«

»Nett von dir. Grennie, niemand fällt auf die Schnauze. Es ist alles Schall und Rauch. Wenn du dein Verfahren abtrennen läßt, sieht es so aus, als hätten wir beide Dreck am Stecken. Das ist genau der Eindruck, den wir vermeiden wollen.«

»Man bereitet doch schon die Anklageschrift vor – was für ein Licht wirft *das* auf uns?«

»Willst du wissen, weshalb man die Anklage vorbereitet? Die Ashton ist in der ganzen Welt herumgereist, um Leute auszufragen. Dabei hat sie Autos gemietet, ist mit dem Flugzeug geflogen, hat in hübschen Hotels gewohnt und teure Essen bezahlt. Und woher kommt sie? Aus Kentucky. Die Leute da hatten nicht die leiseste Ahnung, was für Spesen sie machen würde. Tja, und dann kommt sie mit leeren Händen zurück.«

»Aber…«

»Ashton kehrt in die Heimat des Bluegrass zurück und sagt: Tut mir leid, Jungs, außer Spesen nichts gewesen. Das *weiß* ich. Ihr Chef sagt: Ashton, mein Posten steht auf dem Spiel; wir können es uns nicht leisten, jetzt aufzugeben. Und was tun sie da? Sie erfinden eine Anklageschrift, Grennie, das tun sie, weil das Ashtons Spesen rechtfertigt. Wenn sich nichts Neues ergibt, können sie vielleicht wenigstens einen Deal rausschlagen. Es geht ihnen nur darum, ihr Gesicht zu wahren, das ist alles.«

»Und was ist mit dem Einbruch bei dir? Den kannst du doch nicht einfach abstreiten«, sagte Milton.

»Meine Alarmanlage hat nicht funktioniert. Irgend jemand ist eingedrungen und hat die Computer demoliert. Aber, Grennie, unsere Unterlagen hat er nicht mal angerührt. Das kann ich dir garantieren.«

»Ich hoffe, du hast recht«, sagte Milton. »Ich bin zu alt fürs Gefängnis.«

»Ich auch. Abgesehen davon hab ich es satt, daß mir Laurie ständig Knüppel zwischen die Beine wirft. Ich hätte sie nie in das verfluchte Komitee setzen sollen. Wieder mal ein Beispiel, daß es grundsätzlich 'ne dämliche Idee ist, jemand was Gutes zu tun. Was ist eigentlich mit Rachel?«

»Die hat mich schon einen Monat, bevor ich sie zu dem besten und teuersten kosmetischen Chirurgen weit und breit geschickt hab, total ausgenommen«, sagte Milton. »Ich kann mir nicht vorstellen, daß sie sich rächen will. Na gut. Wir drehen uns immer nur im Kreis. Ich muß nach Hause und mich umziehen, bevor ich mich mit Ming-Hwa treffe.«

»Wenn du dir über irgendwas Sorgen machen willst, denk doch mal über die nach«, sagte Hatch. »Aber was weiß ich schon?«

»Du bist bloß neidisch«, sagte Milton. Die beiden bewegten sich langsam zur Haustür und wiederholten dabei die Hälfte von dem, was sie bereits gesagt hatten. Dann polterten Miltons Schifferkähne die Einfahrt hinab.

Hatch schloß die Haustür, ging zur Treppe und ein paar Stufen weit nach oben. Dann hielt er inne und kam wieder herunter. Unten angekommen, marschierte er auf sein Büro zu. Robert zwinkerte mir zu und verschwand. Zurück blieb ein leerer Raum von seiner Form und Größe.

Der Türknauf drehte sich, die Tür ging auf. Ich tat das einzige, was mir übrigblieb, wenn ich nicht zum Angriff übergehen wollte – in dem Moment, in dem Stewart das Zimmer betrat, biß ich in die Zeit.

Als ich wieder klar sehen konnte, stand ich auf einem freiem Feld. Ich spürte die mir aus meinen früheren Reisen bekannten Schmerzen, wenn auch in geringerem Maße. Menschenleeres Grasland dehnte sich auf den Hügeln aus; mit ausgebreiteten Flügeln schwebten Vögel im makellosen Himmel. Ich ging in die Richtung, in der ich die zukünftige Bayberry Lane vermutete, und versuchte, mich an die Entfernung bis zur Straßenecke zu erinnern. Als ich meinte, in der Nähe meines Wagens zu sein, wiederholte ich mein Kunststück und landete auf der gekachelten Umrandung eines Swimmingpools. Einen Schritt weiter rechts, und ich wäre unter Wasser gewesen.

Mein Kopf fühlte sich gut an, und auch im Bauch spürte ich nur ein leichtes Stechen. Wer hingegen fast in Ohnmacht fiel, war die Frau, die drei Schritte vor mir auf einem Liegestuhl lag und nur mit der unteren Hälfte eines Bikinis bekleidet war. Sie zuckte hoch und griff nach einem Handtuch.

»Wo kommen *Sie* denn her?«

»Miss, es ist mir genauso peinlich wie Ihnen«, sagte ich. »Ich hatte gehofft, hier jemanden finden zu können, der mir weiterhelfen kann. Ich soll diesen Umschlag zu einer Adresse in der Bayberry Lane bringen, finde aber einfach nicht hin. Bitte verzeihen Sie mir.«

Sie steckte die Enden das Handtuchs unter die angewinkelten Oberarme und lächelte. »Wessen Haus suchen Sie denn?«

»Das von Mr. Hatch«, sagte ich.

»Sie wollen zu Stewart?« Sie deutete, ohne den Arm zu heben, in eine Richtung. »Das ist sein Haus.« In fünfzig Metern Entfernung ragte die graue Veranda über einen glatten, leuchtendgrünen Rasen. Ich war nicht einmal in der Nähe meines Wagens. »Gehen Sie die Elderberry Lane runter, biegen Sie rechts in die Loganberry Street ab, und dann geht's an der nächsten Ecke wieder rechts.«

Als ich an der Ecke in die Loganberry Street einbog, sah ich

Robert an meinem Wagen lehnen. Er grinste mich an. »Zum Teufel mit dir«, sagte ich.

»Ich hab ja gewußt, daß du meine Hilfe eigentlich gar nicht nötig hast«, sagte Robert. »Aber ich hoffe, du wirst mir sagen, wie du entkommen bist.«

»Mit meinem fliegenden Teppich«, sagte ich.

»Das wird ja immer geheimnisvoller. Was machen wir jetzt?«

»Ich fahre zu Laurie, und zwar ohne dich. Komm heute abend in den Brazen Head.«

»Du fährst mich nicht in die Stadt zurück?«

»Robert«, sagte ich, »ich glaube nicht, daß du irgendwelche Probleme haben wirst, allein in die Stadt zurückzukommen.«

Er salutierte ironisch, und dann war er fort. Ich ging zur Tür meines Wagens und hörte jemand sagen: »Mister?«

Auf der anderen Straßenseite stand eine Frau in Shorts und einem knappen Top und starrte mich an. »Ich muß Sie was fragen. Wie haben Sie das bloß gemacht?«

»Mein Bruder kennt den Trick, seit wir Kinder waren«, sagte ich. »Er hat unsere Mutter damit ständig auf die Palme gebracht.«

106

Als Laurie ihre Haustür öffnete, sah ich reine, ungetrübte Freude durch alle Turbulenzen ihres wunderschönen Gesichts strahlen. »Ned! Ich freue mich ja so. Komm rein.«

Sie glitt mir in die Arme. »Erzähl mir von der Beerdigung.«

»Die war ganz in Ordnung. Eine alte Freundin meiner Mutter namens Suki Teeter ist gekommen, außerdem Rachel Milton. Wir drei waren anschließend zusammen beim Mittagessen. Rachel ist eigentlich gar nicht so schlimm.«

»Ich sollte sie mal anrufen. Willst du was wirklich Erfreuliches hören? Ashleigh hat sich gemeldet, um mir zu sagen, daß sie an der Anklageschrift arbeiten. Womöglich hat Grennie nicht mehr viel Zeit, die wahre Liebe zu genießen.«

»Selbst Arschlöcher fallen manchmal auf die Schnauze.«

»Laß uns das mit einer richtig guten Flasche Wein feiern.« Sie ging in die Küche und kehrte mit einer Flasche exquisitem Cabernet und zwei Gläsern zurück.

Nachdem ich eingeschenkt hatte, sagte sie: »Ich muß dafür sorgen, daß Cobbie unter der ganzen Sache nicht zu sehr leidet. Ich hab keine Ahnung, wie man einem Kind beibringt, daß sein Vater ins Gefängnis kommt, aber ich will Cobbie beschützen. Jetzt ist er übrigens gerade weg. Posy ist mit ihm in *Aladin* gegangen.«

»Schön, dich mal allein zu sehen.«

»Ich hab viel nachgedacht.« Sie lehnte sich zurück. »Die Columbia University hat Posy als Doktorandin angenommen. Und Cobbie braucht bessere Lehrer, als er hier je bekommen könnte. Es wäre also sinnvoll, wenn wir nach New York ziehen würden.«

»Würde Posy bei euch bleiben?«

»Auf jeden Fall – und dann hätte Cobbie immerhin etwas Kontinuität. Außerdem bin ich begeistert von ihr. Ich will sie nicht verlieren. Wenn ich eine große Wohnung oder ein altes Reihenhaus kaufe, hätten wir alle genügend Platz.«

»Was dir da vorschwebt, kostet ein Vermögen«, sagte ich. »Und eine Privatschule frißt weitere zehn- bis fünfzehntausend Dollar im Jahr. Dazu kämen die Musikstunden. Kannst du dir das alles leisten?«

»Mit dem Treuhandvermögen, ja«, sagte sie. »Ich werde mir doch von Parker Gillespie nicht vorschreiben lassen, wie ich mein Leben führe.«

Das war der Grund, weshalb Laurie den Treuhänder angerufen hatte: Sie hatte schon darüber nachgedacht, nach New York zu ziehen, bevor sie mich kennengelernt hatte. »Das klingt wirklich toll«, sagte ich. »Ich wäre übrigens auch gern dabei, wenn Cobbie zum erstenmal Bach hört. Oder Charlie Parker.«

»Du sollst auch dabeisein. Cobbie braucht mehr als nur Musik.« Laurie lächelte in sich hinein, als hätte sie gemerkt, daß sie zuviel gesagt hatte. »Laß mich mal einen Schritt zurückgehen. Wäre es dir recht, wenn ich nach New York ziehe?« Sie rückte einen Zentimeter von mir weg und legte mir zum Ausgleich eine Hand aufs Knie. »Ich will dich nicht in Verlegenheit bringen.«

»Natürlich wäre es mir recht«, sagte ich. »Stell dir all die schönen Sachen vor, die wir zusammen unternehmen könnten.« Ich hörte mich das Wort »schön« sagen und wußte, daß ich von einer Wunschvorstellung sprach. Ich wollte, daß sie in Erfüllung ging.

»Was für Sachen?«

»Wir könnten in die Metropolitan Opera gehen. In die Frick Collection. Nach Greenwich Village an die Ecke Bedford Street und Barrow Street. Auf die Second Avenue an einem Sonntagmorgen im August, wenn alle Ampeln gleichzeitig auf Grün schalten und man meilenweit kaum einen Wagen sieht. Zum großen Rasen im Central Park. Zur Esplanade in Brooklyn Heights. Auf den Gotham Book Mart. Und in ungefähr hundert tolle Restaurants.«

»Wir finden unseren Lieblingsplatz und gehen da einmal im Monat hin, ganz feierlich.«

»Laurie«, sagte ich, »als du mit meinen Tanten in der Bibliothek warst, hast du sie da gebeten, ein paar Fotos mitzunehmen?«

»Wieso? Die Fotos waren doch verschwunden.«

Eine unschuldigere Antwort war kaum vorstellbar. Ich lachte. »Ich meinte andere Fotos.«

Sie sah verwirrt drein. »Weshalb sollte ich das tun?«

»Vergiß es, bitte. Hugh hat mir erzählt, Stewarts Familienfotos seien auch verschwunden. Das hat er festgestellt, nachdem du mit Nettie und May in der Bibliothek warst, und meine Tanten könnten das Empire State Building in ein paar Einkaufstüten stopfen, ohne daß jemand was merken würde. Ich weiß nicht, aber ich hab wohl gedacht, du hättest Stewart ein bißchen ärgern wollen. War ein dummer Einfall von mir. Verzeih mir.« Es war schlimmer als ein dummer Einfall – es war einfach lächerlich. Laurie hatte gar nicht wissen können, daß Stewart seine Sachen zurückfordern würde.

»Und jetzt fehlen zwei Bildersammlungen? Eure und die von Stewart?«

»Ein wirklich seltsamer Zufall, findest du nicht auch?«

»So seltsam, daß du gedacht hast, ich müßte etwas damit zu tun haben – ohne es dir im nachhinein zu erzählen. Das klingt so, als hätte ich nicht nur versucht, Stewart zu ärgern, sondern auch, dir etwas zu verheimlichen.«

Sie hatte recht: Es klang tatsächlich so. Ich mußte an Rachel Miltons kryptische Bemerkung über irgendwelche Fotos in der Bibliothek denken, aber durch Lauries Achtsamkeit hatte sich das Gespräch bereits meilenweit von allen Fragen entfernt, die ich mit meiner gedankenlosen Frage im Sinn gehabt hatte. »He«, sagte ich, »das ist mir jetzt zu schnell gegangen. Bei dir muß ich wirklich aufpassen, was ich sage.«

»Wer hat dich eigentlich zum Veteranenhospital gefahren?«

»Ich weiß schon«, sagte ich.

Ein Wagen rollte in die Einfahrt und hielt vor der Garage.

Laurie gab mir einen Kuß auf die Wange. »Denk immer daran, wer deine Freunde sind.«

Cobbie platzte herein und quietschte vor Vergnügen. »Ned, Ned, ich hab einen neuen Trick!«

Posy lächelte mir zu, stellte den Buggy ab und legte zwei Einkaufstüten auf die Theke. »Nach dem Kino hab ich ein paar Bücher und was von den CDs gekauft, die uns Ned empfohlen hat.«

»Ich hab einen *Trick!*« Cobbies Augen tanzten. Er roch nach Popcorn.

»Sagen Sie mir, wieviel Sie ausgegeben haben, dann schreibe ich es mit auf Ihren Scheck.« Laurie umarmte Cobbie. »Hallo, du Gauner. Hat dir der Film gefallen?«

»M-hm. Und ich ...«

»Du wolltest uns einen Trick zeigen.«

»M-hm.« Nach einer dramatischen Pause sang er eine eigentümliche Reihe von Tönen und brach dann lachend zusammen.

»Ich kapier's einfach nicht«, sagte Posy. »Das singt er schon die ganze Zeit, und jedesmal gerät er total aus dem Häuschen.«

Cobbie sang die merkwürdige Melodie wieder von vorn. Diesmal fand er sie so lustig, daß er nicht einmal bis zum Ende kam.

»Sing es noch einmal ganz«, sagte ich.

Cobbie pflanzte sich vor mir auf, sah mir direkt in die Augen und sang die gesamte Tonfolge.

Ich glaubte zu wissen, weshalb sie so eigentümlich klang. »Hm – stimmt's singen rückwärts etwas tust du, Cobbie?« Ich brauchte länger, um die Stellung der sechs Wörter zu verändern, als Cobbie gebraucht hatte, um die acht Töne einer Melodie umzudrehen.

»Hä?« sagte Laurie.

Glucksend trottete Cobbie zum Klavier und schlug lässig die entsprechenden Tasten an.

»Und jetzt spiel's richtig rum«, sagte ich.

Er spielte dieselben Töne in der umgekehrten Reihenfolge, dann grinste er Posy an.

»Ach du lieber Himmel«, sagte sie. »Das ist aus dem Film.«

»Whole New World«, sagte Cobbie.

»Dann ist die Sache klar«, sagte ich zu Laurie. »Er wird später in die Fußstapfen von Spike Jones treten.«

»Bleibt Ned zum Abendessen?« fragte Cobbie.

»Bleibt er?« Laurie sah mich an.

»Falls Cobbie und ich uns eine von den neuen CDs anhören dürfen, ja.« Nach dem Essen, dachte ich, würde ich noch einmal die Häuser am Buxton Place aufsuchen, um festzustellen, was Earl Sawyer in der Schublade versteckt hatte. Earl Sawyer war eine zutiefst beunruhigende Gestalt. Er hing der Vorstellung an, in H. P. Lovecrafts Geschichten werde eine tatsächlich vorhandene Realität beschrieben, und er war fast in Ohnmacht gefallen, als ich jene Erstausgabe mit dem Namen des Besitzers auf dem Vorsatzblatt in die Hand genommen hatte. Ich versuchte, mich an den Namen zu erinnern: Fleckner? Flecker? Fletcher. W. Wilson Fletcher von der Fortress Military Academy in Owlsburg, Pennsylvania.

Etwa eine halbe Stunde lang lauschte Cobbie selig dem Großteil von Haydns *Theresienmesse*. Gelegentlich wandte er sich zu mir um, wie um festzustellen, ob auch ich ein bestimmtes Klangwunder gehört hätte. Ab und an murmelte er »Hm« vor sich hin. Während des Credos sah er mich mit einem Ausdruck verwirrten Entzückens an. »Das nennt man eine Fuge«, sagte ich. Er wandte sich wieder der Musik zu und murmelte: »Fuuuge.« Als der Satz zu Ende war, erklärte er, jetzt sei es Zeit für Zeichentrickfilme, und raste in das Zimmer auf der anderen Seite des Kamins.

In der Küche pendelten Laurie und Posy anmutig zwischen Herd und Theke hin und her. Posy fragte mich, ob ich denn schon die neuen Bücher für Cobbie gesehen hätte, und ich ging ins Wohnzimmer zurück. Sie hatte kurze, für Kinder verfaßte Biographien von Beethoven und Mozart gefunden. Das letzte Buch in der Tüte allerdings waren *Die besten Grusel- und Schauergeschichten von H. P. Lovecraft.*

Ich trug den Band in die Küche und sagte: »Das haben Sie doch nicht für Cobbie gekauft, oder?«

»Aber klar doch«, sagte Posy. »Laurie und ich haben uns über das Buch unterhalten, das Sie neulich dabeihatten. Von diesem – wie hieß er noch – Rinehart? Dabei ging's doch auch um Lovecraft, und da bin ich neugierig geworden. Ein Typ aus dem Neurobiologieseminar ist ein großer Lovecraft-Fan. Ich hab noch nie etwas von ihm gelesen, deshalb wollte ich mal reinschauen. Wenn man so oft auf einen Namen stößt, kann das ja wohl kein Zufall sein.«

»Hm«, sagte ich und merkte, daß ich wie Cobbie klang.

»Das Flirten mit dem Personal ist streng verboten«, sagte Laurie und drückte mir die Weinflasche in die Hand. »In zwanzig Minuten sind wir fertig.«

Ich goß mir den Rest der Flasche ins Glas, setzte mich aufs Sofa und machte mich an die Lektüre von »Der Schrecken von Dunwich«.

Die Geschichte begann mit der plastischen Schilderung einer düsteren Gegend im Norden von Massachusetts. Eingezwängt zwischen bedrohliche Hügel liegt dort das Dorf Dunwich, von dem ein Geruch der Verwesung ausgeht. Durch lange Inzucht sind die Einwohner degeneriert. Die eigentliche Handlung setzt mit dem Auftritt von Lavinia Whateley ein, einer häßlichen, albinohaften Frau, die im Alter von fünfunddreißig Jahren den dunklen, an einen Ziegenbock erinnernden Wilbur zur Welt bringt. Schon mit sieben Monaten kann das Kind gehen, noch vor seinem ersten Geburtstag sprechen. Weit bevor er zehnjährig ist, zeichnet Wilbur sich durch wulstige Lippen, gelbliche Haut, borstiges Haar und die Gabe aus, Hunde in wilde Raserei zu versetzen.

Plötzlich hatte ich das Gefühl, daß sich irgendein Detail in meinem Hirn festgesetzt hatte wie ein Fleischfetzen, der unbemerkt zwischen den Zähnen steckenbleibt. Als ich zurückblätterte, entdeckte ich den folgenden Satz: *»Die einzigen Menschen, die Wilbur während der ersten vier Wochen seines Lebens sahen, waren Zechariah Whateley, ein Neffe des Alten, und Mamie Bishop, Earl Sawyers Lebensgefährtin.«*

Ich blätterte ein paar Seiten weiter und fand: *»Earl Sawyer begleitete beide Male die Reporter und Fotografen zu der Whateley-Farm hinaus…«*

Eine Gänsehaut lief mir über die Arme. Auch das konnte kein Zufall sein. Die Häuser am Buxton Place waren unter den Namen von Gestalten Lovecrafts gekauft worden, nun trug auch der Hausmeister solch einen Namen. Earl Sawyer verehrte Edward Rinehart, weil er Edward Rinehart war.

»Laurie«, sagte ich, ohne zu wissen, was ich eigentlich vorhatte, »ich glaube, ich hab gestern oben was vergessen.«

»Was?« rief sie zurück.

»Bin gleich wieder da.« Wie unter einem unheilvollen Zwang stehend, sprang ich mit großen Schritten die Treppe hinauf und ging in Lauries Schlafzimmer. Während ein Teil meiner Selbst von Grauen gepackt neben mich trat, zog ich die Kommodenschubladen auf und wühlte in Lauries Kleidern. Dann ging ich hinüber zum Kleiderschrank, um meine Untat auf die Spitze zu treiben.

Vom unteren Ende der Treppe her erscholl Lauries Stimme. »Was suchst du denn eigentlich, Ned?«

»Meine Sonnenbrille. Ich hab gerade erst gemerkt, daß sie weg ist.«

»Ich glaube nicht, daß sie hier im Haus ist. In fünf Minuten ist das Essen fertig.«

Ich lugte unters Bett und in den Nachttisch. Ich durchsuchte das Bad. Als ich wieder auf den Flur trat, warf ich einen Blick auf Cobbies Tür und ging weiter zu Posys Zimmer. Ich überlegte, ob ich hineinschauen sollte, besann mich jedoch eines Besseren und wandte mich zur Treppe. Am Ende des Flurs stand Posy Fairbrother und sah mich an.

»Danke, daß Sie nicht in mein Zimmer gegangen sind«, sagte sie. »Soll ich aus all dem schließen, daß Sie mir unterstellen wollen, ich hätte Ihre Sonnenbrille geklaut?«

»Nein, Posy, bitte«, sagte ich. »Ich hab mir nur überlegt, wo das verfluchte Ding sein könnte.«

»Ich glaube nicht, daß ich Sie je mit einer Sonnenbrille gesehen habe«, sagte sie. »Aber egal, wir können jetzt essen.«

Ich überstand das Abendessen, indem ich das Gespräch auf Zeichentrickfilme brachte – ein Thema, zu dem Cobbie eine Menge beizutragen hatte – und auf Haydns *Theresienmesse*, die ich mir gerade oft genug angehört hatte, um den Experten zu spielen. Posy warf mir argwöhnische Blicke zu; Cobbie, für den ein Abendessen mit den Erwachsenen etwas Besonderes war, trug ein paar seinem Alter gemäße Aperçus bei. (»Die Musik vorhin war wie sehr, sehr, sehr gutes Essen« und »Es ist toll, wenn die Sänger die Noten nicht *verschmieren.*«) Die beiden Frauen waren sichtlich verärgert, und meine Bemühungen, mich für das Theater wegen einer verlorenen Sonnenbrille und dafür zu entschuldigen, daß ich nach dem Essen gleich weg mußte, trugen auch nichts zu einer atmosphärischen Verbesserung bei. Perplex brachte Laurie mich zur Tür. Ich sagte, ich hätte den ganzen nächsten Tag zu tun, würde aber anrufen, wenn irgend möglich. Cobbie raste aus der Küche; ich nahm ihn hoch und gab ihm einen Kuß auf die Backe. Er wich zurück und sagte, indem er jedes Wort betonte: »Ich – will – noch – eine – FUUUGE – hören!«

107

Ich parkte einen Häuserblock südlich vom Brennan's und eilte in den engen Buxton Place. Das Zwielicht verwandelte sich zunehmend in echte Dunkelheit; in den Fenstern der alten Ställe glänzte Mondlicht. Wie erwartet, widersetzten sich die Türen und Fenster der beiden Häuser meinen Bemühungen. Ich trat auf die Pflastersteine ein, bis einer sich löste. Den wickelte ich in meine Jacke, trug ihn zu Nummer zwei und trat zum Fenster.

Eine Hand packte mich an der Schulter. Ich dachte, mir müßte das Herz stillstehen.

Einen Zentimeter neben meinem Ohr sagte Roberts Stimme, meine Stimme: »Hast du den Verstand verloren?«

Ich spürte den Wunsch, ihn mit dem Stein zu erschlagen.

»Du bist doch nicht etwa immer noch wütend auf mich, oder? Ich hab dir einen Gefallen getan.«

»Du hast mich einfach im Stich gelassen.«

»Bist du nicht kurz nach mir ebenfalls verschwunden?«

»Bin ich das?«

Er lachte leise. »Lieber Bruder, je mehr du in dir entdecken kannst, desto besser sind wir morgen dran.«

»Wo warst du?«

»Ich hab wieder mal was für dich ausgebügelt«, sagte er. »In der Blueberry Lane.« Sein Grinsen war unerträglich. »Irgend jemand mußte den Schaden ja wiedergutmachen. Ich hab mich für meine Launenhaftigkeit entschuldigt. Schließlich, hab ich gesagt, hätte ich Laurie und Posy ja noch nicht mal für das phantastische Essen gedankt, und ich könne nur um Verständnis dafür bitten, daß die Beerdigung meiner Mutter derart katastrophale Auswirkungen auf mein Benehmen gehabt habe. Die Sonnenbrille hätte ich im Wagen gefunden, und es tue mir leid, derart darauf fixiert gewesen zu sein. Blablabla. Ich weiß schon, manche Aspekte des menschlichen Wesens werde ich nie verstehen, aber deine Zuneigung zu dem kleinen Jungen verblüfft mich trotzdem. Ich mußte ihn geradezu gewaltsam von meinem Bein entfernen. Wenn du nicht aufpaßt, verdirbst du ihn noch.«

»Du bist mir gefolgt?«

»Nein. Ich habe im Le Madrigal ein frühes Dinner genossen. Julian hat so süß mit mir geflirtet, daß ich mich mit ihm für heute nacht um halb zwei zu einem Drink verabredet habe. Der Junge ist ganz aus dem Häuschen.«

»Du willst mit Julian ins Bett gehen?«

»Ich mache keine sinnlosen Unterschiede. Aber nun, da die Damen in der Blueberry Lane beschwichtigt sind, könntest du mir eigentlich sagen, wieso wir in diese Bruchbude einbrechen.«

»Wenn wir drin sind«, sagte ich.

Robert sickerte durch die Haustür von Nummer zwei. Wie immer sah es aus wie ein Spezialeffekt in einem Film. Dann schwang die Tür auf; ich ließ den Pflasterstein fallen und ging hinein.

»Schau, daß die Vorhänge ganz zu sind«, sagte Robert.

Ich zog an den Vorhängen, bis sie sich überlappten. »Kannst du was sehen?«

»Nicht viel mehr als du.« Er tastete sich zu dem Tisch in der Zimmermitte und hantierte an der Lampe. »Wenn Earl Sawyer dich hier schon herumgeführt hat, wieso sind wir dann noch mal hier?«

»Er heißt gar nicht Earl Sawyer«, sagte ich und berichtete, was ich wußte.

Diesmal schien ausnahmsweise Robert fassungslos zu sein. »Unmöglich, daß dieser häßliche alte Knacker Edward Rinehart ist. Er sieht überhaupt nicht aus wie wir, und dabei soll er doch unser Vater sein!«

»Vor dreißig Jahren hat er wahrscheinlich genau wie wir ausgesehen. Er hat ein erbärmliches Leben geführt, sich von gräßlichem Zeug ernährt und hat fünfundzwanzig Kilo Übergewicht. Außerdem ist er total meschugge, was das Aussehen bekanntlich stark beeinflußt.«

»Ich hätte ihn schon in dem verfluchten Cobden Building umbringen sollen.«

»Da wußte er übrigens genausowenig wie du, mit wem er es zu tun hatte. Er hat dich ja nicht richtig gesehen. Aber als er mich heute nachmittag hier reingelassen hat, war ihm mit Sicherheit klar, wen er vor sich hatte. Das geht gar nicht anders.«

»Weshalb hat er dann nicht versucht, dich umzubringen?«

Ich nannte den einzigen Grund, der mir plausibel schien. »Weil es ihm nichts nützt, bloß einen von uns beiden umzubringen.«

»Falsch, falsch, falsch«, sagte Robert. »Er weiß eben nicht, daß es zwei von uns gibt. Das ist der Grund, weshalb ich noch am Leben bin.«

»Er muß es einfach wissen, Robert«, sagte ich. »Vielleicht hat er uns damals nachts in Hatchtown gesehen. Er wartet bis morgen, weil er darauf zählt, uns dann zusammen zu erwischen. Aber was immer er versucht, wir haben einen Vorteil.«

Robert verstand, was ich meinte. »Er weiß nicht, daß *wir* Bescheid wissen.«

»Hoffentlich ist das tatsächlich ein Vorteil. Jedenfalls ist es der einzige, den wir haben.«

Stirnrunzelnd ging Robert durchs Zimmer und schaltete die anderen Lampen an. »Überleg dir bloß nicht im voraus, wozu ich bereit sein werde.«

»Robert«, sagte ich, »wir werden das tun, was wir tun müssen.«

Zwei parallele Vertiefungen durchzogen den Staub auf der Tischplatte, an der Earl Sawyer gestanden hatte, als er mich hereinrief. Eine war etwa zwanzig Zentimeter lang, die andere nur fünf. Ein Bilderrahmen, dachte ich, mitsamt seinem Pappständer. Ich zog die Schublade auf und fand nichts als Mäusekot. Was immer Sawyer vor mir versteckt hatte, er hatte es anschließend mitgenommen.

»Reizen wir ihn einfach bis aufs Blut!« Robert glühte buchstäblich vor Erregung. »Machen wir Edward Rinehart so wütend, daß er nicht mehr denken kann!«

»Und wie?«

Robert betrachtete die dreißig oder vierzig Exemplare von *Aus dem Jenseits.* »Wahrscheinlich hängt er ungemein an diesen Büchern.«

»Du hast eine ausgesprochen boshafte Phantasie«, sagte ich.

»Ich hab ein paar Streichhölzer dabei, aber wir brauchen mehr.«

»Ich glaube, da kann ich aushelfen«, sagte ich.

»Dann brauchen wir nur noch irgendein Metallding, das vielleicht nicht ganz so groß wie eine Badewanne ist. Ich will es draußen tun, damit wir das Haus nicht in Brand setzen.«

»Wart mal.« Ich ging durch die Tür in Nummer eins, tastete mich in die Küche, knipste das Deckenlicht an und kippte die Waschwanne um, die ich nachmittags schon dort gesehen hatte. Abfall ergoß sich auf den verdreckten Fußboden. Ich nahm die Wanne mit und fand Robert in einem kleinen, von Ziegelmauern umschlossenen Hinterhof unter dem immer dunkler werdenden Himmel. Robert wirbelte herum; ich stellte die Wanne ab und folgte ihm zu dem mit Rineharts Buch gefüllten Regal. Wir mußten dreimal gehen, um alle Exemplare in den Hof zu schaffen. Ich zog die Streichhölzer aus der Tasche und hob eines der Bücher auf.

»Noch nicht.« Robert bog die Buchdeckel zurück und riß die angeklebten Seiten vom Rücken. Dann teilte er den Papierstoß in kleinere Packen. Ich machte mich daran, den nächsten Band zu zerstückeln. Lose Seiten flatterten auf den Betonboden.

Als fast die Hälfte der Bücher zerstört war, kniete Robert sich neben die Trümmer. »Jetzt kommt der angenehme Teil der Sache.« Er riß ein Zündholz an und hielt es an die Unterseite eines Packens Seiten. Gelbe Flammen wanderten am ersten Blatt empor und griffen auf das nächste über. Robert drehte den Packen um. Die Flammen schrumpften und verloren an Stärke, dann krochen sie zum Rand und stabilisierten sich. Robert versenkte das brennende Papier in die Wanne und hielt einen zweiten Packen übers Feuer.

»Das ist die einzige Bücherverbrennung, an der ich mit halbwegs gutem Gewissen teilnehmen kann«, sagte ich.

»Jetzt mach mal halblang«, sagte Robert und gluckste vor Lachen.

Ich zerriß weitere Bücher, während Robert das Feuer schürte. Er legte die Papierstapel wie Holzscheite aufeinander, bis das Feuer sich in der ganzen Waschwanne ausgebreitet hatte. Brennende Fetzen erhoben sich in die Luft und schwebten auf die Mauern zu. Im Flug verbrannten manche Blätter so vollständig, daß nicht einmal Asche übrigblieb. Manche schrumpften zu schwebenden Lichtpunkten, zu Leuchtkäfern; andere wurden zu Flammenvögeln. Einige wenige brannten beim Aufstieg weiter und wirbelten wie Botschafter im Wind ihrer eigenen Zerstörung hoch empor in den Nachthimmel. Die Flammen ließen scharfe Schatten über die Mauern tanzen.

Als Robert sich über die Wanne beugte, erleuchtete ein unstetes Flackern aus Rot und Orange sein Gesicht. Es sah nahezu vollkommen aus und glich dem meinen nicht mehr, als das meine dem von Michelangelos »David« glich. Roberts krause Augenbrauen waren Streifen schwarzer Farbe, auf ganzer Länge von derselben glatten Stärke. Die Augen waren klar und leuchtend, die Nase so vollkommen, als hätte ein göttlicher Meißel sie geformt. Tiefe Schatten betonten die Konturen der Backenknochen und den breiten, ausgeprägten Mund. Das ganze Gesicht drückte Beweglichkeit aus, Selbstsicherheit, Anmut, Lebendigkeit und – während er die Leuchtkäfer und Flammenvögel in den Himmel tanzen sah – auch den schieren Hunger, der ihn im Angesicht der Zerstörung frohlocken ließ.

»Du bist dran.« Robert sprang auf, um einem aufsteigenden gelben Flügel nachzujagen.

Ich hockte mich neben die Waschwanne, legte Blätter nach und riß die Hand zurück, wenn plötzlich Flammen emporschossen. Unter dem Mantel des Feuers brodelten die Reihen von Lettern und kräuselten sich. Robert tanzte seinem entfliehenden gelben Flügel nach, bis dieser zu einer glühenden Ansammlung roter Fünkchen wurde; dann wirbelte er herum, um einen anderen Flammenvogel zur hinteren Mauer zu verfolgen. Er sah wie der Verehrer einer alten Gottheit aus. Sein Haar war geflochten mit Strängen aus goldenen Grashüpfern; ekstatisch brachte er sein Opfer dar. Dann kam mir in den Sinn, daß Robert nicht wie der Verehrer einer Gottheit aussah, sondern wie ein Gott selbst – ein Gott, der sich an Feuersbrunst und Unordnung ergötzt.

Er tanzte zurück, um einen Einband über die Flammen zu halten, bis eine gelbe Zunge über den grünen Deckel lief. Mein Gefühl der unbegreiflichen Tiefe dessen, was er gerade erlebte, verschwand in der Erkenntnis – wurde von ihr *ausradiert* –, daß seine Unersättlichkeit und die Intensität des Mangels, den er empfand, ihn für immer in der Kindheit gefangen hielten. Urplötzlich schien Robert mir wie behindert vom Gewicht all dessen, was er brauchte, und zum erstenmal begriff ich, daß er in einem Halbleben eingekerkert war, aus dem nur ich ihn befreien konnte. Robert brauchte mich dringender, als ich ihn je gebraucht hatte. In der neidvollen, mit Rauch erfüllten Kammer, die als seine Seele gelten konnte, war Robert sich dessen auch bewußt, selbst wenn er vorgab, es sei anders.

Sein wunderschönes Gesicht verfinsterte sich, als er bemerkte, daß ich ihn ansah.

»Ich hab gerade darüber nachgedacht, wie vollkommen wir uns auf die eine Weise gleichen, auf die andere jedoch gar nicht«, sagte ich und fing mir einen weiteren schrägen Blick ein.

Wir machten uns wieder an die Arbeit, bis sämtliche Exemplare von Edward Rineharts Buch sich in Asche und ein paar halb verbrannte Ruinen auf dem Boden der Waschwanne verwandelt hatten. Der Hof roch wie die Trümmer von Helen Janettes Pension. Schwarze, verkohlte Blätter bedeckten den Boden. Robert kickte eines davon in Fetzen. »Vernichten wir auch was von seinem Lovecraft!«

»Gute Bücher verbrenne ich nicht«, sagte ich, »aber du hast mich auf was anderes gebracht.« Ich ging ins Haus und sah, daß meine Hände mit Asche beschmiert waren. Wahrscheinlich galt dasselbe für mein Gesicht. Schon wieder distanziert, stand Robert im Türrahmen. Im Gegensatz zu mir war er völlig sauber. Unter Zuhilfenahme meines Taschentuchs zog ich *Der Schrecken von Dunwich* aus dem Regal. »Ich glaube, das ist der erste Lovecraft, den er gelesen hat. Ich möchte wetten, es ist seine Bibel.«

Robert stellte eine Spur von Interesse zur Schau.

»Er wird alles tun, um das Buch zurückzukriegen.«

»Dann lassen wir ihn im Quadrat springen.« Er sah auf seine Armbanduhr. »Mach dich sauber. Du schaust furchtbar aus.«

»Was ist mit morgen?«

»Unser Abenteuer beginnt normalerweise gegen drei oder vier Uhr nachmittags. Ich komme eine Weile vorher zu dir, ganz gleich, wo du dann bist. Mach bis dahin keine Dummheiten.«

»Danke, gleichfalls.«

Robert grinste mich an. »Ned hat einen Joker im Ärmel. Ned legt nicht alle Karten auf den Tisch. Jetzt hab ich aber doch noch eine Frage. *Wir* wissen, daß *er* weiß, daß wir zu zweit sind. *Er* weiß das aber nicht. Könntest du mir mal erklären, wie wir uns das gegen ihn zunutze machen sollen?«

»Genauso wie in Boulder«, sagte ich. Ich hatte nicht die Absicht, ihn über den Rest aufzuklären.

»Abgelehnt.«

»Du wirst gar keine andere Wahl haben. Es ist unsere einzige Chance.«

Robert starrte mich wütend an, sichtlich gefangen zwischen dem, was er als Wahrheit erkannte, und seiner Weigerung, dies auch zuzugeben. »Ich mache keinerlei Zusagen.«

Ich ging zu dem Tisch, von dem, wie ich vermutete, Earl Sawyer ein gerahmtes altes Bild von sich entfernt hatte. »Komm her.« Unwillig schritt Robert durchs Zimmer. »Halt deine Hand unters Licht.«

»Wenn's sein muß.« Er hielt seine rechte Hand unter die Lampe, die Handfläche nach oben gekehrt, die Finger ausgestreckt. Keinerlei Furchen durchzogen den Handteller; auf den Fingern waren keine Linien. Die Hand sah aus, als bestünde sie aus einem bemerkenswert lebensechten Kunststoff.

»Es waren nicht genug Handlinien für uns beide da«, sagte Robert. »Ich kann nicht behaupten, daß ich sie vermisse.«

Ihr Fehlen schmerzt dich mehr, als du zugeben willst, dachte ich.

Er zog die Hand aus dem Lichtkegel zurück. »Du mußt noch viel lernen.«

»Das hab ich immerhin gelernt«, sagte ich. Robert war schon fort.

108

Ein zerlumpter Junge hockte vor dem Lagerhaus in der Lavender Lane, die Hände zwischen den Knien, in den Fingern lässig eine Zigarette. Die Schultern zuckten, die Zigarette hob sich, der Mund umfing sie. Er hatte sich jede Geste eingeprägt, die Frenchy La Chapelle je gemacht hatte. Als ich auf ihn zukam, sprang er auf und glitt hinter die Tür. Ein Riegel schnappte zu.

Ich legte die Hände an die Tür und flüsterte: »Ich will mit Nolly Wheadle sprechen. Er braucht sich keine Sorgen zu machen.«

Die Worte verschwanden in Schweigen.

»Nolly? Du hast mir am letzten Freitag den Weg aus Hatchtown raus gezeigt. Ich will mit dir sprechen.« Auch diese Worte trafen auf ein abwartendes Schweigen. »Es sind fünf Dollar für dich drin.«

Ich hörte das Schlurfen von Füßen. »Zehn«, sagte eine frühreife Kinderstimme.

»In Ordnung«, sagte ich.

»Schieben Sie's unter der Tür durch«, sagte die Stimme.

»Erst will ich hören, wie du den Riegel aufmachst.«

»Zuerst das Geld.«

Ich schob den Schein unter die Tür. Der Riegel verließ seine Halterung, die Tür ging ratternd einen Spaltweit auf. Ich drückte mich hinein. Hinter mir schloß sich die Tür, worauf völlige Finsternis herrschte. Nicht in meine Richtung flüsterte Nolly: »Haut ab.« Kleine nackte Füße zogen sich über den gestampften Boden zurück. Nachdem sich meine Augen an die Dunkelheit gewöhnt hatten, sah ich undeutliche Silhouetten, die sich an der Wand niederließen wie Vögel vor dem Schlafengehen.

Schemenhaft bewegte Nollys Gestalt sich auf die Seitenwand des Lagerhauses zu. »Reden Sie leise.«

»Du erinnerst dich an mich.«

»Jau«, sagte Nolly.

»Zwei Männer haben uns verfolgt.«

»Es heißt, Sie haben einen davon erledigt.« Seine Stimme klang wie die Luft, die aus einem durchbohrten Reifen pfiff.

»Jemand hat sich um ihn gekümmert«, sagte ich. Nolly gab ein Zischen von sich, das, wie ich merkte, ein Glucksen war. »Ich glaube, es war noch jemand anders da. Jemand, der uns gesehen hat, sich dabei aber nicht gezeigt hat. Jemand, den du kennst. Ein Mann, der dir manchmal Geld gibt, damit du was für ihn erledigst.«

»Wir machen so was oft«, sagte Nolly. »Das ist nichts Besonderes.«

»Ich hab ihn heute getroffen. Er sagt, er heißt Earl Sawyer.« Im Hintergrund des alten Lagerhauses war Geflüster zu hören. »Ich glaube, manchmal trägt er einen schwarzen Mantel und einen schwarzen Hut.«

Nollys schattenhafte Gestalt erstarrte.

Eine Stimme aus dem Hintergrund sagte: *Der Schwarze Tod.*

»Maul halten!« zischte Molly.

»Ihr nennt ihn den Schwarzen Tod?« flüsterte ich.

Eine dünne Stimme sagte: *Zum Abdecker mit ihm, Nolly, zum Abdecker.*

Er beugte sich zu mir. »Sie hätten nicht von ihm hören dürfen, so jemand wie Sie, und außerdem haben Sie total was mißverstanden. Sie bringen zwei Leute zusammen, die nichts miteinander zu tun haben.«

»Was ist der Abdecker?« fragte ich Nolly.

»Der Ort, wo man hinkommt, wenn man nicht mehr zurückkommen soll«, flüsterte Nolly. »Und ich red nicht nur von den Pferden.«

Er wich zurück, aber ich packte ihn am Hemdschoß und zog ihn tiefer in die Ecke. Nolly ergab sich mit einer bedrückten, herzzerreißenden Passivität. Ich kniete mich hin und legte ihm noch einen Fünfdollarschein in die Hand. »Ich weiß, du hast Angst. Auch ich hab Angst. Aber die Sache ist wichtig für mich.«

»Geht es um Leben oder Tod?«

»Um Leben oder Tod.«

So leise, daß ich ihn kaum verstehen konnte, flüsterte Nolly: »Es gibt 'nen Namen, den man nicht sagen darf, weil der, dem er gehört, durch die Wände hören kann. Wer ihn sieht, wenn er nicht gesehen werden will, dem tut es mächtig leid. Das ist S. T. Wissen Sie, wen ich mit diesem Namen meine?«

»Ja«, flüsterte ich zurück.

»Er lebt in der Nacht, und er war schon immer da. S. T. ist kein richtiger Mensch. Die meisten von denen da hinten meinen, er ist ein Vampir. Ich sag, er ist kein Vampir, sondern ein Dämon aus der Hölle.«

»Er war schon immer da?«

»Man hat ihn gemacht, als man Hatchtown gemacht hat. S.T. *ist* Hatchtown, glaubte ich. Deshalb ist ja auch alles so, wie's ist.«

»Wie ist es denn?« fragte ich.

Nolly gab ein verächtliches Geräusch von sich. »Das Wasser ist schlecht, und die Kanalisation funktioniert nicht. Immer, wenn's eine Flut gibt, werden wir überschwemmt und mit Schlamm bekleistert. So ist Hatchtown eben. S.T., der ist wie wir, bloß daß er ein Dämon ist. Wenn's einen Mr. Hatch gegeben hat, war's er, der S.T. gemacht hat. Mir wär es lieber, wenn er es gelassen hätte.«

Ich lehnte mich mit dem Rücken an die Wand und schlug die Hände vors Gesicht.

Nolly beugte sich wieder zu mir. »Earl Sawyer kostet noch fünf Dollar.« Ich gab ihm den Schein.

»Mr. Sawyer ist ein mieser alter Mann«, sagte Nolly. »Er würde eher nach einem treten, als was Freundliches zu sagen. Das tut er nämlich nie.«

»Wo wohnt er?«

»Normalerweise seh ich ihn in der Nähe von der Leather Lane. Aber wenn er in seinem Bau verschwindet, tut er's wie ein Fuchs – man sieht ihn nicht.«

»Das reicht«, sagte ich und richtete mich auf. Nolly drängte mich zur Tür und zog sie auf. Ich trat auf die Gasse, und zu meinem Erstaunen folgte er mir. Was ich von seinem Gesicht sehen konnte, sah aus wie ein Baseballhandschuh. Er blickte von einer Seite zur anderen und flüsterte etwas so leise, daß ich nur die Bewegung seiner Lippen sah.

Ich bückte mich, und er brachte den Mund nah an mein Ohr. »Nach dem, was ich gehört hab, hat man Sie vor zwei Tagen nachts in der Fish Lane gesehen – zusammen mit Joe Staggers aus Mountry.«

»Schon möglich«, flüsterte ich. Mir wurde klar, daß diese Burschen alles mitbekamen.

»Joe Staggers ist nicht wieder aufgetaucht. Nicht, daß ihm jemand 'ne Träne nachgeweint hätte. Jedenfalls nicht in Hatchtown. In Mountry auch nicht, schätze ich.«

»Der gute Mann wurde abberufen«, sagte ich.

»Muß ja ein mächtig starker Ruf gewesen sein.«

Was meinte Nolly; worauf wollte er hinaus? »Zu stark für ihn jedenfalls.«

»Man hat eine Kanone gehört, aber getroffen wurde niemand«, sagte Nolly. »So was ist nicht Ihr Stil, was?«

»Nolly«, flüsterte ich, »willst du mir irgendwas sagen?«

Er hob eine Schulter und zog an seinem Hosenbund, trat von einem Fuß auf den anderen und bewegte ruckhaft den Kopf auf und ab. Er zerrte an seinen Ärmeln und kniff die Augen zusammen, als würde er um die Biegung der Gasse blicken wollen. Seine Imitation von Frenchy La Chapelle war noch besser als die des Wachpostens. Frenchy war einst eines dieser Kinder gewesen, wurde mir klar; er hatte seine Nächte in dem alten Lagerhaus in der Lavender Lane verbracht und S.T., dem Vampir von Hatchtown, gelegentlich Dienste geleistet. Offenbar hatte er diese Aufgabe bis ans Ende seines erbärmlichen Lebens beibehalten.

Nolly versuchte noch immer, um die Ecke zu blicken. »Kennen Sie die Horsehair Lane?«

Ich schüttelte den Kopf.

»Die Horsehair ist *eng*, und sie ist *dunkel*. Sie windet sich *hin* und *her*. In der Horsehair kommt man dahin, wo man hin will, ohne daß jemand merkt, daß man schon fort ist. Die normalen Leute sehen sie nie, weil sie so ist, wie sie ist.« Wieder brachte Nolly den Mund an mein Ohr. *»Er* benutzt die Horsehair. Wenn Sie ihn also finden wollen, was ich selber aber nie versucht hab, finden Sie ihn vielleicht da.«

»Wo ist sie?«

»Überall«, flüsterte Nolly. »Zum Beispiel gleich da drüben.« Er deutete mit seiner schmutzigen Hand auf eine kaum sichtbare Lücke zwischen zwei Gebäuden und verschwand wieder im Lagerhaus.

109

Ich trat in die Einmündung, die Nolly mir gezeigt hatte. Vor mir führte ein enger Gang sechs Meter weit oder so ins Dunkel, bevor er sich nach links bog. Ich hatte das Gefühl, als hätte Nolly Wheadle mir das Geheimnis im Geheimnis gezeigt, den Schlüssel zum wahren Innenleben von Hatchtown. Die Horsehair Lane führte mich zur Raspberry Lane und dann in die öde kleine Barrel Lane, wo sie zu einem gewundenen Pfad wurde, der, wie ich hoffte, auf den Veal Yard zuführte. Von den eng zusammenstehenden Mauern hallten von anderen Gassen stammende Geräusche wider. Ein Gestank, der mich an den von Joys Haus erinnerte, stieg mir in die Nase und versank wieder in den Ziegeln. Irgendwo in der Nähe hörte ich jemand »Chattanooga Choo-Choo« summen und sah im Geiste Piney Woods die Leather Lane entlangstolpern. Als ich endlich in den Veal Yard hinaustrat, sah ich, daß sich die Horsehair Lane jenseits des trockenen Brunnens wie ein Papierschlitz wieder auftat, und wußte, wie Edward Rinehart den ersten Auftritt von Robert vor meinen Augen beobachtet hatte.

VI

Wie ich meinen Geburtstag verbrachte

110

Am folgenden Morgen gratulierte ich mir selbst zu meinem fünfunddreißigsten Geburtstag in der Hoffnung, auch den sechsunddreißigsten zu erleben. Was Geburtstagsgeschenke anging, war das simple Überleben einfach unschlagbar. Nachdem ich mich mit einem frischen weißen Hemd, grauen Hosen, einer gerippten Krawatte und meinem Blazer für Tobys Beerdigung feingemacht hatte, griff ich nach dem Telefon und erkundigte mich nach der Nummer der Fortress Military Academy in Owlsburg, Pennsylvania. Wer war W. Wilson Fletcher, fragte ich mich, und wie war Rinehart an sein Buch gekommen? Wenn Fletcher den Zweiten Weltkrieg überstanden hatte, war er wahrscheinlich immer noch am Leben und würde sich womöglich daran erinnern, das Buch einem Mitschüler überlassen zu haben.

Ich erklärte einem gewissen Captain Lighthouse, der für die Absolventen zuständig war, ich recherchiere gerade für einen ausführlichen Feuilletonartikel im *Edgerton Echo*, bei dem es um die größte H.-P.-Lovecraft-Sammlung der Welt gehe. Am Rande solle auch die Geschichte des Grundsteins dieser großartigen Sammlung beschrieben werden, einer Erstausgabe von *Der Schrecken von Dunwich*. Deshalb wolle ich mich mit W. Wilson Fletcher, dem ursprünglichen Besitzer, in Verbindung setzen, der in dem Buch seinen Namen, den der Akademie und die Jahreszahl 1941 hinterlassen habe.

»Sir, hat Fletcher seinen Namen ohne irgendeinen Rang eingetragen?«

»Ja, nur seinen Namen.«

»Dann war er ein Kadett. Moment, ich sehe mal im aktuellen Verzeichnis der Absolventen nach.« Er ließ mich eine Weile warten. »Ein W. Wilson Fletcher ist nicht im Verzeichnis aufgeführt, was zwei Dinge bedeuten kann. Entweder ist er schon verstorben, oder er hat hier Schiffbruch erlitten, etwas, was wir hier allerdings nicht gern sehen. 1941, sagten Sie?«

»Richtig.« Ich widerstand der Versuchung, *Jawoll!* zu sagen.

»Ich werde die Schülerliste von 1941 und den Jahren davor und danach überprüfen.«

Ich fragte Lighthouse, ob er selbst ein Absolvent der Schule sei.

»Jawohl!« sagte er. »1970 habe ich hier meinen Abschluß gemacht. Dann hab ich meine zwanzig Dienstjahre abgeleistet und bin wieder zurückgekommen, um in meiner alten Schule auszuhelfen. Ich liebe diesen Ort, ganz ehrlich. Also, dann wollen wir mal sehen. 1941… nein, da finde ich nichts. Vielleicht war er in dem Jahr in der Artillerie, dann hätte er 1942 abgeschlossen. Ja, da ist er: Wilbur Wilson Fletcher, Abschlußjahrgang 1942. Kein Wunder, daß er seinen ersten Vornamen abgekürzt hat. Ich nehme an, Sie werden unsere Schule in Ihrem Artikel erwähnen?«

»Natürlich«, sagte ich.

»Wenn es Ihnen nichts ausmacht, noch mal ein bißchen zu warten, kann ich noch ein paar andere Quellen anzapfen. Der Ehrentafel der Akademie können wir entnehmen, ob Fletcher während seines Militärdienstes gefallen ist. Finde ich dort nichts, werde ich es bei Major Audrey Arndt versuchen. Sie führt die Geschäfte der Akademie. Major Arndt ist seit 1938 hier und erinnert sich an alles und jeden. Wir kämen kaum ohne sie aus. Haben Sie etwas dagegen zu warten?«

»Überhaupt nicht. Ich bin ohnehin ganz überrascht, daß Sie zu dieser Zeit noch auf dem Campus sind.«

»Ich arbeite das ganze Jahr über, und der Major findet Ferien ohnehin überflüssig. Warten Sie bitte, Sir.«

Captain Lighthouse ließ mich zehn Minuten warten. Sie kamen mir vor, als hätte ich währenddessen genügend Zeit, um mein Zimmer neu zu tapezieren. Ich schloß daraus, daß Wilbur weder geholfen hatte, auf Iwo Jima die amerikanische Flagge aufzupflanzen, noch die Tapferkeitsmedaille des Kongresses erhalten hatte. Als ich das Telefon zum Tisch trug, fiel mir zum erstenmal auf, daß jemand mit sorgfältiger, ja beinahe künstlerischer Präzision seine Initialen und ein Datum ins Holz geschnitzt hatte: *P. D. 17. 10. 58.* P. D. hatte gute Arbeit geleistet. Die geradezu kalligraphisch ziselierten Buchstaben und Ziffern verliefen in einem Bogen entlang der Tischkante und waren zu klein, um einem aufzufallen, wenn man nicht genau hinsah. P. D., folgerte ich, hatte unter schauderhafter Langeweile gelitten. Ich fragte mich, ob er wohl ein Musiker gewesen war, der auf den Beginn seines Konzerts gewartet hatte.

Ein Klicken in der Leitung, dann teilte die gedrückt klingende

Stimme von Captain Lighthouse mir mit: »Major Arndt möchte mit Ihnen sprechen.« Ein zweites Klicken.

Eine barsche Frauenstimme sagte: »Hier Major Arndt, Mr. Dunstan. Bitte erläutern Sie mir Ihr Interesse an Kadett Fletcher.«

Ich wiederholte meine Geschichte. »Ich hatte gehofft, mit Mr. Fletcher sprechen zu können, und mir gedacht, Ihre Akademie könnte mir seine Telefonnummer mitteilen.«

»Mr. Dunstan, die Fortress Military Academy ist gern bereit, mit der Presse zusammenzuarbeiten, aber eine solche Zusammenarbeit hat gegenseitigen Charakter. Ich brauche Ihre Zusage, daß alles, was ich Ihnen sagen werde, diskret und geschmackvoll behandelt wird. Außerdem werden Sie sich verpflichten, mir vor der Veröffentlichung einen Entwurf Ihres Artikels zu faxen.«

Ich spürte ein Kribbeln auf der Haut. »Einverstanden.«

»Mr. Dunstan, Sie rühren – offenbar unwissentlich – an den unglückseligsten Vorfall in der Geschichte unserer Akademie. Artilleriekadett Fletcher ist kurz vor den Weihnachtsferien des Jahres 1941 von einem Eindringling angegriffen und getötet worden. Es ist nie herausgekommen, wer der Täter war. In der Folge hat unsere angesehene Institution viel unwillkommenes Aufsehen in der Öffentlichkeit erregt.«

»Was Sie nicht sagen!«

»Es wäre mir lieber, wenn Sie den Tod von Artilleriekadett Fletcher in Ihrem Artikel nicht erwähnen würden. Zumindest bitte ich Sie, ihn als bedauerliche Tragödie darzustellen und es dabei bewenden zu lassen.«

»Major Arndt«, sagte ich, »mein Artikel erfordert in keiner Weise, einen fünfzig Jahre alten Skandal auszugraben. Ich möchte Sie jedoch um einen weiteren Gefallen bitten, selbstverständlich unter denselben Bedingungen.«

»Bitte«, sagte sie.

»Kadett Fletcher kann mir nun zwar nicht mehr sagen, wie er das Buch erworben und an wen er es weitergegeben hat, doch könnten manche seiner Klassenkameraden mir vielleicht weiterhelfen. Wenn Sie bereit wären, mir die Adressen der Schüler der Jahre 1939 bis 1942 zu faxen, kann ich damit weiterarbeiten. Nichts, was ich über die Umstände von Fletchers Tod erfahren könnte, wird in meinem Artikel auftauchen. Ich bin ausschließlich am Schicksal des Buches interessiert.«

»Sie werden eine Menge Zeit vergeuden, Mr. Dunstan.«

»Hier beim *Echo,* Major, haben wir ein sehr spezielles Verhältnis zur Zeit«, sagte ich.

111

Der gleiche Ford, wie ich ihn hatte, schaukelte auf die lange Reihe von Wagen zu, die auf der schimmernden Zufahrt standen. C. Clayton Creech, in einem dunkelgrauen Schurwollanzug und einem grauen Filzhut, betrachtete die versammelte Trauergemeinde mit der üblichen unvergleichlichen Kühle. Ich warf einen Blick auf den Grabstein neben Tobys Grube: HENRIETTA »QUEENIE« DUNSTAN, 1914–1964, EINE VIRTUOSIN OHNEGLEICHEN.

»Unter uns«, sagte ich zu Creech, »wieviel von einem Ganoven hatte Toby eigentlich an sich?«

»Verurteilt wurde er nur einmal«, sagte Creech gedehnt. »Irrtümlich.«

Weiter unten stellte sich der Doppelgänger meines Taurus ans Ende der Autoschlange. Mr. Tite verließ den Fahrersitz und öffnete Helen Janette die Tür.

»Es hatte nichts mit der Adoptionsgeschichte zu tun?« fragte ich.

»Hazel hat den Mund gehalten.« Creech hatte kaum einen halben Blick in ihre Richtung geworfen.

»Was war es dann?«

»Purer Schwachsinn.«

Helen Janette und ihr Wachhund erreichten die Anhöhe. Frank Tite tat so, als würde er nicht bemerken, daß Helen Janette auf mich zuging.

Der Anwalt griff an seinen Hut. »Guten Tag, Mrs. Janette.«

»Mr. Creech, ich muß Ihrem Freund etwas sagen.« Sie winkte mich beiseite. »Ich möchte mich für mein Verhalten in der Brandnacht entschuldigen. Ich war in einem erbärmlichen Zustand und konnte nicht klar denken.«

»Es muß furchtbar für Sie gewesen sein«, sagte ich.

»Wenn man alles verliert, was man besitzt, weiß man, was ein Wort wie ›furchtbar‹ bedeutet. Ich begreife einfach nicht, wie der kleine La Chapelle so durchdrehen konnte.«

»Sie kannten ihn?«

»Frenchy ist gleich um die Ecke von mir aufgewachsen. Er und Clyde Prentiss – die beiden haben gleich von Anfang an knietief in der Bredouille gesteckt.«

Die Nachzügler unter den Trauergäste gesellten sich zu der Menge hinter Tobys Grab. Mit zwei, drei Ausnahmen waren alles Schwarze, und alle hatten sich dem Anlaß entsprechend gekleidet.

»Das Grundproblem ist *Hatchtown*«, sagte Helen Janette. »Wer braucht schon ein Tagungszentrum? Statt dessen sollte Stewart Hatch das ganze Viertel abreißen und von Grund auf neu wieder aufbauen – oder wenigstens die Häuser richten lassen. Ihre Verwandten wären auch ganz froh, wenn in der Cherry Street etwas geschehen würde, oder?«

»Bei denen weiß man nie«, sagte ich. »Aber wieso hätte Hatch etwas damit zu tun?«

»Ach, schon gut«, sagte sie und ging davon.

Mr. Spaulding postierte sich neben das offene Grab. Das leise Murmeln der Trauergemeinde verstummte.

»Liebe Freunde und Nachbarn, Mr. Kraft hat auf die Anwesenheit eines Geistlichen bei seinem letzten Gang verzichtet, jedoch alle hier Anwesenden aufgefordert, sich spontan zu äußern. Wollen Sie Ihren Gefühlen also Ausdruck verleihen, so treten Sie vor und sprechen Sie von ganzem Herzen.«

In der Menge entstand eine kleine Bewegung, dann trat eine ältliche Frau vor. Als sie den Kopf hob, funkelte das Sonnenlicht in ihren Brillengläsern.

»Ich würde Toby Kraft zwar keinen engen persönlichen Freund nennen, aber ich hab den Mann geschätzt. Er war ehrlich zu seinen Kunden. Er hat alle Leute mit Respekt behandelt, und er hatte ein großes Herz. Ja, Toby hatte eine rauhe Seite, doch hat es Zeiten gegeben, in denen er vielen von uns hier seine helfende Hand geboten hat.« Die Menge murmelte beifällig. »Nach meiner Meinung war Toby Kraft jemand, der etwas auf dieser Welt bewirkt hat. Das ist alles, was ich zu sagen habe.«

Einer nach dem anderen traten sieben weitere Personen neben das Grab und sprachen über Toby. Ein weißhaariger Mann sagte:

»Es hatte nie den Anschein, als wär Toby ein romantischer oder sentimentaler Mensch, aber niemand kann bestreiten, wie sehr er seine Frau geliebt hat.«

Ich fragte Creech, ob er jemals Queenie kennengelernt habe.

»Toby war total hingerissen von ihr«, sagte er. »Wenn sie's drauf angelegt hat, ist ihm der Kiefer heruntergeklappt. Die beiden haben mich oft zum Abendessen eingeladen, und Queenies Süßkartoffelpie war besser als alles, was ich vorher oder nachher gegessen habe.« Creech lächelte in sich hinein. »Ihr Pie war der einzige, der sich vor meinen Augen ein paar Zentimeter von der Tischplatte gehoben hat, als flehe er darum, verschlungen zu werden.«

Die letzte Rednerin sagte: »Mr. Kraft hat sich benommen, als würde er Radkappen und Rasierklingen zum Frühstück essen, aber er stand auf unserer Seite. Einmal hat er zu mir gesagt: ›Georgia, ich bin vielleicht ein Arschloch, aber zu meinem Job gehört es, auf dich aufzupassen.‹ Er hat mir geholfen, die Beerdigung meines Mannes zu bezahlen. Als meine Tochter nach Atlanta aufs Morehouse College gegangen ist, hat er ihr jede Woche Geld geschickt und nie was dafür verlangt. Ich sage: Toby Kraft war ein wahrhaft guter Mensch.«

Mr. Spaulding schob sich durch die Menge, um seinen zukünftigen Kunden die Hände zu schütteln. Die Trauergemeinde bewegte sich auf die Wagen zu.

»Alles in allem war Toby ein großartiger Kerl«, sagte C. Clayton Creech. Er warf mir einen eidechsenähnlichen Blick zu. »Ich hoffe, Sie bereuen Ihre Entscheidung von vorgestern nicht?«

»Toby hätte sie gutgeheißen«, sagte ich.

»Ich hab mich immer über seine schrullige Ader gefreut. Die meisten meiner Kunden schotten sich gegen so was ab. Je älter ich werde, desto mehr schätze ich das Vorhandensein eines Hangs zur Phantasie.«

Wir gingen die Schräge hinab. »Was war der Grund für seinen Gefängnisaufenthalt?«

Creechs Autoschlüssel blinkten in seiner milchweißen Hand. »Ich nehme an, er hatte genug Phantasie, um zu erkennen, daß er keine andere Wahl hatte.«

112

Die Tanten hantierten geschäftig am Herd. Clark sah vom Tisch auf. Er trug einen prachtvollen kanariengelben Sportsakko. »Schau mal, Junge, ich hab mir zur Feier deines Geburtstags 'nen neuen Sakko besorgt!«

»Alles Gute zum Geburtstag!« rief Nettie und gab mir einen Kuß auf die Wange. »Bleib, wo du bist, ich hol dir dein Geschenk«, sagte May.

»Bei der Beerdigung vom alten Toby war wohl nicht viel los, was?« sagte Clark.

»Doch, eine Menge Leute sind erschienen«, sagte ich. »Manche haben darüber gesprochen, wie sehr er Queenie geliebt hat.«

»Das muß man ihm zugestehen«, sagte Nettie. »Sobald Toby Kraft meine Schwester gesehen hatte, war er wie verzaubert.«

»Übrigens wollte ich euch was fragen«, sagte ich.

May kehrte mit einer Plastiktüte zurück, die das Emblem eines Lebensmittelgeschäfts trug. Sie sah geradezu kokett drein. »Als ich dir damals die Socken und Unterhosen geschenkt hab, Ned, hab ich mir ein Geheimnis für deinen Geburtstag vorbehalten.«

»Du schenkst mir ein Geheimnis zum Geburtstag?«

»Jetzt wird es keines mehr sein.« Sie zog einen rosafarbenen Sportsakko aus der Tasche, der wahllos mit Golftaschen, Golfschlägern und grünem Rasen, aus dem Fähnchen ragten, bedruckt war. Grenville Milton wäre begeistert gewesen.

Ich zog meinen Blazer aus und schlüpfte in Mays extravagante Symphonie in Rosa. Sie saß perfekt.

»Verflucht, Junge«, sagte Clark, »jetzt siehst du aus wie jemand, der weiß, wie man sich's gutgehen läßt.«

»Es gibt noch eine Überraschung«, sagte Nettie. »Süßkartoffelpie. Meiner ist genausogut wie der von Queenie, du wirst schon sehen.«

»Was habt ihr sonst noch in Arbeit?« fragte ich.

»Gebratene Rippchen und meine Kuhbohnen. May hat selbstgemachtes Brot mitgebracht. Dazu gibt's Marshmallow-Salat aus dem Kochbuch der ›Ladies of Galilee‹, und außerdem ist noch viel von dem Thunfischauflauf von gestern da. Ums *Essen* müssen wir uns also keine Sorgen machen.«

»Nach all dem Kummer haben wir uns ein Fest ja auch verdient«, sagte Clark. »Jetzt, wo er dahingegangen ist, vermisse ich den alten Toby mehr, als ich gedacht hätte. Hat man irgendwelche Fortschritte dabei gemacht, seinen Mörder zur Strecke zu bringen?«

»Ich glaube nicht.«

»Ein wahrer Jack the Ripper läuft in Edgerton herum, aber das will die Polizei nicht zugeben. Ich sag euch auch, warum. Es würde die Bevölkerung in Panik versetzen.«

»Es geht nicht nur um Jack the Ripper«, sagte Nettie bedeutungsvoll.

»Das stimmt. Nehmen wir nur mal die Vorfälle in College Park gestern nacht.«

Es war, als hätte mich eine Biene gestochen. »Was für Vorfälle?«

»Gegen ein Uhr nachts haben die Leute ein furchtbares Getöse gehört. 'ne Menge Fenster sind aus dem Rahmen gesprungen. Es heißt, ein Licht hätte den Himmel erfüllt, und dieses Licht sei *blau* gewesen.«

»Das ist zweifellos ein Zeichen«, sagte May.

»Im Radio hat heute jemand behauptet, für das Spektakel wär ein Raumschiff mit Außerirdischen verantwortlich gewesen. Das ist eine Erklärung, die Beachtung verdient.«

Durchs Küchenfenster sah ich den alten Gartentisch, der mit einer Papiertischdecke geschmückt war, auf der Krüge mit Kirschgetränk und Eistee standen. »Wirklich schade, daß Joy nicht hiersein kann.«

»Joy wollte heute morgen nicht mal mit mir sprechen«, sagte May. »Es würde mich nicht wundern, wenn sie inzwischen Bedenken hat, Clarence ins Heim zu stecken.«

Ein warnendes Prickeln wanderte mir durch die Brust. Seine geringe Intensität wies darauf hin, daß mir noch drei oder vier Stunden bis zum Einsetzen des Anfalls blieben. »Mr. Creech war auch bei der Beerdigung«, sagte ich. »Ich hab ihn gefragt, weshalb Toby im Gefängnis war, aber er wollte nichts sagen.«

»Heute«, sagte Clark, »sollten wir der guten Eigenschaften dieses Mannes gedenken, nicht seiner Missetaten.«

»Die zahllos waren«, sagte Nettie.

»Unzählig wie die Sandkörner am Meeresstrand«, sagte May. »Kann die Feier jetzt beginnen?«

Auf der anderen Seite des Gartentischs widmete Clark sich hingebungsvoll einer einzelnen Kuhbohne. Auf den Papptellern der Tanten hatten sich ansehnliche Knochenhaufen gebildet. Meine Warnsignale summten im Hintergrund ruhig vor sich hin. Alle am Tisch spürten das warme, wohlige Gefühl, das man nach einem guten Essen hat. In eben dem Moment, in dem ich mir überlegte, das Gespräch wieder auf Toby Krafts Gefängnisaufenthalt zu bringen, nahm May mir die Mühe ab.

»Nettie, weißt du noch? Als man Toby verurteilt hat, hatte Queenie immer noch den kleinen Eisschrank. Sie war ganz vergrätzt, weil sie wußte, sie würde volle sechs Monate lang keine Zeit haben, sich einen neuen auszusuchen. Als Toby zurückkam, hat er Queenie gesagt, sie soll sofort einen neuen Kühlschrank besorgen.«

»Wenn er nur sechs Monate gesessen hat, war sein Verbrechen offenbar nicht allzu schwerwiegend«, sagte ich.

»Es war nicht nur nicht schwerwiegend«, sagte May, »er hatte es gar nicht begangen. Warum sollte Toby Kraft bei irgend jemand einbrechen? Wenn ihm der Sinn danach gestanden hätte, hätte er an seiner Stelle irgendeinen Trottel hingeschickt.«

»Er war die ganze Zeit zu Hause bei Queenie.« Nettie sah mich an. »Das hat sie auch ausgesagt, aber die Jury hat sich entschieden, ihr nicht zu glauben, was auf die Behauptung hinausgelaufen ist, sie habe einen Haufen Lügen erzählt. Unsere Schwester war ein Bild der Ehrlichkeit. Sie war ehrlich wie das helle Tageslicht.«

»Manchmal«, sagte May, »war die Ehrlichkeit unserer Schwester von der Art, daß man sich nachher die Wunden lecken mußte. Ned, ich möchte noch ein paar Rippchen, bitte, und ein bißchen vom Salat der ›Ladies of Galilee‹.«

»Hat Toby nichts gesagt, um seinen Kopf aus der Schlinge zu ziehen?« fragte ich.

»Hat er nicht, konnte er nicht, wollte er nicht.« Nettie nahm von May die Schüssel mit Marschmallow-Salat entgegen und löffelte sich die Hälfte davon auf den Teller. Ihre Empörung siegte über ihre Zurückhaltung. »Toby hat kaum mit seinem eigenen Anwalt gesprochen. Man hat ihn für schuldig erklärt, einen silbernen Bilderrahmen gestohlen zu haben, und zwar nur, weil ein Taugenichts aus Hatchtown behauptet hat, er hätte Toby vor dem Haus rumstehen sehen.«

Das vertraute Gefühl eines kontinuierlichen elektrischen Pulsieren floß mir in die Arme, und die Farben um mich flammten auf. Ich war mir nicht sicher, wieviel Zeit mir noch blieb. Robert befand sich irgendwo in der Nähe, glühend vor Eifersucht. »Das ist wirklich eine wunderschöne Geburtstagsparty, aber ich sollte jetzt reingehen und mich ein wenig hinlegen«, sagte ich.

»Aber natürlich«, sagte Nettie. »Wenn du mit Schaum vor dem Mund umkippen würdest, käme ich mir erbärmlich vor.«

Das summende Pulsieren in meinen Adern beruhigte sich; das gelbe Lodern, das Clark umgab, zog sich in sein Jackett zurück. »Bei Tobys Beerdigung hat jemand eine Bemerkung gemacht, die sich so angehört hat, als wären eure Häuser im Besitz von Stewart Hatch. Ich hab immer gedacht, sie gehören euch.«

May runzelte die Stirn; Clark betrachtete gedankenvoll den Splitter einer Schweinerippe. Nettie tätschelte mir die Hand. »Junge, du brauchst dir wegen uns keine Gedanken zu machen.«

»Womit du wohl sagen willst, daß ihm die Häuser tatsächlich gehören.«

»Im Lauf der Jahre hat unsere Familie viele Geschäfte mit den Hatchs gemacht. Als wir einmal sehr knapp bei Kasse gewesen sind, hat Mr. Hatch von unseren Schwierigkeiten gehört und sich erboten, uns etwas Gutes zu tun.«

»Und wie sah das aus?«

»Mr. Hatch hat vor, das Viertel später zu sanieren. Wir können aber bis zu unserem Lebensende hier wohnen bleiben.«

»Was ist, wenn Hatch ins Gefängnis kommt?«

»Egal, was geschieht, es betrifft uns nicht.«

»Wir haben gut für uns gesorgt, und zwar ganz allein«, sagte May. »Das Geld von Toby ist sozusagen nur die Sahne auf dem Kuchen.«

»Da wir gerade schon vom Nachtisch sprechen, wo bleibt der Süßkartoffelpie?« sagte Clark.

»Du wirst schön warten, bis der Junge seinen Anfall hatte«, sagte Nettie. »Schließlich ist es nicht dein Geburtstag.«

113

Ich ging durch die Küche, spürte bei jedem Schritt seine Anwesenheit und sagte: »Zeig dich, Robert.«

Ich kam ins Wohnzimmer. »Wußtest du, daß die Häuser hier Stewart gehören? Was heißt das eigentlich? Er kann doch nicht nur einen Block in der Cherry Street sanieren wollen!« Ich stellte mir vor, wie mein schweigender Doppelgänger vor mir stand und über meine Verblüffung grinste.

Während ich langsam die Treppe hochstieg, dachte ich: *Vierhundertachtzigtausend Dollar sind nur die Sahne auf dem Kuchen?*

Ich erklomm die letzte Stufe und blieb schaudernd stehen. Am Ende des Flurs stand Howard Dunstan und betrachtete mich mit leidenschaftsloser Neugier. Ich widerstand dem Impuls, wieder hinabzurennen. Ein leichtes Lächeln umspielte Howards Mund. Er genoß meinen Geburtstag. Robert und ich hatten ihm die Langeweile des Jenseits erleichtert, indem wir ihm ein Schauspiel boten, das unterhaltender war, als er erwartet hatte.

»Geh raus, dann haben deine Töchter was zu gaffen«, sagte ich. »Ich will dich nicht mehr sehen.«

Sein Gesichtsausdruck sagte: *Du begreifst nicht, worum es eigentlich geht.* Er drehte sich weg, neigte den Kopf zum Fenster hinter ihm und verblaßte.

Ich ging zum Fenster und blickte hinab. Vier Menschen saßen in Feierlaune am Gartentisch. Robert, der mit ordinärer Eleganz sein Duplikat meines rosafarbenen Schmuckstücks zur Schau stellte, unterhielt sich mit Nettie und ließ sie vor Vergnügen strahlen. Er sah erstaunlich anziehend aus, selbst wenn ich die wilde Bedürftigkeit einbezog, die ich bei seinem Tanz mit den Leuchtkäfern und Feuervögeln gesehen hatte.

Ich trat vom Fenster weg und sah die Tür zum Schlafzimmer von Nettie und Clark. Sie stand halb offen. Ohne recht zu glauben, was ich tat, ging ich hinein. Zwei Schränkchen standen an der Rückwand; hinter einem Doppelbett mit weißen Kissen und einer ausgeblichenen gelben Tagesdecke sah ich zwei gepolsterte Stühle. Ich kam mir vor wie ein Sittenstrolch. Eine hohe Kommode stand gegenüber dem Bett. Der einzige Kleiderschrank im Zimmer nahm die gesamte Wand zu meiner Rechten in Anspruch.

Der süße, muffige Duft eines Lavendelsäckchens schwebte auf mich zu. Clarks Jacken und Hosen beanspruchten die eine Hälfte der Kleiderstange, Netties lange, lose Kleider die andere. Das Fach darüber enthielt hauptsächlich sauber aufgestapelte Pullover und Sweatshirts. Neben den Sweatshirts lag ein brauner Umschlag, der ein paar Zentimeter weit zurückgeschoben war.

Die Mappe im Umschlag enthielt eine Menge Schwarzweißfotos. Vielleicht zeigten sie ja Nettie und ihre Schwestern, die der Größe nach aufgereiht vor dem Haus in der New Providence Road standen, den in Hosen mit hohem Aufschlag posierenden Clark Rutledge und Star Dunstan neben dem Piano eines Nachtclubs, wie sie »They Can't Take That Away from Me« sang. Die Fotos anzusehen, war die einzige Möglichkeit, meine Tanten von jedem Verdacht zu reinigen. Ich nahm drei Bilder heraus und wußte sofort, daß diese Leute mit Sicherheit keine Dunstans waren.

Ein junger Mann mit einem runden Strohhut stellte einen Fuß aufs Trittbrett eines schicken Oldtimers, vielleicht eines Marmon. Ein Studioporträt zeigte ein etwa achtzehnjähriges Mädchen mit einem geraden, dunklen Pony und einer Perlenkette um den Hals. Es trug ein halblanges weißes Kleid und glänzende Seidenstrümpfe und betrachtete lächelnd eine zusammengerollte Urkunde. Ältere Ausgaben derselben Personen – er in einem Anzug mit Weste, sie mit einem Glockenhut – posierten hinter zwei Jungen in Matrosenanzügen, von denen einer fast noch ein Kleinkind war. Ich schob die Fotos wieder in die Mappe und zog ein anderes heraus. Lebhaft meldeten sich wieder meine Symptome und kündigten mir eine ordentliche Achterbahnfahrt an.

Für den Anlaß mit einer puppenhaften Jacke und einer Fliege ausstaffiert, hockte ein kleiner Junge auf dem Hocker eines Fotostudios vor der gemalten Kulisse einer italienischen Stadt. Sein Pony erinnerte an den seiner Mutter auf ihrem High-School-Bild, aber sein Gesicht war fast identisch mit dem des dreijährigen Ned Dunstan auf dem Foto, das Star mir hinterlassen hatte.

Ich zog eines der Klassenfotos aus der Edgerton Academy heraus, nach denen ich nach Meinung des Knaben mit dem rosa Haarschopf gesucht hatte. Zwanzig halbwüchsige Jungen standen in drei Reihen auf der Treppe zu einem Schulgebäude. Am Ende der letzten Reihe blickte mein dreizehnjähriges Ebenbild finster in die Kamera, abseits und unglücklich.

Als ich das Schlafzimmer verließ, lehnte Robert an der Wand des Flurs und strahlte mich an. »Nettie und May sind ein perfektes Gaunerpaar«, sagte er. »Und Clark – ich finde keine Worte. Der Mann gehört in den Senat. Es macht dir doch nichts aus, daß ich deine Abwesenheit ausgenutzt habe, um mich mit der Familie bekanntzumachen, oder?«

»Kommt es darauf an?«

Roberts Blick fiel auf die Mappe. Er kniff die Augen zusammen. »Ist das etwa das, was ich denke?«

Ich streckte ihm die Mappe hin. »Bring das in den Wagen. Ich muß vor meinem Anfall wieder im Brazen Head sein.«

»Kannst du ihn solange abwehren?«

»Inzwischen hab ich mehr Kontrolle darüber als früher«, sagte ich.

»Wir entfalten jede Menge Fertigkeiten.« Robert nahm die Mappe entgegen und verschwand.

Als ich wieder in den Hinterhof trat, sahen Clark und die Tanten mich mit dankbarem Erstaunen an. »Das war ja schneller als die Feuerwehr«, sagte Nettie.

»Es ist noch im Kommen«, sagte ich. »Ich sollte ins Hotel zurück. Aber danke schön für die Geburtstagsparty. Der neue Sakko ist wirklich toll, Tante May.« Eine unbeantwortete Frage kam mir wieder in den Sinn. »Wir haben doch über Toby gesprochen. Habt ihr nicht gesagt, er wäre irgendwo in Hatchtown eingebrochen?«

»Hat man in Hatchtown vielleicht silberne Bilderrahmen an der Wand?« bemerkte Clark höhnisch.

»Ein Ganove namens Spelvin hat behauptet, er hätte Toby draußen in Ellendale gesehen. Leute wie er sind damals aber nicht in Ellendale herumspaziert, jedenfalls nicht, ohne eingesperrt zu werden.«

»Wo in Ellendale war es?« Elektrische Ströme flossen sprühend durch meine Adern.

»In der Manor Street«, sagte Clark. »Wo in den Zwanzigern die großen Villen entstanden sind.«

»Und wessen Villa war es genau?«

»Die von Carpenter Hatch«, sagte Clark. »Ich weiß nicht, wie eine Jury zu dem Schluß kommen konnte, daß Toby Kraft derartig bescheuert gewesen wäre.«

Ohne auch nur eine Spur von Roberts beeindruckender Schnelligkeit zur Schau zur stellen, verschwand ich aus dem Hinterhof.

114

Robert hatte sich auf dem Rücksitz breitgemacht. »Was hältst du von den Fotos?« sagte er.

»Du zuerst.«

Er verfiel in einen gespielt professoralen Tonfall. »Diese Fotografien stellen annähernd fünfzehn Jahre im Leben einer zunehmend wohlhabenderen Familie im Mittleren Westen dar. Wir beginnen mit einem cleveren Rauhbein und der kleinen Schönheit, die das Pech hatte, ihn zu heiraten. Mit der Zeit verwandelt sich das Rauhbein in einen halsstarrigen Diktator, und die Braut schrumpft zu einem unterwürfigen Phantom. Die beiden haben zwei Söhne, der eine sieben oder acht Jahre älter als der andere. Diese Söhne werden auf eine fürchterliche Schule geschickt, die dereinst gegründet wurde, um die Einbildung von Leuten dieser Provenienz zu nähren, es handle sich bei ihnen um eine Art Landadel.«

»Sonst noch was?«

»Der erste Sohn sieht aus wie wir.«

»Außerdem hat er eine erhebliche Ähnlichkeit mit Howard Dunstan.«

Robert wartete.

»Das Rauhbein war Carpenter Hatch«, sagte ich. »Das Mädchen, das sich in ein Phantom verwandelt hat, wurde Ellie gerufen, kurz für Ellen – wie in Ellendale. Der ältere Sohn ist im Gefängnis gelandet und dann verschwunden, angeblich zu Tode gekommen. Der zweite Sohn, Cobden, ist ins Geschäft seines Vaters eingetreten, hat geheiratet und einen Sohn namens Stewart bekommen. Sein ganzes Leben lang hatte Cobden Hatch Angst, Stewart könnte nach seinem verschwundenen Bruder schlagen.«

»Der zufällig wie Howard Dunstan ausgesehen hat. Und als er angeblich tot war, ist dieser Kuckuck im Nest nach Edgerton zurückgekommen und hat sich Edward Rinehart genannt.«

»Ein zweites Mal ist er als Earl Sawyer zurückgekommen. Eine Menge Leute haben sich mächtig angestrengt, mich nicht herausbekommen zu lassen, daß er mein Vater ist. Unser Vater.«

»Das hieße also... «

»Nur weiter«, sagte ich. »Laß es mich hören.«

»Das hieße also, daß Edward Rinehart ein Dunstan war, und wir beide sind Hatchs. Der gute alte Papi hat die beiden Familien zusammengeführt, und was ist der physische Beweis? Ned Dunstan. Kein Wunder, daß Stewart unsere Fotos geklaut hat und dich aus der Stadt vertreiben wollte. Du könntest den Ruf seiner Familie ruinieren.« Er lachte. »Das ist ja köstlich. Rinehart hat fünfzehn Jahre für seinen Neffen gearbeitet und war so ausgebrannt, daß Stewart ihn nie erkannt hat. Stewart kannte ihn nur von diesen Bildern.«

Was war mit Nettie und May? fragte ich mich. Nettie hätte »Edward Rinehart« augenblicklich als illegitimen Sohn ihres Vaters erkannt. Aber »Edward Rinehart« war den Dunstans ebenso aus dem Weg gegangen wie den Hatchs; er hatte es nicht einmal zugelassen, fotografiert zu werden. Wenn jedoch die Tanten die Identität von Stars Liebhaber nicht gekannt hatten, hatten sie Stewart Hatch nicht erpressen können, und es war ganz unmöglich, daß sie um seine Identität wußten.

In der Word Street bog ich scharf in eine Parklücke ein. Die Fassade des Hotel Paris glühte wie Lava. Ein heißes elektrisches Prickeln wanderte mir über die Kopfhaut, am Rückgrat entlang und in die Arme. Je mehr ich erfuhr, desto verwirrender wurde alles. Jede neue Erkenntnis führte in eine weitere Sackgasse.

»Ab in mein Zimmer«, sagte ich. »Ich komme gleich nach.«

»Ich mache keinerlei Versprechungen.« Robert verschwand vom Rücksitz.

Ich rannte durch die berstenden Geräusche und schillernden Farben der Gassen und hastete über den Veal Yard in den Brazen Head. Durch die Lackschichten der Empfangstheke hindurch stieg die Maserung des Holzes zu mir empor. »Ja, wir haben ein Fax für Sie, Mr. Dunstan«, sagte der Tagportier. Mit einer donnernden Explosion im Sommerblau seines Hemdes holte er einen Stapel elfenbeinfarbenes Faxpapier hervor.

Während ich zur Treppe ging, las ich die glänzend schwarzen Zeilen des ersten Blatts. Major Audrey Arndt stellte mir gern diese Listen zu Verfügung, und so weiter und so fort, in der Annahme, daß ich zugestimmt hätte, und so weiter und so fort. Ihre Unterschrift dröhnte von der Seite wie eine Kanonenkugel. Ich studierte die Namenslisten der Jahre 1938 bis 1942. An fünfter Stelle unter den Absolventen des Jahres 1941 stand: Cordwainer C. Hatch.

Robert stand neben dem Fenster, als ich mein Zimmer betrat. Von der Tischkante schwebte der kunstvolle Bogen der Inschrift *P. D. 17. 10. 58* in den Raum. »Du hast ein Fax bekommen?«

»Cordwainer Hatch«, sagte ich, »Cobdens Bruder. Ich glaube, er hat an einer Militärschule einen Mitschüler umgebracht, um das Buch in die Finger zu bekommen, das ich aus seiner Höhle gestohlen habe.« Blaues Licht blitzte an der Peripherie meines Blickfelds auf, und der gewaltige Druck in der Atmosphäre ballte sich zu einem steten Drängen zusammen. »Du weißt, was wir tun müssen, Robert.«

Er hob die Hände. »Du kapierst einfach nicht. Es wäre schlimmer für dich als für mich. Ich weiß nicht, ob du es ertragen könntest.«

Ich bewegte mich auf ihn zu. Ein elfenbeinfarbener Schleier, den ich zu keinem anderen Zeitpunkt gesehen hätte, schwebte durch seine Haut und hing in der Luft wie Tabakrauch. In der Sekunde, bevor ich ihn erreichte, nahm ich Lovecrafts *Schrecken von Dunwich* vom Tisch und stopfte das Buch in eine Tasche meines rosafarbenen Jacketts. Alles krachte und dröhnte. Ich schloß meine Hand um die von Robert und wußte genau, was wir sehen würden.

115
Mr. X

O Ihr umherschwärmenden ~~Majestäten~~ Grausamkeiten, die Ihr mit einer Hand gebet und mit der anderen nehmet – allmählich sehe ich –

Zunächst muß ich einen ~~beutenderen~~ wichtigen Punkt ansprechen. ~~Erst jetzt~~

Es ist bitter, bitter, von einer Bitterkeit, die ich erst jetzt zu begreifen beginne.

Während die Jahrzehnte vergingen – gewöhnte ich mich an die tröstende Vorstellung – ein gottgleiches und ironisches Vergnügen – abstrakt – jenseits des Horizonts des Meisters aus Providence – habe mich mit der Aufgabe ~~gesegnet~~ belastet – machtvoll – den Widersacher – oder – wie ich herausfand – die Widersacher – zu töten. – Ich ~~kann nur~~ stelle hiermit fest, daß der Schrecken – den jene Widersacher beständig in mir hervorriefen – mich ~~zu dem Schluß führten~~ lehrten, ich hätte Eure wahre Natur mißverstanden. Gaben und Offenbarungen haben die Illusion Eures Dieners, er sei zu einem höheren Amt berufen, genährt – wie ~~töricht~~ HIRNVERBRANNT ich doch war!

Gestern nacht – in der Finsternis – erhob sich meine wilde Wut – im Angesicht einer großen Zerstörung. Die heilige Flamme ~~erhitzte~~ folterte den Himmel – unter dem ich stand – in Asche –

Und da – voll Schrecken und Verzweiflung – empfing ich die Gabe.

Ich stand – ~~als ob ihr es nicht~~ Ihr wißt es wohl – inmitten der Asche – wie Rauch aus der Kanonenmündung – wutschnaubend – und dann – verschlang ich – die geschmolzene Materie – welche man Zeit nennt – und reiste zurück – göttlich und gierig – an den Ort, an dem ich sie noch einmal töten werde – Ferdy Dunstan, Michael Anscombe genannt, und Moira Hightower Dunstan, Sally Anscombe genannt – um ihn dann – triumphierend – zu vernichten – den zwiefachen Widersacher –

Humor – hat keinen Platz in Eurem Reich – Ironie – ist dort so unbekannt wie Erbarmen. Ich geißele mich, weil ich derart versagte – weil ich es nicht sehen konnte, mein Gethsemane – mein Golgatha –

Das Flußufer – jener vertraute Grenzzustand – hat seinen Zweck, und sein Zweck ist – furchterregend. Schmerz stark wie Schmerz – Wut stark wie Wut – kein Triumph ohne eine Prüfung. Hier sind meine Handgelenke und Knöchel durchbohrt – hier dringt das Schwert des Zenturio ein –

Eine Kreuzigung ist kein Honiglecken, laßt mich das sagen. Laßt mich hinzufügen, daß ein halbmenschlicher Tropf und Ausgestoßener nur ein gewisses Maß ertragen kann! Ich brülle – auf daß mein Gebrüll den Himmel erreiche – weil sie mein Werk vernichtet haben!

Und doch – inmitten der Vernichtung – begreife ich – Ihr schauerlichen Widerwärtigkeiten – und preise meine Wunden und Schwertstiche – Mein gewaltiger Verlust – meine Qual – sind Vorboten des großen Feuers – Denn meine Identität kann nicht geleugnet werden – das große Feuer folgt dem Rauch aus der Kanonenmündung –

Halb irre vor Zorn – vor Empörung – Seit der Entdeckung des Verbrechens habe ich nicht geschlafen – Ich bebe und schwitze, durchtränke meine Kleider und kann nichts essen – Diese Segnungen werden mir gegeben als Anzahlung auf das Ende – an dem ich zugrunde gehen werde – um das ewige Leben zu erlangen –

Meine Feinde quälen mich – ich rufe sie – wie ehedem – die Überlegenheit ist mein – meine Armee mächtiger – an Intelligenz – eine neue Fähigkeit – die mir die Not verlieh – und der Feind kennt meinen irdischen Namen nicht – Mehr noch – ich weiß, es sind zwei – ein großer Vorteil – Die beiden ahnen nicht – und werden sich als Einer zeigen – während ich die Zeit besiege –

Inmitten meines Zorns – lache ich – da ich das Spiel betrachte –

Ich lege meine Feder beiseite – und schließe das Buch – rasch naht der *Triumph* – meine herzlosen Väter –

116

Eine halbe Sekunde, bevor wir in Boulder, Colorado, eintrafen, wurde ich wieder mit meinem Schatten vereinigt.

Wie in der Kindheit schreckte ich davor zurück, die Grenze zu überschreiten; diesmal spürte ich Roberts Abscheu ebenso wie die meine. Wir waren fünfunddreißig, nicht neun, und der Schock war wesentlich größer. Ich war jedoch mehr wie Robert geworden, als ich gedacht hatte: die Kräfte, die ich entdeckt und die er sein ganzes Leben lang gekannt hatte, besaßen eine gemeinsame Wurzel. Wieder stellte sich eine atemberaubende Ausdehnung in eine ungeahnte Ganzheit ein, in eine Auflösung, die in keiner Weise unsere jeweilige Identität auslöschte. Wir wußten, was der andere wußte, fühlten, was er fühlte, doch innerhalb dieser Symbiose blieben ein Robert und ein Ned erhalten. Erstaunlich für beide war, daß offenbar Ned die Entscheidungen traf.

Im Jahr 1967 standen wir in rosafarbenen, mit Golftaschen und Fähnchen geschmückten Sportsakkos auf dem Rasen vor dem Haus der Anscombes. Über einer Bergkette hing wie ein monströser Knopf der Mond, die Luft roch nach Tannen. Blaues Feuer drang aus dem Fenster eines neuen Anbaus an der linken Seite des Haupthauses. Der Mr. X des Jahres 1967 strich dort auf der Suche nach seinem Sohn umher. Ein Streifen blauen Lichts, als ironischer Willkommensgruß von unserem jetzigen Mr. X, Cordwainer Hatch, gesandt, flackerte durch einen Spalt zwischen den Wohnzimmervorhängen. Auf der Treppe zum Dachboden trafen sich unsere neunjährigen Ebenbilder zum ersten Mal. Weder wir noch der Dämon im Wohnzimmer waren zu sehen, weil wir auch damals nicht zu sehen gewesen waren.

Ein wohlbekannter Druck schob uns durch die Haustür. In einem formlosen Gewand, das ihr bis zu den Füßen reichte, starrte Mrs. Anscombe auf die Leiche ihres Mannes hinab. In der Hand hielt sie *Goodnight Moon*; ihr Haar war zu einem wirren Knäuel verflochten. Hinter ihr ragte unser Mr. X auf; unter der Krempe seines Huts stellte er ein zorniges, groteskes Lächeln zur Schau. Mrs. Anscombe tappte in das Blut ihres Mannes. Frank Sinatra sang von einer wunderschönen Nacht und von der Begegnung einer unwiderstehlichen Kraft und eines unbeweglichen Objekts.

»Ach du grüne Neune«, sagte Mrs. Anscombe. Dann drehte sie den Kopf und sah uns. »Wer zum Teufel sind denn Sie – Bob Hope?«

Ohne den fünfunddreißigjährigen Mann im Blickfeld zu haben, der neben der Haustür erschienen war, beobachtete der neunjährige Robert sie von der Küche aus. Als folge sie der Richtung meiner Gedanken, sah Mrs. Anscombe zu ihm hin und trat tiefer in die rote Lache. Eine vage Erkenntnis huschte über ihr Gesicht; das Buch klatschte ins Blut. Sie wandte den Kopf.

»Warum tun Sie mir das an?« rief sie. »Begreifen Sie nicht, daß ich schon in der Hölle bin?«

»Ganz ruhig, Mrs. Anscombe«, sagte unser Mr. X. »Sie kommen sofort an die Reihe.«

Betäubt machte sie einen Schritt auf die Küche zu. »Verflucht, ich bin wirklich in der Hölle«, brüllte sie, »nur ist der Scheißkerl nicht ROT, sondern BLAU!«

Der Schwarze Tod der Gassen von Hatchtown bewegte sich auf uns zu. Eine widerwärtige Welle nahezu grenzenlosen Zorns, vergiftet von einem größeren Wahnsinn als dem Alice Anscombes, entströmte ihm, während sein Geist sich ausdehnte, um den von mir und Robert zu verschlingen. Zum erstenmal wußte ich, daß ich seiner Kraft widerstehen konnte. Robert brüllte: *Tu was!*, und ich sagte: *Wart's ab.* Cordwainers Geist hämmerte an den meinen wie Wind, der sich an eine Eichentür preßt.

Das ist zu wenig. Mach schon!

Die Luft zog sich zu einer soliden Materie zusammen, schob uns zurück durch nachgebende Wände und setzte uns in einem kleinen, mit Pappkartons vollgestellten Zimmer ab. Cordwainer war kaum eine Handbreit entfernt. Er stank nach Flußgrund. Blaues Licht drang vom Wohnzimmer herein, wo der Mr. X des Jahres 1967 Mrs. Anscombe beschimpfte. Unser Mr. X schleuderte ein empörtes Brüllen in unseren Geist: *Du hinterhältiger, zerstörerischer kleiner Vandale! Du Ungeheuer!* Er zog ein Messer aus dem Mantel.

Ein wütendes Gebrüll und eine Reihe gedämpfter Geräusche verkündeten das Ableben von Mrs. Anscombe. Das jüngere Selbst von Mr. X gab einen frustrierten Schrei von sich, donnerte in die Küche und beförderte sich nach draußen, um einen kleinen Jungen zu verfolgen, der, wie er wußte, ihm wieder einmal entkommen war.

»Sieht ganz so aus, als wärst du wütend wegen der Bücher«, sagte ich.

Cordwainer packte uns an der Schulter, wirbelte uns herum und preßte uns an seine Brust. Er stieß uns das Messer in den Hals.

Ist es das, was du vorhattest? fragte Robert mich. *Tut mir leid, aber ich hänge hier nicht rum, um mich umbringen zu lassen.* Ich riet ihm, sich zu beruhigen.

»Das kann man sagen, ja. Ich bin wütend wegen der Bücher.« Cordwainer stieß uns die Klinge ein Stück tiefer in den Hals. »Jetzt bin ich erst mal neugierig. Wie hast du den Namen Edward Rinehart erfahren? Von deiner Mutter? Oder von diesem alten Trottel Toby Kraft?«

»Viele Leute haben mir von Edward Rinehart erzählt«, sagte ich. »Wo sind wir?«

Er kicherte. »Erinnerst du dich nicht mehr an die Anscombes? Sagt dir Boulder, Colorado, nichts? Wir sind durch die Zeit gereist, durch die geschmolzene Materie – was zweifellos jenseits deiner Vorstellungskraft ist –, damit ich nachforschen kann, wie du mir damals entkommen bist. Sprich, bitte. Ich habe großes Interesse an einer Antwort, wie ich dir versichern kann.«

Weshalb TUST du nichts? brüllte Robert. *Sollen wir einfach nur REDEN mit einem Kerl, der uns ein Messer in den Hals sticht?*

Halt den Mund und überlaß mir die Sache, sagte ich zu Robert. *Wir müssen mit ihm sprechen.*

»Ich kann dir sagen, wer du wirklich bist«, sagte ich zu Cordwainer. »Das wirst du außerordentlich interessant finden, versprochen. Ich war selbst überrascht.«

»Schluß mit der Farce. Sehen wir mal, ob noch ein Bücherverbrenner Lust hat, hier mitzumachen.«

Ein starker Wind peitschte ins Zimmer und preßte uns das rosafarbene Jackett an die Brust. Möbel rutschten über den Wohnzimmerboden. Es klang, als würden alle Teller und Gläser in der Küche von ihren Regalen fliegen und an die Wände krachen. Das Fenster hinter mir zerbarst. Ich erklärte Robert teilweise, was ich im Sinn hatte, und hörte ihn leise lachen.

Hast du gedacht, du könntest mich tatsächlich hinters Licht führen?

Alles im Haus flog im anschwellenden Wind auf. Das Wohnzimmerfenster wölbte sich nach außen und detonierte. Eine Art Ekstase entströmte Robert.

»Suchst du nach jemandem?« fragte ich.

Ihr habt meine Bücher zerstört! Das war FREVEL! Wo ist er?

»Ich möchte dir gern etwas zeigen, Earl Sawyer«, sagte ich. »Dabei wird man uns sehen können. Wenn du vernünftig bist, ziehst du mir das Messer aus dem Hals.«

Er legte uns den Arm enger um die Brust. »Ich tu dir den Gefallen«, sagte er. Das Messer verließ die Brust und bohrte sich uns in den unteren Rücken.

Was zum Teufel machst du jetzt? fragte Robert. Ich sagte ihm, er solle das Beste hoffen, dann stürzten wir alle drei durch den Boden in die schlagartig geschmeidige Zeit.

117

Ich peilte etwas an, von dem ich nicht mit Sicherheit wußte, ob ich es finden würde. Und selbst wenn ich es finden konnte, wußte ich nicht mit Gewißheit, was wir sehen würden.

Die Welt hörte auf zu schwimmen. Wir standen auf einem ausgetretenen Fußpfad neben einer zweispurigen Makadamchaussee. In beiden Richtungen rollten Pferdewagen und altertümliche Automobile vorbei. Robert brüllte, er begreife nicht, was vor sich gehe, und Cordwainer Hatch stach uns ein Messer in den Rücken. Augenblicklich erschien der Beweis, daß wir am rechten Ort angekommen waren, vor unseren Augen.

Links von uns blickte Howard Dunstans irres, bärtiges Gesicht finster durch die Windschutzscheibe eines hohen Automobils, das auf der Wagon Road auf uns zutuckerte. Howards Frau saß leidend neben ihm. Als sie näherkamen, wurden zwei hübsche junge Damen hinter ihnen sichtbar. Das mußten Queenie und Nettie sein. May und Joy, die gerade ins Backfischalter kamen, lugten aus dem Notsitz.

Das bedeutet gar nichts, sagte Cordwainer. *Nichts. Das ist Blendwerk, eine Episode am Rande. Wo ist der andere, du boshafter Junge?*

Hinter einem hoch mit Jutesäcken beladenen Pferdewagen schwebte auf der anderen Seite der Wagon Road ein eleganterer und teurerer Wagen als der von Howard Dunstan in unser Blickfeld. Am Lenkrad saß Carpenter Hatch, bereits erstarrt in ewig mißbilligender Wachsamkeit, und murmelte etwas, bei dem die gedrückt aussehende Ellie noch mehr in den Polstern versank. Durch das hintere Seitenfenster des Wagens lugte trotzig das fünfjährige Ebenbild von mir und Robert. Hinter den Hatchs bewegte sich ein dritter Wagen unerbittlich auf die Dunstans zu.

Er war größer als der von Howard, wenn auch weniger eindrucksvoll als das Schlachtschiff der Hatchs. Die kleinen Mädchen auf dem Rücksitz zeigten auf die Dunstans, die sich nun nahezu auf gleicher Höhe mit dem Schlachtschiff befanden. May Dunstan heftete den Blick auf das trotzige Kindergesicht in Carpenters vorbeiziehendem Wagen. Howard starrte geradeaus. Ellie Hatch, einen letzten Augenblick lang sichtbar, setzte sich zurecht und betrachtete ein abgeerntetes Feld. Einen Moment, nachdem die beiden Wagen sich passiert hatten, verwandelte die Wagon Road sich in ein Chaos.

Alle Windschutzscheiben, alle Scheinwerfer im Umkreis von fünfzig Schritt zerbarsten in fliegendes Glas. Räder sprangen von ihren Achsen und rollten über die Schuttdecke. In Panik geratene Pferde bäumten sich auf, gingen durch und schleuderten ihre Wagen an alles, was ihnen im Weg war. Aus Jutesäcken ergossen sich Kartoffeln über die Straße. Ich sah ein Pferd stürzen und unter Wagentrümmern verschwinden; seine dürren Beine strampelten in der Luft. Der Druck von Cordwainers Arm ließ nach, das Messer verschwand.

Im Lärm der Kollisionen waren das irre Wiehern der Pferde und menschliche Schreie zu hören. Während das Schlachtschiff von der Straße schwenkte, um dem umgestürzten Pferdewagen auszuweichen, drang mir aus einer Armeslänge Entfernung das Weinen von Ellie Hatch in die Ohren, aber es war nicht die Stimme der Frau, die nun davonraste, sondern die Erinnerung daran, die sich ins Hirn des Kindes auf dem Sitz hinter ihr eingebrannt hatte. Robert und ich hatten Cordwainers Geist und Gedächtnis kolonisiert.

Eine Drossel taumelte auf den Boden der Ruine an der New Providence Road; ein nacktes, etwa zwölfjähriges Mädchen preßte die Hand auf die Wunde in ihrer blutenden Brust und schwankte über den schmutzigen Zement; der junge Max Edison grüßte nickend am Lenkrad einer Limousine; *Der Schrecken von Dunwich* sprang aus der ausgestreckten Hand eines uniformierten Jungen; ein uniformierter Mann sagte: *Krankheit*; in einem Hauseingang an der Chester Street drang ein Messer in den Bauch einer Hure; Zeichentrickmonster stiegen von einem Zeichentrickhimmel herab; ein Füllhalter glitt über ein liniertes Blatt; etwas Verlorenes, etwas unwiderruflich Beschädigtes flog durch die Gassen von Hatchtown, und dieses Etwas war Cordwainer Hatch.

Bring ihn um, bring ihn um! Was ist denn los mit dir? brüllte Robert.

Ich spürte Cordwainers Egozentrik und sein Trugbild einer geheiligten Sendung und dachte: *Ich weiß jetzt, wie das endet.*

Das Wiehern erschrockener Pferde, der Lärm der Kollisionen wogte von der Wagon Road heran. Ich nahm Cordwainer das Messer aus der Hand.

Laß mich los!

»Schön, ich lasse dich los«, sagte ich und tat es. Robert kreischte protestierend auf.

Cordwainer taumelte zurück. Er lachte. »Du bist zu schwach, du konntest mich nicht halten.« Er betrachtete seine leere Hand. »Glaubst du, ich brauche ein Messer? Ohne deinen Bruder bist du nichts.«

»Was hast du gesehen?« fragte ich. »Hast du dich selbst gesehen?«

Er sprang über das Gras auf mich zu. Als er gegen mich prallte, drehte ich mich zur Seite, um den Stoß abzufangen, und schlang die Arme um ihn. Zu dritt fielen wir durch eine Falltür, die sich plötzlich neben dem ausgetretenen Pfad auftat.

118

Noch vom Schwung seiner Attacke getragen, rollte Cordwainer Hatch aus meiner Umarmung und schlug auf dem Tisch meines Zimmers im Brazen Head auf. Er stöhnte und preßte die Hände auf die Augen.

»Laß dir Zeit«, sagte ich.

Cordwainer ließ die Hände sinken, musterte seine Umgebung und riß sich den Hut vom Kopf. Der Geist von Edward Rinehart leuchtete in seinem verwüsteten Gesicht auf. »Selbst ein Schwächling wie du hat offenbar ein bißchen Kampfgeist in sich.« Er warf einen Blick über die Schulter und wich an die Wand zurück, um seine Möglichkeiten abzuwägen.

Bring ihn um! drängte Robert. *Er ist verwirrt, er kapiert nicht, was geschehen ist.*

Es wird noch viel schlimmer für ihn werden, erklärte ich Robert. *Wart nur ab.* »Erinnerst du dich an diesen Tag?« sagte ich zu Cordwainer. »Weißt du, was auf der Wagon Road geschehen ist?«

Ich sah, wie er beschloß, mich auszufragen. Mit der Parodie einer diplomatischen Geste legte er seinen Hut auf die Tischplatte – ich hatte ihn am Haken, was seine Worte auch bewiesen. »Schließen wir vorläufig Waffenstillstand. Was jetzt geschieht, hätte ich nie erwartet, aber es verschafft uns die interessante Gelegenheit, zu hören, was der andere zu sagen hat. Ich möchte, daß du deine Phantasien beschreibst. Wenn du fertig bist, werde ich dir die Realität erklären. Sie wird dich *verblüffen.* Nach allem, was du mir angetan hast, ist mein Angebot außerordentlich großzügig. Aber du wirst für dein widerwärtiges Verbrechen bezahlen, das garantiere ich dir.«

Stechen wir ihm die Augen aus! Bringen wir ihn zum Brüllen und Heulen! sagte Robert.

Er wird schon noch brüllen und heulen, gab ich zurück. *Die schlimmsten Momente seines Lebens liegen vor ihm.*

»Sieht aus, als hätte ich mich getäuscht«, sagte ich zu Cordwainer. »Du hättest so wütend werden sollen, daß du nicht mehr funktionierst.«

»Oh, du hast mich tatsächlich wütend gemacht. Außerdem muß ich zugeben, daß du stärker bist, als ich dachte. Aber es hat keinen Sinn, dieses Gespräch ohne deinen Bruder fortzusetzen. Der Überraschungseffekt, auf den du dich verlassen hast, ist passé, also hol ihn her.«

»Ich hab meinen Bruder heute morgen beseitigt. Er war eine nutzlose Behinderung. Aber da du bereit bist, meiner Phantasie, wie du sie nennst, zuzuhören, will ich dir ein paar Dinge zeigen.«

Cordwainer musterte mich argwöhnisch. Was er sah, überzeugte ihn offenbar davon, daß ich die Wahrheit sprach. »Herzlichen Glückwunsch. Wie wär's, wenn du mir zuerst erklärst, was du an einem alten Unfall auf der Wagon Road so bedeutsam findest?«

In diesem Augenblick fühlte ich mich sehr wie Robert. »Wie wär's, wenn du mir statt dessen erst mal von dem Haus am Rand von Johnson's Woods erzählst?«

Cordwainers Gesicht verzog sich zu einem ebenso selbstgefälligen wie gespenstischen Lächeln. »Das würdest du nicht verstehen. Könntest du gar nicht.«

»Dann werde ich dir ein paar Dinge mitteilen, die dir wahrscheinlich unbekannt sind. Carpenter Hatch hat das Grundstück samt Ruine von Howard Dunstans Töchtern gekauft. Es war das Haus, in dem Howard sein ganzes Leben verbracht hatte. Als es niederbrannte, ist Howard in den Flammen umgekommen.«

Cordwainer trat neben den Tisch, legte die Hand auf eine Stuhllehne und blickte an die Decke. Er hatte offenbar beschlossen, auf mich einzugehen. »Das ist vollkommen absurd. Der Mann, den ich für meinen Vater gehalten hab, hat das Land gekauft, um dort Häuser für Leute zu bauen, die er immer ›neureichen Abschaum‹ genannt hat. Die Dunstans hatten nie eine Beziehung zu dem Anwesen. Sie sind wie Kakerlaken in die Cherry Street ausgeschwärmt und dort nie wieder weggegangen.«

Derselbe irre Triumph, mit dem er mir von den geheimen Botschaften im Werk H. P. Lovecrafts erzählt hatte, ließ ihn erglühen. »Das Haus war der Wohnsitz eines Gottes.«

»Howard Dunstan war eine Art Alter Gott«, sagte ich. »Deshalb ist es auch so interessant, was er dir angetan hat.«

Cordwainer öffnete den Mund zu einem lautlosen Lachen.

»Etwas amüsiert dich«, sagte ich.

»Ich bin ergriffen. Deine Mutter hat dir den erstaunlichsten Blödsinn eingetrichtert.«

Ich nahm das Foto von Howard, wo er mit den Eckenkragen und der hochgeschlossenen Weste zu sehen war, aus der Mappe und schob es ihm zu. Lächelnd betrachtete er es mit gleichgültiger Verachtung. »Was du da siehst, ist Howard Dunstan«, sagte ich, »dein wirklicher Vater.«

»Hast du dir das alles ganz allein ausgedacht, oder war Star auch völlig meschugge?«

Ich legte ein Foto von Carpenter Hatch neben das erste. »Welcher dieser Männer ist deiner Meinung nach dein biologischer Vater?«

Cordwainer warf kaum einen richtigen Blick auf die Fotografien. »Ich erwarte nicht, daß du das verstehst, aber meine wahren Väter sind nicht von dieser Erde.«

»Dann laß mich dir etwas von deiner Halbschwester Queenie erzählen«, sagte ich. »Sie war die älteste von Howards vier Töchtern. Queenie konnte Gedanken lesen und in Sekundenschnelle von einem Ort zum anderen gelangen. Sie ist nicht gegangen, hat sich nicht darum geschert, Türen zu öffnen oder Treppen zu besteigen, sie hat sich ganz einfach *bewegt*. Wie die Fähigkeit, durch Wände zu gehen, ist das eine Gabe der Dunstans, und die hat sie von Howard geerbt. Als May Dunstan, ihre Schwester, eine junge Frau war, hat ein Verehrer versucht, sie zu vergewaltigen. Sie hat ihn in eine grüne Pfütze verwandelt.«

Cordwainer zuckte im Gesicht. Sein Blick hob sich und kreuzte sich mit meinem.

»May hat diese Szene auf der Wagon Road verursacht. Sobald sie dich sah, wußte sie, daß du Howards Sohn warst. Du hast ihm zu sehr geähnelt, um einen Zweifel aufkommen zu lassen. Sieh dir dieses Bild an, Cordwainer. Sämtliche Fähigkeiten, die du und ich besitzen, haben wir von Howard Dunstan geerbt.«

»Sie hat einen Mann in eine grüne Pfütze verwandelt?« Cordwainer starrte mich über den Tisch hinweg an. »Weißt du das sicher?«

»Ich weiß kaum noch, was Tatsachen sind und was nicht«, sagte ich. »Keiner von uns beiden hatte je viel Kontakt mit Tatsachen. Nur daß du H. P. Lovecraft hattest, und ich dich.«

Er zog die Mundwinkel nach unten, ließ die Augen wandern. Wieder sah ich vorübergehend ein Relikt von Edward Rinehart in seinem Gesicht aufleuchten. »Was war mein Fehler? Mich Earl Sawyer zu nennen? Ich hätte nicht gedacht, daß jemand darauf kommen würde.«

»Es wäre mir fast entgangen«, sagte ich.

Cordwainer schob die Fotos näher zu sich heran. »Ich soll dir was über die Sache auf der Wagon Road erzählen? Ja, ich erinnere mich an das Mädchen auf dem Notsitz, das mich angestarrt hat. Ich hatte keine Ahnung, wer das war. Dann ist unsere Windschutzscheibe explodiert und ein riesiger Tumult entstanden. Mein Vater – mein gesetzlicher Vater – ist nach Hause gefahren, als wäre nichts geschehen.«

»Wie hat dein Vater dich behandelt?« Ich blätterte die Bilder durch, bis ich ein Foto des etwa siebenjährigen Howard fand. Hinter ihm saß mit glühenden Augen Sylvan.

Cordwainer legte das Bild neben die anderen. »Wenn er mir nicht gerade eine Standpauke gehalten hat, hat er mich nicht beachtet. Ich hab ihn deprimiert. Freilich hatte er Cobden, seinen Augapfel. Cobden konnte einfach nichts falsch machen, der kleine Musterknabe.«

»Und Cobden hat auch wie Carpenter ausgesehen.«

»Das ist wirklich interessant.« Cordwainer starrte unverwandt auf die Fotografien. »Ich sage nicht, daß du recht hast, aber das würde viele Dinge in meiner Kindheit erklären. Weder Vater noch Mutter haben mir viel Wärme entgegengebracht, aber in meinen Bruder waren sie geradezu vernarrt.«

»Wahrscheinlich hat Carpenter sich die Wahrheit selbst nie eingestanden. Es wäre zu blamabel für ihn gewesen.«

»Ich könnte es fast glauben.« Er blickte lächelnd auf die Fotos. »Weißt du, ich glaube es tatsächlich. Meine Mutter muß abenteuerlustiger gewesen sein, als ich mir je vorgestellt hätte.« Er blickte auf. »Außerdem würde es mein Aussehen erklären. Ich war immer ein hübscher Kerl, genau wie du. Aber was die Person meiner irdischen Eltern angeht... die ist mir im Grunde völlig egal.«

»Howard Dunstan hat dich manipuliert. Er hat dich in den Wald gelockt, zur Ruine seines Hauses geführt und dich dort verschiedene Dinge *sehen* lassen. Er hat dafür gesorgt, daß dir ein bestimmtes Buch in die Finger kam und hat dir dann Phantasien über H. P. Lovecraft eingegeben. Dabei hat er sich die ganze Zeit über einfach nur amüsiert. Es war ein Spiel für ihn.«

Cordwainer blickte noch einmal auf die Fotos, dann wandte er uns wieder sein lebloses Gesicht mit den ausgedörrten Augen zu. »Die ganze Natur hat gesprochen. Die Alten haben gesprochen.«

»Hattest du nie irgendwelche Zweifel? Gab es keine Momente, in denen du erkannt hast, daß alles, an was du geglaubt hast, den Erzählungen eines Mannes entstammt, der niemals behauptet hat, sein Werk sei etwas anderes als reine Fiktion?«

»Doch, ich hatte meine Zweifel.« Cordwainer sprach mit unleugbarer Würde, und im Gegensatz zu Robert verspürte ich einen Anflug von Mitgefühl. »Ich habe die dunkle Nacht der Seele durchlebt.«

»Ab und zu hat offenbar selbst ein falscher Messias seine schlechten Tage.«

»Ich bin nicht *falsch!*« donnerte Cordwainer.

»Nein, das bist du nicht«, sagte ich. »Du bist ein echter Dunstan. Alles, was dir dein Vater eingegeben hat, war zur Hälfte wahr. Dann hat sich Howard zurückgezogen, um zuzusehen, wie du versuchtest, mich zu beseitigen. Es ist ihm egal, wie das Spiel endet.«

»Offenbar haben meine Väter ihr Spiel mit dir getrieben«, sagte Cordwainer. »Sie sind gnadenlos, das kann ich bezeugen.«

»Was ist auf der Fortress Academy mit diesem Kadetten namens W. Wilson Fletcher geschehen?«

Cordwainer beäugte uns. »Du warst ja mächtig fleißig, was?«

»Und dich hat es verblüfft, daß May Dunstan einen Mann in eine grüne Pfütze verwandelt hat.«

Ich hatte richtig geraten: Sein Gesicht erstarrte.

»Vielleicht hat Fletcher dir ein gewisses Buch gezeigt. Oder vielleicht hast du eines Tages gesehen, wie er es las. Jedenfalls ist etwas mit dir geschehen. Du brauchtest das Buch, nicht wahr?«

Ich zog den *Schrecken von Dunwich* aus der Tasche. Cordwainers Blick heftete sich auf den Umschlag. (*Volltreffer,* sagte Robert. *Mitten rein. Der liegt am Boden.*)

Eine Gefühlsregung zuckte durch Cordwainers unbewegtes Gesicht. »Du hast mir das Buch da gestohlen, und ich verlange, daß du es mir zurückgibst. Du hast keine Ahnung von seiner Bedeutung.«

»Ich gebe es dir zurück, nachdem wir Howard Dunstan besucht haben. Er wartet schon die ganze Zeit auf uns.« Ich legte das Buch auf den Tisch. Als Cordwainer sich darauf stürzte, schloß ich die Finger um sein Handgelenk.

119

Widerstandslos fielen wir in die dichte, dunkel schwärmende Welt eines nächtlichen Waldes, halb Hänsel und Gretel und halb unkennbares Mysterium. Ich hoffte, daß es der späte Abend des 25. Juni 1935 war.

Cordwainer packte unseren Arm und zerrte uns an seine Seite. »An diesen Ort erinnere ich mich nicht. Wo sind wir?«

»In Johnson's Woods, vor ungefähr sechzig Jahren«, sagte ich. »In dieser Nacht warst du ein kleiner Junge, der zu Hause in der Manor Street schlief.«

»Damals hab ich kaum je geschlafen«, sagte Cordwainer. »Das menschliche Leben war eine Qual, so daß ich es vorgezogen hab, laut zu brüllen. Außerdem hab ich absichtlich ins Bett gemacht. Verglichen mit meiner Kindheit war deine geradezu märchenhaft.« In der Dunkelheit ragte sein kugelförmiger Kopf über den schwarzen Mantel, als hinge er mitten in der Luft. »Na schön, du kannst dich gern blamieren. Wo ist das Haus?«

»Ganz in der Nähe«, sagte ich ohne irgendeine Ahnung, wo in Johnson's Woods wir uns befanden.

Cordwainer brachte uns mit einem Ruck aus dem Gleichgewicht, klemmte einen Arm um unseren Hals und preßte uns an sich. Er war wesentlich stärker, als ich erwartet hatte. Sein Arm drückte auf unsere Luftröhre; ein zweifacher Gestank aus Wahnsinn und Flußgrund stieg uns in die Nase. Sein Geist tastete an der Peripherie des meinen, wie es auch Tante Nettie getan hatte, bevor sie mich vom Küchenstuhl hob. Ich ließ meine geistigen Tore zuschlagen, und Cordwainer gluckste. Er verstärkte den Druck des Arms und schnitt uns die Luft ab. »Komisch, ich seh gar kein Haus. Noch nicht mal ein Licht.«

Allmählich gewöhnten sich meine Augen an die Dunkelheit. Bäume traten hervor und wurden zu reglosen Säulenreihen, übergossen von Mondlicht. Vor uns stand ein großer Ahorn, den ich schon einmal gesehen hatte, wenn auch nicht im Wachzustand. Ich brachte ein Krächzen heraus, und Cordwainer verringerte den Druck auf unseren Hals. »Du wolltest etwas sagen, kleiner Robert?«

»Das Haus ist da vorn, etwa dreißig Schritte weiter rechts.«

»Ich könnte dir fast Glauben schenken.« Eine Welle dunstigen Flußgrunds drang ihm aus den Poren, dem Kehlkopf, dem Mund. »Wie lange willst du dein Spielchen denn noch treiben?«

Robert kochte. Robert hatte genug und war kurz davor zu explodieren. Ich machte den Mund auf, und Robert sprach durch mich: *»Soll das heißen, der verdammte Waffenstillstand ist beendet?«*

»Aber nein«, sagte Cordwainer. »Ich habe dir noch nicht die Realität erklärt. Gibst du jetzt zu, daß du gelogen hast? Bist du bereit, die Wahrheit anzuhören?«

»Ich will dir eine Gegenfrage stellen«, sagte ich. »Fürchtest du dich vor dem, was du sehen könntest?«

»Absolut lächerlich.«

»Also gut, tu mir einen Gefallen. Nimm den Arm weg und gib mir noch fünf Minuten.« Robert fügte hinzu: *»Sonst bringe ich zu Ende, was ich im Cobden Building angefangen hab!«*

»Dafür bin ich dir auch noch was schuldig«, sagte Cordwainer. »Fünf Minuten, das ist alles. Los, weiter mit der Farce.«

Wir überquerten das offene Feld und betraten den Ahornhain, den ich schon von meinem Traum her kannte. Vor uns ragte die gewaltige Eiche durchs Blätterdach. Robert kannte das Terrain ebensogut wie ich, obgleich auch er es nie im Zustand des Wachseins gesehen hatte. Ich hatte das Gefühl, daß wir nach tausend Wiederholungen den Platz getauscht hatten: Jetzt war ich der Schatten, der sich auf unser Ziel zubewegte.

»Mir widerstrebt die Vorstellung, du könntest in der Lage sein, durch die Zeit zu reisen«, sagte Cordwainer. *»Ich* hab uns zurück zur Wagon Road gebracht.«

»Und wer hat uns dann hierher geführt?«

»Ich habe keinen Zweifel an deiner Fähigkeit, durch den Raum zu reisen«, sagte Cordwainer. »Die hast du von mir geerbt.«

»Sieh nach rechts. In ungefähr zehn Sekunden wirst du ein erleuchtetes Fenster sehen.« Wir traten durch die letzte Reihe Eichen. Cordwainer lachte leise über meine Versuche, ihn hinters Licht zu führen. Zwei Schritte später leuchtete ein gelber Schein durch die Bäume.

Cordwainer erstarrte. Der dreieckige Umriß einer Dachgaube erhob sich über die düsteren Baumkronen. »Meinst du, darauf falle ich herein?« Cordwainer trat auf die Wiese. Ich hörte das Zischen seines Atems. Er starrte auf die Säulenreihe, die schräg zum Waldrand stehende Fassade, die in den Himmel ragenden Kamine.

»Wessen Haus ist das?«

»Tritt näher«, sagte ich. »Er kann uns nicht hören, und er sieht nichts als sein eigenes Spiegelbild.«

Cordwainer tat ein paar Schritte am Rand der Wiese entlang und blieb stehen. »Ich kenne diese Mauern.« Eine unwillkommene Erinnerung schien ihm ins Gesicht zu steigen. »Das Vorderfenster da sieht genauso aus wie das, durch das ich als ahnungsloser Junge geklettert bin.« Er wirbelte herum und starrte mich drohend an. »Ah, was für ein tückischer, hinterhältiger Satan du bist. Aber ich durchschaue deinen schäbigen Plan. Du hast mich zu einem ähnlichen Haus gebracht.«

»Wart ab, bis du gesehen hast, wer drin ist«, sagte ich.

»Das ist *unerträglich*. Das ist *Blasphemie*. Hinter solchen Mauern haben meine großen Väter zu mir gesprochen. Das Haus hier war meine *Schule*.«

»Und dein Lehrer war Howard Dunstan. Er ist in dem großen Zimmer auf dieser Seite. Los, schau ins Fenster. Sieh es als Prüfung deines Glaubens.«

»Mein Glaube ist mein ganzes Leben lang geprüft worden«, murmelte Cordwainer. »Ebenso wie meine Geduld, wenn auch noch nie so schwer wie jetzt.«

Wir hatten uns dem erleuchteten Fenster bis auf drei Meter genähert. Auf der anderen Seite des schäbigen Zimmers wurde ein weißer Kaminsims mit einem sterbenden Farn und einem Fuchs sichtbar, der zum Rand einer Glasglocke schritt. Unter einer Messinguhr drehten glänzende Gewichte von links nach rechts, von rechts nach links. Die Zeiger standen auf dreiundzwanzig Uhr einunddreißig.

»Wenn jemand hier ist«, sagte Cordwainer, »so soll er sich zeigen.«

Wie auf ein Stichwort hin schritt Howard Dunstan in unser Blickfeld. Sein Gesicht war verwüstet, Haare und Bart waren weiß geworden, doch war er noch immer erkennbar als die Person auf den Studioporträts und als der Mann, der mit seiner Familie auf der Wagon Road gefahren war. Er sprach mit dem langsamen, ununterbrochenen Rhythmus eines Hypnotiseurs. Ich wußte, wer noch im Zimmer stand, aber von den Mauern verborgen wurde. Howards matte Verzweiflung verbarg eine gewitzte, berechnende Erwartung, die mir bislang verborgen geblieben war. Sein Gesicht war das eines Menschen, der nie ein offenes Wort gesprochen, nie spontan gehandelt oder mehr als nötig offenbart hat – es war ein von Isolation vergiftetes Gesicht.

Wie von einem Magneten angezogen bewegte Cordwainer Hatch sich unwillentlich vorwärts.

Nun sah ich mich selbst in den erleuchteten Rahmen und das Jahr 1935 treten, unmittelbar aus einem Nachmittag, an dem Stewart auf ein verwahrlostes Feld gezeigt und kaum verhohlen angedeutet hatte, sein Großvater und Sylvester Milton hätten das

Haus vor uns in Brand gesteckt. Jetzt wußte ich, daß Stewart alles falsch verstanden hatte – Cordwainer hatte mir bereits die wahre Geschichte eröffnet. Ich wußte auch, daß zwei frühere Versionen von Ned Dunstan, drei und achtzehn Jahre alt, vor wenigen Minuten oder Sekunden kurzzeitig sichtbar geworden und wieder verschwunden waren, weil sie zu früh und weil sie allein gekommen waren. Mein Ich im Haus sah benommen, aber gereizt genug aus, um sich in der Gewalt zu haben. Als es etwas zu Howard sagte, sprach dieser weiter, und mein Ich versuchte, seinen Redefluß durch die Frage: »*Was sind wir?*« zu unterbrechen.

Howard schüttelte den Kopf. Sein Mund formte die Worte: *Wir sind aus dem Sprung in der goldenen Schale geströmt* und dann etwas, was ich ihm nicht von den Lippen ablesen konnte. Neben mir hörte ich einen Entsetzenslaut, als würde alle Luft aus Cordwainers Lunge entweichen. Howard schritt durchs Zimmer und wurde unsichtbar. Ich dachte: *Er weiß, daß wir hier draußen sind, und spielt für ein doppeltes Publikum. Bis zum letzten erbärmlichen Effekt hat er alles eingeplant.*

Cordwainer trat rasch einen Schritt zurück, drehte sich taumelnd um und hetzte mit erstaunlicher Geschwindigkeit in den Wald. Ich verfolgte die massige Gestalt zwischen den Bäumen hindurch. Erst als Cordwainer den Ahornhain erreicht hatte, hörte er auf zu rennen. Sein Gesicht war ein nicht zu entziffernder Schatten.

»Glaubst du noch immer, ich hab dir einen Streich gespielt?« fragte ich.

»Hat er gesagt: *Wir sind der Rauch aus der Kanonenmündung?*« Es klang, als spräche er im Schlaf.

»Ich glaube, ja. Daran erinnere ich mich.«

Cordwainer gab ein gurgelndes, kehliges Geräusch von sich, als würde er versuchen, eine fremde Substanz aus der Lunge zu würgen. »Ich hab seine Lippen beobachtet. Er hat etwas über eine goldene Schale gesagt, und dann: *Wir sind der Rauch aus der Kanonenmündung.*«

»Hast du das schon einmal gehört?«

»O ja. Das habe ich. Ich hab es bei verschiedenen Gelegenheiten gehört.« Seine Stimme klang belegt. »In meiner Kindheit.«

Schwere Schritte kamen von der Mitte des Waldes her auf uns zu. Cordwainer wandte sich mit einer steifen, ernsten Unbeweglichkeit um, als wäre sein Hals mit der Wirbelsäule verschmolzen. Ein tanzender Lichtschimmer schwankte aus der Dunkelheit auf uns zu. »Leute aus der Stadt«, sagte ich. »Sie kommen, um Howard das Dach über dem Kopf anzuzünden. Ungefähr hundertfünfzig Jahre zuvor ist dasselbe in Providence geschehen.«

»Howard Dunstan hat nie in Providence gelebt.«

»Einer seiner Vorfahren hat dort ein Anwesen gebaut, das die Leute das ›gemiedene Haus‹ nannten. Sylvan Dunstan hat es Stein für Stein hierherbringen lassen.«

Das Licht teilte sich in drei Fackeln, die durch die Bäume kamen. Cordwainer riß mich hinter zwei dicht beieinanderstehende Ahornbäume.

120

Das Fackellicht umgab die Männer mit einem gleichförmigen Leuchten, das durch den Wald wanderte wie ein Scheinwerfer. Hier und da flammten kurz ein paar Blätter auf. Cordwainer stürzte sich tiefer in den Wald, offenbar in der Absicht, die Männer abzufangen. Er achtete nicht auf mich – es schien ihm egal zu sein, ob ich da war oder nicht.

Der Anführer war Carpenter Hatch, älter und schwerer als damals auf der Wagon Road. Abgesehen von der Fackel in seiner Hand und dem rachsüchtigen Ausdruck auf seinem Gesicht, sah er genau wie der wohlhabende Kleinstadtpinkel aus, der er immer hatte werden wollen. Einen Meter hinter ihm marschierten Seite an Seite zwei Männer, die ihre gegenseitige Abneigung ebenso trennte wie ihr sozialer Rang. Der grimmige Mann mit dem schütteren Haar, der mindestens zehn Jahre älter und einen guten Kopf größer war als Carpenter Hatch, mußte Sylvester Milton sein. Neben ihm hastete wie ein Frettchen Pee Wee La Chapelle einher.

Sechs Meter vor ihnen traten Cordwainer und ich hinter eine Eiche. Schwer atmend beobachtete Cordwainer, wie der Mann, den er für seinen Vater gehalten hatte, auf uns zumarschierte und dabei die Fackel hoch erhoben hielt. Miltons Gesicht brannte vor Haß. Seine Fackel entzündete die Blätter eines niedrigen Astes.

»Passen Sie auf, Mr. Milton«, sagte La Chapelle.

»Maul halten, Pee Wee«, sagte Milton.

Cordwainer sprang ihnen in den Weg. Die drei Männer hielten inne, konfrontiert mit etwas, was für sie ein paar kurze Augenblicke wie das plötzliche Erscheinen eines abgetrennten Kopfes ausgesehen haben mußte.

Nachdem sich Carpenter Hatch von seinem Schock erholt hatte, sagte er: »Verschwinden Sie. Was wir hier vorhaben, geht Sie nichts an.«

»Er hat uns gesehen«, sagte Milton.

»Hör auf zu jammern, Milton, und schau dir den Alten mal genau an«, sagte Hatch. »Der hat nicht mehr alle Tassen im Schrank.« Mit dröhnender Stimme sagte er: »Jetzt hören Sie mir mal gut zu, alter Junge. Sie arbeiten nicht mehr für Mr. Dunstan. Der ist ein übler Mensch und muß bestraft werden. Ich habe fünfzig Dollar in der Tasche. Ich weiß, das ist eine Menge Geld, aber es gehört Ihnen, wenn Sie jetzt verschwinden und hinterher den Mund halten.«

Cordwainer heulte auf und ging zum Angriff über. Milton und La Chapelle ließen ihre Fackeln fallen und rannten davon. Carpenter Hatch warf einen Blick über die Schulter, sprang zurück und schleuderte seine Fackel auf Cordwainer. Noch bevor dieser sie mitten in der Luft auffing, flüchtete Carpenter. Ich kam aus der Deckung, hob die gefallenen Fackeln auf und stampfte die Flammen aus, die sich schon auf dem Waldboden ausbreiteten. Cordwainer hob die Fackel über den Kopf und lauschte den Geräuschen der panischen Flucht. Mechanisch hoben und senkten sich seine Schultern. Mir war nicht klar, ob er schluchzte oder nur schwer atmete.

Er wirbelte herum und raste auf das Haus zu. Über seinem Kopf flammten zischend die Blätter auf.

Ich stürzte aus dem Wald und sah, wie Cordwainer klagend an der Seite des Hauses auf und ab lief. Tränen glänzten auf seinem Gesicht. Als ich mich ihm bis auf ein paar Schritte genähert hatte, erschlaffte sein Gesicht vor Entsetzen, dann leuchtete es auf, als würde er mich wiedererkennen. Ein qualvolles Brüllen entrang sich seinen Lippen. *»Weißt du, was er mir angetan hat?«*

»Er hat gelogen«, sagte ich.

Cordwainer packte die Fackel wie eine Lanze, rannte zum Rand der Wiese, in einem weiten Kreis davon weg und wieder zurück. Weil ich nicht begriff, daß er nach etwas suchte, dachte ich, er wäre in einen tierhaften Wahnsinn verfallen. Bei seinem zweiten Kreislauf fiel er auf die Knie und grub einen langen, flachen, mit Erde beschmierten Stein aus. Er nahm ihn in die Rechte, packte die Fackel mit der Linken und stürzte zum Haus zurück. Wie ein Diskus segelte der Stein auf das Fenster zu und durchbrach es in einem glitzernden Schauer zerborstenen Glases. Noch einmal schwang Cordwainer den Arm und schleuderte die Fackel durch das zerbrochene Fenster.

Erregte, qualvolle Schreie ausstoßend, wirbelte Cordwainer herum. Er sah nicht mich, sondern nur die brennenden Fackeln, die er mir aus den Händen riß, und dann damit auf die Vorderfront des Hauses zulief.

Die Lampe in der Säulenhalle ging an. Mit einem gewaltigen metallischen Klacken fuhr ein Riegel zurück, dann schwang die Tür auf. Zu sehen war ein leerer Flur, der zu einem Zimmer führte, in dem die Flammen zwischen Bücherstapeln emporzüngelten.

»Wo ist er?« kreischte Cordwainer.

Durch die erleuchteten Vorderfenster sah ich Howards weißhaarige Gestalt durch eine Tür am Ende des Zimmers verschwinden, in dem Cordwainer seine Lektionen in Sachen Wahnsinn erhalten hatte. Vom hinteren Teil des Hauses her erschien ein schwaches Licht im Fenster über der Säulenreihe. Ich glaubte Schreie wie von Fledermäusen zu hören. Flammenzungen liefen über den Boden des Arbeitszimmers, nährten sich von der Nachtluft und griffen auf den Flur über. »Er geht zum Dachboden hoch«, sagte ich.

Cordwainer starrte mich zornig an.

»Dorthin, wo die anderen sind. Du mußt gehört haben, wie Carpenter und Ellie über sie gemunkelt haben.«

Mit erstickter Stimme sagte Cordwainer: *»Ein Polyp, ein Tausendfüßler, eine Spinne.«*

Wir traten zurück und blickten hinauf. Hinter den Dachfenstern erschien ein gedämpftes Gelb.

Was Cordwainer als nächstes tat – gerade, als ich erwartete, er werde seine eigene Prophezeiung erfüllen und in das brennende Haus laufen –, verblüffte mich. Er stieß einen kaum menschlichen Laut aus, der Herablassung und Freude ausdrückte, indem er beides in Wahnsinn hüllte. Ich brauchte einen Augenblick, um zu erkennen, daß er kicherte.

»Robert! Was für eine Schande, daß du nicht den Grips oder den Anstand hattest, meine Geschichten zu lesen, bevor du sie zerstört hast. Hättest du es getan, würdest du unsere Lage begreifen. Alles ist niedergeschrieben! Wir haben uns gegenseitig zu diesem Ort geführt!«

Ich versuchte, Robert zu finden, aber der war verschwunden. »Niedergeschrieben?« sagte ich, um Zeit zu gewinnen. »Inwiefern?«

»Niedergeschrieben« – ein ekstatisches Lächeln überzog sein Gesicht – »dank meines Genies, wie ich mit Freude sagen muß. Was für ein Narr ich doch war. Ich habe mein Meisterwerk verschmäht.« Cordwainer begann, hohe, ekstatische Geräuschfetzen ausstoßend, zu lachen.

Dieser Beweis, daß seine Demütigung sich fast ohne Übergang in Euphorie verwandelt hatte, machte mir mehr Angst als alles, was bisher geschehen war. Ich trat einen Schritt zurück, wütend auf Robert, weil er mich erneut verlassen hatte. »Willst du sagen, du hast über Howard Dunstan geschrieben?«

»Ich hab von einem anderen geschrieben, dessen Namen ich nicht kannte. Er hat mich getäuscht, Robert – du hattest recht, oh, du hattest ja so recht!«

»Dann geh doch zu ihm«, sagte ich. »Wenn du's geschrieben hast, lauf rein, bevor es zu spät ist.«

»Aber wie ist es nur möglich, daß du nicht begreifst?« rief Cordwainer. »Wir müssen beide zu ihm!«

Was nun geschah, war eine Wiederholung der schlimmsten Momente meiner Kindheit. Wie eine gewaltige Hand hob mich eine Kraft vom Boden und schob mich auf die offene Tür zu. Voll wilder Begeisterung stürzte Cordwainer auf mich zu, die Füße eine Handbreit über dem Boden. Ich flog mindestens drei Meter rückwärts – wo das Feuer schon die Arme nach mir auszustrecken schien –, bevor ich die Kraft aufbrachte, Widerstand zu leisten. Es war, als ob – so fühlte ich es damals jedenfalls – es mir gelänge, Unterstützung durch einen zurückgebliebenen Teil Roberts zu finden. Als ich am Rand der Säulenreihe abrupt zum Stehen kam, leckte die Hitze an meinem Rücken wie ein riesiges Tier und drohte mir durch ihre schiere Nähe die Kleider in Brand zu setzen. Auch Cordwainer hielt inne. Wenige Schritte von mir entfernt stieß er dieselbe diktatorische Energie aus, die mich einst zum hilflosen Sklaven gemacht hatte. Jetzt merkte ich, daß ich ihr standhalten konnte. Die Haare in meiner Nase kräuselten sich. Ich bewegte mich nicht.

Cordwainer heulte vor Enttäuschung auf.

Wir sahen uns an, in einer Pattsituation eingefroren, die andauern würde, bis einer von uns erlahmte. Ohne Robert fühlte ich mich im Nachteil und verloren. Doch dann tat sich eine verborgene Tür in meinem Geist auf, und in dem großen, dunklen, unbekannten Raum dahinter sagte Star Dunstan: *Es war, als öffnete sich vor mir die ganze Welt.* Mit dem Gefühl, mich der Instanz auszuliefern, der ich mein ganzes Leben lang am meisten Angst und Mißtrauen entgegengebracht hatte, schritt ich durch jene Tür – ich kann es nicht anders ausdrücken. Es war eine verängstigte, notwendige Kapitulation, als ich in eine elementare Dunkelheit trat. *Ich schritt hindurch.* Kräfte, deren Besitz mir nie bewußt gewesen war und über die ich nie hatte verfügen wollen, strömten aus dem Zentrum meines Wesens und streiften durch Cordwainers psychischen Wirbelsturm.

»Du mußt hinein!« brüllte Cordwainer. »Begreifst du nicht? Geh schon!«

»Es war deine Geschichte, nicht meine«, sagte ich, entfernte mich einen Schritt von der Säulenreihe und hüllte ihn in den furchtbaren Zauber, den ich von Howard Dunstan geerbt hatte. Mein alter Feind – Edward Rinehart, Mr. X, Cordwainer Hatch – öffnete den Mund und schrie auf wie ein Kaninchen, das gespürt hat, wie sich die Falle in seinem Hinterlauf schlägt. Auch ich hätte schreien mögen. Statt dessen katapultierte ich ihn heulend an mir vorbei und hinein in das lichterloh brennende Haus unserer Ahnen.

Irgendwo im Innern krachten Balken zu Boden. Hinter den Dachfenstern war ein rotes Flackern zu sehen, dann ein strahlendes Blau. Ich entfernte mich von dem Brand und sprach leise und töricht Roberts Namen. Das Feuer erstickte meine Stimme. Ein weiterer Balken donnerte auf den Keller zu. Die durchs Dach brechenden Flammen verschwanden in der dunklen Fläche, die sich hinter ihnen ausbreitete, und ich schickte mich zurück in den Brazen Head.

121

Ich bebte am ganzen Körper; der Qualmgeruch hing in meinen Kleidern. Ich legte die Handflächen auf den Tisch. Als meine Hände zu zittern aufhörten, zerrte ich Cordwainer Hatchs Bibel aus der Tasche. Wie meine Kleider stank auch sie nach Zerstörung. Ich schlug sie aufs Geratewohl auf und las den ersten Satz, der mir ins Auge fiel:

»Es war ein Polyp, ein Tausendfüßler, eine Spinne, aber obendrauf war ein halb männliches Gesicht...«

Ich warf das Buch auf den Tisch.

Schwaches Laternenlicht schien auf den Brunnen im Veal Yard. Es mochten zwei Stunden meiner Zeit vergangen sein, bis ich wieder in einer Nacht der mir vertrauten Welt gelandet war. Ich wusch mir sorgfältig Hände und Gesicht, schob die Fotos in ihre Mappe und ging hinunter in die Halle.

Der Nachtportier bemühte sich sichtlich, beim Anblick meines Jacketts nicht zu grinsen. »Eine Nachricht für Sie, Mr. Dunstan. Ich wollte sie gerade auf ihr Zimmer schicken.«

»Lesen Sie vor«, sagte ich.

Er hob die Augenbrauen, griff unter den Tisch und faltete einen Zettel auseinander. »›Alles Gute zum Geburtstag. Ich hab bei Nettie angerufen, um herauszukriegen, wo du hin bist, und sie hat's mir verraten. Willst du ein schönes Geschenk? Dann besuch mich doch mal. Laurie.‹« Es war dem Portier gelungen, jedes einzelne Wort anzüglich klingen zu lassen. Er faltete den Zettel wieder zusammen und reichte ihn mir mit übertriebener, ironischer Höflichkeit. »Möchten Sie diesen hübschen Gruß zur Erinnerung behalten, Sir?«

Stewart Hatchs 500 SL stand schief auf Lauries Einfahrt, die Vorderräder auf dem Rasen. Ich stellte meinen Wagen daneben, trabte zur Haustür und ging hinein.

Posy Fairbrother stand an der Treppe und hielt Cobbie in den Armen. Er war steif wie ein Brett. In der Küche brüllte Stewart, ohne daß ich etwas verstehen konnte. Cobbie streckte die Arme nach mir aus, und ich zog ihn an mich. Ich spürte sein Herz schlagen.

»Soll ich die Polizei rufen?« flüsterte Posy.

Ein Teller krachte an die Küchenwand. Stewart gab ein betrunkenes Gebrüll von sich. Ein weiterer Teller zerbarst. Cobbie begann zu weinen. »Ich kümmere mich schon darum«, sagte ich. »Cobbie, magst du wieder zu Posy?« Sein Kopf stupste nickend an meinen Hals. »Also los.« Posy schlang die Arme um Cobbie und stieg die Treppe hinauf.

Ich ging in die Küche. An der Theke neben der Nische stand Laurie, sah mich an und teilte mir wortlos mit, daß sie zwar Angst, sich aber in der Gewalt hatte. Die Scherben zerbrochener Teller bedeckten den Boden zwischen ihr und Stewart Hatch, der neben dem offenen Geschirrschrank stand, die Beine weit gespreizt, wie um im Gleichgewicht zu bleiben. Der Rücken seines hübschen, kleinkarierten italienischen Hemds war durchgeschwitzt. »Hast du das ständige Lügen denn nie satt?« brüllte Stewart. Er packte einen neuen Teller und schleuderte ihn eine Armspanne links von ihr an die Wand. Laurie sah wieder zu mir herüber, und Stewart warf einen Blick über die Schulter. Das gestylte Haar klebte ihm schweißnaß an der Stirn, das Weiß seiner Augen war blutunterlaufen.

»Verschwinden Sie sofort aus meinem Haus!« brüllte er. Dann stellte er die Beine nebeneinander, lehnte sich an die Theke und lächelte. »Mensch, Dunstan, selbst Sie sollten genug Geschmack besitzen, um sich so ein Jackett nicht anzutun.«

»Cobbie fürchtet sich«, sagte ich. »Wär's da nicht besser, wenn Sie jetzt nach Hause gehen?«

»Es dreht sich hier nicht um Cobbie! Die Schlampe da hat mein Leben ruiniert!« Er richtete den Zeigefinger auf mich. »Aber Sie wissen sowieso Bescheid, stimmt's?« Stewart tat einen anklagenden Schritt in meine Richtung. »Erst ficken Sie meine Frau, und dann bringen Sie mich ins Gefängnis, so war's doch gedacht, oder?«

»Kommen Sie denn ins Gefängnis, Stewart?«

»Ich sage es nicht gern, nein, wirklich gar nicht gern, aber ich könnte tatsächlich die Ehre haben. Diese Ashton hat das Unmögliche geschafft, und Sie wissen auch, wie, oder? Ich bin an sich gut zu haben, aber zur Abwechslung würde ich gern mal die Wahrheit hören!« Vom Alkohol genährter Zorn ließ sein Gesicht noch röter werden.

Er stand kurz davor, wieder die Beherrschung zu verlieren, und das gefiel ihm. Wenn das geschah, würde er sich besser fühlen als momentan.

»Was mir noch ein Rätsel ist«, sagte Stewart. »Diese Schmalspurjuristin aus Kentucky hat mir Geschäfte nachgewiesen, von denen sie nichts wissen könnte, wenn nicht irgendein linkes Arschloch ihr meine Akten zugesteckt hätte. Von denen wußte niemand außer Grennie, und der war's bestimmt nicht.«

Er grinste mich an, starrte auf die Hälfte eines perfekt zweigeteilten Tellers und kickte sie mit einem seiner geflochtenen Slipper beiseite. Dann gab er ein irres Glucksen à la Huckleberry Finn von sich. »Man hat uns aufgefordert, morgen früh um neun auf dem Polizeipräsidium zu erscheinen, um uns den nötigen« – er hob den Kopf und suchte nach dem passenden Wort – »*Formalitäten* vor Beginn eines Verhörs zu unterziehen, bei dem es um verschiedene Beschuldigungen gehen wird. Um Betrug beispielsweise. Um Steuerhinterziehung. Um Veruntreuung. Um Schweinereien zu Lasten einer altehrwürdigen Institution mit Namen Post. Grennie scheißt sich schon in die Hosen. Wahrscheinlich jagt er sich 'ne Kugel in den Kopf. Und dann sieht's zappenduster für mich aus.«

»Ich find es wirklich toll, Ihr Mitgefühl«, sagte ich.

»So? Ihres ist auch nicht von schlechten Eltern.« Stewart wischte sich mit den Händen übers Gesicht. »Seien Sie mal ein echter Kerl, und sagen Sie mir, wie Sie's geschafft haben. Ich tappe im finstern. Helfen Sie mir weiter.«

»Stewart«, sagte ich, »ich hab keine Ahnung, wovon Sie sprechen.«

Er legte die flache Hand aufs Herz. »Sind Sie etwa doch in mein Büro eingebrochen? Den Indizien nach wäre das allerdings absolut unmöglich.«

»Als Krimineller waren Sie absolut erbärmlich«, sagte ich. »Sie hatten nicht mal den Grips, C. Clayton Creech anzuheuern.«

Stewart drehte sich zur Seite und hob die Arme. »*Creech!* Mein Vater hätte lieber die Straßenseite gewechselt, als C. Clayton Creech guten Tag zu sagen.«

»Ihr Vater war kein Krimineller«, sagte ich. »Die Aufgabe hat ihm Cordwainer abgenommen.«

Stewarts Gesicht wurde um eine weitere Schattierung röter. Er sah Laurie an, die daraufhin den Kopf schüttelte. »Nein? Na schön. Ich glaub's dir.« Er schwenkte wieder zu mir herum. Der Zeitzünder tickte. »Also, Freundchen, habe *ich* Ihnen etwa von meinem verblichenen Onkel Cordwainer erzählt? Helfen Sie mir auf die Sprünge!«

»Sie haben mir von ihm erzählt«, sagte ich.

»Hab ich seinen Namen genannt? Nicht daß ich wüßte.«

»Cordwainers Namen hört man überall in der Stadt. Aber mir ist schon klar, warum Sie lieber über ihn schweigen.«

Er wich zurück. »Mit wem haben Sie gesprochen?«

»Letzten Endes kommen alle Geheimnisse ans Tageslicht«, sagte ich. »Selbst Ihre. Packen Sie ein, Stewart.«

»Wissen Sie was? Ich glaube, die Jubiläumsausstellung war eine wirklich bescheuerte Idee.« Sein Lachen klang wie das einer Krähe: trocken, überheblich, völlig humorlos. »Vielleicht hat diese Schlampe mit 'ner Registrierkasse als Seele – und damit meine ich meine liebe Frau – mich doch nicht hingehängt.«

»Glaub bloß nicht, ich hätte es nicht gern getan«, sagte Laurie.

»Und so was ist mit mir *verheiratet*«, sagte Hatch. Er lachte sein häßliches Lachen, *kah, kah, kah*. »Sagt Ihnen das irgendwas?« Er stand kurz vor der Explosion, nach der er sich augenscheinlich schon die ganze Zeit sehnte. »Erzählen Sie mir doch noch was über Geheimnisse, Dunstan. Ich kapier das Ganze jetzt besser; ja, ich krieg – wie sagt man doch – allmählich den Durchblick.«

»Wenn Sie nicht verschwinden, werfe ich Sie raus.«

»Meinen Sie, ich hab irgend etwas zu verlieren?« Er trat auf mich zu. Auf seinem Gesicht lag ein verkniffenes Lächeln. »Hab ich nicht. Im Gegensatz zu Ihnen.« Schwerfällig ließ er die Faust auf meinen Kopf zuwandern.

Ich sprang nach links und schlug ihm in den Magen.

»Aufhören!« brüllte Laurie.

Stewart taumelte zurück. »Nicht schlecht«, sagte er. »Kennen Sie mein Motto?«

Ich schüttelte den Kopf.

»Schlag dich nie, wenn du einen in der Krone hast.« Stewart ließ die Hände sinken und tat einen Schritt auf die Hintertür zu. Als ich mich ihm näherte, drehte er sich auf dem Absatz um und setzte zu einer schnellen, harten Linken an, die mir den Unterkiefer gebrochen hätte, wenn ich mich nicht geduckt hätte. Er rammte mir die Faust in den Schädel. In meinem Kopf dröhnte es. Ich sah Stewart näherrücken, um eine Rechte folgen zu lassen, und schlug ihm wieder in den Magen, diesmal aber härter. Er taumelte gegen die Theke und sagte: »Ahaaa.« Seine Augen waren jetzt fast vollständig rot. Er griff hinter den Rücken, tastete in einer Schublade umher und präsentierte dann ein Schälmesser.

»Eigentlich hab ich nach was Imposanterem gesucht«, sagte er.

Laurie bewegte sich langsam aufs Wohnzimmer zu. Stewart richtete das Messer auf sie und brüllte: »Du bleibst, wo du bist!« Sie sah mich an.

»Schon wieder ein Hatch, der mir ein Messer unter die Nase hält. Mir reicht's!« sagte ich. Zu wütend, um vernünftig denken zu können, marschierte ich geradewegs auf ihn zu. »Stich doch zu, du verwöhnter Hosenscheißer. Bald landest du sowieso im Knast.«

Um mich auf Distanz zu halten, stach Stewart in die Luft. Er trat zur Seite, geriet minimal aus dem Gleichgewicht und versuchte das auszugleichen, indem er sich vorbeugte und erneut in meine Richtung stach. Ich packte ihn am Handgelenk, riß ihn nach vorn und trat ihm mit voller Wucht ans Schienbein. Er taumelte vornüber auf die Küchenfliesen und begrub die zerbrochenen Teller unter sich. Als Tribut an Lieutenant Rowley kickte ich Stewart in die Rippen.

»Aufhören!« kreischte Laurie.

Ich trat breitbeinig über Stewart hinweg und ließ mich auf die Knie nieder. Er grunzte. Ich nahm ihm das Schälmesser aus der Hand.

»Bring ihn nicht um!« sagte Laurie.

»Sei still, Laurie, bitte«, murmelte ich und drehte Stewart den rechten Arm auf den Rücken. Dann riß ich am Arm und zerrte ihn auf die Knie. Ein zweiter Ruck brachte ihn zum Stehen. »Verflucht, Stewart«, sagte ich, »Sie sollten wirklich an die Leine.« Mit der linken Hand verpaßte ich ihm eine Ohrfeige. »Sollen wir die Polizei rufen und erzählen, wie Sie versucht haben, auf mich einzustechen?«

»Sie sind ein Arschloch, wenn Sie nicht mal einen kleinen Spaß verstehen«, sagte Stewart. »Ich bin momentan ziemlich gestreßt.«

Ich hob den gedrehten Arm noch ein Stückchen an. Stewart schrie vor Schmerz auf. »Ich weiß, daß Sie Probleme haben, Stewart. Aber Sie haben mich mit einem Messer bedroht, und die Vorstellung, Ihnen weh zu tun, ist mir durchaus nicht zuwider.«

Stewart trat mir mit der Hacke seines geflochtenen Slippers ans Schienbein und versuchte, sich loszureißen. Ich riß ihm den Arm nach oben und hörte, wie Bänder rissen und wie das Gelenk sich mit einem lauten *Plopp* aus dem Schulterblatt löste.

Stewart stöhnte auf und taumelte vorwärts.

»Du hast ihm den Arm gebrochen!«

»Nein, den hab ich ihm bloß ausgekugelt«, sagte ich. »Wenn der liebe Stewart jetzt nach Lawndale zur Notaufnahme fährt, wird ein netter Doktor ihm den Arm gleich wieder einrenken. Sie können doch mit dem linken fahren, Stewart, oder etwa nicht?«

»*Sie* würde man in Lawndale auch gar nicht reinlassen«, sagte Stewart.

Ich schlug ihm auf die Schulter. Stewart jaulte auf und ging in die Knie.

»Ich kann fahren.«

Ich schob ihn an der Theke entlang und befahl ihm, die Tür zu öffnen. Wir gingen hinaus zu seinem Mercedes. »Wo sind Ihre Autoschlüssel?«

»Rechte Hosentasche.«

Ich fischte die Schlüssel aus der Tasche. Stewart brach auf dem Ledersitz zusammen und zog die Beine unters Lenkrad. Ich legte ihm die Schlüssel in die linke Hand. Schwitzend und mit verzerrtem Gesicht, gelang es ihm, den Wagen anzulassen. Er drehte sich zur Seite, um die linke Hand an den Schalthebel zu bekommen. Wimmernd legte er den Rückwärtsgang ein und stieß in die Einfahrt zurück. Am Geräusch knitternden Blechs und brechenden Glases hörte ich, daß er meinen Ford gerammt hatte. Dann schoß der Mercedes die Einfahrt entlang und auf die Blueberry Lane. Eines der Rücklichter baumelte nur noch an einem Gewirr von Kabeln. Der rechte hintere Kotflügel meines Mietwagens sah aus wie ein gebrauchtes Papiertaschentuch. Ich nahm die beiden Fotomappen vom Beifahrersitz. Als ich über das Wagendach blickte, sah ich, wie Laurie nachdenklich aus dem Wohnzimmerfenster starrte.

122

Sie kam heraus und umarmte mich. »Ich bin dir so dankbar, daß du gekommen bist. Ich weiß gar nicht, was er noch alles getan hätte; er war derartig außer sich.« Ich roch eine schwache, nicht unangenehme Spur Whisky.

»Wie geht es Cobbie?«

»Ich hab ihm gesagt, du hättest mir geholfen, seinen Vater zu beruhigen.« Sie trat durch die Tür, seufzte kurz und legte dann den Kopf an meine Schulter. »Das arme Kind wird sicher gleich einschlafen.«

»Hoffentlich«, sagte ich. »Das war bestimmt nicht schön für ihn.« Ich küßte sie auf den Scheitel, und sie hielt sich noch etwas länger an mir fest.

»Ich bin dir *wirklich* dankbar, Ned.« Sie blickte zu mir hoch und lächelte. »Hast du meine Nachricht bekommen?«

»Ja. Danke.«

»Du hast mir gar nicht gesagt, daß du heute Geburtstag hast! Ich hab's von Nettie erfahren müssen.«

»Ich wollte nicht, daß du irgendwelche Umstände machst«, sagte ich.

Sie hob den Mund, um geküßt zu werden. »War es bislang ein schöner Geburtstag?«

Ich lachte. »Könnte man sagen.«

»Was hast du gemacht?«

»Meine Tanten haben eine Party für mich veranstaltet. Seither bin ich irgendwie ständig unterwegs.«

»Ihr habt wohl gegrillt. Dein Sakko riecht nach Rauch.« Die Arme noch um mich geschlungen, lehnte sie sich zurück und schenkte mir ein wunderschönes Lächeln. »Das ist aber auch ein sehr elegantes Jackett.«

»May hat es für mich gemopst«, sagte ich. »Gefällt's dir?«

»Natürlich. Nachdem ich gesehen hab, wie du mit Stewart umgesprungen bist, will ich dich schließlich bei guter Laune halten. Rosa steht dir einfach großartig. Überhaupt solltest du immer rosa Hosen, rosa Hemden und rosa Anzüge mit kleinen Segelbooten und Fähnchen tragen.«

Ihre Gabe, die häßliche Szene in einen Scherz zu verwandeln, zog mich in ihre Aura. Ich spürte die starke Sehnsucht, alles, was mich belastete, dieser spielerischen, auflösenden Ironie auszuliefern. Dann kam mir der Gedanke, daß ich die ganze Last womöglich schon abgeworfen hatte, wenn ich sie so betrachten konnte.

»Tut mir leid, daß ich dir Angst gemacht hab.«

»*Stewart* hat mir Angst gemacht. Du hast mich beeindruckt.«

»Aber du warst dir sicher bewußt, daß du am Ende ohnehin die Oberhand behalten würdest. Vielleicht habe ich ja alles nur schlimmer gemacht.«

»Kaum.« Sie küßte mich wieder. »Nachdem er mein gesamtes Porzellan demoliert hatte, wollte er sich offenbar die Gläser vornehmen. Hilfst du mir, den Schutt wegzuräumen?« Sie lugte auf die Mappen, die ich unterm Arm trug. »Was ist das?«

»Ich zeig's dir später.« Ich legte die Mappen auf den Couchtisch, dann gingen wir in die Küche und machten uns daran, die zerbrochenen Teller aufzukehren. Porzellansplitter und größere Scherben bildeten eine aufgeworfene Landschaft auf dem Boden und unregelmäßige Inseln auf den Arbeitsplatten. Erschüttert kam Posy herein und machte sich daran, die Trümmer neben dem Hackblock aufzuheben. »Cobbie ist endlich eingeschlafen, aber ich mußte ihm praktisch alle seine Bücher vorlesen. Ist alles in Ordnung?«

»Ned hat sich heldenhaft geschlagen«, sagte Laurie. »Du hättest ihn sehen sollen. Stewart hatte ein Messer in der Hand.«

»Ein Schälmesser«, sagte ich. »Das war ihm sogar selbst peinlich.«

Als wir alles zerbrochene Porzellan in Mülltüten verpackt hatten, erkundigte sich Posy, ob sie noch etwas tun könne.

»Nein, vielen Dank«, sagte Laurie.

»Gut, daß Ned vorbeigekommen ist, um das wilde Tier zu verscheuchen.«

Ich verbeugte mich; sie hauchte mir einen Kuß zu und verließ die Küche. Ihre leisen Schritte wanderten die Treppe empor.

»Würdest du nicht auch sagen, daß wir uns jetzt einen Drink verdient haben?« fragte Laurie.

»Was das betrifft, werden wir mit Stewart zwar wohl nicht gleichziehen können«, sagte ich, »aber ich will's gern versuchen. Bestimmt bekomme ich einen gewaltigen blauen Fleck am Kopf, und außerdem tut mir die Hand weh. Kein Wunder, daß Boxer Handschuhe tragen.«

Laurie nahm ein Glas aus dem Regal und ein zweites, das neben der Spüle stand, drückte beide an den Eisspender in der Kühlschranktür und holte einen Liter vom Lieblingsgetränk des verstorbenen Toby Kraft hervor. Sie goß Whisky über die Eiswürfel, bis die Gläser dreiviertelvoll waren.

»Du hattest dir schon was genehmigt, als Stewart aufgetaucht ist«, sagte ich.

»Tatsächlich?« Mir war nicht klar, ob sie es vergessen hatte oder nur so tat. Dann merkte ich, daß sie mir sanft den Fehdehandschuh hingeworfen hatte. »Ach, ja. Ich hab dir ein sauberes Glas gegeben, aber das da von unten genommen. Schon klar. Als Stewart meine Fehler aufgezählt hat, war darunter auch der Hang zum Saufen.«

»Das hat er ausgelassen. Leute, die soviel trinken wie Stewart, halten so was nicht für einen Fehler.«

»Das ist ein Argument«, sagte Laurie. »Mein Gott, setzen wir uns doch.« Sie legte den Arm um mich, und wir gingen ins Wohnzimmer.

Wir setzten uns auf das breite Sofa vor dem Couchtisch. Das große Zimmer sah so pulsierend leer aus wie ein verlassener Flughafenterminal.

»Tut mir leid, daß ich dich vorhin angeschrien hab«, sagte Laurie. »Zu meinem großen Erstaunen hab ich gemerkt, daß Stewart mir leid tut.«

Ich nahm einen Schluck Scotch.

Sie ließ den Kopf aufs Polster zurücksinken. »Was, meinst du, wird wohl mit ihm passieren? Wird er alles gut überstehen?«

»Willst du wirklich wissen, was mit dem guten, alten Stewart geschehen wird?« ragte ich. »Ich sag's dir. Wenn Stewart ein Jahr im Gefängnis abgesessen hat, wird er eine persönliche Begegnung mit Jesus haben und zum wiedergeborenen Christen mutieren. Seine restliche Strafe wird er damit verbringen, Gebetsgruppen und Bibelkurse zu leiten. Wenn er rauskommt, wird er von irgendeinem drittklassigen Bibelcollege ordiniert werden und ein paar Jahre als Gefängnispfarrer dienen. Währenddessen verschickt er Pressemitteilungen, und man schreibt eine Menge Artikel über ihn. Es ist einfach eine phantastische Story: Angesehener Bürger und Erbe eines großen Privatvermögens gleitet ins Verbrechen ab, findet im Knast die Erlösung und widmet sich fürderhin guten Taten. So ein Typ ist unschlagbar. Drei Jahre später hat er seine eigene Kirche samt einem umfangreichen Personal. Wenn er über seine Vergangenheit spricht, wird sein vormaliges Leben in Ellendale sich anhören wie Sodom und Gomorrha. Blutige Steaks, schicke Autos, teure Anzüge, Ketten, Leder und Peitschen. Hat seine Gemeinde sich vervierfacht, kauft er ein neues Gebäude mit integriertem Fernsehstudio. Und dann schreibt er ein Buch und kommt in die Talkshows.«

Die Bemerkung über Leder und Ketten hatte sich während meines Fabulierens einfach eingeschmuggelt. Daß ich innerlich noch so vor Zorn kochte, überraschte mich.

Sie sah munter und amüsiert aus. »Ich glaube, du hast recht. Aber wie kommst du auf die Sache mit den Ketten und Peitschen? Er ist zu normal für Sado-Maso.«

»Ich hab sie eingebaut, um den Bekehrungseffekt zu verstärken. Wenn Stewart hinter Schloß und Riegel sitzt, sollte ich ihm mal schreiben, daß Fiktionen wesentlich effizienter sind als die Realität.«

Laurie betrachtete mich mit derselben nachdenklichen, gedankenverlorenen Miene, die ich schon bei meinem Blick übers Autodach gesehen hatte. »Du hast gesagt, es reicht dir, daß dir schon wieder ein Hatch ein Messer unter die Nase hält.«

»Das war in der Hitze des Gefechts.«

»Also hast du das auch erfunden? Wie viele Hatchs gibt es eigentlich?«

O nein, dachte ich.

Ihr Blick veränderte sich kaum merklich. »Also? Ich versteh dich nicht.«

Ich nahm einen Schluck Whisky, um mich zu wappnen. Aber ich wollte mich nicht wappnen.

»Ned?«

»Du hast recht«, sagte ich. »Ich muß gemeinsam mit dir etwas erforschen.«

»Du wolltest mir doch die Mappen da zeigen.« Ihre frische Stimme stellte sich auf hinreißende Weise der Herausforderung. Laurie klang wie eine Armee, die auf einer Anhöhe bereitsteht, mit fliegenden Fahnen und gezückten Waffen. Ich verspürte uneingeschränkte Bewunderung.

»Zuerst muß ich dir von den letzten beiden Tagen erzählen. Das bin ich dir schuldig. Schließlich hast du mich mit Hugh Coventry bekanntgemacht und mir geholfen, soviel über Edward Rinehart zu erfahren.«

»Und das willst du erforschen?« Die Fahnen flatterten wundervoll im Wind.

»Das müssen wir erforschen, ja«, sagte ich.

123

Ich begann mit meinem Besuch am Buxton Place und dem Zusammentreffen mit Earl Sawyer. Anschließend sei ich dann zu ihr gekommen, wo mir in Posys Lovecraft-Sammlung der Name Sawyer aufgefallen sei.

»Also deshalb hast du dich so komisch benommen?« sagte Laurie. »Posy und ich haben gar nicht kapiert, was mit dir los war.«

»Ich weiß schon, tut mir leid. Ich mußte fort und eine Zeitlang nachdenken.«

»Na, Gott sei Dank bist du noch mal zurückgekommen. Und dann?«

»Bei Tobys Beerdigung hat jemand angedeutet, daß der Häuserblock, in dem meine Tanten wohnen, Stewart gehören würde. Das hat für mich keinen Sinn ergeben. Abgesehen davon war mir nie klar gewesen, weshalb sie immer so getan haben, als wüßten sie nicht das geringste über meinen Vater.«

»Das ist mir auch so gegangen«, sagte sie. »Aber mir ist nicht ganz klar, wie das zusammenhängen soll.«

»Ich hab etwas getan, was ich nicht hätte tun sollen. Ich habe Netties Kleiderschrank durchsucht. Dort hab ich eine der beiden Mappen entdeckt. Die andere stammt aus Stewarts Haus.«

»Du bist in Stewarts Haus eingebrochen?«

»Ich mußte gar nicht einbrechen. Außerdem hab ich die Mappe zwar genommen, aber er hat sie zuerst gestohlen. Ich hab sie nur zurückgeholt.«

»Er hatte die Fotos deiner Tanten?«

»Weil er verhindern wollte, daß sie in die Ausstellung kommen.«

»Und die anderen waren bei Nettie? Na, wenigstens hast du das erledigt. Nettie und May wollten ihn bestimmt damit erpressen. Die beiden sind nicht dumm.«

»Nettie und May wissen, wie sie bekommen, was sie wollen.« Ich grinste. »Die Frage ist: Was wollten sie?«

Laurie erwiderte gelassen meinen Blick. »Ihre Fotos müssen wichtig für sie sein.«

»Ich will dir ein paar zeigen.«

»Ich kann's kaum erwarten.« Sie stellte ihr Glas ab und beugte sich über den Couchtisch.

Ich zog das Foto von Omar und Sylvan aus der Mappe. »Präg dir erst einmal diese Gesichter ein.« Als nächstes kam das Foto von Howard Dunstan, das ich schon Cordwainer vorgelegt hatte.

»Der da sieht aus wie du.« Sie sah mich mit strahlendem Lächeln an, dann betrachtete sie wieder das Bild. »In gewisser Hinsicht. Du hast keine so irren Augen.«

»Das ist Howard Dunstan. Nettie und May sind seine Töchter.«

»Kompliziert war er jedenfalls, stimmt's? Was ist das?« Sie zog ein anderes Foto aus dem Stapel. Unter der Aufsicht eines vierschrötigen Vorarbeiters, der eine Melone auf dem Kopf trug, schoben zwei Männer ihre Schubkarren auf ein Lattengerüst zu, das aus einem schlammigen Baugrundstück ragte. Am rechten Bildrand trugen zwei weitere Arbeiter eine Ladung kleiner Holzbalken über die Commercial Avenue. Ein Ford Model T und ein Lastwagen mit Lattenwänden parkten ein Stück entfernt. Hinter dem Aufseher mit der Melone stand ein gut gepolsterter Zuschauer in einem Leinenanzug und mit einem Strohhut, wie ihn auch der junge Carpenter Hatch getragen hatte, und genoß das Getriebe. Der Winkel der Hüte und die Pose der beiden Männer korrespondierten mit der Exaktheit eines Endreims.

»Das ist das Merchants Hotel im Jahre 1929, wo es sich noch im Bau befindet. Die beiden Männer auf dem ersten Foto, Omar und Sylvan Dunstan, haben es gebaut. Hugh Coventry war ganz verliebt in dieses Bild.«

»Es ist ja auch gut, oder? Da ist viel Bewegung drin, und die beiden Typen mit Hut sind echt witzig.«

»Hier haben wir mich als Kleinkind.« Ich legte ihr das Foto von meinem dritten Geburtstag vor.

»Gott, was für ein wunderhübsches Kind.« Vergnügen und Belustigung leuchteten aus ihren Augen. »Also, daß du ein hübsches Kind warst, ist ja klar, aber du warst ein *ganz* hübsches Kind. Man hätte Werbung mit dir machen können.«

»Meine Mutter hätte dir da sicher zugestimmt. Also, jetzt kommen wir zu ein paar Bildern aus der Hatch-Mappe.« Ich zeigte ihr die Fotos von Carpenter vor seinem neuen Wagen und von Ellens Schulabschlußfeier.

»Wer sind die Leute? Stewarts Großeltern?«

»Richtig.«

»Sie war ein hübsches Mädchen, nicht? Bei ihm hingegen beeindruckt vor allem der Hinterschinken. Schau dir mal diese Hüften an. Man ahnt schon, wieviel Speck sie bald ansetzen werden.«

Ich zog das Bild heraus, auf dem Cordwainer Hatch mit Fliege um den Hals unter seinem Pony hervorlugte.

Laurie beugte sich vor. Sie nahm einen Schluck aus ihrem fast leeren Glas und sah mich an. »Bist du das etwa? Aber das ist doch unmöglich. Als das Bild gemacht wurde, warst du noch nicht mal geboren.«

»Das ist das schwarze Schaf der Familie Hatch«, sagte ich. »Stewarts Onkel Cordwainer.«

»Er hat ausgesehen wie du.«

»Ich sehe aus wie er. Laurie, als die ersten Bilder beim Komitee eingetroffen sind, hast du da irgendeines dieser Fotos gesehen?«

Sie sog die Unterlippe ein. »Das weiß ich wirklich nicht mehr.«

»Jedenfalls hat Rachel Milton sie gesehen. Sie hat mir gesagt, ich soll nach ihnen suchen.«

»Das versteh ich nicht.« In ihren Augen lag nichts als unschuldige Verwirrung. »Hat Rachel behauptet, ich hätte sie gesehen?«

»Nein. Nur, daß das möglich gewesen wäre.«

»Vielleicht hab ich sie ja auch gesehen. Wenn, dann hab ich aber nicht groß darauf geachtet. Ich hab dich da ja noch gar nicht gekannt.«

»Als Stewart mich gesehen hat, wußte er sofort, wer ich bin. Angeblich war Cordwainer vor seiner Geburt gestorben, und ich kann mir nicht vorstellen, daß Stewart als Kind je irgendwelche Bilder seines in Ungnade gefallenen Onkels gesehen hat. Er wußte also gar nicht, wie Cordwainer aussah, bis er die Familienbilder für die Ausstellung zusammengesucht hat. Dabei kann ihm die Ähnlichkeit zwischen seinem Onkel und Howard Dunstan nicht entgangen sein.«

Laurie schüttelte den Kopf. Das Haar fiel ihr über die Wange, und sie strich es zurück. »Ich muß schon sagen...« Sie schüttelte noch mal den Kopf. »Ich glaube, ich brauche erst mal noch einen Drink. Was ist mit dir?«

Ich ließ den Kopf ins Polster sinken. Ich fühlte mich vollständig unsicher. Eine Stimme in mir sagte: *Ich will unsicher sein.*

Laurie kam wieder herein und ging um den Tisch herum, statt sich an meinen Beinen vorbeizuschieben. Sie ließ sich eine Armeslänge von mir entfernt nieder und nahm einen Schluck aus ihrem bernsteinfarbenen, mit Eis gefüllten Glas. »Ich frage mich wirklich, was es mit all den Bildern auf sich hat. Deine Tanten haben Stewarts Bilder gestohlen, um ihn damit zu erpressen, aber weshalb wollte Stewart die Dunstan-Fotos verstecken?« Sie legte das Bild von Cordwainer neben das von mir in meinem gestreiften T-Shirt. »Ah. Weil das schwarze Schaf der Familie Hatch dein Vater war?«

Ich griff nach dem Studioporträt von Howard Dunstan und legte es neben die beiden anderen Bilder. »Fällt dir noch irgend etwas anderes auf?«

Sie beugte sich vor und sah erst Howard und dann mich an.

»Wenn du willst, kann ich dir noch ein paar andere Bilder von Cordwainer zeigen.«

Sie schob sich aufs Sofa zurück und lächelte in die hübsche weiße Leere vor uns. »Ich hab genug gesehen. Ich glaube, ich verstehe, weshalb Stewart das Zeug verstecken wollte.«

»Und ich glaube, er hat meinen Tanten eine Menge Geld gegeben«, sagte ich.

Sie lachte. »Stewart ist ja so was von standesbewußt. Eine Blutsverwandtschaft zwischen seiner Familie und den Dunstans würde ihn nicht besonders freuen. Er würde sogar alles tun, um sie zu verschleiern.« Ein Gedankenblitz stand ihr ins Gesicht geschrieben; strahlend vor Überzeugung rückte sie näher zu mir. »Deine Tanten haben es von Anfang an gewußt!«

»Wahrscheinlich, aber trotzdem behaupten sie, sie hätten Edward Rinehart nie gesehen. Selbst wenn das nicht stimmt, wie hätten sie wissen können, wer er war?«

»Darauf kommt es doch gar nicht an! Sie wußten es! Star konnten sie es natürlich nie sagen – es war ihr Geheimnis. Und Stewart hat versucht, dich aus der Stadt zu ekeln, bevor du irgend etwas erfahren konntest.«

»Aber weshalb sollte er meinen Tanten ein Vermögen für drei alte Häuser geben? Ich kann mir nicht vorstellen, daß ihm der Ruf seiner Großmutter soviel wert ist.«

»Stewart ist ein Snob. Er genießt es, ein großer und mächtiger Hatch zu sein, und er würde ein Vermögen ausgeben, um sich das zu erhalten.«

»Ich hab das Gefühl, als wäre ich am Ende von irgend etwas angelangt; bloß daß es noch nicht zu Ende ist.«

Laurie drehte sich zur Seite, zog ein Bein an und legte den Ellbogen auf die Lehne des Sofas. Sie stützte den Kopf in die Hand und wartete.

»Ich weiß nicht, was ich sagen soll«, erklärte ich, nachdem ich alles wirklich Wichtige ungesagt gelassen hatte.

»Erzähl mir was über gewisse Hatchs, die dir ein Messer unter die Nase halten.«

Ich schluckte wäßrigen Whisky und Eissplitter. »Ganz ehrlich, Laurie, wenn ich dir alles erzählen würde, würdest du mich entweder für einen Lügner oder für einen Irren halten.«

Eins ihrer Knie schwebte über dem Polster, ihr Unterschenkel ragte über den Rand des Sofas. Zur Seite geneigt, saß sie da, das Kinn immer noch in der Hand. Ebenso in der Schwebe war die leidenschaftliche Entschlossenheit, die aus ihrem Gesicht leuchtete.

»Du bist mit deinem Vater zusammengetroffen, mit diesem Edward Rinehart... beziehungsweise Cordwainer Hatch. Hab ich recht? Und der hat dich mit einem Messer attackiert. War das am Buxton Place?«

»Junge, bist du scharfsichtig«, sagte ich.

»Ich passe eben auf. Wo war es also?«

»An mehreren Orten.« Ich lächelte sie an.

»Du bist mit deinem Vater an mehreren Orten gewesen. Und aus Gründen, die noch der Erklärung harren, hat dieser nette Mensch versucht, dich um die Ecke zu bringen.«

»Laurie«, sagte ich, »es tut mir wirklich leid, aber so kommst du nicht weiter.«

»Da du hier bei mir bist, hat er es offensichtlich nicht geschafft, dich zu erledigen. Soll ich daraus schließen, daß du ihn erledigt hast?«

Ich sagte soviel, wie ich konnte. »Er hat sich selbst erledigt, als er herausbekommen hat, daß er Howard Dunstans Sohn ist. Mehr kann ich dir nicht sagen.«

Sie bewegte sich nicht. »Irgendwo in oder bei Edgerton liegt die Leiche von Cordwainer Hatch. Irgendwann wird sie entdeckt und wenig später identifiziert werden.«

»Das wird nicht geschehen«, sagte ich. »Glaub mir.«

Die Hand sank vom Kinn weg, der Unterarm glitt am Rücken des Sofas hinab, das Knie bewegte sich zum Rand des Polsters. Als paradoxer Ausdruck der Zurückweisung näherte Lauries Gesicht sich dem meinen. »Alles, was du sagst, ist so *vage*. Du willst, daß ich dir glaube, aber du wirst immer weniger glaubwürdig. Vertrau mir doch wenigstens so weit, um mir zu sagen, wo ihr wart.«

Eine mir kaum bewußte Feindseligkeit machte mich leichtsinnig. Laurie Hatch schwebte vor mir wie ein Engel, dem man kein Vertrauen schenken kann, und in diesem Augenblick hatte ich weniger den Wunsch, ihr die geheimen Bereiche meines Lebens zu offenbaren, als den, ihr ihre mangelnde Vertrauenswürdigkeit zurückzuzahlen.

»Ich werde was Besseres tun«, sagte ich. »Ich werd's dir zeigen.«

»Mir zeigen? Ich will jetzt aber nirgendwohin, Ned.«

Ich streckte die Hand aus, unfähig, mich davor zu bewahren, einen unwiderruflichen Fehler zu machen. »Stell dein Glas ab und nimm meine Hand.«

Langsam und ohne den Blick abzuwenden, stellte Laurie ihr Glas auf den Tisch. Mir kam in den Sinn, daß sie wohl seit der Zeit mit Morry Burger nicht mehr so wenig in der Lage gewesen war, die Absichten eines Menschen zu erkennen. Schon als sie bei Dr. Deering und Gattin einzog, mußte ihr Blickfeld alles umfaßt haben, was sich auf beiden Seiten und selbst hinter ihrem Rücken abspielte. Seither konnte sie nicht nur um die nächste Ecke sehen, sondern auch um die Ecken dahinter.

Wenn du was über mich erfahren willst, dachte ich, *solltest du über das, was jetzt kommt, Bescheid wissen.*

Laurie Hatch packte meine Hand, und mit dem vertrauten Gefühl, durch ein urplötzlich sich öffnendes Loch im Boden zu stürzen, zog ich sie in etwas hinein, was sie bestimmt nie gutheißen konnte. An der Ecke Commercial Avenue und Paddlewheel Road kamen wir zum Stillstand, nicht weit vom zukünftigen Büro von C. Clayton Creech entfernt. Die Ziegelbauten dienten noch als Einfamilienhäuser und besaßen einen privaten Zugang zum Park, der von einem hohen Eisengitter umschlossen war. Gleich auf der anderen Straßenseite, am Bordstein vor einem Bauplatz, standen ein Ford Model T und ein Lastwagen mit Lattenwänden.

Ein Gerüst umschloß die ersten beiden Stockwerke eines Rohbaus, über dem ein Skelett aus Pfeilern aufragte. Männer krochen über das Gerüst und verschwanden in den Bereichen dahinter. An der Vorderfront des unfertigen Gebäudes brüllte ein Mann mit Melone auf dem Kopf zwei Arbeiter an, die neben einer Wanne mit Mörtel standen; auf unserer Straßenseite luden zwei andere Männer direkt vor dem Parktor Balken von einem Pferdewagen. Ein Mann mit Strohhut und Leinenanzug, der – je nach den Neigungen des Betrachters – seine Ähnlichkeit mit Präsident Garfield oder Luciano Pavarotti nicht verbergen konnte, erschien hinter den geparkten Wagen und stolzierte auf das Gerüst zu. Es war ein milder, leicht bedeckter Nachmittag, vielleicht Mitte September.

Etwa drei Schritte von Laurie und mir entfernt stand der Fotograf, der diesen Augenblick verewigen würde, hinter einem Stativ, auf dem eine Balgenkamera, so groß wie eine Obstkiste, befestigt war, und beobachtete das Entstehen seiner Komposition. In der einen Hand hielt er den Blitz, in der anderen das schwarze Tuch der Kamera. Er sah aus wie ein Magier.

Laurie sank auf den Gehsteig und preßte die freie Hand an die Stirn. Ich zog sie auf die Beine. *Du wolltest eine Antwort?* dachte ich. *Sieh dich um.* Auf ihrem Gesicht lag ein ungesundes Leuchten, ihr Blick war umnebelt. »Versuch, dich nicht zu übergeben«, sagte ich.

»Das tu ich nie.« Sie hob den Kopf. »Wo sind wir bloß?«

»An der Ecke Paddlewheel Road und Commercial Avenue«, sagte ich. »Im Jahre 1929. Schau dich um.«

Die einzelnen Elemente der Szene bewegten sich auf den entscheidenden Moment zu. Garfield-Pavarotti kam um die Ecke und blieb hinter dem Polier stehen. Wegen des Baulärms hörte man kaum, wie er die Männer mit den Schubkarren anbrüllte. Der Fotograf duckte sich unter das schwarze Tuch. Die Leute von der Sägemühle hatten alles abgeladen, nahmen ein Dutzend Holzbalken unter die Arme und marschierten über die Straße. Die Zementkärrner machten sich, gebeugt wie Grubenpferde, an ihre Arbeit. Der Polier verschränkte die Arme, drückte die Brust heraus und spreizte die Beine, um eine befehlende Pose einzunehmen. Das Schwergewicht im Leinenanzug kreuzte ebenfalls die Arme, drückte die Brust heraus und spreizte die Beine, um im Gleichgewicht zu bleiben. Unter dem schwarzen Tuch spreizte der Fotograf die Beine und sah in gebückter Haltung in den Sucher. Die Arbeiter traten in den Rahmen und richteten den Blick aufs Gerüst. Eine Reihe Blitzbirnen explodierte mit einem gelben Flackern und einem scharfen Knall.

Laurie zuckte zusammen. Die Schubkarren rollten eine Planke zum Gerüst hinauf; die Holzbalken überquerten den Bordstein. Der Zuschauer mit Strohhut manövrierte sich um den Polier; dieser brüllte den Grubenpferden hinterher. Der Fotograf kam unter dem schwarzen Tuch hervor und wölbte den Rücken.

»Ned, ich will nicht... Ned, *bitte«*, flüsterte Laurie.

Das riesige Zimmer in der Blueberry Lane nahm um uns herum Form an. Laurie taumelte um den Couchtisch herum und fiel einen halben Meter vom Sofa entfernt auf die Knie. Dann sank sie in sich zusammen und legte den Kopf auf den Teppichboden, genau wie Mr. Michael Anscombe während seiner letzten Atemzüge. Ich kniete mich neben sie und streichelte ihr den Rücken. Mit einer Handbewegung wies sie mich ab.

»Kann ich dir irgendwie helfen?« fragte ich.

»Nein.« Sie kroch vorwärts, stemmte sich aufs Sofa und erschlaffte. Nach ungefähr einer Minute setzte sie sich auf und ließ sich an die Lehne sinken. »Fast hätte ich meine goldene Regel verletzt und den Teppich doch vollgekotzt.«

»Wie fühlt sich dein Kopf an?«

»Verklebt.« Laurie beugte sich vor, um nach ihrem Glas zu greifen, dann sank sie zurück und hielt sich das Glas an die Stirn. Sie schloß die Augen und streckte die Beine aus. Das Glas sank zu ihrem Mund herab. »Ich will das Bild noch einmal sehen.« Sie zog sich hoch und wühlte in den Fotos. Ihre Augenlider sahen geschwollen aus. »Vor zwei Minuten haben wir genau da gestanden.«

»Noch ein Stück näher, dann wären wir auch auf dem Bild«, sagte ich.

»Ich versteh das alles nicht. Auf jeden Fall gefällt es mir nicht.«

»Mir gefällt es auch nicht besonders«, sagte ich.

Laurie schob sich zurück und richtete sich auf. »Aber du hast es *getan*. Du hast mich dorthin gebracht. So etwas ist nicht *richtig*.«

»Es ist weder richtig noch falsch«, sagte ich, »aber man könnte es natürlich als irregulär bezeichnen. Als unerwartet.«

»Unerwartet!« Ihr Gesicht leuchtete in einem glatten, hellen Rot. »Warum hast du mir nicht gesagt, was du vorhattest?«

»Hättest du mir geglaubt?«

In ihre Augen trat wieder jene wachsame, hellsichtige Intelligenz. Sie war wieder ganz gegenwärtig. Daß sie sich fühlte, als hätte sie Grippe, schien ohne Bedeutung zu sein. Sie sah alles, selbst den Zorn, gegen den ich blind gewesen war. »Machst du das oft?«

»So selten wie möglich. Wahrscheinlich werde ich es nie wieder tun müssen.«

»Ist das etwas, was du von Cordwainer Hatch geerbt hast?«

»Von seinem Vater«, sagte ich.

»Für heute abend hab ich genug von dem ganzen Zeug. Ruf mich morgen an.«

»Wie du willst.« Ich begann, die Fotos in die entsprechenden Mappen zu schieben. Mein Hirn fühlte sich an, als hätte es jemand in einen Schraubstock gespannt und mit dem Hammer bearbeitet. Laurie zog die Knie ans Kinn und sah mir hinterher. Nachdem ich es durch ihre Haustür und in den Taurus geschafft hatte, schaute ich auf meine Armbanduhr. Mein fünfunddreißigster Geburtstag war Vergangenheit.

124

Officer Treuhaft beobachtete meine Schritte um den leeren Brunnen, als erwartete er, daß ich mich auf die Flucht begab.

»Ich hab wohl Gäste«, sagte ich.

»Captain Mullan und Lieutenant Rowley warten drin auf Sie, Sir.«

»Worüber wollen die mit mir sprechen?«

Treuhaft blinzelte. »Ich glaube, es hat mit Ihrem Besuch im Präsidium heute abend zu tun, Sir.«

»Klingt einleuchtend. Sind Sie schon lange hier?«

»Etwa zwei Minuten.«

Drinnen winkte der Nachportier mich zu sich heran. Er stützte sich auf die Theke und sprach, fast ohne die Lippen zu bewegen. »Zwei Bullen sind rauf in Ihr Zimmer. Wenn Sie abhauen wollen – zur Hintertür geht's da lang.« Er streckte seinen kleinen Finger aus und zeigte an der Theke vorbei auf Stufen, die zu einem engen Gang hinabführten.

Ich gab ihm einen Fünfdollarschein und legte das Lovecraft-Buch und die Fotomappen auf die Theke. »Würden Sie das wohl für mich aufbewahren?«

Der Portier zuckte die Achseln, und dann war die Theke leer.

Als ich mein Zimmer betrat, erhob Lieutenant Rowley sich von meiner Bettkante. Captain Mullan saß auf dem Stuhl am nahen Tischende und nickte mir müde zu. »Bitte setzen Sie sich, Mr. Dunstan.« Er deutete auf den Stuhl ihm gegenüber.

Ich berührte den kleinen kalligraphischen Bogen der Inschrift *P.D. 17.10.58*, und ich hörte meine Mutter sagen: *Wenn ich so singen könnte wie dieser Mann Saxophon spielen, Neddie, ich würde die Zeit anhalten…*

»Schildern Sie, was Sie vor Ihrem Besuch im Präsidium getan haben.«

Robert war fleißig gewesen.

»Ich bin herumgefahren.«

»Herumgefahren.« Rowley lehnte sich mit der Hüfte an die Tischkante. »Hat Ihre Reise Sie vielleicht nach Ellendale geführt?«

Ich hörte Star sagen: *Zuerst bin ich mir nicht mal sicher gewesen, ob die Band mir gefallen hat. Es war ein Quartett von der Westküste, und ich hab nie besonders auf West-Coast-Jazz gestanden. Aber dann hat sich der Saxophonspieler – wie ein Storch hat er ausgesehen – von der Rundung des Flügels weggestoßen, sein Altsaxophon in den Mund gesteckt und »These Foolish Things« gespielt. Und – ach, Neddie – es war, als…*

»Ich glaube schon«, sagte ich.

»Gegen halb elf Uhr heute abend ist Stewart Hatch in der Notaufnahme des Lawndale Hospitals erschienen«, sagte Mullan. »Er behauptet, er habe Sie in einer intimen Situation mit Mrs. Hatch überrascht, worauf Sie ihn mit einem Messer attackiert hätten.«

»Tragen Sie ein Messer bei sich?« fragte Rowley.

»Ferner behauptet Mr. Hatch, während des folgenden Gerangels hätten Sie ihm die Schulter ausgekugelt und weitere Tätlichkeiten begangen. Er möchte Sie verklagen.«

... würde ich an einen neuen Ort kommen, von dem ich nie zuvor gehört hatte, an dem ich mich aber sofort zu Hause fühlte. Er hat die Melodie nur kurz angedeutet und sich gelöst, um dann immer höher zu fliegen. Und alle Töne, die er gespielt hat, haben sich miteinander verbunden, alles hat sich Schritt für Schritt entfaltet, wie eine Geschichte...

»Mir ist egal, was Stewart Hatch vorhat«, sagte ich. »Er wird damit nicht durchkommen, denn er erzählt seine Geschichte verkehrt herum.«

»Also hat Mr. Hatch *Ihnen* die Schulter ausgerenkt?«

»Zeigen Sie uns das Messer, Dunstan«, sagte Rowley.

»Ich hab gar keines.« Ich erzählte, wie ich nach Ellendale gefahren und mit dem betrunkenen Stewart Hatch gerauft hatte. »Schließlich hat er in die Messerschublade gegriffen und ein Schälmesser herausgezogen. Er hat irgend etwas wie: ›Eigentlich hab ich nach was Eindrucksvollerem gesucht‹ gesagt. Dann ist er auf mich zugestürmt, und ich hab ihn zu Boden gerissen und ihm die Schulter ausgerenkt. Außerdem hab ich ihm in die Seite getreten, weil ich inzwischen nicht mehr gerade bester Laune war. Danach hab ich ihn aus dem Haus geworfen. Er hat meinen Mietwagen gerammt und ist mit etwa hundert Meilen pro Stunde nach Lawndale abgerauscht. Ich staune, daß er so dumm ist. Seine Frau hat alles mitangesehen.«

»Sein Alkoholspiegel war viermal so hoch wie die Promillegrenze«, sagte Mullan. »Übrigens, laut dem Beamten, der die Zeugenaussage von Mrs. Hatch aufgenommen hat, soll ihr Mann beim Erblicken des Schälmessers statt ›eindrucksvoll‹ den Begriff ›imposant‹ verwendet haben. ›Eigentlich hab ich nach was Imposanterem gesucht.‹ Klingt doch besser.«

»Captain«, sagte Rowley, »die beiden haben diese Geschichte gemeinsam ausgebrütet. Mr. Hatch hat sie im Bett überrascht, und da hat Dunstan sein Messer gezogen.«

»Der Beamte, der Mrs. Hatch verhört hat, hat einen Müllsack voll zerbrochener Teller gesehen. Ich glaube, wir können Mr. Hatchs Anschuldigungen ad acta legen.«

»Sie waren schon draußen in Ellendale?« sagte ich überrascht. »Ich bin doch gerade erst hier angekommen!«

»Wir können ziemlich schnell handeln, wenn wir wollen.«

Neddie! hörte ich meine Mutter sagen. *Es war, als würde sich vor mir die ganze Welt öffnen. Es war wie eine Reise in den Himmel.*

Ein rasselndes Geräusch kam aus Rowleys Kehle. »Dieser Kerl ist einfach überall. Wohin wir auch kommen, er ist schon da. Seit zwei Tagen hat niemand Joe Staggers gesehen, und wir wissen genau, daß der hinter ihm her war. Was ist Ihrer Meinung nach wohl mit Staggers geschehen?«

»Bislang hat ihn noch niemand als vermißt gemeldet.«

»Dunstan verteilt Alibis und findet Frauen, die sie ihm bestätigen. Die Probleme von Mr. Hatch werden sich in Luft auflösen, und das wird Dunstan auch bald tun. Auf wessen Seite wollen Sie dann stehen, Captain?«

Mullan faltete die Hände über dem Bauch und betrachtete die Zimmerdecke. »Alles in allem, Lieutenant, können Sie jetzt nach Hause gehen. Sagen Sie Officer Treuhaft, er kann auch abziehen.«

»Überlegen Sie sich's gut, Captain.«

»Danke für Ihre Hilfe, Lieutenant. Bis morgen dann.«

Rowleys tote Augen wanderten von Mullan zu mir und wieder zurück zu Mullan. »Wie Sie wollen, Captain.« Er schlug die Tür hinter sich zu.

Mullan betrachtete mich mit demselben undurchsichtigen, losgelösten Blick, den er auf meine Zimmerdecke gerichtet hatte. »Sie sind ein seltsamer Mensch, Mr. Dunstan.«

»So sagt man.«

Aus Mullans düsterem Lächeln schloß ich nur, daß Robert sich unglaublich verwegen benommen hatte. »Ich hätte gedacht, Sie würden damit rechnen, von mir zu hören.«

»Das tue ich auch.«

Mullan bewegte sich nicht einmal einen Zentimeter. Selbst das frostige Lächeln blieb an Ort und Stelle. »Erinnern Sie sich daran, wie ich einen anonymen Anruf von jemand erwähnt habe, der Earl Sawyer mehrerer Morde beschuldigte?«

»Natürlich«, sagte ich.

»Genau deshalb sind Sie ein seltsamer Bursche. Ich hab ihn nämlich nicht erwähnt.«

»Tut mir leid«, sagte ich. »Es ist einfach zuviel los zur Zeit.«

»Wäre es wohl möglich, daß Sie der Bursche waren, der uns angerufen hat?«

»Das wäre es nicht«, sagte ich.

»Aber das Thema ist für Sie von Interesse.«

»Das kann ich nicht bestreiten«, sagte ich. Vorsichtig bewegte ich mich durch das Minenfeld, das Robert angelegt hatte.

»Vor wenigen Stunden – es war gegen neun – haben Sie mich in meinem Büro aufgesucht, um mir mitzuteilen, Sie würden Earl Sawyer verdächtigen, der ehedem als Edward Rinehart bekannte Bürger dieser Stadt zu sein. Ich glaube nicht an Zufälle, Mr. Dunstan.«

»Ich dachte, die Polizei bekommt dauernd anonyme Hinweise.«

»Schön wär's, dann müßte ich alter Mann nicht so hart arbeiten. Na gut, vergessen Sie den Anruf. Und widersprechen Sie mir, wenn ich mich bei Folgendem irren sollte: Als wir ins St. Ann's Hospital gefahren sind, haben Sie da nicht von Clothard Spelvin gesprochen? Von Clothhead?«

»Ihr Gedächtnis trügt Sie keineswegs«, sagte ich. »Das tut es wahrscheinlich nie.«

»Im Präsidium haben Sie gesagt, Ihre Mutter hätte Ihnen den Namen Rinehart genannt.«

Sein Lächeln sah noch immer wie eine Landkarte der Tundra aus, aber er schien mir nicht feindselig gesinnt zu sein. Mit einer Reihe wohlüberlegter Schritte bewegte Mullan sich auf irgend etwas zu; er hatte Rowley und Treuhaft weggeschickt, weil das zwischen uns bleiben sollte. Ich hatte keine Ahnung, was Robert zu Mullan gesagt hatte, und einen Fehler konnte ich mir nicht leisten. Abgesehen davon wußte ich nicht im geringsten, worauf Mullan zusteuerte.

»Kurz bevor sie gestorben ist«, sagte ich.

Mullan streckte die Beine aus und verschränkte die Hände hinter dem Kopf. »Also, mal sehen, ob ich alles richtig verstanden habe. Sie haben erfahren, daß Ihre Mutter krank nach Edgerton zurückgekehrt sei. Wie ging das vor sich? Hat eine Ihrer Tanten Sie in New York angerufen?«

»Ja, aber da war ich schon unterwegs«, sagte ich. »Ich hatte noch Urlaub gut, und da wollte ich ein bißchen durchs Land trampen. Ich weiß, das klingt verrückt, aber mir gefiel die Vorstellung. Ich wollte es bis Illinois schaffen, dort meine Tanten besuchen und zurückfliegen. Zwei Tage, bevor meine Mutter gestorben ist, habe ich neben Bob Mims gesessen, dem Lkw-Fahrer, mit dem Sie gesprochen haben. Wir sind durch Ohio gefahren, und ich… ich weiß nicht, wie das in Ihren Ohren klingen wird.«

»Versuchen Sie's mal«, sagte Mullan.

»Ich hatte das deutliche Gefühl, daß meine Mutter ernsthaft krank ist und ich schleunigst hierherkommen muß.«

»Obwohl Ihre Mutter gar nicht in Edgerton wohnte.«

»Ich wußte, sie würde heimkommen, wenn sie glaubte, bald sterben zu müssen.«

»Sie sind also mit Bob Mims durch Ohio gefahren. Dabei haben Sie das deutliche Gefühl empfunden, Ihre Mutter sei nach Hause gekommen, weil sie meinte, sterben zu müssen.«

»Ich weiß, das klingt komisch, aber so war es.«

»Und dann?«

»Mims hat einem Umweg gemacht, um mich am Motel Comfort abzusetzen. Dort habe ich Ashleigh Ashton kennengelernt, die mir angeboten hat, mich am nächsten Morgen im Wagen mitzunehmen.«

»Als Sie an jenem Morgen in Edgerton angekommen sind, haben Sie Staatsanwältin Ashton gebeten, Sie am St. Ann's Hospital abzusetzen. Nicht in der Cherry Street. Da müssen Sie wieder so ein deutliches Gefühl gehabt haben.«

»So könnte man es ausdrücken. Captain Mullan, weshalb reden wir über das Ganze?«

»Aus mehreren Gründen. Also: Sie kommen in die Intensivstation und erfahren, daß Ihre Mutter einen Schlaganfall hatte. Auch ihr Herz ist in üblem Zustand. Tief im Innern wissen Sie, sie wird sterben, aber wenigstens sind Sie rechtzeitig angekommen, um sie sehen und mit ihr sprechen zu können. Das ist allerdings nicht einfach. Jedes Wort kostet sie eine ungeheure Anstrengung, und

Sie müssen sich anstrengen, etwas zu verstehen. All diese Faktoren geben allem, was Ihre Mutter sagt, eine außerordentliche Bedeutung. Hab ich recht?«

Mullan blickte noch immer ins Zimmer, die Beine ausgestreckt, die Hände hinter dem Kopf verschränkt.

»Klingt so, als wären Sie dabeigewesen.«

»Ich war dabei«, sagte Mullan. Er tat einen weiteren Schritt auf sein mysteriöses Ziel zu. »Unter diesen Umständen tut Ihre Mutter etwas Unerwartetes. Sie packt Ihre Hand und sagt: ›Edward Rinehart.‹ Und es gelingt ihr, Ihnen ein paar Dinge über diesen unbekannten Herrn mitzuteilen.«

Captain Mullan hatte mir gerade genug gesagt, um mich auf den richtigen Weg zu bringen. Nun brauchte es nur noch irgendeine Bestätigung von meiner Seite. Mullan wollte feststellen, ob ich wußte, daß Rinehart mein Vater war. Er selbst wußte es, und wenn ich auch nur bejahte, daß Star mir tatsächlich etwas über den unbekannten Herrn gesagt hatte, würde er es mir so mitteilen, als wüßte ich es ebenfalls. Mullan führte mich durch ein Labyrinth. Er hatte mir den Boden unter den Füßen weggezogen. Aber das galt in noch stärkerem Maße für Robert, dachte ich. Jedenfalls wollte Mullan aus unerfindlichen Gründen herausbekommen, wie tief ich bereits in das Labyrinth vorgedrungen war.

»Sie hat gesagt, Rinehart sei mein Vater gewesen.«

»Und da wollten Sie feststellen, wieviel Sie über ihn herausbekommen können. Sie haben gedacht, Toby Kraft könnte Ihnen dabei behilflich sein.«

»Toby war der erste, an den ich mich gewendet habe«, sagte ich.

»Hat er Ihnen geholfen? Indirekt, meine ich. Sind Sie zum Beispiel auf Tobys Rat hin mit Mrs. Hatch nach Mount Vernon zum Veteranenhospital gefahren?«

Mullan hatte seine Hausaufgaben gemacht. »Er hat mir geraten, mit einem Mann namens Max Edison zu sprechen, und Mrs. Hatch hat mir angeboten, mich dort hinzubringen.«

Mullan wandte mir den Kopf zu, ohne die Körperhaltung sonst in irgendeiner Weise zu verändern. »Wahrscheinlich wissen Sie nicht, was mit Edison geschehen ist. Es stand nicht in der Zeitung.«

Ich sah schon die Leiche auf dem blutigen Bett liegen, sah die aufgeschlitzte Kehle.

»Es war ganz ähnlich wie bei Toby Kraft, nur daß diesmal ein Messer neben dem Opfer lag. In derselben Nacht. Allgemein spricht man von Selbstmord, was mir ganz recht ist. Der Bursche hatte vielleicht noch drei, vier Monate zu leben, und da hat er beschlossen, sich zu verabschieden, solange er noch Herr der Sache war. Aber da gibt's ein interessantes Detail. Ein Pfleger da oben hat ausgesagt, am Vortag sei ein Privatdetektiv namens Leroy Pratchett aufgetaucht, um mit Edison zu sprechen. Ein hagerer Kerl in einer schwarzen Lederjacke. Er hatte einen Kinnbart.«

»Frenchy«, sagte ich.

»Sie haben eine argwöhnische Natur«, sagte Mullan. »Wie haben Sie Rinehart mit Earl Sawyer in Verbindung gebracht?«

Ich erzählte von den Häusern am Buxton Place und davon, welche Erklärung Hugh Coventry für die Namen der Eigentümer gefunden hatte. Ich beschrieb mein Zusammentreffen mit Earl Sawyer, erzählte, wie er mich hineingelassen hatte, wie ich die Bücher von Rinehart und Lovecraft gesehen und schließlich den Namen Sawyer in »Der Schrecken von Dunwich« entdeckt hatte.

Mullan rückte seinen Stuhl näher an den Tisch und tat sein Bestes, um sich den Anschein zu geben, mir alles zu glauben. »Waren Sie noch einmal am Buxton Place, als Sawyer nicht zugegen war?«

Ich schüttelte den Kopf.

»Sie waren also nicht verantwortlich für die Zerstörung der Bücher?«

Mir dämmerte, was er mir sagen wollte. »Sie waren dort.«

»Mr. Dunstan, ich hab den ganzen Abend damit verbracht, alle Orte aufzusuchen, an denen Earl Sawyer sich meines Wissens hätte aufhalten können.« Er dehnte die Arme und gähnte. »Entschuldigung. Ich bin zu alt für diesen Mist. Ziemlich bald – hoffe ich wenigstens – wird der Sarg von Edward Rinehart in der Strafanstalt von Greenhaven exhumiert werden. Vielleicht bekommen wir dann heraus, wer in dem verfluchten Ding begraben ist. Auf jeden Fall ist es nicht Rinehart.«

»Das dürfte wohl kaum möglich sein«, sagte ich.

»Wie nennt man so was – eine Untertreibung?« sagte Mullan. »Auf die Beine, Mr. Dunstan. Wir machen einen Spaziergang.«

125

Mullan deutete an der Empfangstheke vorbei auf die zur Hintertür führenden Stufen. »Da lang.« Der Portier erschien in der Bürotür und drehte sich geschäftig um, um die Werbesendungen auf einem Regal hinter ihm zu inspizieren.

Ich folgte Mullan die Stufen hinab und über den Betonboden zum Ausgang. Der Captain bewegte sich schneller, als ich erwartet hatte. Er stieß die Tür auf und marschierte hinaus. Ich erwischte die Tür beim Zurückschwingen und trat in einen engen Gang zwischen Ziegelmauern, bei dem es sich um die Horsehair Lane handeln mußte. Der graue Schatten von Mullans Anzug und ein weißer Haarschimmer verschwanden in der Finsternis zu meiner Linken.

Ich meinte, die Türflügel des alten Lagerhauses und mehrere schiefe Gebäude wiederzuerkennen, während wir in die Fortsetzung der Gasse eilten. Mullan hielt inne; der bleiche Schimmer seines irischen Gesichts drehte sich zu mir um. »Bemühen wir noch mal Ihre argwöhnische Natur. Also, dieser sogenannte Pratchett taucht im Veteranenhospital auf. Nehmen wir an, es handelt sich um Frenchy. Was heißt das? Prentiss ist bereits tot. In der folgenden Nacht – Peng! – fallen sie um wie die Fliegen: Edison, Toby Kraft, Cassandra Little und La Chapelle. Unter uns – wäre es möglich, daß Sie irgendeine hypothetische Erklärung dafür haben?«

»Rein hypothetisch, wohl«, sagte ich. »Helen Janette hat mir erzählt, Frenchy sei in den Gassen hier aufgewachsen. Vielleicht hat Rinehart – Earl Sawyer – ihn seit seiner Kindheit auf irgendeine Weise das Fürchten gelehrt.« Ich erzählte ihm von Sawyers Behauptung, »Charles Ward« habe ihm durch einen Jungen namens Nolly Wheadle seinen Wochenlohn überbringen lassen, und von Nollys Worten über eine Gestalt, die er den Schwarzen Tod genannt habe.

»Vielleicht hat Rinehart, Sawyer oder wie immer man ihn nennen will, Frenchy zum Veteranenhospital geschickt, um herauszubekommen, ob ich dort Nachforschungen angestellt hatte. Jemand vom Personal hat Frenchy erzählt, zwei Leute hätten mit Max Edison gesprochen, und vielleicht hat Edison gesagt, diese beiden Leute hätten seinen Namen von Toby gehört.«

»In all unseren vielen Gesprächen, Mr. Dunstan, haben Sie nie ein Wort über Edison oder Edward Rinehart gesagt.«

»Captain, so unterhaltend unsere Begegnungen waren, sie schienen nicht das mindeste mit meinem Vater zu tun zu haben.«

»War es Edison, der Ihnen die Sache mit Clothhead Spelvin erzählt hat?«

»Ja«, sagte ich. »Ich hab Max Edison gemocht. Er hätte was Besseres verdient, als im Bett abgeschlachtet zu werden.« Mir fiel ein, daß wir uns im Bereich der Hypothese bewegten. »Falls das der Fall war.«

»Falls das tatsächlich der Fall war, erzählen Sie mir doch noch den Rest.«

»Sawyer hat sich also um Max und Toby gekümmert, und danach mußte er auch Frenchy loswerden. Weil er dachte, der hätte seiner Freundin wahrscheinlich mehr erzählt als angesagt, hat er die auch noch umgebracht. Was Clyde Prentiss betrifft, weiß ich nicht recht.« Ich erinnerte mich an die Begegnung mit Frenchy und Cassie Little in der Intensivstation. »Wissen Sie, vielleicht war es eine Art Anzahlung. Prentiss hätte sich schließlich einen Teil seiner Strafe ersparen können, wenn er Frenchy verpfiffen hätte.«

Mullan kochte über. »Earl Sawyer hat also fünf Menschen umgebracht, weil er Sie daran hindern wollte zu erfahren, daß er Ihr Vater ist – wollen Sie darauf hinaus?«

»Er hat sich hintergangen gefühlt«, sagte ich.

»Möchten Sie dem noch irgend etwas hinzufügen?«

»Möchten Sie mir nicht vielleicht langsam sagen, worauf Sie hinauswollen? Warum haben Sie gedacht, ich könnte für die Staatsanwaltschaft von Louisville oder irgendeine Bundesbehörde arbeiten?«

»Sagen wir, ich habe mich hintergangen gefühlt.« Auf dem, was ich von seinem Gesicht erkennen konnte, erschien wieder ein frostiges Lächeln, um gleich wieder zu verschwinden. »Vielleicht können Sie das Ihre tun, um die öffentliche Ordnung aufrechtzuhalten, Mr. Dunstan.« Mullan stürmte weiter.

Der Geruch, den ich mit Joys Haus verband, drang wieder aus den Ziegeln; nach weiteren zwanzig Schritten bog Mullan in die Raspberry Lane ein. In der Dunkelheit führte das Pflaster in eine Mulde hinab, wo zwei Polizisten an beiden Seiten einer Tür lehnten, die mit gelbem Klebeband versiegelt war. Sie drückten sich von der Mauer ab, als sie Mullan sahen.

»Hier gibt's was, das Sie interessieren dürfte.«

Wir erreichten die Tür, und die beiden Cops sahen auf einmal wie Wachposten vor dem Buckingham Palace aus. »Abmarsch«, sagte Mullan.

Die beiden musterten mich mit einem gleichgültigen Polizeiblick und schlenderten die Gasse entlang.

Mullan entfernte das Band. »Earls Telefon ist noch immer unter dem Namen Annie Engstad angemeldet, der Frau, die vor ihm hier gewohnt hat, aber der Sicherheitsbeauftragte von Hatch hatte die Adresse in den Akten. Ich mußte bloß das Schloß aufbrechen, um reinzukommen. Falls Sie sich Sorgen wegen Mr. Sawyers Rechten machen sollten – Richter Gram, mit dem ich jeden Samstag Golf spiele, hat einen Haussuchungsbefehl unterzeichnet.«

Er öffnete die Tür, und der Gestank von Flußgrund sprang uns an wie eine unsichtbare Wand. Mullan trat ein und knipste ein Licht an. Ich hörte Ratten in Deckung huschen.

»Gütiger Himmel«, sagte ich.

Die Tür führte in einen niedrigen, etwa vier mal vier Meter großen Raum, der aussah, als wäre eine Bombe darin detoniert. Es war der letzte Wohnsitz von Cordwainer Hatch. Müllhaufen, die teilweise bis zur Hüfte reichten, bedeckten wellenförmig den Boden. Zeitungen kräuselten sich an der Wand wie getrockneter Meeresschaum. An der linken Wand lag ein Durcheinander aus schmutzigen Hemden, Socken, Sweatshirts und Jogginghosen auf einem schmalen Bett; an der Wand gegenüber flossen geologische Müllablagerungen über die Kante eines Tischs und vereinten sich mit dem in Schichten vom Boden aufsteigenden Abfall. Das Ausmaß an Chaos machte mich schwindlig. Lumpen, Pizzaschachteln, Gläser, zerknüllte Zeitschriften, Taschenbücher ohne Deckel, Plastikbecher: der Fries aus Schutt wand sich unter einen Stuhl und ergoß sich in das Zimmer dahinter. An manchen Stellen teilte er sich und gewährte Durchlaß.

»Earls Wohn- und Schlafzimmer«, sagte Mullan. »Das mag jetzt komisch klingen, aber rühren Sie nichts an, falls ich es Ihnen nicht ausdrücklich erlaube. Ein Teil dieses Materials wird als Beweismittel verwendet werden.« Er deutete aufs Hinterzimmer.

»Die Küche da war auch sein – sagen wir mal – Arbeitszimmer. Dort ist's noch schlimmer. Bevor wir reingehen, sehen Sie sich mal den Kleiderschrank an.«

Er watete durch Abfall und zog eine Tür auf. Hemd und Hose von Sawyers Uniform hingen neben einer braunen Windjacke und einem Paar Khakihosen. Ein Kleiderbügel war leer. Im oberen Fach lag die Uniformmütze mit dem Schild nach vorn neben seiner Kangol-Mütze, einer langen schwarzen Taschenlampe, einem Polizeiknüppel und den runden Enden von Objekten, die ich nicht sofort identifizieren konnte. Die gelben Augen einer rauflustig aussehenden Ratte starrten zwischen den Schuhen, die kreuz und quer auf dem Boden des Kleiderschranks lagen, zu uns empor.

»Hau ab!« brüllte Mullan und stampfte mit dem Fuß auf den Müll. Die Ratte sauste durch ein Loch in der Wand, das kaum größer war als eine Geldmünze. »Schauen Sie mal da neben den Knüppel!«

Ich stieg über schwammigen Schutt, stellte mich auf die Zehenspitzen und sah eine Reihe Messer – Küchenmesser, Messer mit Hirschhorngriff und Holzgriff, Messer, die in einen schwarzen Metallgriff zurücksprangen und Messer mit Klingen, die aus Stahlbehältern herausschnappten.

»Schauen Sie genauer hin«, sagte Mullan.

Ich beugte mich vor und sah rostrote Flecken und getrocknete Handabdrücke.

»Earl war vernarrt in Messer«, sagte Mullan. »Aber um das Säubern seines Werkzeugs hat er sich ebensowenig gekümmert wie um den Rest, solange seine Uniform und ein paar andere Sachen anständig genug aussahen, um draußen getragen zu werden.«

Ich kämpfte mich hinter Mullan zu einem fächerförmigen Fleck in der rechten hinteren Ecke des Zimmers durch, wo er eine halb vergrabene Pappschachtel ausbuddelte. »Glücklicherweise hat Earl Souvenirs behalten.« Mullan hob ein gebogenes Metallrohr auf, das wohl einmal Teil eines Regenschirms gewesen war, und stemmte die Laschen der Schachtel auf.

Ich lugte hinein und sah ein Durcheinander aus Armbanduhren, Armbändern, nicht zusammenpassenden Ohrringen, ein paar Schlüsselringen und alten Portemonnaies, dazu kleine weiße

Knochen und das gebogene Fragment eines menschlichen Schädels, an dem noch ein Knorpelklümpchen klebte.

Mullan klopfte mit dem Schirmrohr auf das Fragment. »Würde mich nicht wundern, wenn das zu einem Gentleman namens Minor Keyes gehört hätte. Erinnern Sie sich noch an den?«

»Wie könnte ich ihn wohl vergessen?« sagte ich. »Wegen dem hat man mich das erste Mal eines Mordes beschuldigt.«

»Sehen Sie die kleinen Knochen da? Ich vermute, sie sind der Rest einer Hand, die man einem neugeborenen Baby abgeschnitten hat, das wir vor etwa vier Jahren einmal auf einem Müllcontainer gefunden haben. Die Mutter haben wir am nächsten Tag geschnappt. Nettes irisches Mädchen, sechzehn Jahre alt. Hieß Charleen Toomey. Sie hat gestanden, ihre neugeborene Tochter auf den Container gelegt zu haben, aber sie hat gleichzeitig geschworen, da habe der Säugling noch geatmet. Ihr selbst zufolge hatte sie gehofft, ein guter Samariter würde vorbeikommen und ihrem Baby ein Zuhause geben.«

»Und Ihnen zufolge?«

»Mir zufolge wollte sie es reinschmeißen, hat aber im letzten Moment Bammel bekommen.« Er tippte auf eine der Geldbörsen. »Eigentum eines Säufers namens Pipey Leake, der 1985 in der Lieferanteneinfahrt hinter dem Merchants Hotel totgeschlagen wurde. Und die hier stammt von einem Knaben namens Phil Doria, der nachts immer in der Gegend von Buffalo Hill herumgehangen und ältere Kerle überfallen hat. 1979 hat ihn jemand erstochen. Und dieses Armband hier hat wahrscheinlich einer heroinsüchtigen Ausreißerin gehört, die in der Chester Street unter dem Namen Sidewalk Molly ihren Arsch zu Markte getragen hat.«

»Sollte man das Zeug nicht aufs Präsidium bringen?«

»Das wird man schon noch tun«, sagte Mullan. »Kurze Zeit später wird Earl Sawyer alias Edward Rinehart zu öffentlichem Eigentum werden. Das gilt auch für Sie, Mr. Dunstan. Jetzt aber haben wir noch die Chance zu entscheiden, um was für eine Story es sich handeln wird und wieviel Aufmerksamkeit man Ihnen zuwendet.«

»Was wollen Sie damit sagen?«

Mullan warf das Rohr auf einen Abfallhügel. Er sah überhaupt nicht mehr wie ein Barkeeper aus. »Gewisse Aspekte der Art und

Weise, wie Ihr Freund Stewart Hatch vorzugehen pflegt, werden wahrscheinlich zu Ermittlungen innerhalb meiner Behörde führen. Ich möchte den Skandal gern auf ein Mindestmaß beschränken. Es wird schon schlimm genug werden, ohne Jack the Ripper aufs Tapet zu bringen.«

»Sie wollen das Ganze hier vertuschen?« Ich war schlichtweg entgeistert.

»Selbst wenn ich so dumm wäre, das zu wollen, könnte ich es gar nicht. So eine Sache kann man nicht vertuschen. Selbst Rowley merkt, daß er noch mehr von Hatchs Geld in die Tasche stecken kann, wenn er Sie ins Scheinwerferlicht drängt. Viel würde das zwar nicht nützen, aber wenigstens die Aufmerksamkeit von Hatch ablenken.«

»Mich ins Scheinwerferlicht zu drängen.«

»Vor etwa zwei Stunden hat Grenville Milton eine Reisetasche gepackt und ist über den Fluß zu einem Motel bei Cape Girardeau gefahren. Dort hat er telefonisch zwei Tickets erster Klasse nach Mexico City bestellt – für einen Flug, der morgen früh um sieben Uhr dreißig von St. Louis abgeht. Er hatte hundertdreißigtausend Dollar und eine 45er Ruger bei sich. Ich weiß nicht, was an der Ruger dran ist. Wenn Burschen wie Milton eine Waffe brauchen, kaufen sie immer so was.«

»Zwei Tickets«, sagte ich, »erster Klasse.«

»Dann hat er eine Frau namens Ming-Hwa Sullivan angerufen. Ming-Hwa ist ein harter Brocken. Sie hat sich geweigert, zum Motel zu kommen, und über den Vorschlag, ihn direkt am Flughafen zu treffen, nur gelacht. Er hat gesagt, er würde sich sonst umbringen, und sie darauf: ›Grenville, wenn du erwachsen wärst, würdest du kapieren, wie wenig ich mit dieser Entscheidung zu tun habe.‹ Ihre Worte. Als das Gespräch beendet war, hat sie uns angerufen, und wir haben Cape Girardeau kontaktiert. Dorthin waren schon zwei Streifenwagen unterwegs, weil jemand Pistolenschüsse gemeldet hatte. Eine Viertelstunde später hat der dortige Captain zurückgerufen. Milton hat die Ruger viermal abgefeuert. Er hat das Telefon in seinem Zimmer erledigt. Er hat den Fernseher erledigt. Er hat das Fenster aufgemacht und das Neonschild vor dem Motel erledigt. Dann hat er sich auf den Boden gesetzt, den Lauf in den Mund gesteckt und sich die Schädeldecke weggeblasen.«

»Weiß Hatch schon darüber Bescheid?«

»Noch nicht.«

»Ich verstehe nicht, was Sie vorhaben«, sagte ich.

Mullan ging vorsichtig um mich herum. »Kommen Sie in die Küche.«

126

Weitere Ratten und mehrere Kakerlakenvölker huschten davon, als Mullan die Glühbirne an der Decke anknipste. In der hinteren Hälfte des Zimmers versammelten sich ekstatische Fliegen über miteinander verschmolzenen, schillernden Hügeln aus grünem Gelee, durchstoßen von Pfaden, die zum Bad, zum Spülbecken und zur Hintertür führten. Die Badezimmertür stand weit genug offen, um erkennen zu lassen, daß ich nicht hineinschauen wollte, wenn das Licht an war.

Wie eine Waldlichtung ragte links ein rechteckiger Teil eines Tisches aus dem Chaos, das sich um ihn erhob. Im Zentrum der Lichtung lag ein schwarzer, mit Gold verzierter Füllhalter parallel zur Kante eines Journals, ähnlich demjenigen, in das Toby Kraft seine fiktiven Zahlen eingetragen hatte. Über dem Müll auf dem hinteren Teil der Tischplatte hing ein Foto in einem Silberrahmen. Spuren von Wachskreide und Gold überlagerten das Bild im Rahmen: Das Foto war herausgenommen und übermalt worden. Durch das Chaos hindurch, das Captain Mullan und mich umgab, trat ich näher, bis ich vor dem Tisch stand und sah, was mein Vater einem formellen Porträt der Familie Hatch angetan hatte.

Von Hand gezeichnete Messer und Pfeile ragten wie Stacheln aus Carpenter und Ellen Hatch. Die Augen waren übermalt worden, ein Vampirgrinsen löschte die Münder aus. Ein schwarzes Gekritzel beseitigte den kleinen Cobden Hatch. Auf dem Kopf des jungen Cordwainer saß eine goldene Krone und sandte ihre Strahlen aus, inmitten seiner Brust flammte ein goldenes Herz.

»Interessant, nicht wahr?«, sagte Mullan.

Das war es, was Earl Sawyer am Buxton Place in die Schublade gesteckt hatte; das war es, was Toby Kraft auf Anordnung Edward Rineharts aus dem Haus von dessen Familie in der Mansion Row gestohlen hatte.

»Sagen Sie mir den Namen von dem Knaben mit der Krone.«

»Earl Sawyer«, sagte ich. »Edward Rinehart.«

»Glückwunsch, Mr. Dunstan. Ihr Vater und Stewarts Vater waren Brüder, wodurch Sie und Stewart zu Vettern ersten Grades werden.«

»Offenbar war Earl auf seine Familie nicht allzugut zu sprechen«, sagte ich.

»Nehmen Sie den Stuhl da«, sagte Mullan. »Drehen Sie ihn um und setzen Sie sich.«

Ich zog den Stuhl vor den Tisch und setzte mich.

»Da wären wir also, Mr. Dunstan«, sagte Mullan. »Sie und ich. Lieutenant Rowley sitzt emsig am Telefon, baut seine Verteidigungsstellung aus und tut sein Bestes, um sich mit Bestechung oder Drohungen aus der Schußlinie zu bringen, aber an dem, was wir in diesem Zimmer tun, kann er nicht herumpfuschen. Verstehen Sie, was ich sagen will?«

»Was weiß Rowley über Earl Sawyer?«

Wieder ein frostiges Lächeln. »Er weiß, daß Earl in den letzten dreißig Jahren verschiedene Leute ermordet hat. Die aufregende kleine Wendung, daß es sich bei Earl Sawyer zufällig um den seit langem verschollenen Cordwainer Hatch handelt, ist ihm noch nicht zu Ohren gekommen.«

»Und das sollen wir verschweigen?«

»Daß das irgendwie herauskommt, können wir nicht verhindern. Außerdem ist mir das auch scheißegal. Es geht mir nur darum, den Trubel auf ein Minimum zu reduzieren und mir meinen guten Ruf und meine Pension zu bewahren. Bald wird es hier von Reportern aus dem ganzen Land wimmeln. Jedesmal, wenn ich das Präsidium verlasse, werde ich irgendwelchen Mikrophonen ausweichen müssen. Aber damit kann ich umgehen.«

»Weshalb sind wir dann hier?« fragte ich.

»Wenn Sie dazu bereit sind, mir bei der Klärung dieser Geschichte zu helfen, können wir uns vielleicht einen Teil dieses Schlamassels ersparen. Vertrauen Sie mir, Mr. Dunstan?«

»Das kann ich nicht beantworten«, sagte ich.

»Na schön. Nichts, was Sie mir jetzt sagen, kommt in die Akten. Das ist ein Versprechen. Wollen Sie weiterreden?«

»Mal sehen, wie es läuft«, sagte ich.

»Also ein Silberstreifen am Horizont.« Mullan betrachtete das verstümmelte Foto hinter mir. »Es hat Sie nicht überrascht zu sehen, daß es sich bei dem Jungen auf dem Bild um Cordwainer Hatch handelt.«

»Daß er mein Vater war, habe ich erst vor etwa zwölf Stunden erfahren.« Ich berichtete, wie ich bei Hugh Coventry hereingeschaut und vom Verschwinden der Hatch-Fotos gehört hatte. Ich nannte einen vagen Grund für meinen Verdacht gegenüber Nettie und erzählte, wie ich die Mappe in ihrem Schlafzimmer entdeckt hatte. »Sobald ich die Bilder gesehen hab, wußte ich, daß Cordwainer mein Vater war.«

»Ich nehme an, Cordwainer ist tot.«

Ich schwieg.

»Was ich vorhabe, wird wesentlich leichter sein, wenn ich nicht zur Jagd auf Cordwainer Hatch blasen muß, während sein Neffe vor Gericht steht. Ich hab den Eindruck, heute ist etwas geschehen – ein Showdown –, und weil Sie noch am Leben sind, ist Cordwainer es wahrscheinlich nicht mehr. Sagen Sie mir etwas.«

Ich sagte nichts.

»Es bleibt unter uns, Mr. Dunstan. Selbst wenn Sie mir sagen, Sie hätten ihn eigenhändig umgebracht, werde ich keinerlei Beschuldigungen gegen Sie vorbringen.«

»Cordwainer Hatch ist tot.«

»Sie könnten uns beiden einen Gefallen tun, wenn Sie mir sagen, wo seine Leiche zu finden ist.«

»Niemand wird je seine Leiche finden.«

Mullan betrachtete mich ohne jedes Werturteil. »Also wird in zwei Jahren nicht etwa ein Baggerführer oder ein Kind, das im Wald umherstreift, auf seine Überreste stoßen. Und wenn der Fluß das nächste Mal über seine Ufer tritt, wird die Leiche nicht an einer Sandbank angespült werden.«

»Nichts dergleichen wird je geschehen. Jetzt sind Sie dran, mir zu vertrauen.«

»Haben Sie ihn umgebracht?«

»Haben Sie ein Tonband in der Tasche?«

Er lächelte.

»Man könnte sagen, er hat sich selbst umgebracht.«

»Lassen Sie mich eine ganz abseitige Frage stellen. Hat irgendeines dieser verschwundenen Fotos – ich meine auch die von Ihrer Familie – etwas damit zu tun?«

»Gibt es irgend etwas, was Sie mir verschweigen, Captain?«

»Ich will ein bißchen deutlicher werden. Als Stewart Hatch Sie beschuldigt hat, ihn mit dem Messer attackiert zu haben, hat er auch gesagt, er habe Sie im Verdacht, in sein Haus eingebrochen zu sein, um ein paar Fotos zu holen, die er versehentlich aus der Bibliothek mitgenommen hatte. Es ist mir völlig egal, wenn Sie in seinem Haus waren, um etwas zurückzuholen, was Ihrer Familie gehört. Ich will nur wissen, ob Sie Cordwainer Hatch diese Bilder gezeigt haben.«

Die in meinem Nervensystem läutenden Alarmglocken wurden lauter. »Wieso sollte ich?«

Mullan brauchte einen Moment, um zu antworten, und als er es tat, brauchte ich ebenfalls einen Moment, um zu begreifen, was er mir sagte. »In meiner Kindheit hat mir meine Mutter auf der Straße einmal Howard Dunstan gezeigt. Er war ein alter Mann, hat aber nicht so zahm ausgesehen, wie alte Kerle das sonst so tun. Er hat mir sogar Angst eingejagt. Meine Mutter hat zu mir gesagt: ›Als Mädchen hab ich mich wie am ersten Frühlingstag gefühlt, wenn Howard Dunstan mich nur anlächelte.‹ Ich nehme an, diese Wirkung hatte er auf viele Frauen.«

Ich starrte Mullan mit unverblümter Ehrfurcht an, die nur durch meinen Schock gemildert wurde. Er wußte alles – oder zumindest alles, was er wissen konnte. Seit Rowley uns in meinem Zimmer im Brazen Head allein gelassen hatte, führte mich Mullan auf den Punkt zu, den ich versuchte zu verbergen. »Sie sind zu gut für diese Stadt«, sagte ich.

»Geschichten wie die hier gibt es in Cape Girardeau einfach nicht. Sobald Stewart Hatch Sie zu Gesicht bekommen hatte, hat er versucht, Sie festnehmen oder aus der Stadt scheuchen zu lassen. Aber er hatte keine Ahnung, wer Earl in Wirklichkeit war, oder?«

»Er hat gedacht, Cordwainer ist tot.«

»Und Cordwainer wußte auch nichts. Aber ich hab eine Vermutung, für was er sich hielt. Drehen Sie sich um, und schlagen Sie das Journal auf, oder wie immer Sie's nennen wollen. Er hatte eine wunderschöne Handschrift, das muß man ihm lassen.«

Ich wandte mich um und griff nach dem Journal. Ich blätterte einen dicken Packen Seiten um, dann las ich: *Auch ich hatte meine Judasse. Der erste war ein gewisser Clothhead Spelvin, dessen*

Verrat ich mit einem kurzen Besuch in seiner Gefängniszelle ahndete.

Ein Stück weiter unten verkündete Cordwainer Hatchs kalligraphische Handschrift: *Auf verwitterte Weise bin ich noch immer gutaussehend, wenn ich so sagen darf.*

Auf einer vorangehenden Seite stand in zornigen schwarzen Großbuchstaben: *ICH HASSE DIE KUNST. KUNST HAT NIE JEMANDEM IN IRGENDEINER WEISE GENUTZT.*

Und noch weiter vorn: *Ihr Großen – falls Ihr überhaupt existieren solltet, bitte ich Euch hiermit um ein meinen Diensten angemessenes Maß an Anerkennung.*

Dann blätterte ich zu den letzten Worten vor, die er geschrieben hatte: *Ich lege meine Feder beiseite – und schließe das Buch – rasch naht der* Triumph *– meine herzlosen Väter –*

»Haben Sie ihm ein Bild von Howard Dunstan gezeigt?« fragte Mullan hinter mir.

Ich schloß das Journal. »Was werden Sie mit dem Buch hier tun?«

»Das ist eine ausgezeichnete Frage. Während die Beamten, die vorhin vor der Tür postiert waren, das andere Zimmer durchsucht haben, bin ich hier hereingekommen, habe das Buch aufgeschlagen und ein paar Abschnitte gelesen. Dann habe ich die Beamten rausgeschickt und den Rest überflogen. Cordwainer Hatch hat wohl gemeint, er würde von einer Gattung außerirdischer Ungeheuer abstammen, die ihn hierhergesandt hätten, um ihre Invasion vorzubereiten. Er schreibt, er habe sich durch den Raum bewegen, in verschlossene Zimmer eindringen und sich unsichtbar machen können. Was passiert, wenn das publik wird? Zahllose Reporter fangen an, sich mit diesen Morden zu befassen. Die ganze Stadt verwandelt sich in eine Boulevardzeitung. Der Polizeichef ist erledigt, ich bin's auch und verbringe den Rest meines Lebens damit, vor Leuten zu flüchten, die Bücher über das Monster von Edgerton schreiben wollen.«

»Brauchen Sie das nicht als Beweismittel?«

»In der Pappschachtel drüben sind mehr als genügend Beweise.« Er blickte auf eine schillernde Müllwoge, die sich einen Schritt vor ihm über den Boden ergoß. Eine gutgenährte Ratte hatte den Vorderleib aus der Oberfläche gestreckt und starrte ihn an. »Laß mich bloß in Frieden«, sagte Mullan.

Geschmeidig, selbstbewußt und furchtlos zuckte die Ratte mit der Nase und wühlte sich aus dem Müll. Mullan stampfte auf den Boden. Die Ratte schlich auf ihn zu, die schwarzen Augen auf ihn gerichtet.

Er knöpfte sein Jackett auf und griff nach seinem Revolver. »Manchmal läßt einen die Selbstachtung Dinge tun, die man nicht tun sollte.« Mullan entsicherte den Revolver und richtete ihn auf die Ratte.

Zähnebleckend schoß das Tier über den Boden. Mullan sprang zurück und feuerte. Kurz bevor die Ratte seine Füße erreichte, verwandelte sie sich in einen blutigen Klumpen aus Haaren und einem offenen rosa Mund. In meinen Ohren dröhnte es. Das blecherne Echo von Mullans Stimme sagte: »Wenigstens kann ich behaupten, zur Selbstverteidigung geschossen zu haben.« Er kickte den Kadaver in den Abfall und steckte die Pistole wieder ins Halfter.

»Guter Schuß.« Es klang, als hätte ich ein Handtuch vor dem Mund.

»Ich verliere allmählich den Verstand.« Mullan bewegte den Mund, aber alles, was ich hören konnte, war das blecherne Echo. »Ich glaube, dieser Bursche war zu allem in der Lage, was er beschrieben hat. Sonst kann ich mir nicht erklären, wie Prentiss und Frenchy ermordet wurden.«

Ich hörte mich mit gedämpfter Stimme sagen: »Das ist ein gutes Argument.«

»Haben Sie einen Zwillingsbruder, Mr. Dunstan? *Er* schreibt, Sie hätten einen. Und er behauptet, Ihr Bruder habe Minor Keyes getötet.«

»Ich habe einen Bruder. Aber der ist kein richtiges menschliches Wesen.« Mullan sah mich an, scharf, als sähe er mehr, als er wollte. »Ich wußte nichts von seiner Existenz, bis er sich neulich in der Gasse gezeigt hat.«

»Weiter will ich gar nicht gehen, Mr. Dunstan.« Ich hatte den Eindruck, er hätte gern einen Grund gehabt, noch eine vorwitzige Ratte zu erledigen. »Die Polizei von Edgerton nimmt folgenden Standpunkt ein: Ihr Vater, Cordwainer Hatch, hat seine Verbrechen aus Wut über die Zurückweisung von seiten seiner Familie begangen. Die Fingerabdrücke in diesem Loch werden zu denjenigen passen, die bei der ersten Verhaftung von Cordwainer gemacht wurden. Das FBI wird Rineharts Fingerabdrücke haben, und die in Greenhaven begrabene Leiche wird man als behördlichen Irrtum bezeichnen. Frenchy La Chapelle und Clyde Prentiss haben Selbstmord begangen. Die Morde an Toby Kraft und Cassandra Little weisen Verbindungen zur Mafia auf. Ein derzeit unter Polizeischutz stehender Zeuge hat uns mit hinreichender Zuverlässigkeit bestätigt, daß Cordwainer Hatch alias Edward Rinehart alias Earl Sawyer bei einer tätlichen Auseinandersetzung ums Leben gekommen ist und daß seine Leiche nie gefunden werden wird.«

»Falls Sie nicht vorhaben, mich im Regen stehen zu lassen, werde ich wesentlich mehr über die Leiche sagen müssen.« Seine wie meine Stimme klangen, als stammten sie aus dem Reich der grausamen Götter meines Vaters.

»Mund halten und zuhören«, sagte Mullan. »Prägen Sie sich gut ein, was ich Ihnen jetzt sage, denn Sie werden es mindestens hundertmal wiederholen müssen.«

127

Ich werde es nie erfahren, aber ich würde drei zu eins wetten, daß Captain Mullan einer jener Menschen ist, die mit der Fähigkeit gesegnet sind, in langen, zusammenhängenden Erzählstrukturen zu träumen. Vielleicht führt eine jahrelange Arbeit als Kriminalbeamter, besonders in der Mordkommission, zur Entwicklung einer Begabung, Geschichten zu erfinden, so wie andere im Kraftraum ihre Muskeln entwickeln.

Jedenfalls griff Mullan in seine Phantasie und entfaltete sofort und ohne Zögern die Geschichte, die uns beide rettete. Hier und da unterstützte ich ihn ein wenig. Er wiederum drängte mich, mir einige Details klar vor Augen zu führen. Beigebracht hat er mir folgendes:

Nachdem meine Mutter mir den Namen Edward Rinehart genannt hatte, erfuhr ich von dessen Verhaftung im Jahre 1958 und seinem Tod bei einer Revolte im Gefängnis von Greenhaven. Suki Teeter erzählte mir weiteres. Immer noch neugierig, bat ich Hugh Coventry, die Grundbucheinträge der Häuser am Buxton

Place zu überprüfen, und fand heraus, daß die Eigentümer die Namen von Figuren trugen, die sich im Werk von Rineharts Lieblingsautor wiederfinden. Ich suchte die Häuser auf und traf dort auf Earl Sawyer, der mich hineinließ. Sawyer erfuhr, daß ich im Brazen Head wohnte. Er sagte beiläufig, er wohne ganz in der Nähe, und gab mir seine Adresse. Am folgenden Abend rief mich ein Mann von der Rezeption meines Hotels aus an. Ohne seinen Namen zu nennen, sagte er, er sei im Besitz der verschwundenen Fotos der Familie Dunstan. Er weigerte sich zu sagen, woher er die Bilder hatte, wollte jedoch wissen, wieviel sie mir wert seien. Wir einigten uns auf einhundert Dollar. Ich kam hinunter, sah einen Mann durch die Tür verschwinden und folgte ihm in den Veal Yard.

»Wie hat er ausgesehen?« fragte ich.

Es war dunkel, doch schien es sich um einen weißen, einsfünfundsiebzig bis einsachtzig großen und gut siebzig Kilo schweren Mann zu handeln. Er trug eine dunkelblaue oder schwarze Jacke mit Reißverschluß, dunkle Hosen und Handschuhe. Ich brachte die Fotos in mein Zimmer und bemerkte die Ähnlichkeit zwischen Howard Dunstan und mir. Nach der Beerdigung meiner Mutter gab Rachel Milton mir den Rat, einige Fotos im derzeitigen Besitz von Hugh Coventry anzusehen, meinte aber nicht die Dunstan-Bilder, die ich bereits in Händen hatte. Ich ging zur Bibliothek und fand heraus, daß man dort das Fehlen der Hatch-Mappe bemerkt hatte, kurz nachdem Mrs. Hatch mit meinen Tanten im Archiv gewesen war.

Es kam mir in den Sinn, meine Tanten hätten die Hatch-Mappe als Faustpfand für ihre eigene Mappe entwendet, und später entdeckte ich sie tatsächlich im Haus meiner Tante Nettie. Die Ähnlichkeit eines jungen Mannes, den ich als Cordwainer Hatch ausmachen konnte, mit Howard Dunstan und mir führte mich zu dem Schluß, ich habe Edward Rineharts wahre Identität entdeckt.

Ich besuchte Mrs. Hatch; ich raufte mit dem betrunkenen Stewart. Als ich ins Hotel zurückkam, wollte ich Earl Sawyer anrufen, um ihn zu bitten, sich ein paar alte Fotos anzuschauen. Vielleicht würde ihm irgendein kleines Detail entschlüpfen, das mich zu dem Besitzer der Häuser am Buxton Place führte. Er stand nicht im Telefonbuch, weshalb ich eine Stunde damit verbrachte, auf der Suche nach seiner Adresse die Gassen zu durchstreifen. Schließlich fand ich mich vor einem baufälligen Haus. Ich merkte, daß ich seit dem Nachmittag nichts getrunken hatte, und war extrem durstig. Und da stand ich doch tatsächlich vor Earl Sawyers Domizil. Ich klopfte. Sawyer fuhr bei meinem Anblick zurück, aber als ich ihm erklärte, weshalb ich gekommen sei, bat er mich bereitwillig herein.

Ich tat so, als würde mir der Zustand seiner Zimmer nicht weiter auffallen. Sawyer sagte, er wisse um die Unordnung in seiner Wohnung, aber wenn er Tag für Tag darin wohnen könne, könnte ich es wohl auch ein paar Minuten aushalten.

»Haben Sie sich das gemerkt?« sagte Mullan. »›Wenn ich Tag für Tag hier leben kann, werden Sie's wohl auch ein paar Minuten aushalten.‹«

»Weshalb ist das wichtig?« fragte ich.

»Weil es so präzise ist, daß es echt klingt.«

Ich wiederholte den Satz, und Mullan spann weiter an meiner Geschichte.

Sawyer führte mich in das Elend des vorderen Zimmers. Meine Anwesenheit löste eine seltsame, amüsierte Höflichkeit in ihm aus, die sich am Rande der Hysterie zu bewegen schien. Er fragte nach den Fotos. Ich gab ihm die Dunstan-Mappe und sagte, er solle sich mal das Bild des jungen Howard Dunstan anschauen. Das tat er, aber ohne ein Zeichen des Wiedererkennens zu zeigen.

Anschließend gab ich ihm die Hatch-Mappe in die Hände. Sawyer starrte bestimmte Fotos mit eindeutigem Interesse an. Dann betrachtete er noch einmal das Bild von Howard Dunstan und legte es neben eines von Cordwainer Hatch. Er sah etwas benommen aus. Ich fragte, ob er ein Glas Mineralwasser habe, worauf er mir beide Mappen entgegenstreckte und in die Küche ging. Ich folgte ihm, um sicherzugehen, daß mein Wasser aus einer Flasche stammte und in ein sauberes Glas gegossen wurde.

Ohne zu merken, daß ich ihm gefolgt war, kickte Sawyer den Müll vor dem Kühlschrank weg. Ich bemerkte das Foto über dem Tisch und trat näher, um es mir genauer anzusehen. Sobald ich sah, was Earl mit dem Bild gemacht hatte, begriff ich, daß er Cordwainer Hatch war.

Er wirbelte herum und fragte, was ich da tue. Ich deutete auf den Jungen mit der Krone und dem flammenden Herzen und sagte: *Das sind Sie.*

Und wenn's so wäre? fragte er. *Ich hab schon vor langer Zeit aufgehört, Cordwainer Hatch zu sein.*

»Wiederholen Sie das«, befahl Mullan.

»›Ich hab schon vor langer Zeit aufgehört, Cordwainer Hatch zu sein.‹«

»Und daraufhin haben Sie gesagt: ›Damals sind Sie als Edward Rinehart nach Edgerton zurückgekehrt, und ob Sie es wissen oder nicht, ich bin Ihr Sohn.‹ Wiederholen Sie auch das.«

Earl Sawyer war von meiner Verkündigung nicht überrascht gewesen. Er nickte und betrachtete mich mit der leicht hysterischen Erregung, die mir schon am Buxton Place aufgefallen war. Er sagte: *Was immer das heißen soll, es mag sein, daß du es bist. Ich hab nie was mit dir zu tun haben wollen.* Ich begann, aus der Küche zurückzuweichen, da ich inzwischen nur noch in mein Hotelzimmer zurückkehren und sauberes Wasser aus einem sauberen Glas trinken wollte. Sawyer kam auf mich zu und sagte: *Ich will dir was zeigen.* Er öffnete die Hintertür. *Das bin ich dir schuldig.* Ich folgte ihm hinaus in eine enge, gewundene Gasse.

Mullan öffnete die Hintertür und sagte: »Kommen Sie, Mr. Dunstan.«

128

Er stürzte die winzige Gasse entlang, paßte sich geschmeidig ihren abrupten Richtungsänderungen an, stürmte mit der Mühelosigkeit einer langen Vertrautheit um plötzlich auftauchende Ecken und durch schachtelgroße Höfe.

»Wissen Sie, wie das Ding hier heißt?«

»Horsehair«, sagte ich.

»Und wissen Sie auch, warum?«

»Weil es so eng ist, nehme ich an.«

»Gut geraten«, sagte Mullan und überließ mich der Frage, ob nicht mehr dahintersteckte. Er bog in eine Gasse ein, die doppelt so breit war wie die Horsehair Lane. Seine verschwommene Gestalt trat zur Seite und wartete. Die breitere Gasse führte noch sechs Meter weit nach rechts, wo sie auf eine Ziegelmauer traf. An dieser Stelle endete die Horsehair Lane – nicht, wie ich gedacht hatte, an einer der Straßen am Rande von Hatchtown, sonders als stumpfe Sackgasse zwischen einer Ziegelmauer und der geneigten Fassade einer lange vergessenen Gießerei. Ich blickte auf die Mauer und sah das Wort *Abdeckerei.*

»Wissen Sie, wie der Beruf des Abdeckers aussah?«

Ich wußte es nicht.

Er deutete auf das Gebäude, das ich für eine Gießerei gehalten hatte. Die zwei breiten Torflügel besaßen Fenster wie die der alten Stalltore am Buxton Place. Mullan senkte die Schulter und schob einen Flügel zur Seite. Der ganze Bau erzitterte. Wir traten in einen langen, breiten Raum, an dessen schiefen Wänden Haken glänzten. In der Mitte des gestampften Lehmbodens befand sich ein kreisrundes, tiefliegendes Loch von etwa zwei Metern Durchmesser. Ein kalter, beißender Dunst reizte meine Nebenhöhlen, und ich mußte niesen.

Mullan trat auf das Loch zu. »Vor hundert Jahren hat man alte Pferde durch diese Gasse geführt und sie hierhergebracht. Das Tor sollte sie an ihre Ställe erinnern.«

»Sagen Sie mir, was Abdecker genau getan haben«, sagte ich.

»Im allgemeinen haben die Abdecker abgehalfterte Pferde geschlachtet und Leim aus ihren Hufen gemacht. Manche haben ihnen auch die Felle abgezogen und diese zu Gerbereien gebracht. Hier in Edgerton haben sie Schweif und Mähne abgeschoren und das Haar an Perückenmacher und Matratzenfabriken verkauft. Wenn mal wieder ein Pferd reingekommen ist, hat der ›Boomer‹ – so hat man ihn genannt – ihm mit dem Vorschlaghammer auf die Stirn geschlagen. Das Pferd fiel um, und der Bursche, den man den ›Hoist‹ nannte, hat es mit dem Ding da hochgezogen.« Er deutete auf eine lange, halb verfaulte Schlinge, die von der Decke hing. »Die ›Shearers‹ haben das Haar abgeschoren, dann hat der ›Hoist‹ das Pferd auf einen Haken gesenkt. Wenn die Zeit gekommen war, hat er es wieder hochgezogen, es über die

Grube geschwenkt und es hineinsinken lassen. Die Grube… die Grube hat als Grab für die Kadaver gedient.«

»Wie tief ist sie?« Ich blickte hinab in das stille, schwarze Wasser, das eine Handspanne unter der Öffnung der Grube zu sehen war.

»Tief genug. An arbeitsreichen Tagen haben die Abdecker zehn, zwölf Pferde da hinunterfallen lassen, und keines ist je wieder hochgetrieben. Überhaupt ist nie wieder was hochgekommen. Wenn all die Kadaver, die angeblich in der Grube gelandet sind, sich tatsächlich da unten befinden, muß das eine ganze Menge sein.«

»Was ist da drin – Säure?«

Mullan ging zu einer der Wände des langen Raumes und scharrte in der Erde. Er bückte sich und hob etwas auf, das wie ein kleiner Brotlaib aussah. Als er näherkam, sah ich, daß er einen zerbrochenen Pflasterstein hielt. »Passen Sie auf.« Mit einem Unterarmschlenker warf Mullan den Stein auf die Grube zu. Als der Stein sich der Flüssigkeit bis auf ein, zwei Handbreit genähert hatte, meinte ich, die Brühe hochsteigen zu sehen, um ihn zu verschlingen. Der Stein rutschte hinein, und nun erhob sich tatsächlich eine siedende Fontäne und wirbelte ihn im Kreis herum wie einen Korken. Dünner Dampf stieg empor und stach mir in die Nase. Meine Augen tränten. Sich überschlagend, trieb der Pflasterstein über die Oberfläche der Grube, nur noch halb so groß wie vorher. Es sah aus, als hielte ihn ein Piranhaschwarm über Wasser. In Sekundenschnelle wurde der Stein zu einem drehenden Plättchen, einer Kruste, einem Fleck.

»Säure ist nichts dagegen«, sagte Mullan. »Anfang der Dreißiger hatte die Stadt ein paar Monate lang die geniale Idee, die Grube als zusätzlichen Müllplatz für diesen Teil von Hatchtown zu benutzen. Als das ruchbar wurde, hat man damit aufgehört und die üblichen behördlichen Dementis abgegeben. Wie auch immer, hier ist Earl Sawyer gelandet. Er hat Sie hier hergebracht und die Tür aufgeschoben; Sie sind ihm gefolgt, und dann hat er ein Messer gezogen. Die Mappen mit den Fotos haben Sie ungefähr an dieser Stelle fallen lassen.« Er fuhr mit der Schuhsohle über den Boden. »Sie haben mit ihm gerungen. Ohne zu wissen, was geschehen würde, haben Sie ihn dabei in die Grube gedrängt. Auf Nimmerwiedersehen, Earl. Ohne Leiche ist das das Beste, was wir uns ausdenken können. Es wird klappen. Niemand wird irgendwelche Zeit damit vergeuden, nach seiner Leiche zu suchen. Und Sie müssen von jemand hergeführt worden sein, der sich auskannte, weil Sie den Ort ja allein nie gefunden hätten. Die meisten Leute in Edgerton haben noch nie was von der Abdeckerei gehört, und drei Viertel von denen, die doch was gehört haben, meinen, es handle sich dabei um ein Märchen. Alsdann, bringen wir den Rest dieser Nacht hinter uns.«

Er führte mich zurück in Sawyers Wohnung, wo er mich aufforderte, das Journal an mich zu nehmen. »Ich hab es nie gesehen. Von jetzt an hat es niemals existiert.«

Ich watete durch den Schutt und nahm das Buch von der Lichtung auf dem Tisch. »Was nun?«

»Wir gehen zurück zum Brazen Head, um die Bilder zu holen. Dann bringe ich Sie aufs Präsidium, wo man Sie wahrscheinlich bis zum Morgengrauen verhören wird. Wissen Sie Ihren Text noch?«

»Ich glaube schon«, sagte ich.

»Wir haben genügend Zeit, die Geschichte noch einmal durchzugehen. Wollen Sie vorher noch was anderes machen?«

»Ich sollte wohl C. Clayton Creech anrufen.«

»Das sollte Stewart Hatch auch tun.« Mullan verschloß die Hintertür und knipste das Licht aus. Es war wie eine Parodie häuslicher Sorgfalt.

129

In dem Vernehmungszimmer, in dem Lieutenant Rowley sich neulich als meinen besten Freund bezeichnet hatte, rezitierte ich Captain Mullans Traum vor einem wechselnden zwei- bis sechsköpfigen Publikum – wieder und immer wieder, wie eine Jukebox, wie eine Scheherazade, die nur eine einzige Geschichte kennt und sie erzählt, solange es geht. Die Gesichter, die vor mir erschienen, stellten Neugier, Argwohn, Gleichgültigkeit oder Müdigkeit zur Schau. Es waren weibliche und männliche Polizeibeamte meines Alters in Zivil, uniformierte Männer, die zwei Generationen älter waren, heroisch eine Zigarette nach der andern rauchten und mit erschöpftem Zynismus nicht mich, sondern den Tisch betrachteten, ein Mitarbeiter des Bürgermeisters, die Pressesprecherin der Polizei, die ihr Haar zurechtrückte und in das einseitig verspiegelte Glas blinzelte, der Polizeichef von Edgerton, der mir riet, mir eine anonyme Telefonnummer zuzulegen, und schließlich zwei Männer ohne Namen, die Gesichter wie aus Pergamentpapier hatten. Sie sahen aus wie sowjetische Funktionäre, die dazu bestimmt waren, bald aus den offiziellen Fotos wegretuschiert zu werden. Vor all diesen Menschen sang ich Captain Mullans Lied, dessen Autor meine Vorstellung die meiste Zeit von einer Ecke des Zimmers aus beobachtete.

Kurz vor Sonnenaufgang wurde ich zu einem »unter Polizeischutz stehenden Informanten« oder etwas Ähnlichem erklärt und in eine Zelle geführt. Das Scheppern der Tür weckte mich um halb acht. Mit der mir schon vertrauten Miene eines Mannes, der soeben einen erfrischenden Spaziergang über einen Friedhof genossen hat, glitt C. Clayton Creech herein, prächtig in seinen alten grauen Anzug gekleidet. Auf dem Kopf trug er seinen alten grauen Filzhut, in der Hand eine schwarze, abgenutzte Aktentasche. Creech hockte sich ans Fußende meiner Pritsche und warf mir einen Blick zu, der fast ein gewisses Maß an Zuneigung ausdrückte.

»Danke, daß Sie mich an Mr. Hatch weiterempfohlen haben«, sagte Creech. »Er kommt reichlich spät zu mir, aber ich werde tun, was ich kann. Durchaus erfreulich ist hingegen, daß Sie dieses Dreckloch bald verlassen können.« Ohne eine sichtbare Bewegung machte er es sich bequem. »Der offizielle Standpunkt lautet, daß Sie Hatchtown von einer abscheulichen Gestalt befreit und sich bei Ihrer Vernehmung zudem äußerst kooperativ verhalten haben.«

»Schön, das zu hören«, sagte ich. »Was ist der inoffizielle Standpunkt?«

»Manche der hiesigen Blauröcke haben Bedenken wegen des anonymen Burschen, der Ihre Familienfotos gegen fünf Porträts von Andrew Jackson eingetauscht hat. Es schmerzt mich, Ihnen das sagen zu müssen.«

»Das verstehe ich«, sagte ich.

»Trösten können wir uns jedoch mit zwei Faktoren. Einerseits sind die erwähnten Herrschaften nicht in der Lage, etwas bezüglich ihrer Bedenken zu unternehmen, weil unser Polizeichef die

Hand über Sie hält. Und andererseits erhebt Mr. Stewart Hatch keinen Widerspruch gegen Ihre Behauptung, der illegitime Sohn seines Onkels Cordwainer zu sein. Offenbar unterstützen die Fotos, die Sie unseren Gesetzeshütern ausgehändigt haben, diese Behauptung auf unmißverständliche Weise.«

»Stewart wußte schon die ganze Zeit Bescheid«, sagte ich.

»Was Mr. Hatch wußte oder nicht, ist für unser heutiges Gespräch ohne Belang.«

Ich stellte die Beine auf den Boden und lehnte mich mit dem Rücken an die Wand. »Was ist dann von Belang?«

»Daß Mr. Hatch sein Vorwissen zugegeben hat. In Anbetracht der Weigerung von Mrs. Hatch, ihn in dieser schweren Zeit zu unterstützen, will er den Anspruch, den Sie auf das Treuhandvermögen haben, nicht mehr sabotieren.«

»Meinen Anspruch? Ich hab gar keinen Anspruch auf sein Geld. Das habe ich auch nie behauptet.«

»Wir sprechen hier von ›Anspruch‹ im Sinne von ›Anrecht‹, nicht im Sinne von ›Forderung‹ oder ›Geltendmachung‹.«

Stewart führte etwas im Schilde; er glaubte, mich dazu benutzen zu können, sein Vermögen zu retten. Indem er mich ins Spiel brachte, wollte er die Fakten vernebeln. Zweifellos war es Creech, der dieses Komplott mit der leidenschaftslosen, kaltblütigen Geschicklichkeit ersonnen hatte, mit der er an alles heranging.

»Mr. Creech«, sagte ich, »wenn Stewart eines Verbrechens für schuldig befunden wird, geht das Vermögen an Cobbie. Ich werde nicht zulassen, daß der Bursche seinen Sohn betrügt.«

Creech stellte eine unerschütterliche Geduld zur Schau. »Mr. Hatch ist kein Teil der Nahrungskette mehr. Vielleicht kann ich ihm in bestimmter Hinsicht helfen, aber vor einer Verurteilung bewahren kann ich ihn nicht. Die Dinge liegen folgendermaßen: Wenn *Sie* nicht im Wege stünden – wenn Sie also zum Beispiel nichts über Ihre Herkunft wüßten –, würde Cobden Carpenter Hatch tatsächlich das Familienvermögen erben, das ist richtig. Aber so, wie die Dinge liegen, geht es rechtmäßig an Sie.«

Ich sprach Creech von jedweder Komplizenschaft frei. Stewart hatte einen grundlegenden Fehler begangen. »Stewart hat vergessen, daß derselbe Grund, weshalb er aus dem Rennen ist, auch auf mich zutrifft. Cordwainer Hatch wurde zweimal rechtskräftig verurteilt. Damit war er draußen, und ich bin es dadurch auch.«

»Die Bedingung, auf die Sie anspielen, hat keine Bedeutung für den Fall Cordwainer. Sein Bruder, Cobden Hatch, hat die Voraussetzungen für die Erbberechtigung erst im Mai 1968 geändert. Der damalige Zusatz hat keinen rückwirkenden Effekt.«

»Was soll das heißen?« fragte ich.

»Die Klausel hat keine Bedeutung für Taten, die vor dem Mai 1968 begangen wurden.«

»Das kann doch nur ein Scherz sein.«

»Ich scherze selten, Mr. Dunstan. Das steht mir nicht.« Creech legte das linke Bein über das rechte, verschränkte die Arme und verwandelte sich in ein dichtgedrängtes, selbstgenügsames Paket. Ein Eidechsenlächeln erschien auf seinem Gesicht. Er befand sich offenbar in einem Zustand ihm angemessener Glückseligkeit.

»Bevor ich mich in dieses entzückende Gebäude aufgemacht habe, hatte ich noch ein ausführliches Telefongespräch mit Mr. Parker Gillespie geführt, dem Treuhänder des Hatch-Erbes. Mr. Gillespie verfügt über ein cholerisches Naturell. Er war über unsere Plauderei zwar nicht erfreut, ist mir aber auch nicht ausgewichen. Cobden Hatch hatte die Absicht, seinen Sohn mit der bewährten Methode von Zuckerbrot und Peitsche auf den rechten Weg zu führen. Seinen abtrünnigen Bruder hat man damals längst für tot gehalten. Es wäre ihm nie in den Sinn gekommen, daß das Vermögen jemand anderem in die Hände fallen könnte als seinem Sohn. Was jedoch diesen – also Stewart Hatch – betrifft, so ist es ihm wohl wie Schuppen von den Augen gefallen, als er Sie das erste Mal zu Gesicht bekommen hat. Cordwainer war das erstgeborene Kind seiner Generation; Sie waren sein Sohn; das Vermögen gehörte also Ihnen. Cordwainers wie auch Ihre illegitime Abkunft hat keinen Einfluß auf die Erbberechtigung. Cordwainer Hatch war das Kind von Carpenter und Ellen Hatch. Auf seiner Geburtsurkunde steht Carpenters Name. Juristisch gesehen war er also der Sohn von Carpenter.«

»Laut meiner Geburtsurkunde hieß mein Vater Donald Messmer.«

»Da Stewart Hatch sein Vorwissen zugegeben hat, ist das nunmehr bedeutungslos. Sehen Sie den Tatsachen ins Auge, Mr. Dunstan. Das Hatch-Vermögen geht an Sie.«

»Das glaube ich einfach nicht«, sagte ich.

»Neulich haben Sie's zuerst auch nicht geglaubt.«

Das Eidechsenlächeln wurde, offenbar angesichts meiner Verständnislosigkeit, breiter.

»Ab und zu, Mr. Dunstan, ist es meine Aufgabe, Sie von einer beträchtlichen Erbschaft zu unterrichten. Meine Rolle in Ihrem Leben scheint die eines himmlischen Botschafters zu sein.«

»Tut mir leid«, sagte ich. »Das mit neulich.«

»Aufgrund von Carpenter Hatchs Wunsch, die finanzielle Handlungsfähigkeit seiner Erben nicht durch irgendwelche Klauseln zu behindern, erhalten Sie das gesamte Treuhandvermögen ohne Wenn und Aber. Was mich betrifft, sehe ich mit dem reinsten Vergnügen, wie sich die Familie Hatch derart grandios selbst aufs Kreuz gelegt hat.«

»Um wieviel Geld geht es eigentlich?«

»Vorsichtig geschätzt, rechnet Mr. Gillespie mit zwanzig bis fünfundzwanzig Millionen. Er wird sich noch heute mit Ihnen in Verbindung setzen, und ich bin mir sicher, daß er Ihnen empfehlen wird, weiterhin seine Dienste in Anspruch zu nehmen. Sollten Sie ablehnen, würde ich mich an Ihrer Stelle auf eine schaurig klingende Androhung der Katastrophen vorbereiten, die Sie erwarten werden.«

»Ich werd wohl zumindest mit ihm sprechen müssen«, sagte ich, was Creech sichtlich amüsierte.

»Inzwischen werde ich die nötigen Dokumente vorbereiten, mit denen Gillespie von seiner Aufgabe entbunden wird, und sie Ihnen per Kurier nach New York schicken. Wenn Sie wünschen, kann ich auch Nachforschungen darüber anstellen, ob mein Kollege Ihnen eine korrekte Abrechnung geliefert hat.«

»Was würden Sie mir dafür berechnen?«

»Mein übliches Honorar von zweihundert Dollar pro Stunde. Sind Sie damit einverstanden, schicken Sie Mr. Gillespie gleich nach Ihrer Ankunft in New York ein Fax und instruieren Sie ihn, mir Kopien sämtlicher Unterlagen zukommen zu lassen. Wahrscheinlich wird mein geschätzter Kollege sich vor Wut die Haare einzeln ausreißen. Ich nehme an, die zweihundert Dollar pro Stunde werden Ihnen weitere zwei oder drei Millionen einbringen.«

»Mr. Creech«, sagte ich, »Sie sind ein Schatz.«

»Ich werde rigoros nachprüfen, was Ihnen zusteht. Und da ich Sie besser kenne, als Mr. Gillespie das tut, möchte ich mich auch jetzt gleich erkundigen, wieviel Sie von dem unerwarteten Segen verschenken wollen.«

Ich lächelte ihm zu, aber er lächelte nicht zurück. Creech saß auf der Kante meiner Gefängnispritsche, in sich zurückgezogen, hager und alterslos, sah in seinem grauen Anzug und seinem Hut gänzlich unpersönlich aus und wartete ab, was ich zu sagen hatte.

»Ich möchte für Cobbie Hatch sorgen«, sagte ich.

»Ist es Ihr Wunsch, für den Jungen zu sorgen, indem Sie die Mittel für dessen Ausbildung zu Verfügung stellen und seiner Mutter einen jährlichen Betrag zukommen lassen, mit dem die beiden ein angenehmes Leben führen können, oder haben Sie vor, ihn reich zu machen?«

»Er bekommt die Hälfte des Geldes«, sagte ich.

»Ihr Vorgehen hat Konsequenz«, sagte Creech. »Ich hatte erwartet, daß Sie das Vermögen gleichmäßig aufteilen. Darf ich einen Vorschlag machen?«

Ich nickte.

»Ich empfehle Ihnen eine ähnliche Konstruktion, wie sie bislang in der Familie Hatch bestanden hat. Der Junge würde dann jedes Jahr einen bestimmten Betrag erhalten, zu dem zusätzlich das Geld für die Lebenshaltung seiner Mutter käme. Je nachdem, was Sie festlegen, würde ihm dann im Alter von einundzwanzig, fünfundzwanzig oder dreißig Jahren die Verfügung über das ganze Kapital übertragen. Wenn er einundzwanzig ist, dürfte es soviel wert sein wie die ungeteilte Summe heute.«

»Wie lange brauchen Sie, um das zu arrangieren?«

»Dafür muß ich mich etwa eine Woche an den Schreibtisch setzen.«

»Gut.« Ich überdachte die Details. »Lassen Sie Cobbie mit einundzwanzig über ein Viertel des Kapitals verfügen, mit fünfundzwanzig über ein weiteres Viertel, und mit dreißig über den Rest. Mrs. Hatch soll jährlich zweihundertfünfzigtausend Dollar für ihre Lebenshaltung bekommen.«

Er nickte. »Die Zahlungen für Mrs. Hatch werden dem für ihren Sohn eingerichteten Treuhandvermögen entnommen. Diese außerordentlich großzügige Regelung wird meine fortlaufende Mitwirkung erfordern, wie Sie sicherlich verstehen werden. Ich nehme an, die Rechnung für meine Dienste soll an Sie gehen statt an Mrs. Hatch und deren Sohn.«

»Würden Sie Mrs. Hatch bitte einen Brief mit den besprochenen Konditionen schicken?«

»Gern.« Creech schlug die Beine auseinander und legte die Hände zwischen die Knie. Es sah so aus, als wollte er gehen. Stattdessen nahm er einen dünnen Papierstapel aus seiner Aktentasche und überreichte ihn mir mit einem Blick, der sanften Tadel ausdrückte. »Dies sind die Dokumente bezüglich der finanziellen Verpflichtungen von Mr. und Mrs. Clarence Crothers gegenüber dem Altersheim von Mount Baldwin. Die sollten Sie eigentlich schon gestern in meinem Büro unterzeichnen, aber egal, ich hab sie mitgebracht. Die Sache wird Mrs. Crothers nicht an den Bettelstab bringen.«

Ich entschuldigte mich, unterschrieb die Papiere und sah sie wieder in der Aktentasche verschwinden. Creech lehnte sich zurück, ohne sein Rückgrat in Kontakt mit der Wand zu bringen. »Hatten Sie vor gestern nacht schon etwas von der Abdeckerei gehört?« Sein Tonfall ließ die Frage belanglos klingen.

»Ich hab mal gehört, wie ein paar kleine Burschen in Hatchtown darüber gesprochen haben, aber da wußte ich nicht, worum es ging.«

»Wissen Sie, daß die Stadt die Grube früher einmal zur Abfallbeseitigung verwendet hat?«

Ich sagte, Captain Mullan habe das erwähnt.

»Eine Woche, nachdem man damit begonnen hatte, sind ungewöhnlich viele Bewohner von Hatchtown erkrankt – an Grippe, Darmgeschichten und so weiter. Im ersten Monat sind sechs Menschen an mysteriösen Infektionen gestorben. Ab Ende des zweiten Monats hat man vermehrt Geburtsfehler registriert, und am Ende des dritten Monats hat die Stadt unter dem Druck der öffentlichen Meinung die Sache eingestellt. Damals, als ich in der Leather Lane aufwuchs, Mr. Dunstan, habe ich jüngere Kinder gekannt, die blind, taub, geistig behindert, mit deformierten oder fehlenden Gliedern oder mit mehreren dieser Merkmale geboren wurden. Die alte Abdeckerei war damals schon lange nicht mehr in Funktion. Ihre Betreiber hatten einen Rummelplatz eröffnet.«

Ich schwieg.

»Ich nehme an, die Hatchs wußten, daß das, was in der Grube war, ob sie es selbst hineinbefördert hatten oder nicht, irgendwann ins Grundwasser von Hatchtown gelangen würde. Bis heute trinken die Leute in Hatchtown ausschließlich Mineralwasser.«

»Das ist mir schon aufgefallen«, sagte ich.

»Wenn Cordwainer Hatch in der Grube ums Leben gekommen sein sollte, hatte er das Vergnügen, dort mehreren meiner früheren Klienten zu begegnen.« Creech packte die Aktentasche am Griff, erhob sich und gab ein schnarrendes Geräusch von sich. Erst nachdem er durch die Zelle gegangen war und nach dem Wärter gerufen hatte, wurde mir klar, daß das seine Art war, amüsiert zu glucksen.

Eine Viertelstunde später begleitete ein Polizeibeamter uns zum Ausgang. Ein paar Cops wandten sich ab, als sie Creech erblickten. Wir traten in einen bedeckten Morgen hinaus, der zehn Grad kühler war als tags zuvor. Nebelschwaden zogen über den Town Square. Ich spürte, wie mir jemand mit den Fingerspitzen leicht an den Ellbogen tippte, offenbar um meine wiedergewonnene Freiheit zu bestätigen. Auf einer Bank neben dem Springbrunnen ragte das goldene Haar von Goat Gridwell aus einem Haufen Decken. »Danke, Mr. Creech«, sagte ich und stellte fest, daß dieser längst verschwunden war.

130

Durch die Nebelschwaden ging ich die Gassen entlang, durch die Dove, Leather, Mutton, Treacle, Wax. Ich erwartete, jeden Augenblick hinter mir die Schritte und das schmutzige Lachen von Robert zu hören. Ich wußte, was er getan hatte, und ich wußte auch, weshalb. Robert wiederum wußte, was *ich* getan hatte – es gab keinerlei Täuschung mehr zwischen uns. Die Bedrohung durch das Wesen, daß ich als Mr. X gekannt hatte, war für immer beseitigt. Das hatte ich getan; ich hatte es ausgeführt. Robert und ich waren nun im Gleichgewicht, dachte ich, und ich wollte ihm erzählen, daß ich die Hälfte des Vermögens verschenkt hatte, nach dem er mit List und Tücke gestrebt hatte. Jeder von uns hatte dem anderen das Leben gerettet. Wir waren quitt. Es war *vorbei.*

Ich überquerte den Veal Yard und wandte mich um, um die schmalen Gebäude und die schattigen Öffnungen jenseits des

Brunnens zu mustern. Robert war in der Nähe; er wartete nur auf den richtigen Moment. Ich ging in die Halle und sah, wie Laurie Hatch aus einem der Ledersessel dort schwebte.

Sie schlang die Arme um mich und preßte ihre glatte Wange an meine Bartstoppeln. »Gott sei Dank.« Sie neigte den Kopf und sah mir in die Augen. »Wie geht es dir?«

»Darüber streiten sich die Geister«, sagte ich.

»Ich fühle mich so... ich weiß gar nicht, wie. Ich mußte dich einfach sehen. Gestern abend hat die ganze Welt Kopf gestanden, und alles ist umhergeflogen. Ich hab mich taub gefühlt. Dann ist die Polizei hereingeplatzt und hat all diese Fragen gestellt. Man hat mich sogar nach den Bildern gefragt. Hat man dich auch verhört?«

»Die ganze Nacht«, sagte ich.

»Und dann hat man dich gehen lassen. Du bist also nicht in Schwierigkeiten?«

»Keineswegs.«

Laurie legte den Kopf auf meine Brust. Ich warf dem stieläugigen Portier über ihr Haar hinweg einen finsteren Blick zu, woraufhin er sich verzog.

»Was ich dir angetan hab, tut mir leid«, sagte ich. »Es war ein Fehler.«

»Nein, Ned, bitte.« Sie legte mir die Hand auf die Wange. »Nicht du hast einen Fehler gemacht, sondern ich. Mein Gott, hab ich mir Sorgen gemacht. Ich wußte nicht, ob ich nicht alles verdorben hatte. Die ganze Zeit hab ich mich nur im Bett gewälzt und Sehnsucht nach dir gehabt.«

Ich hielt ihre Hand, als wir die Treppe hochstiegen.

Nachdem ich die Tür hinter uns geschlossen hatte, brachte Laurie ihren ganzen Körper in Kontakt mit meinem.

»Wie lange weißt du es schon?« fragte ich.

»Was denn?« Ihr Lächeln an meiner Schulter wurde breiter.

»Wußtest du, wer ich bin, schon als du mich das erste Mal gesehen hast?«

Fast wäre ihre Schädeldecke gegen mein Kinn geprallt. Sie wich ein kleines Stück zurück. »Woher hätte ich das denn wissen sollen?«

»Stewart hat dich aus dem Komitee geekelt, weil er nicht wollte, daß du die Bilder siehst, die ich dir gestern abend gezeigt habe.«

»Laß doch Stewart aus dem Spiel. Meinst du, ich hätte dich erkannt?«

»Das versuche ich ja gerade herauszufinden.«

Empört wich sie einen weiteren Schritt zurück. »Stewart ist hundertmal interessierter an seiner Familie, als ich es je war. Ich weiß nicht mehr, wieviel Aufmerksamkeit ich den Hatch-Bildern gewidmet habe. Ich hab sie durchgeschaut, wenn du darauf hinauswillst. Vielleicht ist mir dein Gesicht bekannt vorgekommen, als du im Krankenhaus vor mir gestanden hast, aber da wußte ich bestimmt nicht, warum.«

»Hast du nicht zwei Tage später Parker Gillespie angerufen?«

»Doch, natürlich!« Sie hob die Arme und spreizte die Hände. »Ashleigh war noch in der Stadt, wie du dich sicher erinnern wirst. Ich hab mir Sorgen gemacht, was mit Cobbie passieren würde, wenn Stewart ins Gefängnis kommt. Mit wem hätte ich da eher sprechen sollen als mit dem Treuhänder? Ned, mach uns doch nicht beide unglücklich!«

Ich nahm ihre Hand und küßte sie. »Ich will überhaupt niemand unglücklich machen, ich suche bloß nach Erklärungen. Und noch etwas ist mir schleierhaft: Einen Tag, nachdem du mir begeistert geholfen hast, mehr über Edward Rinehart herauszubekommen, wolltest du, daß ich das Ganze vergesse.«

Laurie legte die Hand auf meine Hüfte. »Schatz, *du* hast mir gesagt, Cobbie und ich könnten wegen dieser Sache in Gefahr sein.«

»Wahrscheinlich hast du noch nicht gehört, was mit Grenville Milton geschehen ist.«

Ihr Blick verdüsterte sich.

»Gestern abend hat Grennie zwei Flüge erster Klasse nach Mexico City gebucht und ist nach Cape Girardeau in ein Motel entschwunden. Er hatte hundertdreißigtausend Dollar und einen Revolver bei sich und hat seine Freundin telefonisch angefleht, mit ihm zu kommen. Als sie sich geweigert hat, hat er sich umgebracht.«

Der Schatten eines Gedanken, der so präzise war wie ein geometrischer Lehrsatz, huschte über Lauries Augen. Während sie auf den Tisch zuging, tippte sie sich mit dem Zeigefinger an die Lippen. »Weiß Stewart schon darüber Bescheid?«

»Ich nehme mal an, daß das der Grund war, weshalb er sich bei C. Clayton Creech gemeldet hat.«

»Stewart wird so viele Leute ruinieren, wie er nur kann. Er wird versuchen, alle zu Fall zu bringen, die je etwas mit ihm zu tun hatten.« Laurie zog den Stuhl hervor, auf dem Captain Mullan gesessen hatte, als wir auf der Suche nach einer glaubwürdigen Geschichte waren. Fast hätte man sagen können, daß sie sich darauffallen ließ. »Er wird alles kaputtschlagen, was er kann.«

»Wie das Erbe der Hatchs«, sagte ich.

Das vage Lächeln, das ihr beim Gedanken an die Zerstörungswut ihres Gatten aufs Gesicht getreten war, verschwand. Sie schlug die Beine übereinander und wartete ab, was ich dem hinzuzufügen hatte. Ihr Gesicht sah so durchscheinend aus wie ein Bergbach.

»Stewart hat mit Parker Gillespie telefoniert«, sagte ich, »bevor er wissen konnte, daß ich mit Mullan über Cordwainer Hatch sprechen würde. Er wollte einfach nur Schaden anrichten.«

»Und mich damit treffen«, sagte Laurie.

»Er hat Gillespie erklärt, er wolle auf seine Ansprüche auf das Vermögen verzichten, weil er herausbekommen habe, wer der rechtmäßige Erbe sei: Ned Dunstan, der illegitime Sohn des älteren Bruders seines Vaters. Das sei zwar traurig für Cobden Carpenter Hatch, aber er könne die Wahrheit nicht verschweigen. So ähnlich muß die Erklärung wohl gelautet haben.«

Laurie neigte sich zur Seite und bemerkte die hübsche Schnitzerei am Rand der Tischplatte. Sie hob die Hand und ließ ihre Finger darübergleiten, wie es auch Mullan getan hatte. Im Innenohr meines Innenohres sagte Star: *Er drang immer tiefer in die Melodie ein, bis sie aufging wie eine Blume und hundert andere Melodien ausströmen ließ, die reicher und reicher wurden…*

»Ich hab nie viel über Cordwainer erfahren«, sagte Laurie. »War er nicht vor ewigen Zeiten wegen irgend etwas im Gefängnis?«

… und da saß ich mit dir im Bauch und dachte: Das ist wie eine wunderschöne Geburt nach der anderen.

»Die Klausel über Inhaftierung und Verurteilung gilt für Cordwainer nicht. Cobden Hatch hat sie erst Ende der sechziger Jahre hinzugefügt.«

»Ich weiß gar nicht, was ich sagen soll.«

»Du hörst dich nicht allzu überrascht an.«

»Schließlich hast du mir vor einer halben Minute einen Wink mit dem Zaunpfahl gegeben«, sagte Laurie. »Das heißt allerdings nicht, daß ich nicht überrascht wäre. Hat Mr. Creech das mit Gillespie noch mal durchgesprochen? Bestehen keinerlei Zweifel?«

»Stewart wußte, was er tat«, sagte ich. »War dir irgend etwas von all dem bewußt, als du darüber gesprochen hast, nach New York zu ziehen?«

Ihre Selbstbeherrschung schien ihr über einen langen Moment des Schweigens hinwegzuhelfen. »Das war gehässig.«

»Ich könnte dir keinen Vorwurf machen, wenn du Cobbie zu all dem verhelfen wolltest, was er schon die ganze Zeit bekommen sollte.«

»Er sollte es auch jetzt noch bekommen.« Sie konfrontierte mich mit einem unverhohlenen Appell. »Ned, ich bin immer noch dabei, mich auf das alles einzustellen, und ich hatte noch keine Zeit, darüber nachzudenken, was das für dich und mich bedeutet, aber dir muß doch klar sein, daß es so nicht richtig ist. Meinst du nicht auch? Vor vierundzwanzig Stunden hattest du keine Ahnung, daß Stewarts Onkel dein leiblicher Vater war. Und *der* wollte das Vermögen bestimmt nicht erben. Er war nicht mal ein echter Hatch!«

»Rechtlich gesehen schon«, sagte ich.

»Aber du – *du*, Ned Dunstan – du bist ein anderer Mensch. Du bist nicht wie Stewart. Ich will mit dir in New York zusammenleben. Du wärst ein besserer Vater für Cobbie, als Stewart es jemals war oder hätte sein können. Das stimmt einfach. Und ich liebe dich. Es gibt keinen Grund, weshalb wir beide kein wunderbares Leben zusammen verbringen können. Aber abgesehen davon hat Cobbie mehr Anrecht auf das Vermögen als du. Das findest du doch auch, oder?«

»Was ich finde, ist nicht von Belang«, sagte ich. »Juristisch gesehen hat Cobbie überhaupt kein Anrecht darauf. Bevor wir also über den Rest unseres Lebens sprechen können, mußt du dich mit der realen Lage befassen, nicht damit, was du dir wünschen würdest.«

Ihr völlig durchscheinender Blick blieb unverwandt auf mich gerichtet. »Was wäre, wenn Grennie sich nicht umgebracht hätte? Und wenn Stewart sich nicht bei Parker Gillespie gemeldet hätte?«

»Du kennst die Antwort«, sagte ich. »Ich wäre nach New York zurückgeflogen und hätte dort auf dich gewartet. Die Vorstellung fand ich toll.«

»Ich finde sie noch immer toll«, sagte sie.

»Also: Wenn Stewart sich nicht bei Gillespie gemeldet hätte, würde sich der jetzt in einem furchtbaren Dilemma befinden. Aber heute nachmittag wird jedermann in Edgerton erfahren, daß Sawyer in Wirklichkeit Cordwainer Hatch hieß und daß ich sein Sohn bin. Was hätte Gillespie da deiner Meinung nach getan?«

»Die Sache ans Licht gebracht«, sagte sie. »Ganz sicher. Ich weiß nicht, ob er es sofort getan hätte, aber mehr als ein paar Stunden hätte er nicht abgewartet. Und dann hätten wir im Le Madrigal gefeiert.«

»Wie eine glückliche Familie.«

»Ist das nicht das, was du dir am meisten wünschst?«

»Sogar Stewart wußte besser über mich Bescheid als ich selbst«, sagte ich. »Und du hast mich sofort durchschaut.«

»Ich hab den interessantesten Mann gesehen, der mir seit Jahren zu Gesicht gekommen war«, sagte Laurie. »Schon als wir mit Ashleigh beim Abendessen waren, hab ich mich in dich verliebt. Weißt du auch, warum? Du hast erzählt, was für ein Trottel Grennie ist, du hast meinen Sinn für Humor begriffen, und du warst *ganz da,* Ned, du hast mich mit deinen unglaublichen braunen Augen angeschaut, und du warst *da.* Du hast mich nicht taxiert, hast mir ins Gesicht geblickt statt auf meine Brüste, und du hast nicht versucht herauszukriegen, wie schnell du mich ins Bett bekommst. Mich in jemand Neuen zu vergucken, war das letzte, was ich wollte, aber ich konnte nichts dagegen tun. Ashleigh hat sofort gemerkt, was los war. Wenn du nicht glaubst, was ich sage, bist du ein Narr.«

»Ich hab mich schon im Geschenkladen des Krankenhauses in dich verliebt«, sagte ich. »Nachdem Creech mir von dem Erbe berichtet hatte, hat er mich gefragt, wieviel ich davon verschenken wolle. Er hat mich auch durchschaut, aber C. Clayton Creech durchschaut sowieso jeden.« Ich erzählte ihr von der Aufteilung des Geldes und der neuen Treuhandschaft, die für ihren Sohn eingerichtet werden würde. »Vorläufig wirst du zweihundertfünfzigtausend Dollar jährlich zur Verfügung haben, die aus Cobbies Anteil abgezweigt werden.«

Im hellen Schild ihres Gesichts hatte sich nichts verändert. »Meinst du nicht, wir hätten über diese Vorkehrungen erst sprechen sollen?«

»Ich habe im Polizeipräsidium in einer Zelle gesessen, Laurie. Creech war ungefähr eine Viertelstunde bei mir, kurz bevor man mich freigelassen hat. Ich hab getan, was ich für richtig hielt.«

»Creech hat dich von dem überzeugt, was *er* für richtig hielt. Es ist noch nicht zu spät, was zu verändern.« Ihr Gesicht strahlte die freimütige Klarheit einer perfekten Weitsicht aus. Sie öffnete die Hand, als läge die ganze Welt darin.

»Creech weiß doch gar nichts über uns – und über New York auch nicht. Woher auch? Eine Wohnung, wie ich sie brauchen werde, kostet ungefähr zwei Millionen. Dann muß ich Dinnerpartys geben, die richtigen Leute kennenlernen und die richtigen Dinge tun. Wir brauchen Lehrer und Erzieher und zusätzlichen Unterricht in Europa. Wieviel brauchst du für ein angenehmes Leben? Drei Millionen? Fünf? Der Rest könnte an Cobbie gehen, mit der Klausel, daß ich pro Jahr etwa fünf- bis achthunderttausend Dollar zur Verfügung habe. Außerdem wären wir zusammen. Wenn wir heiraten, wäre es so, als hättest du nie etwas weggegeben.«

»Würdest du dann eine voreheliche Vereinbarung vorschlagen?«

Laurie lehnte sich zurück und betrachtete mich auf eine ruhige, entschlossene Weise. Sie schien weniger etwas abzuwägen als frühere Schlüsse zu überprüfen. Das wirkte in keiner Weise kalt oder berechnend. Das Wesen ihres ruhigen Blicks sprach für sie – es erklärte die Gründe für ihre unglaubliche Anziehungskraft. Was ich in ihrem Gesicht sah, war mit Ironie durchsetzte Traurigkeit; und mir kam in den Sinn, daß ich die Existenz einer ironischen Traurigkeit bislang nicht einmal für möglich gehalten hatte. Ich spürte den Sog einer Zukunft, deren Nuancen jenseits meiner Reichweite lagen. In diesem Augenblick konnte ich nicht mehr leugnen, was offenbar das Grundprinzip ihres Lebens darstellte – daß Breite im Reich erwachsener Emotionen mehr bedeutete als Tiefe. Wie große, kühle Flügel erstreckte sich Lauries Reichweite meilenweit nach beiden Seiten. Ich hatte diese Eigenschaft für einen Schild gehalten, aber sie fing oder wehrte nicht ab, sondern nahm in sich auf und wurde durch alles, was sie aufnahm, größer. Voll glühendem Bewußtsein saß Laurie vor mir.

»Ich hasse solche Vereinbarungen«, sagte sie. »Was für eine Art und Weise, eine Ehe zu beginnen. Da könnte man genausogut eine Coca-Cola-Niederlassung kaufen.« Auf ihr Gesicht trat ein Lächeln voll undurchschaubarer Zurückgezogenheit. »Vielleicht ziehen wir lieber nach Philadelphia. Dort ist es nicht so teuer wie in Manhattan, und das Curtis Institute ist ein phantastisches Konservatorium. Lennie Bernstein hat dort studiert.«

Wie C. Clayton Creech sammelte sich Laurie, ohne ihre Haltung zu verändern oder irgendeinen Körperteil zu bewegen. Dann lächelte sie mir zu und erhob sich.

Ihre nächsten Worte machten klar, wen sie mit »wir« gemeint hatte. »Du würdest uns doch in Philadelphia besuchen, oder nicht?«

»Posy muß sich dann aber an der Temple oder an der University of Pennsylvania bewerben«, sagte ich.

»Ich kann auch eine neue Posy finden.« Laurie wußte, daß sie mich schockiert hatte. Die Verabreichung des Schocks war eine bewußte Bestätigung unserer neuen Beziehung gewesen. »Besonders in Philadelphia. Es war nur schwer, in Edgerton eine aufzutreiben.« Sie gab mir einen Kuß auf die Wange. »Ruf mich an, bevor du abreist. Ich brauche deine Adresse und Telefonnummer.«

Ich sah ihr hinterher, während sie durch den Flur zur Treppe schlenderte.

131

Nebelschwaden trieben über den Veal Yard; Kondenswasser glänzte auf den Pflastersteinen. Im grauen Licht sahen die Häuser um den Platz aus, als müßten sie bald in sich zusammenfallen. Auf der anderen Seite des Brunnens stak ein schwarzer Damenschuh mit dem Absatz zwischen zwei Steinen, als wäre er erst vor wenigen Minuten verloren worden. Da war offenbar eine Frau mit solch einer Endgültigkeit davongegangen, daß sie ihren Schuh als Andenken hinterlassen hatte... Ich dachte an die Entschiedenheit, mit der Laurie durch meine Tür geschritten war und an die grenzenlose Klarheit in der Stimme von Star, als sie mir von dem Saxophonsolo bei dem Konzert erzählt hatte, bei dem sie mit mir im Bauch gewesen war.

Urplötzlich drang Kummer aus jedem glänzenden Pflasterstein und jedem Nebelfetzen an mich heran. Es war, als wäre die Welt um mich herum tiefer und größer geworden. *Kummer,* dachte ich, *ist überall. Wie konnte ich nur meinen, jemals dem Gefühl des Verlusts zu entkommen...*

Roberts Gesicht zog sich in eine Gasse zurück.

»Robert!« rief ich. »Ich muß...«

Auf der Fahrt zur Cherry Street blickte ich immer wieder über die Schulter, weil ich glaubte, er würde da auf dem Rücksitz flegeln und eine lustige, grausame Bemerkung machen, aber ich saß noch immer allein im Wagen, als ich vor Netties Haus angekommen war. Es war kurz nach acht Uhr morgens. Meine drei liebsten Verwandten mußten schon in der Küche sein. Ich stieg aus dem Wagen und warf einen Blick auf die Vorderfenster von Joys Haus. Die Gardinen hingen gerade und reglos herunter. So früh am Morgen hatte Joy ihren Beobachtungsposten noch nicht bezogen.

Nettie und May waren am Herd emsig damit beschäftigt, Rührei und Speckstreifen zuzubereiten und etwas, das nach Hühnerleber roch. Clark Rutledge saß vor seiner Schüssel mit Flocken und Zucker und begrüßte mich mit höhnischem Grinsen.

»Schön, daß du deinen hübschen neuen Sakko anhast, Junge.«

Nettie fragte, ob ich mit ihnen frühstücken wolle, und ich sagte, ich hätte einen Bärenhunger. Ich setzte mich neben Clark.

»Im Radio hieß es, Grenville Milton hätte sich gestern nacht umgebracht. Willst du meine Meinung dazu hören?«

»Nur zu«, sagte ich.

»Das ganze ist ein Komplott. Stewart Hatch hat Feinde, die vor nichts haltmachen würden, um ihn in ein schlechtes Licht zu rücken.«

»Mrs. Hatch muß unter Höllenqualen leiden«, sagte Nettie. »So eine liebenswerte Frau. Nicht wahr, Ned?«

»Sie ist unvergleichlich.«

May verteilte Eier und Hühnerleber auf die Teller, Nettie nahm die in Alufolie verpackten Speckstreifen aus dem Backofen. Clark schob seine leere Schüssel in die Tischmitte. »Mr. Hatch steht jetzt ganz allein im Regen. Das war der Zweck der Übung.«

»Und er hat Frau und Kind«, sagte May.

»Die werden zehn bis zwölf Millionen aus dem Familienerbe bekommen«, sagte ich.

»Dann haben sie ein Dach über dem Kopf. Das tröstet mich.«

»Mich tröstet, daß ihr auch ein Dach über dem Kopf habt«, sagte ich. »Nachdem Stewart Hatch von Miltons Selbstmord erfahren hatte, hat er Parker Gillespie, dem Anwalt seiner Familie, alles über seinen Onkel Cordwainer erzählt. Ihr braucht euch darüber also keine Sorgen mehr zu machen.«

Nettie und May widmeten sich der Hühnerleber auf ihren Tellern.

»Schon morgen werden alle wissen, daß er sich später Edward Rinehart genannt hat.«

May sank zurück und blickte gen Himmel. »Das ist eine große Erleichterung. Ich esse zwar nicht viel, aber ich rede gern, und da fällt mir das Schweigen schwer.«

»Was zum Teufel plapperst du da?« fragte Clark.

»Mr. Hatch hat uns damit von unserer Schweigepflicht entbunden«, sagte Nettie. »Ich glaube, wir müssen dem Jungen dafür danken. Du hast was Gutes für uns getan, Ned, und wir sind dir dankbar für deine Bemühungen.«

»Dem stimme ich zu«, sagte Clark, »obgleich ich es bedauere, daß Mr. Hatch ins Kittchen wandert. Er war überaus großzügig zu uns.«

»Stewart Hatch hat eine Menge Geld ausgespuckt, damit ihr nicht über seinen Onkel redet. Und deshalb konntet ihr mir auch nichts über Edward Rinehart sagen.«

»Tja, Junge«, sagte Nettie, »Wir wußten einfach eine Menge mehr über Mr. Edward Rinehart, als deine Mutter je erfahren hat.«

»Weil er wie euer Vater ausgesehen hat.«

»Die Ähnlichkeit war unverkennbar«, sagte May. »Aber das konnten wir Star nicht sagen. Über so etwas kann man mit einem unschuldigen jungen Ding einfach nicht sprechen.«

Ich lachte. »Wahrscheinlich wäre es nicht einfach gewesen, ihr beizubringen, daß ihr Liebster der uneheliche Sohn eures Vaters ist, ohne es offen und ehrlich zu sagen. Aber woher um alles in der Welt wußtet ihr, daß es sich um Cordwainer Hatch gehandelt hat?«

»Nun, das war Joys Verdienst«, sagte May. »Du weißt ja, daß sie Tag für Tag am Fenster hockt. Eines Abends hat sie bei mir angerufen und gesagt: ›May, gerade hab ich diesen Lump Cordwainer Hatch mit Star am Arm ins Haus unserer Schwester marschieren sehen.‹ Das war das einzige Mal, daß Star ihn hergebracht hat, um ihn uns vorzustellen. Ich bin in meinen besten Mantel geschlüpft, hab mir einen hübschen Hut aufgesetzt und bin über die Straße gelaufen wie ein Wiesel. Gleich als sie weg waren, hab ich Joy angerufen und gesagt: ›Der junge Mann muß irgendwas mit unserer Familie zu tun haben, aber Cordwainer Hatch heißt er nicht.‹ Da hat Joy gemeint: ›Schatz, du bist völlig auf dem Holzweg. Wahrscheinlich hat er wegen seines skandalösen Rufs einen anderen Namen angenommen.‹«

»Woher wußte denn Joy, daß es Cordwainer war?« fragte ich.

»Joy hat volle drei Monate im Haus der Hatchs gearbeitet«, sagte Nettie. »Da war sie achtzehn Jahre alt. Das war nämlich zur Zeit der Wirtschaftskrise, wo wir zwar noch genug Geld hatten, weil wir unser Land draußen vor der Stadt verkauft hatten, aber Arbeit hat man sonst nicht gefunden. Carpenter Hatch hat in der Zeitung nach einem Mädchen mit gutem Ruf gesucht, das bereit war, im Haushalt zu helfen, und Joy hat sich um die Stelle beworben. Sie hat gesagt, sie wolle einfach mal rauskommen, kannst du dir das vorstellen? Wenn man sie heute sieht, ist das kaum mehr zu glauben.«

»Carpenter Hatch hat sie eingestellt?« fragte ich. »Wußte er nicht, wer sie war?«

»Wenn du mich fragst: Ihm hat die Idee, eine Dunstan das Bett machen und das Klo putzen zu lassen, einfach gefallen. Joy hat Ende Oktober dort angefangen. Cordwainer war damals im Internat. Seine Eltern waren nämlich gezwungen gewesen, ihn wegzuschicken.« Netties Kopfnicken war eine wunderschöne Darbietung kummervollen Mitgefühls. »Eines Tages, als Joy gerade einmal den Inhalt von Mrs. Hatchs Kommodenschubladen sortiert hat, ist sie auf ein paar Fotos gestoßen, die die Dame des Hauses versteckt hatte. Ihr ist sofort aufgefallen, wie sehr der Junge darauf unserem verstorbenen Vater ähnlich gesehen hat. Wenig später hat man sie entlassen.«

»Hat Hatch sie gefeuert, weil sie etwas gesagt hat?« Kaum hatte ich die Frage gestellt, da begriff ich, was Nettie angedeutet hatte. »Nein, Joy hat den Inhalt der Kommodenschubladen nicht sortiert, sondern umverteilt. Sie war eine Elster, genau wie Queenie und May.«

»Unser Niveau hat sie allerdings nie erreicht«, sagte May. »Wie auch immer, obwohl Mr. Hatch ihr nichts nachweisen konnte, ist sein Verdacht auf sie gefallen, und da war die Stelle flöten.«

»Jedenfalls hat Joy euch berichtet, was sie gesehen hatte, und ihr habt es nicht vergessen. Wann hattet ihr dann diese hilfreichen Gespräche mit Stewart Hatch?«

»Wann war das, Clark?« fragte Nettie.

»So um 1984 oder 85, als Mr. Reagan im Weißen Haus residiert hat. Wie man damals so sagte: Es war ein neuer Morgen in Amerika.«

»Das Geld, das ihr von Carpenter Hatch für das Grundstück in der New Providence Road bekommen hattet, war da wohl schon aufgebraucht.«

»Clark hat eine große Summe in Kranbeeren investiert«, sagte Nettie.

Clark belehrte mich, die Kranbeere sei eine Frucht von bemerkenswerter Vielseitigkeit. Ihr Saft, der auch pur genossen gesund und wohlschmeckend sei, werde mehreren beliebten Cocktails beigemischt. Zu Soße verarbeitet, komme die Kranbeere an Thanksgiving auf jeden Tisch des Landes. Ein bedauernder Unterton begleitete Clarks Loblied auf die Tugenden der Kranbeere.

»Leider«, sagte Nettie, »hat uns die Kranbeere nicht zu Millionären gemacht.«

»Den Mann, mit dem ich zu tun hatte, könnte man als gewöhnlichen Verbrecher bezeichnen«, sagte Clark, »obwohl er ein makelloses Äußeres hatte.«

»Da habt ihr euch an Stewart Hatch gewendet.«

»Um ihm ein gutes Immobiliengeschäft vorzuschlagen«, sagte Clark.

»Und zu eurer Abmachung hat die Klausel gehört, nie auszuplaudern, was ihr über Edward Rinehart wußtet.«

»Deshalb sind wir ja auch so glücklich, jetzt frei und offen reden zu können«, sagte Nettie. »Als du hierhergekommen bist und uns den Namen Rinehart aufgetischt hast, war das ein echter Schock. Wir hatten keine Wahl, Junge, wir haben dir den besten Rat gegeben, der uns eingefallen ist.«

»Ich bin zutiefst beeindruckt. Ihr habt Stewart Hatch dazu erpreßt, euch ein Vermögen zu überlassen.«

»›Erpressung‹ ist nicht das richtige Wort«, sagte Nettie. »Wir sind zu einer geschäftlichen Vereinbarung gelangt, mit der alle glücklich und zufrieden waren, einschließlich Mr. Hatch.«

»Wieviel habt ihr aus diesem Schuft herausgequetscht?«

Ausnahmsweise sah Clarks Grinsen einmal nicht höhnisch aus. »Eine hübsche Summe.«

»Das kann ich mir vorstellen.« Trotz allem freute ich mich über die drei alten Halunken. »Ihr lebt also schon sehr viele Jahre vom Geld der Hatchs, stimmt's? Zuerst habt ihr ihnen das Land verhökert und dann ein Geheimnis. Ich bin stolz auf euch. Die Dunstans waren zwar nie so recht gesetzestreue Bürger, aber die Hatchs waren noch viel schlimmer.«

»Neddie?« May legte Messer und Gabel auf ihrem Teller ab, der jetzt so aussah wie frisch aus der Geschirrspülmaschine. »Da wir jetzt frei und offen reden können, will ich dir eine Frage stellen. Mr. Rinehart, wie er sich damals genannt hat, ist im Gefängnis umgekommen. Mir ist nicht klar, wie du seinen echten Namen erfahren hast.«

»Jetzt muß ich euch zur Abwechslung was gestehen«, sagte ich. »Ich mußte mir die Fotos borgen, die Tante Nettie in ihrem Kleiderschrank aufbewahrt hat.«

»Ist das nicht interessant?« sagte May. »Ehrlich gesagt, hab ich nie kapiert, weshalb Mrs. Hatch mich gebeten hat, sie aus der Bibliothek zu stibitzen. Das war allerdings ein Kinderspiel. Die Leute dort würden nicht mal merken, wenn man ihnen den Stuhl unterm Hintern wegzieht – besonders Mr. Covington.«

»Aber May«, sagte Nettie, »weißt du denn nicht mehr? Mrs. Hatch hat gesagt, Ned habe ihr von deinen Talenten erzählt und sie habe das deutliche Gefühl, die Bilder würden uns dabei helfen, unsere eigenen wertvollen Fotos zurückzubekommen.«

»Ach ja, stimmt«, sagte May. »So war es. Allerdings haben wir die Bilder immer noch nicht. Vielleicht sollten wir noch einmal die Bibliothek aufsuchen.«

»Ich hab beide Mappen im Wagen«, sagte ich. »Ihr bekommt sie gleich. Wenn ihr sie an Hugh Coventry zurückschickt, werden sie bei ihm jetzt in besten Händen sein.«

»Das ist ja großartig!« sagte Nettie. »Übrigens ist Mrs. Hatch eine sehr attraktive Frau. Sie erinnert mich immer an die Mädchen in den Nachrichten, die einfach in die Kamera schauen und sagen: ›Heute nachmittag wurden drei Kinder bei einem Ausflug in den städtischen Zoo von Tigern in Stücke gerissen. Gleich nach der Werbung mehr darüber.‹ Ihr kleiner Junge hat mir auch sehr gefallen.«

»Mir ebenfalls«, sagte ich.

Nettie wandte sich an May. »Ich hab den Sohn von Mrs. Hatch kennengelernt, als wir bei Star im Krankenhaus waren. Er war so komisch! Der kleine Junge hat sich aus seinem Wagen gebeugt und zu mir gesagt: ›Ich hab's überhaupt nicht eilig, Mrs. Rutledge.‹ Ich hab meinen Ohren nicht getraut.«

»So einen Jungen könnte man im Fernsehen bringen, zusammen mit seiner Mama«, sagte Clark.

»Er hat gesagt: ›Ich hab's gar nicht...‹ Nein, es war: ›Ich zieh überhaupt nichts...‹ Neddie, was war es denn bloß noch mal?«

»›Ich zieh nichts, und eilig hab ich's schon gar nich‹«, sagte ich. »Ich geh jetzt raus und hol die Fotos, und dann will ich mal kurz bei Joy reinschauen. Ich fliege noch heute nach New York zurück.«

»Schon?« sagte May. »Meine Güte, mir kommt es vor, als wärst du gerade erst angekommen.«

Clark grinste mich schurkisch an und schob seinen Stuhl zurück. »Ich komme mit dir raus.«

132

Als wir die Stufen hinabgingen, warf Clark mir einen weltmännischen Blick zu, der Maurice Chevalier alle Ehre gemacht hätte. Der Nebel hatte sich zu einem dünnen grauen Schleier ausgebreitet, durch den alles weiter entfernt aussah. Als ich Clark die Fotomappen überreichte, neigte er verschwörerisch den Kopf, als läge ein heimlicher Beobachter auf der Lauer. »Ich glaube, du hattest was mit Mrs. Hatch.«

»Ein ganz klein wenig«, sagte ich.

Väterlicher Stolz trat warm in seine rotgeränderten Augen. »Am Ende kannst du doch noch ein echter Dunstan werden.«

»Da hast du wohl recht.« Mir fiel der heimliche Beobachter ein, und ich warf einen Blick auf die andere Straßenseite. »Weißt du, ob Joy schon im Altersheim angerufen hat?«

»Von Joy haben wir schon seit zwei Tagen keinen Pieps mehr gehört. Na, wenn ich jetzt schon hier draußen bin, gehe ich halt kurz mit rüber.«

Auf mein Klopfen an der Tür kam keine Antwort. Ich klopfte noch einmal. Clark legte die Stirn in hundert parallele Fältchen. »Sie hat 'nen Schlüssel rausgelegt, falls mal ein Notfall sein sollte oder so was. Moment, mir fällt gleich wieder ein, wo er ist.«

Ich hob die Türmatte an und holte einen Hausschlüssel darunter hervor.

»Als du dich gebückt hast, ist es mir gleich wieder eingefallen. Gib her.«

Clark zog die Tür auf und wedelte sich frische Luft zu. »Ich weiß nicht, wie man in so einem Gestank leben kann. JOY! WIR SIND'S! ICH UND NEDDIE, DER JUNGE VON STAR! WIE GEHT'S DIR?«

Ich hörte ein hohes, summendes Geräusch.

»HÖRST DU MICH?«

Schweigen, bis auf das Summen, das Clark nicht hören konnte.

»Gehen wir rein.« Als wir über die Schwelle traten, hüllte der Gestank uns ein. »JOY! BIST DU AUF DEM KLO?«

»Sehen wir mal im Wohnzimmer nach«, sagte ich in der Hoffnung, daß Joy nicht an einem Schlaganfall gestorben war, während sie Clarence in die Badewanne gehievt hatte. Das Summen wurde lauter. Als wir ins Wohnzimmer kamen, glubschte Clarence uns dort ebenso erleichtert wie entsetzt an und warf sich gegen seinen Gurt. *Hmmmmm! Hmmmmm!*

»Clark, ruf im Altersheim an. Man soll uns sofort einen Krankenwagen schicken.«

»Mach ich«, sagte Clark. »Du suchst inzwischen nach Joy. Die Sache gefällt mir gar nicht.«

Die Morsezeichen, die Clarence von sich gab, folgten mir ins Eßzimmer und in die Küche. Was die Haushaltsführung betraf, hatte Joy offenbar Stunden bei Earl Sawyer genommen. Sie hatte zwar noch allerhand zu lernen, bewegte sich aber unaufhaltsam auf das Stadium grünlich glänzenden Gelees zu. Das Badezimmer entsprach Earls Standard sogar noch weniger.

Während ich den Schalter am Fuß der Treppe betätigte, hörte ich, wie Clark den Krankenwagen bestellte. Über mir flackerte eine Glühbirne auf. Klebriges gelbes Licht fiel auf eine schmale, halb offenstehende Tür. Im Wohnzimmer schwadronierte Clark

Rutledge am Telefon. Ein dumpfes Geräusch, das ich schon einmal gehört hatte, kam vom Dachboden. Irgendein schweres Objekt war in Kontakt mit der Wand einer Holzkiste gekommen. Ich dachte an so etwas wie einen kürbisgroßen Tennisball.

»Ich warte, aber nicht lange«, sagte Clark. »Fassen Sie das als Warnung auf.« Als ich oben angekommen war, wiederholte er alles noch einmal zu jemand anderem. Hinter der Tür zum Dachboden prallte wieder der große Tennisball gegen die Seite der Kiste. Ich stieß die Tür ganz auf und sah ein Paar schwarze Joggingschuhe. Ihre Spitzen berührten die Holzbohlen, die Sohlen waren schräg nach links geneigt. Aus den Schuhen ragten zwei dürre Beine, die weiter oben unter einem schwarzen Saum verschwanden. »O nein«, sagte ich und trat neben den Leichnam von Joy.

Ein Tablett, ein Löffel, eine umgedrehte Schale und die eingetrockneten Reste von Hühnernudelsuppe ruhten jenseits ihrer ausgestreckten Arme. Ihre Haut war kalt. Ein paar Minuten, nachdem ich Joy zum letzten Mal gesehen hatte, hatte sie offenbar eine Dose Suppe aufgewärmt, sie in eine Schale gegossen, auf ein Tablett gestellt und auf den Dachboden getragen. Dann war sie gestorben.

Ein kleines Bett stand an der gegenüberliegenden Wand des Dachbodens. Es wurde von einer Art Holzkiste umschlossen, die aus etwa einen Meter hohen, an Eckpfosten genagelten Sperrholzplatten gebildet war. Im rechten Winkel dazu stand eine Pritsche, auf der eine Decke lag, die wohl aus Armeebeständen stammte. Im Bett befand sich etwas, das an die Sperrholzplatten prallte.

Ich dachte an die Namen auf den Steinplatten hinter der Ruine an der New Providence Road. Was Joy im Haus gehalten hatte, war keine Neurose gewesen. Sie und Clarence hatten in den Fesseln einer erbarmungslosen Verantwortung gelegen. Ich wollte nichts darüber wissen. Ich wollte einfach den Dachboden verlassen, die Treppe hinabgehen und wegfahren. Das Wesen – das *Ding* –, dessen Cousine meine Mutter gewesen war, prallte so hart gegen die Kiste, die sein Bett umgab, daß das Sperrholz erzitterte.

Ich ging an Joys ausgestreckten Armen und den verstreuten Nudeln vorbei. Als ich den Fuß des Betts erreichte, drang eine nahezu kompakte Wolke stinkenden Flußgrunds in mich ein. Ich zwang mich herabzublicken. Auf der Matratze am Boden der Holzkiste lag ein Wesen, das aus einem zarten, substanzlos leuchtenden Körper bestand und aus einem Männergesicht mit einem ergrauten Haarbüschel und einem dünnen weißen Konfuziusbart. Seine ekstatischen braunen Augen weiteten sich vor Entsetzen. Die Farbschichten, die durch das gliederlose Rechteck des Körpers zogen, nahmen eine dunklere Schattierung an. Aus himmelblauem Türkis und Pfirsichgelb wurde ein grelles Purpur, in dem schwarze Schlieren wie Tinte wirbelten. In dem starren Blick, den das Wesen auf mich richtete, lag eine ungeheuerliche Forderung. Es zuckte bebend zur Seite und schlug den Kopf an die Wand seines Kerkers.

Ohne daß irgend etwas dazwischengetreten wäre, was als Gedanke hätte gelten können, ging ich zur Pritsche, zog das Kissen unter der Armeedecke hervor und preßte es auf das gräßliche Gesicht. Das Ding bäumte sich auf und drückte sich gegen das Kissen; der Unterkiefer klappte auf und zu, während es mit den Zähnen nach meinen Händen suchte. Leuchtendrote Streifen stiegen an die Oberfläche seines Leibs. Dann erlahmte der Kiefer und die Farbe verblaßte. Ein reines, unergründlich tiefes Schwarz überzog die zarte Oberfläche des kleinen Körpers und verblaßte zu einem leblosen Grau.

Ich zitterte an Armen und Beinen, aber ich hätte nicht sagen können, was der Ursprung meines Grauens war – das Ding, dessen Zähne ich noch durch das Kissen hindurch spüren konnte, das, was ich ihm angetan hatte, oder ich selbst. Ein unartikuliertes Schluchzen entstieg meinem Mund. Ich ließ das Kissen los und hielt mich an einem der Bretter fest. Es war, als bebte der Boden und brächte Joys Leichnam dazu, über die steifen Nudelschlangen hinweg auf mich zuzurutschen.

Eine wenig überzeugende Stimme, die schwächer war als meine, sagte: »Ich mußte es tun.«

Plötzlich durchfuhr mich eine irre Heiterkeit. Dieselbe schwankende Stimme sagte: »Er hatte kaum viel Zukunft, oder?«

Nein, dachte ich, *viel Zukunft hatte er nicht. Nicht einmal seine letzte Schale Hühnernudelsuppe hat er bekommen.* Auch das hatte ich laut gesagt.

Ich sah, wie meine Hände das Kissen aus seinem Bezug zerrten und auf die Pritsche warfen. Meine rechte Hand senkte sich in die

Kiste, schloß sich um eine Bartsträhne und hob das Ding, das ich ermordet hatte, hoch. Am Bart hing eine schlaffe, zerfranste Substanz, die wie alte Spinnweben aussah. Ich stopfte sie in die Kissenhülle und taumelte die Treppe hinab.

Clark stand im Flur. »Der Krankenwagen muß bald hier sein.« Er blickte auf die Kissenhülle. »Hast du Joy gefunden?«

»Ich glaube, sie hatte einen Herzanfall«, sagte ich. »Sie ist tot. Tut mir leid, Clark. Wir müssen die Polizei rufen, aber vorher brauche ich noch etwas Zeit.«

Clarks Blick streifte wieder die Kissenhülle. »Der kleine Mousie ist wohl verhungert.«

»Du wußtest also von ihm.« Ich ging den Flur entlang und fühlte die fürchterliche Kissenhülle an meiner Seite baumeln.

»Im Vertrauen gesagt: Ich hab von ihm *gehört*, aber gesehen hab ich den Jungen nie. Queenie und Nettie haben bei der Geburt geholfen. Ab diesem Zeitpunkt hat das Kind das ganze Leben von Clarence und Joy bestimmt. Sobald es geboren war, hatten sie nie auch nur einen Moment Frieden.«

»Sie haben es doch nicht etwa wirklich Mousie genannt?« sagte ich. Mir fielen die Namen auf den flachen Granitsteinen an der New Providence Road ein.

»Eigentlich haben sie ihm überhaupt nie einen Namen gegeben«, sagte Clark. »Joy war sehr stolz auf ihre Französischkenntnisse, wie du ja weißt. Wie ich gehört hab, ist Queenie in Tränen ausgebrochen, als das Baby herauskam. Joy hat gesagt: ›Ich will es sehen.‹ Und als Nettie das Baby hochgehalten hat, hat Joy gesagt: ›*Moi aussi.*‹ Das heißt ›Ich auch‹ auf Französisch. Die Schuld für den Zustand des Babys hat sie Howard gegeben und ihm nie dafür verziehen. Jedenfalls haben wir das Baby *Moi aussi* genannt, und daraus ist ziemlich bald Mousie geworden.«

»Möchtest du Mousie vielleicht Lebewohl sagen?«

»Die Schaufel steht draußen hinter der Küche«, sagte Clark.

133

Die kürzeste und schrecklichste der drei Beerdigungen, an denen ich während meines Aufenthalts in Edgerton teilnahm, fand in Joys Hinterhof statt, und der einzige Trauergast übernahm auch die Funktion des Leichenbestatters und des Geistlichen. Im hohen Unkraut vor dem morschen Holzzaun hob ich ein Loch aus, das einen halben Meter breit und einen guten Meter tief war. Beim Graben hörte ich, wie Clark das Personal des Krankenwagens piesackte. Ich versenkte die Kissenhülle im Loch und schaufelte Erde darüber. Dann bedeckte ich die frische Erde mit abgerissenem Unkraut und zerrte lebende Ranken über die toten.

»Mousie«, sagte ich, »nicht, daß es dir etwas bedeuten würde, aber es tut mir leid. Deine Mutter war nicht mehr in der Lage, sich um dich zu kümmern, und selbst als sie es noch konnte, hattest du ein furchtbares Leben. Du hast immer nur das Nachsehen gehabt. Ich hoffe, du kannst mir vergeben. Wenn du einmal wiederkommen solltest, wird es dir ziemlich sicher besser ergehen, aber wenn du meinen Rat willst, dann bleib, wo du bist.«

Ich warf die Schaufel ins Unkraut und ging ins Haus zurück. Clark wählte die Notrufnummer, wir gingen in den Flur und zehn Minuten später stiegen zwei blutjunge Cops aus ihrem Streifenwagen und liefen zur Tür. Ich sagte, ich hätte die Verstorbene gefunden. Es handle sich um Mrs. Joy Crothers, die Tante meiner Mutter. Wir hätten uns Sorgen gemacht, weil sie seit zwei Tagen von niemandem mehr gesehen worden sei. Mein Onkel Clark und ich hätten mit dem Ersatzschlüssel die Tür geöffnet. Mr. Crothers befinde sich in einem fortgeschrittenen Stadium der Alzheimer-Krankheit, und als wir den Leichnam seiner Frau entdeckten, hätten wir in von dem Pflegeheim, bei dem er angemeldet gewesen sei, abholen lassen. »Sieht aus, als hätte sie einen Herzanfall gehabt, als sie ihrem Mann das Essen hochgebracht hat.«

Auf dem Weg nach oben kam einer der Beamten endlich auf den Geruch zu sprechen. »Mr. Crothers hat schon vor Jahren die Kontrolle über seine Körperfunktionen verloren«, sagte ich, »und meine Tante war eine alte Frau. Sie hatte nicht die Kraft, ihn ordentlich zu säubern.«

»Nichts für ungut, Sir, aber es riecht nach was Schlimmerem«, sagte der Beamte.

Clark, der uns vorausging, sagte salbungsvoll: »Euch jungen Burschen ist wahrscheinlich nicht klar, was mit dem menschlichen Körper geschieht, wenn man ihn sich selbst überläßt. Seid froh, daß ihr noch gesund seid.«

»Warum hat sie ihn denn in den Speicher gesteckt?«

»Sie meinte wohl, daß er dort sicherer sei«, sagte ich. »Sie hat ein spezielles Bett für ihn machen lassen. Sie werden's gleich sehen.«

Clark öffnete die Tür, und wir marschierten hinein. Die Polizisten umkreisten den Leichnam und machten sich Notizen.

»Sie ist bei einem Akt der Menschenliebe gestorben«, sagte Clark. »So war sie eben.«

»Hühnernudelsuppe«, sagte einer der Beamten. »Das hier ist zwar mit Sicherheit kein Mord, aber wir müssen auf den Leichenbeschauer warten, um es offiziell zu bestätigen. Ist das dort das Bett, von dem Sie gesprochen haben, Sir?«

»Sie hat die Sperrholzbretter angebracht, damit er drin blieb«, sagte ich.

Sie starrten in Mousies Ställchen und sahen dann Clark an, der eine Gelegenheit erkannte, seine Fähigkeiten unter Beweis zu stellen.

»Die Frau war Tag und Nacht an seiner Seite und hat sich um seine Bedürfnisse gekümmert, so gut sie konnte. Das Tragische daran ist, daß wir für Clarence gerade vorgestern einen Platz in Mount Baldwin bekommen haben. Ich glaube, der Schock über den bevorstehenden Abschied hat zu Joys Hinscheiden beigetragen. Clarence war ihr ein und alles. Jungs, denkt immer daran, euren Frauen Achtung und Aufmerksamkeit entgegenzubringen. Eine Frau braucht so etwas.«

»Wenn ich Alzheimer bekommen sollte, wird meine Frau mich hoffentlich nicht in eine Sperrholzkiste stecken«, sagte einer der Polizisten.

»Es war ein Akt der reinsten Zärtlichkeit und Liebe«, sagte Clark. »Welch ein Format dieser Mann einst hatte, könnt ihr daran ermessen, daß ihm Mrs. Rachel Milton höchstpersönlich den Platz in Mount Baldwin vermittelt hat.«

Die Beamten sahen sich an. »Warten wir unten«, sagte der eine.

Clark entschuldigte sich, da er seiner Frau sagen wollte, was geschehen sei. Gerade als der Leichenbeschauer vor Joys Haus vorfuhr, traten Clark und Nettie auf die Veranda ihres Hauses, überquerten rasch die Straße und folgten ihm eilig. Es war derselbe müde aussehende Mann mit der gelblichen Haut, der auch

Toby Krafts Leichnam freigegeben hatte. Nettie überholte ihn und pflanzte sich vor ihm auf. Sie sah aus wie ein Berg, von dem jeden Moment ein Felssturz zu erwarten ist. »Sie sind gekommen, um den Leichnam meiner Schwester zu untersuchen?«

»Das ist mein Job«, sagte er.

»Ich hoffe, Sie werden Ihre Aufgabe respektvoll ausführen, so daß wir mit dem Ableben meiner Schwester so umgehen können, wie sie es sich gewünscht hätte.«

»Mrs. Rutledge, ich werde Ihnen höchstwahrscheinlich keine Steine in den Weg legen. Ich bin hier, um den Tod Ihrer Schwester festzustellen und irgendwelche Unregelmäßigkeiten auszuschließen. Aber um das zu tun, muß ich ins Haus.«

»Stehe ich Ihnen im Weg?« fragte Nettie.

Einer der Polizisten erklärte dem Leichenbeschauer, die Verstorbene befinde sich auf dem Dachboden. Der Arzt wandte sich wieder an Nettie. »Wie erklären Sie sich den Geruch in diesem Haus?«

»Der liegt hauptsächlich an Clarence«, sagte sie. »Seit er geistig immer mehr nachließ, hat meine arme Schwester sich um seine Körperhygiene so gut gekümmert, wie sie konnte. Der Rest kommt von dem Abfall, der sich in der Küche meiner Schwester angesammelt hat. Dort sieht es leider furchtbar aus.«

»Das ist kein Geruch nach Abfall. Hatte Ihre Schwester Probleme mit Grundwasser im Keller?«

»Herr Doktor«, sagte Nettie, »die beiden netten jungen Beamten warten auf Sie.«

Der Leichenbeschauer trat einen Schritt zurück, wobei er fast mit mir zusammengestoßen wäre, und murmelte eine Entschuldigung. Grinsend führten ihn die Polizisten die Treppe hinauf.

Nettie trat zu mir. »Du hast das Richtige getan, Junge.«

»Das hoffe ich auch.«

»Seit das arme Ding den ersten Atemzug getan hat, hat es die Kräfte meiner Schwester aufgezehrt. Joy schickt dir ihren Segen, weil du Mousie ein anständiges Begräbnis gegeben hast. Ich hoffe, du kommst ab und zu vorbei, um uns zu besuchen.«

»Tante Nettie«, sagte ich, »gib nicht zu viel auf das, was über mich in der Zeitung stehen wird. Wenn Stewart Hatch vor Gericht kommt, wird das Interesse an mir allmählich schwinden.«

Schritte kamen die Treppe herab, und der Leichenbeschauer

erschien. Nettie ergriff meinen Arm und hob das Kinn, um dem Beamten drohend ins Gesicht zu blicken. »Mrs. Rutledge, heute nachmittag werde ich den Totenschein ausstellen und als Todesursache einen Herzinfarkt angeben. Sie können also alle Vorkehrungen treffen, die Sie wünschen.«

»Danke«, sagte Nettie eisig.

»War Mr. Crothers ungewöhnlich klein?«

»Nicht, als er noch im Vollbesitz seiner Kräfte war«, sagte Nettie herablassend. »Die Krankheit hat Clarence so verändert, daß er furchtbar anzusehen ist.«

Der Arzt drückte sich an ihr vorbei und verließ das Haus. Nettie richtete ihren gebieterischen Blick auf die beiden Polizeibeamten. »Ihr jungen Leute wart uns eine große Hilfe in dieser schweren Zeit. Es freut mich von Herzen, daß Männer wie ihr das Leben dem Dienst für die Allgemeinheit widmen.«

Wenig später stand der eine am Telefon und sprach mit Mr. Spaulding, während der andere an der Tür Wache hielt.

»Soll ich noch ein, zwei Tage bleiben?« fragte ich.

»Ich bin dankbar, daß du soviel Zeit mit uns verbringen konntest«, sagte Nettie. »Und du hast unsere Bilder gerettet und mich dadurch von einer schweren Last befreit, Neddie! Mach deine Reisevorbereitungen und denk daran, dich ab und zu bei uns zu melden.«

»Paß gut auf dich auf, Junge«, sagte Clark. »Nun, da Mousie im Grab liegt, sind nicht mehr viele von uns übrig.«

134

Der Himmel über der Cherry Street war verschwunden. Ein feuchter, silbergrauer Schleier bedeckte meine Windschutzscheibe. Ich ließ die Scheibenwischer einmal hin- und herfahren. Zwei durchsichtige Halbkreise entstanden, so daß genug von der Straße zu sehen war, um loszufahren.

In meinem Hotelzimmer buchte ich einen Platz für den Sechsuhrflug von St. Louis nach New York, so daß mir mehr als genug Zeit blieb, mich zu verfahren und wieder den rechten Weg zu finden. Anschließend rief ich bei der Autovermietung an, um mitzuteilen, ich werde den Wagen mit beschädigtem Heck am Flughafen von St. Louis abgeben. Der Chef der Niederlassung legte die Manieren eines Gefängniswärters an den Tag. Er ließ mich warten, während er mit dem Büro in St. Louis verhandelte, dann meldete er sich wieder und sagte: »Diesmal kommen Sie damit durch, Mr. Dunstan. Wenn Sie die Schlüssel abgeben, hinterlassen Sie bitte eine genaue Beschreibung des Unfallhergangs, Namen, Adresse und Telefonnummer des Verursachers und den Namen seiner Versicherung.«

»Das können Sie alles von Stewart Hatch erfahren«, sagte ich. »Der hat sich betrunken in seinen Mercedes gesetzt und beim Zurückstoßen das Heck Ihres Taurus gerammt.«

»Der Zuschlag für die Abgabe in St. Louis beträgt fünfzig Dollar«, sagte mein Gesprächspartner und legte auf.

Ich rief bei der Fluglinie an und buchte auf erste Klasse um. Laut C. Clayton Creech besaß ich nun mindestens zehn Millionen Dollar, und was Grennie Milton zustand, das stand auch mir zu. Meine Reisegefährten in der ersten Klasse würden begeistert sein über mein rosafarbenes Sakko, und außerdem bekommt man vorn im Flugzeug eine Tüte Salzbrezeln extra.

135

Eine Handvoll geisterhafter Schatten wanderte auf der Word Street durch den immer dichter werdenden Nebel. Das Neonschild mit der Aufschrift HOTE PARIS warf ein weiches, schlüpfriges Rot aufs Kopfsteinpflaster. In der Chester Street bog ich nach Norden ab, weil ich hoffte, irgendwann ein Schild zu einer Brücke über den Mississippi und der Autobahn nach St. Louis zu entdecken. Noch bevor ich College Park erreicht hatte, waren die Häuser auf beiden Seiten zu schemenhaften Kulissen geworden. Die Scheinwerfer der entgegenkommenden Wagen sahen aus wie Katzenaugen. Ich dachte daran, wie Mousies Zähne ins Kissen gebissen hatten, sah schwarze Tinte in den tiefroten Bändern detonieren, die glühend über seinen verkürzten Körper liefen. Sah das schmutzige Spinnennetz, zu dem der Körper geworden war, spürte das Gewicht seines Kopfes in der Kissenhülle, schwer wie eine Bowlingkugel. Leer glitt der weite Campus der Albertus University an meinem Wagen vorbei. Ich hätte gedacht, der Campus müßte auf der anderen Seite liegen. Ich fuhr weiter. Da ich nicht abgebogen war, fuhr ich ja noch immer nach Norden und folgte den Windungen des Flusses in Richtung St. Louis.

Plötzlich fiel mir ein, daß die Chester Street in College Park in die Fairground Road überging. Die aber führte nicht an der Universität vorbei, sondern endete am Südrand des Campus. Irgendwie hatte ich es geschafft, einen Haken zu schlagen und auf eine unbekannte Straße zu gelangen, die nach Süden führte. Nicht der Campus hatte seine geographische Lage verändert, sondern ich die meine. Glücklicherweise hatte ich ja genügend Zeit, um noch nach St. Louis zu kommen. Ich mußte einfach nur umkehren.

Mousies Kissenhülle landete weich, wenn auch nicht weich genug, auf dem Grund des Lochs in Joys verwildertem Garten. Ich hörte, wie sie auf dem Boden aufkam und dachte an die Worte, die ich an Mousies Grab gesprochen hatte. Es waren nicht die richtigen gewesen. Mousie hätte etwas Besseres von seinem Mörder verdient gehabt. Er war einer der echten Dunstans gewesen – Clark hatte zwar gesagt, ich entwickelte mich allmählich zu einem echten Dunstan, aber verglichen mit Mousie war ich nichts. Nun war Mousie dort droben bei Brightness und Screamer. Was aus der Kanonenmündung strömte und aus dem Riß in der goldenen Schale, war ein Wesen wie Mousie. Das hatte Howard gewußt, und sein Wissen hatte ihn vergiftet.

Ich konnte weder sehen, wo ich war, noch wußte ich, wohin ich fuhr. In der Hoffnung, einen vertrauten Namen zu erblicken, beugte ich mich übers Lenkrad und spähte durch die Windschutzscheibe. Drei Meter jenseits der Kühlerhaube erschien das grüne Banner eines Straßenschilds im Nebel und schwebte auf mich zu. Einen Moment, bevor sein Runengekritzel entzifferbar geworden wäre, verschwand es hinter mir. Egal, dachte ich: Ich fuhr noch immer nach Süden, obwohl ich nach Norden wollte; deshalb mußte ich an der nächsten Kreuzung nur nach rechts – also nach Westen – abbiegen und dann noch einmal nach rechts in Richtung Norden.

Zwei weitere unleserliche Straßenschilder schwebten vorbei, dann fuhr ich parallel zum Fluß nach Norden. Im Geiste sah ich eine Karte von Missouri und Illinois mit dem Mississippi und den Städten an seinen Ufern vor mir. Ich mußte nach Jonesboro, Murphysboro und Crystal City suchen. Nördlich von Crystal

City lag Belleville, und von da war es nicht mehr weit nach East St. Louis. Der Nebel würde sich schon lichten, und wenn nicht hier, würde ich dennoch irgendwo ins Freie gelangen. Solange ich weiterfuhr, kam ich auch vorwärts.

Mit zehn, dann mit fünf Meilen pro Stunde folgte ich meinen Scheinwerfern durch eine nachgebende graue Wand. Wenn ich nur noch die Scheinwerfer sehen konnte, hielt ich an, schaltete das Warnblinklicht ein und wartete, bis sich der Straßenrand wieder gebildet hatte, bevor ich weiterfuhr. Kamen mir Scheinwerfer entgegen, was gelegentlich passierte, hielt ich mich ganz rechts und bremste so stark ab, daß ein Läufer hätte vorbeiziehen können. Eine Stunde kroch auf diese Weise dahin. Der Nebel teilte sich und wurde dünner. Ich sah zweidimensionale, eng beieinanderstehende Häuser auf schmalen Rasenflächen und glaubte Jonesboro erreicht zu haben. Wieder verdichtete sich der Nebel und löschte die Häuser aus. Eine halbe Stunde später fuhr ich in einen leuchtenden Dunst, der sich auf beiden Straßenseiten über offenem Gelände ausbreitete. Bald zog er sich zu einer schmelzenden Dunkelheit zusammen und zwang mich, wieder auf fünf Meilen herunterzugehen.

Dann trat ich hart auf die Bremse. Es war, als würde der blaue Kunststoff des Lenkrads durch meine Hände dringen, die langsam verblaßten. Am Kribbeln in meinem Nacken spürte ich, daß jemand sich hinter mir befand. Ich rief Roberts Namen und drehte den Kopf, sah aber nur den leeren Rücksitz. Noch einmal sprach ich seinen Namen aus. Feindseligkeit drang auf mich ein wie kalter Winterwind.

»Robert, ich muß…« Seine unsichtbare Gestalt war fort, ich war wieder allein im Wagen.

»Wo bist du?« Meine Stimme prallte vom Nebel ab und erstarb. Ich hob die Hände und sah, daß sie wieder in fester Form vorhanden waren.

Ich muß mit dir sprechen? Ich will wissen, was du von mir willst?

Mir fiel das brennende Gesicht ein, das mich über den Veal Yard hinweg aus einer Gasse angestarrt hatte. *Er will alles,* dachte ich.

Draußen vor dem Fenster trat eine majestätische Gestalt aus den Nebelschwaden. Sie trug eine weite afrikanische Bluse in goldenen, tiefschwarzen und blutroten Tönen. Ich kurbelte das Fenster herunter, und eisiger, feuchter Nebel drang in den Wagen. Walter Bernstein nickte wie ein König, der seinen Segen gewährt.

»Walter, wo ist er?« fragte ich. »Wo ist er hin?«

»Das kann dir keiner sagen, aber du bist auf dem richtigen Weg. So richtig, wie du's eben hinkriegst, jedenfalls.« Er verschwand im purpurnen Nebel.

Ich schloß die Finger um den Türgriff, schuf beim Öffnen einen matten Lichtschein, der weit genug reichte, um betretbar zu sein, und stieg aus. Vor dem Wagen erfaßten die Scheinwerfer den schattenhaften Pfosten eines Straßenschilds. Robert schwebte neben oder hinter mir, ich konnte nicht sagen, wo.

»Zeig dich«, sagte ich. »Das bist du mir schuldig.«

Robert meinte, er sei mir gar nichts schuldig. Robert war wie Mousie; er war aus dem Sprung in der goldenen Schale geströmt, war aus der Kanonenmündung gerieselt. *Moi aussi.* Ich ging zu dem schemenhaften Straßenschild, stellte mich auf die Zehenspitzen, lugte zu den weißen Lettern auf dem grünen Metall empor und brach in lautes Lachen aus. Ich war in die New Providence Road zurückgekehrt.

Ich ging am Straßenschild vorbei. Weil mein Leben von der Bewegung abhing, bewegte ich mich weiter. Leise klickten Schritte hinter mir, aber als ich herumwirbelte, sah ich nur zwei verschwommene gelbe Augen und das schwache Leuchten, das sich aus der offenen Wagentür ergoß. Tiefes Schweigen ertönte in der grauen Luft. »Da wären wir also, Robert«, sagte ich. »Tu dein Bestes.«

Ein zögernder Schritt erklang hinter mir, dann noch einer. Ich tat, was ich tun mußte, und ging weiter. Vor mir stieg der Boden an, und ich spürte ein irres Gefühl der Freude in mir frei werden. *Wo wir waren,* war der Ort, zu dem wir uns die ganze Zeit hingekämpft hatten. Schritte kamen durch den Nebel. Ich tat das einzige, was mein zorniger Doppelgänger nicht tun konnte, und sog fünfunddreißig Jahre in den Schlund.

Am 17. Oktober des Jahres 1958 stand ich hinten in der bis auf den letzten Platz gefüllten Aula der Albertus University. Mädchen im Pullover, noch unschuldige Erstsemester und Jungen in Sportsakkos füllten die zur Bühne hin abfallenden Sitzreihen. Ein Schlagzeuger mit dicker Brille und kurzgeschorenem blondem Haar, ein lächelnder Bassist, der mich an Walter Bernstein erinnerte, und ein Pianist mit eindringlichen Gesichtszügen arbeiteten sich auf das Ende eines Titels zu, der sich wie »Take the A Train« anhörte. Die Hände um sein Altsaxophon geschlossen, lehnte ein hagerer, an einen Storch erinnernder Mann mit schütterem Haar, schwarzer Brille und einem breiten, ausdrucksvollen Mund an der Rundung des Flügels und lauschte den Tönen seiner Kollegen. Seine Miene, die eine Mischung aus Distanz und innerer Beteiligung ausdrückte, ließ mich an Laurie Hatch denken.

Während ich mich aufs obere Ende des breiten Mittelgangs zubewegte, ließ ich den Blick über das Publikum schweifen. Bürstenschnitte, Pferdeschwänze, ein paar extravagante Kreationen, glattes kurzes Haar mit scharf gezogenem Scheitel. Wenige Takte vor dem Ende von »A Train« erspähte ich den dunklen, unverkennbaren Kopf meiner Mutter. Da saß sie, die achtzehnjährige Star Dunstan, zehn oder zwölf Reihen von der Bühne entfernt auf dem zweiten Sitz neben dem Gang. Die Neigung ihres Halses drückte aus, daß sie genug von dem Konzert hatte. Ich ging den Gang entlang, bis ich einen guten Blick auf ihren Begleiter hatte. Der Pianist hämmerte einen Akkord in die Tasten, der Schlagzeuger markierte den Abschluß. Der neben meiner Mutter sitzende Mann hob die Hände und applaudierte. Sein Profil sah allzusehr wie meines aus.

Der Pianist wandte sich ans Publikum und sagte: »Jetzt spielen wir eine Ballade mit dem Titel... ›These Foolish Things‹.« Er warf einen Blick auf den Saxophonisten und skizzierte ein paar Takte der Melodie. Der Saxophonist drückte sich vom Flügel ab, näherte sich dem Mikrophon am Bühnenrand und legte die Finger auf die Klappen. Er schloß die Augen, bereits in einer konzentrierten Trance. Als das Intro sich seinem Ende zuneigte, schloß er den Mund um das Instrument und wiederholte das soeben erklungene Melodiefragment, als hätte es eine völlig neue Form. Dann löste er sich von der Melodie und spielte eine flüssige Phrase, die sagte: *Den Song mögt ihr kennen, aber kennt ihr auch diese Geschichte?*

Stars Kopf fuhr in die Höhe. Edward Rinehart, der zuhörte, ohne etwas wahrzunehmen, rekelte sich auf seinem Stuhl und verbarg seine Verachtung.

Beim Beginn des zweiten Chorus sagte der Saxophonspieler: *Das war erst der Anfang.* Ein aufsteigender Melodiebogen strömte aus dem Kelch seines Instruments und stanzte sich in die Luft. Die Melodie dehnte sich aus, und der Saxophonist sagte: *Wir sind auf einer Reise.* Während er sich in seine Geschichte versenkte, kamen weitere, darin verborgene Geschichten zum Vorschein; jede Variation führte zu einer anderen, völlig unerwarteten Variation. Der Spieler stieg zu immer neuen Auflösungen empor, ließ sie verklingen und stieg wieder ein Stück höher.

Star richtete sich auf, öffnete den Mund und beugte sich vor. Ich spürte, wie ihr die Tränen über die Wangen liefen.

Es war, als würde sich vor mir die ganze Welt öffnen... Er drang immer tiefer in die Melodie ein, bis sie aufging wie eine Blume und hundert andere Melodien ausströmen ließ, die reicher und reicher wurden...

Der Saxophonspieler bewegte ausschließlich seine Finger. Mit achtlos hängenden Schultern stand er da, die Augen geschlossen, die Fußspitzen auswärts gewandt. Die um das Mundstück geschlossenen Lippen sahen aus wie ein geschmeidiges Meereslebewesen. Ton für Ton schwang sich seine ungeheure Geschichte mit all ihren Details in den weiten Raum der Aula, erbaut auf der Struktur, die sie aus ihrer ureigenen Bedeutung gewann. Der Schlagzeuger legte den Kopf schief und ließ die Besen über die straffen Trommelfelle gleiten; der Bassist flocht lächelnd die vertrauten Harmonien ein; der Pianist hauchte ein leises »Yeah«. Alles wirkte mühelos, natürlich, zwangsläufig wie eine Landschaft, die sich beim Blick von einem Gipfel weit entfaltet; und es ging immer weiter in vielleicht tausend neuen Bögen der Melodie.

In einer anderen Zeit – meiner eigenen – trieb der Nebel über eine Straße, auf der zwei Paar Schritte auf das zugingen, was vor ihnen lag. Ich schmiegte meine Schultern an die Wand, um der Musik zu lauschen, so lange es mir möglich war – denn vor mir öffnete sich die ganze Welt.

136

Wie? Ach, ihr wollt wissen, was mit Robert geschah? Tut mir leid, diese Frage ist bereits beantwortet – so gut es geht jedenfalls. Wo immer ich gehe, durch die langen Passagen der Flughäfen, über die Flure zwischen den hell erleuchteten Hallen und den einladenden Bars eleganter Hotels, auf den Gehsteigen jeder Stadt, in der ich auf meiner endlosen Flucht ein oder zwei Wochen verweile, dringt das Geräusch von Roberts Schritten in mein erwartungsvolles Ohr.

Da ihr mir jedoch eine Frage gestellt habt, darf ich euch eine Gegenfrage stellen. Seid ihr sicher – wirklich sicher –, daß ihr wißt, wer diese Geschichte erzählt hat?

Anmerkung des Verfassers

Wer seinen Lovecraft gut kennt, wird bemerkt haben, daß ich mir hinsichtlich der Publikationsgeschichte seiner Erzählung »The Dunwich Horror« einige Freiheiten erlaubt habe. In Buchform erschien der Text erstmals in der Sammlung *The Outsider and Others*, herausgegeben von August Derleth und Donald Wandrei. Der Verlag Arkham House brachte den Band 1939 heraus, also einige Jahre, bevor Mr. X die Geschichte an der Fortress Military Academy in einem fiktiven gleichnamigen Buch entdeckt, um sogleich in ihren Bann zu geraten. Die ebenfalls von Derleth herausgegebene Sammlung mit dem Titel *The Dunwich Horror and Others* erschien erst 1963 bei Arkham House.*

In seiner grundlegenden Biographie *H. P. Lovecraft: A Life* kommt S. T. Joshi kurz auf eine »sehr seltsame Gestalt aus Buffalo, New York« mit Namen William Lumley zu sprechen. Lumley habe Lovecrafts Mythologie der Alten Götter und Großen Alten – heute als »Cthulhu-Mythos« bezeichnet – als Tatsache aufgefaßt und trotz gegenteiliger Beteuerungen von Seiten Lovecrafts und dessen Freunden an diesem Glauben festgehalten. Joshi zitiert Lovecrafts ironischen Kommentar in einem 1933 an Clark Ashton Smith gerichteten Brief: »Wir mögen *meinen*, reine Dichtung hervorzubringen, und vielleicht gar (welch absurder Gedanke!) nicht an das glauben, was wir schreiben, doch im Grunde erzählen wir trotz alledem die Wahrheit – und dienen ungewollt als Sprachrohr von Tsathoggua, Crom, Cthulhu und anderen netten Leuten aus dem Jenseits.«

---

* Als erste Buchveröffentlichung eines Werks von Lovecraft im deutschen Sprachraum erschien die Sammlung unter dem Titel *12 Grusel-Stories von H. P. Lovecraft* 1965 im Wilhelm Heyne Verlag. Um den Reigen zu schließen, sind dieser von Wulf H. Bergner besorgten Übersetzung auch die in *Mr. X* zitierten Passagen aus »The Dunwich Horror« und »Pickman's Model« entnommen; deshalb auch »Der Schrecken« – statt, wie in den neueren Ausgaben – »Das Grauen von Dunwich«. (B. K.)

Ich danke Warren Vaché, Ralph Vicinanza, David Gernert, Dr. Lila Kalinich, Sheldon Jaffrey, Hap Beasely, meiner Lektorin Deb Futter und meiner Frau Susan Straub für ihre Anregungen und ihre Unterstützung in der Zeit, in der *Mr. X* entstand.

Peter Straub